Hester Young

Das Flüstern der Erinnerung

Über dieses Buch:

Der plötzliche und unerwartete Tod ihres kleinen Sohnes vor drei Monaten hat die Journalistin Charlotte »Charlie« Cates ziemlich aus der Bahn geworfen. Als ihr in ihren Träumen tote und vermisste Kinder erscheinen, glaubt sie, langsam den Verstand zu verlieren. In dieser Situation wird ihr ein Buchprojekt angeboten, für das sie im ungelösten Fall des kleinen Gabriel Deveau recherchieren soll. Gabriel, Erbe eines wohlhabenden und angesehenen Südstaaten-Clans, wurde als Kleinkind von Unbekannten entführt und wird seitdem vermisst. Als Charlie in ihm den Jungen aus ihren Träumen wiedererkennt, ahnt sie, dass sich hinter all dem mehr verbirgt als nur die Halluzinationen einer trauernden Mutter. Was geschah vor 30 Jahren? Und was versucht ihr der Junge im Traum mitzuteilen? Kurzentschlossen nimmt sie den Auftrag an und reist nach Louisiana, in der Hoffnung, vor Ort mehr über Gabriels Fall herauszufinden. Doch Charlie ahnt weder, welche dunklen Geheimisse sich hinter der prächtigen Fassade von *Evangeline*, dem Anwesen der Familie Deveau, verbergen noch, dass das Böse näher ist, als sie es für möglich hielt.

Über die Autorin:

Hester Young studierte Englische Literatur und arbeitete zehn Jahre als Lehrerin, bevor sie sich dem Schreiben widmete. Sie lebt mit ihrem Ehemann und zwei Kindern in Lawrenceville, New Jersey. *Das Flüstern der Erinnerung* ist ihr erster Roman. Weitere Informationen unter: www.hesteryoung.com/books

HESTER YOUNG

Das Flüstern der Erinnerung

Roman

Ins Deutsche übertragen
von Stefanie Zeller

LYX
EGMONT

Die Originalausgabe erschien 2015 unter dem Titel *The Gates of Evangeline*
bei G.P. Putnam's Sons, an imprint of Penguin Random House LLC,
New York, NY, USA

Deutschsprachige Erstausgabe März 2016 bei LYX,
verlegt durch EGMONT Verlagsgesellschaften mbH,
Gertrudenstraße 30–36, 50667 Köln

This edition published by arrangement with G.P. Putnam's Sons, a member
of Penguin Group (USA) LLC, A Penguin Random House Company

1. Auflage
Redaktion: Joern Rauser
Umschlaggestaltung und Artwork: © Guter Punkt unter Verwendung
von Motiven von Mauritius und Getty Images
Satz: KCS GmbH, Stelle | www.schriftsetzerei.de
Printed in Germany (670421)
ISBN 978-3-8025-9843-2

www.egmont-lyx.de

MIX
Papier
FSC FSC® C083411

Die EGMONT Verlagsgesellschaften gehören als Teil der EGMONT-Gruppe zur **EGMONT Foundation** – einer gemeinnützigen Stiftung, deren Ziel es ist, die sozialen, kulturellen und gesundheitlichen Lebensumstände von Kindern und Jugendlichen zu verbessern. Weitere ausführliche Informationen zur EGMONT Foundation unter **www.egmont.com.**

Für meine Großmutter,
Margaret Gibbons Young (1921–2009),
und ihren Sohn
Robert Gibbons Young (1951–1956)

Offen doch hielt das Herz der Evangeline ein Traumbild,
das vor den Augen ihr schwamm
und winkte im traulichen Mondlicht:
eine Zaubergestalt vom eignen Gehirne erschaffen.
Dieses schattige Dach hatt' Gabriel sicher durchrudert –
jeder Ruderschlag bracht sie näher und näher
dem Liebsten.

Henry Wadsworth Longfellow,
Evangeline – Amerikanische Idylle

Prolog

Ich merke nie genau, wann es passiert. Es beginnt langsam – die verführerische Dunkelheit, mein Gesicht und meine Glieder, die zu etwas Schwerelosem und Verschwommenem werden. Wie Koffein breitet sich dann das Bewusstsein in mir aus. Meine Sinne erwachen.

Dieses Mal ist da Wasser. Ein leises *Pscht*, zu beiden Seiten von mir.

Ich warte. Versuche mich zu orientieren. Sitze ich in einem Boot?

Die Dunkelheit lichtet sich, ein Bild erscheint. Sumpf. Ich sitze in einem Ruderboot, einem Kanu vielleicht, und treibe durch braunes Wasser und grüne Algenwolken. Um mich herum sehe ich tote Blätter, verrottete Äste, die sich wie Finger biegen, halb versunkene Bäume, die sich nach oben kämpfen. Zu meiner Rechten bewegt sich etwas. Wachsame grüne Augen, die zu mir hochspähen. Ein Alligator.

Ich treibe dahin, versuche das Licht zu lesen, ein Gespür für die Zeit zu bekommen. Ist es Morgen? Abend? Der Sumpf ist sonnenlos und trübe, bietet keine Hinweise.

Ich spüre ihn schon, bevor ich ihn sehe. Jemand ist bei mir. Eine kleine Gestalt in einem weißen Hemd sitzt mir gegenüber in dem Boot. Sein Gesicht erscheint wie durch Nebel hindurch, verschwommene Flecken, die plötzlich Gestalt annehmen. Ist er es? Ist es Keegan?

Die Enttäuschung versetzt mir einen Stich, als ich den Jungen sehe, der jünger ist als mein Sohn. Er ist sehr klein und hat dürre Glieder. Zwei, vielleicht drei Jahre alt. Wangen, in die man reinkneifen möchte, und längeres braunes Haar.

Er lächelt, als wäre er erleichtert, mich zu sehen. Dabei ist ein angeschlagener Zahn zu erkennen. Ich habe das Gefühl, dass er auf mich gewartet hat.

Wer bist du?, frage ich.

Jo-Jo, sagt er, als müsste ich ihn erkennen. Als ich es nicht tue, versucht er zu erklären. *Ich habe in dem großen weißen Haus gewohnt. Ich hatte ein Hündchen.*

Ich bemerke die Vergangenheitsform mit einem Stirnrunzeln. *Wo sind wir?* Suchend blicke ich mich nach etwas Vertrautem um, etwas, das ich wiedererkenne. Doch dieses sumpfige Gelände ist mir fremd.

Das Lächeln des Jungen schwindet, und seine Augen suchen meine. *Wirst du mir helfen?*

Er ist so jung; seine Stimme ertastet sich jeden einzelnen Satz.

Ich schlucke. Irgendwo wird er eine Mutter haben, die ihn sehr lieben muss.

Wie?, frage ich den Jungen. *Was soll ich tun?*

Er blickt auf seine Hände hinunter und schweigt einen Moment. Um uns herum klingt das rhythmische Schwappen des Wassers wie ein unheimliches Schlaflied. *Er hat mir wehgetan*, sagt der Junge endlich. *Du musst es ihnen erzählen.*

Wer hat dir wehgetan?, dränge ich. *Wenn dir jemand wehtut, musst du es deiner Mom sagen.*

Das kann ich nicht! Die Stimme des Jungen wird lauter,

weinerlich. *Er hat gesagt, ich darf es nicht verraten, sonst bringt er meine Mama um. Und mich vielleicht auch.*

Ich mustere seine braunen Augen mit den langen Wimpern und das dunkle Haar, das sich an den Spitzen lockt, knapp unterhalb seines Kinns. Ich darf den Zahn nicht vergessen. Vorderzahn, angeschlagen. Jedes Detail muss stimmen. Nun glaube ich, diese Vision zu verstehen, und er hat recht, er kann es seiner Mutter nicht sagen.

Denn er ist tot.

Teil 1

Stamford, Connecticut
Oktober

1

Der Himmel ist von einem tristen Grau, als ich endlich den Autositz meines Sohnes ausbaue. Es regnet, ein kalter Herbstregen. Was mir für einen Moment, den ich mehr als drei Monate lang hinausgeschoben habe, sowohl klischeehaft als auch angemessen vorkommt. Ich stehe neben meinem Prius, spähe durch das Rückfenster auf den leeren Kindersitz und wundere mich zum hundertsten Mal über die dünne Schicht Sand, die Keegan erstaunlicherweise immer wieder hinterließ. Und dann tue ich es.

Ich erlaube mir nicht, darüber nachzudenken, arbeite schnell und effizient. Löse die Riemen. Fahre zwischen die Polster des Rücksitzes und öffne die Metallschnallen. Ein Ruck, und der Autositz landet mit einem Bums in der Einfahrt.

Es nimmt nie ein Ende, immer wieder gibt es etwas, mit dem man sich aufs Neue verabschiedet. Ich drehe mein Gesicht in den Nieselregen.

Der Sommer ist fort, er hat sich davongestohlen, ohne dass ich es bemerkt habe, und plötzlich ist der Oktober da und protzt mit seinen grellen Rot- und Gelbtönen. Mit zusammengekniffenen Augen betrachte ich die Nachbarhäuser mit ihren vorbildlichen Vorgärten: gestutzte Rasenflächen, Beete mit gewässerten Chrysanthemen, ein Paar Kürbisse vor den Türen. Und Laub natürlich, überall, leuchtend und glänzend. Es klebt auf der glatten Straße und verstopft die Rinnsteine.

Ich lege die Hand an meine Tasche, taste nach den Schlüsseln und der Brieftasche. Blinzle. Versuche mich zu erinnern, was ich hier tue und wo ich hinwollte. Versuche nicht an den Kindersitz zu denken, der hinter mir in der Einfahrt liegt.

Ich atme tief ein, feuchte Erde und fauliges Laub. Es ist Sonntag, rufe ich mir ins Gedächtnis. Ich wollte Grandma besuchen. Ich steige auf den Fahrersitz und starte den Motor, doch alles fühlt sich falsch an. Ich gebe mir einen Moment Zeit, warte, ob die Unruhe vorbeigeht, bevor ich mir eingestehe, dass ich diesen Kampf verloren habe. Mit der gähnenden Leere dort auf dem Rücksitz kann ich nicht herumfahren. Nicht heute.

Kleine Schritte. Eins nach dem anderen.

Ich springe aus dem Wagen und laufe zur Garage. Hole mein Fahrrad. Es ist Sonntag, und ich werde Grandma besuchen. Ich werde mich an den Plan halten. Ich werde mich zusammenreißen.

Atme, befehle ich mir. *Atme*.

»Guter Gott, Charlotte, du bist ja völlig durchnässt.« Meine Großmutter, die in der Tür ihrer bescheidenen Wohnung steht, sieht so entsetzt aus, wie ich es gar nicht von ihr kenne.

»Ich bin mit dem Fahrrad gefahren.«

Früher einmal wäre Grandma böse geworden, wenn ich im Regen herumlaufe und riskiere, krank zu werden. Doch das Leben ist schon lange nicht mehr normal. Die Granitaugen meiner Großmutter zeigen Sorge, sogar Mitgefühl, als mich ihre knotige Hand hereinwinkt. Tropfend trete ich in den Flur. Nasse Haarsträhnen kleben mir an der Stirn und am Hals.

Ohne etwas zu sagen zieht mir Grandma die Jacke aus. Ich kann spüren, wie sie mich beobachtet, abschätzend, wie sie ihre eigene Traurigkeit beiseiteschiebt, um Platz zu machen für meine. Es ist ein Blick, den ich mit vierzehn Jahren das erste Mal gesehen habe, damals, als mein Vater starb und sie mich aufnahm. Und nun – unglückseligerweise – in den letzten Monaten wieder.

»Irgendwo habe ich einen Bademantel«, sagt Grandma. »Möchtest du etwas trinken? Was Heißes?«

Wir beide zeigen nicht gern unsere Gefühle. Wir sind stoische Neuengländer, die, wie mein Exmann es sarkastisch ausdrückte, immer »die angemessene Yankee-Distanz« halten. Gefühle sind in der Familie Cates etwas noch Privateres als Politik oder Religion. Heißer Tee, ein Becher Kakao – das ist die Art von Wärme, die meine Großmutter anzubieten hat.

»Mir geht es gut, Grandma. Ich möchte mich nur setzen.« Dass es mir »gut« geht, ist natürlich eine schamlose Lüge. Mein Gesicht erzählt die ganze Geschichte: gesprungene Lippen; von plötzlichen Weinanfällen geschwollene Augenlider; bleiche, fahle Haut, weil ich den ganzen Sommer die Sonne gemieden habe.

Es ist offensichtlich, dass es mir *nicht* gut geht, doch Grandma sagt nichts. Sie legt eine Hand auf meine Schulter und schiebt mich sanft ins Wohnzimmer. Auf dem alten knarrenden Schaukelstuhl nehme ich meinen gewohnten Posten ein, während sie auf einem Holzstuhl mit hoher Lehne Platz nimmt. Meine Großmutter war früher eine schöne Frau, und obwohl sie mit dem Alter weniger eitel geworden ist, ist sie immer noch stolz auf ihre gute Haltung.

Das Wohnzimmer ist so tadellos aufgeräumt wie eh und je. Grandma hasst Nippes. In ihren Bücherregalen befinden sich vor allem Sach- und Fachbücher, doch auf dem untersten Brett stehen ihre liebsten Laster: einige Stephen-King-Romane, das *Cold-Crimes*-Magazin (das erste, für das ich regelmäßig geschrieben habe) und alte Ausgaben von *Sophisticate*, aus der Zeit, bevor ich befördert wurde und noch zur Redaktion gehörte. Grandma ist nach wie vor eine treue Leserin von *Sophisticate*, obwohl sie für Artikel wie »Alles, was Sie über Eheverträge wissen müssen« und »So machen Sie Ihr Kind fit für die Ivy League« nicht gerade die Zielgruppe ist.

Während in meinem Zuhause das organisierte Chaos herrscht, ist Grandma zwanghaft ordentlich. Selbst mein Sohn hatte das schon verstanden und ordnete vor jedem unserer sonntäglichen Besuche brav seine Bücher, Spiele und Malutensilien.

»Du musstest nicht kommen, Charlie«, murmelt Grandma. »Ich weiß, es ist Sonntag, aber das war nicht nötig.«

»Wie soll ich dich denn sonst sehen?« Für eine Frau ihres Alters kommt meine Großmutter zwar viel herum, doch sie fährt nicht länger Auto, und es wäre ein wenig viel verlangt zu erwarten, dass sie den Bus nimmt. »Außerdem tut es mir wahrscheinlich gut, mal rauszukommen.«

»Hast du dein Fahrrad draußen gelassen?«, fragt sie. »Es könnte rosten.«

Ich zucke mit den Achseln. »Es hat Eric gehört.«

Bei der Erwähnung meines Exmannes werden die Augen meiner Großmutter schmal. »Hat er dich angerufen? Nur mal, um sich zu erkundigen, wie es dir geht?«

Ihre Stimme ist giftig. Sie hasst Eric mit einer Leidenschaft, die ich für seine Hipster-Brille und die immer größer werdenden Geheimratsecken nicht länger aufbringen kann. *Der Sperminator* nennt ihn meine Freundin Rae seit der Scheidung, womit sein einziger bleibender Beitrag zu meinem Leben ziemlich gut zusammengefasst ist.

»Es gibt nichts, das Eric und ich zu besprechen hätten«, sage ich. »Ich habe ihm gesagt, er soll nicht anrufen.« Melissa, seine neue Frau, erwähne ich nicht, doch meine Großmutter kann sich nicht zurückhalten.

»Ich werde nie verstehen, was er in dieser Frau sieht.«

Meine Freunde haben nach der Beerdigung ganz ähnliche Kommentare abgegeben. Sie alle wussten, dass sie »die andere Frau« war. Ich nehme an, sie hatten mehr erwartet: gutes Aussehen, dicker Busen, Animal-Prints, die Art von trashy, auf die Eric verlässlich anspringt. Doch Melissa war eher unauffällig, ebenso wie Eric.

»Eigentlich hat er dir einen Gefallen getan«, erklärt meine Großmutter. »Man verschwendet keinen Kaviar an einen Mann, der Wiener Würstchen will. Sie ist genau das, was er verdient.«

Meine ganze Familie war empört, als Eric zur Beerdigung unseres Sohnes mit Melissa im Schlepptau erschien. *Er muss es ihr wohl unbedingt unter die Nase reiben*, hörte ich dabei Tante Suzie sagen, und vielleicht war es ja auch tatsächlich so. Vielleicht hatte Eric auf irgendeine kindische Art etwas zu beweisen. Die Frau war mir egal. Ich war nur wütend, dass er überhaupt gekommen war. Seitdem er und Melissa nach Chicago gezogen waren, hatte er Keegan nur einmal besucht. Was für ein Recht hatte er danach noch auf väterliche Trauer?

Und trotzdem tröstete ihn Melissa. Hielt ihn, als hätte er

einen Verlust erlitten. *Nein*, wollte ich ihnen beiden zurufen, *das ist mein Sohn*.

»Sie arbeitet im Abfallmanagement«, informiere ich Grandma, weil ich plötzlich Trost brauche, und sei er noch so billig.

»Das erklärt, warum sie Eric mag«, murmelt meine Grandma.

Gerade so bekomme ich ein wackliges Lächeln hin. Wir sind Yankees. Auf diese Weise zeigt sie mir ihre Liebe.

Die zwei Stunden bei meiner Großmutter zu Hause haben – mehr oder weniger – die beabsichtigte Wirkung. Als sie versteht, dass ich nicht reden möchte, füllt sie die Stille. Sie erzählt mir von dem kleinen Brand, den ihr ältlicher, ein bisschen seniler Nachbar verursacht hat. Sie kommentiert einen Artikel, der kürzlich in *Sophisticate* erschienen ist, eine Hintergrundrecherche zu Botox, über die sie sich aufgeregt hat. Alles fühlt sich vertraut an. Nicht richtig normal, aber vertraut. Ein Leben, das ich vage als meines erkenne.

Ich raffe mich auf, bereite mich schon auf die Rückkehr in mein leeres, stilles Haus vor, als Grandma fragt: »Kann ich irgendetwas für dich tun?« So offen ist sie noch nie auf die Tatsache, dass eine Tragödie geschehen ist, zu sprechen gekommen, und mir schnürt sich die Kehle zu. Ich schlucke und schüttle den Kopf. Es gibt nichts, das sie oder irgendjemand sonst tun könnte.

»Ich wollte dich fragen …« Sie richtet sich auf, und ich kann sehen, wie sie sich wappnet, weil es ihr unangenehm ist. »Die Kirche gegenüber sammelt Spenden. Sie suchen nach Kindersachen, und ich habe ja noch das ganze Spielzeug hier …«

Natürlich ist diese Bitte nur vernünftig, dennoch sträubt sich alles in mir.

»Möchtest du sie lieber noch behalten?«, fragt Grandma, die mein Schweigen richtig deutet – als Abwehr. »Es ist nicht eilig.«

»Nein, nein, spende sie ruhig.« Ich weiß die richtigen Worte, auch wenn ich sie nicht ehrlich meine. »Irgendein Kind kann das ganze Zeug sicher noch gebrauchen.«

Großmutter nickt und holt meinen nassen Mantel. Ich bin schon halb aus der Tür und auf dem Weg zum Aufzug, als sie mir nachruft: »Charlotte?«

Ich drehe mich um.

»Träumst du von ihm?«

Eine seltsame Frage.

»Ich träume nie«, erwidere ich. »Nie. Träumst du denn von ihm?«

Sie schüttelt den Kopf. »Manchmal wünschte ich, ich täte es.« Sie wirft mir eine Kusshand zu, eine Geste, die ich unerwartet zärtlich finde. »Fahr vorsichtig.«

In dieser Nacht liege ich auf der Couch im Dunkeln und warte, dass die Wirkung der Schlaftabletten einsetzt. Schon bevor ich Keegan verloren hatte, konnte ich ohne Tabletten nicht einschlafen, jetzt brauche ich nur mehr davon. *Charlie knipst sich aus,* hat Eric immer gescherzt, und es stimmt auch. Mein Körper erschlafft. Meine Gedanken drehen sich. Ich bin schon halb weg.

Mom. Ich bin mir sicher, dass ich Keegans Stimme irgendwo hinter mir höre. *Mommy, hörst du mir zu*?

Ich versuche mich aufzusetzen, doch das Ambien zieht mich runter, füllt meinen Kopf mit nichts.

Du musst mir zuhören, Mommy. Es ist Zeit, dass du anfängst zuzuhören.

Das Letzte, dessen ich mir noch bewusst bin, ist der süße Geruch seines Shampoos, das Kitzeln seiner Locken an meinem Gesicht. Dann lassen mich die Medikamente verschwinden.

2

Als meine Freundin mit einem von ihrem Mann zubereiteten Auberginengericht vor der Tür steht, weiß ich genau, was sie im Schilde führt. Es ist ein Schachzug, den ich bereits kenne. Das Essen verschafft ihr Zugang, damit sie mir so lange ein schlechtes Gewissen machen kann, bis ich »nur ein klitzekleines bisschen« esse – »damit ich Mason sagen kann, dass du es wenigstens gekostet hast«. Anschließend, wenn ich gehorsam in dem Ergebnis der Kochkünste ihres Ehemanns herumstochere, macht sie sich an die liegengebliebene Hausarbeit.

Anfangs haben mich ihre kleinen Kontrollbesuche verrückt gemacht. Ich hatte keinen Hunger. Ich *wollte* nicht, dass meine Wäsche gewaschen wurde. Mahlzeiten waren unwichtig. Jetzt erkenne ich die nachbarschaftliche Freundlichkeit darin und begreife, wie viel Zeit Rae und Mason jede Woche für mich opfern, und ich bin dankbar – auch wenn sie mich immer noch verrückt machen.

Heute bleibt mir nicht mal die Zeit, einen Löffel zu holen, da fällt sie schon über meine Küche her und fuhrwerkt mit dem Besen in den dunklen Ritzen unter dem Kühlschrank und der Spülmaschine herum. Dazu bin ich nicht in der Stimmung.

»Hörst du bitte mit dem Putzen auf, Herrgottnochmal? Hier ist es sauber genug.«

Langsam legt sie den Besen ab. Seufzt. Saugt die Wangen ein und fährt mit dem Fingernagel ihren langen braunen

Hals hoch und runter. »Ich will dir doch nur ein bisschen was abnehmen.« Ihr Blick gleitet durch meine Küche – über die klebrigen Arbeitsplatten, den stetig wachsenden Haufen Post, den überquellenden Mülleimer.

Ich weiß, sie will helfen, möchte Licht oder wenigstens den Duft von Reinigungsmitteln in meine Höhle des Elends bringen, doch für Rae ist dieses Chaos nicht das Gleiche wie für mich. Sie sieht die verschmierten Glasschiebetüren, ich sehe die Fingerabdrücke meines Sohnes. Sie sieht ein altes Cheerio, ich sehe aber, wie er hier bei mir gesessen und gefrühstückt hat, zappelig, quengelnd, herumtrödelnd.

»Was hat Mason denn heute gekocht?«, frage ich und ziehe die Alufolie über dem Schmortopf zurück.

»Auberginenröllchen.«

Ich esse den obligatorischen Löffel voll. »Richte ihm aus, ich finde es lecker«, sage ich, obwohl es für mich nach nichts schmeckt, so wie jetzt alles. »Hat Zoey geholfen? Will sie immer noch Köchin werden?«

»Nee, jetzt wieder Ballerina.« Rae spielt mit einer ihrer federnden Afrolocken und wechselt dann das Thema, so wie sie es in letzter Zeit fast immer tut, wenn ich sie nach ihrer Tochter frage. »Also, Charlie, Liebes«, beginnt sie, »ich muss dich das fragen. Hast du jemanden?«

Ich bin verwirrt. »Du meinst: einen Freund?«

»Ich meine einen Psychologen. Einen Trauertherapeuten.«

Ich winke ab. »Ich habe Tabletten, das reicht.«

Rae mustert mich scharf. »Tabletten sind gut. Aber vielleicht musst du auch mal mit jemandem *reden*. Du hast viel aufzuarbeiten. Die meisten von uns schaffen das nicht allein.«

Schon der Gedanke, mich jemandem zu erklären, meinen Gefühlen einen Namen zu geben, erschöpft mich. »Ich komme klar.«

»Ich weiß«, sagt sie, jetzt in sanfterem Ton. »Du bist die stärkste Person, die ich kenne. Vielleicht sogar *zu* stark. Es ist doch okay, auch mal ein heulendes Elend zu sein.«

»Mal?« Ich gebe ein zittriges Lachen von mir. »Ich glaube, dann würde ich nie wieder damit aufhören.«

»Oh Süße.« Rae durchquert den Raum und zieht mich in eine Umarmung, so fest, wie es meine Großmutter und ich nie tun würden. »Das ist jetzt der Tiefpunkt. Schlimmer wird es nicht mehr. Ich weiß nicht, wann, und ich weiß nicht, wie, aber du wirst das durchstehen. Und dann trittst du dem Leben in die Eier, so hart, wie es dich getreten hat. Weißt du noch, wie du herausgefunden hast, dass Eric dich betrügt?«

Die Frage ist, nehme ich an, rhetorisch gemeint. Das ist kein Moment, den man vergisst. Eric hatte mich in ein Restaurant ausgeführt, für unseren sogenannten »gemeinsamen Abend«, und kurz, nachdem die Vorspeise serviert war, begann er mit seiner dramatischen Beichte. *Charlie*, sagte er, den Blick in die Ferne gerichtet wie die Darsteller in einer Seifenoper, *ich habe etwas Schreckliches getan*.

Zwei Jahre später kommt mir immer noch die Galle hoch, wenn ich daran denke. »Er wollte, dass ich eine Szene mache«, erkläre ich Rae. »Diese blöde Drama-Queen.«

»Oh, ich hätte ihm eine geknallt«, sagt Rae. »Aber du nicht. Du hast dich beherrscht. Weil du taff bist.«

Ich zucke die Achseln. An diesem Tag war ich genauso wütend auf mich selbst wie auf Eric. Weil ich es hätte wissen und die Affäre hätte kommen sehen müssen. Seit Keegans

Geburt stand es nicht zum Besten mit unserer Ehe, und ich habe nie den Fehler gemacht, Eric für einen Ausbund an Tugendhaftigkeit zu halten. Ich hätte nur einfach nicht gedacht, dass er die Gelegenheit dazu bekommen würde.

Wir haben schon lange Probleme, sagte Eric, dessen Ansprache ganz klar einstudiert war. *Doch wir können sie überwinden. Für Keegan. Unser Sohn braucht uns.*

Er hatte damit gerechnet, dass ich in Tränen ausbrechen würde, weil er sich zwischen zwei Frauen entscheiden müsste, doch ich blieb ruhig und entschlossen, nicht dem Skript zu folgen. *Nein*, korrigierte ich ihn, den Mund voll Krebsfleisch, *unser Sohn braucht* mich. *Ich will das alleinige Sorgerecht. Und wenn du irgendetwas unternimmst, um das anzufechten – egal was –, dann wirst du dich in den nächsten sechzehn Jahren an Alimente dumm und dämlich zahlen. Du kannst es dir schwer machen oder einfach.*

Am Ende machte er es sich einfach. Mir, aber vor allem sich selbst.

Ich möchte Rae sagen, dass ich nicht taff bin, nur dumm, weil ich überhaupt ein Arschloch wie Eric geheiratet habe. Doch bereuen kann ich es nicht. Denn in dem Fall würde ich auch bereuen, meinen Sohn bekommen zu haben.

»Na dann«, sagt Rae, »gehe ich jetzt besser. Halt dich wacker, Charlie, Liebes. Ein Tag nach dem anderen.«

Sie sagt mir nicht, dass sie jetzt Zoey abholt, aber es ist Donnerstag. Donnerstags hat Zoey Tanzunterricht. Das habe ich nicht vergessen. Während ich ihr nachschaue, als sie davonfährt, frage ich mich, ob unsere Freundschaft das hier überstehen kann. Kann ich Rae vergeben? Sie hat ein Ziel. Sie hat ein Kind, das auf sie wartet.

An diesem Abend bekomme ich einen Anruf von Bianca, meiner Art-Direktorin bei *Sophisticate*. Ich stelle den Fernseher stumm, irgendeine Sendung über die alten Ägypter, die ich sowieso nicht richtig verfolgt habe, und gehe an das Handy, froh um die Ablenkung durch die Arbeit.

»Schatz, wie *geht* es dir?« Ich kenne Bianca als jemanden, der sich für schöne Layouts begeistert und sich den Kopf über Type und Farbe von Schriften den Kopf zermartert. Mit ihr mein Privatleben zu diskutieren ist eine andere Geschichte.

»Gut«, sage ich vorsichtig. »Und dir?«

»Gut, gut.« Bianca hält sich nicht mit höflichem Geplänkel auf. »Also, hör mal … du sollst es als Erste erfahren.« Sie holt tief Luft. »Dunhaven will das Magazin verkaufen.«

Der Fernseher wirft unheimliche blaue Schatten über die Wohnzimmerwand. Ich starre auf die Bilder von Mumien und alten Gräbern und versuche zu begreifen, was sie gerade gesagt hat. Bianca und ich waren nie wirklich Fans unseres Verlegers, aber ein Verkauf könnte massive, katastrophale Umwälzungen hinsichtlich der Arbeit bedeuten. Das ist eine große Sache, eine sehr große Sache sogar, und trotzdem bringe ich nicht die Energie auf, mich aufzuregen.

»Ach«, sage ich.

Das ist wohl nicht die Antwort, mit der Bianca gerechnet hat. »Also«, sagt sie, »ich darf eigentlich nichts sagen, aber Longview Media haben bereits ein Angebot gemacht. Das könnte schon nächste Woche akzeptiert werden.«

»Meinst du, es gibt Umstrukturierungen?«, frage ich.

»Ich kann es nicht garantieren«, sagt sie. »Ich weiß, du hast die letzten Monate viel von zu Hause aus gearbeitet, aber das kommt bei Longview sicher nicht gut an. Ich sage dir das als Freundin, Charlie. Ab nächster Woche kommst du *jeden Tag* ins Büro, okay? Denn es werden Köpfe rollen. Und du weißt, wie scharf Tina auf deinen Job ist.«

»Okay«, verspreche ich, und auf eine distanzierte Art weiß ich zu schätzen, dass sie auf mich aufpasst. »Danke für die Vorwarnung.«

Nach dem Anruf sitze ich da, starre das Telefon an und frage mich, warum ich nicht besorgter um einen Job bin, auf den ich mein ganzes erwachsenes Leben lang hingearbeitet habe. *Zwölf Jahre,* stelle ich ungläubig fest. Mit sechsundzwanzig Jahren habe ich angefangen, für das Magazin zu arbeiten. Sobald ich entschieden hatte, dass mich die Arbeit beim *Cold-Crimes*-Magazin nicht weiterbrachte, begann ich als Freie für *Sophisticate* zu arbeiten, bis man mir eine Anstellung als Autorin anbot. Das war etwas völlig anderes als über alte Mordfälle und Fortschritte in der Forensik zu schreiben, aber es winkten ein fester Arbeitsplatz und ein Gehaltsscheck. Na gut, und viele Jahre und einige Beförderungen später bin ich leitende Redakteurin und habe einen tollen Beruf. Oder?

Einen tollen Beruf und fast kein Privatleben. Kaum Familie. Und keinen Sohn.

Ich schlendere ins Badezimmer, auf der Suche nach meinem Ambien. Befördere mit einem Tritt einen Haufen muffiger Handtücher beiseite und ignoriere den Geruch. Drücke den Deckel der Tablettenflasche auf.

Wäre es wirklich so schlimm, meine Arbeit zu verlieren? Jahrelang habe ich mich einem Magazin verschrieben, das modernen zahlungskräftigen Frauen ein glückliches, angenehmes Leben verspricht. Aber wo ist *mein* Glück? Wo sind *meine* Annehmlichkeiten?

Ich werfe noch eine Schlaftablette mehr ein, die letzte aus der Flasche. Ich will nicht mehr nachdenken, will mich nicht an das erinnern, was ich verloren habe. Will mich auch nicht fragen, wo ich jetzt ohne meinen Job wäre.

Ding, ding, ding.

Die Türklingel reißt mich aus dem medikamentösen Nebel. Ich setze mich auf der Couch auf. Mein Kopf hämmert, mein Magen schlingert. Ein Ambien-Kater. Das passiert, wenn man das Doppelte der empfohlenen Dosis nimmt.

Die Türklingel schellt abermals, jetzt dreimal in schneller Folge, so wie ich es schon eine ganze Weile nicht mehr gehört habe. Zoey. Ihr »geheimes« Klingeln für Keegan.

In den letzten paar Monaten hat Rae die Besuche ihrer Tochter auf ein Minimum beschränkt, und ich kann es ihr nicht verübeln. Ich bin immer noch anfällig und kann schlecht mit Zoeys schonungslosen Fragen umgehen. Wie erklärt man einem Kindergartenkind, dass sein Spielkamerad tot ist, wenn man die Bedeutung dieses Wortes selbst nicht vollständig erfassen kann? Ich überlege, ob ich so tun soll, als hätte ich die Klingel nicht gehört, aber ich kenne Zoey schon fast ihr ganzes Leben lang. Ich liebe sie heiß und innig. Jetzt ist sie das einzige Kind in meinem Leben.

Ich öffne die Haustür und blinzele in die Morgensonne. Zoeys Gesicht reckt sich mir entgegen; sie ist eine winzige Version von Rae, sogar noch schöner. Glatte Kaffeehaut, ordentlich gebändigte Locken. Eine angehende Fashionista. Rae steht zögernd hinter ihr. Ich habe keinen Zweifel daran, dass sie ihrer Tochter strikte Anweisungen gegeben hat, aber Zoey ist erst fünf, und da muss man mit allem rechnen.

»Hihi!« Zoey mustert mich. »Bist du krank?«

»Zoey.« Raes Ton ist warnend.

»Ich wollte dir zeigen, was ich Neues habe.« Sie bauscht den Rock eines limettengrünen Kleides und dreht sich dann für mich.

Ich hocke mich so hin, dass ich auf Augenhöhe mit ihr bin. »Das ist sehr schön.«

»Sie wollte nur Hallo sagen«, murmelt Rae. »Ich hoffe, es stört dich nicht.«

»Nein, ich freue mich, dass ihr gekommen seid.« Ich werfe einen Blick auf die Wohnzimmeruhr. »Sieht aus, als hätte ich verschlafen.«

»Na, dann lassen wir dich mal den Tag beginnen.« Rae legt eine Hand auf Zoeys Schulter und versucht ihr Kind wegzuschieben. »Wir müssen auch los, Kleines. Die Schule fängt an.«

Zoey wirft einen Blick zurück zu mir. »Hey, willst du zu meiner Tanzaufführung kommen? Das wird wirklich gut.«

Offensichtlich hatte ihre Mutter diese Einladung vorher nicht gesehen. »Charly hat viel zu tun. Vielleicht ein anderes Mal.«

Schützt sie *mich*, frage ich mich, oder Zoey? »Hast du einen Auftritt, Zo?«, frage ich. Schon bevor ich Keegan verlor, habe ich Rae um ihre Tochter beneidet, wegen der Prinzessinnenkleider, den lila Tutus, dem ganzen Glitzer. Ich war noch bei keinem von Zoeys Auftritten, seitdem sie Unterricht hat.

Zoey strahlt, weil ich Interesse zeige. »Ja, wir haben eine Aufführung. Und ich kriege ein Kostüm. Das ist *wirklich* hübsch.«

»Wow«, sage ich. »Ich würde gern kommen.«

Zoey umarmt meine Knie.

»Bist du sicher?« Rae guckt so zweifelnd, als würde sie nicht daran glauben, dass ich mich zusammenreißen kann.

»Natürlich.«

»Die Aufführung ist Sonntagnachmittag. Ich könnte dich um drei abholen.«

Ich merke, dass sie immer noch nicht überzeugt ist.

»Wenn du dich am Sonntag doch nicht danach fühlst, ist das nicht schlimm.«

Ich kitzle Zoey durch, dabei ignoriere ich ihre Mutter. Zoey quiekt entzückt.

»Ich sehe dich dann Sonntag, Süße. Ich freu mich schon.«

»Yaaay!« Sie macht einen Freudentanz. Ihre Begeisterung ist so unschuldig und rein, dass ich glaube, mein Herz bricht.

In den achtundvierzig Stunden vor der Aufführung werde ich seltsam agoraphobisch. Die Vorstellung, das Haus zu verlassen, erfüllt mich mit Panik. Kann ich wirklich lächeln und applaudieren, während ich den Kindern anderer Leute zuschaue? Ich bin so unruhig, dass ich meine Trägheit überwinde und zu putzen anfange. Es ist an der Zeit. Gegenstände sind nicht dasselbe wie Erinnerungen, sage ich mir. Mein Sohn ist mehr für mich als ein Ninja-Turtle-Rucksack und ein Flur voller Matchbox-Autos. Ich räume Keegans Spielzeug weg, stapele Puzzles und Spiele in Regalen, packe Bauklötze und Legos in Kisten. Ich mache sein Bett, wasche und falte seine Kleider, sortiere seine Bücher alphabetisch. Diese Dinge bedeuten nun niemandem mehr etwas – außer mir. Ich bin die Einzige, die sich an die siebentausendmal erinnert, die wir *Muh, Bäh, Täterätata* gelesen haben, und daran, wie schamlos er immer geschummelt hat, wenn wir *Candyland* spielten. Neue Erinnerungen können nicht mehr geschaffen werden.

Als ich fertig bin, wirkt das Zimmer ordentlich und unpersönlich. Blaue Wände, grüne Bordüre, ein *Sesamstraße*-Bettüberwurf. Es sieht aus wie in den Verkaufsräumen von Ikea, ein Zimmer, das darauf wartet, von einem anonymen kleinen Jungen bewohnt zu werden, nicht von meinem kleinen Jungen, sondern dem von jemand anderem.

Danach stelle ich die Dusche an, trete vollständig angekleidet darunter und setze mich. Ich weine. Noch nie habe ich mich nach dem Aufräumen so schlecht gefühlt. In diesen beiden Tagen nehme ich keine Schlaftabletten. Ich will mich nicht ausklinken, will mich nicht betäuben. Ich muss etwas fühlen. Ohne pharmazeutische Hilfe habe ich schon immer schwer in den Schlaf gefunden, jetzt ist es ein Ding der Unmöglichkeit. Nachts lasse ich den Fernseher an, damit mir die enthusiastischen Stimmen der Infomercials Gesellschaft leisten. Ich schrubbe gründlich den Kühlschrank, mache mich mit einer Zahnbürste über die Badezimmerkacheln her. Ich winde mich innerlich vor Scham, als ich beim Durchblättern alter Ausgaben von *Sophisticate* auf Artikel über Diäten und plastische Chirurgie stoße. Ich denke: *Wenigstens habe ich keine Tochter, die ich verderben kann.* Ein schwacher Trost.

Am Sonntag dann sitze ich auf der Couch und warte. Er ist gekommen: Mein Tag, um normal zu wirken … oder es vorzuspielen, so gut ich kann. Sonnenlicht strahlt schwach durch die Vorhänge. Ich höre Vögel. Tage und Nächte ohne Schlaf fordern endlich ihren Tribut, und bevor ich weiß, wie mir geschieht, bin ich weggenickt.

Zunächst sind da Vögel. Sich zankende Krähen. Das Licht wird schwächer, dann rot. Rot, das fließt, sich wellt, schimmert. Ich tauche die Hand hinein und sehe, wie Stoff von meinen Fingern gleitet. Jemand kichert. Ich ziehe mehrere Schichten Rot zurück, und Zoey erscheint, Pailletten fallen aus ihrem Haar. *Das darf nicht*, singt sie mir zu, *das darf nicht das Ende sein*. Auf einmal tanzt sie. Dreht sich, wirbelt herum, bis mir davon ganz übel wird. *Das darf nicht*, singt sie, *das darf nicht das Ende sein*. Ich fasse nach ihr, will sie festhalten, aber ein Vorhang fällt herunter. Nicht meine grünen Vorhänge sind das, sondern schwarze Vorhänge, erdrückend schwer. Nun ist Zoey verschwunden, verschluckt von den schwarzen Falten, schreiend.

Zoey!, rufe ich. *Zoey*!

Mein Knöchel, wimmert sie unter dem Schwarz. *Mein Knöchel*.

Ich wache auf, als Rae mich schüttelt. »Charlie? Es ist Zeit zu gehen. Willst du immer noch mitkommen?«

Mit pochendem Kopf versuche ich mich zu erinnern, wo ich bin. »Wo ist Zoey? Geht es ihr gut?«

»Mason hat sie vorhin hingefahren.«

Die Sonne ist weitergewandert und hat den Raum den vorrückenden Nachmittagsschatten überlassen. »Was ist mit ihrem Knöchel? Ist er gebrochen?«

»Zoey? Ihr geht es gut, Liebes. Mit ihrem Knöchel ist alles in Ordnung.« Rae lehnt sich gegen die Armlehne der Couch und verkneift sich einen Blick auf die Armbanduhr. »Geht es *dir* denn gut? Du siehst aus, als könntest du noch ein bisschen Schlaf gebrauchen.«

»Habe ich geschlafen?«

»Ich glaube, du hast geträumt.«

»Oh.« Ich setze mich auf und reibe mir übers Gesicht, obwohl ich mich eher ruhelos als müde fühle. »Dann lass uns gehen.«

Die Aufführung findet in der örtlichen Grundschule statt, in einer muffigen Aula mit einer schlaffen Fahne. Als ich einen Blick auf das Programm werfe, erkenne ich, dass Zoeys Klasse nur eine von acht ist, die hier auftreten. Als jüngste Gruppe kommen sie zuerst und erscheinen dann noch einmal im Finale.

Mason sieht meinen konsternierten Blick und versucht mich aufzumuntern. »Es geht schnell«, verspricht er.

Ich mag Raes Mann, aber ich weiß, wann man mich für dumm verkauft.

Die erste Nummer läuft wie erwartet. Der Vorhang öffnet sich, und Zoey und ihre Mitstreiterinnen huschen in roten Paillettentrikots heraus. Geblendet von den Scheinwerfern stellen sich die Kinder nach einigem Hin und Her in zwei Reihen auf und führen einen Tanz vor, mit abgehackten und asynchronen Bewegungen, wie Marionetten.

Sobald Zoey die Bühne verlassen hat, wandern meine Gedanken. Ich beobachte, wie sich ruhelose Zuschauer setzen und wieder aufstehen, zähle die leuchtenden Handys, die zur Aufnahme bereitgehalten werden. Ich knibbele an dem abgeplatzten Lack meines Holzstuhls und versuche, nicht auf die raschelnden Jacken und Programme zu hören. Es folgt eine Vorstellung auf die andere, bis wir es endlich bis zur letzten geschafft haben. Irgendein deprimierender Popsong folgt noch, über ein Mädchen, das seinen Freund davon abbringen will, es zu verlassen. *Boy, you got to believe that/I ain't ready for you to leave yet*, schnulzt sie.

Die älteren Mädchen beginnen, während sich die Kleinen auf den Seitenbühnen aufreihen. Rae berührt meine Schulter und zeigt auf Zoey, die hinter dem Vorhang hervorspäht, offenbar ohne sich bewusst zu sein, dass alle sie sehen können.

»Oh-oh«, flüstert Rae. »Sie wird ihren Einsatz verpassen!«

Und so sieht es wirklich aus. Während sich ihre Lippen bewegen, als singe sie, wirbelt Zoey herum und greift in den Vorhang. Sie springt hoch, versucht sich durch die Luft zu schwingen, als wäre sie Tarzan an einer Liane, und …

… fällt zu Boden.

Eine Masse aus schwarzem Stoff stürzt herunter und begräbt sie.

Durch die winzigen Lautsprecher erreicht die Musik nun ein furchtbares Crescendo. *Das darf nicht das Ende sein.*

Ich sehe Rae aufspringen. Ich sehe eine Frau aus dem Bereich hinter der Bühne heraneilen. Ich sehe, wie sich Mason einen Weg durch die unnachgiebigen Schöße und Knie und Schuhe bahnt, um zur Bühne zu kommen.

Die Musik geht weiter, mit ihrem mir vertrauten schrecklichen Refrain, während verwirrte Tänzer sich fragen, ob sie weitermachen sollen oder nicht: *Das darf nicht, das darf nicht das Ende sein.* Jemand hat Zoey unter dem Vorhang hervorgezogen, ein kompetent aussehender Mann. Sie weint. Geduldig redet er mit ihr, fasst ihr Bein an, sucht nach der Quelle des Schmerzes. In dem Moment, als sie mit dem Finger zeigt, durchfährt mich die unheilvolle Erkenntnis.

Denn natürlich ist es ihr Knöchel.

3

An diesem Abend versuche ich den Lärm in meinem Kopf mit noch mehr Lärm zu ertränken. Ich drehe das Radio auf, lasse den Müllhäcksler laufen, sauge Staub. Nichts davon vertreibt das Gefühl der Vorahnung, doch mir ist quälende Unruhe lieber als stille Angst. Irgendwann nach elf steht Rae in meinem Wohnzimmer. Ich stelle den Staubsauger ab, erschrocken, sie um diese Uhrzeit zu sehen.

»Ich habe geklopft«, sagt sie. »Ich glaube, du konntest mich nicht hören.« Mit hochgezogenen Augenbrauen sieht sie sich in dem frisch aufgeräumten Zimmer um. »Wow. Sieht gut aus.«

»Wie geht es Zoey?«

Rae verdreht die Augen. »Wir kommen gerade von unserer Odyssee durch die Notaufnahme. Das wird schon wieder.« Als sie sich auf die Couch fallen lässt, landen ihre Oberschenkel auf dem Fleck, den Keegan letzten Juni mit einem Eis am Stiel gemacht hat. »Ich habe gesehen, dass bei dir noch Licht ist, deswegen dachte ich, ich schau noch mal vorbei. Gut, dass du nach Hause gekommen bist.«

»Ich habe ein Taxi genommen. Kein Problem. Also … hat Zoey Krücken bekommen?«

Sie nickt. »Sie ist begeistert. Wir mussten praktisch handgreiflich werden, um sie ins Bett zu bringen.« Sie lehnt sich in der Couch zurück und wirft mir einen Seitenblick zu. »Er ist übrigens wirklich gebrochen. Ihr Knöchel.«

»Da hat sie wohl Glück gehabt. Es hätte auch viel schlimmer kommen können.« Ich sage nicht, wie viel schlimmer, und Rae denkt nicht an den Sohn, den ich verloren habe, nicht jetzt.

»Schon komisch, oder? Dass du das geträumt hast?« Sie mustert mich eingehend. Ich bin ein Nervenbündel, weil ich es seit Stunden immer und immer wieder im Kopf durchgehe, doch das soll sie nicht wissen. Rae ist sehr abergläubisch. Sie glaubt an *alles*. Geister und frühere Leben und Tarotkarten – den ganzen Mist. Ich will nicht, dass sie auch noch *daran* glaubt.

»Es war nur ein Traum, Rae. Ich nehme kaum an, dass es etwas zu bedeuten hat.«

»Als du aufgewacht bist, hast du gefragt, ob Zoeys Knöchel gebrochen ist«, sagt Rae stur. »Natürlich hat das etwas zu bedeuten!«

»Du hast recht«, sage ich mit einem Augenrollen. »Ich bin der zweite Nostradamus. Ich ruf dich an, wenn ich die Lottozahlen träume, okay?«

»Dann arbeite mal dran, ich spiele gar nicht!« Sie streckt die Beine, als würde meine Skepsis sie amüsieren. »Ich gehe jetzt besser schlafen. Danke, dass du zu Zoeys Aufführung gekommen bist, auch wenn es das reinste Chaos war.«

Ich folge ihr nach draußen und vergewissere mich von der Einfahrt aus, dass sie sicher bei ihrem Haus anlangt. Es ist eine kalte Nacht – die Art von Kälte, die sich sauber anfühlt, wenn man sie einatmet. Ich schaudere und verschränke die Arme vor der Brust. Rae winkt mir von dem Backsteinweg in ihrem Vorgarten aus zu, als Mason ihr die Tür öffnet. Sie hat es geschafft. Sie ist in Sicherheit.

Ich gehe wieder nach drinnen und schließe die Tür hinter mir ab. Normalerweise habe ich keine Geheimnisse vor Rae, weil ich die Distanz, die jetzt zwischen uns herrscht, nicht noch vergrößern will, doch alles kann ich ihr nicht sagen. Denn es war nicht nur der Knöchel. Sondern auch die roten Pailletten, der schwarze Vorhang. Dieser fürchterliche Song. Noch weiß ich nicht, was ich davon halten soll, deswegen schiebe ich es weit weg von mir, zu all den anderen Dingen, über die ich nicht nachdenken will, und dann sauge ich und wische Staub. Ich scheure den Küchenboden und beziehe die Betten neu.

Irgendwann nach vier Uhr morgens sehe ich mich im Haus um und stelle fest, dass es das erste Mal in den fünf Jahren, die ich es besitze, sauber ist. Es gibt nichts mehr zu putzen. Bianca hatte recht. Es ist Zeit, wieder zur Arbeit zu gehen.

Ich arbeite mit sehr vielen Frauen zusammen. Eine Handvoll schwuler Männer gibt es auch, und irgendwo versteckt sich vermutlich auch ein heterosexueller Mann, doch im Wesentlichen ist der Treibstoff des *Sophisticate* eine sehr spezielle Sorte von Östrogen: zickige, hyperkultivierte New Yorkerin.

Als ich in den Zwanzigern war, fand ich das toll. So hatte ich immer sein wollen. Bis ich dreißig wurde, hatte ich das ironische Lächeln, die hochgezogene Augenbraue, den langen, müden Seufzer perfekt drauf. Ich konnte mich darüber streiten, welcher Bagel-Laden auf der Upper West Side der beste ist, und zahlte – ohne mit der Wimper zu zucken – acht Dollar für eine halbe Avocado. Ich joggte durch den Central Park und glaubte, ich hielte dabei Zwiesprache mit der Natur. Doch die Stadt laugte mich aus. Eines Tages sah ich in einem Restaurant mein Spiegelbild und dachte: *Ich lächle nie. Ich grinse.*

So war ich nur zu bereit für eine Flucht, als ich Eric traf, meinen Ritter im Rautenpullover: mein Ticket da raus. Wir waren erst fünf Monate zusammen, als wir heirateten. Drei Monate später war ich schwanger. Stamford, Connecticut ist nicht so nobel wie Greenwich oder Darien, doch wir fanden ein gemütliches Haus mit drei Schlafzimmern, bloß ein paar Meilen von der betreuten Wohneinrichtung meiner Großmutter entfernt. Ich liebte es, sogar noch, nachdem Eric ausgezogen war. Ich sah zu, wie Keegan im Sandkasten buddelte oder im Kinderbecken plantschte, und mein Herz lief über vor Glück – bis ich mich morgens wieder auf die lange Pendelstrecke nach Manhattan hinein machte.

An diesem trüben Montag gehe ich das Dutzend Blocks vom Grand Central zu Fuß, weil ich bei dem Gedanken an die Drängelei in der U-Bahn Platzangst bekomme. Zwischen den gewaltigen Wolkenkratzern kann ich ein paar Fetzen des Himmels und wirbelnde Wolken ausmachen. Das Haar peitscht mir ums Gesicht, als ich mich durch die Windkanäle kämpfe und den heranwehenden Müll beiseitetrete. Niemand von den anderen Passanten sieht mich an, und ich frage mich, an wie vielen Leuten ich über die Jahre so vorbeigegangen bin, wie viele Gesichter ich ignoriert habe.

Ich tue mein Bestes, wieder »die alte« Charlie zu sein, doch irgendwie scheint es heute Morgen nicht sehr glaubwürdig, dass ich mir den Pony bloß zur Seite gekämmt habe, weil ich ihn mir rauswachsen lassen will, und meine Hose ist leicht zerknittert, weil sie einen ganzen Monat über der Duschstange gehangen hat. Um die Wahrheit zu sagen: Ich habe Zweifel, was *Sophisticate* angeht. Nach allem, was ich durchgemacht habe, kann ich da wirklich noch Enthusiasmus für ein Magazin aufbringen, das, wenn ich ehrlich bin, lediglich eine exklusive, etwas weniger sexbesessene Version von *Cosmo* ist? In der Septemberausgabe haben wir tatsächlich einen Artikel mit dem Titel »Wie Oralsex Ihre Ehe retten kann« gebracht.

In der Redaktion herrscht noch nicht viel Betrieb. Es ist acht Uhr fünfundvierzig. Ich bin früh dran und Druck-Deadline war letzte Woche, was das Chaos üblicherweise für ein paar Tage abklingen lässt. In den letzten zehn Jahren habe ich die meiste Zeit meines Lebens in diesen Büros zugebracht, und die schicke, moderne Einrichtung hat mir immer gefallen, doch heute Morgen erinnern mich die weißen, fensterlosen Wände und das blitzende Chrom an ein Krankenhaus. Ich gehe in den Pausenraum, um mir einen Kaffeekick zu holen, und sehe dort Lauren, meine Redaktionsassistentin, die die Brühe von gestern in den Abfluss gießt.

»Charlie!« Ihre Augen sind zwei große Kreise aus schwarzem Eyeliner. »Ich wusste gar nicht, dass du heute reinkommst.«

»Ich werde von jetzt an Vollzeit im Büro sein.« Ich wühle im Schrank nach einem sauberen Filter. »Du siehst süß aus. Der Haarschnitt gefällt mir.«

»Danke …« Lauren trägt einen neuen kurzen Bob und ein Paar Miu-Miu-High-Heels, die sie sich wohl kaum von ihrem Gehalt hat leisten können. Früher einmal hätten wir jetzt lang und breit ihre Frisur und die Schuhe diskutiert, aber ich scheine den Geschmack an oberflächlichem Geplauder verloren zu haben.

»Haben wir eigentlich je die Fotos zu dem Text über die tahitianischen Hochzeiten bekommen?«, frage ich.

»Ja, das ist fertig. Tina hat sich um alles gekümmert, keine Sorge.« Sie sieht zu, wie ich das Kaffeemehl abmesse. »Ich nehme an, du hast gehört, dass Longview Media das Magazin kaufen will.«

»Ich bin mir sicher, das ist kein Grund zur Sorge. Also, gibt es nichts Dringendes für mich zu erledigen?« Ich bin sowohl erleichtert als auch enttäuscht.

»Nee.« Sie überlegt einen Moment. »Am Freitag hat jemand für dich angerufen, Isaac Soundso von Meyers Rowe. Er sagte, du kennst ihn.«

»Meyers Rowe, der Verlag? Das muss Isaac Cohen sein.« Ich habe nicht mehr oft mit meinem alten Redaktionsleiter vom *Cold-Crimes*-Magazin zu tun, aber vielleicht will er mir ein Buch aus dem Programm »True Crimes« zur Besprechung vorschlagen. Isaac hat kein Problem damit, einen Gefallen einzufordern. »Danke, Lauren. Sieht so aus, als hättest du alles gut im Griff.« Ich schalte die Kaffeemaschine an und halte unser Gespräch für beendet, doch Lauren rührt sich nicht.

Sie räuspert sich. »Es ist schön, dass du wieder da bist. Wir haben alle an dich gedacht.« Sie macht einen Schritt auf mich zu, und für einen Augenblick fürchte ich, sie könnte mich umarmen. »Wenn du irgendetwas brauchst …«

»Dann melde ich mich.«

Offenbar findet sie, dass ich jetzt am besten allein sein sollte, denn sie zieht sich unbeholfen zurück. Doch ihr Mitleid hängt in der Luft wie zu viel Parfüm. Ich spüre, wie sich mir die Kehle zuzieht und meine Augen feucht werden. Schnell suche ich nach einer Tasse. Kaffee ist die Antwort, sage ich mir. Heißer, bitterer Bürokaffee wird mich durch diesen Tag bringen.

Ich verbringe den Morgen damit, meine E-Mails durchzugehen, um ein Aufeinandertreffen mit meinen Kollegen zu vermeiden. Obwohl ich die Tür zu meinem Büro geschlossen halte, kommen doch einige herein, um Hallo zu sagen. Ich bleibe rein professionell, erinnere sie halbwegs höflich daran, dass ich Arbeit aufzuholen habe, und vertiefe mich in Anfragen, Korrespondenz mit unseren verschiedenen Freelance-Autoren, Fragen und Beschwerden von unserem Herstellungsleiter. Und irgendwo stoße ich auch auf eine E-Mail von Isaac Cohen.

Hallo Charlotte,

wie geht es dir inmitten all der Lippenstifte und Designer-Handtaschen? Ich hoffe, alles läuft bestens. Gerade erreicht mich das Gerücht, dass Longview Media dein Magazin gekauft hat. Diese Arschlöcher sind skrupellos; um Geld zu sparen, würden die auch die Besten und Intelligentesten feuern, also pass auf dich auf. Wenn es hart auf hart kommt und du einen Plan B brauchst, ruf mich an. Ich habe einen Job, der dich vielleicht interessieren könnte.

Alles Gute
Isaac Cohen.
Cheflektor
Meyers Rowe, Redaktion True Crimes

Ein Jobangebot. Unerwartet, aber zur rechten Zeit. Ich spüre Dankbarkeit in mir aufsteigen, weil Isaac an mich gedacht hat. Ich habe ihn seit Jahren nicht gesehen, doch aus unserer Zeit bei *Cold Crimes* erinnere ich mich noch gut an ihn. Er ist ein paar Jahre älter als ich. Schlaksig, behaart, sehr schräg, aber ein ausgezeichneter Redakteur. Er sah nicht aus wie jemand, der Artikel über Verbrechen in Auftrag gibt, sondern eher wie jemand, der sie begeht. Ich habe mehrere Texte über verschiedene kalte Fälle für ihn geschrieben. Die Arbeit fand ich interessant, doch das Magazin hatte nur eine niedrige Auflage, die Bezahlung war nicht gut, und es gab auch keine Aufstiegsmöglichkeiten. Dass Isaac dem Genre die ganze Zeit treu geblieben ist – auch wenn Meyers Rowe ein großes Verlagshaus ist und eine deutliche Verbesserung zu *Cold Crimes* –, überrascht mich nicht. Aber ich bezweifle, dass ich die nötige Erfahrung für einen Job in dieser Redaktion habe.

Ach, was soll's, sage ich mir. *Es ist eine Chance, wenn auch nur eine kleine. Eine Chance, hier rauszukommen.*

Ganz unten in seiner E-Mail-Signatur finde ich eine Telefonnummer und will nach einem Stift greifen, um sie mir zu notieren. Dabei stoße ich den Becher mit den Kulis und Stiften um. Während ich unter dem Schreibtisch herumkrabbele, um sie aufzusammeln, höre ich, wie jemand in die Tür zu meinem Büro tritt.

»Sieht nicht so aus, als wäre sie an ihrem Schreibtisch.«

»Oh naja. Dann frage ich einfach Tina.«

Ich versuche die Stimmen zu erkennen. Eine klingt wie Laurens. Die andere kann ich nicht identifizieren. Normalerweise würde man nun aufstehen und seine Besucher ansprechen, doch – nicht so ich. Ich bleibe auf Händen und Knien und rühre mich nicht.

»Ich glaube, wir werden uns jetzt immer an Tina halten müssen.« Ja, das ist Laurens Stimme, jetzt bin ich mir sicher. Sie senkt sie, als wollte sie tratschen. »Wenn die neue Leitung kommt, ist Charlie weg vom Fenster, das sag ich dir. Hast du sie heute Morgen gesehen?«

»Nein, wie wirkte sie?«

»Irgendwie neben sich. Das arme Ding.« Die Stimmen kommen näher, und einer lässt etwas auf meinen Schreibtisch fallen. »Das ist komisch«, fährt Lauren fort, ohne zu merken, dass ich bloß ein paar Schritte entfernt bin. »Du weißt ja, wie sie ist, immer ganz geschäftsmäßig. Ich dachte, sie wäre sauer, dass Tina übernommen hat, aber ich glaube, sie hat es nicht mal mitbekommen.«

»Ich kann es ihr nicht verübeln. Wenn meinem Kind etwas passieren würde … Was hat Bianca gesagt? Es war ein Aneurysma im Gehirn?«

»Ja. Ihr Sohn war im Kindergarten, bekam Kopfschmerzen und war tot, noch bevor sie es ins Krankenhaus schaffte.«

»Wahnsinn.« Nun bewegen sich ihre Stimmen wieder weg. »Mein Onkel hatte auch ein Aneurysma im Gehirn, aber der ist sechzig oder so. Und er ist nicht daran gestorben. Ich wusste nicht, dass Kinder das auch bekommen können.«

»Eigentlich nicht. So was passiert in einem von einer Million Fällen.«

Mir wird schwindlig. Das Gesicht auf die Knie gedrückt, bleibe ich noch lange unter dem Schreibtisch sitzen. Ich kann hier nicht mehr arbeiten. Sich an Vertrautes zu klammern macht mir nur umso bewusster, wie sehr sich alles verändert hat. Wie sehr *ich* mich verändert habe.

Als ich mich wieder beruhigt habe, rufe ich Isaac Cohen an und mache ein Treffen für Mittwochmorgen aus. Egal welchen Job er mir anbietet, ich werde ihn annehmen.

Als ich an diesem Abend im Bett liege, versuche ich mich mit Fernsehen zu betäuben. Was sich als überraschend schwierig erweist, denn auf allen Lokalkanälen läuft die Suchmeldung über ein vermisstes Kind. *Die neun Jahre alte Hannah Ramirez wird seit drei Uhr, als sie die Bonner Grundschule verließ, vermisst. Laut der verzweifelten Angehörigen hat Hannah den zehnminütigen Heimweg oft allein zurückgelegt und war angewiesen worden, nicht mit Fremden zu sprechen. Die Polizei bittet alle, die über Informationen zu Hannahs Verbleib verfügen, diese gebührenfreie Nummer anzurufen.*

Ich zappe durch drei Sender, bis ich das Foto der lächelnden Viertklässlerin schließlich nicht mehr sehen muss. Etwas Schlimmes ist ihr zugestoßen, und ich will nicht über die böse Welt, in der ich lebe, nachdenken. Eine Welt, in der man das Schlimmste annehmen muss, wenn ein kleines Mädchen an einem Nachmittag verschwindet. Eine Welt, in der sich Blut in das Gehirn eines kleinen Jungen ergießt und er ohne Vorwarnung stirbt.

Ihr Sohn hat eine Subarachnoidalblutung erlitten … Äußerst selten bei Kindern … wahrscheinlich schon seit der Geburt vorhanden … nicht Ihre Schuld, nur einfach großes, großes Pech.

Ich bleibe bei Gameshow-Wiederholungen hängen, stundenlang künstliches Lächeln und aufmunternder Applaus, bis ich merke, wie ich wegdämmere. Schlaf oder so was Ähnliches. Zunächst kämpfe ich gegen die Müdigkeit an, aber eigentlich ist es ein angenehmes Gefühl, besser als die Schwere, die die Tabletten bewirken. Eine schöne, warme, schwebende Empfindung.

Und dann ist es, als wachte ich auf; alles wird auf einmal klarer.

Nacht. Ich stehe vor einem alten eingelassenen Swimmingpool. So wie er aussieht, ist hier schon seit einer Weile niemand mehr geschwommen; die Oberfläche ist mit verrottetem Laub bedeckt. Zwei Sprungbretter, das eine kurz, das andere lang, ragen über das faulige Wasser. Gegenüber wartet ein baufälliges Haus auf Reparaturen. Ich höre ein Tropfen, das aus den Schatten hinter mir kommt, und mir stockt der Atem. Ich bin nicht allein.

Ein kleines Mädchen hat sich in einem kaputten Gartenstuhl zusammengerollt und beobachtet mich.

Hi, sagt sie.

Ich kenne das Mädchen nicht, aber ich habe ihr Gesicht schon einmal gesehen – das lange dunkle Haar, den schiefen Pony, die glänzenden schwarzen Augen.

Hannah?

Sie nickt. Das gleichmäßige Tropfgeräusch hält an.

Alle Welt sucht nach dir. Sie glauben, dir wäre was passiert.

Ich weiß.

Ich versuche zu verstehen.

Versteckst du dich?

Als sie den Kopf schüttelt, kann ich sehen, dass sie kleine herzförmige Ohrstecker trägt. Ein Haarband mit einer rosa Blume aus Stoff.

Ich will nach Hause, sagt sie, *aber ich kann nicht.*

Ist das dein Zuhause?

Das ist Lacis Haus. Hannah steht aus dem Gartenstuhl auf und kommt zu mir. *Laci ist meine Freundin aus der Schule. Wir sind in derselben Klasse.*

Das Tropfen irritiert mich. Ich werfe einen Blick zurück zu dem kaputten Stuhl und sehe, dass sich darunter eine Lache bildet, obwohl es nicht regnet. *Bist du nach der Schule zu Laci gegangen?*

Sie ist zu Hause geblieben, weil sie krank ist. Ich habe ihr die Hausaufgaben gebracht, aber niemand hat geöffnet. Des-

halb bin ich nach hinten gegangen, weil man von hier aus ihr Zimmer sehen kann.

Das ergibt Sinn. Ich blicke hoch zu den Fenstern im Obergeschoss des Hauses. Bei Tageslicht könnte uns Hannahs Freundin von dort aus mühelos sehen.

Sie hat Fernsehen geguckt, sagt Hannah. *Ich habe ihr gewunken. Um ihr zu sagen, dass wir Hausaufgaben aufhaben.*

Hast du sie ihr gegeben?

Sie schüttelt den Kopf. *Die sind immer noch in meiner Tasche.* Sie zeigt auf das lange Sprungbrett. Jetzt erst bemerke ich den Kinderrucksack am Fuße der Leiter. Meine Haut prickelt.

Sie hat mich nicht gesehen, erklärt Hanna, *deshalb bin ich auf das hohe Brett geklettert, um mich größer zu machen.*

Das Tropfen wird schneller, als antworte es auf meinen Herzschlag. Ich sehe hinunter; ich stehe im Wasser. Bin ich das? Bin ich diejenige, die tropft?

Komm mit. Sie macht ein paar Schritte zurück in die Schatten und erwartet, dass ich ihr folge.

Doch irgendetwas stört mich. Mein Haar. Da ist etwas in meinem Haar. Ich fasse an meinen Kopf, und schleimige, faulige Blätter rutschen herunter.

Hannah? Das Wasser zu meinen Füßen steigt nun, schwillt bis zu meinen Knien an, und ich weiß, dass sie das bewirkt, mich an einen Ort mitnimmt, an den ich nicht gehen will. *Was geschieht hier?*, frage ich sie. *Ich möchte gehen. Mach, dass es aufhört.*

Sie greift nach meinem Arm, zieht mich tiefer hinein, und ihre Finger schmelzen wie Eis, als sie auf meine Haut treffen.

Psssst, flüstert sie. *Wir gehen schwimmen.*

4

Ich setze mich im Bett auf, schwitzend und frierend gleichzeitig, beide Hände in die Laken gekrallt. Zum ersten Mal seit Keegans Tod hat etwas meine Trauer durchbrochen: Angst. Ich blicke zu den Fenstern, der offenen Zimmertür, halb in Erwartung, ein Gesicht, einen Schatten in menschlicher Gestalt zu sehen.

Es ist nur ein Albtraum, sage ich mir. *Viele Leute träumen schlecht.*

Doch die Angst bleibt, rumort in meinem Bauch, kriecht meine Haut hoch. Hannah Ramirez, erst neun Jahre alt, vermisst seit gestern Nachmittag. Ich kann nicht aufhören, an sie zu denken, an diese eisigen Finger. Denke immer wieder an ihre Mutter, die die ganze Nacht wach liegt und sich verzweifelt fragt, wo ihr Kind ist. Wenigstens das weiß ich. Ich musste mich das nie fragen.

Vielleicht hat man sie schon gefunden, sage ich mir. *Vielleicht geht es ihr gut.*

Aber etwas in mir glaubt nicht daran. Etwas in mir weiß, dass dieser Pool eine Bedeutung hat.

Ich gehe durchs Haus, knipse eine Lampe nach der anderen an, bis mein Zuhause ein Paradebeispiel für Energieverschwendung ist. Was stimmt nicht mit mir? Was passiert mit meinem Gehirn? Ich sehe Dinge, die ich nicht sehen sollte. Sind es die Tabletten? Die habe ich schon vor Tagen abgesetzt. Ist das möglicherweise der Entzug?

Ich gehe heut nicht zur Arbeit, nicht in dieser Verfassung. Schnell tippe ich eine E-Mail, um meine Kollegen darüber zu informieren, dass ich noch ein paar weitere Tage nicht ins Büro kommen werde. In Wahrheit bete ich, dass ich nie wieder dorthin zurückmuss. Morgen habe ich mein Treffen mit Isaac, eine Chance auf etwas Neues. Heute werde ich meine Großmutter besuchen.

Ich treffe sie in ihrem Lehnstuhl an, wie sie mit gerunzelter Stirn auf den Fernseher blickt, ein Kreuzworträtsel im Schoß. Als ich das Wohnzimmer betrete, greift sie sich hastig die Fernbedienung und stellt den Apparat aus.

»Was hast du dir angesehen?«, frage ich.

»Nur die Nachrichten.«

»Dann mach es doch wieder an.«

»Nein, nein«, sagt sie. »Ich will mich mit dir unterhalten. In den Nachrichten passiert nie was Gutes.« Sie zeigt auf ihr Kreuzworträtsel. »Acht Buchstaben für Knotenpunkt. Was denkst du?«

Ich habe das Gefühl, dass sie mich nur ablenken will, und das verärgert mich noch mehr. »Wirklich, Grandma. Glaubst du, ich kann die Nachrichten nicht ertragen?«

Sie seufzt. »Reg dich nicht auf. Es war etwas Trauriges, das ist alles. Ein kleines Mädchen. Mit so was solltest du dich jetzt nicht beschäftigen.«

»Du meinst Hannah Ramirez.«

»Dann hast du es also auch schon gesehen.« Ihr Versuch, mich zu schützen, scheint ihr peinlich zu sein.

»Gestern Abend.«

»Oh. Nun, man hat sie heute Morgen gefunden.« Ihre Stimme lässt darauf schließen, dass es keine guten Neuigkeiten sind.

Mein Magen zieht sich zusammen. »Sie wurde im Pool gefunden«, sage ich, und es ist nicht mal eine Frage.

»Armes Mädchen.« Sie spielt mit ihrem Stift. »Wenigstens war es ein Unfall, nicht irgendein Perverser …«

»Es war doch ein Pool, oder? Der Pool ihrer Freundin?«

Als sie nickt, wird mir schwindlig. Ich sinke in den Schaukelstuhl und massiere mir die Schläfen.

Meine Großmutter missdeutet meine Reaktion als Mitgefühl. »Es tut mir leid, dass du den Bericht gesehen hast. Am besten, wir gucken beide eine Weile keine Nachrichten mehr.«

Ich blicke auf. Das ist nichts, was ich für mich behalten kann. »Ich habe es nicht im Fernsehen gesehen«, sage ich ihr ruhig. »Ich habe es geträumt.«

»Du hast was geträumt?« Sie trägt ein Wort in das Kreuzworträtsel ein und hakt dann den Hinweis ab.

»Von Hannah. Wo man sie gefunden hat.«

»Du hast es gestern Nacht geträumt?«

»Ja.«

Grandma schreibt ein weiteres Wort in die Kästchen. »Sie haben sie aber doch erst heute Morgen gefunden.«

»Ich weiß.«

Sie hält inne. Mustert mich eingehend. »Charlotte, du hast mir gesagt, du träumst nicht.«

»Hab ich auch nicht. Aber dann habe ich aufgehört, die Schlaftabletten zu nehmen.«

»Und du hast von diesem vermissten Mädchen geträumt? Du hast geträumt, dass sie in dem Schwimmbecken … ist?«

Ich nicke und beobachte ihre Reaktion.

Sie starrt mich lange an, denkt nach. Lichtsplitter tanzen über ihre Hand. Bei Tageslicht wirken meine Worte umso lächerlicher.

»Sprich's einfach aus«, sage ich ihr. »Du denkst, ich bin verrückt.«

»Nein.« Doch sie sieht mich dabei nicht an. Ihr Blick liegt auf dem Kreuzworträtsel, den Reihen leerer Kästchen.

»Schon in Ordnung.« Ich beiße mir auf die Lippe. »Ich habe ein totes Mädchen gesehen. Das mit mir geredet hat. Das ist verrückt.«

»Nein, Liebes, nein. Das denke ich nicht.«

»Dann was?« Meine Stimme wird lauter. »Das ist nicht der erste komische Traum, Grandma. Ich hatte noch einen anderen, der dann auch wahr geworden ist. Langsam macht es mir Angst.«

Sie hebt den Kopf. Legt das Rätsel auf den Couchtisch. »Ich glaube nicht, dass du verrückt bist«, sagt sie. »Ich glaube, dass du wie ich bist.«

In dem Sommer, bevor ich in die Highschool kam, fuhr mein Vater seinen Wagen gegen einen Baum. Nach Schätzung des Coroners betrug der Blutalkoholgehalt zum Zeitpunkt seines Todes 2,2 Promille und war damit ungefähr dreimal höher als der gesetzlich erlaubte Grenzwert. Wenn er nicht gestorben wäre, wäre er ins Gefängnis gewandert. Damals kam ich zu meiner Großmutter.

Bis dahin hatte ich die Mutter meines Vaters zwar gelegentlich besucht, doch ich stand ihr nicht besonders nahe, als sie sich entschied, mich bei sich aufzunehmen. Ich mochte sie, weil sie nie verlangte, dass ich über meine Gefühle sprach, und weil sie so ehrlich war wie sonst kein Erwachsener in meinem Leben bisher. »James ist tot, weil er ein Trinker war«, erklärte sie mir. »Wir können ihn lieben, doch wir müssen ihm nicht vergeben.« Oder über meine

Mutter: »Sie war neunzehn und dumm. Es tut mir leid, dass du keine Mutter hast, aber ich bin froh, dass du nicht *sie* als Mutter hast.«

Ihre offenen Worte mögen verletzend sein, doch sie sind immer wahr. Vierundzwanzig Jahre lang habe ich meine Großmutter respektiert, weil sie stets die Dinge beim Namen nannte, weil sie unangenehme Gefühle beiseiteschob und weitermachte, und auch, weil sie mir meine Privatsphäre gönnte. Ich habe immer gedacht, ich wäre die mit den Geheimnissen. Dass sie selbst welche haben könnte, kam mir nie in den Sinn.

Ich betrachte meine Großmutter, die stählernen Augen und das kurze, wellige Haar. Ich habe grüne Augen und bin viel blasser, doch unsere Gesichtszüge sind ähnlich: ovales Gesicht, scharfes Kinn, hohe Wangenknochen. Die Leute sagen, wir würden uns gleichen, und ich glaube auch, dass wir ähnliche Persönlichkeiten haben. Doch das ist es nicht, was sie jetzt meint, wenn sie sagt, dass ich bin wie sie.

»Grandma«, sage ich, »hast du auch unheimliche Träume?«

»Früher ja.« Sie erhebt sich langsam. »Ich möchte etwas zu trinken. Du auch?«

»Nein, danke.« Meine Gedanken sind nicht bei Flüssigem, als ich ihr in die kleine, schmale Küche folge. »Also … ist es später so eingetroffen? Das, was du geträumt hast?«

Sie gießt Apfelwein in einen Topf und stellt eine Herdplatte an. »Das sind keine Träume. So wirkt es nur am Anfang.« Grandma wühlt in einem Schrank, sucht Zutaten heraus. »Träume bewegen sich schnell und ändern sich plötzlich. Sie ergeben keinen Sinn. Ich habe aber Dinge *gesehen*. Sie wirklich gesehen.«

»Wie nennst du sie dann? Visionen?«

»Das klingt so nach Hokuspokus.« Sie rührt etwas braunen Zucker in den Topf. »Für mich waren es immer … Bilder. Es ist mir nicht oft passiert, aber wenn ich diese Bilder sah … nun, dann wusste ich, was kommen würde.«

»Was hast du gesehen?«

Sie überlegt. »Zum ersten Mal ist es passiert, nachdem ich deinen Großvater geheiratet hatte. Es ging um meine Freundin Alice.«

Ich hatte schon von Alice gehört, vor allem, weil sie wohl sehr kokett gewesen war und ihr während des Krieges sechs verschiedene Männer einen Heiratsantrag machten. Meine Großmutter schlägt die Gewürze in ein Mulltuch ein, wirft sie in den Topf und erzählt mir die Geschichte.

»Alice war mit einem Soldaten ausgegangen. Er wollte heiraten, sie nicht. Na ja, sie schickten ihn irgendwohin nach Europa, und zwei Monate später kam Alice sehr besorgt zu mir. Sie hatte Angst, sie wäre schwanger.«

»Davon handelte das Bild?«, fragte ich.

»Nein«, erwidert meine Großmutter, »das war real. In der Nacht, nachdem sie es mir gesagt hatte, sah ich ein Bild. Ein Baby, ein kleines durchsichtiges Baby. Es war von Alice. Und es wurde zu Blut. Dann sah ich Alice, in einem blauen Kleid, das von Blut durchtränkt war. Ich fragte sie, ob alles in Ordnung wäre, und sie lachte und sprang in ihrem blutigen Kleid herum.«

Ich lehne mich gegen den abgenutzten Resopaltresen und runzle die Stirn. »Das ist wirklich unheimlich. Hat sie das Baby verloren?«

»Das nächste Mal, als ich sie traf, trug sie dieses blaue Kleid. Sie nahm mich beiseite und war offenbar ganz glücklich. ›Vergiss alles, was ich gesagt habe‹, sagte sie zu mir. ›Mir geht es gut, es gibt kein Baby.‹«

»Dann war sie nie schwanger gewesen?«, hake ich nach.

»Doch, ich glaube schon.«

»Aber woher willst du das wissen?« Ich möchte, dass sie Unrecht hat. Ich will, dass diese Bilder – ihre und meine – nichts zu bedeuten haben.

»*Wissen* tue ich es nicht«, gibt Grandma zu, »doch Jahre später, als Alice verheiratet war, versuchte sie ein Kind zu bekommen. Es klappte nicht. Sie wurde viermal schwanger, hatte aber jedes Mal eine Fehlgeburt.«

Die Geschichte hinterlässt gemischte Gefühle bei mir. Auf der einen Seite bin ich vielleicht doch nicht geistesgestört. Auf der anderen könnte der Hannah-Traum erst der Anfang gewesen sein. Eine ganze Parade beängstigender Visionen könnte dort noch im Äther lauern und jeden Abend darauf warten, dass ich ins Bett gehe. Ein schrecklicher Gedanke. »Siehst du immer noch Dinge?«

»Schon seit vielen, vielen Jahren nicht mehr.«

Der Apfelwein wird nun heiß, Dampf steigt aus dem Topf. Es riecht nach Herbst, und auf einmal bin ich durstig, eine erstaunlich normale Empfindung. »Was hast du als Letztes gesehen? Erinnerst du dich daran?«

Sie nickt, auf einmal stumm.

Sie will es mir nicht sagen.

»Jemanden, der gestorben ist?«

Sie nickt wieder, und ich halte den Atem an.

Vielleicht wusste sie es und hat nichts gesagt.

»Grandma«, sage ich scharf. »Wer war es?«

Doch ihre Antwort ist nicht die, die ich erwartet habe. »Dein Vater«, sagt sie. »Ich habe deinen Vater gesehen.«

»Was hast du gesehen?« Wir haben schon so oft über meinen Vater – ihren Sohn – gesprochen, doch sie hat nie ein Wort darüber verloren.

»Es war in der Nacht, als er starb.« Sie fährt sich mit der Zunge über die trockenen Lippen. »Ich sah James bei seinem Wagen stehen. Dem grünen.«

Ich weiß, welchen Wagen sie meint. Darin roch es immer nach Erbrochenem, weil ich einmal reisekrank gewesen war.

»Es war dunkel, und der Wagen war gegen einen Baum gefahren.« Sie kneift die Augen so zusammen, als würde sich die Szene noch einmal hier in dieser winzigen Küche abspielen. »Zunächst war ich wegen des Wagens böse. Ich dachte, er würde mich um Geld bitten. Aber er sagte mir: Nein, das hier ist viel schlimmer als ein zu Schrott gefahrener Wagen. Er sagte immer wieder ›Es tut mir leid‹.«

»Das klingt nach Dad. ›Tut mir leid‹ waren seine drei Lieblingsworte.« Grandma scheint den Apfelwein vergessen zu haben, deshalb schalte ich die Platte aus und lasse ihn abkühlen. »Das war es? Er hat sich entschuldigt, weil er ein Versager war?«

»Und er hat mich um einen Gefallen gebeten.«

»Natürlich.«

»Ich habe deinem Vater ein Versprechen gegeben, und ich würde gerne glauben, dass ich es gehalten habe.« Grandma holt zwei Becher aus dem Schrank und reicht mir einen. »Ich habe mich doch um dich gekümmert, nicht wahr?« In ihrer Stimme liegt eine echte Frage, ein Bedürfnis nach Bestätigung, das ich noch nie von ihr gehört habe.

»Das hast du ihm versprochen? Hast du mich deswegen aufgenommen?«

Sie blickt mir in die Augen. »Er hat an dich gedacht. Er wusste, dass er dich im Stich ließ.«

Ich wende mich ab. Ich werde selten böse auf meine Großmutter, aber diese ganze Geschichte hört sich an wie etwas, das sich jemand ausgedacht hat, um Hinterbliebene zu trösten. Warum erzählt sie es mir jetzt, wenn ich diesen Verlust doch längst verarbeitet habe?

»Du hättest mich ja sowieso zu dir genommen, oder?« Ich wende den Blick nicht von dem leeren Becher in meinen Händen ab.

»Oh, Charlie. Das weiß ich nicht. Die Familie deiner Mutter war bereit, dich aufzunehmen. Wenn ich nicht überzeugt gewesen wäre, dass es das war, was James wollte …« Sie zuckt mit den Achseln. »Deine Tante war jünger und aktiver. Sie hatte Kinder in deinem Alter. Ich habe wirklich mit der Entscheidung gerungen.«

»Tante Suzie?« Ich schneide eine Grimasse. »Das wäre ja schrecklich gewesen.«

»Dann habe ich das Richtige getan.«

»Ja«, sage ich, »das hast du.«

Danach sprechen wir nicht mehr über meinen Vater oder die Traumbilder. In der nächsten Stunde sitzen wir im Wohnzimmer und trinken Grandmas Glühwein. Irgendwann stelle ich fest, dass Keegans Spielzeugkiste weg ist. Meine Großmutter muss sie der Kirche gespendet haben. Bei dieser Entdeckung wird mir die Brust eng. Wieso ist mir das nicht früher aufgefallen? Wie konnte mir das entgehen? Wenn ich meinen Sohn wirklich liebe, wie kann ich da an etwas anderes denken?

Es gibt nichts Unnatürlicheres, als ein Kind zu verlieren. Nicht einmal mit den Toten zu sprechen.

5

Als ich am Mittwochmorgen Isaac Cohens Büro betrete, stelle ich fest, dass er sich in den zwölf Jahren, seit ich *Cold Crimes* verlassen habe, kaum verändert hat. Sein Bart könnte einen Schnitt vertragen, und seine lange Gestalt passt nicht ganz in den olivfarbenen Anzug. Obwohl er ein bisschen an Gewicht zugelegt hat und sein Haar langsam schütter wird, ist er immer noch der gleiche Exzentriker, den ich schon kenne.

»Charlotte!« Isaac wedelt mit dem Arm in Richtung des Stuhls neben ihm. »Komm rein, komm rein!«

Das ohnehin schon kleine Büro ist so vollgestopft, dass es noch kleiner wirkt. Ich schlängele mich zwischen gefährlich schwankenden Manuskriptstapeln, Kartons mit druckfrischen Büchern und einer wuchernden Topfpflanze hindurch. Als ich mich setze, lässt mich ein gerahmtes Schwarzweißfoto auf seinem Schreibtisch stutzen. Ich starre den Mann darauf an, seine leeren Augen aus einer anderen Ära, und frage mich, was ich so irritierend an ihm finde.

»Ein viktorianisches Totenporträt«, sagt Isaac sichtlich begeistert. »Willkommen in meiner Höhle.«

Natürlich scherzt er, aber »Höhle« ist tatsächlich ein passendes Wort für sein Büro. Isaac hat die Wände mit Buchumschlägen gepflastert, wie ein Serienkiller es mit den Andenken an seine Opfer tun mag. Zur Rechten sehe ich Titel wie *Hände hoch!* und *Enzyklopädie der Verbrecher*. Die gegenüberliegende Wand ist makabrer: *Das Grab am Green River* und *Dinner mit Dahmer*.

»Serienkiller sind diese Saison in«, bemerke ich.

Isaac schmunzelt. »Die kommen nie aus der Mode, glaub mir.«

Ich frage mich bereits, ob ich einen Fehler gemacht habe. In meiner Eile, *Sophisticate* zu entkommen, habe ich ganz vergessen, mit welchen Themen ich mich bei *Cold Crimes* befasst hatte. Mord. Kranke und Perverse, die kranke und perverse Dinge tun. In den Zwanzigern hat mich das nicht gestört, doch das war, bevor ich Mutter wurde, damals, als ich nur an mein eigenes Leben dachte.

»Also.« Isaac saugt an seinen Zähnen. »Es ist immer schön, ein Gesicht aus der Vergangenheit zu sehen.«

»Ich bin geschmeichelt, dass du an mich gedacht hast. Es ist lange her.«

»Nun ja, dieses Projekt kam gerade rein. Ich glaube, das könnte etwas für dich sein.«

Bei dem Wort »Projekt« werden meine Augen schmal. Das klingt nicht nach einer Festanstellung – das klingt nach Freelance.

Issac schnappt sich ein Taschentuch und schnäuzt sich. »Die Crime-Redaktion arbeitet im Moment an einer Buchreihe mit dem Titel *Die größten Rätsel des Zwanzigsten Jahrhunderts*.« Er schnäuzt sich abermals und tupft vornehm einen Rotzfaden weg. »Jedes Buch widmet sich einem bekannten ungelösten Verbrechen. Wir planen mit einem Titel pro Jahrzehnt. Die Schwarze Dahlie für die Vierziger, Dan Cooper in den Siebzigern, JonBenét Ramsey für die Neunziger. Du verstehst schon.«

»Wer ist Dan Cooper?«

»D. B. Cooper.« Er wartet darauf, dass es bei mir klingelt, doch vergeblich. »Er hat ein Flugzeug entführt, bekam zweihunderttausend Dollar und ist dann mit dem Fallschirm abgesprungen. Wurde nie wieder gesehen.«

»Hat Cooper irgendjemanden getötet?«

»Nein, nein, nicht in allen Büchern geht es um Mord.« Er bläst ein letztes Mal kräftig in das Taschentuch und wirft es dann weg. »Bei unserem Verbrechen der Achtziger habe ich an dich gedacht. Sagt dir die Familie Deveau etwas?«

Natürlich kannte ich den Namen. Sie sind so was wie die Hiltons, nur dass die Enkelin sich besser benimmt und ihre Luxushotelkette mit Geld aus alten Südstaatenplantagen gegründet wurde. Rae, die oft geschäftlich an die Golfküste reist, hat sie immer boykottiert. Abgesehen davon, dass sie früher Sklaven hielten, werden die Deveaus nur mit einem einzigen großen Verbrechen in Verbindung gebracht.

»Die Deveau-Entführung?« Jetzt, da ich verstehe, worauf Isaac hinauswill, bin ich entrüstet. »Das ist wohl kaum eines der größten Rätsel des Jahrhunderts. Nicht mal des Jahrzehnts.«

»Kennst du den Fall?«

»Nicht gut«, gebe ich zu. »Ich war erst neun, als der Junge verschwand.«

»Dann wirst du das hier brauchen.« Er drückt mir einen Ordner in die Hände. »Gabriel Deveau. Zwei Jahre alt. Das ist ein Überblick, damit du loslegen kannst.«

Ich werfe einen Blick in den Ordner und sehe ein paar fotokopierte Artikel, die ich keineswegs die Absicht habe zu lesen. »Ich kenne die wesentlichen Fakten. Man hat ihn nie gefunden. Eine Lösegeldforderung, keine Leiche, kein Täter. Das ist keine große Story, Isaac.« Insgeheim frage ich mich, wie es kommt, dass ich schon wieder mit einem vermissten Kind zu tun habe.

»Nächsten August ist der dreißigjährige Jahrestag, und die Polizei dort hat den Fall kürzlich wieder aufgenommen. Möglicherweise gibt es einen Durchbruch.« Er trommelt mit den Fingern auf dem Schreibtisch. »Ich habe mir den Artikel über die Lindbergh-Entführung noch mal durchgelesen, den du für *Cold Crimes* geschrieben hast. Brillant.«

»Das Lindbergh-Baby wurde tot aufgefunden«, gebe ich zu bedenken. »Hauptmann wurde für das Verbrechen verurteilt und hingerichtet. Das ist ein ziemlich entscheidender Unterschied.« Ich reibe mir die Schläfen und versuche, meine Enttäuschung herunterzuschlucken. »Das ist also der Job? Ein Buchvertrag?«

»Besser als Arbeitslosigkeit«, sagt er. »Vielleicht möchtest du ja ein wenig kürzertreten.«

Ich war so hoffnungsvoll gewesen, so bereit, etwas Neues zu beginnen. Aber das hier? »Ich weiß es zu schätzen, dass du mich kontaktiert hast«, sage ich ihm, »aber ich glaube nicht, dass das die neue Herausforderung ist, nach der ich suche.«

»Das Beste habe ich dir noch gar nicht gesagt.«

Ich stehe auf, möchte so schnell wie möglich aus Isaacs scheußlichem Büro heraus.

»Die Familie Deveau hat sich an *uns* gewandt. Sie *wollen* dieses Buch machen.« Langsam breitet sich ein Grinsen auf seinem Gesicht aus. Er hat schöne weiße Zähne, was ich alarmierend finde. »Du wirst Zugang zu ihren Unterlagen haben wie niemand sonst vorher und exklusive Interviews bekommen. Außerdem bieten sie drei Monate Kost und Logis in Evangeline an, ihrem Anwesen in Louisiana. Du wirst buchstäblich am Tatort arbeiten.«

Ich bleibe stehen. »Ist das eine autorisierte Familienbiografie?«

Isaac sieht, dass er mich neugierig gemacht hat, und sein Grinsen wird breiter. »Neville Deveau war der Presse gegenüber immer zugeknöpft, doch er starb letzten Winter – und seine Frau hat Krebs. Die Zwillingstöchter, Sydney und Brigitte, kamen auf uns zu. Sie suchten jemanden, der die Geschichte ihrer Familie schreibt.«

»Ein Buch über die Entführung ist nicht wirklich …«

»Ich habe ihnen versichert, dass ihre Familiengeschichte notwendig ist, um den Kontext für die Entführung zu liefern. Wir haben hier die Möglichkeit, zwei Fliegen mit einer Klappe zu schlagen. Sie können es gar nicht erwarten anzufangen.«

»Brigitte hat doch in die Caldwell-Familie eingeheiratet, oder?« Ich durchforste mein Hirn nach den Schlagzeilen der Boulevardzeitungen über sie, doch die letzten liegen schon lange zurück. Sie gehören zu den Nachrichten von gestern. »Und es gibt auch einen Bruder. Andre Deveau.«

»Ja, er ist der CEO von Deveau Hotels.«

»Ich habe ihn einmal für einen Artikel interviewt.« Das war vor einigen Jahren, erinnere ich mich, ein Artikel über Luxushotels. Seine Assistentin hatte mir fünf Minuten eingeräumt, um ein paar O-Töne für das Magazin zu bekommen; Andre widmete sich mir eine halbe Stunde und spendierte mir einen Zwanzig-Dollar-Mojito. Eines der wenigen Male in meinem Leben, dass ich, Kind eines Alkoholikers, mir tatsächlich gestattet habe zu trinken. Andre Deveau war ein angenehmer, erstaunlich zurückhaltender Mann. Wir haben uns nett unterhalten, zunächst über seine Hotelkette und dann über das Reisen im Allgemeinen. Ich entdeckte etwas in ihm, das ich damals selbst kannte: die Einsamkeit des chronisch Überarbeiteten.

»Dann hast du ja schon einen Kontakt dort!« Isaac stürzt sich auf das leichteste Anzeichen von Interesse. Das halb irre Lächeln verlässt dabei nie sein Gesicht. »Trifft sich ja gut!«

Ich verspüre jedoch keinerlei Wunsch, mich mit der Tragödie einer anderen Familie zu befassen, ich habe mit meiner eigenen zu kämpfen. »Danke«, sage ich zu Isaac und bewege mich wieder zur Tür, »aber ich kann meine Festanstellung nicht für ein Kurzzeitprojekt aufgeben. Hast du es bei Derek Santana versucht? Er ist gut in solchen …«

»Ja, ich habe bei ihm angefragt.« Er kämmt sich mit der Hand durch den Bart. »Ich werde dich nicht anlügen. Ich habe mehrere Leute angesprochen. Brigitte Caldwell hat Zicken gemacht. Sie hat sich geweigert, mit dem letzten Autor, den wir ihr geschickt haben, zusammenzuarbeiten.«

Ich schüttle den Kopf. »Warum der ganze Aufwand? Du bist ein toller Lektor, Isaac. Du musst doch wissen, dass dieses Projekt nichts taugt.«

Er seufzt. »Sydney und Brigitte haben versprochen, dass sie komplett dahinterstehen. Sie haben Verbindungen. Denk an Signaturstunden, Radiointerviews, Fernsehen. Solche Publicity ist unbezahlbar.«

»Von ihrem vermissten Bruder zu profitieren wirkt ein bisschen verzweifelt. Sie leiden wohl kaum unter Geldmangel.«

Isaac zuckt mit den Schultern. »Wer weiß? Die Geschäfte mit Hotels und Immobilien entlang der Golfküste gehen schlecht, dank Katrina und der Ölpest. Und ich habe den Eindruck, dass die Schwestern gern im Mittelpunkt stehen.

Sie haben … sehr viel Familienstolz.« Nun zieht er alle Register. »Ich brauche einen Autor, der ihre Sprache spricht, und die Zwillinge sind große Fans von *Sopisticate* …«

Ich bin zu müde, um ihm diese Bemerkung übelzunehmen. »Viel Glück, okay?« Doch bevor ich die Flucht antreten kann, rennt Isaac mir nach, den Ordner mit den Artikeln in der Hand. »Vergiss nicht deine Unterlagen.«

Ich nehme den Ordner und haste in das Labyrinth aus Bürotrennwänden hinaus. Wieder schließt sich eine metaphorische Tür. Man gebe mir ein Fenster, damit ich hinausspringen kann.

Als ich an diesem Nachmittag nach Hause komme, ist mein Vorgarten auffallend laubfrei. Jemand hat geharkt. Mason möglicherweise oder auch mein verrenteter Nachbar von gegenüber. Außerdem steht ein Kürbis auf meiner Vordertreppe, der mich daran erinnert, dass bald Halloween ist. Ich sitze eine Weile auf der Veranda, den Kürbis im Schoß wie eine Katze. Sie wollen, dass ich weiterkämpfe, all diese Menschen in meinem Leben. Weitermache, Tag für Tag für Tag. Aber wofür? Für einen Job, den ich leid geworden bin und vermutlich verlieren werde? Für ein Haus, das so still und voll von Gegenständen aus einer anderen Zeit ist, dass ich mich darin wie in einem Museum fühle? Manchmal reichen diese Dinge nicht, um dafür zu kämpfen.

Als die Sonne untergeht, gehe ich nach drinnen. Tue alles, was man zu Hause so tut. Schuhe auf die Matte, Mantel in den Schrank. Mache eine Pizza warm und zwinge mich zu essen. Schlüpfe in meinen Pyjama, putze mir die Zähne. Und dann betrete ich Keegans Zimmer.

Es ist ungewöhnlich sauber, doch der Geruch stimmt beinahe, das Licht von seiner Flugzeuglampe ist warm, dämmrig und freundlich. Heute Abend scheint er nicht ganz so fern zu sein.

Vielleicht kann ich ihn näher zu mir holen.

Aus der Spielzeugkiste wähle ich drei seiner Lieblingsstofftiere aus – Dinosaurier, den dicken Teddy und Ringo, das Rhinozeros – und arrangiere sie um sein Kissen herum. Ich ziehe die Decke nach unten und schlage die Ecken so ein, dass sich ein kleiner Kokon in der Mitte bildet, gerade groß genug, damit sich ein Vierjähriger hineinkuscheln kann. Ich knipse das Licht aus. Setze mich an die Bettkante. Beobachte, wie die Wirbel der im Dunkeln leuchtenden Klebesterne auf den Wänden um mich herum erscheinen.

»Sollen wir ein Schlaflied singen? Schlaf ein, mein Kind, fürcht nicht die Nacht. Deine Mama ist der Mond. Und wenn du durch das Dunkel irrst, dann leucht ich dir den Weg …« Den Schluss singe ich nicht. »Das hat Mommy dir immer vorgesungen, als du noch ein Baby warst.«

Steif und ungerührt starren mich die Stofftiere an.

Ich stimme ein anderes Lied an, Keegans Lieblingslied aus der Schule. Er hätte geschimpft, weil ich den Text verstümmele. Meine Unfähigkeit, mir Liedtexte zu merken, hat ihn immer in Aufregung versetzt.

Aber ich will jetzt nicht in der Vergangenheitsform denken.

»Zeit fürs Bett, mein Freund«, sage ich und klopfe auf die Decke. »Sollen wir eine Monsterkontrolle machen?« Ich lasse mich auf Hände und Knie hinunter und gucke unter das Bett. »Nö, hier ist nichts. Sieht gut aus. Jetzt schauen wir im Schrank nach.« Ich ziehe die Schranktür auf. »Hmm, sind hier irgendwelche Monster?« Ich spähe in den dunklen

Raum, schiebe ein paar Kleiderbügel beiseite. »Nur Kleider. Ich glaube, wir sind …« Hinter mir ein Geräusch.

Ich halte inne, den Kopf immer noch in den Schrank gesteckt, und lausche.

Ein Rascheln des Lakens auf dem Bett. Ein Kind, das seufzt, wie im Schlaf.

Er ist hier, denke ich und wage nicht zu atmen. *Dies ist real*.

Ich drehe mich sehr, sehr langsam um und blicke zu seinem Bett.

Es ist leer.

»Keegan?«

Ich warte, aber es kommt keine Antwort. Keine Bewegung, kein Geräusch. Da sind nur die drei Stofftiere um das Kissen herum, in genau der gleichen Position, wie ich sie aufgestellt habe. Spielt mein Verstand mir einen Streich? Doch ich muss an mich glauben, meinen Sinnen trauen. Ich habe etwas gespürt. Spüre es immer noch. Eine Elektrizität in meinem Körper. Hoffnung, die durch meine Adern knistert.

»Ich bin hier, mein Kleiner. Mama ist hier.«

Immer noch nichts. Die Stille ist zum Verrücktwerden. Ich habe ihn doch gehört, oder nicht? Auf jeden Fall habe ich *etwas* gehört.

Ich stelle mich ganz nah an sein Bett und suche im Raum nach etwas, das nicht da ist, wo es hingehört, ich warte auf ein Zeichen, dass ich hier drinnen nicht allein bin. Weil ich hier drinnen nicht allein sein will.

»Okay, Kee«, murmle ich. »Ich warte einfach. Ich gehe nicht weg, das verspreche ich.«

Ich setze mich. Ich lausche. Ich warte.

Meine Augen flattern auf. Ich liege zusammengerollt auf dem Boden im Zimmer meines Sohnes, die Wange an den Teppich gedrückt. Draußen beginnt das Lila-Grau des heraufziehenden Morgens den Himmel zu erhellen. Ich begreife, dass ich geträumt habe. Oder wie immer man das nennt.

Ein Sumpf. Schwappendes Wasser.

Ich rolle mich auf die Seite, versuche mich zu orientieren. Da war ein Junge in meinem Traum, aber nicht mein Sohn. Ein Junge in einem Boot.

Irgendwo draußen gurrt leise und klagend eine Trauertaube, leise und klagend. Ich rappele mich auf, rolle ein paarmal den Hals hin und her, um ihn zu lockern. Dieses Mal bin ich nicht besorgt, so wie bei Hannah, nur konzentriert. Er hat mit mir gesprochen, dieser Junge. Er hat mir Dinge erzählt. Die darf ich nicht vergessen.

Unten finde ich ein Notizbuch und einen Stift auf dem Küchentresen. Ich schreibe hastig, obwohl ich im Dunkeln kaum meine eigene Handschrift erkennen kann.

Ort: Boot in Sumpf. Bäume, Dickicht, Alligator.

Junge: ungefähr 3. »Jo-Jo«. Dunkle Augen, längeres Haar, angeschlagener Zahn. Tot?

Sagte mir: Hat in einem großen, weißen Haus gewohnt. Hatte einen Hund. Verletzt (getötet) von einem Mann. Angst, es seiner Mutter zu sagen.

Vermutungen: Misshandlung. Physisch? Sexuell? Möglicherweise ein Verwandter?

Ich will gerade das Notizbuch zuklappen, als mir noch etwas einfällt.

Hat mich um Hilfe gebeten, kritzle ich, und die Worte schicken mir einen Schauer über den Rücken. Was ist diesem Jungen zugestoßen? Was kann ich überhaupt für ihn tun?

Ich setze mich, um ein Frühstück aus klumpigen Instant-Haferflocken zu mir zu nehmen, und gehe im Kopf noch einmal die Vision durch. Kam der Junge aus der Gegend, so wie Hannah? Gibt es hier in der Nähe Sümpfe? Nicht dass ich wüsste. Und Alligatoren existieren im Nordosten nicht. Ich suche schnell mit meinem Handy nach »Alligator Lebensraum«. Die nächsten Alligatoren, so scheint es, gibt es in North Carolina, aber die meisten Alligatoren innerhalb der Vereinigten Staaten treten in Florida und Louisiana auf.

Eine Verbindung. Das sagt mir das plötzliche schwere Gefühl im Magen.

Louisiana.

In meinem Büro grabe ich die Unterlagen aus, die Isaac mir gestern gegeben hat. Ich blättere durch die Seiten, auf der Suche nach einem Foto des vermissten Deveau-Jungen. Das Einzige, das ich finde, ist zu klein und zu verschwommen, um Gewissheit zu bekommen. Er hat dunkles Haar, soweit stimmt es schon mal. Nicht ganz so lang wie das bei dem Jungen in meinem Traum, aber wer weiß, wann dieses Foto aufgenommen wurde. Außerdem finde ich ein Foto von Evangeline, dem prächtigen Vorkriegsherrenhaus der Deveaus. Es ist kein Farbfoto, aber das riesige Säulengebäude sieht aus, als wäre es weiß.

Ich habe in einem weißen Haus gewohnt.

Das passt. In Louisiana wimmelt es von Sümpfen. Aber ich brauche mehr. Etwas Konkretes. Ich überfliege die Infos, will mein Bauchgefühl bestätigen.

Gabriel wurde zuletzt am vierzehnten August gesehen, am Abend von Sydneys und Brigittes sechzehnter Geburtstagsparty. Seine Eltern, Hettie und Neville, hatten ihn in der Obhut seines Kindermädchens auf Evangeline gelassen, um auf den Ball zu gehen. Ich lese weiter und stoße auf eine Erwähnung ihres Bruders Andre. Zum Zeitpunkt der Entführung war Andre achtzehn, sogar noch älter als die Zwillinge. Laut diesen Infos wäre Gabriel, als er verschwand, in einem Monat drei geworden. Aber warum gab es solch einen Altersunterschied zwischen den Geschwistern? Vielleicht war Gabriel eine Art Überraschungsbaby.

Ich sinke in meinen Bürostuhl, gegen meinen Willen fasziniert, und lese schnell die Ermittlungsergebnisse durch. Gabriels Kindermädchen, Madeleine Lauchlin, sagte aus, sie hätte ihn am Abend des 14. August um acht Uhr zu Bett gebracht. Wie üblich hat sie die Tür von außen zugeschlossen, damit er nachts nicht das Zimmer verlassen konnte. Als sie ihn am folgenden Morgen um sieben wecken wollte, war die Tür immer noch zugeschlossen. Lauchlin bemerkte, dass sie ihren Schlüssel nicht bei sich hatte, und bat Danelle Martin, die Köchin, die Tür mit ihrem Ersatzschlüssel zu öffnen. Die beiden Frauen betraten gemeinsam den Raum und entdeckten, dass Gabriel nicht in seinem Bett war. Es gab nur einen einzigen weiteren Zugang zu diesem Zimmer, durch Hetties und Nevilles Schlafzimmer nebenan. Doch diese Tür war von beiden Seiten verriegelt. Auch die Fenster waren verschlossen. Gabriel konnte das Zimmer nicht ohne Hilfe verlassen haben.

Als die Polizei eintraf, hatte das aufgeschreckte Personal den Tatort gründlich kontaminiert. Mehrere Fingerabdrücke wurden gefunden, die jedoch alle zu Personen passten, von denen bereits bekannt war, dass sie den Raum inzwischen betreten hatten. Die Polizei hatte keinerlei Spuren oder vielversprechende Verdächtige, bis Hettie Deveau eine Lösegeldforderung unter ihrem Kissen im Bett fand. Geschrieben mit Kugelschreiber, in Großbuchstaben.

EINE MILLION DOLLAR FÜR IHREN JUNGEN.

Die Handschrift war äußerst schlampig. Fachleute glaubten, dass der Autor der Nachricht mit der linken Hand geschrieben hatte, um seine oder ihre Handschrift zu verstellen. Weitere Details zur Übergabe des Geldes standen nicht darin, und es folgten auch keine weiteren Nachrichten. Seither konnte nicht stichhaltig ermittelt werden, ob die Nachricht tatsächlich von Gabriels Entführer stammte oder nur ein Streich war.

Das FBI, das mit der lokalen und staatlichen Polizei zusammenarbeitete, konzentrierte sich schnell auf Roi Duchesne, einen Hausmeister, den Neville Deveau kürzlich gefeuert hatte. Später stellte sich heraus, dass Duchesne ein hieb- und stichfestes Alibi für die Nacht von Gabriels Verschwinden hatte und nicht mit dem Verbrechen in Verbindung gebracht werden konnte. Hettie und Neville Deveau, die um drei Uhr morgens nach der Geburtstagsparty in ihrem Hotel in New Orleans gesehen worden waren, wurden schließlich als Verdächtige entlastet, genauso wie Andre, der die Nacht in der Stadt mit einem Freund verbracht hatte. Die Zwillingsschwestern Sydney und Brigitte wurden keiner genauen Überprüfung unterzogen, denn beide hatten sich auf der Party, auf der es hoch hergegangen war, bis zur Bewusstlosigkeit betrunken – eine Tatsache, über die in den Medien zu Nevilles großer Empörung berichtet wurde.

Auf der letzten Seite des Infomaterials waren einige der wichtigsten Ermittlungstheorien zusammengefasst.

Ein Abschnitt sprang mir ins Auge:

Die Ermittler stellten fest, dass der Familienhund, der gewöhnlich in Gabriels Zimmer schlief, nicht angeschlagen hatte, um das Personal auf Eindringlinge aufmerksam zu machen, und später am Morgen frei herumlaufend auf dem Gelände gefunden wurde. Dies stützt die weitverbreitete Annahme, dass ein Angestellter oder sogar ein Mitglied der Familie selbst für Gabriels Verschwinden verantwortlich war.

Er ist es. Er muss es sein. Der Junge in dem Boot.

Ich hatte ein Hündchen.

Nur eine Sache stört mich. Der Name. Warum sollte ein Kind, das Gabriel heißt, sich selbst Jo-Jo nennen? Nichts von dem, was Gabriel mir gegeben hat, erklärt das.

Ich stelle den Computer an und suche »Gabriel Deveau« und »Jo-Jo«. Null Ergebnisse. Eine Suche nach »Gabriel Deveau« hingegen ergibt ungefähr sechshunderttausend Ergebnisse. Ich beginne mich durch die Masse der Links zu arbeiten. Meist sind es Seiten über die Entführung – mit Bildern, die mich auch nicht weiterbringen als das Foto, das ich schon von Isaac habe. Ich glaube, dass der Junge, den ich gesehen habe, Gabriel ist, aber es gibt viele kleine Jungen, die dunkles Haar, dunkle Augen und eine Allerweltsnase haben. Auf keinem der Fotos lächelt Gabriel, sodass ich nicht sehen kann, ob sein Zahn angeschlagen ist. Und vielleicht bekam sein Zahn auch erst während der Entführung diese Macke.

Ich lehne mich in meinem Stuhl zurück. Zweifel überkommt mich. Über die Jahre habe ich vieles über die Deveau-Entführung gehört. Dass ich mich nicht bewusst daran erinnere, bedeutet nicht, dass sie nicht irgendwo in meinem Unterbewusstsein abgespeichert sind und in meinen

Träumen wieder erscheinen können. Das Haus, der Hund, Gabriels Alter und seine äußere Erscheinung – all das ist allgemein bekannt.

Der Name »Jo-Jo« aber, das ist etwas anderes. Es ist persönlich. Wenn ich eine Bestätigung bekomme, dass der Spitzname stimmt, dann weiß ich es, dann weiß ich es wirklich.

Ich scrolle durch mehrere Seiten von Suchergebnissen, klicke verschiedene Links an, aber nirgendwo wird ein Jo-Jo erwähnt. Schließlich öffne ich mit einer gewissen Selbstverachtung den Wikipedia-Eintrag über Gabriel. Für mich ist Wikipedia mit seinem Crowdsourcing nicht viel besser als der *National Enquirer*. Doch ich vergesse meine Grundsätze von journalistischer Integrität schnell, als ich den ersten Satz lese:

Gabriel Joseph Deveau (geboren 22. September 1979, vermisst seit dem 15. August 1982) war der jüngste Sohn von Neville und Henriette Lessard Deveau.

So einfach ist es. »Joseph«. Ein zweiter Vorname, den die anderen Seiten schlicht unter den Tisch haben fallen lassen.

Ich wandere durch mein Haus. Kaue an einem Fingernagel. Sortiere meine Gedanken. Mache wie besessen Pläne. Es ist kurz nach sieben; in zwei Stunden werde ich Isaac anrufen. In der Zwischenzeit kann ich mein Kündigungsschreiben aufsetzen. Das wird ein gutes Gefühl sein.

Ich werde das Haus natürlich vermieten müssen. Mit der Miete komme ich finanziell über die Runden, zumindest eine Weile. Rae hilft mir sicher dabei. Sie findet es bestimmt gut, wenn ich Abstand bekomme, sie wird denken, dass es gesund ist. Und Grandma wird es verstehen, auch wenn ich mir nicht sicher bin, ob ich selbst es verstehe.

Wirst du mir helfen?, hat der Junge gefragt, und wenn ich ehrlich bin, weiß ich es nicht. Kann ich einem Jungen helfen, der seit fast dreißig Jahren tot ist? Aber hier wartet nichts anderes auf mich. Warum es also nicht versuchen?

Ich stehe vor dem Küchenfenster und sehe zu, wie die Sonne langsam den Himmel erklimmt. Möglicherweise ist es eine törichte Entscheidung, doch nun habe ich ein Ziel.

Ich fahre nach Louisiana.

Teil II

Chicory, Louisiana
Januar

6

Am dritten Tag des neuen Jahres komme ich in Chicory, Louisiana, an. Auf dem Willkommensschild am Stadteingang ist zu lesen, dass die Einwohnerzahl aktuell bei 24032 liegt. Nicht gerade eine boomende Metropole, aber auch nicht die tiefste Provinz. Ich fahre an einem Schrottplatz, einem Discounter, *Popeyes*, ein paar Tankstellen und einem nicht sehr vertrauenerweckend aussehenden Etablissement names *Cajun Canteen* vorbei. In der Hauptstraße entdecke ich Reihen von Backsteingebäuden, in denen sich Ladenlokale befinden, viele stehen jedoch leer. Von den Straßenlaternen baumeln immer noch Weihnachtslichterketten, und im Schaufenster eines Schuhladens grinst ein großer Plastikweihnachtsmann. Hinter den Häusern sehe ich den Bayou. Einst die Lebensader dieser Stadt, ist der Fluss heute braun und unspektakulär.

Ich bin drei Tage lang gefahren und habe nur angehalten, um etwas zu essen, zu tanken und jeweils ein paar Stunden in zwei No-Name-Motels zu schlafen. Es hat mir gefallen, mir in den Karten Umwege herauszusuchen, die eigentlich völlig unvernünftig waren. Die dunkle Straße vor mir, nicht weiter sehen zu können, als meine Scheinwerfer reichten, fand ich wunderbar. Als es heute Morgen hell wurde, war ich in Mississippi und fuhr auf einer gewundenen Landstraße, auf die mein Navi mich niemals geführt hätte. Vor dem matt pfirsichfarbenen Himmel sah ich die Silhouetten von

Bäumen, Kühen und einem kleinen Bauernhaus in einer wahrgewordenen Malen-nach-Zahlen-Landschaft. Das Reisen hat mir gutgetan, aber nun bin ich hier, und die echte Arbeit beginnt.

Draußen sind es sonnige zwölf Grad, und es ist noch nicht einmal Mittag – nicht gerade der Januar, an den ich gewöhnt bin. Ich parke auf einem städtischen Parkplatz und überlege, wie ich eine Stunde totschlagen kann. Jules Sicard, der Verwalter von Evangeline, rechnet erst nach zwölf Uhr mit mir. Weder Sydney noch Brigitte werden zu Hause sein, aber ihre Mutter, Hettie Deveau, lebt seit ihrer Krebsdiagnose das ganze Jahr über hier. Von allen Darstellern in diesem Drama ist sie diejenige, auf die ich am neugierigsten bin. Ihr Mann, Neville, ist den Medien gegenüber stets sehr streitlustig aufgetreten und hat immer wieder mit Klagen gedroht, von denen er eine gegen ein Boulevardblatt sogar gewann. Nun, da er tot ist, zeigt Hettie sich vielleicht offener.

Ich steige aus dem Wagen und strecke meine Beine, wobei ich neugierige Blicke der Vorübergehenden auf mich ziehe, die mein Nummernschild aus Connecticut bemerken. Auf der anderen Straßenseite ist ein Schild, das den Weg zur öffentlichen Bibliothek von Chicory weist. Eine Bibliothek sagt einem viel über eine Gegend, und ich würde niemals die Nützlichkeit von Stadtarchiven unterschätzen. Eine Stunde kann man dort immer gut totschlagen.

Drinnen fallen mir scheußliche orangefarbene Auslegeware, billiges Mobiliar und anständig bestückte Regale auf. Ich gehe zur Auskunft, wo gerade eine grauhaarige Frau um die sechzig einem Handwerker dabei zusieht, wie er eine nasse und abblätternde Stelle an der Decke ausbessert.

Sie braucht einen Moment, bis sie mich bemerkt. »Tut mir leid, kann ich Ihnen weiterhelfen?«

»Ich suche nach Informationen über Neville und Henriette Deveau.« Die Entführung erwähne ich nicht. Ich möchte nicht wie eine rüde Nordstaatlerin wirken, die sich für Prominente und ein ungelöstes Verbrechen interessiert, selbst wenn genau das der Fall ist.

»Die Deveaus, hmm?« Die Bibliothekarin zeigt auf ein Regal ein paar Gänge weiter. »Ich würde mit der Heimatkunde-Abteilung gleich dort drüben anfangen. Und Sie sollten auch mal einen Blick in die Fotosammlung von Abe und Thomas Brennan werfen.«

Ich frage sie nach der Sammlung, und sie erklärt mir, dass ein hiesiger Zeitungsfotograf vierzehntausend Fotografien gespendet hat, die er und sein Vater von der Stadt, den Veranstaltungen und den Einwohnern gemacht haben. »Das sind Fotos aus Chicory von 1922 bis 1991«, sagt sie, und ihr Blick wandert zu dem Handwerker zurück, der sich weiter an der Decke zu schaffen macht.

Eine Fotosammlung durchzugehen ist ein größeres Recherchevorhaben, als ich in einer Stunde bewältigen kann, aber vielleicht an einem anderen Tag. »Wie kam denn die Stadt überhaupt zu ihrem Namen?«, frage ich. »Chicory ist doch eine Pflanze, oder? Chicorée.«

Die Bibliothekarin nickt. »Das gehört zu unserem französischen Erbe. Ein paar der besten Restaurants in New Orleans geben ein bisschen Chicorée in den Kaffee.«

»Die Wurzeln werden gemahlen und geröstet. Gibt n' tolles Aroma«, ruft der Handwerker von seiner Leiter herunter, während er eine fleckige Rigipsplatte abnimmt.

»Das muss ich mal versuchen.«

»Früher haben die Armen manchmal Chicorée statt Kaffee genommen«, fügt der Handwerker hinzu, in der behandschuhten Hand hält er Stücke der bröckelnden Decke. »Wenn die Zeiten hart waren, wie während der Depression oder dem Angriffskrieg der Nordstaaten.«

Ich blinzele und versuche mir meinen Schreck nicht anmerken zu lassen. Der Angriffskrieg der Nordstaaten? Nennt man den Bürgerkrieg hier so?

Die Bibliothekarin sieht meine Fassungslosigkeit und schürzt peinlich berührt die Lippen. »Er meint den Krieg zwischen den Staaten.«

Sie lächelt entschuldigend, und auf einmal beschleicht mich der Verdacht, dass ich, die ich schon nach London, Paris, Hawaii und sogar Hongkong gereist bin, niemals weiter von zu Hause weg war als hier.

Als ich in die Straße einbiege, die zum Anwesen der Deveaus führt, warte ich gespannt darauf, dass Evangeline am Horizont erscheint. Ich rechne mit etwas Atemberaubendem, vielleicht ein bisschen Beängstigendem. Die Bäume zu beiden Seiten der gewundenen Straße biegen sich nach innen und brechen die Sonne zwischen den Blättern und Ästen in winzige Diamanten aus Licht. Als ich an eine scharfe Kurve komme, vermute ich, dass ich bald da bin. Stattdessen finde ich mich vor einer Gabelung ohne Beschilderung wieder. Davon hat Jules Sicard in seinen Anweisungen nichts erwähnt.

Ich entscheide mich für links, und zunächst scheint es auch ganz vielversprechend. Die Bäume stehen nun enger und bilden ein dichtes Dach, von dem düster und majestätisch spanisches Moos herunterhängt. Während der Asphalt schmaler und zu Schotter wird, kommen mir Zweifel. Zur

Linken sehe ich Wasser aufblitzen, Bayou oder irgendein sumpfiger Seitenarm. Ich will mir gar nicht vorstellen, wie diese Straße nach ein paar Regentagen aussieht. Was bewegt jemanden dazu, hier draußen wohnen zu wollen?

Der Sumpf kriecht näher und näher, während ich den Prius langsam weiterfahre. Ich weiß zwar, dass ich den falschen Weg genommen habe, doch ich will sehen, wohin er mich führt. Zur Linken erkenne ich eine Bootsrampe und einen Steg. Dahinter Sumpf. Dann, auf einmal, beginnt das Beben.

Doch es ist nicht der Boden oder der Himmel oder das Auto, begreife ich. Ich bin es selbst. Ich bebe.

Ich trete auf die Bremse und atme kurz und panisch, bis das Zittern vorbei ist. Dieser Ort ängstigt mich auf eine Weise, die ich nicht erklären kann. Ist er das? Der Sumpf, wo ich den Jungen in dem Boot gesehen habe? Vorsichtig steige ich aus dem Wagen. Nirgendwo gibt es Anzeichen dafür, dass außer mir noch jemand hier ist: keine Reifenspuren oder Zigarettenstummel oder Getränkedosen. Keine Stimmen. Bis auf das Knirschen des Schotters unter meinen Füßen ist es ganz ruhig.

Die Stille ist gespenstisch, zumindest für einen Stadtbewohner. Keine Vögel, kein rauschendes Wasser. Nur Ruhe. Ich gehe hinaus auf den Steg und blicke auf das grünbraune Wasser. Es riecht unangenehm, feucht und beinahe modrig, so wie in einem undichten Keller. Die verrottenden Blätter erinnern mich an Hannah Ramirez und den schmutzigen alten Pool.

Bist du da, Gabriel?

Ich habe ihn nicht mehr gesehen und wurde auch nicht mehr von irgendeinem Kind heimgesucht, seitdem ich beschlossen habe, das Buch zu machen. Je mehr Zeit vergeht, desto unwahrscheinlicher erscheint es mir. Wie kann ich so unbedingt an eine einzige Vision glauben? Wie kann ich meine Karriere für ein dermaßen unausgegorenes Projekt aufgeben? Doch als ich nun hier am Rand des Sumpfes stehe, sagt mir das Kribbeln, das meine Haut überläuft, dass ich ihn kenne. Der Junge ist ganz nah. Früher war er einmal hier. Wir sind nur durch die Zeit getrennt.

Natürlich wurde nach Gabriels Verschwinden auch der Sumpf abgesucht, doch selbst ich erkenne, dass das so gut wie aussichtslos war. Zu groß. Der viele Morast. Alligatoren. So ein kleiner Junge. Und nun gestehe ich mir selbst ein: Ich glaube, er ist da draußen, irgendwo verborgen in diesen trüben Gewässern. Warum sonst sollte ich ihn in einem Boot gesehen haben, das durch den Sumpf treibt? Warum sonst sollte dieser Ort so eine plötzliche und instinktive Wirkung auf mich haben? Hier muss er gestorben sein – oder zumindest ist er schließlich hier gelandet. Ein Ablageplatz.

Bei diesem Gedanken dreht sich mir der Magen um.

Als ich aus dem Traum erwachte, sagte mir mein Bauchgefühl sofort, dass ein männliches Familienmitglied, vermutlich sein Vater, irgendwie beteiligt gewesen sein muss. Doch Neville Deveau hatte ein Alibi. Und er ist tot. Gabriels älterer Bruder, Andre, wurde ebenfalls von der Polizei entlastet. Ist es möglich, dass bei den Ermittlungen etwas übersehen wurde? Ich versuche mir das Bild des Jungen, den ich gesehen habe, vor Augen zu rufen, doch seither sind mehr als zwei Monate vergangen. Er ist nun eine vage Erinnerung, dunkles Haar und ein angeschlagener Zahn.

Rede mit mir, denke ich. *Wenn du meine Hilfe willst, rede mit mir.*

Wie zur Antwort spüre ich einen Schlag auf den Hinterkopf. Benommen fahre ich herum. Da ist nichts, aber ich habe rasende Kopfschmerzen. Ich schließe die Augen, halte mir den Kopf. Eine Welle der Übelkeit erfasst mich. Es ist, als bewege sich der Steg, als treibe er durch das Wasser, und als hüpfe mein Magen auf und ab. Ich fühle mich seekrank. Meine Augen öffnen sich flatternd, und Kälte kriecht meinen Rücken hoch. Möglicherweise sind diese Empfindungen gar nicht meine.

Gabriel? Bist du das?

Plötzlich kriege ich keine Luft mehr. Panik. Ich atme ein, doch ich bekomme tatsächlich keine Luft, keine Luft, keine …

»Stopp.«

Das Geräusch meiner eigenen Stimme bringt mich wieder zu mir. Ich bohre die Finger in meine Handflächen, um mich zu vergewissern, dass ich die Kontrolle über meinen Körper habe. Der Schmerz in meinem Kopf ist fort, doch dieser warme, nasse Sumpfgeruch ist stärker, fast unerträglich geworden. Ich trete von dem Steg herunter. Bin ich gerade dabei, den Verstand zu verlieren? Ich fühle mich normal. Aber was war das dann? Eine vom Schlafmangel ausgelöste Halluzination oder eine Nachricht an mich?

Er hat dich auf den Kopf geschlagen.

Er hat dich in ein Boot gelegt.

Du bekamst keine Luft. Bist du ertrunken?

Irgendwo in dem Sumpf versucht ein Motorboot zu starten. Der Motor heult ein paarmal auf, bevor er ein tiefes, gleichmäßiges Schnurren anstimmt. Das Geräusch flößt mir wieder Leben ein. Ich werfe einen Blick auf die Armbanduhr und eile zu meinem Wagen zurück. Für meinen ersten Termin im Hause der Deveaus bin ich schon zu spät dran.

Als Erstes entdecke ich den Zaun, dessen schwarze Metallstäbe zwischen den Bäumen aufblitzen. Die gewundene Straße wird auf einmal gerade, und dort vor mir, zwischen zwei enormen Steinsäulen, befinden sich die Tore von Evangeline.

Fast vier Meter hoch, aus Schmiedeeisen, erst üppige Schnörkel, dann – oben – scharfkantiges Gitterwerk, schön und abschreckend gleichermaßen. Die Einzäunung ist noch relativ neu, sie wurde erst nach Gabriels Verschwinden errichtet – eine der Maßnahmen, so habe ich gehört, die Neville Deveau ergriffen hat, um die Sicherheit seiner Familie zu garantieren. Durch die dünnen Pfähle kann ich das Haus am Ende der Auffahrt liegen sehen, hübsch und weiß, zum Teil im Schutz der Bäume. Das elegante, erwartungsvolle Gespenst eines Zuhauses.

Während ich mich in meinem Wagen nähere, bemerke ich eine Bewegung an einem Ast ganz in der Nähe. Als ich hochblicke, entdecke ich eine Kamera. Ich werde beobachtet.

Langsam fahre ich an das Tor heran, wo ein Mann in beiger Uniform aus einem kleinen hölzernen Wachhäuschen tritt. »Ausweis bitte«, sagt er, dann inspiziert er meinen Führerschein und befragt mich wie ein Grenzbeamter nach dem Grund meines Besuchs.

Glücklicherweise hat mich Jules Sicard vorgewarnt, daher trifft mich die Paranoia der Deveaus nicht unvorbereitet. Nicht vorbereitet bin ich allerdings auf Jules selbst. Der Verwalter, wie ich bald entdecke, sieht sehr gut aus. Zu gut. Er verfügt über die Art von Attraktivität, die man nicht wagt, offen anzuschauen, aus Angst, nervös zu werden oder kein Wort herauszubekommen. Mit Evangelines symmetrischer Schönheit hatte ich gerechnet: den weißen Säulen, der Reihe der Fenstertüren vor dem Balkon im Obergeschoss, den getrimmten Hecken und dem Steinengel oben auf dem Springbrunnen hinter dem Haus. Obwohl das Anwesen in einer so abgelegenen Gegend ein wenig fehl am Platze wirkt – wen genau wollen sie denn beeindrucken? –, ist es genauso malerisch, wie ich es mir vorgestellt hatte. Jules dagegen ist eine Überraschung. Als er mich auf der Vordertreppe in Empfang nimmt, ist alles, was ich denken kann: Wo haben sie *dich* denn gefunden?

Er ist um die dreißig, groß und trägt einen tadellosen, schmal geschnittenen braunen Anzug. Sauber rasiert, mit dunkelblondem Haar, das extra zerzaust wurde, als Gegengewicht zu dem formellen Anzug. Nicht mein Typ – zu hübsch, zu sehr zurechtgemacht. Aber einschüchternd in seiner physischen Perfektion. Ich kann ihm nicht in die Augen sehen. Ich glaube, sie sind haselnussbraun.

»Willkommen auf Evangeline.« Wenn irgendjemand anders »Evangeline« so betont französisch ausgesprochen hätte, hätte es affektiert gewirkt. »Ich bin Jule Sicard, der Verwalter. Freut mich, Sie kennenzulernen.« Er hat keinerlei Südstaatenakzent.

»Charlotte Cates. Danke für die Einladung.« Ich merke bereits, wie mein Gehirn verdunstet. Das passiert mir immer in Gegenwart von besonders attraktiven Männern. Eine instinktive Reaktion, die noch aus meiner Junior-High-Zeit stammt, glaube ich.

Jules allerdings nimmt meine Existenz dankenswerterweise kaum wahr. »Hier entlang, bitte.« Er geht zügig die

Steinstufen hoch und zur Tür, um sie mir aufzuhalten. In der Geste liegt keine Galanterie, nur geschäftsmäßige Effizienz.

Jules macht sich nicht die Mühe, das Licht anzuknipsen, als ich die weitläufige Eingangshalle betrete, die erstaunlich kühl ist für ein Haus, das doch sicher über Zentralheizung verfügt. Ein kunstvolles, mit Blattgold verziertes Gipsfries lenkt den Blick zu einem atemberaubenden Kristallkronleuchter hinauf. Die gesamte geschmackvolle Einrichtung zeugt sowohl von Kultiviertheit als auch von Zurückhaltung: eine Standuhr, ein Spiegel und zwei identische weinrote Sofas. Goldgerahmte Gemälde zeigen eine Schlachtszene, einen Vogel, der in hohem Gras steht, und einen sehr ernsten, bärtigen Soldaten. Während ich den dämmrigen Raum durchquere, überkommt mich das seltsame Gefühl, dass ich mich nicht einem Zuhause, sondern in einem Ausstellungsraum befinde.

An die Halle grenzen vier Räume, in die man durch hohe, verzierte Bögen kommt, und eine Treppe führt ins Obergeschoss. Ich folge Jules in einen Raum zur Rechten. Licht strömt durch zwei riesige Fenster herein und erhellt Sitzmöbel aus dunklem Holz, einen Kamin, einen Schreibtisch und einen beeindruckend bestückten Spirituosenschrank samt Bar. Für einen Moment fühle ich mich wie in einer Partie Cluedo. Charlie Cates, im Arbeitszimmer, mit einem …

»Setzen Sie sich«, sagt Jules. »Es gibt ein paar Dinge, über die wir gleich offen reden sollten.«

Ich setze mich in einen grünen Sessel, der eher extravagant als bequem ist, und kämpfe gegen den Drang an, an meinen Haaren zu zuppeln.

»Erstens: Sicherheit.« Er nimmt mir gegenüber Platz, schlägt die Beine übereinander und verschränkt die Finger an den Spitzen. »Sie haben, als Sie hereinkamen, natürlich die Wachstation gesehen.«

Ich nicke. Wenn ich nicht wüsste, was Gabriel zugestoßen ist, würde ich die vielen Sicherheitsmaßnahmen für geradezu pathologisch halten.

»Überall auf dem Gelände gibt es Kameras«, informiert mich Jules. »Wir haben einen Wachmann vor Ort, der die Kameras kontrolliert und über das Grundstück patrouilliert. Ich habe unser Team über Ihre Anwesenheit unterrichtet, aber Sie möchten sich sicher noch selber vorstellen.«

»Natürlich«, murmle ich.

»Falls Sie aus irgendeinem Grund einen Gast auf das Grundstück mitbringen wollen, informieren Sie bitte unseren Sicherheitsdienst, damit er registriert werden kann. Und achten Sie darauf, dass er sich ausweisen kann.« Dem Ausdruck auf Jules Gesicht nach zu schließen, sind Gäste nicht erwünscht.

Kein Problem, möchte ich ihm sagen. Ich bin nicht hergekommen, um neue Freunde zu finden.

»Nun lassen Sie uns klären, in welchem Rahmen Ihre Arbeit hier stattfindet.« Er legt den Kopf auf die Seite.

Aha. Ich wusste doch, es gibt Auflagen.

»Brigitte hat mich darüber informiert, dass Sie eine Geschichte der Familie Deveau schreiben.«

»Ich würde es nicht eine Geschichte nennen«, sage ich, wobei ich ihm endlich in die Augen blicke. »Darüber haben wir beide bereits am Telefon gesprochen. In dem Buch geht es hauptsächlich um das Verschwinden ihres Bruders.«

Jules fährt fort, als hätte ich nichts gesagt. »Selbstverständlich beabsichtigen sie, Ihnen umfassenden Zugang zu den genealogischen Archiven der Familie zu gewährleisten. Ich denke, dort werden Sie viele faszinierende Geschichten über die Deveaus in den letzten zwei Jahrhunderten finden.«

Ich kann nur annehmen, dass er auf Weisung der Schwestern handelt, wenn er so auf der Genealogie beharrt, und das lässt meine Alarmglocken schrillen. Ich hoffe aufrichtig, dass sich dies nicht zu einem hässlichen Tauziehen auswächst, falls Isaac auf einer dramatischen True-Crime-Reportage besteht, die Deveau-Zwillinge aber eine Familienchronik erwarten.

»Sie haben mir Interviews versprochen«, erinnere ich Jules und bekomme bereits jetzt Kopfschmerzen. »Die sind für den Erfolg des Buches entscheidend.«

»Gewiss. Sydney und Brigitte freuen sich darauf, mit Ihnen zu sprechen.«

Ich warte auf den Haken, und er liefert ihn.

»Die Schwestern haben nur eine Bedingung. Ich brauche eine Zusicherung von Ihnen, dass Sie kooperieren werden.« Er wirft einen Blick zur Tür und senkt die Stimme. »Sie wissen natürlich, dass ihre Mutter sehr krank ist.«

»Ja, das habe ich gehört. Ist sie … klar im Kopf?«

»Zurzeit ja. Doch in Anbetracht ihrer Verfassung bitten ihre Töchter Sie, nicht mit ihr über das Buch und seinen Gegenstand zu sprechen. Sie halten es zum jetzigen Zeitpunkt für unnötig, sie in Aufregung zu versetzen.«

Ungläubig beuge ich mich vor. »Sie meinen, Hettie weiß nicht, dass ich hier bin?«

»Oh, Mrs Deveau erwartet Sie.«

»Was genau soll ich dann verschweigen?«

»Ihre Töchter haben ihr gesagt, dass Sie ein Buch über Plantagenhäuser schreiben. Ich denke, wir können uns darauf einigen, dass es keinen Grund gibt, ihr etwas anderes zu erzählen.«

Sein aalglatter Politikerton reizt mich. Von dem hübschen Gesicht bin ich nicht mehr beeindruckt.

»Plantagenhäuser? Ich weiß rein gar nichts über …«

»Sie ist krank, Ms Cates. Ich denke kaum, dass die Sprache darauf kommen wird, und wenn doch, so sind Sie, da bin ich mir ganz sicher, in der Lage, das nötige Fingerspitzengefühl zu entwickeln.« Er sieht, dass ich zu einem Protest ansetze, und ergänzt: »Das ist wirklich nicht verhandelbar. Brigitte hat ihre Wünsche sehr deutlich gemacht.«

»Dann kann ich Hettie also nicht über Gabriel befragen?«

Er schüttelt den Kopf. Gutaussehend oder nicht, dieser Typ macht mich langsam wirklich wütend. Ich bin versucht zu fragen, für wen er tatsächlich arbeitet. Neville Deveau muss dieses Anwesen seiner Frau hinterlassen haben. Offensichtlich hat er beschlossen, sich bei der Frau einzuschmeicheln, die das Sagen haben wird, sobald Hettie tot ist. Jobsicherheit.

Ich kaue auf einem Fingernagel. Jules mag ein Verräter sein, aber was ist mit Sydney und Brigitte? Hetties eigene Töchter, die sie offenbar hintergehen. Ich habe keinen Zweifel, dass sie das Projekt ablehnen würde, wenn sie davon wüsste. Gabriel war ihr Sohn, kein kitschiges Sensationsthema für die Medien. Ihr Sohn.

Hier geht es nicht um dich.

Ich hole tief Luft. »Hettie Deveau ist die beste Quelle, die ich für dieses Projekt haben werde, Jules, und Sie sagen mir, dass Sie nicht mit an Bord ist.«

Er versteift sich, als ich ihn beim Vornamen nenne. »Hettie Deveau wird diesen Sommer nicht überleben«, sagt er. »Wir versuchen alle, ihr die letzten Tage so angenehm wie möglich zu gestalten.«

»Die Geschichte von Gabriels Entführung ist ihre eigene Geschichte. Sie hat das Recht zu wissen, was vor sich geht.«

»Falls Sie ethische Einwände haben, können wir Meyers Rowe kontaktieren und einen anderen Autor finden«, antwortet Jules gelassen. »Ansonsten: Finden Sie sich damit ab.« Er steht auf, um zu signalisieren, dass unsere Unterhaltung beendet ist. »Soll ich Sie ein bisschen herumführen?«

Ich habe zu viel investiert, um jetzt einfach zu gehen. Ich beiße mir auf die Lippe und nicke, doch mein Gesichtsausdruck sagt ganz deutlich: Arschloch.

Zum ersten Mal, seitdem ich ihn kenne, lächelt Jules. Doch nur ganz kurz. Er streicht eine Haarsträhne wieder an ihren Platz, und sein Gesicht wird ausdruckslos, wie aus Plastik – und bleibt trotzdem so aufreizend attraktiv, dass ich ihn schlagen möchte.

7

»Charlie?« Rae nimmt beim zweiten Freizeichen ab. »Ich bin so froh, dass du anrufst!«

Sie klingt wirklich erfreut, und auf einmal vermisse ich sie, das Geplauder mit ihr, ihre Frechheit. Es ist halb sechs; ich sitze mit verschränkten Beinen auf einem pastellfarbenen Bettüberwurf und hoffe, dass mich jemand davon überzeugen kann, dass dieses Buch kein Fehler war. »Hi«, begrüße ich Rae mit mehr Elan, als ich empfinde. Die Sonne ist verschwunden, und der Heizkörper ist noch nicht angesprungen. »Störe ich?«

»Gar nicht. Ich sitze in der Bahn nach Hause. Also … wow, bist du in Louisiana?«

»Bin ich«, bestätige ich.

»Wie war die Fahrt? Nein, warte …« Rae unterbricht sich, bevor ich antworten kann. »Zuerst will ich von dem Haus hören. Ist es der Wahnsinn?«

Ich klettere unter die Bettdecke, um mich aufzuwärmen. Die Matratze fällt unter mir zusammen, was eine lange und unbequeme Nacht verspricht. »Evangeline ist … so wie man es sich vorstellt. Sehr elegant.« Was ja auch stimmt. Jedes Zimmer, das Jules mir gezeigt hat, war wunderschön, und mit Ausnahme der gut ausgestatteten modernen Küche hatten alle ihren alten Südstaatencharme behalten.

»Wie viele Zimmer?«

Auf unserer kurzen Besichtigungstour habe ich Jules gerade nach solchen Infos ausgequetscht und mir fleißig Notizen gemacht, während er die Fakten über das Anwesen abspulte. »Insgesamt sechzehn Zimmer«, gebe ich wieder. »Das Haus wurde in den vierziger Jahren des neunzehnten Jahrhunderts erbaut, doch die Familie hat inzwischen zahlreiche Anbauten und Modernisierungen durchgeführt.«

»Puuh. Haben sie einen Koch und einen Butler und so?«

»Keinen Butler«, berichte ich, »aber einen Verwalter. Und natürlich eine Köchin. Ich habe sie heute getroffen.« Ihr Name ist Leeann, und sie wirkt viel zu jung, um sich mit all diesen wunderschönen Edelstahlgeräten auszukennen. Ein pummeliges, rosagesichtiges Mädchen, das aussieht, als würde es am Weihnachtsmorgen immer noch um fünf Uhr in der Früh voller Vorfreude aus dem Bett springen. »Ich glaube, sie kocht eher für das Personal als für die Familie«, erkläre ich Rae. »Sie sagte, an den Wochenenden und für Gäste oder Partys lassen sie einen Küchenchef kommen.«

»Du zählst nicht als Gast?«

Aus meinem Krater in der weichen Matratze nehme ich mein hässliches pastellfarbenes Zimmer in Augenschein. »Äh, nein. Ich glaube, ich stehe auf der gleichen Stufe wie die Hausangestellten.« Ich erzähle ihr nicht, dass Jules mir ausdrücklich nahegelegt hat, meine Mahlzeiten mit dem Personal einzunehmen. Seltsamerweise ist mir das peinlich.

»Wie viele Leute braucht man überhaupt, um so einen großen Schuppen am Laufen zu halten?«, fragt Rae.

Ich versuche mich zu erinnern, wen Jules alles erwähnt hat. Eine Haushälterin, einen Hausmeister, die Teilzeitgärtner. Den Sicherheitsdienst. Krankenschwestern für Hettie. Die Köchin, einen Küchenchef und natürlich Jules selbst.

»Ich schätze mal, hier arbeiten fünfzehn Leute in Voll- oder Teilzeit«, sage ich. »Und die Mutter, Hettie, ist die Einzige, die hier wohnt. Ihre Kinder und die Enkelin kommen nur hin und wieder zu Besuch.«

Rae seufzt, aus Neid oder Missbilligung oder vielleicht auch aus beidem. »Es ist doch bestimmt traumhaft dort, oder?«

»Ich habe bisher nur das Untergeschoss gesehen, aber ja.«

»Moment mal, dein Zimmer ist unten?«

Ich lache trocken. »Eher im Hinterhof.«

»Wie bitte?« Ich wusste, dass Rae nicht begeistert davon sein würde, und eigentlich bin ich es auch nicht. Bevor ich aufbrach, hat Rae Stunden damit zugebracht, eine Garderobe für mich auszuwählen, die sie für gutshauswürdig hielt, und nun wohne ich nicht mal in Evangeline. Im Haus geht sogar jeden Abend um acht Uhr die Alarmanlage an, um mich und die anderen Angestellten fernzuhalten.

»So schlimm ist das nicht«, sage ich, während ich an einem Quadrat der Bettdecke zupfe. »Sie haben mich im Gästecottage untergebracht. Ich habe eine Miniküche und ein Badezimmer.« Von der Blümchentapete, den Spitzenvorhängen und dem exzessiven Gebrauch von Lavendel erwähne ich lieber nichts. Ich nehme an, es soll heimelig wirken, doch irgendwie erinnert mich das Häuschen eher an ein riesiges kitschiges Osterei.

»Dann ist das Gästecottage ein separates Haus im Hinterhof?«, fragt Rae.

Ich versuche es ihr zu beschreiben. »Fünf Minuten Fußweg vom Haupthaus entfernt liegen vier kleine Cottages, in denen einige der Angestellten wohnen. Früher, als es noch eine Plantage war, sind das die Sklavenquartiere gewesen.« Ich weiß, das bringt sie auf die Palme.

»Machst du *Witze*? Die laden dich ein und stecken dich dann in ein Sklavenhaus?«, ruft sie entrüstet. »Das ist respektlos – dir und allen Schwarzen gegenüber, die auf dieser Plantage versklavt wurden. Ehrlich, das ist, als würde man aus Auschwitz ein Motel machen.«

Laut Jules wurden die Originalbehausungen für die Sklaven im frühen zwanzigsten Jahrhundert abgerissen. Die Cottages, die dort heute stehen, wurden erst vor ungefähr fünfzehn Jahren gebaut. Sie sind so modern, dass die Türen sogar mit Codes gesichert sind, doch das sage ich Rae nicht. Ich finde ihre Empörung seltsam tröstlich. »In Evangeline gibt es im Wohnzimmer sogar Souvenirs aus der Konföderationszeit«, erkläre ich ihr.

Rae lässt einen Pfiff hören. »Hältst du es dort wirklich drei Monate aus, Charlie?«

»Ich werd's versuchen.« Drei Monate kommen mir im Moment allerdings sehr lang vor, deswegen wechsle ich das Thema. »Sind meine Mieter angekommen?« Eine Weile sah es so aus, als würde ich keinen Kurzzeitmieter finden, doch zwei Wochen vor meiner Abreise tauchte plötzlich eine geschiedene Mutter auf, deren Haus durch einen Brand beschädigt worden war.

»Sie ist gestern eingezogen«, sagte Rae. »Sie hat zwei Töchter. Teenager.«

»Ohhh, dein Traum wird wahr. Babysitter!«

In der Sekunde, in der die Worte meinen Mund verlassen, trifft mich der Schock. *Du hast es vergessen,* begreife ich. *Einen Moment lang hattest du es tatsächlich vergessen.*

»Vielleicht können sie auf Zoey aufpassen«, füge ich lahm

hinzu, doch in der Leere meiner Brust brennt es bereits. Schuld lodert in mir hoch wie Feuer. *Wie kannst du dein Kind vergessen? Wie kannst du vergessen, dass es tot ist?*

Rae und ich sprechen noch ein paar Minuten miteinander, aber nun bin ich auf der Hut. Ich halte meinen Verlust fest, drücke ihn an meine Brust, meine Lunge, bis das Atmen wehtut. Vielleicht bestrafe ich mich selbst. Vielleicht schütze ich mich selbst – davor, zu vergessen und mich dann wieder daran erinnern zu müssen. So oder so, mein abwesender kleiner Junge steht zwischen uns. Ohne ihn, was haben Rae und ich dann noch gemeinsam?

Endlich fährt ihr Zug in den Bahnhof von Stamford ein, und wir verabschieden uns schnell.

»Pass auf dich auf«, sagte Rae. »Und achte darauf, dass du genug isst, versprochen?«

»Versprochen.«

Nachdem wir aufgelegt haben, weiß ich nichts mit mir anzufangen. Da ich aber nicht einfach daliegen und in dieses monströse Bett einsinken kann, tue ich etwas Nützliches und schlage den Namen des Mannes nach, an den ich mich laut Isaac bei der hiesigen Polizei wenden kann: Remy Minot. Obwohl Gabriels Entführung zu Beginn von den lokalen, den staatlichen und den bundesstaatlichen Polizeibehörden bearbeitet worden war, ist der kalte Fall dem Sheriff's Department der Gemeinde zugefallen – was im Allgemeinen ein Zeichen dafür ist, dass die Ermittlungen nicht weitergeführt werden. Falls es irgendetwas Aussichtsreiches gäbe, hätte sich das FBI schon darauf gestürzt, daran habe ich keinen Zweifel. Trotzdem hat Detective Minot sicher Zugang zu Akten aus den ursprünglichen Ermittlungen. Es lohnt sich, mal mit ihm zu reden.

Also rufe ich das Sheriff's Department der Gemeinde Bonnefoi an und werde ohne viel Federlesens zu Detective Minots Anrufbeantworter durchgestellt. Ich hinterlasse eine Nachricht, wohl wissend, dass die Chancen, dass dieser Mann zurückruft, gering sind. Cops mögen Journalisten, wenn ein kalter Fall Beachtung finden soll, doch wenn es Gabriels Kidnapping an einem nie gefehlt hat, dann an Publicity.

Es ist sechs Uhr. Leeann, die Köchin, sagte, sie serviere für das Personal jeden Abend in der Woche zwischen sechs und sieben. Wenn ich heute Abend etwas essen möchte, ist es das oder eine Fahrt zurück in die Stadt – im Dunkeln. Die Angestellten kennenzulernen hat aber eindeutig Vorteile. Vielleicht gibt es darunter ein altes, treues Faktotum, das seit über dreißig Jahren im Dienste der Familie steht und sich an Gabriel erinnert. Zumindest kann ich so an ein paar Zitate für das Buch kommen – für einen Insider-Blick auf die Familie.

Ich schlüpfe in eine Jacke und trete in die Nacht hinaus. Der Mond ist nur eine schmale Sichel, als ich dem unbefestigten Weg zurück zu Evangelines fernen Lichtern folge. *Warum hatte Hettie wohl keine Außenbeleuchtung spendiert?* Aus dem Garten mit seinen hohen und dürren Sträuchern ist ein Dschungel aus fremden Formen und unidentifizierbaren Schatten geworden, und der ernste Engel, der über den leeren Springbrunnen wacht, würde jetzt besser auf einen Grabstein passen. Ich kann den nicht sehr weit entfernten Sumpf spüren, der jederzeit alles und jeden verschlingen kann. Ich beschleunige meine Schritte. Wer immer Gabriel verschleppt hat, er hat vermutlich in dieser Nacht hier im Garten gestanden, das Haus beobachtet und gewartet. Diese Person könnte immer noch dort draußen sein. Ganz in der Nähe.

Während ich dem Pfad weiter folge, sehe ich mich immer wieder ängstlich um, und als ein Bodendecker an meinem Knöchel entlangstreift, fahre ich erschrocken zusammen. Als meine Paranoia ihren Höhepunkt erreicht, höre ich etwas. Eine Männerstimme zu meiner Rechten, ganz nah neben mir.

»Ich warte schon eine Ewigkeit.«

Ich erstarre. Da ist eine Gestalt, teilweise von der Hecke verdeckt, hinter der sie steht. Ich habe das Gefühl, mein Herz fliegt mir aus der Brust. *Wer zum Teufel …*

»Drei Wochen. Es sind jetzt fast drei Wochen. Also sag mir nicht, ich soll Geduld haben.« Es ist Jules, begreife ich. Aber er redet nicht mit mir. Sondern offenbar am Handy. »Ja, ich weiß, dass du einen vollen Terminplan hast, vielen Dank auch. Daran hast du mich schon erinnert, als du letzte Woche zweimal abgesagt hast. Weißt du eigentlich, welche Opfer ich bringe, damit unsere Beziehung halbwegs funktioniert?«

Ich will gerade weitergehen, als er vor mir auf den Pfad tritt, immer noch vertieft in sein Gespräch. Ich drücke mich in den Schatten der Hecke, keine zwei Meter hinter ihm, und überlege, ob ich mich bemerkbar machen soll oder nicht. Wird es nicht aussehen, als hätte ich ihm hinterherspioniert, wenn ich plötzlich aus den Büschen springe? Ist es schlimmer, wenn es so *aussieht*, als hätte ich gelauscht, oder wenn ich tatsächlich lausche?

»Nein, du hörst jetzt *mir* zu. Ich lüge für dich, ich schleiche herum wie ein schuldbewusster Teenager, ich ändere meine Pläne kurzfristig, alles für dich …« Jules geht hin und her, wobei er das Kinn so zum Himmel streckt, dass ich in den Genuss seiner perfekt proportionierten Silhouette komme. Wenn er sich jetzt umdreht, wird er mich in den Büschen herumlungern sehen. Doch das tut er nicht.

»Dann kommst du? Ist das ein Versprechen?« Sein Ton wird freundlicher, als es so scheint, als bekäme er seinen Willen. »Gut. Dann vergiss meine Manschettenknöpfe dieses Mal nicht. Die müssen noch in deiner Kommode sein.« Er macht eine Pause. »Nein, die von Louis Vuitton. Sie sind schwarz.« Er hält wieder inne und lacht dann leise, als hätte der andere etwas Amüsantes gesagt. Ich wundere mich, was für einen Witz man wohl über Designer-Manschettenknöpfe machen kann. »Richtig. Dann sehe ich dich dieses Wochenende.« Er strebt zum Haus, Gott sei Dank zu erfreut über seinen Sieg im Beziehungsstreit, um mich zu bemerken.

Ich gebe ihm ein paar Minuten Vorsprung. Währenddessen male ich mir aus, welche schöne, selbstbewusste Frau freiwillig so jemanden wie Jules erträgt –, eine Verheiratete, wenn sie sich heimlich treffen – und setze mich dann in Richtung der warm erleuchteten Küche in Bewegung.

Durch die breiten Fenstertüren kann ich eine junge schwarze Familie in der Frühstücksnische sehen. Personal, vermute ich, weil sie nicht im Esszimmer essen. Der Gedanke, dass Familien auf dem Gelände leben könnten, ist mir gar nicht gekommen, doch da sind sie: eine Mutter, ein Vater und ein kleines Mädchen auf den Knien. Misstrauisch beäugt sie ihr Essen. Ich zögere einen Moment, weil ich nicht stören möchte, aber Leeann, die Köchin, entdeckt mich und eilt herüber, um mich hereinzulassen. Ein großer, alter, rotbrauner Hund folgt ihr auf den Fersen und hofft darauf, dass etwas für ihn abfällt.

»Ah, hallo! Ich hab mich schon gefragt, ob Sie wohl kommen.« Sie ist ein stämmiges, apfelbackiges Mädchen mit hellem Haar und heller Haut, das kaum in das riesige Kochhemd hineinpasst. Sie ist sogar noch freundlicher als vorhin, als ich noch zusammen mit Jules war. Wieder bin ich verblüfft, wie jung sie aussieht. Wenn ich sie auf der Straße sähe, würde ich sie um die zwanzig schätzen.

»Hallo, Leeann.« Ich erwidere ihr breites Lächeln und bücke mich, um den Hund zu streicheln. »Hier riecht es ja himmlisch.« Ich bin nie ein Fan des Landhausstils gewesen, doch die weiß lasierten Regale, die Korbwagen mit Kräutertöpfen und das Kupferkochgeschirr an den Hängegittern verleihen dem Raum eine heimelige Atmosphäre. Auf der hölzernen Kücheninsel hat Leeann einen Teller mit Fisch hingestellt, zusammen mit halb leeren Schalen Kohl und etwas Orangefarbenem. Ich nehme mir davon und setze mich zu der jungen Familie an den Tisch.

»Das ist die Lady aus New York, von der ich euch erzählt habe«, erklärt ihnen Leeann. »Charlotte, richtig?«

»Charlie reicht.« Ich winke dem kleinen Mädchen. Ihr Vater ist ein langgliedriger junger Mann, der nicht viel älter aussieht als Leeann. Er beugt sich über ihren Teller, um den Fisch in Stücke zu schneiden. Neben ihm rutscht die Mutter auf ihrem Stuhl herum und betrachtet mich mit unbeteiligtem Blick. Jetzt sehe ich, dass sie hochschwanger ist.

»Charlie, das ist Paulette.« Leeann legt der Schwangeren die Hände auf die Schultern. »Sie ist die Haushälterin. Na ja, zumindest noch für ein paar Monate. Sie und Benny erwarten ihren kleinen Jungen Anfang März.«

»Herzlichen Glückwunsch«, sage ich, doch die Worte fühlen sich in meinem Mund komisch an. *Es war ja klar, dass hier Kinder sind. Und eine Schwangere.* Ich weiß gar nicht, warum mich das überrascht.

Als ich mich an Paulettes Mann wende, zwinge ich mich, freundlich zu sein. »Arbeiten Sie auch hier, Benny?«

Er nickt. »Ich sehe nach den Autos, fahr Mrs Deveau rum, reparier alles, was kaputtgeht.«

Ihre Tochter beäugt mich, während sie sich die Fischstücke mit den Fingern in den Mund steckt. In ein paar Jahren wird sie ein unansehnliches Kind sein, doch jetzt sind ihre weit auseinanderstehenden Augen und die hohe Stirn noch niedlich.

»Bailey, nimm eine Gabel.« Benny reicht ihr eine. Der Hund kalkuliert schlau und lässt sich neben Bailey zu Boden fallen, die mich weiter mustert.

»Ich bin drei Jahre alt«, verkündet sie laut. »Mein Name is' Bailey. Du solltest dich schminken.«

»Bailey!«, ruft Paulette. »Benimm dich.« Sie sieht mich entschuldigend an. »Tut mir leid. Sie muss noch Manieren lernen.«

»Kein Problem. Es stimmt ja wahrscheinlich.« Es ist peinlich, wenn man von einer Dreijährigen gesagt bekommt, dass man auf sein Äußeres achten sollte, doch Bailey hat recht. Ich lasse mich gehen. Wenn ich mit den Deveaus verkehren will, sollte ich nach Geld aussehen.

»Hören Sie nicht auf Bailey. Sie ist unsere kleine Prinzessin, nich' wahr, *Mamzelle*?«, gurrt Leeann.

Bailey spült ihr Essen mit einem Schluck Milch herunter. »Ich bin drei Jahre alt«, erinnert sie mich, ein bisschen aggressiv, als könnte ich sie verdächtigen, erst zwei zu sein.

Ich mache ein beeindrucktes Gesicht. »Drei ist ziemlich alt.« Älter als Gabriel je geworden ist.

»Das ist nicht sehr alt.« Bailey runzelt die Stirn. »An meinem nächsten Geburtstag werd' ich vier.«

»Sie is' genauso alt wie mein kleiner Mann«, sagt Leeann zu mir.

Ich kann meine Überraschung darüber nicht verbergen. Ich wusste, dass ich spät Mutter geworden war, aber ernsthaft? Wie kann Leeann ein dreijähriges Kind haben?

»Sie sehen so jung aus«, sage ich.

»Ich bin drein'zwanzig.«

Ich würde wetten, dass er nicht mal geplant war. Ich würde wetten, er war ein Unfall, und trotzdem hat sie ein Baby zur Welt gebracht, noch bevor sie Alkohol trinken durfte. Warum darf sie ein Kind haben und ich nicht?

»Wohnt Ihr Sohn auch hier?«, frage ich. Wenn ich ihn hier jeden Tag herumtollen sehen muss, bekomme ich vielleicht einen Nervenzusammenbruch.

»Nicht mehr.« Leeann sieht aus, als wäre sie sehr stolz auf sich. »Wir wohnen jetzt in der Stadt, bei meinem Freund. Is'n bisschen eng in den kleinen Häuschen.«

»Das is' eben so«, stimmt Benny ihr zu. »Keine Ahnung, wie wir da alle reinpassen sollen.«

»Also, Charlie, Sie sind 'ne Schriftstellerin?«, fragt Paulette mit höflichem Interesse.

Ich tue mein Bestes, um ihnen die Geschichte von den Plantagenhäusern zu verkaufen. Glücklicherweise ist das Thema trocken genug, um sämtliche Fragen im Keim zu ersticken. Leeann kommt auf New York City zu sprechen, für das sie die Begeisterung des Kleinstadtmädchens hegt. Bailey, die nicht länger im Mittelpunkt der Aufmerksamkeit steht, beginnt mit dem Kissen auf ihrer Bank zu spielen, laut zu singen und aus absichtlichem Versehen Essen für den Hund fallen zu lassen. Ihre Eltern wechseln »den Blick«, entschuldigen sich und ziehen ihre Tochter aus der Küche.

Aber mal allein mit Leeann zu sein ist vielleicht sogar ganz gut. Sie ist von Natur aus mitteilsam, die geeignete Kandidatin, um ihr Indiskretionen zu entlocken. Ich lasse mich von ihr über den Broadway ausfragen, die Mietpreise in Manhattan und die Sicherheit in der U-Bahn. Ich frage sie nach ihrer Arbeit in Evangeline, wo sie, wie sie mir erzählt, jetzt seit zwei Jahren angestellt ist.

»Mein Daddy hat ein Diner in der Stadt, das heißt Crawdaddy's«, erklärt sie. »Früher habe ich da gekocht, und dann hat mein Essen Mr D so gut geschmeckt, dass er mir den Job angeboten hat.«

»Mr D? Sie meinen Neville Deveau?«

Sie nickt. »Ich habe gehört, dass er ganz schön fies war, als er jung war, aber zu mir ist er immer total lieb gewesen. Als er starb, hab' ich nur noch geweint.«

Ich schlucke den letzten Bissen des perfekt gewürzten Welses herunter. »Dann ist jetzt Hettie Ihre Chefin?«

»Genau genommen ist es wohl Jules.« Leeann verdreht die Augen. Das ist mein Stichwort.

»Wie ist er denn so?«

Sie kichert. »Na ja, Sie haben ihn ja kennengelernt.«

Ich lächle. »Ich dachte, vielleicht hat er einen schlechten Tag gehabt. Vorhin hörte es sich an, als hätte er Probleme mit seiner Freundin.«

Leeann bedenkt mich mit einem langen Blick. »Jules hat Probleme, das ja, aber nich' mit einer Freundin.«

Sobald sie es sagt, kann ich nicht fassen, dass ich nicht früher darauf gekommen bin. Die Haare, die Klamotten, die übergenaue Betonung jeder einzelnen Silbe, übertriebene Manieriertheit – all die offensichtlichen Klischees, die ich übersehen habe. Ich meine, Manschettenknöpfe von Louis Vuitton? Warum hat da nicht mein Schwulenradar angeschlagen? Irgendwie hätte ich wohl nicht gedacht, hier im konservativen Louisiana auf schwule Männer zu stoßen. *Jesses, Charlie. Und du machst dich über die Südstaatler lustig, wegen ihrer Vorurteile.*

Ich frage Leeann, wer von den Angestellten am längsten in Evangeline ist.

Sie zuckt mit den Achseln. »Deacon und Zeke sind älter. Vielleicht meines Daddys Alter. Das sind die Wachmänner. Aber wie lang die schon hier sind, weiß ich nicht.«

Ich will gerade nachhaken, als Leeann ausruft: »Oh nein!«

Sie blickt mir über die Schulter, wo eine kleine alte Frau, gestützt von einer Krankenschwester, im Türrahmen steht. Nicht viel größer als einen Meter fünfzig, ausgemergelt und knochig, mit flauschigem weißem Haar und einer Haut, durch die das Blau der Adern schimmert. Sie sieht aus, als wäre sie im Alter meiner Großmutter, doch ich weiß, dass sie ungefähr fünfzehn Jahre jünger ist. Bei ihrem Anblick rappelt sich der alte Hund auf und wackelt heftig mit dem Schwanz.

Leeann presst sich entsetzt die Hände vor den Mund. »Oje, Mrs D! Es tut mir ja so leid! Ich hab' vergessen, das Essen hochzuschicken.« Hastig greift sie sich einen Teller.

»Leeann, Liebes, keine Sorge.« Hetties Stimme straft ihr zartes Äußere Lügen. »Ich bin kein bisschen hungrig, aber Rose besteht darauf, dass ich etwas esse.« Sie tätschelt die Hand der Pflegerin und wendet ihren Blick dann mir zu. »Ich glaube nicht, dass wir uns kennen.«

Ich erhebe mich vom Tisch und nähere mich ihr nervös. »Charlotte Cates, Ma'am. Ich komme von Meyer Rowe …«

»Oh!« Ihre Augen leuchten auf. »Die Autorin! Jules hat mir gar nicht gesagt, dass Sie schon da sind. Wann sind Sie angekommen?«

»Heute Nachmittag.«

»Wunderbar.« Ihre dünnen Lippen verziehen sich zu einem aufrichtigen Lächeln. »Ich glaube, wir haben etwas für Sie, das Ihnen gefallen wird.«

»Ach ja?«

Selbst krank und unfähig, ohne Hilfe ihrer Pflegerin zu gehen, besitzt sie immer noch eine herrschaftliche Würde. »Dieses Wochenende erwarten wir einige Freunde und Verwandte. Ich hoffe, Sie werden uns beim Dinner am Samstag Gesellschaft leisten.«

Das war allerdings eine gänzlich andere Attitüde als die, die Jules mir gegenüber an den Tag gelegt hatte. »Das klingt wundervoll.«

»Es gibt da jemanden, den Sie sicher gerne kennenlernen wollen. *Raleigh Winn*.« Hettie spricht den Namen aus, als wäre ich ein Teenie, der gerade Neuigkeiten über seine Lieblings-Boyband bekommt.

»Raleigh Winn«, wiederhole ich. Nun müsste ich nur wissen, wer das ist. »Also … wow.«

»Ich nehme an, Sie werden ein Kapitel in Ihrem Buch auch Fairview Manor widmen«, sagt sie, »und Raleigh ist so stolz auf die Restaurationsarbeiten, die er dort unternommen hat. Er würde sich sicher freuen, mit einer Expertin auf dem Gebiet zu sprechen.«

Wie gern würde ich jetzt Jules und Brigitte die verschwörerischen Hälse umdrehen. Auf keinen Fall kann ich diese

Plantagenbuch-Scharade aufrechterhalten, nicht, wenn man mich voller Stolz Leuten vorführt, die tatsächlich Ahnung von dem Thema haben. Aber was kann ich schon tun? Schließlich habe ich ihre Einladung bereits angenommen.

»Mrs Deveau« – ich lächle, bis es schmerzt – »ich kann es gar nicht erwarten.«

8

Smokey Eyes, perfekt geschwungene Augenbrauen und ein Mund wie ein frischer roter Schnitt. Diese Frau im Spiegel habe ich lange nicht mehr gesehen. Ich habe Baileys Rat befolgt – und trage Make-up. Das Dinner beginnt in zwanzig Minuten, und ich muss noch mein Kleid aussuchen. Es gibt zwei Optionen. Die sichere Wahl, ein schlichtes Schwarzes, mit dem ich keine Blicke auf mich ziehen werde. Und dann ein kobaltblaues Elie Saab mit tiefem Ausschnitt, das Eindruck macht. Aber auch den richtigen? Möchte ich ignoriert oder angestarrt werden? Ich bin mir nicht sicher.

In den vergangenen Tagen hier in Evangeline habe ich wenig erreicht. Ich habe die meisten Angestellten kennengelernt, von denen sich jedoch keiner so freundlich und offen gezeigt hat wie Leeann. Sie sehen in mir das, was ich bin: eine Frau mit College-Abschluss aus dem Nordosten, die Schmutz über die Leute, in deren Dienst sie stehen, sucht. Warum sollten sie mir vertrauen? Gestern habe ich dann endlich Zeke getroffen, einen der älteren Wachmänner, von denen Leeann sprach. Aber er war nicht gerade freundlich und hat auf meine Frage nur sehr einsilbig und mit einem kaum verhohlenen Stirnrunzeln geantwortet.

Jules geht mir meist aus dem Weg. Gestern habe ich ihn beiseitegenommen, um ihn wissen zu lassen, dass mir das bevorstehende Treffen mit Raleigh gar nicht behagt, doch seine Antwort war nur ein Schulterzucken und ein »Machen Sie was draus«. Bisher bestand sein einziger Beitrag zu meinem Projekt darin, Benny mit einem Dutzend Kisten aus dem »Familienarchiv« zu meinem Cottage zu schicken. Als ich Jules sagte, um dieses Buch zu schreiben, bräuchte ich etwas Besseres als alte genealogische Aufzeichnungen, habe ich nicht mit unsortiertem Ramsch vom Dachboden gerechnet. Doch Ramsch ist genau das, was ich bekommen habe. Lose Fotos, Karten, Spielzeuge, ein Tageskalender von 1991 – das meiste habe ich noch nicht durchgesehen. Aber wer weiß, vielleicht findet sich ja doch etwas Interessantes.

Ich mustere wieder meine zwei Kleider. Man hat immer nur eine Chance auf einen ersten Eindruck, und Sydney und Brigitte sind gestern Abend eingetroffen. Ihr älterer Bruder Andre soll heute nachkommen. Sie alle lerne ich erst heute Abend bei diesem Dinner kennen. Ich kann ein kleiner Niemand in Schwarz sein oder aber Präsenz zeigen. Mir fällt ein alter Artikel ein, der mal in *Sophisticate* erschienen ist: *Kleiden Sie sich wie die Frau, die Sie sein wollen*. Ich weiß, wer ich sein will, und ich kann mich auch so anziehen.

Da mir noch ein wenig Zeit bleibt, mache ich mich an die Kisten, in denen vor allem Andres Habseligkeiten gesammelt sind. Ich finde Ausgaben des *Economist* von 1981. Ein Schulheft aus dem Physikunterricht der Highschool, in das Formeln und Aufgaben mit säuberlicher Handschrift notiert wurden. Jahrbücher aus einer anscheinend renommierten Privatschule. Ich blättere durch die Seiten der Ausgabe von 1981–82 und finde Andres Foto als Senior. Er wirkt adrett und ernst, ein Gesicht, das man leicht vergisst. Eingetragen ist er, was nicht anders zu erwarten war, als Mitglied der

Future Business Leaders of America. Er tut mir leid. Als der älteste, und irgendwann dann auch einzige Sohn, stand es ihm da je frei zu entscheiden, was er machen wollte?

Ich wühle ein bisschen tiefer in der Kiste und entdecke ein Buch mit Sonetten von Shakespeare und darin eine kaum leserliche Widmung: *Für Andre an seinem achtzehnten Geburtstag. Ich hoffe, du hast ebenso viel Freude daran wie ich. – Sean.* Papierschnipsel markieren verschiedene Sonette, woraus ich schließe, dass Andre trotz seiner so vernünftigen außerschulischen Aktivitäten damals auch eine sensible Seite hatte. Da sind auch einige lose Fotos. Andre und ein paar Mitschüler in Smokings. Sein Lächeln ist dünnlippig, angestrengt. Auf einem anderen Foto steht er mit seinem Date, einer drallen Blondine mit üppigem Busen. Schließlich sehe ich sie, ganz unten in der Kiste: eine Einladung zu Sydneys und Brigittes »Sweet Sixteen«-Party am 14. August 1982. Ein Schauder durchläuft mich. Das war der Abend, an dem Gabriel verschwand. Ich fahre mit dem Finger über die silbernen Kanten.

Deine Mommy und dein Daddy waren an diesem Abend bei den Zwillingen in New Orleans. Was war mit dir, Gabriel? Wer hat deine Tür aufgeschlossen?

Ich halte die Einladung mit beiden Händen, schließe meine Augen, leere den Geist. Er hat mit mir im Sumpf kommuniziert. Vielleicht kann ich ihn jetzt herbeirufen.

Zeig mir diese Nacht. Zeig mir, was passiert ist.

Nichts. Im Zimmer ist es vollkommen still. Meine Augen öffnen sich langsam, und mir fällt ein, dass ich einen Blick auf die Uhr werfen sollte. Schon nach acht. Mist.

Schnell werfe ich noch einen letzten prüfenden Blick in den Spiegel und bekomme sofort wieder Zweifel an der

Wahl meines Outfits. Das Kleid betont zwar all die richtigen Stellen – es lässt meinen Busen größer wirken, gibt meinem Hintern Form und macht meine Taille schmal – doch es ist auch ein wenig … sexy. Ich schwanke. Das schwarze Kleid liegt auf dem Bettüberwurf, formlos, unscheinbar, lädt mich ein, die graue Maus zu spielen. Nein, ich kann es nicht.

Sei mutig. Du kannst es tragen.

Um Viertel nach acht haste ich aus dem Cottage, eine schwarze Clutch in der Hand, und stolpere auf meinen hohen Absätzen durch die Dunkelheit. Dank des Mondes, der sich heute zeigt, kann ich ein bisschen besser sehen, doch es ist kalt. Sofort wünschte ich, ich hätte einen Schal für die Schultern mitgenommen. Egal, nun ist keine Zeit mehr zurückzugehen.

Als ich das feudale Esszimmer betrete, muss ich zu meinem Schrecken feststellen, dass es bei den Deveaus so etwas wie ein Verspäten nicht gibt. Zehn Personen nippen bereits an ihren Weingläsern um den erlesen gedeckten Tisch herum. Ein Mann in Kellneruniform führt mich an meinen Platz, ausgerechnet neben Sydney Deveau. Mit brennenden Wangen murmele ich eine Entschuldigung in die Runde.

Der Diener nimmt mein Weinglas. »Rot oder weiß, Ma'am?«

»Nur Wasser, danke.«

»Nun«, sagt Hettie, »da ist sie! Unsere Schriftstellerin!« Meinen Namen sagt sie nicht, wahrscheinlich, weil sie ihn vergessen hat, und ich bin ihr sehr dankbar dafür, denn eben habe ich leider eine zweite Entdeckung machen müssen.

Mein Kleid ist sehr, sehr unangemessen.

Alle anderen Frauen am Tisch – und es sind fünf – sehen aus, als wollten sie in ein Kloster eintreten. Triste, dunkle

Farben. Hochgeschlossen. Lange Ärmel. Im Vergleich dazu gehöre ich an eine Straßenecke. Ich starre auf mein Gedeck – Kristallgläser, weiße bestickte Tischwäsche, poliertes Silberbesteck mit Monogramm – und habe Angst, den Blick zu heben, weil ich nicht sehen will, wer mich mustert. Einen Augenblick später kommt der Diener mit Salattellern zurück. Offenbar haben sie auf mich gewartet.

Erst als alle mit ihrem Essen beschäftigt sind und eine leidenschaftliche Diskussion über Belgische Endivien im Gange ist, wage ich es, heimlich die anderen Gäste in Augenschein zu nehmen. Am Kopf des Tisches thront Hettie Deveau mit leuchtenden Augen und einem so strahlenden Lächeln, dass mir niemals der Gedanke gekommen wäre, sie könnte todkrank sein. Auch ihre Töchter erkenne ich wieder, aus dem Fernsehen und der Boulevardpresse. Obwohl die beiden Frauen eineiige Zwillinge sind, kann man Sydney und Brigitte leicht auseinanderhalten. Sydney, zu meiner Rechten, hat dunkles und kurzes Haar. Brigitte, die mir gegenüber sitzt, trägt ihres lang mit blonden Strähnchen. Mit fünfundvierzig Jahren sind beide Frauen übergewichtig und erinnern mit ihren runden Wangen und jeweils einem vollen Kinn an zwei gierige Hamster.

Ihr Bruder, Andre, muss sich wohl entschuldigt haben, denn die einzige andere Person, deren Bekanntschaft ich bereits gemacht habe, ist Jules, der heute noch geleckter aussieht als sonst, obwohl er ein bisschen mürrisch wirkt. Ich kann es ihm nicht verübeln. Womit man ihn wohl geködert hat? Immerhin hatte er ein angenehmes Wochenende mit seinem Freund geplant, und nun sitzt er hier und tauscht banale Artigkeiten mit den reichen Freunden seiner Arbeitgeber aus.

»Wo ist Andre?«, fragt Brigitte, als hätte sie meine Gedanken gelesen. »Ich dachte, er würde heute Abend hier sein. Er muss *unbedingt* Ginny dort drüben kennenlernen. Sie ist Single. Sie wäre perfekt für ihn.«

»Sein Flug hat Verspätung«, berichtet Jules pflichtbewusst. »Er hofft immer noch, es zum Dessert zu schaffen.«

»Das macht er immer«, beschwert sich Brigitte. »Ich schwöre, ich rechne gar nicht mehr mit ihm, wenn ich zum Dinner einlade. Er bringt nur meine Gästezahl durcheinander.«

Von ihrem Ende des Tisches aus nimmt Hettie ihren Erstgeborenen in Schutz. »Na ja, er hat doch ein Unternehmen zu führen, nicht wahr? Ich finde, wir können uns sehr glücklich schätzen, dass er seine Pflichten so ernst nimmt. Und da wir gerade von den Abwesenden sprechen, wo ist meine Enkelin?«

Brigitte verfällt in steinernes Schweigen und überlässt es dem Mann, von dem ich annehme, dass er ihr Ehemann ist, taktvoll zu erklären, dass sich ihre Tochter mit Freunden auf einer Schiffsreise in Mexiko befindet.

»Mexiko?« Den Rest von Hetties empörter Erwiderung höre ich nicht, weil Sydney mir einen leichten Klaps auf die Hand gibt.

»Mama hat doch nicht zu viele Fragen über Ihr Buch gestellt, oder?«, murmelt sie.

»Noch nicht«, antworte ich ihr.

Sie nickt erleichtert. »Schön. Heute Abend ist sie gut beieinander, doch das könnte leicht ihre letzte Dinnerparty sein. In einem Monat wird sie, denke ich, nicht mehr viel mitbekommen.«

Ihr Ton ist so sachlich, dass ich nicht sagen kann, was

hinter der Bemerkung steckt, Bedauern oder Resignation oder – daran will ich gar nicht denken – Ungeduld. Ich möchte gerade vorsichtig mein Missfallen darüber zum Ausdruck bringen, dass sie und Brigitte davon ausgehen, dass ich bereit bin zu lügen, als der Gast zu meiner Linken das Wort an mich richtet.

»Also, junge Dame, ich höre, dass Sie ein Buch über Plantagen schreiben.« Er ist im fortgeschrittenen Alter, rotgesichtig, hat nur noch ein paar Strähnen fettigen grauen Haares und eine unangenehme belegte, feuchte Stimme. Er stellt sich nicht vor, sondern lächelt bloß selbstgefällig, als müsste ich ihn kennen.

Das muss der berühmte Raleigh Winn sein. Igitt.

Seit Hetties Einladung habe ich mich über Fairview Manor schlaugemacht, in der Hoffnung, mit ein paar intelligenten Fragen für den heiß erwarteten Mr Winn aufwarten zu können. Doch es wird schnell klar, dass das unnötig war. Sobald ich ihn nach seinem Haus frage, sprudelt er los. Die Bauweise. Materialien. Vorherige Besitzer. Sein Kauf. Experten, die konsultiert wurden. Brillante Restaurierungsentscheidungen und die Gründe dafür. Alles in einer Stimme vorgetragen, die in mir den Wunsch weckt zu schreien: *Räusper dich!* Ich ertrage seine nicht besonders subtilen Blicke auf meine Brust und wünschte, ich hätte etwas Hochgeschlosseneres angezogen.

Während Raleigh endlos weiter monologisiert, bleibt mir Zeit, die anderen Gäste im Auge zu behalten. Alle Anwesenden sind nicht mehr jung und für reiche Menschen auffallend unattraktiv. Die meisten Männer haben, wie Raleigh, schütteres Haar, Falten und sind *überfüttert*. Auch die Frauen sind mollig und gehen zu großzügig mit Make-up um, auch wenn ich heute nicht gerade diejenige bin, die den exzessiven Gebrauch von Kosmetika verdammt.

Drüben an ihrem Ende des Tisches sitzt Hettie neben dem einzigen Gast, der so aussieht, als wäre er jünger als ich. Er wirkt sympathisch, ist vermutlich Mitte dreißig, und ich spüre sofort eine Verbundenheit mit ihm, denn er hat einen modischen Faux pas begangen, der noch schlimmer ist als meiner: Er trägt Jeans und ein Karohemd. Hettie scheint es nicht zu kümmern. Sie stellt ihm Fragen, lacht, lächelt und nickt auf seine Erwiderungen hin. *Ein Mitglied der Familie*? Während des gesamten Dinners behält er einen Ausdruck von vagem Unbehagen bei, der mir zu denken gibt. Ich glaube nicht, dass er es gewohnt ist, in diesen Kreisen zu verkehren. Und was das Ganze noch interessanter macht: Sydney und Brigitte scheinen ihn auf dem Kieker zu haben. Immer wieder werfen sie ihm verächtliche Blicke zu, sehen sich an, verdrehen die Augen und widerstehen Hetties Versuchen, sie in ihre Unterhaltung mit dem Mann einzubeziehen.

Wer ist dieser Typ? Er ist nicht gerade umwerfend attraktiv, doch er hat ein nettes Lächeln und hört Hettie so aufmerksam zu, dass es beschämend für ihre Töchter ist. Mit seiner tiefen Bräune und dem fast militärisch kurz geschorenen dunklen Haar sieht er eher wie ein Bauarbeiter aus, als wie jemand, der mit den Deveaus verkehrt. Ich wünschte, ich könnte hören, worüber er und Hettie sprechen, doch Raleighs dröhnende Stimme macht das unmöglich.

»Also, ursprünglich befand sich die Küche im Freien«, sagt Raleigh gerade und hebt den fleischigen Zeigefinger, »um einen Brand zu vermeiden. Das Haus zu erweitern und trotzdem das Raumgefühl zu erhalten, bedeutete eine Herausforderung.«

Mit dem Salat sind wir fertig, jetzt machen wir uns über den Hauptgang her: Entenbraten. Innerhalb einer halben Stunde schafft es Raleigh, ständig zu reden und gleichzeitig mehr zu verschlingen, als ein durchschnittlicher Mensch an einem Tag fertigbringt. Ein- oder zweimal stellt mir Brigitte ein paar Fragen, um höflich zu sein, ansonsten aber bin ich Raleighs Gnade ausgeliefert. Vielleicht wusste Hettie, was sie tat, als sie mich einlud. Vielleicht bin ich das Opferlamm, das die anderen Gäste vor seinen aufgeblasenen, langatmigen Vorträgen über Fensterläden an Plantagenhäusern bewahren soll.

»Fensterläden wurden erst in der viktorianischen Ära außen an den Häusern angebracht, wissen Sie«, erklärt Raleigh und hält inne, um ein weiteres Weinglas zu lehren. »Früher gab es die nur drinnen, zum Schutz vor Sonnenlicht, aber auch wegen der Ästhetik und so, vermute ich …«

Mir wird eine kurze Verschnaufpause gegönnt, als Andre Deveau eintrifft. Während der Diener schnell am anderen Kopfende des Tisches für ihn eindeckt, macht Andre seine Runde, um die Gäste zu begrüßen und seiner Mutter einen Kuss auf den Kopf zu geben. Der lässig gekleidete Mann neben ihr scheint ihn leicht zu verwirren, doch Hettie ist zu sehr damit beschäftigt, ihn über seine Reise auszufragen, um sie einander vorzustellen. Als Brigitte Andre zu sich winkt und ihm etwas ins Ohr flüstert, denke ich zunächst, dass sie ihn über den geheimnisvollen Mann in Jeans aufklärt. Dann aber sehe ich, dass Andre in meine Richtung schaut und nickt.

»Also sind Sie unsere Autorin«, sagt er mit einem Lächeln. »Willkommen.« Er sieht genauso aus, wie ich ihn aus unserem Interview für *Sophisticate* vor Jahren in Erinnerung habe, nur älter. »Der Märchenprinz mit grauem Haar«, hatte Leeann festgestellt, als ich sie nach Andre fragte, und obwohl er nicht wirklich gut aussieht, verstehe ich, was sie meint. Das silbrige Haar und die kleinen Fältchen um die Augen stehen ihm, sie lassen ihn distinguiert wirken. In seinen blauen Augen und der hohen Stirn entdecke ich Ähnlichkeiten mit Hettie.

Andre hat der Höflichkeiten nun Genüge getan und gleitet auf seinen Stuhl neben Jules. »Ich habe etwas für dich«, sagt er zu Jules. »Bevor ich es vergesse.« Er greift in seine Brusttasche und wirft zwei schwarze Manschettenknöpfe in die Mitte des Tisches. Das Logo: zwei übereinanderliegende Buchstaben. L und V. Louis Vuitton. »Die hab ich gefunden. Ich nehme an, sie gehören dir.«

»Äh, ja, danke.« Jules zuckt nicht mit der Wimper, doch mein Mund steht sperrangelweit offen. Hat Jules etwa mit Andre Deveau am Telefon gesprochen, neulich Abend, als er seinen scheinbar säumigen Freund bat, genau diese Manschettenknöpfe mitzubringen? Sind die beiden also ein Paar?

Je mehr ich darüber nachdenke, desto mehr Sinn ergibt es. Jules ist jung und hübsch, Andre hat Geld, Macht und einen Namen. Eigentlich ein altes Rezept für gegenseitige Anziehung. Ihre berufliche Beziehung könnte die Sache verkomplizieren, doch das wahre Hindernis wird sein, dass Andre nicht schwul ist … zumindest nicht, soweit es bekannt ist. Ich kann ihm sein Schweigen zu diesem Thema gar nicht mal übelnehmen. Als CEO und Besitzer einer im Süden basierten Hotelkette wäre seine Homosexualität vermutlich ein Berufsrisiko. Und vielleicht ist es ein unfaires Klischee aus dem Norden, doch die konservativen, konföderationsbegeisterten Deveaus kommen mir nicht gerade schwulenfreundlich vor. Ich bezweifle, dass irgendjemand in dieser Familie davon weiß.

Keine fünf Minuten später bestätigen mir das Brigittes Versuche, ihren Bruder zu verkuppeln. »Andre«, ruft sie und kommt herüber, bevor er kaum drei Bissen gegessen hat, »kennst du Ginny eigentlich schon? Sie ist die Frau, von der ich dir erzählt habe.« Ihre Absichten sind nicht misszuverstehen, als sie Andre mit sich zum anderen Ende des Tisches schleppt. »Ihr würdet euch *sicher* gut verstehen.«

Neben mir bedenkt Sydney ihre Schwester mit einem finsteren Blick. »Sie glaubt, nur weil sie verheiratet ist, müssen es alle anderen auch sein.« Sie durchbohrt ein Stück Spargel, und ich erinnere mich, etwas über eine oder zwei hässliche Scheidungen in Sydneys Vergangenheit gelesen zu haben. »Single zu sein ist keine Krankheit«, murmelt sie niemandem im Besonderen zu. Fast tut sie mir leid.

Mein Mitleid erweist sich jedoch als *äußerst* kurzlebig, denn in diesem Moment lehnt sich Raleigh herüber und legt mir die Hand auf den Oberschenkel. »Ich hab nachgedacht«, sagt er. »Wenn Sie sich so für Häuser interessieren, vielleicht möchten Sie ja nach dem Essen auf einen Besuch vorbeikommen? Wie wär das? Dann zeige ich Ihnen mein Reich.«

Jetzt reicht es. Ich kann mir nicht vorstellen, was ich weniger gern gezeigt bekäme, als Raleigh Winns Reich. Ich ergreife meine Clutch, entschuldige mich, um zur Toilette zu gehen, und überlasse es ihm, meinen angeekelten Gesichtsausdruck so zu interpretieren, wie es ihm gefällt.

In den Toilettenräumen drehe ich den Hahn auf und lasse das Wasser laufen, die Finger an den kalten weißen Marmor gepresst. Ich gehöre hier nicht hin. Jeder Idiot kann das sehen. Ich benetze ein Papiertuch mit Wasser und versuche meine verschmierten Augen zu säubern. Habe ich wirklich geglaubt, ich könnte Gabriel helfen? Wie genau soll es mich diesem Ziel näher bringen, wenn ich an einer steifen Dinnerparty teilnehme? Soweit es die Deveaus angeht, bin ich bloß eine namenlose Schlampe, die Raleigh betatschen kann, und solange ich die kleine, harmlose Journalistin spiele, die über Plantagenhäuser schreibt, werde ich niemals an nützliche Informationen kommen.

Ich klappe meine Abendtasche auf und werfe einen Blick auf das Handy, in der Hoffnung auf Neuigkeiten von zu Hause. Zwei Anrufe auf der Mailbox, doch der Empfang ist zu schlecht. Jetzt weiß ich, warum Jules draußen im Garten war, um mit Andre zu sprechen. Ich schleiche mich durch die Küchentür hinaus, um im Dunkeln die Nachrichten abzuhören. Die erste ist ein Gruß von meiner Großmutter, die mir versichert, dass es ihr gut geht, und die hofft, dass ich meinen Ausflug in die High Society genieße. Die zweite Nachricht beinhaltet die erste gute Nachricht des Tages. »Hier ist Detective Remy Minot vom Bonnefoi Parish Sheriff's Department. Ich rufe Sie nur zurück. Viel gibt es über den Deveau-Fall nicht zu sagen, aber Sie können gerne morgen Vormittag aufs Revier kommen, sagen wir neun Uhr. Ich wünsche einen guten Abend, Ma'am.«

Endlich. Jemand, mit dem es sich lohnt zu reden. Wahrscheinlich war er noch gar nicht bei der Polizei, als Gabriel verschwand, aber in einer Gemeinde wie dieser weiß man nie. Möglicherweise kann er einen Kontakt zu den Cops herstellen, die damals den Fall bearbeitet haben. Oder sogar zu alten Zeugen. Im Geist stelle ich eine Wunschliste auf. Madeleine Lauchlin, das Kindermädchen. Danielle Martin, die Köchin. Roi Duchesne, der kürzlich gefeuerte Hausmeister, den die Polizei damals zunächst im Verdacht hatte. Ich reibe mir über die Arme. Hätte ich doch bloß eine Jacke mitgenommen.

Ich versuche es, Gabriel. Ich versuche dir zu helfen.

Auf dem Rückweg ins Haus stoße ich auf den Mann in Jeans, mit dem Hettie den ganzen Abend geredet hat. Er zündet sich eine Zigarette an, ohne besondere Eile, und ich bin erstaunt, wie entspannt er wirkt. Trotz der Kälte, trotz der bösen Blicke, die Sydney und Brigitte ihm zugeworfen haben, trotz der Tatsache, dass er zu dem Dinner in Jeans und – wie ich jetzt erst sehe – Cowboystiefeln erschienen ist. Zum ersten Mal seit Ewigkeiten verspüre ich einen Anflug von Bedauern, dass ich das Rauchen aufgegeben habe. Ich möchte auch etwas von dieser Ruhe. Ich erinnere mich daran, wie ich im College auf Partys gegangen bin, ohne irgendjemanden zu kennen, und dass es völlig egal gewesen ist. Denn wenn ich mit einer Zigarette auf der Veranda gesessen habe, kamen die Leute zu mir und hauten mich um eine Zigarette an, und so kam man ins Gespräch. Es ist jetzt fünfzehn Jahre her, seit ich aufgehört habe, aber auf einmal packt mich wieder die Lust.

Der Mann nimmt genüsslich einen ersten langen Zug, die Augen halb geschlossen. Mein Blick wandert über seine Finger und bleibt auf dem glühenden Ende seiner Zigarette liegen.

»Sind Sie scharf auf mich oder auf meine Marlboro?«

Ertappt blicke ich auf.

Er lächelt. »Wollen Sie eine?«

»Sie wissen ja gar nicht, wie gerne. Aber lieber nicht.«

Er nickt. »Schlechte Angewohnheit, ich weiß. Ich hatte schon lange aufgehört, aber dann … es war ein hartes Jahr.« Seine Stimme klingt näselnd, ohne diesen flachen Cajun-Akzent, den ich die ganzen letzten Tage gehört habe.

»Texas?«, rate ich.

»Sie sind gut.« Er mustert mich von oben bis unten, aber nicht auf unheimliche Weise. »Ich würde sagen, New York.«

»Äh-hm.« So auszusehen, als käme man aus New York, ist vermutlich keine gute Sache. »Was hat mich verraten?«

Er grinst. »Ich habe gehört, wie Sie es während des Essens zu Brigitte gesagt haben. Glückwunsch zur Flucht, übrigens. Die können ganz schön anstrengend sein.«

Ich bin froh, dass wir derselben Meinung über dieses quälende Dinner sind. »Man hat es mir nicht leicht gemacht. Sie haben es ja gesehen.«

Er schmunzelt. »Ja, der Alte hat Sie ganz schön bearbeitet.«

Mittlerweile ist mir wirklich kalt, aber ich möchte noch nicht wieder reingehen. Dieser Mann hat etwas an sich, eine Leichtigkeit, die mir gefällt. Und ich bin neugierig. Ich möchte mehr über ihn wissen. Ich mache ein paar Schritte in seine Richtung. »Wir wurden uns gar nicht vorgestellt.«

Er streckt die Hand aus. »Noah.«

»Charlie«, sage ich. Seine Hand ist groß und rau, als ich sie schüttele, wie die von jemandem, der selbst Reifen wechseln oder ein leckes Dach reparieren kann. Aber warm. Sehr warm.

»Charlie«, wiederholt er. »Süß.«

»Also, warum waren Sie bei diesem Dinner heute Abend?«, frage ich.

»Ich erledige ein paar Arbeiten für Hettie.«

Nun bin ich wirklich verwirrt. Ist er ein Handwerker? Und wenn ja, warum war er dann eingeladen?

»Was für Arbeiten?« Ich bin vielleicht zu neugierig, doch vielleicht bekomme ich keine weitere Chance, danach zu fragen.

»Gartenarbeiten.«

Hä? Hettie freundet sich mit dem Gärtner an? »Und … gefällt es Ihnen?«

»Ich habe meine eigene Firma gegründet, als ich neunzehn war.« Er zuckt die Achseln. »Das kann ich gut.«

»Neunzehn, wow. Selbstständigkeit kann hart sein. Ich meine, genug Aufträge zu bekommen.«

Noah merkt, worauf ich hinauswill. »So hart ist es gar nicht«, sagt er. »Es reicht, um vierzig Leute Vollzeit zu beschäftigen. Ich habe einen Vertrag mit dem Grünflächenamt zu Hause.« Er lächelt mich an, bis sich Fältchen an den Augenwinkeln bilden, so als würde ihn mein Fischen nach Infos über seinen sozialen Stand mehr amüsieren als kränken. »Hören Sie, ich weiß, was Sie denken. Aber ich kenne Hettie fast mein ganzes Leben. Sie ist eine alte Freundin der Familie. Eine ganz liebe Frau. Sie kannte schon meine Großeltern.«

»Ich habe nicht über Sie geurteilt«, protestiere ich. »Ich dachte bloß …«

»Sie dachten, dass ich nicht oft auf solchen Einladungen bin.« Noah sieht auf seine Jeans hinunter und lacht. »Und da haben Sie recht.«

»Ja, na ja …« Ich zeige auf meinen tiefen Ausschnitt. »Ich auch nicht, wie man sieht.«

Er wirft einen schnellen Blick auf mein Dekolleté und wendet dann tugendhaft die Augen ab. »Ich glaube, jede

Frau in diesem Zimmer hätte gerne etwas davon abgehabt.« Dann fügt er hinzu, als wäre es ihm nachträglich eingefallen: »Die Männer auch.«

»Danke.« Ich weiß nicht, ob er sich selbst zu diesen Männern zählt, aber irgendwie hoffe ich es ein bisschen. Ich gehe ein paar Schritte in Richtung Haus. »Ich verabschiede mich wohl besser noch richtig.«

»Dann kommen Sie da nie wieder raus.«

Tatsächlich ist das meine Sorge. Ich glaube nicht, dass Raleigh mich das nächste Mal so einfach entkommen lässt, und ich weiß nicht, wie ich seine ungelenken Annäherungsversuche abwehren soll, ohne eine Szene zu machen. Aber für heute Abend habe ich genug gegen die Etikette verstoßen. »Ich muss mich bei der Gastgeberin bedanken«, sage ich zu Noah. »Tun Sie das nicht?«

»Nee. Ich habe Nettie gesagt, dass ich für heute Schluss mache. Ich bin gerade erst angekommen, deswegen habe ich die Müde-von-der-Reise-Karte gezogen.«

»Sie haben's gut.« Ich seufze.

»He, wenn Sie nicht wieder reingehen wollen, dann tun Sie es doch nicht. Morgen können Sie einfach sagen, dass Sie sich nicht gut gefühlt haben.«

Ich überlege.

»Glauben Sie wirklich, dass sich irgendeiner von denen darum schert, ob Sie da sind? Außer dem Grabscher, meine ich.«

»Nein«, sage ich. »Tu ich nicht.« Es ist verlockend. Und ich habe ja schon gesagt, dass ich zur Toilette gehe. Wenn sie jetzt annehmen, dass ich Dünnpfiff bekommen habe und geflüchtet bin, ist das auch nicht schlimmer als der Rest des Abends.

Er sieht, dass ich schwanke. »Wohnen Sie in einem der Gästehäuser?«

»Ja.«

»Ich auch. Ich bringe Sie.«

Und so verdrücken wir uns einfach still und heimlich.

In Begleitung ist der Garten erheblich weniger unheimlich. Büsche sehen aus wie Büsche, und jetzt kann ich auch die leisen Raschelgeräusche dem Wind und den Blättern zuordnen. Nur die Temperatur verdirbt einen ansonsten schönen Spaziergang. Meine Zähne klappern.

»Ich habe leider keinen Mantel für Sie«, sagt Noah entschuldigend. »Ich biete Ihnen meinen Arm an, wenn das nicht zu forsch wirkt.«

Zu forsch. Ich muss lächeln. »Natürlich, ich nehme gerne einen Arm.« Ich hake mich bei ihm ein. Mit den Absätzen bin ich fast genauso groß wie er, doch sein Arm entspricht zwei von meinen. Geht er in die Muckibude, oder stammen die Muskeln von der Arbeit?

»Warum haben Sie mit dem Rauchen wieder angefangen?«, frage ich. »Sie sagten, es wäre ein schweres Jahr gewesen.«

»Oh.« Er reibt sich die Stirn, als bekäme er Kopfschmerzen. »Ich habe meinen Großvater verloren. Dazu noch eine Scheidung.«

»Ah. Das erste Jahr ist schlimm, aber es wird besser«, verspreche ich. »Ich wurde vor zwei Jahren geschieden.«

»Ja? Was ist passiert?«

»Er hat mich betrogen.« Für einen kurzen Moment bin ich Eric seltsam dankbar, dass es so klingt, als treffe mich keine Schuld. »Und bei Ihnen?«

»Nichts dergleichen.« Er stützt mich, als ich über eine

Baumwurzel stolpere. »Ich glaube, als wir heirateten, waren wir uns einig, was Kinder angeht, aber … ich habe meine Meinung geändert.« Noah zieht wieder an seiner Zigarette. »In der Sache gibt es keinen Kompromiss. Wenn jemand keine Kinder will, kann man ihn nicht dazu zwingen. Also haben wir uns getrennt.«

Ich verspüre ein flüchtiges Mitgefühl mit seiner Exfrau, die jetzt vermutlich Mitte dreißig ist und sich einen Mann suchen muss, der ihr ein Kind zeugt. Doch mein Mitgefühl wird schnell von Erleichterung abgelöst. Dieser Mann wird keine Fotos von seinen bezaubernden Kindern zücken, Gott sei Dank.

Nun stehen wir vor meinem Gästecottage, und obwohl ich gehen und den Abend hier beenden könnte, tue ich es nicht. Ich sehe zu, wie Noah seine Zigarette austritt. Die Glut erlischt unter seinem Stiefel, doch ich rieche es immer noch an ihm, den frischen Rauch. Er sieht die Gier auf meinem Gesicht und zieht ein Paket aus der Tasche. »Ich habe noch mehr. Sie müssen nur fragen.«

»Das wäre *so* was von heuchlerisch von mir.«

»Ich werd's nicht verraten.« Er hält zwei Finger in die Höhe. »Pfadfinderehrenwort.«

Ich verziehe das Gesicht. »Okay, na gut. Sie haben mich überzeugt. Machen Sie mir eine an.«

Er zieht eine Zigarette aus dem Päckchen und steckt sie mir in den Mund. Offenbar ist es mit alten Gewohnheiten so wie mit dem Fahrradfahren, denn das Gefühl ist mir sofort vertraut. Ich nehme die Marlboro zwischen Zeige- und Mittelfinger, freue mich an ihrem Gewicht, ihrer Form. Noah holt das Feuerzeug aus seiner Gesäßtasche, und nach einer Bewegung seines Daumens schnellt die Flamme hoch. Ich lehne mich zu ihm, hin zu dem flackernden blassorangen Licht, und atme tief ein.

Vielleicht ist es der leise Duft seines Aftershaves oder das Gefühl seines Arms, als ich mich an ihn drücke. Fest. Und sicher. Vielleicht sind es seine breiten Schultern oder diese dunklen Augen, die ich gerade so im Mondlicht erkennen kann, wie sie versuchen, aus mir schlau zu werden und mir den nächsten Schritt überlassen. Vielleicht liegt es auch nur an dem berauschenden Gefühl des Nikotins, das durch meine Adern strömt, zu meinem Gehirn hin, dass ich mich nun frage: Warum denn nicht? Ich blicke in den klaren Sternenhimmel hinauf und blase einen kleinen Rauchring.

»Hey«, frage ich, »wollen Sie mit reinkommen?«

9

Mein Mund schmeckt wie ein Aschenbecher. Doch das ist erst das Zweite, das ich bemerke, als ich aufwache, denn das Erste ist – selbstverständlich – der nackte Mann in meinem Bett. Meine Gedanken und mein Herz rasen. In Millisekunden wechsle ich von der Verwirrung nach dem Aufwachen zu einer ausgewachsenen Panik.

Scheiße, Scheiße, Scheiße.

Er schläft noch, Gott sei Dank – ein länglicher Hügel aus Haut und Schatten und Bettlaken neben mir. Eine Pobacke lugt unter der zu kurzen Decke hervor. Es ist ein sehr, sehr hübscher Po, was mich nur noch mehr durcheinanderbringt. Ich kenne diesen Mann nicht einmal. Ich sollte wirklich nicht darüber nachdenken, wie süß sein Po ist.

Ein Plan. Du brauchst einen Plan. Erstens: etwas zum Anziehen finden.

Ich war nie der Typ für einen One-Night-Stand. Ich bin zu wählerisch. Und mich nackt vor einem Fremden zu zeigen schien mir immer eher anstrengend als sexy zu sein. Ja, im College habe ich ein paar Dummheiten begangen, aber wer hat das nicht? Da war Kurt, dieser Deutsche, mit dem ich an dem Abend seiner Abschiedsparty geschlafen habe. Überraschung: Anschließend fuhr er nach Hause. Und Justin Shanley, in den ich so verknallt war, dass ich sofort mit ihm ins Bett gehüpft bin, in der Hoffnung, dass mehr daraus wird. Überraschung: Es wurde nicht mehr daraus. Ich dachte, ich hätte etwas aus meinen Jugendfehlern gelernt, doch Noah ist der Beweis, dass ich mit achtunddreißig genauso blöd bin wie mit zwanzig.

Ich ziehe einen BH an und schlüpfe in einen frischen Slip, doch ich stinke immer noch nach Zigaretten. Ich brauche eine Dusche. Als ich zurück zu Noah blicke, überkommt mich Scham, als mit einem Mal die Erinnerung an jeden einzelnen peinlichen Moment zurückkehrt. In der einen Minute waren wir wie zwei Siebzehnjährige, die nichts mit ihren Ellenbogen und Knien anzufangen wussten und keinen blassen Schimmer von der sanften Choreografie des Sex hatten, in der nächsten dann wie Siebzigjährige, zu langsam und vorsichtig für etwas, das hastig und animalisch sein sollte. *Ist das okay?*, hat er immer wieder gefragt. *Bist du dir sicher?*

Aber ich war mir sicher – zumindest zu diesem Zeitpunkt. Ich konnte das Aftershave an seinem Kinn und seinem Hals riechen. Er roch so *gut*.

Ich gehe ins Badezimmer und mustere mich düster im Spiegel. Unter meinen Augen haben sich dunkle Mascaraflecken gebildet, und mein Haar steht grotesk in die Höhe wie das einer Mangafigur, bloß nicht so niedlich. Ich wasche mir das Gesicht, putze mir die Zähne. Meine Frisur ist sowieso nur noch durch eine Wäsche zu retten.

Soll ich ihn aufwecken? Schlafen lassen? Laut im Cottage herumpoltern, bis er aufwacht? Ich bin nicht mehr an Männer gewöhnt, fällt mir auf. Ihre Anwesenheit, ihr leises Schnauben im Schlaf, ihre großen Männerfüße und die haarigen, krummen Zehen.

Und wie man es auch dreht und wendet, Noah passt überhaupt nicht zu mir. Ich bin eine gebildete, liberale New Yorkerin. Noah hat nicht mal einen College-Abschluss. Er ist aus Texas. Er trägt Cowboystiefel und besitzt vermutlich

Schusswaffen. Zehn zu eins, dass er Republikaner ist. Und er erholt sich ganz offensichtlich gerade von einer schlimmen Scheidung. Falsche Zeit, falscher Ort, falscher Mann. Also warum, warum, warum?

Im Moment weiß ich nur, dass ich es wollte. Wenn ich bloß daran denke, brennen meine Wangen schon, und mein Magen macht wilde Sätze. Ich muss ihn aus dem Haus bekommen, mich sortieren.

Ich spähe von der Badezimmertür zu ihm hinüber. Er hat sich herumgerollt, seine Augen sind auf Halbmast.

»Hey.« Er streckt sich. »Du bist wach. Wie viel Uhr ist es?«

»Fast sieben.« Ich entdecke seine Jeans und Boxershorts in einem Haufen neben dem Bett und sammle sie auf.

Er reibt sich das Gesicht. »Hast du gut geschlafen?«

Ich nicke, und jetzt, wo ich darüber nachdenke, fällt mir auf, dass es tatsächlich so ist. Ich habe mehr als fünf Stunden ununterbrochen geschlafen. Für mich ist das eine ziemlich große Leistung. Ich reiche ihm seine Klamotten, wobei ich sorgfältig vermeide, seinen Körper anzusehen.

»Wie wäre es, wenn wir beide duschen und uns anziehen, und dann komme ich in einer halben Stunde zurück«, schlägt Noah vor. »Ich lade dich zum Frühstück ein.«

»Das musst du nicht.«

Er hat immer noch nicht seine Boxershorts an. »Ich möchte es aber gern. Wenn das in Ordnung ist.«

Ich schweige, weiter im Fluchtmodus, und überlege, mit welcher Strategie ich da wieder rauskomme. Er muss es an meinem Gesicht gesehen haben, denn Zweifel schleicht sich in seine Stimme. »Hab ich was falsch gemacht?«

»Nein, nein.« Und so ist auch. Ich bin diejenige, die einen Fehler gemacht hat.

»Also … ich bin ein bisschen aus der Übung. Ich hoffe, ich habe … dich nicht enttäuscht.«

Ich sehe weg, als er in seine Kleider schlüpft.

»Ich war zwölf Jahre lang mit derselben Frau zusammen«, sagt Noah. »Ist ein bisschen so, als müsste ich alles neu lernen. Und ich hatte nicht damit gerechnet … Ich meine, du hast mich überrumpelt.« Ich habe keine Ahnung, worauf er hinauswill, bis er sagt: »Gib mir ein bisschen Zeit, dich kennenzulernen. Um rauszufinden, was dir gefällt.«

Oh Gott, der Arme. Er hat Angst, er wäre schlecht im Bett gewesen. Ich will ihm sagen, dass wir beide ziemlich mies waren, aber das wäre in diesem Stadium wohl ein bisschen zu viel der Ehrlichkeit.

»Es war nett«, versichere ich ihm und dann, als mir einfällt, dass es keinem Mann gefällt, wenn seine sexuelle Performance mit »nett« betitelt wird, füge ich hinzu: »Es war schön.« Meine schwachen Versuche, sensibel zu sein, wirken vermutlich nicht sehr überzeugend, weil ich ihm gleich darauf die Stiefel reiche.

Schweigend zieht er sich zu Ende an. Ich tue nichts mehr, was ihn ermuntern könnte.

Wir gehen gemeinsam zur Haustür, wo er stehenbleibt und sich mit einer Hand über die raspelkurzen Haare fährt. Sein fragender Blick begegnet meinem, und wir verstehen beide, dass es meine Entscheidung ist. Wenn ich die Tür öffne, wird er mich nicht wieder belästigen. Falls wir uns auf dem Anwesen begegnen, wird er sich freundlich zeigen, aber Abstand wahren. Doch insgeheim wird er sich Sorgen machen. Er wird die Nacht immer wieder im Kopf durchspielen und sich fragen: Was habe ich getan?

Es ist an dir, Charlie.

Am Ende muss ich den Tatsachen ins Auge sehen. Ich bin kein College-Boy, der auf Eroberungen aus ist. Ich bin eine Frau, die über Empathie verfügt, und ich möchte nicht, dass sich ein eigentlich netter Kerl wegen seiner Penisgröße zerfleischt oder weswegen auch immer Männer sich zerfleischen, wenn sie zurückgewiesen werden. Ein gemeinsames Essen. Das werde ich wohl überleben.

»In der Stadt gibt es ein gutes Diner«, sage ich.

Seine Erleichterung ist fast zum Greifen. Noah lächelt und drückt schnell meine Hand. »Dann bis in einer halben Stunde.«

Wir sind so früh im *Crawdaddy's Diner*, dass es noch nicht sehr voll ist. Leeann sagte mir, sonntags nach der Kirche ginge es im Lokal ihres Vaters zu wie im Irrenhaus, doch jetzt ist es noch nicht mal acht. Die meisten Gäste sind älter oder sehen aus, als hätten sie die Nacht durchgetrunken. Unsere Kellnerin, ein Teenager mit verquollenen Augen aus letzterer Kategorie, führt uns zu einer Nische und verteilt die Speisekarten mit einem anämischen Lächeln.

Das Diner ist ein renovierungsbedürftiger kleiner Laden in Schmutzigweiß und Avocadogrün, aber er ist sauber und riecht angenehm fettig. Noah und ich studieren schweigend unsere Karten, bis die Kellnerin ein paar Minuten später mit einer Kanne Kaffee und einem Notizblock zurückkehrt. Noah nimmt ein Flusskrebs-Omelette. Ich bin nicht in der Stimmung für Abenteuer, ich brauche Nervennahrung.

Er scheint zufrieden damit zu sein, dass wir ohne zu reden unseren Kaffee trinken, doch die Stille macht mich nervös. Sollten wir uns jetzt nicht besser kennenlernen? Ich überlege mir ein paar Standardfragen: Was hast du für Hobbys? Hast du Haustiere? Doch dann entschlüpft mir etwas ganz anderes.

»Besitzt du eine Schusswaffe?«

Er zieht die Augenbrauen hoch. »Das ist eine komische Frage.«

Tja, schon. Doch ich tue unschuldig. »Ich bin nur neugierig. Also?«

»Klar. Ein paar Jagdgewehre und eine Neunmillimeter.«

»Du jagst?« Mir wird mulmig.

»Vor allem Rotwild. Meine Kumpel und ich gehen jedes Jahr zusammen auf die Jagd.«

Ich stelle mir die Wände seines Wohnzimmers vor, die Reihen von Hirschköpfen. »Dann tötest du … Tiere? Aus Spaß?«

»Als Sport und für das Fleisch«, sagt er. »Ich verwerte so viel ich kann. Warum? Findest du das grausam?«

»Ja, finde ich. Ist das nicht die Definition von Tierquälerei, wenn man Tiere aus Spaß tötet?«

Er verdreht die Augen. »Irgendwie muss man ja den Wildbestand kontrollieren. Und wie kannst gerade du mir mit Tierquälerei kommen? Hast du nicht gerade Bacon bestellt?« Er schluckt den Rest seines Kaffees. »Glaubst du wirklich, das Schwein, das du gleich essen wirst, hatte ein schöneres Leben als der Hirsch, den ich geschossen habe?«

Das bringt mich zum Schweigen. Ich halte ihn immer noch für einen blutrünstigen Hinterwäldler, aber wenigstens ist er kein Umfaller. Eric hat mir ungern widersprochen – er war stets auf Frieden bedacht. Nur zu gern würde ich wissen, wo Noah politisch steht, um ihn aus der Reserve zu locken, doch ich sollte jetzt vermutlich nicht weiter nachbohren. Außerdem: Was macht es schon aus, wenn wir unterschiedliche Ansichten haben?

»Also, wie groß ist der Auftrag in Evangeline?«

»Bis die Pläne fertig sind, weiß ich das noch nicht so genau, aber ziemlich groß.« Er hält seine leere Tasse der vorbeigehenden Kellnerin hin, die sie prompt auffüllt. »Hettie will, dass der Garten wie im Jahr 1920 aussieht. Ich habe ein paar Fotos, mit denen ich arbeiten kann, und mein Landschaftsgestalter kommt nächste Woche … oder so.«

»Ist das nicht eigenartig, dass Hettie noch mit so einem Projekt anfängt, wo sie doch so krank ist?«, gebe ich zu bedenken.

Er wickelt sich seine Serviette um einen Finger. »Sie möchte den Garten in einem ganz bestimmten Zustand zurücklassen.«

»Warum? Ihren Kindern ist das doch egal. Die sind schließlich kaum hier.« Ich weiß, dass er Hettie nahesteht, aber vielleicht hat er keine Ahnung, wie schlecht es um ihre Gesundheit bestellt ist. »Ich habe gehört, dass ihr nicht mehr viel Zeit bleibt, Noah.«

»Ich weiß. Deswegen müssen wir es ja auch jetzt sofort machen.«

Seine Antwort gefällt mir nicht. Ich finde das Projekt zunehmend verdächtig. »Wessen Idee war diese ganze Gartenrenovierung überhaupt? Ihre oder deine?«

Er stößt einen tiefen Seufzer aus. »Hettie hat *mich* angerufen, okay? Ich bin kein Arschloch, das versucht, eine Sterbende abzuzocken.« Er zögert. Wirft mir einen abschätzenden Blick zu. »Kann ich dir trauen?«

»Ja …«

Wir werden durch die Ankunft unseres Frühstücks unterbrochen. Die verkaterte Kellnerin, die aussieht, als wäre ihr übel, stellt unsere Teller klappernd auf den Tisch. Erwartungsvoll sehe ich Noah an, doch der hat sich bereits den

Mund mit Ei vollgestopft, sodass ich jetzt warten muss, bis er nicht mehr kaut.

»Aber das darfst du *niemandem* erzählen.« Er wischt sich den Mund ab.

»Okay.« Ich lege beide Hände um meinen Becher.

»Hettie hinterlässt das Anwesen nicht ihren Kindern.«

»*Was?!*« Das ist besser, als ich gedacht habe. »Wissen die das?«

»Um Gottes willen, nein. Sie sagt, Andre wäre es egal. Ihm gefällt es hier sowieso nicht. Aber die Töchter ...«

»Die werden ausrasten«, komme ich ihm zuvor. »Was passiert denn dann mit dem Haus und dem Grundstück?«

Er schaufelt sich noch ein Stück Omelette in den Mund. »Sie spendet alles der Louisiana Historical Association. Es soll Touristen nach Chicory locken. Sie will den Menschen dieser Stadt was Gutes tun, das ist ihr wirklich wichtig.«

Beeindruckend, wie viel Unehrlichkeit zwischen Hettie und ihren Töchtern herrscht. Ich wusste, dass die Zwillinge hinterhältige Zicken sind, doch dass Hettie sie so hintergeht überrascht mich doch. »Wer weiß außer dir noch davon?«

»Nur ihr Anwalt, denke ich, weil er ja ihr Testament aufgesetzt hat. Und jetzt du. Mehr wahrscheinlich nicht.«

Irgendetwas an der Sache kommt mir komisch vor. »Warum sollte sie *dir* so etwas anvertrauen? Nichts für ungut, aber das ist doch ziemlich bedeutend.«

»Na ja, ich musste es ja für den Auftrag wissen, damit alles historisch genau wird und interessant für die Touristen. Und Hettie mag mich.« Er sieht meine Skepsis und beginnt, sich zu verteidigen. »Wirklich. Sie hat sich die ganzen Jahre um mich gekümmert. Hat mir das Startkapital für meine Firma gegeben.«

Das verblüfft mich. »Dann muss sie deinen Großeltern sehr nahegestanden haben.«

Er nickt. »Sie haben in Evangeline gearbeitet, ungefähr … keine Ahnung … dreißig Jahre lang, glaube ich. Als ich noch klein war, habe ich sie immer besucht.«

Und plötzlich verstehe ich. »Wie alt bist du, Noah?«

»Zweiunddreißig.«

Er ist jünger, als ich gedacht habe, und jetzt ergibt alles einen Sinn. »Du bist im selben Alter, wie ihr Sohn jetzt gewesen wäre«, sage ich sanft. »Er wäre letzten September zweiunddreißig geworden.«

»Gabriel? Ja. Wir haben früher zusammen gespielt.«

Ein seltsamer leichter Schauder überläuft meinen Rücken. Wie ich jetzt diesen erwachsenen Mann vor mir sehe – ein echtes, lebendiges Wesen mit Bartstoppeln und Wimpern und Ohren, die leicht abstehen –, da fügt sich eins zum anderen: Das ist es, was Hettie verloren hat. Nicht nur das Kind, auch den Mann. Kann es wirklich bloß purer Zufall sein, dass der Mann, mit dem ich gestern Abend im Bett gelandet bin, Gabriel gekannt hat? Ich *glaube* nicht daran, dass ich durch unerklärliche übernatürliche Kräfte von Noah angezogen wurde, doch mittlerweile schließe ich nichts mehr aus.

»Erinnerst du dich an ihn?«, frage ich.

»Gabriel? Ich war erst drei, als er verschwand.«

»Für Hettie musst du wie ein Sohn sein«, sage ich. »Sicher denkt sie jedes Mal, wenn sie dich ansieht, an ihn.«

Und dann trifft mich die Erkenntnis. Noah ist ihre Zoey. Der Spielkamerad ihres Sohnes, den sie abgöttisch liebt, der aber eine ständige Erinnerung ist. Ich versuche mir vorzustellen, wie ich mich fühlen werde, wenn ich Zoey in zehn, zwanzig Jahren anschaue und das sehe, was Keegan nie hat werden dürfen. Ich stochere in dem Essen auf meinem Teller. Mir ist der Appetit vergangen.

Noah sieht unbehaglich aus. Er kippt ein Päckchen Kaffeeweißer in seine Tasse. »Sie war immer gut zu mir, egal aus welchen Gründen.«

»Und deine Großeltern …« Auf einmal fällt mir ein, dass er mir letzte Nacht gesagt hat, dass sein Großvater vor Kurzem erst gestorben ist. »Deine Großmutter«, korrigiere ich mich, »lebt sie noch?«

»Sie ist in meinem Senior-Jahr an der Highschool gestorben.« Ohne mich anzusehen, lädt er sich die Gabel voll mit Kartoffelpuffern. »Sie und mein Großvater haben mich großgezogen.«

»Tut mir leid«, sage ich. »Dann bist du ja so was wie eine Waise.« Aber mein Mitgefühl ist durchmischt mit Enttäuschung. Denn seine Großeltern hätte ich nur zu gern interviewt. »Was ist mit deiner Mom passiert?«

»Sie ist gestorben, als ich noch ein Baby war. Und mein Dad ist verschollen. Deshalb … gab's bloß mich, Nanny und Daddy Jack.«

»Das heißt, dein Vater ist abgehauen?« Väter, die ihre Kinder im Stich lassen – damit kenne ich mich aus.

»Das heißt, er sollte irgendwohin nach Übersee geschickt werden und verschwand dann. Wir haben ihn nie wiedergesehen und nichts mehr von ihm gehört.« Er zuckt mit den Achseln, als wäre es keine große Sache. »Ich war noch klein. Ich erinnere mich nicht mal an ihn.«

»Das klingt sehr nach meiner Familie«, sage ich, »wenn man die Geschlechter wechselt.« Eigentlich hatte ich nicht vor, mit Noah über so persönliche Dinge zu sprechen, aber die Ähnlichkeiten zu meinem eigenen Leben sind geradezu unheimlich. »Meine Mom war diejenige, die abgehauen ist, und mein Dad ist gestorben. Aber da war ich schon älter. Vierzehn. Meine Großmutter hat mich aufgenommen.«

»Komisch.« Noah mustert mich. »Ich find's beschissen, so was gemeinsam zu haben.« Unsere Kellnerin trottet heran, um Kaffee nachzugießen. Sie wirkt so abwesend, als würde sie im Geiste einen Abschiedsbrief für ihren Selbstmord formulieren. »Keine Ahnung, was die getrieben hat«, sagt er, als sie sich zum nächsten Tisch schleppt, »aber ich bin mir ziemlich sicher, dass unsere Nacht besser war.«

Oh Gott, letzte Nacht. Jetzt stelle ich ihn mir wieder nackt vor. Als ich merke, dass ich rot werde, ändere ich schnell das Thema. »Was haben deine Großeltern auf Evangeline gemacht? Liegt das Gärtnern bei euch in der Familie?«

»Irgendwie schon. Daddy Jack war der Hausmeister und Nanny war … na ja, eben eine Nanny. Sie hat sich um die Zwillinge und um Andre gekümmert, als sie noch klein waren, und später auch um Gabriel.«

Das Kindermädchen. Mein Gott. Seine Familie steckte tief mit drin. »Madeleine Lauchlin«, murmle ich. Eine der Zeugen auf meiner Wunschliste. Doch sie ist tot.

»Sie wurde von allen Maddie genannt, aber ja.« Er mustert mich. »Du weißt gut über Gabriel Bescheid.«

Das wäre mein Stichwort, um ihm von dem Buch zu erzählen, doch ich tue es nicht. Er steht Hettie zu nahe. »Ich habe früher für das *Cold-Crimes*-Magazin geschrieben«, sage ich. Was ja auch keine Lüge ist.

Er zieht die Stirn in Falten. »Und dann auf einmal fängst du an, über Plantagen zu schreiben?«

»Noch schräger. Danach habe ich für ein Frauenmagazin gearbeitet. *Sophisticate*. Für reiche Frauen, die die neueste

Info über Kollageninjektionen haben wollen, oder … keine Ahnung … die Gefahren beim Tragen von High Heels im Frost.«

Noah bricht in Gelächter aus.

»Das ist nicht komisch. Ich war zwölf Jahre da. Geisttötend.« Es ist das erste Mal, dass ich das offen eingestehe. Immer noch lachend nimmt er einen Schluck Kaffee und verschluckt sich. »Meine Frau liest diese Zeitschrift«, sagt er, als er zu husten aufgehört hat. »Exfrau, meine ich.«

Das erstaunt mich. Gerade will ich mein Bild von Noah, seinem Lebensstil und den Frauen, auf die er steht, revidieren, als mir etwas einfällt. Die Nachricht auf meiner Mailbox gestern Abend.

»Oh nein, ich habe einen Termin …« Ich hatte komplett vergessen, dass Detective Minot mich für heute Morgen eingeladen hat, um über den Fall zu reden. »Könntest du mich vielleicht am Polizeirevier rauslassen?«

Noah kneift die Augen zusammen. »Gibt es da etwas, das ich über dich wissen sollte?« Er scherzt nur halb.

Den wahren Zweck meines Besuches darf ich ihm nicht verraten, deshalb starre ich in meinen Schoß und werde rot, als ich ihm die erste blöde Lüge serviere, die mir in den Sinn kommt. »Ich möchte nur, na ja … mal sehen, ob ich ein Parkknöllchen löschen lassen kann.«

Er schmunzelt. »Ich bring dich hin, aber ich würde nicht darauf wetten.«

»Na ja. Man weiß nie. Ich kann ziemlich überzeugend sein.«

Sein Blick huscht an mir hoch und runter, und dann lächelt er leicht. »Das glaube ich gern.«

10

Obwohl es in Chicory seinen Sitz hat, ist das Büro des Sheriffs für alle Städte in Bonnefoi Parish zuständig, und es ist längst nicht so hinterwäldlerisch, wie ich es mir vorgestellt hatte. Ebenso wie die umliegenden städtischen Gebäude ist auch dieses ein hässlicher Backsteinbau mit – ein überraschender Anblick – großen weißen Säulen. Auf dem weitläufigen Gelände drum herum stehen prächtige alte Eichen, die bestimmt zweihundert Jahre alt sein müssen, und im Hintergrund schlängelt sich das dunkle Band des Bayou.

Als ich aus Noahs Truck klettere, bin ich in Gedanken schon bei Gabriel. »Danke fürs Bringen. Und für das Frühstück.«

»Ich gebe dir meine Nummer«, sagt er. »Um dich abzuholen.«

Ich versuche zu protestieren, aber Noah versichert mir, dass er nichts Besseres zu tun habe. Ich speichere seine Nummer in meinem Handy, wobei mir sehr wohl bewusst ist, dass ich mich auf gefährliches Terrain begebe, wenn ich mich von ihm wie von einem festen Freund durch die Stadt chauffieren lasse.

Drinnen angekommen bin ich überrascht, wie sauber und gut beleuchtet das Gebäude ist. Ich folge den Schildern zum Bureau of Investigations, wo der Beamte am Empfang eine sehr aufgeregte Frau zu beruhigen versucht. Während ich warte, wende ich mich der Anschlagtafel zu und lese einen Flyer für Unterricht für Frauen im sicheren Gebrauch von Handwaffen – und staune über die Ankündigung einer App des Sheriff's Department von Bonnefoi, die stolz den sofortigen Zugang zu der Datenbank der registrierten Sexualstraftäter der Gemeinde verspricht. Ich versuche mir gerade vorzustellen, welche Art von Einwohnerin wohl von diesen beiden Quellen Gebrauch macht, als ein mittelalter Officer hinter mich tritt.

»Suchen Sie jemanden, Ma'am?« Er lächelt mich unter einem ziemlich großen Schnurrbart hervor an.

»Ich möchte zu Detective Minot.«

»Sie müssen die Journalistin sein, richtig? Ich bin Officer Kinney. Ich habe gehört, dass Sie vorbeikommen.« Er legt mir die Hand auf den unteren Rücken, eine Geste, die ich zu vertraulich finde. »Remy ist gerade in einem Meeting, das sollte aber nicht mehr lange dauern.« Officer Kinney schiebt mich durch den Empfangsbereich und an ein paar Arbeitszellen vorbei. In einer stehen drei Männer mit Button-Down-Hemden und Dienstmarken, die diskutieren und Kaffee trinken. In einer anderen füllt eine Frau einen Bericht auf ihrem Computer aus. Für einen Sonntag geht es hier entmutigend geschäftig zu.

Wir machen vor einem ordentlich aufgeräumten, von gelben Post-its gesäumten Schreibtisch Halt. Darauf stehen, wie ich sehe, sowohl private als auch berufliche Notizen: *Rx abholen* und *Toussaint Zeugenaussage, Do 10 Uhr*. Ein Foto von einem kleinen rothaarigen Mädchen hüpft als Bildschirmschoner herum. Detective Minots Tochter, nehme ich an, oder vielleicht seine Enkelin. Sie sieht aus, als wäre sie ungefähr fünf oder sechs.

»Darf ich Ihnen etwas bringen, während Sie warten, Ma'am?«, fragt Officer Kinney.

»Nein, danke.« Ich setze mich und erwarte, dass er geht. Doch er bleibt.

»Sie schreiben also ein Buch?« Es ist eine freundliche Frage, nicht misstrauisch, nur neugierig.

»Hoffentlich.« Sofort bin ich ganz Journalistin. Der Mann möchte offensichtlich plaudern. »Wissen Sie viel über den Deveau-Fall?«

Leise lachend fährt er sich mit dem Finger über den Schnurrbart. »Ich weiß, dass dieser Fall nie aufgeklärt werden wird.«

»Warum sagen Sie das?«

»Keine Indizien.« Er zuckt mit den Achseln. »Das ist dreißig Jahre her. Ich wüsste nicht, wie da wieder Bewegung reinkommen soll, es sei denn, jemand marschiert eines Tages hier rein und gesteht. Oder es findet sich eine Leiche, das wäre dann wohl ein Anfang, vermute ich.«

»Warum wurde der Fall wieder aufgenommen, wenn es so hoffnungslos ist?«

Er verdreht die Augen. »Diese Deveau-Schwestern haben vor ein paar Monaten angefangen, Druck zu machen. Nachdem man herausfand, dass die alte Missus Krebs hat. Sie meinten, sie könne nicht in Frieden sterben, also sollte man endlich DNA-Tests machen. Als wenn irgendjemand einfach so DNA irgendwo in der Schublade liegen hat.« Er schüttelt den Kopf. »Das FBI und die Polizei haben Besseres zu tun, als ihre Zeit mit sowas zu verschwenden, das sag' ich Ihnen. Deswegen haben die den Fall an uns abgegeben.«

»Was ist mit dem Erpresserbrief? War da keine DNA dran?« Die Frage habe ich mir schon die ganze Zeit gestellt.

»Mittlerweile ist bestimmt die DNA von dreißig Leuten

auf diesem Brief. Das beweist gar nichts. Außerdem wissen wir nicht mit Sicherheit, dass es der Entführer war, der ihn geschrieben hat.«

»Aber der Fall wurde trotzdem wieder aufgenommen?«

»Politik«, sagt er. »Diese Stadt gehört diesen Leuten. Ich wette, halb Chicory hat irgendwann mal für diese Familie gearbeitet.« Er sieht aus, als wolle er noch mehr sagen, aber jetzt nähert sich ein großer, schlanker Mann.

»Sieh mal an, Kinney. Du und dein lockeres Mundwerk schon wieder.« Der Mann schenkt uns ein schiefes Lächeln.

Officer Kinney richtet sich auf. »Wir haben auf dich gewartet, Remy.«

Er trägt kein Abzeichen, deswegen brauche ich einen Moment, bis ich realisiere, dass dies Detective Minot ist. Er sieht gar nicht aus wie das Klischee von einem Cop, das ich im Kopf hatte. Blasse Augen, zerzaustes grau-meliertes Haar und ein sonnengebräunter Teint. Um die vierzig? Fünfzig? Ich bin mir nicht sicher. Sein Gesicht ist abgespannt und müde, und er ist zu dünn.

»Erfreut, Sie kennenzulernen, Ma'am.« Er nickt mir zu. »Al, ich übernehme dann.« Enttäuscht zieht sich Officer Kinney zurück. Detective Minot lässt sich an seinem Schreibtisch nieder und betrachtet mich zweifelnd. »Miss Cates, richtig? Dann erzählen Sie mal, ist dieses Buch *Ihre* Idee?«

Na toll, denke ich. *Selbst ein Kriminalbeamter erkennt, dass das ein dämlicher Schachzug ist.*

»Der Verlag ist damit an mich herangetreten«, sage ich. »Mir ist sehr wohl klar, dass das Projekt seine Grenzen hat.«

»Dann machen Sie es wegen des Geldes.«

»So ungefähr.«

»Na gut, das zeigt, dass Sie Vernunft besitzen.« Er wendet sich seinem Computer zu und checkt seine Inbox. »Fragen Sie mich, was Sie wollen, aber dieser Fall ist kälter als kalt. Eiskalt.«

Ich lächle. »Das war schon meine erste Frage. Wenn ein Fall so kalt ist, wie ermitteln Sie dann?«

Er löscht ein paar E-Mails. »Ich kann nur gute, altmodische Polizeiarbeit machen, Ma'am.« Mich beschleicht das Gefühl, dass er diese Fragen schon einmal durchgegangen ist. »Mit den damaligen Ermittlern reden. Die Akten lesen, die Aussagen durchgehen, schauen, ob wir irgendetwas übersehen haben. Die Zeugen erneut befragen, vielleicht hat irgendjemand seine Geschichte geändert. Alle Namen derjenigen, die damals auf Evangeline gearbeitet haben, überprüfen, um zu sehen, ob inzwischen jemand Vorstrafen hat.«

»Und gab's da etwas?«

»Na ja, sicher. Ein paar Verurteilungen wegen Trunkenheit am Steuer, Steuerhinterziehung, Besitz und Verkauf einer verbotenen gefährlichen Substanz. Aber nichts, das bei uns die Alarmglocken hätte schrillen lassen.«

»Was würde denn bei Ihnen die Alarmglocken schrillen lassen?«

Minot blickt von seinem Computer auf und zählt an den Fingern ab. »Alles Illegale, das mit Minderjährigen zu tun hat. Erpressung mit einer Lösegeldforderung. Diebstahl, Einbruch. Gewalttätigkeit.«

Im Flur gegenüber führt ein schlanker Detective einen tranigen Jungen in Baggy-Hose in einen Befragungsraum. Ich frage mich, ob der Junge ein Zeuge ist, ein Täter oder ein Opfer. Mich beunruhigt, dass ich das nicht erkenne – dass ein Raubtier nicht anders aussieht als seine Beute.

»Haben Sie viele Leute noch einmal vernommen?«, frage ich Detective Minot, darauf hoffend, dass er mir ein paar Namen und Adressen gibt.

»Viele der Schlüsselfiguren in dem Deveau-Fall sind verschieden«, erwidert er. »Gabriels Vater, Neville, hatte letztes Jahr einen Herzinfarkt. Maddie Lauchlin, das Kindermädchen, ist seit gut fünfzehn Jahren weggezogen, und ihr Mann Jack, der Hausmeister, ist vor nicht allzu langer Zeit verstorben. Es gab noch eine Haushälterin namens Della, aber die ist ebenfalls tot. Und diejenigen ausfindig zu machen, die noch leben, kann ganz schön mühselig sein.«

Ich wünschte, er würde aufhören, an seinem Computer herumzuspielen. Ich weiß, dass ich nicht gerade Priorität für ihn habe, aber es wäre nett, wenn er ein paar Grundregeln der Gesprächsetikette beachten würde. »Darf ich Sie nach Ihrer Meinung zu etwas fragen, Detective Minot?«

»Ich kann Ihnen keine Antwort garantieren.«

»Glauben Sie, dass Gabriel tot ist?«

Er nimmt einen Stift in die Hand, mustert ihn einen Moment, und sieht mich dann lang und hart an. »Machen Sie meinen Job mal eine Weile, Miss Cates, dann werden Sie nicht sehr gut von Ihren Mitmenschen denken. Was soll sonst mit ihm passiert sein? Nicht mal drei Jahre alt. Wer so ein junges Kind entführt, der hat nichts Gutes im Sinn.«

»Nein, wahrscheinlich nicht.« Ich denke an meinen Traum, an Gabriels Worte: *Er hat mir wehgetan. Du musst es ihnen sagen*. Wenn ich nur die Bestätigung dafür bekommen könnte, dass ich auf der richtigen Spur bin.

»Gab es irgendeinen Hinweis darauf, dass Gabriel misshandelt wurde?«

Er schüttelt den Kopf. »Darüber gab es keinerlei Meldungen. Er war nie im Krankenhaus. Laut der Aussagen der Angestellten der Deveaus hatte er nicht mehr Kratzer und blaue Flecken als jedes andere Kleinkind.«

»Was ist mit sexuellem Missbrauch?«

»Auch diesbezüglich wurde nichts gemeldet. Aber ohne eine Leiche konnte das niemand untersuchen.«

»Okay, aber sein *Verhalten* könnte auf ein Problem hingewiesen haben. Wie haben die Leute ihn beschrieben? War er zurückhaltend? Ängstlich? Hatte er Schlafstörungen?«

Detective Minot kritzelt etwas auf ein Post-it. Ich kann nicht erkennen, ob es etwas mit unserem Gespräch zu tun hat oder ob er sich bloß notiert, dass er noch Milch kaufen muss. »Es hieß, er wäre schwierig. Dass er sehr an seiner Mutter und an seinem Kindermädchen hing.«

»Hatte er mit irgendjemand sonst auf dem Anwesen Kontakt?«

»Natürlich kannten ihn alle Angestellten. Neville war manchmal da, aber die Woche über hielt er sich in New Orleans auf, und er war viel auf Reisen. Andre und die Zwillinge, wenn sie aus dem Internat nach Hause kamen. Und dann die Gäste der Familie.« Er machte sich wieder eine Notiz. Allmählich gehe ich davon aus, dass es eine Einkaufsliste ist.

»Dann hatten also nicht viele Personen unbeaufsichtigten Zugang zu ihm.«

»Laut der Berichte, nein, nicht während des Tages. Was in der Nacht und während des Mittagsschlafes geschah, ist schwer zu sagen.«

Ich schaudere. Wenn ich vor einem Jahr mit diesem Fall zu tun gehabt hätte, hätte ich Keegan vermutlich nie wieder allein schlafen lassen. »Wie lange sind Sie schon bei der Polizei?«

»Vierundzwanzig Jahre.«

»Gibt es in der Kommune viele Morde?«

»Ein paar. Vor allem unter Drogeneinfluss. Und häusliche Gewalt.«

Ich schmiere ihm ein wenig Honig ums Maul. »Bei Ihrer Erfahrung müssen Sie doch gute Instinkte haben. Was sagt Ihr Bauchgefühl über den Deveau-Fall?«

Ich hoffe, sein »Bauchgefühl« basiert auf noch nicht allgemein bekannten Informationen, und ich möchte sehen, ob das zu meiner Vision von Gabriel passt.

Detective Minot sieht mich an, und zum ersten Mal ist da ein Funke. »Ich bin mir sicher, dass Sie ordentlich recherchiert haben und mit den Details dieses Falls vertraut sind.«

»Ich weiß nur das, was veröffentlicht wurde«, sage ich vorsichtig.

»Sie sind eine kluge Lady, das sehe ich.«

»Danke.« Auf einmal schmiert *er* mir Honig ums Maul. Was bezweckt er damit?

»Lassen Sie uns ehrlich miteinander reden, inoffiziell. Tun Sie mal so, als wären Sie der Detective, und sagen Sie mir, was *Sie* in diesem Fall sehen.« Jetzt habe ich seine volle Aufmerksamkeit. Er stellt mich auf die Probe, möchte ein Gefühl dafür bekommen, wie ich denke.

Ich ahne, dass Detective Minot viel cleverer ist, als ich ihm zugetraut habe. »Ähm. Na ja, Gabriels Entführer befand sich in dem Haus. Er wusste, wo er hinmusste. Er hat eine Nacht gewählt, als Gabriels Eltern nicht dort waren. Und der Familienhund hat nicht angeschlagen, als er das Zimmer betrat. Deswegen würde ich sagen, der Entführer wird kein Fremder gewesen sein.« Dies ist zwar eine Null-acht-fünfzehn-Analyse, die man auf Hunderten von

Webseiten nachlesen kann, aber mehr kann ich nicht bieten.

»Sie sagten ›er‹. Glauben Sie also, dass der Entführer ein Mann ist?« Detective Minot lehnt sich in seinem Stuhl zurück.

Ich vermute, meine Antwort hat ihn enttäuscht. »Ja, das glaube ich.«

»Warum das?«

»Nur … so eine Ahnung.«

»Haben Sie Kinder?«, fragt er, als würde das mein Unvermögen, eine Frau als Verdächtige in Betracht zu ziehen, erklären.

Die Frage hängt ein paar hässliche Sekunden lang in der Luft, bevor ich antworte.

»Nicht mehr.«

Etwas flackert in seinem Blick. Er hakt nicht weiter nach, aber ich kann spüren, wie er weicher wird, vielleicht an das rothaarige Mädchen auf seinem Bildschirm denkt, während er sich fragt, was ich wohl verloren habe. »Na gut«, sagt er, »Sie glauben, es war ein Mann. Was noch?«

»Also, es gibt zwei Möglichkeiten.« Ich hole tief Luft. »Erstens: Jemand hat den Jungen lange beobachtet und kennt die Gepflogenheiten der Familie. Das heißt, er weiß, dass die Tür nachts abgeschlossen wird. Jemand, dem die Leute und der Hund getraut haben. Er nahm Gabriel mit, vielleicht mithilfe eines Komplizen aus dem Haus, weil er Lösegeld erpressen wollte. Er hat den Brief in Nevilles und Hetties Schlafzimmer hinterlassen. Aber etwas ging schief und Gabriel starb, ob nun durch einen Unfall oder absichtlich.«

»Oder? Wie sieht die zweite Möglichkeit aus?« Sein Gesicht zeigt keine Regung.

»Der Erpresserbrief ist ein Fake. Und sollte nur die Polizei ablenken. Gabriels Entführer war jemand, von dem er wusste, dass er … ihm wehtat. Vermutlich ging das schon eine Weile so, doch allmählich wurde Gabriel alt genug, um zu reden. Vielleicht hat der Typ Angst bekommen. Also tötet er Gabriel, damit es nicht rauskommt.«

Detective Minot kommentiert meine Theorie nicht. Stattdessen verschränkt er die Arme hinter dem Kopf. »Sie wohnen auf Evangeline, nicht wahr?«

Ich nicke. Woher weiß er das? Aber einige der Angestellten wohnen hier in der Stadt. Sie haben sicher darüber geredet.

»Haben Sie die Familie bereits kennengelernt?«

»Andre und die Zwillinge gestern Abend. Und Hettie habe ich auch schon ein paarmal getroffen, ganz kurz.«

»Was halten Sie von ihr?«

Worauf will er hinaus?

»Sie war … höflich. Sie hatte mehr Pep, als man von jemandem erwarten würde, der im Sterben liegt.«

»Wie ist sie so als Mutter, was denken Sie?« Sein Ton bleibt beiläufig, aber ich stutze.

»Wie bitte?«

»Liebevoll? Distanziert? Überfürsorglich? Was haben Sie für einen Eindruck?«

Ich denke daran, dass sie Noah das Startkapital für seine Firma gegeben hat, dass sie all ihre mütterliche Zuneigung in das Kind von jemand anderem projiziert hat, weil sie ihr eigenes verloren hat. Und dann denke ich daran, dass sie den gesamten Immobilienbesitz verschenkt, ohne ihre Töchter darüber zu informieren. »Ich weiß es nicht«, gestehe ich. »Sie ist nicht leicht einzuschätzen.«

Detective Minot lehnt sich zu mir. Seine blauen Augen blicken auf einmal sehr eindringlich. »Sie waren selbst Mutter, Miss Cates. Deshalb frage ich Sie: Wenn jemand Ihr Kind entführt hätte, würden Sie je aufhören, nach ihm zu suchen?«

Ich antworte nicht. Natürlich würde ich das nicht. Mein Kind wurde nicht entführt, und trotzdem höre ich nicht auf zu suchen. Immer noch kann ich nicht glauben, dass etwas mit Keegans Gehirn nicht stimmte und es niemanden gibt, der die Schuld trägt. Was will er damit sagen? »Haben Sie mit Hettie gesprochen?«

»Oh ja.« Im vorderen Teil des Gebäudes scheint jemand den Beamten am Empfang anzuschreien, doch Detective Minot bleibt ganz auf mich konzentriert. »Nachdem wir den Fall wieder aufgenommen hatten, habe ich mich an Hettie Deveau gewandt. Üblicherweise wollen die Familien gerne hören, dass man weiter dranbleibt, und ich dachte, ich befrage sie erneut, weil sie doch krank ist und ihr Zustand sich vermutlich nur verschlimmern wird. Wissen Sie, was sie gesagt hat?«

Das Geschrei am Empfang dauert an, und ich höre männliche Stimmen, die versuchen, den Krakeeler zu beruhigen.

Doch Detective Minot scheint es nicht zu bemerken und redet einfach weiter. »Sie sagte, es wäre nicht nötig, die Vergangenheit aufzuwühlen, denn Gott kenne die Wahrheit und werde richten. Sie meinte, sie wüsste es zu schätzen, dass ich meine Arbeit mache, aber ich hätte sicher Wichtigeres zu tun.« Er starrt mich an. »Wichtigeres zu tun. Das sagt Gabriels *Mutter*.«

In der Tat, eine eigenartige Reaktion, und ich verstehe, warum sie Detective Minot irritiert. »Nun«, sage ich zweifelnd, »sie hatte gerade erfahren, dass sie sterben wird, oder?«

Detective Minot tippt mit dem Stift auf dem Schreibtisch. »Sie wissen ja, wer statistisch gesehen in den meisten Fällen schuldig ist, wenn ein Kind getötet wird.«

»Die Eltern«, bestätige ich. »Aber Neville und Hettie Deveau haben beide ein Alibi. Sie waren in New Orleans, auf der Party zum sechzehnten Geburtstag der Zwillinge, bis um zehn Uhr fünfundvierzig am vierzehnten. Und ein Angestellter des Hotels hat bestätigt, dass er sie um drei Uhr morgens gesehen hat, oder nicht? Als er ihnen Aspirin brachte.«

»Nach New Orleans geht es ja nicht gerade querfeldein. Das ist eine Fahrt von anderthalb Stunden. Ihr ganzes Alibi hängt an diesem einen Zeugen.«

»Glauben Sie, sie haben ihn bestochen? Glauben Sie, Neville ist in dieser Nacht zurückgefahren …« Ich bin ein wenig aufgeregt. Von Anfang an habe ich gedacht, dass Gabriel von einem Familienmitglied sexuell missbraucht wurde. Es würde passen.

Detective Minot hält eine Hand in die Höhe. »Also, das habe ich nicht gesagt. Es könnte wirklich eine Entführung gewesen sein, durch einen Angestellten oder jemanden, der eine Verbindung zur Familie hat. Herrje, es könnten so viele Personen damit zu tun haben. Aber in einem ungeklärten Fall muss man wieder an den Ausgangspunkt zurück. Für mich bedeutet das, dass ein Alibi solider sein sollte als die Aussage irgendeines Jungen vom Zimmerservice.«

»Dann ziehen Sie also ernsthaft Neville als Verdächtigen in Betracht«, murmle ich.

Er zuckt mit den Achseln. »Mütter töten genauso ihre

Kinder wie Väter. Anders als Sie schließe ich nicht aus, dass es eine Frau war.«

Ich kann mir nicht vorstellen, dass die winzige Hettie irgendjemandem Schaden zufügt, ganz zu schweigen davon, dass es um ihr eigenes Kind geht. Aber dass sie ihren Ehemann deckt, das halte ich durchaus für wahrscheinlich. Ein schrecklicher Gedanke. Wenn sie es wusste – wenn sie auch nur den Verdacht hegte und trotzdem weiter bis zum Ende bei Neville blieb –, dann ist sie genauso ein Monster, wie er es war.

Detective Minot erhebt sich, zufrieden, dass er mir diese verstörende Vorstellung in den Kopf gesetzt hat, und reicht mir seine Visitenkarte. »Sie sind kein Polizist«, sagt er, »und die Leute reden anders mit Frauen. Wenn Sie etwas Interessantes hören, rufen Sie mich an, ja?«

Ich danke ihm und verlasse mit kreisenden Gedanken das Gebäude. Die kühle Morgenluft füllt meine Lunge und macht meinen Kopf frei. Ich fische mein Handy aus der Handtasche und rufe meinen Chauffeur an.

»Wie ist es gelaufen mit dem Knöllchen?«, fragt Noah.

»Ich war erfolgreich«, sage ich und belasse es dabei.

Während ich auf Noah warte, überlege ich, was ich als Nächstes tun soll. Ich muss einen Weg finden, mit Hettie zu sprechen, vorzugsweise ohne dass Jules und die Zwillinge es mitbekommen. Wenn ich ein bisschen mehr Zeit mit ihr habe, verstehe ich vielleicht, wie sie tickt. Ist sie eine trauernde Mutter, die dreißig Jahre gelitten hat, weil sie nie erfuhr, was aus ihrem jüngsten Kind geworden ist? Oder ist sie in irgendeiner Weise Komplizin? Mein Magen ballt sich wie eine Faust. Kann ich die Antwort überhaupt ertragen?

Die Wahrheit könnte so hässlich sein.

11

Zurück in Evangeline stehen Noah und ich neben seinem Truck, unsicher, wie es jetzt weitergehen soll. Die Sonne ist endlich herausgekommen und erhellt das Haus und die Gärten mit grellem Technicolor. Ich beschatte meine Augen mit einer Hand und mache eine Bemerkung zu dem guten Wetter, doch die Unterhaltung ist dabei, zu versiegen, und eine Entscheidung will getroffen werden. Mögen wir uns, als Menschen? Hat es irgendeinen Zweck weiterzumachen?

»Also …«, sagt Noah und kratzt sich im Nacken. »Hast du dieses Wochenende was vor?«

Dies ist meine Chance, ihm zu sagen, wie beschäftigt ich bin, ihm rücksichtsvoll beizubringen, dass aus uns nichts werden kann. Ich sollte sie ergreifen. Dieser Mann ist eine Sackgasse, im besten Fall ein Umweg. Ich habe größere Probleme, Probleme, die meine ganze Aufmerksamkeit erfordern. Das *weiß* ich.

Aber sein Geruch – frische Wäsche, Rasierwasser, ein Spritzer Pheromone – bringt mich aus dem Konzept.

Halbherzig durchforste ich mein Hirn nach etwas, das ich sagen kann, um einen sauberen Schnitt zu machen, als Jules aus dem Haus stürmt und mit großen Schritten auf uns zukommt. Andres gestrige Ankunft scheint seine Laune kein bisschen gehoben zu haben. Wer weiß, was für ein Drama sich zwischen den beiden abgespielt hat. Oder Jules hat kapiert, dass er grüblerisch und übellaunig am besten aussieht, wie ein hübsches, mürrisches Ralph-Lauren-Model. Ob Andre wohl mehr in ihm sieht als eine tolle Kieferpartie und volle Schmolllippen? Ich jedenfalls nicht.

»Wo sind Sie gewesen?«, fragt Jules, ohne Noah einen zweiten Blick zu gönnen. »Ich habe gehört, dass Sie gestern Abend einfach verschwunden sind.«

»Ich fühlte mich nicht gut«, sage ich, und Noah lächelt leise.

»Tja, Sydney und Brigitte wollen mit Ihnen sprechen.«

»Worüber?« Können sie tatsächlich so beleidigt sein, weil ich ihre Party früher verlassen habe?

Jules funkelt mich böse an. »Über Ihr Buch. Sie wollten doch ein Interview, oder nicht?« Er streicht sich das Haar glatt, offenkundig verärgert, dass er rennen musste. »Sie werden bald nach New Orleans zurückkehren, aber in fünf Minuten können Sie sie noch im Arbeitszimmer treffen.« Nachdem er die Nachricht überbracht hat, strebt er zurück zum Haus, die Nase drei oder vier Zentimeter höher als nötig.

Noah wendet sich mir zu. Er hat Lunte gerochen. »Was ist das denn überhaupt für ein Buch, das du da schreibst?«

Ich antworte mit einem unschuldigen Blick und täusche Unverständnis vor, aber er fällt nicht drauf rein.

»Sydney und Brigitte haben keinen blassen Schimmer von Architektur«, bohrt er weiter. »Und ich glaube auch nicht, dass du heute Morgen wegen einem Knöllchen auf dem Revier warst.« Er lehnt sich gegen die Ladefläche des Trucks und mustert mich mit fragenden Augen. »Plantagenhäuser, verarschen kann ich mich selber. Bist du überhaupt Schriftstellerin?«

Ich bin ertappt, jetzt hilft nur noch die Wahrheit. »Ich

schreibe nicht über Häuser«, sage ich. »Ich schreibe über Gabriel.«

Er schnaubt. »Ich hätt's wissen müssen. Noch ein Gabriel-Groupie.« Er schabt mit der Stiefelspitze über den Schotter, und ich vergehe vor Schuldgefühlen. »Wenn du wüsstest, was meine arme Nanny durchgemacht hat. Wie viel Angst sie vor euch Reportern und Journalisten hatte, vor all denen, die ihre Nasen in fremde Angelegenheiten stecken. Und ich mag mir gar nicht vorstellen, wie es für Hettie war.«

»Hör zu, ich habe mir das Thema nicht ausgesucht.« Ich mache bloß einen schwachen Versuch, mich zu verteidigen, denn eigentlich finde ich, dass Noah recht hat. »Es ist ein Auftrag vom Verlag. Ein Job, okay?«

»Wenn du kein Problem damit hast, was du tust, warum machst du dann ein großes Geheimnis daraus?«

Ich sehe keinen Grund, ihn weiter anzulügen. »Sydney und Brigitte haben sich die Sache mit den Plantagenhäusern ausgedacht. Sie wollen nicht, dass ihre Mutter von dem Buch erfährt.«

Noahs Gesicht verdunkelt sich, denn nun ist seine Loyalität zu Hettie angesprochen. »Ist das dein Ernst? Du arbeitest für *die* beiden?« Seine Augen blitzen, und eine Sekunde lang habe ich Angst, er könnte irgendetwas kaputtschlagen. »Ich weiß, das kommt euch allen *ungelegen*, aber Hettie ist noch nicht tot. Wie ihre Töchter sich verhalten, ist schlimm genug, aber du, du bist doch ein Gast! Sie hat das Recht zu wissen, was die Leute treiben, die bei ihr zu Hause wohnen, vor allem, wenn sie in ihren persönlichen Angelegenheiten herumschnüffeln.«

»Und ich bin ganz deiner Meinung, Noah! Aber wie du selber weißt, haben Hettie und ihre Töchter ein paar Probleme, was zwischenmenschliche Kommunikation betrifft. Ich bin da nur irgendwie zwischen die Fronten geraten. Ist das darum wirklich *meine* Schuld?« Nun schreie ich ihn fast an, was überhaupt nicht meine Absicht war. Ich senke die Stimme wieder. »Du hast mir heute Morgen davon erzählt, dass Hettie das Haus stiften will, und ich werde es niemandem verraten. Mir wäre es lieb, wenn du dich revanchieren würdest.«

Dass ich das Geheimnis anspreche, das er mir anvertraut hat, macht ihn nur noch wütender. »Das ist der Unterschied zwischen uns«, zischt er. »Ich habe es dir *gesagt*.«

Ich suche nach einer guten Antwort, doch er geht bereits weg, die Hände zu Fäusten geballt. *Das ist es doch, was du wolltest*, rufe ich mir in Erinnerung. *Dass er dich in Ruhe lässt.* Doch als ich ihm nachsehe, wie er davonstampft, beschleicht mich der Verdacht, dass es ganz und gar nicht das ist, was ich wollte.

Ich sehe Sydney in dem großen Armsessel im Arbeitszimmer, ein Bein über die Seite gelegt, während Brigitte sich bei Jules über eine der Pflegerinnen beschwert. Obwohl Brigitte sicher der lautere Zwilling ist, ist Sydney die modischere Frau. Das kurze dunkle Haar lässt die blauen Augen blitzen, und ein guter Schneider hat das Beste aus ihrer schwierigen Figur gemacht. Dagegen sieht Brigittes flauschige blonde Mähne wie ein Relikt aus den Achtzigern aus, und ihr weißer Pullover erinnert an einen pummeligen Schneemann. Beide Frauen haben breite Schultern und dicke Hüften, aber Brigitte wiegt sicher dreißig Pfund mehr als ihre Schwester. Die Ehe, vermute ich. Niemand, den man beeindrucken muss. Und mich beeindruckt sie nicht.

»Wir bezahlen diesen Leuten viel zu viel, um uns Frechheiten gefallen zu lassen«, sagt Brigitte, die mit ihrer Tirade über die Pflegerin noch nicht fertig ist. »Ich kenne meine Mama, und wenn ich die Angestellten bitte, etwas zu tun, dann möchte ich mir nicht ihre *professionelle Meinung* darüber anhören müssen, warum sie es nicht tun sollten. Sie müssen jemand anderen finden, Jules.«

»Ich entschuldige mich und werde mit ihr darüber reden«, verspricht er, während er einige Ordner vom Schreibtisch in der Ecke zusammensucht. »Aber Rose ist die Lieblingspflegerin Ihrer Mutter. Es wäre voreilig, sie zu entlassen.« Jules weiß, wie man mit anstrengenden Frauen umgehen muss.

»Sagen Sie ihr einfach, Rose habe gekündigt«, meldet sich Sydney aus ihrem Sessel zu Wort.

Ich hüstele, und alle Köpfe fahren zu mir herum. Brigitte setzt ein breites und einladendes Lächeln auf, doch ihr Blick huscht hin und her. Vermutlich überlegt sie, was genau ich gehört haben und weitererzählen könnte.

»Da sind Sie ja.« Sydney gähnt. »Wie ich sehe, fühlen Sie sich jetzt besser.« Offenbar hat Jules meine Entschuldigung weitergegeben. »Bridgie und ich müssen bald zurück in die Stadt, aber wir dachten, eine Stunde können wir schon noch für Sie erübrigen.«

Brigitte wirft ihrer Schwester einen schnellen Blick zu, als gefiele ihr Sydneys Mangel an Wärme und Enthusiasmus nicht. »Charlotte, nicht wahr? Es tut mir leid, dass wir gestern nicht viel Gelegenheit hatten, miteinander zu sprechen, doch im Beisein von Mama …« Sie wendet sich Jules zu. »Würden Sie bitte die Vorhänge öffnen? Ich ertrage Ihre schreckliche kleine Männerhöhle nicht.«

Gehorsam zieht Jules die Vorhänge zurück, doch die

dunklen und düsteren Möbel des Arbeitszimmers wehren sich gekonnt gegen das natürliche Licht. Es ist ein Raum für migränegeplagte Frauen, Gelehrte, die bis spät in die Nacht arbeiten, für ernste alte weiße Männer, die über Angelegenheiten von politischer und wirtschaftlicher Tragweite grübeln.

»Raleigh hat Ihre Gesellschaft gestern Abend sichtlich genossen«, sagt Sydney mit einem Lachen, wobei ich nicht weiß, was sie amüsiert: Raleighs Lüsternheit oder dass ich ihr zum Opfer gefallen bin.

»Oh ja«, stimmt Brigitte zu, »er war sehr von Ihnen angetan. Nachdem Sie gegangen waren, hat er immer wieder gefragt, wo Sie seien. Er war wirklich besorgt.«

»Es war ein interessanter Abend.« Zu mehr kann ich mich nicht durchringen.

Brigitte lässt sich auf dem antiken cremefarbenen Zweisitzer mit Holzschnitzarbeiten an der Rückenlehne nieder. Sie faltet ihre feisten Hände im Schoß, die linke über der rechten, so dass der riesige Diamant an ihrem Ehering nicht zu übersehen ist. »Isaac hat uns gesagt, dass Sie für *Sophisticate* arbeiten. Ich wollte Ihnen sagen, dass Ihr Magazin mal einen Artikel über Terminplaner gebracht hat, der mein Leben verändert hat. Ich freue mich so auf die Zusammenarbeit mit Ihnen. *Unglaublich,* was für Leute uns Isaac bisher anzudrehen versucht hat.«

Ich danke ihr und gebe höflich zu bedenken, dass wir die wenige Zeit, die uns bleibt, nutzen sollten. Dann hole ich ein Aufnahmegerät hervor und mache einen schnellen Soundcheck, während sich Jules diskret zurückzieht.

»In Ordnung, fangen wir an.« Ich lächle, obwohl mir jede Minute, die ich mit diesen beiden Frauen verbringe, Noahs schlechte Meinung von ihnen nur bestätigt. »Könnten Sie mir ein wenig von Ihrer Familie aus der Zeit vor Gabriels Verschwinden erzählen?«

»Selbstverständlich.« Brigitte, die es offenbar kaum erwarten kann, darüber zu reden, beugt sich auf dem Zweisitzer vor. »Alles begann 1846, als unser Ur-Ur-Ur-Großvater Pierre Deveau Evangeline für seine neue Frau Cherisse erbaute.« Mich beschleicht das Gefühl, dass sie diese Geschichte nicht zum ersten Mal erzählt. »*Er* war ein wohlhabender Geschäftsmann aus New Orleans, und *sie* war die jüngste Tochter der Familie Adrepont. Sie haben vermutlich schon von den Adreponts gehört. Sie leiteten eine sehr erfolgreiche Zuckerplantage, doch der Krieg hinterließ sie völlig *verarmt*.«

So geht es immer weiter. Wenn ich nicht zweihundert Jahre Familiengeschichte über mich ergehen lassen will, sollte ich schnellstens eingreifen – doch wie kann ich sie auf das Thema Gabriel zurückbringen, ohne damit eine Debatte über den Inhalt meines Buches auszulösen? »Nun, die Deveaus haben vom Krieg profitiert«, fährt Brigitte fort. »Unsere Geschäfte hingen nicht gänzlich vom Zucker ab, verstehen Sie. Unsere Vorfahren hatten die Weitsicht, verschiedene Einkommensquellen zu unterhalten –«

»Wie zum Beispiel das Unionsheer«, sagt Sydney.

»Nein, Syd. Nein, das Unionsheer hat *Beschlagnahmungen* …«

»Wenn man bezahlt wird, sind es keine Beschlagnahmungen«, hält Sydney dagegen, und der Entrüstung auf Brigittes Gesicht nach zu schließen steht der Ausbruch eines weiteren Bürgerkriegs gleich hier im Arbeitszimmer unmittelbar bevor. Ich nutze die Gelegenheit.

»Selbstverständlich werde ich das alles recherchieren«, sage ich. »Aber im Moment würde ich mich gern auf *Ihre* Familie konzentrieren, die Familie, in der Sie aufgewachsen sind.«

Die Zwillinge sehen sich an. Brigitte zuckt ein wenig brummig mit den Achseln. »Da gibt es nicht viel zu sagen. Wir sind eine ganz normale Familie.«

»Unser Vater war viel auf Geschäftsreisen«, führt Sydney weiter aus. »Wir drei Kinder waren auf Internaten. Und Mama lebte hier oder in dem Haus in New Orleans. Ganz allein und dann zusammen mit Gabriel.«

»Haben Sie viel Zeit zusammen als Familie verbracht?«, frage ich, denn auf einmal kommen mir Zweifel, ob sie ihren kleinen Bruder überhaupt richtig gekannt haben.

»Oh, natürlich«, sagt Sydney, »in den Sommerferien und im Urlaub, meistens auf dem Wasser. Daddy hat eine Crew engagiert, und wir sind zu den Jungferninseln oder zu den griechischen Inseln gesegelt.«

»Eine ganz normale amerikanische Familie, würden Sie also sagen?« Es gelingt mir tatsächlich, keine Miene zu verziehen.

»Ganz genau«, erwidert Brigitte. »Bis wir Gabriel verloren haben. Unsere arme Mama, sie … hat eine harte Zeit durchgemacht.« Sie wendet sich an ihre Schwester. »Erinnerst du dich noch, Syd, die Thanksgiving-Ferien, nachdem er verschwunden ist?«

Sydney schüttelt den Kopf. »Oh, das war furchtbar. Sie sah einfach … na ja, sie hat nicht mehr sehr auf ihre Kleidung geachtet, mehr möchte ich nicht sagen. Sie war …«

»Es passte nicht zusammen«, erklärt Brigitte. »Und ihr Haar …« Sie erschaudert. »Mama hatte diesen grässlichen rosa Morgenmantel«, sagt sie zu mir. »Morgens, mittags, abends – sie wollte ihn gar nicht mehr ausziehen. Sie wanderte einfach wie eine alte tattrige Oma durchs Haus. Es war, als hätten wir sie zusammen mit Gabriel verloren.«

»Und wie hat Ihr Vater es aufgenommen?«, frage ich, bereit, das Schlimmste von dem verstorbenen Neville Deveau anzunehmen.

»Sie haben doch die Sicherheitsvorkehrungen hier überall gesehen, oder?«, sagt Sydney. »So hat er es aufgenommen. Außerdem hat er, glaube ich, ein paar Reporter geschlagen.«

»*Einen* Reporter«, korrigiert Brigitte sie, »und dieser Mann hatte etwas Hässliches über Mama gesagt. Daddy hat genauso getrauert wie sie, Syd. Er hat es nur nicht gezeigt. Du weißt doch, dass er so große Hoffnung in Gabriel gesetzt hat.«

Das lässt mich aufhorchen. »Weshalb große Hoffnung?«

»Einfach … um die Dinge zu tun, die ein Vater mit seinem Sohn so tut. Sport, Fischen, Segeln«, erklärt Brigitte.

»Hat Ihr Vater diese Dinge mit Andre getan?«

Sydney zieht die Nase kraus und reckt sich. »Dafür ist Andre nicht der Typ. Er hat sich mehr für die Schule interessiert.«

»Er war ein guter Schüler«, ergänzt Brigitte. »Nur Einsen. Anders als wir!« Sie kichert.

Bis zu diesem Moment wusste ich nicht, wie enervierend das Kichern einer mittelalten Frau sein kann.

Das Bild von Neville als engagiertem Vater passt nicht zu meiner Theorie eines Kinderschänders, der zum Mörder wurde. Und der Mangel an Interesse für Andre, Nevilles Erstgeborenen, der so gar nicht dem maskulinen Klischee entspricht, scheint eher … normal. Traurig und ignorant zwar, aber normal. *Er hat mir wehgetan*, das waren Gabriels Worte in meinem Traum, und mein Bauchgefühl hatte mir gesagt, dass er damit seinen Vater meint. Jetzt bin ich mir nicht mehr sicher.

Ich versuche die Zwillinge wieder zurück auf ihren kleinen Bruder zu bringen. »Wie würden Sie Gabriel beschreiben?«

»Er war erst zwei, als er verschwand. Und wir haben ihn nicht besonders oft gesehen.« Sydney setzt sich in dem Sessel auf und wirft einen Blick auf ihre Armbanduhr.

Meine Zeit wird knapp.

»Er war ein fröhliches Kind«, springt Brigitte ein. »Er konnte nicht stillsitzen. Nanny kam kaum hinterher.«

Ich stelle Ihnen so viele Fragen, wie ich kann, über die Familiendynamik und die Nacht, in der Gabriel verschwand, doch das Einzige, worüber beide Frauen viel zu sagen haben, ist ihre »Sweet Sixteen«-Party. Brigitte, erfahre ich, hegt immer noch einen Groll gegen Andre, weil er nicht gekommen war, und hält sich auch nicht zurück, dies auch zum Ausdruck zu bringen.

»Er hatte ein *Date*«, sagt Sydney zu ihr, in dem Versuch, sie zu besänftigen. »Wahrscheinlich zum ersten Mal in seinem Leben. Du weißt doch, wie schüchtern er Mädchen gegenüber immer gewesen ist. Sei doch nicht so streng mit ihm.«

»Das war kein Date«, erklärt Brigitte, »er war mit einem Freund verabredet. Er hätte auf unserer Party sein sollen, dafür gibt es keine Entschuldigung.«

Armer Andre, denke ich. *Kein Wunder, dass du dich nie geoutet hast. Sie* wollen *es gar nicht wissen.*

Sydney klettert von dem hohen Sessel herunter und streckt sich. »Bridgie, wir sollten jetzt los.«

»Nur noch eine Frage.« Ich darf sie nicht davonkommen lassen, ohne dass sie mir etwas geben, *irgendetwas*. »Über die Jahre haben viele Leute auf Evangeline gearbeitet. Ist Ihnen je irgendjemand seltsam vorgekommen, oder war jemand übermäßig interessiert an Gabriel?«

»Roi Duchesne«, sagt Sydney automatisch, »der Mann, den sie zunächst verhaftet hatten. Der war irgendwie zwielichtig.«

»Aber er hat es nicht getan«, protestiert Brigitte. »Das wurde bewiesen.«

»Sie hat nach seltsamen Leuten gefragt, und das *war* Roi.«

»Ich nehme an, Sie beide wurden auch mehrfach befragt«, sage ich. »Das muss anstrengend gewesen sein.«

»Oh, es nahm wirklich *kein Ende*.« Brigitte fasst sich an die Brust, als wäre der bloße Gedanke zu viel für ihre armen Nerven. »Und dann die ganze Aufregung, weil wir betrunken waren. Ich hatte *ein* Glas Champagner an diesem Abend getrunken. *Eins*.«

»Bridgie«, sagt Sydney scharf. »Lass das.«

Ich spitze die Ohren. Wenn ich es richtig verstanden habe, basierte Sydneys und Brigittes Alibi an diesem Abend immer auf ihrer mutmaßlichen Trunkenheit, weil sie die Nacht bewusstlos und krank im Hotel verbracht haben.

»Ach, was soll's?« Brigitte tut die Sorge ihrer Schwester mit einem Schütteln ihrer Haare ab. »Glaubst du, wir bekommen deswegen jetzt noch Ärger? Das ist dreißig Jahre her.«

»Ich glaube, du vergisst, wie es war, von einer Horde sensationslüsterner Journalisten verfolgt zu werden, die sich einen Namen machen wollen«, sagt Sydney mit zusammengebissenen Zähnen.

Aber Brigitte ist bereits bei einem anderen Thema. Sie wirft ihrer Schwester einen träumerischen Blick zu. »Weißt du, an wen ich neulich gedacht habe? Sean Lauchlin.«

Sydney runzelt die Stirn. »Nanny und Daddy Jacks Sohn. *Den* hast du verdächtig gefunden?«

Könnte das Noahs Vater sein, der Verschollene?

Brigitte dreht sich eine Haarsträhne um den Finger. »Wenn er zu Besuch da war, ist er manchmal mit Gabriel zusammen gewesen.«

Sydney bricht in Gelächter aus. »Süße, Sean Lauchlin war nicht übermäßig interessiert an Gabriel. *Du* warst übermäßig interessiert an *ihm*.«

»Ich weiß, ich war ein bisschen verknallt«, gesteht Brigitte, »aber denk doch mal nach. Er war nicht oft da, und wenn, dann ist er den ganzen Tag im Haus bei Mama und Gabriel oder Andre oder uns gewesen. Er hätte alles machen können, niemandem wäre es aufgefallen.«

»Er war in der Armee, Schatz, und er hat Nanny und Daddy Jack besucht, wenn er Ausgang hatte.« Sydney tätschelt ihrer Schwester die Schulter. »Er war nicht mal da, als Gabriel verschwunden ist. Jetzt sollten wir aber wirklich gehen.« Ihre Miene deutet darauf hin, dass sie die Sean-Lauchlin-Hypothese sowohl kindisch als auch traurig findet. Ich bin nicht ihrer Meinung. »Erinnern Sie sich, wann Sie Sean das letzte Mal gesehen haben?« Es ist ein Schuss ins Blaue, doch Brigitte enttäuscht mich nicht.

»Im Juni«, antwortet sie sofort. »Gleich nachdem wir aus der Schule hierherkamen. Er hatte Streit mit seiner Familie und war dann wieder weg. Ich habe mich immer gefragt, was aus ihm geworden ist.«

»Stalkerin«, seufzt Sydney und packt Brigitte an der Hand, um sie auf die Füße zu ziehen. »Schön, Sie wiedergesehen zu haben. Ich kann es gar nicht erwarten, Ihr Buch zu lesen«, sagt sie zu mir, während sie Brigitte abführt.

Allein im Arbeitszimmer stelle ich den Rekorder aus und lausche, wie sie nach ihren Koffern rufen. *Weswegen hatte sich Sean mit Mandy und Jack gestritten*, frage ich mich. Und falls Sean Lauchlin Noah, seinen eigenen Sohn, im Juni hier zurückgelassen hat, warum sollte er dann zwei Monate später wegen Gabriel zurückkommen? Wegen Geld vermutlich. *Ich muss Detective Minot fragen, ob er je zum Kreis der Verdächtigen gehört hat.*

Während ich hier in diesem Arbeitszimmer stehe, umgeben von all den teuren Dingen, kann ich nur daran denken, was Keegan als Kleinkind in einem solchen Raum alles angestellt hätte. Auf den Schreibtisch klettern. Sich an den Vorhängen hochziehen. Schmutz auf den Polstern verteilen. Ob dieses Zimmer wohl immer schon so schön und unpersönlich war? War dies je ein Haus, in dem Kinder willkommen waren oder hat es sie bloß toleriert, bis sie alt genug waren, um ins Internat geschickt zu werden?

Wie wäre Gabriel heute, wenn er noch leben würde? Ein oberflächlicher Schickeriatyp, so wie seine Schwestern? Ein stockkonservativer Geschäftsmann, der sich seines wahren Ichs schämt, wie sein Bruder? Oder jemand noch Schlimmeres, noch Traurigeres?

Ich verliere mich. Lasse zu, dass mir die düsteren Gedanken meine Entschlossenheit rauben. Ich trete in den Flur und ziehe die Tür des Arbeitszimmers fest hinter mir zu.

Wenn nur auch der Tod etwas wäre, das man in einem einzigen Zimmer wegsperren kann. Wenn nur die Trauer – wie ein Kind in einem Versteckspiel, das zu lange dauert – anfangen würde sich zu langweilen, aufgeben und nach Hause gehen würde.

In dieser Nacht passiert es das erste Mal seit Monaten wieder. Die süße Dunkelheit. Das Dösen. Eine Nachricht kommt durch.

Ich muss wohl irgendwann eingeschlafen sein, doch jetzt spüre ich vage meinen Körper. Die Laken, die Kissen, die weiche Matratze in meinem Gästecottage. Ich lege diese körperlichen Empfindungen eine nach der anderen ab. Trete an ihnen vorbei in das hinein, was wartet.

Dann bin ich so wach, dass es wehtut. Mein Kopf dröhnt, als hätte jemand die Lautstärke voll aufgedreht. Ich blinzele den Lärm weg. Nehme mir die Zeit zu kalibrieren.

Pass gut auf. Du wirst jetzt etwas Wichtiges sehen.

Ein langer Flur. Ich gehe über einen rot-weiß gekachelten Boden. Blaue Spinde säumen die Wände, und das fahle Neonlicht gibt den Farben etwas unnatürlich Helles und Grelles. *Eine Schule.*

Der Flur endet abrupt vor einer weißen Betonwand, die bis auf eine große runde Uhr leer ist. Darunter steht ein Mädchen mit schulterlangem rotem Haar, wartend, als wäre sie verabredet. Vielleicht fünfte, sechste Klasse? Sie sieht jung aus, gibt sich aber eine Haltung, die zu einem sehr viel älteren Kind passt, und wirft immer wieder Blicke zur Uhr, auf den Boden, dann wieder zur Uhr, jedes Mal mit einer sehr erwachsenen Besorgnis. Ich versuche ihre Aufmerksamkeit zu erregen.

Hallo?

Sie sieht auf, und für einen Moment treffen sich unsere Blicke. Sie trägt Lipgloss und hat Sommersprossen auf Nase und Wangen. Ihr Mund öffnet sich, als wollte sie mir etwas sagen. Von irgendwoher aus dem Inneren der Schule beginnt eine Glocke zu schellen, laut und hartnäckig, fast wie ein Alarm.

Das Mädchen schlägt die Hände vor den Mund, als wäre ihr plötzlich übel und rennt zu der Tür, auf der »Mädchen« steht. Besorgt folge ich ihr hinein und finde einen Toilettenraum mit drei Kabinen, einem Waschbecken und einem Spiegel. Ich rieche einen Hauch von Reiniger mit Zitronenduft und ein bisschen alten Urin.

Alles in Ordnung?, frage ich, doch die Kabinen sind leer. Das Mädchen ist fort.

Plötzlich dreht sich mir der Magen um. Mir wird übel. Ich betrete eine der Kabinen und sinke auf die Knie, um mich zu übergeben. Ich keuche, würge, spucke. Als ich in die Toilettenschüssel schaue, sehe ich langes rotes Haar, das langsam und bedrohlich im Kreis treibt.

Als ich rückwärts aus der Kabine weiche, die Augen auf die sprudelnden Haare gerichtet, spüre ich jemanden hinter mir. Ich fahre herum und begreife, dass es der Spiegel ist. Mein eigenes Spiegelbild sieht mich an. Ich bin kahl. Mein Schädel ist glatt wie ein Ei.

Ich schnappe nach Luft. Halte mir den Kopf. Starre auf meine Hände. Rote Haare fallen von meinen Fingern, bedecken den Boden. *Nein, nein, nein,* sage ich. *Nein. Bald ist alles wieder gut.* Jemand tätschelt mir tröstend den Rücken. *Es ist fast vorbei.*

Das Mädchen ist bei mir. Sie ist diejenige, die ihre Haare

verloren hat, nicht ich. Keine Haare, keine Wimpern, und nur noch ganz dünne Augenbrauen. Ich erkenne sie bloß an dem Lipgloss und den verblassten Sommersprossen auf der Nase. Sie tätschelt mir wieder den Rücken, doch ihre großen Augen in dem blassen, fremd aussehenden Schädel wirken alles andere als ermutigend.

Und die Umgebung hat sich geändert. Wir sind jetzt in einem dämmrigen rosafarbenen Raum und stehen neben einem ordentlich gemachten Krankenhausbett. Ein Infusionsständer gibt dem Ganzen etwas Bedrohliches. Doch ich glaube nicht, dass es wirklich ein Krankenhaus ist, denn da sind der Bettüberwurf mit lustigen Luftballons, die Ballettschuh-Lampe und die Teddybären auf den Regalen. Ihr Kinderzimmer vielleicht.

Bist du tot?, flüstere ich.

Sie schüttelt den Kopf. *Ich bin krank.*

Wirst du wieder gesund?

Erneut schüttelt sie den Kopf und sieht dabei so alt, so müde aus. *Ich bin nicht stark genug. Ich bin schon zu lange krank*. Sie seufzt schwer. *Meine Mama und mein Daddy sind die ganze Zeit traurig … wegen mir.*

Sie spricht, als käme sie aus dieser Gegend, bemerke ich. Ist sie aus Chicory?

Es ist nicht deine Schuld, murmle ich. *Manchmal wird man krank.*

Wie dein kleiner Junge, sagt sie, und ich erstarre.

Kennst du ihn? Kennst du Keegan?

Sie klettert in das Krankenhausbett, ohne auf meine Frage zu achten, und legt sich unter die Decke. Ich habe nicht mehr viel Zeit. *Kannst du es ihnen sagen? Meiner Mama und meinem Daddy? Sie wollen sicher dabei sein.*

Aber ich bin noch nicht bereit, ihr ihre Bitte zu erfüllen, nicht ohne eine Antwort. *Kennst du meinen Sohn?*

Sie lehnt sich zurück gegen das Kissen und schließt die Augen. *Du wünschst dir, du hättest bei ihm sein können, nicht wahr? Du wünschst dir, du hättest dich verabschieden können.*

Wo ist er? Ich packe ihre Schultern, fester als beabsichtigt. Der Knochen ist herzzerreißend zart. *Hast du Keegan gesehen? Bitte, ich möchte mit ihm sprechen.*

Sie öffnet ihre Augen nicht wieder. Ihre Stimme ist schläfrig, abwesend. *Nur noch ein Tag. Ich gebe ihnen noch einen Tag. Dann kann ich gehen.*

Das Licht im Zimmer wird tiefdunkel und dichter. Ich spüre, wie ich mich aus dem Moment hebe und mich schon entferne, obwohl ich ihn noch festzuhalten versuche. Was bleibt, ist bloß ihre Stimme, leise und weit weg. *Sag es meinem Daddy, ja? Sag ihm: vier sechzehn.*

»Wem?«, frage ich. »Wem soll ich es sagen?«

Meine Stimme hallt durch das dunkle Cottage. Ich setze mich auf, kurz verwirrt, weil die Möbel anders stehen als in meinem Schlafzimmer in Stamford. Meine Zehen sind halb erfroren, aber meine Stirn und mein Pony sind feucht von Schweiß. Noch so ein verstörender Traum von einem Kind. Noch eine Nachricht. Und das Mädchen in meinem Traum wusste von Keegan.

Hoffnung, wilde, verzweifelte Hoffnung verwurzelt sich in meiner Brust. Wenn ich tue, was sie möchte, kann sie mir dann helfen, mit ihm zu sprechen? Werde ich endlich meinen Sohn sehen? Doch die Vision war vorüber, bevor sie mir etwas Konkretes sagen konnte. Ich habe keine Ahnung, wer dieses Mädchen ist, weiß nicht, wie ich ihren Vater finden soll. Und selbst, wenn ich ihn finde, was soll ich ihm dann sagen? *Hallo, ich bin Charlotte Cates. Ihre Tochter ist mir in einem Traum erschienen und hat mir gesagt, dass sie morgen sterben wird. Und sagen Ihnen die Zahlen vier und sechzehn etwas?*

Eines ist sicher: Ich kann nicht mehr schlafen. Ich knipse das Licht an und fahre meinen Laptop hoch. Dann kann ich auch genauso gut arbeiten. Mein Blick fällt auf den Wecker auf dem Nachttisch: vier Uhr siebzehn.

Als sie sagte, sie hätte noch einen Tag, meinte sie es auf die Minute genau.

12

Erster Halt auf der Suche nach dem sterbenden Mädchen: die Küche von Evangeline. Chicory ist nicht klein, doch Leeann scheint mir der Typ Frau zu sein, der viele Leute kennt. Ich gehe noch vor dem Frühstück hinüber und werde sofort mit dem Geruch von frischem Kaffee und Leeanns Megawatt-Lächeln begrüßt.

»Genau rechtzeitig!« Sie blickt von dem Topf Rosmarin auf, den sie gießt. »Ich wollte gerade ein paar Beignets frittieren. Haben Sie schon mal Beignets gegessen?«

»Ich glaube nicht. Ist das eine louisianische Spezialität?«

»Hmhm. Man frittiert sie und streut Puderzucker drüber.« Sie dreht die Augen nach oben. »Ein kleines Stück vom Himmel.«

»Dann ist das also frittierter Teig? Wie Schmalzgebäck?«

»Oh nein. Besser. Sie werden sehen. Ich habe fertigen gefrorenen Teig in der Gefriertruhe.« Während sie durch die Küche huscht und den vorbereiteten Teig, Puderzucker und ein paar Küchenutensilien zusammensucht, nutze ich die Gelegenheit, sie auszuhorchen.

»Übrigens, irgendjemand hat mir eine traurige Geschichte über dieses kranke kleine Mädchen erzählt«, sage ich. »Hier aus der Gegend, eine Rothaarige. Ich glaube, es war Krebs. Sie hat all ihre Haare verloren. Ich würde gerne helfen, aber ich habe ihren Namen vergessen.« Ich schlendere zu dem Kräuterwagen hinüber und knipse einen Schnittlauch ab, um daran zu kauen, während ich darauf warte, dass Leeann mein geheimnisvolles Kind identifiziert.

»Krebs, hm?« Sie gießt eine erschreckend große Menge Pflanzenöl in die Fritteuse. »Das könnte Lila Monroe sein. Sie ist letztes Jahr gestorben und hat ein ganzes Haus voller Kinder hinterlassen.«

»Nein, es war ein Kind.« Viel habe ich nicht zu bieten, um weitere Informationen aus ihr herauszulocken. »Sie hat eine Chemo gemacht, aber es klang, als hätte das nicht geholfen.«

Leeann streut Mehl auf ein Schneidebrett. »Kranke Kinder brechen mir das Herz. Ich weiß nich', was ich tun würde, wenn mein Baby krank wär.« Sie rollt den Teig dünn aus und fängt an, ihn in Quadrate zu schneiden. »Dr. Pinaros Tochter ist vor ein paar Jahren krank geworden. Wir haben in der Kirche für sie gesammelt, das weiß ich noch. Aber ich hab keine Ahnung, ob es Krebs war. Ich weiß allerdings, dass immer noch Pfleger zu ihnen kommen.«

Das würde erklären, warum das Mädchen in einem gewöhnlichen Kinderzimmer war und nicht im Krankenhaus. Vielleicht ist sie in einem Hospizprogramm.

»Hat Doktor Pinaro eine Praxis hier in der Stadt?«, frage ich. »Wo kann ich ihn finden?«

Leeann lacht und lässt Teigstücke in das zischende Öl fallen. »Nicht diese Art von Doktor. Und Dr. Pinaro ist eine Frau. Die Schulamtsdirektorin.«

»Wie alt ist ihre Tochter?«

»Herrje, ich weiß nich'. Zehn? Zwölf?«

Das könnte hinkommen. Es gibt nur noch eine Sache. Ich weiß nicht, ob es wichtig ist, aber das Mädchen in meiner Vision sagte mir, ich solle mit ihrem Dad reden, nicht mit ihrer Mom. »Ist Dr. Pinaro verheiratet?«

»Ich glaube schon«, sagt Leeann, die Beignets begutachtend, »aber ich blick da nich' so richtig durch. Sie ist so eine, die nicht den Namen ihres Mann angenommen hat.«

Als eine, die ebenfalls nicht den Namen ihres Mannes angenommen hat, ist mir Dr. Pinaro schon jetzt sympathisch. Ich hätte nicht gedacht, dass man in Chicory überhaupt verheiratete Frauen findet, die noch ihren Mädchennamen tragen, aber Schuldirektorinnen? Respekt. Ich bohre noch ein bisschen weiter, bekomme aber nicht mehr aus Leeann heraus. Sie erinnert sich nicht, wer der Ehemann ist oder wo sie wohnen, nicht mal, wie Dr. Pinaros Vorname lautet. Ich kann es kaum erwarten, mich auf die Suche zu machen, doch aus PR-Gründen bleibe ich noch, um ein paar Beignets zu essen.

Wie zu erwarten war, schmecken sie nicht anders als Schmalzgebäck, doch ich singe ihr Loblied volle zwei Minuten lang, und Leeann platzt vor Stolz.

Da Dr. Pinaro im öffentlichen Sektor arbeitet, erwarte ich nicht, dass sie schwer zu finden ist. Und tatsächlich entdecke ich auch sofort ihr Foto auf der Webseite der Stadt: Dr. Justine Pinaro, eine gut aussehende Frau in den Fünfzigern mit kurzem, rotbraunem Haar. Das rote Haar ist schon mal vielversprechend.

Ich rufe das Büro der Schulbehörde an, doch die Sekretärin informiert mich, dass Dr. Pinaro Urlaub genommen hat und sie keine Informationen über Angestellte herausgeben. Online gibt es keine Telefonnummer von ihr. Sie könnte eine Geheimnummer haben oder unter dem Namen ihres Ehemannes registriert sein oder auch überhaupt kein Festnetz haben. Unter ihrer beruflichen E-Mail, von der ich eine automatische Antwort erhalte, steht keine private E-Mail-Adresse. Ich suche auf den Seiten verschiedener sozialer Netzwerke nach ihr, aber sie hat keine sichtbaren Konten. Im Archiv des Lokalblattes gibt es mehr als ein Dutzend Artikel, in denen ihr Name vorkommt, doch in ihren Kommentaren zu Entscheidungen des Distrikts gibt sie nichts Persönliches preis. Ich brauche eine Adresse oder eine Telefonnummer oder zumindest den Namen ihres Mannes. Was, wenn Justine Pinaro nicht mal die Mutter ist, nach der ich suche?

Ich versuche es auf Personensuch-Webseiten, die öffentliche Register durchforsten. Und stoße auf eine Justine Pinaro. Neunundvierzig Jahre alt; vormals wohnhaft in Maylee, Georgia und Eunice, Louisiana; Verwandte in Wyoming. Um Zugang zu weiteren Informationen zu erhalten, muss ich eine Anmeldegebühr von fünfzig Dollar zahlen. Gerade als ich meine Kreditkarte herauskrame, friert mein Computer ein. Als ich neustarte, bekomme ich die Meldung OBJECT CANNOT BE FOUND angezeigt. Und egal wie oft ich den Rechner jetzt runter- und wieder rauffahre, es ändert sich nichts.

»Gottverdammt!« Wenn ich einen Vorschlaghammer hätte, wäre mein Laptop jetzt schon in alle Einzelteile zerlegt.

Ich versuche es mit dem Handy, aber ich bekomme nur ein schwaches Signal und nach fünfzehn Minuten ist die Seite immer noch nicht geladen. Daraufhin gehe ich zum Haus, um Jules anzubetteln, mich dort ins Internet zu lassen.

Die Bürotür ist geschlossen. Ich klopfe leise und drücke das Ohr an die Tür. Er ist da drinnen und spricht in einem Ton, der keinen Zweifel daran lässt, dass er verärgert ist. Aber die einzigen Worte, die ich ausmachen kann sind: »zu scheißbeschäftigt.«

»Such'n Sie Mista Sicard?«

Ich fahre herum und sehe Paulette, die Haushälterin, die

mich unverwandt ansieht, eine Hand auf dem schwangeren Bauch.

»Ich muss nur ein paar Minuten ins Internet. Mein Computer spinnt.«

Paulettes Miene ist undeutbar. »Mista Sicar führt ein Privatgespräch. Das kann dauern.«

Wahrscheinlich streitet er mit Andre.

»Sie haben nicht zufällig WiFi in Ihrem Cottage, oder, Paulette?«, frage ich. »Es ist wirklich dringend.«

Sie schüttelt den Kopf, doch ich bin mir nicht sicher, ob sie weiß, was WiFi ist.

Ich versuche es noch einmal. »Hören Sie, ich muss unbedingt die Schulamtsdirektorin erreichen.«

Paulette zuckt nicht mit der Wimper und fragt auch nicht weiter nach; so viel hat sie im Dienst der Familie Deveau gelernt. »Frag'n Sie doch Deacon«, schlägt sie vor. »Seine Tochter arbeitet da.«

»Im Schulamtsbüro?«

Sie nickt, immer noch mit Pokerface, als wäre das kein erstaunlicher und glücklicher Zufall.

»In Ordnung, also … wo finde ich Deacon?« Ich meine mich zu erinnern, dass er einer der älteren Angestellten ist, die Leeann bereits erwähnt hat, aber ich bin mir nicht sicher, ob ich ihn schon zu Gesicht bekommen habe

»Er ist Nachtwächter. Kommt um acht.«

Acht ist später, als mir lieb ist, aber es ist immerhin ein Anhaltspunkt, und ich habe bis knapp vier Uhr, um das Mädchen in meiner Vision zu verstehen und ihr zu helfen. Ich danke Paulette und hoffe, dass sie nun nicht verbreitet, dass ich an Türen lausche. Es gibt nur noch eines, das ich sie fragen muss, während ich Jules beschäftigt weiß.

»Ist Hettie oben?« Denn ich hoffe, mich heimlich zu ihr hineinschleichen zu können, um mit ihr zu reden. Doch Paulettes Antwort ist nicht ermutigend.

»Sie schläft jetzt. Die Schwester sagt, sie hatte n' schlimm'n Morg'n. Wahrscheinlich weg'n der viel'n Gäste am Wochenende. Ich schwöre, jedes Mal wenn sie ihre Töchter sieht, geht's ihr schlechter.« Sie legt die Hand vor den Mund, als ihr klar wird, dass man Letzteres auch als Beschwerde über ihre Arbeitgeber auffassen könnte.

Ich lächle. »Ich habe gehört, dass Sydney und Brigitte diese Wirkung auf Menschen haben.«

Paulette senkt die Augen. »Ich geh' besser aufwisch'n.«

Nachdem ich meinen Computer zur Reparatur gebracht habe, weiß ich nichts mehr mit meinem Tag anzufangen, als zu arbeiten. Ich hole mir einen Stapel Notizblöcke, verkrieche mich in mein Cottage und schreibe auf die altmodische Art. Stundenlang vertiefe ich mich in die Geschichte der Familie Deveau, versuche ein Bild ihres Lebensstils zu zeichnen, den Rahmen abzustecken. Irgendwann wird es dunkel, und ich bekomme einen Krampf in der Hand, doch ich gehe im Zimmer auf und ab, brainstorme, arbeite die Struktur des Buches aus.

Um acht Uhr mache ich mich auf die Suche nach Deacon. Ich finde ihn, als er gerade die Hausseite mit einer gigantischen Hochleistungstaschenlampe abgeht. Er hat die Art von wildem weißen Haar, das entweder für Genie oder für Wahnsinn spricht, und da er nachts auf dem Gelände einer anderthalb Jahrhunderte alten Plantage patrouilliert, kommt einem nicht zuerst Einstein in den Sinn. Er richtet den Strahl in meine Richtung, womit er mich kurz blendet, und mustert mich von Kopf bis Fuß. Offenbar habe ich die Inspektion bestanden, denn er senkt schnell seine Taschenlampe, und die Vorsicht in seinem rosigen Hängebackengesicht wird sofort von Freude abgelöst. »'n Abend, Ma'am! Is' ganz schön kühl heute, was?«

In meiner Winterjacke ist mir eigentlich ganz wohl. »Deacon, richtig?«, frage ich, und er nickt. »Ich bin Charlotte. Ich habe gehört, Sie könnten mir vielleicht weiterhelfen. Ich versuche Dr. Pinaro zu finden, die Schulamtsdirektorin. Paulette sagte mir, Ihre Tochter arbeitet dort im Büro.«

Bei der Erwähnung seiner Tochter bläst er sich auf. »Ja, Prissy arbeitet da – schon seit, oh, zehn Jahr'n, glaub' ich. Das ist ne Clevere. Aber sie arbeitet jetzt für Mr Robicheaux.« Er kratzt sich mit einem schmutzigen Fingernagel am Augenwinkel. »Dr. Pinaro musste weg'n ihr'm kleinen Mädchen aufhör'n.«

Sein Akzent ist so stark, dass ich mich konzentrieren muss, um ihn zu verstehen. »Wissen Sie zufällig, wo Dr. Pinaro wohnt? Oder haben Sie vielleicht ihre Telefonnummer?«

»Ich wette, Prissy weiß das. Ich kann sie anruf'n, wenn Sie wolln.« Er holt ein Handy hervor und drückt ein paar leuchtende Tasten mit einem knotigen Finger, aber ich habe kein Glück. Es klingelt ins Leere. »Sie bringt wahrscheinlich grad die Kinder ins Bett«, erklärt Deacon mir. »Isses eilig?«

»Es geht um Dr. Pinaros Tochter.«

»Ah, Didi. Das arme kleine Ding.«

Als ich den Namen des Mädchens höre, überläuft mich eine Gänsehaut. »Ja, Didi. Eine kleine Rothaarige, oder?«

Er nickt heftig. »Die Familie hat die Hölle durchgemacht weg'n der Behandlung. Immer wenn sie geglaubt ha'm, es sieht besser aus, kam der Krebs zurück.«

Das muss das richtige Mädchen sein. Ich durchforste mein Gehirn nach einer anderen Taktik. »Sie wissen nicht zufällig, wie Dr. Pinaros Mann heißt? Vielleicht steht ja seine Nummer im Telefonbuch.«

»Sie könn' es bei seiner Arbeit versuch'n«, schlägt Deacon vor. »Beim Sheriff's Department, glaube ich.«

Sobald er das Wort »Sheriff« ausgesprochen hat, verstehe ich. Warum dieses Mädchen zu mir gekommen ist. Warum sie mich gebeten hat, es ihrem Vater zu sagen, nicht ihrer Mom. Warum Detective Minot so dünn ausgesehen hat, so ausgezehrt. *Es ist kein Zufall, dass du mich ausgesucht hast, oder, Didi*? Ich denke an Minots Computer, an das Foto des gesunden kleinen rothaarigen Mädchens, das über den Bildschirm gehüpft ist, und es versetzt mir einen Stich.

»Remy Minot«, murmle ich, »ist das Dr. Pinaros Mann?«

»Minot, richtig.« Er denkt nach. »Jawoll, Remy.«

»Dann habe ich schon seine Nummer. Danke, Deacon!« Während ich zurück zum Cottage sprinte, überlege ich, wie ich die nächste Herausforderung angehen werde: Didis Nachricht zu überbringen, ohne wie eine Irre zu wirken.

Ich sitze im Schneidersitz auf dem Bett, Detective Minots Visitenkarte vor mir. Ich habe keine Angst davor, dass ich falsch liegen könnte. Sondern dass ich recht habe. Angst vor dem Wissen, dass dies real ist und … ich nie wieder normal sein kann.

Als er abnimmt, sage ich es, als hätte ich es im Kopf geprobt. »Hier ist Charlotte Cates. Ich war gestern bei Ihnen.«

Er braucht einen Moment, um mich einzuordnen. »Oh, Miss Cates. Ist alles in Ordnung?«

Ich kann nicht erkennen, ob er bei der Arbeit ist oder zu Hause.

»Ich muss Ihnen etwas sagen. Nicht über den Deveau-Fall. Etwas Persönliches.«

»Etwas Persönliches?« Er klingt wachsam, so als würde ich ihn um ein Date bitten wollen.

Schnell rede ich weiter. »Ich weiß, es klingt verrückt, aber ich glaube, ich habe eine Nachricht für Sie. Von Ihrer Tochter.« Ich kralle die Hand in die Bettdecke und halte den Atem an.

Es folgt Schweigen, dann sagt er ausdruckslos: »Meine Tochter ist seit zwei Tagen bewusstlos. Sie übermittelt keine Nachrichten.«

Ich spüre, dass er auflegen will. »Warten Sie.« Ich stelle mir Didis Bild vor, ihren kahlen Kopf, die knochigen Schultern. »Detective Minot, ich muss Ihnen das sagen. Wenn nicht um ihretwegen, dann um meinetwillen. Denn ich weiß, wie es ist, ein Kind zu verlieren.«

»Wenn Sie mir jetzt erzählen wollen, dass ich Christus als meinen Retter annehmen muss, können Sie sich das sparen. Es ist mir egal, ob Justine sie dazu angestiftet hat. Ihr könnt euch alle euren …«

»Nein, nein«, unterbreche ich ihn. »Es hat nichts mit Gott zu tun. Ich bin die Letzte, die Sie bekehren wollen würde.«

»Was wollen Sie dann?«

»Ich weiß, es ist schwer zu glauben, aber ich hatte einen Traum. Von Didi.« Ich beeile mich, weil ich es heraushaben will, bevor er auflegen kann. »Sie hat mir eine Zeit genannt. Vier Uhr sechzehn morgens. Morgen. Sie dachte … na ja, dass Sie und Ihre Frau bei ihr sein wollen.« Ich bringe es nicht übers Herz zu sagen: *wenn sie stirbt*. »Hören Sie, ich weiß, es ist nur ein Traum, vielleicht hat es nichts zu bedeuten. Aber mein Sohn ist gestorben. Und ich war nicht für ihn da, als es passierte.« Nun habe ich Mühe, die Fassung zu wahren. »Er starb in einem Krankenhaus, in einem Zimmer voller Fremder, ohne seine Mom. Im Nachhinein würde ich alles dafür geben, wenn ich hätte da sein können. Also auch, wenn es ziemlich unglaublich klingt …«

»Ich weiß nicht, woher Sie von meiner Tochter wissen, aber ich sage Ihnen sofort, dass ich kein Interesse an ›himmlischen Erscheinungen‹ habe. Ihren nicht, und auch nicht denen von jemand anderem.«

»Ich verstehe.« Ich versuche meine Enttäuschung herunterzuschlucken, aber welchen Sinn hat es denn, Dinge zu sehen, wenn ich sie nicht ändern kann? »Tut mir leid, dass ich Sie belästigt habe. Manchmal … treffen meine Träume ziemlich genau so ein. Ich hätte es nicht richtig gefunden, nichts zu sagen.«

»Tja, jetzt haben Sie es ja gesagt.« Nun klingt er eher müde als wütend. »Und Miss Cates?« Sein Ton wird ein wenig sanfter. »Das mit Ihrem Sohn tut mir leid.«

Der Kloß in meinem Hals ist so dick, dass ich nicht mal ein einfaches Danke zustande bringe. Ich lege einfach auf. Schlinge die Arme um ein Kissen. Vergrabe das Gesicht darin.

13

Ein Vorteil von Schlaflosigkeit ist, dass man viele Sonnenaufgänge zu sehen bekommt. Als ich am nächsten Morgen am Ufer des Bayou stehe, versuche ich, mich auf die eindrucksvolle Landschaft zu konzentrieren, statt weiter über meine Erfolglosigkeit nachzudenken. Dünner Nebel schwebt wie ein Atemhauch über dem Wasser. Diese wenigen Minuten lang gestatte ich mir, mich an den zurückweichenden Schatten und dem goldenen Licht zu erfreuen. Der Tag ist unbeugsam, er kommt immer wieder. Ob dies ein tröstlicher oder ein ermüdender Gedanke ist, hängt von meiner Stimmung ab, die heute eher melancholisch ist.

Wenn ich einen Anruf mit unbekannter Nummer erhalte, ist mein erster panischer Gedanke der an Großmutters betreutes Wohnen. *Etwas ist passiert. Ich hätte nicht herkommen dürfen, es ist zu weit weg, sie ist zu alt, wie soll ich …*

Doch es ist Detective Minot, und die Neuigkeit, die er mir überbringt, ist keine wirkliche Neuigkeit für mich. »Didi ist tot«, sagt er. »Ich weiß nicht, woher Sie es wussten, aber es ist heute Morgen passiert. Um vier Uhr sechzehn.«

»Tut mir leid.« Ich lehne mich zurück gegen einen Baum und fühle mich schuldig, weil seine Worte einen kurzen Anflug von Erleichterung in mir auslösen. »Waren Sie bei ihr?«

»Ja. Nachdem wir gestern Abend aufgelegt hatten, habe ich meiner Frau von Ihrem Anruf erzählt. Sie bestand darauf, dass wir aufbleiben. Nur für den Fall.« Seine Stimme ist überraschend ruhig für jemanden, dessen Tochter gerade gestorben ist. Aber andererseits hat er sich vermutlich seit Monaten dafür gewappnet, diesen Tag gefürchtet und sich darauf vorbereitet. »Wir wussten, dass sie nicht mehr viel Zeit hat«, sagt er. »Die Pfleger sagten, sie würde wahrscheinlich nicht mehr das Bewusstsein wiedererlangen. Aber … vier Uhr sechzehn. Auf die Minute genau hörte sie auf zu atmen.«

Der Bayou und der Himmel scheinen zu schimmern, als wären beide in das gleiche matte Orange getaucht. Hinter mir liegt das stille Evangeline. Wäre nicht Detective Minots Stimme in meinem Ohr, ich würde mich fühlen, als wäre ich der einzige noch lebende Mensch. »Ich hoffe, der Umstand, dass Sie am Ende bei Didi sein konnten, hat Ihnen und Ihrer Frau … na ja … ein bisschen Frieden gebracht.«

»Wir haben ihre Hand gehalten«, sagt er. »Wir waren alle drei zusammen, als sie in diese Welt kam, und dann auch wieder, als sie sie verließ.« Seine Stimme bricht, und ich denke, wie eigenartig es ist, dass mir dieser Mann seine Trauer anvertraut.

»Ich muss auflegen«, sage ich sanft. »Kümmern Sie sich um Ihre Frau.«

»Das werde ich. Aber ich muss Sie etwas fragen.« Er braucht einen Moment, um die Worte zu finden. »Sie müssen verstehen, ich glaube schon lange nicht mehr an Gott, Miss Cates. Vielleicht liegt es an meinem Job, weil ich erlebe, was die Menschen einander antun. Kindern sogar. Und natürlich auch, weil ich mitangesehen habe, wie Didi drei Jahre lang gelitten hat. Aber meiner Erfahrung nach gibt es niemanden dort draußen, der den Laden schmeißt.«

Ich warte auf die Frage. Am anderen Ufer des Bayou

sehe ich etwas Weißes aufblitzen. Ein Vogel. Ein großer Vogel, der am Rand des Wassers watet.

»Sie sagten, Sie hätten von Didi geträumt. Na ja, Justine glaubt, es sei Gottes Botschaft an mich gewesen. Damit ich zurück zum Glauben finde. Gestern noch hätte ich Ihnen gesagt, dass das Blödsinn ist, aber … ich habe keine andere Erklärung dafür. Deshalb würde ich gerne wissen, was Sie denken.«

Ich hätte nie damit gerechnet, mitten in die religiöse Debatte eines trauernden Paares zu geraten. Dass meine Träume von Gott kommen, auf die Idee bin ich auch nicht gekommen, aber ich weiß nicht, was ich Detective Minot sonst sagen soll. Und vielleicht kommt es auch gar nicht darauf an. Dieser Mann hat mitangesehen, wie seine Tochter drei Jahre lang einen verlorenen Kampf gekämpft hat, und jetzt ist sie tot. Würde ihm da der Glaube nicht mehr helfen als Skeptizismus?

»Ich weiß nicht, woher meine Träume kommen«, sage ich ihm. »Aber vielleicht hat Ihre Frau recht.«

»Hatten Sie noch mehr?«

»Ein paar. Es begann nach dem Tod meines Sohnes.«

»Aber Sie sehen Dinge? In der Zukunft?« Er ist halb fasziniert, halb entsetzt.

»Nicht immer in der Zukunft. Manchmal ist es auch schon passiert.« Der weiße Vogel taucht den Kopf ins Wasser.

»Was für Dinge zum Beispiel?« Detective Minot lässt nicht locker.

»Es ist immer schlimm, und es geht immer um Kinder.« Bisher klingt es, als würde er mir glauben, deswegen fasse ich mir ein Herz und hoffe das Beste. »Ich war nicht ganz ehrlich mit Ihnen neulich, als ich davon sprach, was mich nach Chicory geführt hat. Es war nicht das Buch. Es war Gabriel.«

Der Vogel hebt plötzlich den Kopf und blickt mich über das Wasser hinweg an. Ich könnte schwören, er lauscht, wie ich mein Geheimnis offenbare.

»Ich habe ihn gesehen«, sage ich. »Ich habe Gabriel Deveau gesehen.«

Ich weiß nicht, was für eine Antwort ich erwartet habe, doch Detective Minots lautes Ausatmen ist es nicht. Ich warte.

»Ich glaube es nicht«, murmelt er.

»Ich lüge nicht, ich habe wirklich …«

»Nein. Ich meine, ich kann nicht glauben, dass wir nach all dieser Zeit diesen Fall endlich lösen könnten.«

»Er hat mir keine Namen genannt«, sage ich, damit der Detective sich keine allzu großen Hoffnungen macht. »Bloß ein paar Details.«

Ich höre die Stimme einer Frau im Hintergrund, vermutlich Dr. Pinaro.

»Hören Sie, ich mache jetzt besser Schluss«, sagt Detective Minot widerstrebend. »Wir müssen die Beerdigung planen. Erzählen Sie niemandem, was Sie mir gerade gesagt haben, okay? Ich melde mich in ein paar Tagen bei Ihnen.«

Ich spüre eine Leichtigkeit, ein fast erhebendes Gefühl in meiner Brust, als ich auflege. Ich neige das Gesicht der aufgegangenen Sonne entgegen. Ich weiß nicht, was sich besser anfühlt: dass ich Didis Eltern geholfen habe oder dass Detective Minot mir glaubt.

Leeann zieht eine Form mit Bananenbrot aus dem Ofen, als ich zum Frühstück erscheine. »Morg'n, Charlie«, ruft sie fröhlich.

»Morgen«, erwidere ich. »Wie geht's, Leeann?«

Noch isst niemand sonst, nur der alte rote Hund liegt ausgestreckt vor den Fenstertüren. Leeann stellt die Form ab, offenbar erfreut, jemanden zum Reden zu haben. »Sie werden nicht glauben, was mein *boug* gemacht hat.« Aus der Tasche ihrer Schürze zieht sie eine Serviette mit Buchstaben darauf. »Da. Er hat ›MOM‹ geschrieben, sehen Sie?«

Ich erinnere mich an dieses mütterliche Hochgefühl nur allzu gut. Ich will ihr von Keegan erzählen, dass er gerne mit »Erwachsenenstiften« geschrieben und einmal mit Permanentmarker auf der Wand gekritzelt hat, doch das würde alles verändern. Leeann glaubt, dass ich kinderlos bin, und wenn ich ihn jetzt erwähne, müsste ich auch das Ende erzählen. Und dann würde sie sich zu oft entschuldigen und ein schlechtes Gewissen haben, so als dürfte sie vor mir nun nicht mehr von ihrem eigenen Sohn sprechen oder über Paulettes dicken Bauch in Verzückung geraten. Also lächle ich, während ich Leeanns Serviette betrachte, die schnörkeligen Buchstaben darauf, und sage: »Er ist ein Schlauberger.«

Gerade drohe ich sentimental und weinerlich zu werden, als Noah draußen den Weg heraufkommt. Gestern habe ich ihn gar nicht gesehen. Ist er mir aus dem Weg gegangen oder war er bloß zu beschäftigt? Ein Teil von mir will sich entschuldigen, weil ich nicht offener ihm gegenüber war – wegen des Buches. Aber wem will ich etwas vormachen? Ich kann ihm nicht von den Träumen erzählen, den Dingen, die ich gesehen habe. Ich kann ihm nicht sagen, dass ich meine Zweifel an Hettie habe, vielleicht sogar an seinem Vater. In unserer Beziehung werde ich immer etwas vor ihm verschweigen. Was für einen Sinn hat es also, daran festzuhalten?

Trotzdem kann ich nicht widerstehen ihn zu grüßen, als

er die Küche betritt. »Hi.« Ich hebe die Finger, um vorsichtig zu winken.

Er blickt in meine Richtung. Er trägt Jeans, ein enges Thermoshirt und eine Windjacke. Mr Lässig. Seine Miene, als er mich erblickt, kann ich nicht deuten, aber ich glaube, ein Lächeln zu sehen. Ein vorsichtiges Lächeln. »Ich dachte, ich hätte dich vorhin am Wasser gesehen«, sagt er. »Toller Sonnenaufgang.« Er beugt sich herunter, um den Hund zu streicheln.

»Noah, kennst du Leeann schon?«

Leeann scheint entzückt zu sein, dass sie jemand Neues zum Plaudern hat, und schneidet uns beiden ein paar Scheiben von dem warmen Bananenbrot ab. Dann, während sie Eier und Wurst brät, befragt sie Noah über sein Leben in Texas. Aus ihren Fragen erfahre ich, dass Noahs Exfrau Amerikanerin mexikanischer Abstammung ist, dass er fast fließend Spanisch spricht und dass das Schwerste an ihrer Trennung der Verlust des Hundes war.

»Keine Sorge«, sagt Leeann mitfühlend. »Es geht bestimmt ganz bald wieder bergauf.« Sie klatscht die Würste eine nach der anderen auf einen Teller. »Vor vier Jahr'n war ich neunzehn und schwanger von 'nem verlog'nen Nichtsnutz, der, hab ich dann herausgefund'n, mit einer anderen verlobt war. Ich hab' bei meinen Eltern gewohnt, hab' im Diner von meinem Vater gearbeitet, hatte keine Hoffnung mehr.«

Sich von einer Dreiundzwanzigjährigen Aufmunterungsreden anzuhören scheint Noah nicht so zu ärgern, wie es mich ärgern würde. Er betrachtet sie, das Kinn in die Hand gestützt, und wartet auf das Happy-End.

»Und jetzt hab' ich meine eig'ne Wohnung mit dem fürsorglichsten Mann auf der ganzen Welt, der meinen Sohn wie seinen eig'nen liebt«, schließt sie. »Meinen Ring hab ich noch nich, aber das kommt schon noch! Meine Mama sagt immer: Vertrau auf Gott. Und das tu ich. Das Leben meint es gut mit mir.«

Noah lächelt sie an. »Und Ihr Bananenbrot hat meines gerade noch besser gemacht.« Er wendet sich mir zu, vermutlich, um nicht weiter über schwere persönliche Schicksale sprechen zu müssen. »Hast du an deinem Buch gearbeitet, Charlie?«

Ein heikles Thema, auch wenn er gar nicht feindselig klingt. Seine dunklen Augen halten meine für einen Moment fest. Anklagend? Entschuldigend? Forschend? Ich kann seinen Blick nicht deuten, doch der lange Augenkontakt lässt mich erröten.

»Ja, ich habe gearbeitet«, sage ich. »Heute werde ich mal in die Bibliothek gehen, für ein paar Recherchen.«

Er bringt seinen Teller zum Spülbecken. »Wenn du irgendwelche alten Fotos von dem Garten siehst, lass es mich wissen.«

»Sie machen um neun auf«, erwidere ich und bin selbst überrascht von mir. »Komm doch mit.«

Als wir ankommen, katalogisiert die grauhaarige Frau am Infotisch Filmspulen. Sie trägt einen lilafarbenen Rollkragenpullover mit einer mit knallbunten Steinen besetzten Schneeflockenbrosche, die nur einer Lehrerin, Bibliothekarin oder Großmutter gefallen kann. An der Decke über ihr befindet sich ein formloser brauner Fleck, vermutlich ein Wasserschaden. Ich erinnere mich daran, dass das letzte Mal, als ich hier war, ein Handwerker versucht hat, ihn zu reparieren; offenbar haben seine Versuche nicht gefruchtet.

Die Frau erkennt mich sofort. »Sie sind wieder da! Suchen Sie immer noch nach Material über die Familie Deveau?«

»Gutes Gedächtnis. Und heute habe ich einen Freund mitgebracht.« Ich zeige auf Noah.

»Je mehr, desto besser«, strahlt sie. »Wissen Sie, ich habe Sie gar nicht gefragt, wo Sie her sind.«

»Connecticut.«

»Das ist ja eine schöne Strecke. Willkommen!« Sie sieht Noah an. »Und sind Sie auch aus Connecticut?«

»Noah, meine Familie kommt aus Chicory. Ich bin nur … zu Besuch hier.«

Ihr Gesicht erhellt sich. »Machen Sie genealogische Studien? Das ist mein Spezialgebiet. Wie lautet Ihr Familienname?«

Zögernd wirft er mir einen Blick zu. Ich zucke mit den Achseln. »Lauchlin«, sagt er. »L-A-U-C …«

»Lauchlin? Sagen Sie nicht, Sie sind mit Sean verwandt?«

»Das ist mein Vater.« Noah sieht aus, als wäre ihm unbehaglich. Und ich kann es verstehen, nachdem er mir erzählt hat, dass ihn sein Vater im Stich gelassen hat. Ich habe auch nie gerne über meine Mutter geredet.

Die begeisterte Bibliothekarin dagegen merkt nichts. »Machen Sie Witze? Ich bin mit Sean Lauchlin zur Highschool gegangen. Ich wusste gar nicht, dass er Kinder hat. Er schien sich nie für die Mädchen hier interessiert zu haben. Was ist denn aus ihm geworden? Er ist doch vor langer Zeit weggezogen, oder?«

»Ja«, sagt Noah. »Er ist nicht geblieben.«

»Er war ein gut aussehender Junge, Ihr Daddy. Ich hatte Englisch mit ihm zusammen, wissen Sie. Ich wette, er hat es Ihnen nie erzählt, aber Mr LaValle hat ihn immer gebeten, die Gedichte vorzulesen. Ihr Vater hatte eine so schöne Stimme.« Die Erinnerung lässt sie lächeln. »Was kann ich für Sie tun?«

Noah erklärt ihr sein Vorhaben, die Gärten von Evangeline zu restaurieren, und dass er dafür auf der Suche nach historischen Fotos sei, woraufhin es der Frau vor Verzückung fast den Atem verschlägt. »Oh, Sie müssen sich die Fotosammlung von Abe und Thomas Brennan ansehen. Abe Brennan hat *leidenschaftlich* gern Gärten fotografiert.«

Sie zerrt ihn einen einsamen schmalen Flur entlang bis in einen Ansichtsraum hinein. Ich sehe die Zeitschriften durch und blättere in einem Buch mit dem Titel *Dynastie – die Deveaus aus Louisiana* und erfahre, dass sich Maurice Deveau einst in betrunkenem Zustand in den Fuß geschossen hat; dass Dulcie Deveau eine Suffragette war, zum großen Entsetzen ihrer Familie; und dass Nevilles Großvater an Polio erkrankte und eine eiserne Lunge benötigte. Vielleicht haben die Zwillinge recht. Ihre kleine Familiengeschichte könnte mein Buch tatsächlich aufpeppen.

Ich schlendere ein Weilchen die Regalreihen ab, werfe hier und da einen kurzen Blick in einen Band und atme den angenehm muffigen Geruch alter Bücher ein, bevor ich zu Noah in den Ansichtsraum gehe. Er durchblättert ein Album mit Schwarz-Weiß-Fotos. Auf dem Rücken steht eingraviert *Abe und Thomas Brennan Fotosammlung 1924*. Neben ihm sehe ich zwei große Karren mit ähnlichen Alben, alle aus unterschiedlichen Jahren. Kurz darauf kommt die Bibliothekarin wieder und zieht einen dritten hinter sich her.

»Ich bin zurück an meinem Tisch, wenn Sie etwas brauchen«, sagt sie zu Noah. »Bitte denken Sie dran, die Fotos nicht anzufassen. Wenn Sie Kopien machen möchten, müssen wir das bei der Familie Brennan beantragen.«

Sie schließt die Tür hinter sich und winkt uns durch das kleine Glasfenster zum Abschied zu. Ich nehme ein Album von 1963, das Jahr, in dem Neville und Hettie geheiratet haben. Vielleicht finde ich Hochzeitsfotos darin. Noah und ich sitzen ungefähr eine halbe Stunde schweigend so zusammen, vertieft in diese Eindrücke der Stadt und ihrer Bewohner. Die Hochzeit der Deveaus finde ich zwar nicht, aber andere Geschichten wecken schnell mein Interesse: eine erste Kommunion, ein Jahrmarkt, ein Familienporträt mit vier Generationen Schwarzer, die stolz lächeln.

Noah ist derjenige, der irgendwann das Schweigen bricht. »Du, Charlie?«

Ich blicke auf. »Hmm?«

»Ich wollte neulich nicht so auf dich losgehen – wegen des Buchs. Ich weiß, du musst arbeiten wie alle anderen auch.«

»Ich verstehe, warum du sauer warst«, sage ich. »Ich war ja selbst nicht begeistert von dem Arrangement.«

Er nickt, und wir belassen es dabei. Ich bin mir ziemlich sicher, dass das so etwas wie eine Versöhnung war. Ich vergesse ihn und blättere weiter in den Alben, bis ich irgendwann auf ein Foto aus dem Jahr 1965 stoße, Hettie auf einem Paradewagen, Andre als Baby auf dem Schoß. Sie ist so jung, ungefähr in Leeanns Alter. Das frische, erwartungsvolle Gesicht der Menge zugewandt. Neville, der neben ihr sitzt, sah damals schon wie ein aufgedunsener Spaßverderber aus. Ich lege eine kurze Toilettenpause ein, während der mir die Familiendynamik der Deveaus weiter durch den Kopf geht. Hettie war zwanzig, vielleicht einundzwanzig, als sie geheiratet hat. Wie den Büchern zu entnehmen ist, hatten sie und

Neville sich vor weniger als zwei Jahren bei einem Polospiel kennengelernt. Er war sechs Jahre älter als sie, wohlhabend, und stammte aus einer der besten Familien der Südstaaten. Sie war hübsch, gut erzogen, das Kind einer soliden Oberschichtenfamilie. Neville muss ein unbeschriebenes Blatt in ihr gesehen haben. War es eine Liebesheirat oder ging es dabei vor allem um die vorteilhafte Partie?

Ich will gerade wieder zurück in den Ansichtsraum, als mich etwas stutzen lässt. Durch das kleine Glasfenster in der Tür sehe ich, wie Noah eines der Fotos aus seiner Schutzhülle zieht. Was genau darauf ist, kann ich nicht sehen, aber ich kann definitiv ein paar Menschen ausmachen. Er rollt das Foto zusammen und steckt es in die Reißverschlusstasche seiner Windjacke.

Als ich den Raum betrete, stelle ich mich dumm und warte ab, ob er mir davon erzählt, doch er hat das Album bereits geschlossen. Ohne ein Wort legt er es zurück auf den Wagen, den Rücken nach außen gewandt: 1982.

Adrenalin durchschießt mich. Das Jahr, in dem Gabriel verschwunden ist.

Das gehört ganz sicher nicht zu deinem Gartenbauprojekt, Noah.

Ich sage nichts, obwohl die Neugier mich beinahe umbringt. Was soll das? Ich muss das Bild sehen, das er gestohlen hat. Früher oder später wird er mal seine Jacke aus den Augen lassen, und wenn er es tut, erwarte ich etwas sehr Interessantes über Noah Lauchlin zu erfahren.

Ich bekomme meine Chance, als wir auf dem Weg nach Hause zum Tanken anhalten. Als Noah nach drinnen geht, um ein Päckchen Zigaretten zu kaufen, lässt er seine Windjacke zurück. Sobald er im Laden verschwunden ist, greife ich in die Tasche und hole das zusammengerollte Foto heraus.

Zwei Gestalten stehen vor einem dicken Baumstamm; ihr Lächeln ist vorsichtig. Die große, kräftige Frau mittleren Alters hat den Arm um einen großen jungen Mann in militärischer Uniform gelegt. Er ist attraktiv, und zwar auf eine Art, die einem sofort ins Auge springt. Ich brauche einen Moment, bis ich den kleinen Jungen unten am Rand bemerke, der seinen Kopf zwischen die Beine der Frau drückt. Ich lese das Etikett: Heimatbesuch. Maddie und Sean Lauchlin, Juni 1982. Mir fällt wieder ein, dass Brigitte gesagt hat, sie hätte Sean das letzte Mal im Juni gesehen.

Etwas bewegt sich über mir, und ich fahre erschrocken zusammen.

Noah beobachtet mich durch das Beifahrerfenster.

»Mein Gott, schleich dich doch nicht so an.« Ich lasse das Bild zurück auf den Sitz fallen, als er zurück in den Wagen klettert.

»Tut mir leid.« Seine Hand schließt sich um das Foto.

Wir sehen uns an, beide verlegen.

»Ich nehme an, du fragst dich, warum ich das mitgenommen habe.«

Eigentlich ist es mir peinlich, dass ich geglaubt habe, er wäre irgendwie in das Geheimnis um Gabriel verwickelt. Noah war damals erst drei, kaum aus den Windeln heraus. Ich zeige auf den jungen Mann auf dem Foto. »Ist das dein Vater?« Wenn ich meine Fantasie ein wenig bemühe, kann ich Ähnlichkeiten erkennen: die Nase, die breiten Schultern und die Stoppelfrisur. Aber Sean sieht, objektiv betrachtet, sehr viel besser aus. Jetzt verstehe ich, warum Brigitte in ihn verknallt war, und warum die Bibliothekarin bei seinem Namen ins Schwärmen geriet.

»Das ist er«, bestätigt Noah. »Ich weiß, ich hätte es nicht mitnehmen dürfen, aber … na ja, ich habe kein einziges Foto von ihm.«

»Gar keins?«

Er schüttelt den Kopf. »Nanny sagte immer: Was in der Vergangenheit liegt, ist vergangen. Wir hatten nie Fotos von irgendetwas.« Er greift nach seinem Sicherheitsgurt, steckt ihn aber nicht ein, sondern spielt gedankenverloren mit der Schnalle. »Sie hat nicht gern über traurige Dinge geredet, deswegen habe ich nie viel über meinen Dad gehört. Und sogar noch weniger über meine Mutter.«

»Wie hieß deine Mutter?«

»Violet«, sagt er. »Violet Johnson. Das weiß ich nur aus meiner Geburtsurkunde. Sie starb durch einen Autounfall, als ich ein Jahr alt war, und das ist so ungefähr alles, was ich weiß.« Er schüttelt erneut den Kopf. »Ich glaube, meine Nanny mochte sie nicht.«

Ich denke an all die Jahre, die ich bei meiner Tante Suzie über Alben hockend verbracht habe, um aus den Fotos zu erfahren, wer meine Mutter war. Dort konnte ich verfolgen, wie aus der linkischen Grundschülerin erst eine übercoole kraushaarige Jugendliche wurde, dann ein mürrischer, schwangerer Teenager und schließlich eine müde junge Frau mit einem Baby. Auf den Fotos sah ich ihre Verwandlung, während Tante Suzie mir von ihr erzählte. *Das war gleich, nachdem sie deinen Dad kennenlernte*. Oder: *Das war ein paar Wochen, bevor sie wegging. Sieh mal hier, ich wette, da war sie high*. Ich habe meiner Mutter nicht verziehen, dass sie so ist, wie sie ist – ich kann nur annehmen, dass sie noch lebt, weil mir niemand etwas anderes erzählt hat. Aber zumindest habe ich eine Vorstellung davon, woher ich komme. Wenn ich überhaupt nichts von ihr wüsste, wie könnte ich mir da je wirklich sicher sein, wer *ich* bin?

»Ich weiß nicht, warum ich das Ding genommen habe.« Noah lehnt sich in seinem Sitz zurück und starrt das Foto von seinem Dad an. »Das war dämlich.«

»Nein, das ist deine Vergangenheit«, sage ich zu ihm. »Dir bedeutet es mehr als jedem anderen, der sich diese Sammlung ansieht.«

Er erwidert nichts.

»Bist du das, der sich da hinter den Beinen deiner Nanny versteckt?«

»Nee, guck dir an, was er anhat.« Er zeigt auf den kleinen Jungen, der offenbar ein Polohemd mit hochgeklapptem Kragen trägt. Ich nehme die Füße des Jungen näher in Augenschein. Sind das etwa Bootsschuhe? Für einen Zweijährigen? Sehr … adrett. »So hätten sie mich nie angezogen«, sagt Noah. »Das ist wahrscheinlich Gabriel.« Er schiebt das Bild in die Tasche zurück.

Ist es zu emotional für ihn geworden?

Juni 1982 stand auf dem Foto. Das letzte Mal, dass Sean Lauchlin zu Besuch auf Evangeline war. Zwei Monate später würde auch der kleine Junge, der Maddies Beine umklammerte, verschwunden sein. Ich gebe nicht allzu viel auf Brigittes Meinungen, aber ich frage mich doch, ob es nicht was zu bedeuten hat, dass sie die Sprache auf Sean brachte. Er kannte Gabriel. Als Maddies Sohn hatte er viel Kontakt zu ihm und Zugang zum Haus. Mir fällt ein, dass Maddie am Morgen des 15. August vor Gabriels Zimmer stand und ihren Schlüssel nicht finden konnte. Deswegen hatte sie den Schlüssel der Köchin benutzen müssen. War der Schlüssel vielleicht darum nicht an seinem Platz, weil ihr Sohn ihn genommen hatte?

Und falls Sean sich tatsächlich an kleinen Kindern vergriffen hat, sexuell oder körperlich oder sonstwie – bedeutet das, dass er auch Noah missbraucht hat? Mir kommt der Gedanke, dass Sean sein Kind möglicherweise gar nicht freiwillig verlassen hat. Vielleicht haben Maddie und Jack ihm ihren Enkel weggenommen. Vielleicht ist Sean im Gefängnis gelandet. Kann ich es Noahs Großeltern vorwerfen, wenn sie versucht haben, ihm das Wissen zu ersparen, dass sein Vater ein Krimineller und ein Perverser war?

Ich sehe hinüber zu dem Mann auf dem Sitz neben mir. Er blickt aus dem Fenster und klopft sich dabei mit dem gerade gekauften Päckchen Zigaretten gegen den Oberschenkel. Er muss sich doch so oft Fragen zu seinem Vater, Sean Lauchlin, gestellt haben. Wie der Mann aussah, was sie gemeinsam haben. Was Sean von ihm denken würde. Ich weiß, wie es sich anfühlt, wenn ein Elternteil einfach geht. Ich verstehe, dass hinter all dieser Selbstgenügsamkeit und der geballten Tatkraft immer die Frage lauert: Wer würde mich wirklich wollen? Es ist eine eigenartige Erfahrung, mich in jemand anderem gespiegelt zu sehen, und plötzlich verspüre ich den Wunsch, Noah zu umarmen.

Ich nehme seine Hand. Plötzlich ist da so ein Gefühl in meiner Brust, eines, das in der ganzen Nacht, die wir zusammen verbracht haben, nicht da war. Er sagt nichts, aber ich spüre, wie sich seine warmen, rauen Finger fester um meine schließen.

Er lässt mich nicht los. Und ich will nicht, dass er es tut.

14

Die nächsten Nächte schläft Noah in meinem Bett. Wir reden, wenn uns danach ist, und wenn nicht, dann schweigen wir. Er massiert mir die Füße und singt halb erinnerte Countrysongs absichtlich schräg, bis ich ihn mit einem Kissen schlage. Ich gebe meine lang gehaltene Stellung in der Mitte des Bettes auf und überlasse ihm die linke Hälfte. Wir schlafen Rücken an Rücken, verbunden an der Wirbelsäule. Irgendwann während der Nacht wälzt er sich in eine seltsame Position aufs Gesicht herum. Nein, sein leichtes Schnarchen ist sicher nicht romantisch, aber es entspannt mich. Er ist wie ein magischer Talisman, der mich vor der Dunkelheit beschützt.

Die ersten beiden Nächte haben wir keinen Sex. Ich gewöhne mich an seine Gestalt neben mir, an seine Atemgeräusche und seinen leicht rauchigen Geruch. Ich sehe zu, wie er morgens aufwacht, wie sein Lächeln langsam erscheint und wieder verschwindet, wenn er noch einmal einschläft. Später sehe ich zu, wie er sich die Zähne putzt und rasiert, und frage mich, was ich an diesen einfachen alltäglichen Verrichtungen so erregend finde. Eines Morgens, als er einfach so in seinen Boxershorts dasteht und Kaffee trinkt, entschlüpft es mir: »Gott, hast du einen hübschen Hintern.«

Er grinst. Nimmt eine *GQ*-Pose ein, mit dem Kaffee in der Hand. »Damit du was Schönes zum Gucken hast.«

»Oh nein, sag mir nicht, das wäre nur zum Angucken, nicht zum Anfassen.«

Noah hebt eine Augenbraue. »Wow. Ist das eine Einladung?«

»Ja«, sage ich. »Ich glaube schon.«

Er stellt den Kaffee so schnell ab, dass er überschwappt.

Ich bin nervös, aber dieses Mal nicht *zu* nervös. Wir lächeln, als wir uns küssen. Fallen lachend ins Bett. Wir stellen uns immer noch unbeholfen an, sind immer noch unsicher, aber das ist nicht schlimm. Denn ich *mag* ihn.

Ich höre auf, darüber nachzudenken, warum. Ich kann nicht erklären, warum jemand, der nicht mal den grundlegendsten Anforderungen meiner Checkliste für Beziehungen entspricht, jetzt gerade, in diesem Moment, genau der ist, den ich brauche. Aber er ist es. Ich kann nicht erklären, wie ein Mann, den ich erst seit ein paar Tagen kenne, mein Denken ausschalten und mich zur Ruhe kommen lassen kann. Aber er bringt es fertig. Und ich bin erst recht nicht imstande zu erklären, wie es kommt, dass mein Körper, der seit Monaten nicht mehr die einfachsten Bedürfnisse kannte – Hunger, Durst –, auf einmal wieder fühlt. Aber er tut es.

Bin ich glücklich? Ich weiß es nicht. Meine Vorstellung vom Glück hat sich ohne Keegan geändert, aber ich glaube, jetzt gerade bin ich glücklich. Ich werde nicht von wahnsinniger jugendlicher Lust verzehrt. Und ich bin nicht erfüllt von hoffnungsvoller, euphorischer Liebe, die einen bewegt herumzutelefonieren, um alle, die man kennt, an seinem Glück teilhaben zu lassen – nicht dass ich je wirklich der Typ dafür gewesen bin. Stattdessen spüre ich Zufriedenheit – weil ich meine Tage mit der Arbeit an dem Buch und meine Nächte mit diesem Mann verbringen kann.

Samstagabend teilt er mir mit, dass er Hettie einen Besuch abstatten möchte. Es regnet, ein kühler Januarregen. Er steht in seiner Windjacke draußen vor meinem Cottage, eine Schale mit Blumenzwiebeln in der einen Hand.

»Ich komme heute Abend ein bisschen später«, sagt er. »Ich wollte nur nicht, dass du dir Gedanken machst.«

»Sind die für Hettie?« Ich zeige auf die Zwiebeln.

»Ja. Ich dachte, ein paar Narzissen könnten sie aufmuntern. Es ist doch immer schön, etwas um sich zu haben, das wächst und gedeiht.« Dass sie sie vielleicht nie blühen sehen wird, sagt er nicht.

»Kann ich mitkommen?« Ich wappne mich für einen Kommentar über Aasgeier von Journalisten, aber er fährt sich mit der Hand über den feuchten Kopf und denkt darüber nach.

»Du kannst sie nicht interviewen, falls du das vorhast«, sagt er.

»Ich weiß.« Denn ich denke jetzt gerade gar nicht an das Buch. »Ich lese nur so viel über Hettie, dass es nett wäre, einmal wirklich etwas Zeit mit ihr zu verbringen. Um ein Gefühl für sie zu bekommen, verstehst du?«

Noah berührt die grünen Sprossen der Blumenzwiebeln und zuckt mit den Achseln. »Na gut. Aber benimm dich.«

Ich werfe einen Regenmantel über, und wir stapfen durch die Dunkelheit und den Nieselregen zum Haus hinüber. Auf dem Weg kommen wir an Zeke vorbei, einem der Wachmänner, in robuster Regenkleidung. Drinnen ist es still. Die meisten der Angestellten sind über das Wochenende fort.

Ich bin erstaunt, dass niemand Noah und mich aufhält, als wir die breite Treppe hinaufgehen. Irgendwie hatte ich angenommen, dass eine Sirene losgehen würde und Wachleute angerannt kämen, falls ich versuchen würde, ungebeten das Obergeschoss zu betreten. In der Realität herrscht unheimliche Stille. Eine Reihe goldener Wandleuchter taucht den Flur in ihr müdes Licht. Alle Türen sind geschlossen.

Am Ende des Flurs bleibt Noah stehen und klopft an die Tür. Wartet. Klopft erneut, ein bisschen lauter.

»Wahrscheinlich ist der Typ mit dem iPod da«, murmelt er. Er öffnet die Tür ein Stück und wedelt übertrieben mit dem Arm, um die Aufmerksamkeit des Pflegers auf sich zu lenken. Und wirklich, eine Minute später streckt ein schuldbewusst aussehender Rotschopf in Krankenhausuniform den Kopf heraus. Knopfhörer baumeln um seinen Hals. Er scheint Noah zu kennen und winkt uns herein.

Hettie liegt in einem Standardkrankenhausbett mit sterilen weißen Laken und allem Drum und Dran. Irgendetwas an diesem schrecklichen Bett mitten in dem wunderschön eingerichteten Zimmer trifft mich. Ich hatte mir ausgemalt, wie sie tragisch dahinsiecht, und die großen Mahagonimöbel und mauvefarbenen Vorhänge passen auch zu meinem Bild. Doch ich habe ganz vergessen, wie hässlich das Sterben ist. Wie langsam es sein kann. Wie erniedrigend. Ob man nun Didi Minot heißt oder Hettie Deveau, Krebs ist Krebs. Hettie ist ein trauriger Anblick: drei lebende Kinder, aber nur ein einziger bezahlter Angestellter ist hier, der sich um sie kümmert.

»Hettie«, raunt der Pfleger, »Sie haben Besuch.«

Sie sitzt von Kissen gestützt da, mit geschlossenen Augen, obwohl sie wach ist, und verzieht das Gesicht. Sie sieht sogar noch dünner aus als beim Dinner am letzten Wochenende. Hat sie in den letzten wenigen Tagen womöglich gar nichts mehr gegessen?

Beim Klang der Stimme des Pflegers öffnen sich Hetties Augen flatternd, und der nackte, unverstellte Schmerz auf ihrem Gesicht weicht schnell einem angestrengten Lächeln. »Ah, hallo«, sagt sie mit heiserer Stimme zu Noah. »Ich hatte gehofft, dass du kommst, mein Lieber.«

»Ich hab's ja versprochen, oder?« Er stellt die Schale mit Blumenzwiebeln auf einen Tisch neben ihrem Bett. »Sorg dafür, dass die Pfleger sich gut drum kümmern, okay? Es sind weiße Narzissen. Am Valentinstag sollten sie aufgeblüht sein.«

»Ein Valentinsgeschenk?« Die blauen Augen treten aus ihrem eingefallenen Gesicht hervor, doch sie lächelt immer noch. »Ich weiß nicht, ob ich es noch bis dahin schaffen möchte.«

Noah nickt, nicht schockiert. »Niemand würde es dir übelnehmen, wenn du vorher gehst.«

Ihre Hand ist milchig weiß und dick geädert, als sie den zittrigen Zeigefinger auf ihn richtet. »Du bist ein guter Junge. Bist es immer gewesen.« Mit einiger Anstrengung dreht sie den Kopf in meine Richtung. »Ist das deine Freundin?«

Wir sind uns nun schon zweimal begegnet, und sie erinnert sich immer noch nicht an mich. Angesichts meiner peinlichen Vorstellung beim Abendessen neulich bin ich erleichtert.

»Ja, das ist mein Mädchen«, sagt Noah mit einem Lächeln.

Ich deute nicht zu viel in diese Betitelung hinein, die höflicher ist, als ich es vermutlich verdient habe, aber auch schlichter. »Schön, Sie kennenzulernen«, sage ich zu Hettie.

»Ihr beide solltet besser mit dem Nachwuchs anfangen«, sagt sie, und ich staune über diese völlige Missachtung von Manieren, die man nur kleinen Kindern und alten Leuten durchgehen lässt. »Ihr werdet nicht jünger.«

Noah hält eine Hand in die Höhe. »Fangen wir nicht damit an.« Er erwähnt nicht seine Scheidung oder dass er auf keinen Fall Kinder haben möchte. Und dabei weiß er noch nicht mal was von dem Päckchen, das ich zu tragen habe. »Also, wie fühlst du dich, Hettie? Ich hab gehört, letzte Woche ging's nicht so gut. Ich bin vorbeigekommen, bekam aber gesagt, du bräuchtest Ruhe.«

»Nenn mich nicht Hettie«, beschwert sie sich.

»Wie soll ich dich sonst nennen?«

»Früher hast du mich Mama genannt.«

Mein Herz zieht sich zusammen, als ich ihren Irrtum begreife. Noah scheint weniger beunruhigt.

»Hettie« – er nimmt ihre Hände und sieht ihr geradewegs in die Augen – »weißt du, wer ich bin?«

Der Pfleger, der bisher still mit der *Men's Health* in der Ecke gesessen hat, verfolgt nun aufmerksam unsere Unterhaltung. Am liebsten würde ich ihm sagen: *Steck dir den iPod wieder in die Ohren*.

Hettie begegnet Noahs Blick, und ihre Augen füllen sich mit Tränen. »Du bist mein Junge.«

»Nein, ich bin Noah«, sagt er bestimmt. »Erinnerst du dich an mich? Noah.«

Sie starrt ihn mit großen Augen an, während eine Träne über ihre Wange rollt. Ich wünschte, er würde ihr nicht widersprechen, wünschte, er hätte Hettie einfach glauben lassen, was sie glauben möchte, aber Noah bleibt beharrlich.

»Ich bin Sean Lauchlins Junge, erinnerst du dich an ihn?

Der Name meiner Mutter war Violet, aber sie ist gestorben. Erinnerst du dich an Maddie und Jack? Das waren meine Großeltern.«

Nun weint sie wirklich. »Ich will mein Baby zurück.« Ihre Stimme klingt so leise und jämmerlich, dass ich drauf und dran bin, sie tröstend in die Arme zu schließen und Noah als Ersatz für Gabriel anzubieten. Aber sie macht mir auch Angst. Werde ich auch auf meinem Totenbett nach Keegan rufen und in jedem Mann meinen verlorenen Sohn sehen?

Noah kann sie nicht länger ansehen. Erschüttert wendet er sich an den Pfleger. »Wie lange ist sie schon so?«

Der Mann legt sein Magazin ab. »Keine Ahnung. So verwirrt habe ich sie noch nie erlebt, aber seit ein paar Tagen geht es bergab. Sie hat wenig geredet.«

»Bleibt das so?«

»Das müssen wir abwarten.« In seiner Stimme liegt Mitgefühl. »Sie hat sich schon öfter wieder zurückgekämpft, nachdem ihr Zustand sich verschlechtert hatte.«

Beide starren jetzt Hettie an, die ihre Decke umklammert hält und immer noch um ihren Sohn weint. Noah holt tief Luft und kniet sich neben sie. Sehr, sehr leise sagt er ihr etwas ins Ohr. Was, kann ich nicht verstehen, doch sie hört zu weinen auf und sieht ihn mit großen Augen an. Er streicht ihr über die Wange.

»Ich muss jetzt gehen«, sagt er. »Ich sehe morgen wieder nach dir.« Er zeigt auf den Pfleger. »Geben Sie ihr etwas, damit sie schlafen kann. Sie hat Schmerzen.«

Während ich ihm durch den Flur hinterherlaufe, versuche ich ein Gespür dafür zu bekommen, ob er reden will oder nicht. Über uns schlägt der Regen laut auf das Dach. In der Ferne grollt der Donner. Noah bleibt stehen.

»Wir werden nass«, sagt er.

»Wahrscheinlich. Alles in Ordnung?«

»Ich bin es leid zuzusehen, wie die Leute alt und krank werden.« Er lehnt sich einen Moment gegen die Wand und hakt die Daumen in die Taschen seiner Jeans ein. »Mein Großvater war auch ziemlich lange krank.«

Ich denke an meine Großmutter und bete darum, dass sie einmal friedlich im Schlaf sterben wird oder wenigstens plötzlich, mit möglichst wenig Schmerzen. Aber am meisten hoffe ich, dass sie noch da ist, wenn ich nach Stamford zurückkehre.

»Was hast du zu Hettie gesagt?«, frage ich. »Ganz am Ende, bevor wir gegangen sind?«

Er seufzt. »Dass Gabriel bald kommt. Dass er da sein wird, wenn sie stirbt.«

»Glaubst du das?« Ich frage das nicht bloß, weil mich seine religiösen Ansichten interessieren. Ich möchte wissen, ob er an Geister glaubt. Ob er möglicherweise offen für meine Visionen ist.

»Ich wollte nur, dass sie sich besser fühlt«, sagt er müde. »Ich meine, ich glaube an Gott, aber ich behaupte nicht, dass ich verstehe, was er tut. Obwohl …« Er legt den Kopf auf die Seite. »Es gibt Zeiten, da könnte ich schwören, dass mein Daddy Jack noch nach dem Rechten sieht. Manchmal, wenn ich allein bin, weißt du? Ich spüre ihn einfach.« Er lacht verlegen. »Tut mir leid, das hört sich komisch an.«

»Nein. Gar nicht.« Ich lege den Arm um seinen. »Komm. Lassen wir uns nassregnen.«

Und das tun wir. Sehr, sehr nass. Als wir bei meinem Cottage ankommen, sind wir durchweicht und zittern. Wir schlüpfen aus den Schuhen, werfen unsere Jacken auf einen Haufen neben die Tür. Zerren uns gegenseitig die nassen Kleider herunter. Unsere Haut ist kalt und feucht, aber unsere Münder sind warm. Draußen leuchten Blitze auf. Donner rollt heran. Ich schlinge die Arme um Noahs Hals und genieße das Gewitter.

Doch am Sonntagmorgen kommen mir die ersten Zweifel, jetzt zeigen sich erste Risse. Als wir in Noahs Cottage frische Sachen für ihn holen, trifft meine Hand, als ich in seiner Sockenschublade wühle, auf Metall. Ich schiebe ein Paar Socken zur Seite und finde eine Pistole. Mit hämmerndem Herzen drehe ich mich zu ihm um.

»Was zum Teufel ist das?«

Er hat nicht mal den Anstand, ertappt auszusehen. »Ich hab dir doch gesagt, dass ich eine Neunmillimeter habe. Keine Sorge, die lade ich nur, wenn ich sie trage.« Das allerdings beruhigt mich nicht gerade. »Mein Gott, Noah! Warum musst du denn eine Waffe tragen? Ist das überhaupt legal?«

Er verdreht die Augen. »Klar, ist das legal. Ich trage sie, wenn ich in die Stadt gehe. An dem Morgen im Diner hatte ich sie auch mit.«

Auf einmal werden mir seine locker sitzenden Hemden unheimlich.

»Du darfst eine verdeckte Waffe tragen?«

»Ich habe einen Waffenschein in Texas«, sagt er. »Der gilt auch in Louisiana. Hier lebt man nicht nach euren Ostküstenregeln, Baby.«

Natürlich wusste ich von den Gesetzen. Aber dass ich mit einem Mann ausgegangen bin, der bewaffnet war, ohne dass ich es wusste – das ist etwas anderes. Schlimm genug, dass er Tiere tötet – aber er könnte auch Menschen töten. Sich selbst, wenn er nicht aufpasst. Ich versuche nicht daran zu denken, in welchen Dingen wir noch völlig konträrer Ansicht sind. *Diese Beziehung ist nicht von Dauer*, sage ich mir. *Das hast du immer gewusst*.

Ich trete ein paar Schritte von der Kommode weg. »Leg sie weg. Ich will sie nicht sehen.«

Noah macht eine große Show aus dem Schließen der Sockenschublade. »Ich bin in dieser Gegend nicht der Einzige, der eine Waffe trägt«, sagt er. »Besser, du gewöhnst dich daran.«

Okay, denke ich zähneknirschend. *Hier läuft es anders. Ich bin hier nicht zu Hause, halte ich also die Klappe, auch wenn es schwerfällt*. Doch anschließend kommt es an diesem Morgen im Minutentakt immer schlimmer. Als wir durch den Nebel zu meinem Wagen gehen, bekommt Noah einen Anruf. Er wirft einen Blick auf das Display und trägt sein Handy schnell außer Hörweite. Ich beobachte, wie er auf dem Rasen auf und ab wandert, während sich Nebelschwaden um seine Knöchel schmiegen wie eine abscheuliche weiße Katze. Ich ahne bereits, dass dieses Gespräch unsere Pläne, gemeinsam frühstücken zu gehen, zunichtemachen wird.

Als er ein paar Minuten später zurückkehrt, gibt sich Noah ganz geschäftsmäßig. »Das war meine Gartendesignerin«, sagt er, während er sich den Nacken reibt. »Sie ist grad in der Gegend von Houston, auf dem Weg hierher. Wahrscheinlich kommt sie heute Nachmittag an.« Er hat diese Frau nicht oft erwähnt, deshalb denke ich mir nicht viel dabei, bis er mir erklärt: »Ich werde ziemlich beschäftigt sein, solange sie da ist. Das heißt, ich habe dann keine Zeit mehr für dich.«

»Okay«, sage ich, obwohl es mir ein bisschen merkwürdig vorkommt. »Wie lange ist sie in der Stadt?«

»Eine Woche vielleicht.« Er kratzt sich am Kopf. Ganz offensichtlich fühlt er sich unbehaglich. »Versteh mich nicht falsch, aber … wahrscheinlich ist es besser, wenn ihr beiden nicht aufeinandertrefft. Ich möchte mein Privatleben und meine Arbeit auseinanderhalten, verstehst du?«

Was glaubt er denn, was ich tun werde? Ihn vor seinen Mitarbeitern abknutschen?

Er geht ein paar Schritte zurück zu den Cottages. »Das Frühstück lass ich besser ausfallen. Ich muss noch ein paar Sachen vorbereiten.« Er sieht meinen skeptischen Blick und versucht zu lächeln. »Sobald ich Zeit habe, komme ich zu dir.«

Und dann ist er fort und lässt mich mit wachsenden Zweifeln zurück.

Ich kann mich nicht konzentrieren. *Wer ist diese Frau, die auf dem Weg hierher ist? Warum verhält sich Noah so verdächtig? Was verbirgt er?* Ich fahre in die Stadt, in der Hoffnung, dass ein Szenenwechsel helfen wird. Es ist knapp unter zehn Grad, ungewöhnlich kühl, hat man mir gesagt, und nicht das beste Wetter für einen Bummel. Trotzdem spaziere ich mit den Händen in den Taschen durch den historischen Stadtteil Main Street.

Ich hätte Noah einfach geradeheraus fragen sollen, was los ist. Nun ist es zu spät.

Ich bleibe stehen, lese zwei Tafeln über historische Wohnhäuser und bewundere die rundumlaufenden Veranden. Die Häuser auf dieser Seite der Straße grenzen mit der Rückseite an den Bayou. Ich sehe ein paar Boote in den

Einfahrten und stelle mir vor, wie es damals gewesen sein mag, als die Leute in ihre Schiffe gehüpft und den ganzen Weg zum Mississippi gesegelt sind.

Auf der gegenüberliegenden Straßenseite kommen nun hübsch angezogene Familien in kleinen Grüppchen aus der örtlichen Kirche. Ich gehe weiter, immer noch über Noahs seltsames Verhalten nachgrübelnd, und halte dann inne. Hat da jemand gerade meinen Namen gesagt?

»Charlotte!«

Detective Minot winkt mir über die Straße hinweg zu. Gerade hebe ich die Hand, um ihn zu grüßen, als seine Frau, Dr. Pinaro, mich erreicht. Dank meines ausgiebigen Internetstalkings erkenne ich sie sofort. Sie ist eine kleine, aber kräftige Frau, der wahrscheinlich ein Hosenanzug sehr gut stünde. Doch im Augenblick sind ihre Wangen von der Kälte gerötet und ihr kurzes rotbraunes Haar vom Wind zerzaust.

»Tut mir leid, dass ich Sie so überfalle«, keucht sie. »Ich bin Justine Pinaro. Ich wollte Sie nur wirklich gern einmal kennenlernen.« Trotz all ihrer Titel hat sie eine liebe, bodenständige Stimme, was ihr in ihrem Beruf sicher schon oft geholfen hat. Ich versuche ihre Hand zu schütteln, doch sie zieht mich schnell in eine unbeholfene Umarmung. »Nein, nein. Für uns sind Sie keine Fremde. Nicht nach allem, was passiert ist.«

»Mein Beileid«, sage ich zu ihr, doch sie schüttelt den Kopf.

»Didi ist nun in Gottes Händen. Und ich konnte mich von ihr verabschieden. Mehr kann ich nicht verlangen.« Sie bringt ein schwaches Lächeln zustande. »Um ehrlich zu sein, es ist immer noch schwer zu glauben, dass es vorbei sein soll.« Sie winkt ihren Mann zu uns. »Ich weiß nicht, ob Remy es Ihnen gesagt hat, aber die Beerdigung war gestern.«

»Nein, hat er nicht. Schade, dass ich es nicht wusste, dann wäre ich …«

»Schon in Ordnung. Es waren sowieso zu viele Leute da.«

Detective Minot ist mittlerweile auf unsere Straßenseite gekommen. Anders als das erste Mal, als ich ihn sah, ist er jetzt schick gekleidet. In Anzughose und Krawatte steht er da in einem klassischen Trenchcoat. Doch er sieht immer noch elend aus. Er legt seiner Frau eine Hand auf die Schulter. »Alles in Ordnung?«

Sie nickt. »Ich habe Charlotte nur gedankt. Und ich wollte …« Eine mollige Frau, die gerade an uns vorbeigeht, bleibt stehen, um ihr Mitgefühl auszudrücken. Dr. Pinaros Gesicht wird sofort zu dem einer Figur des öffentlichen Lebens: traurig, aber liebenswürdig. »Wir wissen Ihre Gebete zu schätzen, Maggie, wirklich. Und die Lasagne, die Sie uns neulich Abend gebracht haben, war wunderbar. Danke.«

Detective Minot tritt von einem Fuß auf den anderen. Es gefällt ihm nicht, wenn man mitten auf einem belebten Bürgersteig über seine persönlichen Angelegenheiten spricht – wer hätte das gedacht.

»Also«, sagt Dr. Pinaro, sobald die Beileidsbekunderin gegangen ist, »ich möchte Sie nicht aufhalten, Charlotte – darf ich Sie Charlotte nennen? Sie haben sicher etwas zu erledigen. Ich wollte Ihnen bloß sagen, Sie haben eine ganz besondere Gabe. Und ich schätze mich glücklich, dass Sie und Gott meiner Familie diese Gabe haben zuteilwerden lassen.«

Ich werfe ihrem Mann einen kurzen Blick zu, um zu sehen, wie er das Gerede von Gott aufnimmt, aber er starrt auf den Gehsteig. »Ich bin … nur froh, wenn ich helfen konnte.«

»Remy sagte, Sie könnten ihm vielleicht bei seinem Fall helfen. Ich hoffe es.«

»Ich werde es versuchen.«

Sie kommt näher. Ihr pflaumenfarben geschminkter Mund ist nur wenige Zentimeter von meinem Ohr entfernt. »Heute ist mein Mann das erste Mal seit Jahren wieder im Sonntagsgottesdienst gewesen. Es gibt keine Zufälle, das weiß ich.« Ihre Stimme ist leise und überzeugt. »Sie«, flüstert sie und drückt meine Hand, »sind Gottes Werkzeug.«

Es ist nicht ihr starrer, eindringlicher Blick, der mich erschreckt, nicht mal, dass sie mir dabei viel näher kommt als höflich wäre. Es ist die Tatsache, dass ich mir, nach vielen Jahren voller spiritueller Ambivalenz, nicht sicher sein kann, dass sie sich irrt.

Detective Minot greift ein und schiebt seine Frau mit geübtem Griff von mir weg. »Du musst los, Justine. Die Pellerins haben uns heute zum Mittagessen eingeladen, erinnerst du dich?« Er blickt zu mir zurück. »Wenn Sie jetzt ein wenig Zeit haben, können wir uns unterhalten. Ich bin kein großer Fan der Pellerins.«

Fragend sehe ich zu Dr. Pinaro, um mich zu vergewissern, dass sie nicht böse ist, doch sie nickt enthusiastisch, so als wollte sie sagen: *Oh ja, Gott würde es gutheißen, dass er diese Einladung zum Mittagessen schwänzt.*

»In Ordnung«, sage ich langsam, weil mir gerade eine Idee gekommen ist. »Warum kommen Sie nicht mit mir? Ich nehme Sie mit nach Evangeline.«

15

Auf dem Rückweg erzähle ich Detective Minot von meinem Traum von Gabriel. Zunächst nur zögernd, denn bisher habe ich mich bloß meiner Großmutter anvertraut, aber Detective Minot macht es mir einfach. Er wirkt weder überrascht noch ungläubig, wiederholt bloß immer wieder die wesentlichen Punkte, als hätte er vor, einen Bericht darüber zu schreiben.

»Okay, angeschlagener Zahn. Er wohnte in einem großen weißen Haus und hatte einen Hund. Und er sagte, ein Mann hätte ihm wehgetan.«

»Richtig«, bestätige ich. »Er sagte, der Mann hätte gedroht, ihn und seine Mom zu töten, falls er jemandem davon erzählt. Ich denke an sexuellen Missbrauch.« Wir kommen an eine gelbe Ampel. Mit einem Cop im Wagen halte ich lieber, statt schnell durchzufahren.

»Die Mutter bedrohen – das klingt nach sexuellem Missbrauch«, stimmt Detective Minot mir zu. »Sonst noch was?«

Ich durchforste mein Gedächtnis. »Gabriel trug ein weißes Hemd. Dunkle Augen, dunkles Haar. Oh, und das Ganze geschah in einem Sumpf. Ein Ruderboot in einem Sumpf.«

»Glauben Sie, dort wurde er abgelegt? In einem Sumpf?«

»Ja. Aber ich weiß nicht, wie Sie das beweisen wollen.« Wir sind nicht mehr weit von der Straßengabelung entfernt, an der ich an meinem ersten Tag in Chicory falsch abgebogen war. Einem Impuls folgend treffe ich eine Entscheidung. »Ich muss Ihnen etwas zeigen«, sage ich zu ihm. »Bevor wir zum Haus fahren.« Vielleicht weiß er etwas über diese Bootsrampe.

Nach den letzten Regengüssen ist der Schotterweg zum Teil überflutet. Mein Prius kriecht durch eine trübe braune Pfütze nach der anderen, und ein paarmal kann ich hören, wie die Räder durchdrehen, als sie keinen festen Boden mehr finden. Detective Minots zweifelnde Blicke ignorierend steuere ich meinen kleinen Wagen vorsichtig weiter bis zu dem runden Parkplatz. Doch in dem Moment, als wir aus dem Auto steigen, bereue ich es auch schon. Das Gefühl ist so stark, dass es fast körperlich ist, so als würden Hände mich irgendwohin ziehen, wo ich nicht hinwill. Schwitzige, schmutzige Hände.

Detective Minot geht zu dem Holzsteg hinüber, kneift die Augen zusammen und versucht zu erkennen, wo genau wir sind. »Gehört das zum Deveau-Grundstück?«

»Das weiß ich nicht.« Ich folge ihm, während das Gefühl von schmutzigen Händen auf mir unerträglich wird. Ich schiebe meinen Ärmel hoch, halb überzeugt, irgendetwas Ekliges an meiner Haut zu entdecken. Nichts. Nur die kleinen Härchen stehen hoch.

»Ist das der Ort, von dem Sie geträumt haben?«

»Nicht ganz. Aber Gabriel war hier.«

Detective Minot mustert mich mit kühlen blauen Augen. »Woher wissen Sie das?«

»Ich … spüre es einfach.« Ich will weg hier. Sofort. Ich will nicht, dass dieser abstoßende Ort mich berührt. »Es war ein Fehler hierherzukommen. Können wir gehen?«

Als ich mich zu meinem Wagen wende, spüre ich, wie mich jemand an der Hüfte packt.

Detective Minot beobachtet mich vom Steg aus. Er ist viel

zu weit weg, er kann es nicht gewesen sein. »Alles in Ordnung?«

Die kurze Antwort ist Nein. »Etwas Schlimmes ist hier geschehen.« Meine Stimme zittert.

Detective Minot sieht zur Bootsrampe und dann hinaus auf das trübe Wasser. Ich warte nicht auf ihn, sondern gehe zum Auto und schließe mich drinnen ein. Lege die Arme um meinen Oberkörper. Kämpfe gegen eine Welle der Übelkeit an.

Er gibt mir ein paar Minuten, um mich zu beruhigen, und sieht sich noch einmal um, bevor er zu mir kommt. »Soll ich fahren?«

Ich schüttle den Kopf. »Es geht schon.« Aber ich lasse den Motor nicht an. Zuerst will ich sichergehen, dass alle Gabriel-Gefühle weg sind und ich wieder nur ich bin.

»Haben Sie … etwas gesehen?«

Wenn es doch nur so einfach wäre, dass Gabriel zu mir in Bildern spräche. Doch das ist es nicht. »Er lässt mich das fühlen, was er gefühlt hat.« Ich flüstere beinahe. »Das war das letzte Mal, als ich hier war, auch so.« Ich schließe die Augen, denke daran, wie mir der Kopf geschmerzt hat, wie ich mich seekrank gefühlt und keine Luft mehr bekommen habe. »Ich glaube, der Mann hat ihn hierhergebracht. Er schlug Gabriel auf den Kopf und hat ihn dann mit einem Boot hinausgefahren. Der Mann hat ihn ins Wasser geworfen, aber Gabriel war nicht tot, da noch nicht. Ich glaube, er ist ertrunken.«

Detective Minots Augen weiten sich. »Herrgott.« Es ist mehr ein Gebet als ein Fluch. Er hält sich den Kopf und massiert sich die Schläfen. »Okay. Und Sie sind sich sicher, dass sie von dieser Bootsrampe aus losgefahren sind?«

»Ja. Hier sind sie gestartet. Und noch eines.« Es gibt bloß eine Erklärung für die Art, wie ich mich hier gefühlt habe, dieses Gefühl der Vergewaltigung, die unsichtbaren Hände. »Wir haben es definitiv mit sexuellem Missbrauch zu tun. Dieser Mann war ein Scheißperverser.« Ich wische ein paar Tränen weg, darauf hoffend, dass Detective Minot es nicht bemerkt.

Dass im Gehirn eines Vierjährigen ein Blutgefäß platzt, sollte das Schlimmste sein, das passieren kann, das absolut Schlimmste. Doch das ist es nicht.

Nach dem Erlebnis an der Bootsrampe bin ich nicht mehr besonders scharf darauf, das obere Stockwerk von Evangeline zu erkunden. Wer weiß, was ich erst fühlen werde, wenn ich das Zimmer dieses Kindes betrete? Detective Minot bemerkt meinen Stimmungswandel und bietet mir die Gelegenheit, einen Rückzieher zu machen. Doch ich lehne ab. Gabriel hat lang genug gewartet.

Dies ist der richtige Zeitpunkt. Allein durch das Haus zu streifen würde ich mich nicht trauen, aber mit einem Cop an meiner Seite fühle ich mich mutig. Und Detective Minot würde niemals einfach so ohne Einladung das Haus der Deveaus betreten, doch die habe ich ja ausgesprochen, sozusagen. Es ist Sonntag. Keine nervigen Zwillinge, Jules ist nicht da, und Hettie war in letzter Zeit nicht gerade gut beieinander. Also ist niemand da, der uns in die Quere kommen könnte.

»Und … haben Sie sein Zimmer schon mal gesehen?«, frage ich, als wir Evangeline durch die Bäume auftauchen sehen. »Ich war noch nicht drinnen.«

»Ich auch nicht«, erwidert er. »Ich kenne nur die Fotos

und Skizzen aus der Fallakte. Hettie war nicht gerade kooperativ, als ich mich an sie wandte.«

Ich halte vor dem Tor, damit der Wachmann Minot in Augenschein nehmen kann.

»Das ist Remy Minot«, sage ich. »Er besucht mich heute.«

Es ist einer der jüngeren Wachleute. »Das muss ich eingeben. Haben Sie einen Ausweis?«

Ich fühle mich irgendwie cool, als sich das Tor öffnet, wie ein Mädchen, das gerade ihren Bruder in einen exklusiven Club eingeschmuggelt hat. Dann entdecke ich auf dem Angestelltenparkplatz einen fremden roten SUV mit texanischem Nummernschild, auf dem *hunny b* steht. Noah und seine Designerin sind nirgends zu sehen. *Wirklich, Noah? Sie hat süße falsch geschriebene Wunschkennzeichen?*

Detective Minot reißt mich aus meinen Gedanken. »Fangen wir drinnen an«, sagt er. Jetzt merke ich erst, wie unbedingt er auf das Grundstück hatte kommen wollen, wie frustriert er von Hetties Mauern gewesen sein muss. Jetzt, da er hier ist, verliert er keine Minute. »Die ursprünglichen Ermittler glaubten, der Entführer wäre einfach ins Haus spaziert«, sagt er, schon auf dem Weg zur Rückseite des Hauses, »aber ich möchte mir trotzdem mal die Fenster ansehen.«

Ich beeile mich, um mit ihm Schritt zu halten. »Ich dachte, die Fenster wären verschlossen gewesen. Sie glauben doch nicht wirklich, der Mann wäre durch ein Fenster im ersten Stock geklettert und hätte dann Gabriel nach draußen geschleppt, oder?«

»Nein«, räumt er ein, »aber falls ein Fenster der Zugang und Ausgang gewesen ist, würde das erklären, warum Gabriels Tür am nächsten Morgen noch verschlossen war und die Verbindungstür zum Zimmer seiner Eltern von beiden Seiten verriegelt. Die einzige andere Erklärung ist, dass es jemand mit einem Schlüssel zu Gabriels Schlafzimmer war.«

Wir stehen am Springbrunnen hinter dem Gebäude. Normalerweise würde der steinerne Engel in der Mitte fröhlich Wasser zwischen seinen Lippen hervorspucken, aber der Brunnen wurde den Winter über abgestellt. Nun steht der Engel auf einem Fuß, das Gesicht nach oben geneigt und den Mund wie erschrocken geöffnet.

»Ist das der Ballsaal?« Detective Minot zeigt auf zwei Fenstertüren.

»Ja«, antworte ich. »Er wird nicht mehr oft genutzt.«

Er mustert den ersten Stock und den Balkon davor. »Also das ist Nevilles und Hetties ehemaliges Schlafzimmer.« Er zieht eine Linie mit dem Finger. »Und Gabriels Zimmer liegt gleich links daneben.«

Wir gehen um die Häuserecke und inspizieren das obere Geschoss. »Gleich dort.« Er zeigt mit dem Finger. »Diese Fenster da müssen Gabriels sein.«

Angenommen, in den letzten dreißig Jahren sind keine größeren Veränderungen an dem Haus vorgenommen worden – dann muss ich den damaligen Ermittlern zustimmen. Es gibt, soweit ich erkennen kann, keinen Zugang durch die Fenster. Der Balkon reicht nicht so weit, um sie von dort zu erklimmen, und es gibt keine Bäume oder Vorsprünge, über die jemand nach drinnen hätte gelangen können.

»Vielleicht klappt's mit einer Leiter«, sage ich, »aber die Fenster müssten offen stehen, und mit einem Kleinkind wieder runterzuklettern wäre wohl schwierig.« Das hatte Bruno Hauptmann versucht, als er das Lindbergh-Baby entführte – und dabei war die Leiter gebrochen.

»Es wurde keine Leiter gefunden«, sagt Detective Minot nachdenklich. »Und die Fenster waren verschlossen, zumindest, als die Polizei kam.«

»Und nicht zu vergessen der Hund«, ergänze ich.

»Ja. Es muss jemand von drinnen beteiligt gewesen sein, wenigstens als Komplize.« Er seufzt. »Was gäbe ich darum, wenn wir mit dem Kindermädchen hätten sprechen können. Um zu sehen, ob ihre Geschichte stimmig war.«

Ich fühle eine irrationale Wut auf die ganze Lauchlin-Familie in mir aufsteigen. Maddie und Jack, weil sie gestorben sind. Sean, weil er unauffindbar ist. Und Noah, weil er zu jung ist, um von Nutzen zu sein. Doch der Gedanke an die Lauchlins wirft eine Frage auf. »Wurde eigentlich Maddies Sohn je verdächtigt? Sean Lauchlin?«

Wir sind auf dem Weg zur Vorderseite des Hauses, doch als Seans Name fällt, bleibt Detective Minot wie angewurzelt stehen. »Wie kommt *der* denn auf Ihren Radar?«

»Brigitte hat ihn letzte Woche erwähnt.« Ich finde seine Reaktion interessanter als meine Frage. »Dann hatten die Ermittler ihn also im Visier?«

Detective Minot blickt sich um, obwohl offensichtlich niemand in der Nähe ist. »Wir sollten nicht hier darüber sprechen«, sagt er. »Sehen wir uns erst das Zimmer an und verschwinden dann.«

Ich beschließe, ihn später weiter in die Mangel zu nehmen. Wir betreten das Haus und eilen die Treppe hinauf. Der dicke Teppich dämpft unsere Schritte. Heute wirkt der Flur im Obergeschoss sehr viel weniger düster, weil hier und da Tageslicht hineinfällt, und trotzdem hämmert mein Herz gegen den Brustkorb. *Werde ich alles Schreckliche fühlen müssen, das diesem armen Kind zugestoßen ist?* Detective

Minot hält vor einer Tür zur Rechten und bedeutet mir, als Erste einzutreten.

Ich lege eine Hand auf den Knauf und zucke heftig zurück, als sich hinter uns eine Tür öffnet. Ich fahre herum und sehe eine stämmige schwarze Frau, die Hettie mit einem Rollator hilft.

»Hallo«, grüßt uns die Pflegerin fröhlich. »Ich wollt' Miss Hettie gerade raus in den Garten bringen, damit sie ein bisschen frische Luft schnappt. Komm'n Sie sie besuchen?«

Ich hoffe auf die Demenz der alten Frau und ergreife die Gelegenheit beim Schopf: »Ja, das hatten wir vor, aber wir können gerne warten«, sage ich. »Sie sollten die Regenpause nutzen.«

Hettie mustert uns mit intelligenten Augen. Sie sieht besser aus als das letzte Mal. Zwar immer noch dünn, aber wacher. Was uns gerade jetzt nicht gelegen kommt. Neben mir reibt Minot die Handflächen gegeneinander und starrt zu Boden. Wenn sie ihn erkennt, könnten wir Ärger bekommen.

»Kommen Sie doch mit uns in den Garten«, schlägt die Pflegerin vor.

Hastig suche ich nach einer plausiblen Entschuldigung. »Nein, ich bin allergisch. Wir kommen noch mal wieder.«

Die Pflegerin ist zu höflich, um darauf hinzuweisen, dass es Januar ist und damit wohl kaum Allergiesaison. Sie zuckt mit den Schultern. »Ist das in Ordnung für Sie, Miss Hettie?«

Langsam wie eine Schildkröte wendet mir Hettie den Kopf zu. »Das ist aber nett von Ihnen, dass Sie noch mal vorbeischauen«, sagt sie. »Ich nehme an, die Arbeit an Ihrem Buch geht gut voran.«

Ich erstarre. *Sie weiß es. Sie weiß alles.*

Doch ihre Miene ist immer noch die der wohlwollenden Gastgeberin, und es gibt keine Anzeichen dafür, dass ihr Detective Minot in irgendeiner Weise bekannt vorkommt. »Hat Ihnen Jules alles über die Geschichte dieses Hauses erzählt?«, fragt sie, und ich begreife, dass sie mich nach wie vor für die Autorin eines Buches über Plantagenhäuser hält. Das ist meine Chance.

»Ein bisschen schon«, sage ich. »Aber ich hatte gehofft, ich könnte mich auch mit Ihnen unterhalten. Und macht es Ihnen etwas aus, wenn ich mich ein bisschen im Haus umschaue? Ich würde zu gern sehen, was Sie an der Inneneinrichtung gemacht haben, möchte aber nicht stören.«

»Wir hätten Sie nicht eingeladen, wenn Sie stören würden. Fühlen Sie sich in Evangeline wie zu Hause.« Sie packt die Griffe des Rollators, weil sie sich nur mit Mühe aufrecht halten kann. »Ich habe Jules gesagt, er soll Sie und Gabriel im Haus unterbringen, doch er dachte, Sie würden lieber unter sich sein, auch wenn diese Cottages klein sind.«

Oh. Herrje. Hetties Verstand ist wirklich völlig durcheinander.

Die Pflegerin bringt sie schließlich dazu, ihren Weg in den Garten fortzusetzen, und Detective Minot hilft ihr die Treppe hinunter. Als er zurückkehrt, schüttelt er erstaunt den Kopf. »Unglaublich. Sie hat nicht mal gefragt, wer ich bin. Und was war das mit Gabriel?«

Auf keinen Fall werde ich ihm von Noah erzählen. Wenn er hört, dass ich mit Sean Lauchlins Sohn schlafe, komme ich niemals an die Infos, die ich brauche. »Hettie ist in letzter Zeit ein wenig verwirrt«, sage ich. »Aber Sie haben sie ja gehört. Wir dürfen uns frei im Haus bewegen.« Was macht es schon, dass sie ihre Erlaubnis nur gegeben hat, weil sie mich für eine potenzielle Schwiegertochter hält? Bevor ich es mir anders überlegen kann, öffne ich die Tür zu Gabriels Zimmer und trete ein.

Bisher war es mir nicht klar gewesen, doch ich hatte immer ein bestimmtes Bild von seinem Zimmer im Kopf. Blaue Wände, grünes Fries. Ein Bettüberwurf mit Sesamstraßenmotiven. Ein großer gemütlicher Armsessel in der Ecke, wo er auf dem Schoß seiner Mutter gesessen hat, die ihm Gutenachtgeschichten vorlas. Keegans Zimmer war für mich Gabriels Zimmer gewesen.

Nun ist es ein seltsames Gefühl herauszufinden, dass dieser Raum ganz und ganz gar nicht der aus meiner Vorstellung ist. Er ist völlig anders als das Zimmer meines Sohnes oder auch irgendein anderes Kinderzimmer. Die Wände über der weißen halbhohen Wandverkleidung sind graugrün gestrichen und mit Drucken von Rosmarin, wildem Schnittlauch und Chicorée dekoriert. Die Familie Deveau hat ein Gästezimmer aus dem Raum gemacht.

Was hätten sie denn deiner Meinung nach tun sollen? Es für immer so lassen, wie ein gruseliges Mausoleum? Sie mussten loslassen, Charlie. Genauso, wie du früher oder später.

Während ich durch das Zimmer wandere, öffne ich Schubladen, streiche über Decken und Möbel, nehme eine kleine Uhr, ein Spitzentuch, ein Potpourriglas in die Hand. Vor dem Fenster auf der gegenüberliegenden Seite des Raumes bleibe ich im schwindenden Licht stehen und warte, obwohl ich eigentlich schon aufgegeben habe. An der Bootsrampe hatte ich gar nicht erst *versuchen* müssen, etwas zu spüren. Es ist einfach geschehen. Vielleicht hat Gabriel für heute genug mit mir kommuniziert.

Meine letzte Hoffnung ist die Verbindungstür zum Elternschlafzimmer. Vor dreißig Jahren hatten die Ermittler festgestellt, dass sie noch von innen verriegelt war; jetzt ist an der Stelle des kleinen Metallriegels ein dickes Bolzenschloss. Ich drehe den Bolzen zurück und betätige den Türknauf – in der Erwartung, auf der anderen Seite das Zimmer, das Neville und Hettie einst teilten, zu sehen. Stattdessen finde ich ein großes funkelndes Badezimmer vor.

»Sie haben umgebaut.« Nun muss ich meine Niederlage definitiv anerkennen.

Minot macht ein paar vorsichtige Schritte auf mich zu. »Haben Sie etwas empfangen? Irgendwelche … Botschaften?«

»Nein.«

»Weil das Zimmer verändert wurde oder … weil Sie glauben, dass hier nichts Wichtiges passiert ist?«

Ich fühle mich wie eine völlige Versagerin. »Ich weiß nicht, wie das funktioniert. Es tut mir leid.«

»Wir versuchen es in ein paar anderen Räumen. Da wir schon mal hier sind.«

Wir setzen unsere Erkundungstour im Obergeschoss fort. In jedem neuen Zimmer wirft mir Detective Minot einen hoffnungsvollen Blick zu, und ich zucke mit den Achseln, ohne ihm in die Augen sehen zu können. Am Ende hat er nicht mehr gewonnen als die Befangenheit, die einen befällt, wenn man mit Leuten zu tun hat, die mehr Geld als man selber haben.

»Und ich dachte schon, mein Haus wäre nicht übel«, scherzt er.

Ich kann es ihm nachfühlen. Als ich anfing für *Sophisticate* zu schreiben, habe ich mich die ganze Zeit so gefühlt: eingeschüchtert von den noblen Events, an denen ich teilnehmen musste, gleichzeitig abgestoßen und angezogen von dem verschwenderischen Lebensstil meiner Leserinnen. Nach und nach lernte ich dann meine Stellung als Autorin zu schätzen. So konnte ich Beobachterin bleiben, die Allwissende, die Frau mit den Antworten, die nie wirklich eine von ihnen war. Und als ich dann Keegan hatte, verschwendete ich ohnehin keine Zeit mehr damit, Designerklamotten oder Gourmetrestaurants nachzuweinen.

Detective Minot jedoch hat sich noch nicht daran gewöhnt, von Kunstwerken umgeben zu sein, die mehr wert sind als sein Jahresgehalt. Er ist unruhig und nervös, versucht aber, sich sein Unbehagen nicht anmerken zu lassen.

»Gehen wir. Ich fahre Sie nach Hause«, sage ich.

Wir sitzen erst zwei Minuten im Auto, als ich das Thema anschneide, das mich brennend interessiert. »Also. Sean Lauchlin. Was haben Sie über ihn?«

Minots Seufzen sagt mir, dass er gehofft hatte, ich hätte es vergessen. »Das ist Teil der Ermittlung, also vertraulich. Ich kann nicht näher darauf eingehen.«

So einfach gebe ich nicht auf. »Ich versuche Ihnen zu helfen.«

»Ich weiß.« Er zückt sein Handy und beginnt, eine SMS zu schreiben. An Dr. Pinaro, vermute ich. »Ich kann Ihnen nur sagen, dass wir aktuell nichts über Sean wissen, das die Vermutung zulässt, er wäre für Gabriels Verschwinden verantwortlich.«

»Warum interessiert man sich dann für ihn?«, bohre ich nach.

»Während der damaligen Ermittlungen gab es einige … Verdachtsmomente.« Er blickt nicht von seinem Handy auf.

»Verdammt, Remy, sagen Sie mir einfach, was Sie wissen.« Ich halte auf dem Standstreifen der matschigen Straße. So leicht lasse ich ihn nicht vom Haken. »Ich schreibe das nicht in mein blödes Buch, wenn es das ist, was Sie befürchten. Das Buch war bloß ein Vorwand, um herzukommen, verstehen Sie das nicht? Ich tue das aus denselben Gründen wie Sie.«

»Es ist nicht dasselbe«, sagt er, nicht im Geringsten aus der Fassung gebracht. Aber wahrscheinlich lernt man das als Cop. Die Selbstbeherrschung wahren, auch wenn man von einer verrückten New Yorkerin von der Straße heruntergefahren und angeschrien wird. »Ich weiß es zu schätzen, dass Sie helfen wollen, aber Gabriel ist nicht Ihr Job.«

»Oh, bitte. Hier geht es nicht nur um *Ihren* Job.« Ein alter Pick-up rast an uns vorbei. Der Fahrer wirft einen schnellen Blick zu uns herüber, um sich zu vergewissern, dass wir keine Hilfe brauchen. »Es trifft Sie persönlich, oder nicht? Dass dieser kleine Junge einfach so verschwindet, nicht mal anständig beerdigt wurde. Auch mir macht das zu schaffen. Wissen Sie, warum?« Ich erkenne die Antwort erst, als ich sie ausspreche. »Weil es nicht Leukämie ist oder ein Hirnaneurysma. Das war nicht einfach bloß Scheißpech. Jemand ist dafür verantwortlich. Jemand sollte bestraft werden.«

Detective Minots Stimme klingt immer noch bedächtig, tonlos, doch sein Kinn ist angespannt. »Und das versuche ich zu erreichen.«

»Gabriel ist zu *mir* gekommen. Nicht zu Ihnen.« Ich warte einen Moment, bis er das verdaut hat, bevor ich flüstere, was uns beiden Angst macht: »Was, wenn ich die Einzige bin, die Ihnen helfen kann?«

Er schweigt lange. Er will mich ins Vertrauen ziehen. Er ist es leid, damit allein zu sein. »Ich könnte gefeuert werden.«

»Ich werde kein Wort verraten. Ich schwöre es.«

»Na gut. Nur … na gut. Was soll's? Es ist bloß ein Job, der auf dem Spiel steht, kein Leben.« Er wischt den Beschlag auf der Windschutzscheibe mit der Faust weg und beginnt. »Im Juni 1982 wurde Sergeant Sean Lauchlin nach sechs Jahren Dienst ehrenvoll aus der Armee entlassen.«

»Ich dachte, er würde vermisst.« So hatte Noah es mir erzählt, aber seine Großeltern könnten ihn angelogen haben.

»Nein, er hat bis zum Ende gedient«, sagt Detective Minot. »Und dann fuhr er nach Hause, um seine Eltern zu besuchen, Maddie und Jack.«

Ich nicke. Das passt zu Brigittes Geschichte.

»Laut seiner Eltern kam es zu einem Streit zwischen den dreien über eine Frau, mit der Sean zusammen war. Und dann ging er. Er sagte ihnen, er wolle nach Mexiko. Am 24. Juni leerte er sein Bankkonto. Soweit wir wissen, hat ihn seitdem niemand mehr gesehen oder von ihm gehört.«

»Okay …« Ich verstehe nicht, warum er es so spannend macht. »Er nahm also sein Geld und ging nach Mexiko, um mit einer Frau ein neues Leben zu beginnen. Was ist daran so Besonderes?«

»Das Besondere ist das Geld, Charlotte.« Detective Minot fährt sich mit dem Finger über das sauber rasierte Kinn. »Er hatte fast eine halbe Million Dollar auf seinem Konto.«

16

»Eine halbe Million Dollar«, wiederhole ich. Das war selbst 1982 keine ungeheure Summe, aber es ist ziemlich viel Erspartes für ein paar Jahre beim Militär. »Wie ist Sean darangekommen?«

»Das ist unklar. Das Konto wurde im April 1979 eröffnet, mit einer ersten Einzahlung von vierzigtausend. Seitdem wurden monatlich zwölftausend Dollar von einem Offshore-Konto überwiesen. Als er das Geld abhob, hatte er 496 000 Dollar.«

Ich mache große Augen. »Weiß die Armee davon? Er hat vielleicht ...«

»Informationen verkauft? Darauf hat sich das FBI gleich gestürzt. Soweit ich weiß, hat ihm die US-Regierung nie irgendwelche Staatsverbrechen nachweisen können. Offenbar hatte er bei seiner Arbeit in der Armee auch nicht mit besonders vertraulichem Material zu tun.«

»Glauben Sie, es gibt irgendeine Verbindung zu Gabriel?« In meinen Augen liegt es zwar nicht auf der Hand, aber vielleicht übersehe ich das Offensichtliche. »Ich meine, dieses Konto wurde doch vor Gabriels Geburt eröffnet, oder?«

Detective Minot seufzt. »Wir haben letztlich keinen Zusammenhang zwischen Sean Lauchlin und der Entführung herstellen können. Das Geld ist die einzige Sache, die wir gegen ihn haben. Könnten Drogen gewesen sein, oder vielleicht hatte er mit irgendeiner anderen Art von organisiertem Verbrechen zu tun, ich weiß es nicht. Das FBI hat die Sache vermutlich weiterverfolgt, aber ich habe keinen Zugriff auf diese Akte.«

»Aber sie haben ihn nie gefunden?«

»Nein. Falls er noch am Leben ist, ist er vollständig von der Bildfläche verschwunden.«

»Was ist mit der Frau? Die, wegen der er sich mit seinen Eltern gestritten hat?«

Könnte das Noahs Mutter gewesen sein, Violet Johnson? Von Noah weiß ich, dass seine Mutter gestorben ist, als er noch klein war, doch das könnte auch eine weitere Lüge seiner Großeltern gewesen sein. Sein gesamtes Wissen über seine Eltern kam von zwei Menschen, die ihm im besten Fall eine bereinigte Version der Wahrheit aufgetischt haben.

»Wir kennen den Namen der Frau nicht«, sagt Minot, »aber Jack und Maddie gaben zu Protokoll, dass ihr Sohn immer wieder davon gesprochen hat, einen Neuanfang mit ihr machen zu wollen. Er glaubte, dazu müsse er das Land verlassen.«

Kein Wunder, dass Noah Fotos aus der Bibliothek gestohlen hat – dass er etwas Konkretes in der Hand haben wollte. Wer weiß, vielleicht waren seine Eltern jetzt mexikanische Bandenbosse. Zumindest war Seans geheimnisvolle Geliebte ein Zeichen dafür, dass er nicht pädophil war – falls die Frau wirklich existierte.

Mir kommt ein Gedanke. »Was ist mit Erpressung? Was, wenn Sean Lauchlin etwas über die Familie Deveau wusste? Das könnte Schweigegeld gewesen sein.«

»Ich habe keinen Zweifel daran, dass Neville Deveau viele Offshore-Konten hatte, um sein Vermögen zu schützen, aber wir konnten nichts bis zu ihm zurückverfolgen.« Er zuckt mit den Achseln. »Glauben Sie, Neville hat die Zahlungen an Sean eingestellt und dann ist der Typ ausgeflippt und hat sich seinen Jungen geholt?«

Diese Theorie hat was, doch dazu passt der sexuelle Missbrauch nicht mehr, und ich weiß doch, was ich heute dort draußen in dem Sumpf gespürt habe.

»Ich habe gerade keine Ahnung mehr, was ich glauben soll«, gebe ich zu, »aber wenn ich etwas sehe, sind Sie der Erste, den ich anrufe.« Ich starte den Motor und stelle die Warnblinker aus. Dr. Pinaro fragt sich sicher schon, wo er bleibt, und sie war mehr als großzügig, als sie mir ihren Ehemann für den Nachmittag auslieh.

Als wir vor seinem Haus stehen, dankt mir Detective Minot dafür, dass ich ihn mitgenommen habe. Ich warte darauf, dass er aussteigt, aber er hat noch eine letzte Frage an mich. »Was machen Sie am Donnerstagnachmittag?«

»Ich weiß nicht …« Sofort bin ich auf der Hut. Er wird mich doch nicht anbaggern wollen?

Sein Gesicht rötet sich, als er mein Unbehagen bemerkt. »Ich habe einen Termin für eine Befragung«, erklärt er. »In Lafayette. Danelle Martin.«

»Die Köchin?« Meine Stimme ist ein aufgeregtes Quieken. *Das* ist selbstverständlich etwas anderes. Danelle Martin, die mit Maddie Lauchlin zusammen war, als sie Gabriels Verschwinden entdeckte, habe ich bisher noch nicht ausfindig machen können. So wie dieser Fall bisher lief, bin ich nur froh, dass Danelle noch am Leben ist. »Darf ich denn mitkommen?«

»Ich finde, das sollten Sie sogar.« Er lacht leise. »Ich fürchte, diese Frau ist eine harte Nuss, und sie mag keine Cops, das steht fest. Könnte sein, dass Sie beide sich gut verstehen.«

Mir schwant, dass darin eine versteckte Beleidigung liegt, doch es ist mir egal. Ich möchte nur dabei sein. Bevor ich ihn nach weiteren Einzelheiten fragen kann, beginnt der Regen, der sich schon den ganzen Tag angekündigt hat, in Bächen herunterzustürzen. Detective Minot springt aus meinem Auto und hebt zum Abschied die Hand. »Ein Uhr am Donnerstag. Ich hole Sie ab.«

Du solltest froh sein, denke ich, als ich zurück nach Evangeline fahre, viel zu schnell, jetzt da ich keinen Gesetzeshüter mehr chauffiere. *Er vertraut dir. Er hat Dinge gesagt, die du nie allein herausfinden würdest. Das ist doch gut, oder nicht?*

Aber ich kann nicht aufhören, mir Gedanken wegen Noah zu machen. Irgendetwas ist seltsam an dieser Besucherin, das habe ich im Gefühl. Er ist nicht ehrlich zu mir, und man muss kein Hellseher sein, um den Grund dafür zu ahnen.

Es gießt wie aus Eimern; die Straßen sind bereits überflutet. Ich steuere direkt in eine Riesenlache hinein. Die Traktionskontrollanzeige leuchtet auf, als der Prius wieder Bodenhaftung sucht. Mit einem Kind auf dem Rücksitz war ich früher so vorsichtig. Jetzt ist es mir egal. Jetzt träfe es nur mich.

Am nächsten Tag – Montag – bekomme ich Noahs geheimnisvolle Designerin das erste Mal kurz zu Gesicht. Soweit ich erkennen kann, ist sie eine Latina, wie seine Exfrau. Klein, aber kurvig, in einer engen roten Lederjacke, mit Brüsten, die viel zu groß sind für ihre kleine Gestalt. Und sie ist *mindestens* zehn Jahre jünger als ich. Sie steht im Garten und diskutiert mit Noah angeregt über eine Laube, was mir wieder Hoffnung macht. Vielleicht ist es wirklich eine unschuldige berufliche Beziehung. Aber warum muss sie so verdammt hübsch sein?

»Ich weiß, du magst es klassisch, aber Holz ist zu kitschig«, erklärt sie ihm gerade. »Wenn man auf das Anwesen kommt, sind die Tore besonders beeindruckend. Ich würde sagen, wir orientieren uns daran und nehmen Schmiedeeisen.«

Ich bin knapp fünf Meter entfernt von ihnen, auf dem Weg zur Küche, um Leeann ein spätes Frühstück abzuschwatzen. Noah sieht zu mir hin und dann wieder weg. Alles Vertrauen, das ich möglicherweise in ihn gehabt habe, schwindet, als ich zusehe, wie er die Frau schnell von mir wegzieht. Er meidet mich. Ich bohre die Fingernägel in die Handfläche meiner linken Hand und schlucke. Es tut mehr weh, als ich gedacht habe.

Danach stolpere ich immer wieder über die beiden. Erst wandern sie über das Gelände, dann untersuchen sie die Bäume entlang der Einfahrt, danach diskutieren sie den Vordereingang zum Haus stirnrunzelnd und mit zusammengezogenen Augenbrauen. Noah läuft ihr die ganze Zeit hinterher, hört mit halbem Ohr zu, nickt oder meldet vorsichtig Widerspruch an, und ich bekomme einen kurzen Eindruck davon, was für ein Ehemann er wohl gewesen ist: einer, der mit seinem Handy vor den Damenumkleidekabinen spielt und sagt: »Das sieht gut aus« oder »Das gefällt mir«, ohne richtig hochzusehen.

An diesem Abend, als ich entlang des Bayou spazierengehe, treffe ich schon wieder auf sie. Ich schlage schon einen Umweg ein – wenn er mich nicht sehen will, dann will ich ihn auch nicht sehen. Doch die Frau hat mich bereits entdeckt und winkt mir.

»He, hallo! Wir laufen uns wohl ständig über den Weg.« Sie grüßt mich mit einem munteren Grinsen. »Da dachte ich, ich sage mal Hallo. Ich bin Cristina Paredes, die Landschaftsdesignerin.«

»Charlotte Cates«, sage ich, ohne ihren Enthusiasmus zu erwidern. Noah, der neben ihr steht, macht ein ziemlich verkniffenes Gesicht.

»Arbeiten Sie hier?«, fragt sie.

»Charlotte ist Schriftstellerin«, informiert Noah sie, der mich offenbar doch nicht ganz verleugnen will. »Sie kommt aus New York.«

»Oh, wirklich? Ich *liebe* New York.« Cristina stemmt eine Hand in die Hüfte und fährt sich mit der andern durchs Haar. »Wie halten Sie es hier bloß aus, Sie Arme? Es muss doch gähnend langweilig für Sie sein.«

»Eigentlich ist es mal ganz erholsam zur Abwechslung.« Ihre Nähe weckt leichte Übelkeit in mir, und das liegt nicht nur an der Parfümwolke, die über ihr hängt. *Heute Abend wird er nach ihr riechen*, denke ich. »Na ja, Sie haben sicher noch viel zu tun«, sage ich. »Schön, Sie kennengelernt zu haben, Cristina. Ich wünsche Ihnen einen … produktiven Aufenthalt.«

Vielleicht merkt sie, wie angespannt er ist. Dass ich ihn nicht ansehen will. *Etwas* muss sie jedenfalls misstrauisch gemacht haben, denn ihre falsch-freundliche Miene fällt in sich zusammen und sie verstummt, um Noah mit schmalen Augen zu mustern.

»Bis dann, Charlie«, murmelt er. Der Spitzname verfestigt sicher nur ihren Verdacht. Ich eile in die Abenddämmerung davon, in Richtung der silbrigen Linie des Wassers, und hoffe, dass sie ihm Saures gibt.

Die Woche zieht sich dahin. Cristina macht keine freundlichen Annäherungsversuche mehr. Alles, was ich tun kann, ist warten, bis sie wieder abfährt. Die Werkstatt ruft an und teilt mir mit, dass mein Laptop nicht wiederbelebt werden konnte, es ihnen aber gelungen ist, die Dateien von meiner Festplatte zu retten. Ich nehme das mit Fassung, kaufe einen billigen Ersatz und fange damit an, alle handschriftlichen Seiten, die ich seit der Katastrophe produziert habe, abzutippen. Es ist genug Material für zwei Kapitel, was ich auch Isaac maile, damit er mir sagt, ob ich auf dem richtigen Weg bin.

Mittwochmorgen taucht Jules in meinem Cottage auf und macht eine Szene, weil er irgendwie von meinen Besuchen bei Hettie erfahren hat. Notiz an mich selbst: Einer der Pfleger ist eine Tratschtante. Ich versichere ihm, dass wir nicht über Gabriel oder das Buch gesprochen haben, doch Jules droht mir, Sydney und Brigitte anzurufen, falls es noch einmal passiert. Da die Aussicht, vom Anwesen geworfen zu werden, finanziell nicht so verlockend ist, nehme ich mir vor, besser für eine Weile nicht aufzufallen und Hettie aus dem Weg zu gehen. Dabei muss ich an meine eigene Großmutter und ihre angegriffene Gesundheit denken und rufe sie an, um mich zu erkundigen, wie es ihr geht.

»Prima«, behauptet sie. »Die Betreuer kommen jeden Morgen vorbei, um mir mit meinen Medikamenten zu helfen, und nachmittags gehe ich mit Helga spazieren. Hör auf, dir Sorgen zu machen.« Sie wechselt das Thema, bevor ich weiter nachhaken kann. »Was ist mit dir? Hast du Heimweh?«

»Nein«, sage ich ehrlich. Alles in meinem Leben in Stamford verbindet mich mit Keegan, und je weiter ich mich von *Sophisticate* entferne, desto mehr hinterfrage ich all die Jahre, die ich dem Magazin geopfert habe. »Es ist anders hier«, räume ich ein, »aber es ist, als … hätte das, was ich tue, einen Sinn.«

»Du meinst das Buch?«

»Ich meine Gabriel Deveau.«

»Charlotte.« In der Art, wie sie meinen Namen ausspricht, liegt eine Warnung. »Dass du die ganze Zeit an dieses Kind denkst und auch an Keegan – na ja, das klingt nicht besonders gesund.«

Natürlich hat sie recht. Und ich habe ihr noch nicht mal von dem erzählt, was ich in dem Sumpf erlebt habe, oder von Didi. Sie würde sich bloß Sorgen machen, und warum soll ich ihr das antun, wenn sie mich doch nicht davon abbringen kann? »Ich muss das tun, Grandma«, sage ich bloß. »Es tut mir leid, so ist es einfach.«

»Ich vertraue dir«, sagt sie, als hätte ich ihr die Wahl gelassen.

Eine Stunde später klopft mein altes Leben wieder mit einer SMS von Rae an: *Geschäftsreise nach NOLA. Bald!! Hab Zeit für dich. Ruf mich an, xoxo*. Rae ist schon früher geschäftlich nach New Orleans gereist, deshalb ist es keine große Überraschung. Zwar will ich sie nur ungern in Chicory haben – meine Wohnsituation hier ist sehr viel weniger glamourös, als wir beide es uns ausgemalt hatten, und wahrscheinlich merkt sie die Sache mit Noah sofort – doch die Aussicht, ein paar Tage mit ihr in New Orleans zu verbringen, hebt meine Laune.

Nachts jedoch spielen meine Nerven wieder verrückt. Morgen ist Donnerstag. Morgen werden Detective Minot und ich Danelle Martin treffen. Eine beiläufige Bemerkung könnte die Befragung in eine ganz neue Richtung lenken.

Das könnte der Durchbruch sein. Man weiß nie, was die Wende bringt.

Möglicherweise bin *ich* es.

Am nächsten Tag brieft mich Detective Minot auf dem langen Weg nach Lafayette über Danelle Martin. Eine schwarze Frau, aus Shreveport stammend, die circa fünfunddreißig war, als die Entführung stattfand. Zu diesem Zeitpunkt arbeitete sie seit fast zehn Jahren als Köchin der Deveaus und blieb danach noch weitere sechs Jahre. Martins Loyalität der Familie gegenüber und ihr Widerstreben, über deren Privatleben zu reden, war der Polizei von Anfang an aufgestoßen. Zudem beschwerte sie sich öffentlich in den Medien darüber, dass man sich zu früh auf Roi Duchesne konzentriert habe, weshalb der wahre Schuldige entkommen und Gabriels Leben gefährdet worden sei. Vielleicht als Rache für ihre große Klappe wurde Martin auf die Liste der Verdächtigen gesetzt und mehrfach zur Befragung einbestellt. Daraufhin engagierte sie einen Topanwalt – der wahrscheinlich von den Deveaus bezahlt worden war. Der drohte damit, das Sheriff's Department von Bonnefoi, die Polizei des Staates Louisiana und das FBI wegen Schikane zu verklagen. Ohne Beweise gegen sie waren die Ermittler gezwungen, sich zurückzuhalten. Doch da war das Kind schon im Brunnen, und Martin hatte jedes Interesse daran, den Behörden behilflich zu sein, verloren.

»Dann war das wohl kein Witz, als Sie sagten, dass sie keine Cops mag«, stelle ich fest. Nun verstehe ich die strategische Entscheidung, mich mitzunehmen, und begreife, dass Detective Minot sehr viel mehr davon profitieren wird als ich.

»Sie war nicht besonders begeistert, als ich mich angekündigt habe«, sagt er. »Ich dachte, wenn es schlecht läuft, könnten Sie mir vielleicht nützlich sein. Möglicherweise ist sie einer Frau gegenüber, die nichts mit den Behörden zu tun hat, gesprächiger.«

Ich werfe einen prüfenden Blick in den Beifahrerspiegel und versuche mich mit ihren Augen zu sehen. Am Telefon sagte Detective Minot, ich solle zugänglich wirken. Daher entschied ich mich für Jeans, eine taillierte Bluse, die Haare nach außen geföhnt. Nun aber bereue ich meine Kleiderwahl. Ich sehe aus wie eine weiße Vorstadtfrau in einer Putzmittelwerbung. Ich würde mir selbst nicht über den Weg trauen.

Lafayette ist angeblich eine der größten Städte in Louisiana, doch unsere Fahrt führt uns vor allem über gewundene Landstraßen. Ich kann nicht erkennen, womit die Leute in dieser Gegend ihren Lebensunterhalt verdienen; nur wenige der Läden scheinen wirklich zu laufen. Eine schäbige alte Tankstelle ist mit Brettern vernagelt, und ein Supermarkt und ein Frühstücksrestaurant machen nicht den Eindruck, als sähen sie viele Kunden.

Doch irgendwann treffen wir auf eine Hauptdurchgangsstraße, und plötzlich sind da Apotheken, Restaurants, große Hotelketten, ich sehe sogar einen Laden, der Werbung für Drive-in-Daiquiris macht. Schließlich landen wir in einer halbwegs hübschen Wohngegend mit kleinen, kastenförmigen, eingeschossigen Häusern. Danelle Martins Haus ist nicht größer als die anderen, unterscheidet sich aber mit seinem gepflegten Vorgarten und den dunkellila Fensterläden von den verunkrauteten Rasenflächen und abblätternden Anstrichen der umliegenden Häuser.

Als Detective Minot und ich aus seinem Zivilfahrzeug steigen – einem Impala aus dem Fuhrpark des Sheriff's Department –, sehe ich zwei junge schwarze Männer, die uns misstrauisch von ihrer Veranda aus beobachten. Sehen sie Minot an, dass er Polizist ist, oder liegt es daran, dass wir beide weiß sind? Wir gehen zu Danelles Haustür, und er klingelt. Von drinnen ist Bellen zu hören, dann brummt jemand, dass er den Hund rauslassen würde. Detective Minot hält seine Polizeimarke vor den Spion. Endlich öffnet sich die Tür, und Danelle Martin starrt uns herausfordernd mit verschränkten Armen an. Sie ist eine schlanke, beeindruckende Frau in den Sechzigern, mit dunkler Haut, kurz geschorenem grauem Haar und einem spitzen Kinn und erinnert mich an eine Widerstandsdichterin, eine kämpferische Bürgerrechtlerin. Doch als ich einen Blick auf ihre Brust werfe, begreife ich, dass sie die Veteranin einer gänzlich anderen Schlacht ist. Auf der linken Seite ist eine normale, leicht hängende Brust. Auf der rechten: nichts.

»Ich hab nur noch eine«, sagt sie auch gleich, und ich bin peinlich berührt, dass sie mich ertappt hat. »Wenn Sie mich fragen, ist das immer noch eine zu viel. Jetzt starren noch mehr Leute meine Brust an als damals, als ich noch zwei hatte.« Sie winkt uns in das ordentliche kleine Wohnzimmer.

»Tut mir sehr leid.« Ich weiß nicht, ob ich mich fürs Glotzen oder für den Verlust ihrer Brust entschuldige.

»Eine Titte verloren, mein Leben gerettet. Ziemlich guter Tausch.« Sie setzt sich auf einen alten, von Haustieren zerkratzten Liegesessel.

Minot und ich bleiben noch eine Weile stehen, bevor uns aufgeht, dass wir keine Einladung erhalten werden. Wir setzen uns jeweils an ein Ende des Sofas, wobei ich mich bemühe, die dünne Hundehaarschicht darauf taktvoll zu ignorieren.

»Dann sind Sie wohl die Schriftstellerin«, wendet Danelle

sich an mich. »Ich habe mich gefragt, wie Sie 'n Buch aus nichts mach'n woll'n. Diese Idioten haben den Jung'n doch nie gefunden. Wieso woll'n Sie überhaupt 'n Buch darüber mach'n?«

Ich könnte ihr von meinem Traum erzählen, was sich mehr als ein bisschen verrückt anhören würde, oder von Keegan, aber sie scheint nicht gerade der sentimentale Typ zu sein. »Es ist ein interessanter Fall, und man hat mir den Job angeboten«, sage ich. »Ich muss meinen Lebensunterhalt verdienen.«

Falsche Entscheidung. »Sie sollt'n besser aufpass'n, mit was Sie Ihr Geld verdienen, Mädchen«, rät mir Danelle. »Es gibt mehr als eine Art von Hure.«

Detective Minot spitzt die Lippen, aber ich kann nicht erkennen, ob er ein Lachen unterdrückt oder frustriert ist, weil ich mich so ungeschickt dabei anstelle, Danelle für mich zu gewinnen. Er greift ein. »Ich bin sicher, dass Miss Cates Gabriels Geschichte respektvoll und wahrheitsgemäß erzählen wird«, sagt er. »Danke, dass Sie sich heute mit uns treffen. Haben Sie etwas dagegen, wenn ich unsere Unterhaltung aufzeichne?«

Das verärgert sie sofort. »Ja, ich hab was dagegen. Ich will nich', dass ihr mir das Wort im Mund rumdreht, Sachen rausschneidet, damit es sich anhört, als hätt ich das Gegenteil von dem gemeint, was ich gesagt hab.«

»Eine Aufnahme ist eine getreuere Wiedergabe unseres Gesprächs«, warnt Minot. »Und ich schreibe langsam.«

»Kein Problem für mich«, gibt sie zurück. »Ich bin im Ruhestand.«

Und so beginnen sie, die beiden alten Profis im Frage-Antwort-Spiel.

Ich weiß nicht, warum ich geglaubt habe, es könnte interessant werden. Denn das ist es nicht. Detective Minot stellt Danelle eine lange Reihe von Fragen, die sie sicher schon hundertmal beantwortet hat: über ihre Anstellung bei den Deveaus, die Abläufe im Haus und die Nacht vom 14. August. Hin und wieder hält er inne, um sich Notizen zu machen. Dann verfluche ich Danelles Misstrauen in Aufnahmegeräte. Schlimmer noch, die Hälfte seiner Fragen scheint irrelevante und nebensächliche Details zu betreffen. Ich kann es ihr nicht verübeln, dass sie bei Fragen wie »Können Sie mir sagen, was Sie an diesem Abend zum Essen zubereitet haben?« oder »Gehen wir noch mal Schritt für Schritt das Rezept durch, ja?« die Augen verdreht. Ich nehme an, damit stellt Detective Minot den zeitlichen Ablauf fest, doch ich höre nichts, das vielversprechend klingen würde.

Laut Danelle war Gabriel für sein Bad vorbereitet, als sie ihn an diesem Abend verließ. Da war es circa halb acht. Das letzte Mal, als sie ihn sah, rannte er nackt durch den Flur, während Maddie Lauchlin ihn einzufangen versuchte. Danelle verbrachte dann den Rest des Abends in ihrem Cottage und bemerkte nichts Ungewöhnliches. Am nächsten Morgen, um ungefähr sieben Uhr, ging sie ins Haupthaus zurück, um das Frühstück zuzubereiten. Trotz der vielen Unterbrechungen lausche ich nun gespannt ihrer Geschichte, in Erwartung des unvermeidlichen Moments, als Gabriels Verschwinden entdeckt wurde. Anders als beim ersten Mal kenne ich nun die Details des Falles und kann mir alles genau vorstellen, denn ich bin tatsächlich dort gewesen.

»Ich hab grad Waffeln gemacht, als Maddie ganz aufgeregt reinkam«, fährt Danelle fort. »Sie sagte, sie hätte den

Schlüssel zu Gabriels Zimmer verlegt und bräuchte meinen. Also bin ich mit ihr nach ob'n, um die Tür aufzu…«

»Warum sind Sie mit ihr mitgegangen?«, fragt Detective Minot. »Warum haben Sie ihr nicht einfach Ihren Schlüssel gegeben?« Weder sein Ton noch seine Haltung haben sich verändert, doch ich finde, das ist eine höchst interessante Frage.

»Wollt ich ja auch«, erklärt ihm Danelle, »aber Maddie sagte, sie wär so schusselig, dass sie meinen wahrscheinlich auch verlier'n würd. Deshalb bin ich mit ihr mitgegangen.«

Ich werfe einen schnellen Blick zu Detective Minot, um zu sehen, ob ihm diese Erklärung genauso fadenscheinig vorkommt wie mir. Es ist eine unumstößliche Tatsache, dass Maddie, wenn Danelle an diesem Morgen nicht mit eigenen Augen gesehen hätte, dass die Tür verschlossen war, als Erstes beschuldigt worden wäre. Niemand hätte von Entführung gesprochen. Man hätte angenommen, dass Maggie vergessen hatte, die Tür zuzuschließen, und Gabriel nachts aus dem Haus gelaufen und dabei zu Tode gekommen wäre. Danelle als Zeugin dabeizuhaben, kam Maddie in der Tat gelegen.

Detective Minot lockert seine Schreibhand, die müde ist vom Notieren. »War das typisch für Maddie? Die Schusseligkeit?«

Danelle zögert. »Maddie hatte ein paar harte Monate hinter sich. Normalerweise hatte sie den Laden immer fest im Griff, aber es gab einige Probleme in der Familie, da konnte es schon mal sein, dass sie was vergaß.«

Wie zum Beispiel die Tür abzuschließen? Vielleicht gab es überhaupt keinen Mord, vielleicht war es nur ein furchtbarer Unfall, den Maddie versucht hatte zu vertuschen, um ihre Haut zu retten. Direkt vor Evangelines Haustür lag der Bayou, da fiel es nicht schwer, sich vorzustellen, dass einem wilden Zweijährigen etwas Entsetzliches zugestoßen war. Doch das würde weder das Fehlen einer Leiche noch den Traum, den ich von Gabriel hatte, erklären.

»Sie erklärten, sie wäre aufgeregt gewesen, als sie in die Küche kam«, sagt Detective Minot. »Was meinten Sie damit?«

Danelle ist wachsam. Mir wird klar, dass sie und Maddie Freundinnen gewesen sind. »Einfach … aufgeregt.«

»Würden Sie sagen, ein bisschen besorgt oder … sehr verzweifelt?«

»Keine Ahnung, ich hab an die Waffeln gedacht, klar?« Sie lehnt sich in ihrem Sessel vor und sticht mit dem ausgestreckten Finger in die Luft. »Hören Sie, wenn Sie Maddie was anhängen woll'n, hab ich nichts mehr zu sagen, weil das nämlich Blödsinn is. Maddie liebte diesen kleinen Jungen mehr als ihren eig'nen Sohn. Sie liebte alle diese Kinder, sogar Andre und diese vorlaut'n Mädchen. Sie hat sie alle großgezog'n.«

»Ich habe nur Gutes über sie gehört«, versichert Minot ihr. »Es war sicher schwer für alle, als sie und Jack Evangeline verließen.« Die näheren Umstände ihres Weggangs spricht er nicht an, aber selbst ich weiß, dass das – bloß zwei Wochen nach Gabriels Verschwinden – viel Aufruhr in den Medien verursacht hat. DEVEAU BESCHULDIGT KINDERMÄDCHEN, spekulierte eine Zeitung und gab damit wieder, was allgemein angenommen wurde: dass sie gefeuert worden waren.

Danelle macht ein finsteres Gesicht, weil sie die öffentliche Meinung sehr wohl kennt. »Niemand hat sie gezwungen zu geh'n«, sagt sie, »wenn es das ist, was Sie denken. Maddie und Jack wollten aufhör'n. Und als der Kleine nicht mehr da war, gab's ja auch keine Arbeit mehr für sie.«

»Wohin sind sie und Jack gezogen?«, fragt Detective Minot.

»Sie mussten sich um ein paar Familienangelegenheiten kümmern. Wo, weiß ich nicht mehr.«

Zum ersten Mal nach meiner missglückten Vorstellung greife ich ein. »Sie meinen ihren Sohn? Wissen Sie, was aus ihm geworden ist?«

»Ich glaube, es war Maddies Schwester.« Als Danelle mich mit Blicken durchbohrt, realisiere ich, dass ich unser spezielles Interesse an Sean laut herausposaunt habe. Gerade ich als beschließe, von nun an meine dumme Klappe zu halten, steht Detective Minot auf und steckt sich sein Notizbuch unter den Arm. »Darf ich Ihre Toilette benutzen, Ms Martin?«

Mit einem Grunzen gibt sie ihre Erlaubnis. »Erste Tür rechts.«

Der Blick, den er mir beim Hinausgehen zuwirft, sagt mir, dass Minot eigentlich gar nicht zur Toilette muss. Das ist sie, meine Chance, mit Danelle allein zu reden, von Frau zu Frau. Eine Beziehung aufzubauen. Aber wie? Ich habe Angst, dass jedes Thema, das ich anspreche, schlecht bei ihr ankommt.

»Also … standen Sie und Gabriel sich nahe?« Ich erwarte eine schnippische Antwort, doch sie zuckt nur mit den Achseln.

»Ich konnte noch nie so gut mit den ganz Kleinen. Mit Andre kam ich besser klar. Er war schon vernünftiger.«

Ah, denke ich, *der schwer fassbare Andre*. Jetzt, da ich die

Bekanntschaft seiner Schwestern, seiner Mutter und seines Liebhabers gemacht habe – ganz zu schweigen von der Zeit, die ich damit zugebracht habe, seine persönlichen Gegenstände zu durchsuchen –, kommt es mir lächerlich vor, dass ich nicht einmal mit dem einzigen überlebenden männlichen Deveau gesprochen habe. Die Tatsache, dass er sich Danelles Billigung verdient hat, macht mich noch neugieriger. »Dann war Andre also ein braver Junge?«

»Klar.« Danelle ist entschlossen, es mir nicht einfach zu machen.

»Die Zwillinge sagen, er verstand sich nie gut mit Neville.«

»Andre und sein Daddy waren sehr unterschiedlich, das ist alles.«

»Und Hettie? War sie toleranter gegenüber Andres … Andersartigkeit?«

Danelle sieht mir mit stählernem Blick in die Augen, verärgert, weil ich so um den heißen Brei herumrede. »Er ist homosexuell. Glauben Sie, er hat es einfach gehabt?« Sie schnalzt missbilligend mit der Zunge. »Was denn, schreiben Sie ein Buch oder eine Klatschkolumne?«

Ich muss ihre Loyalität bewundern. Danelle Martin ist ein anständiger Mensch, und ihr Anstand und ihr Respekt vor der Privatsphäre machen sie zu einer harten Nuss.

Ich möchte keine voreiligen unfairen Schlüsse ziehen, aber Andre ist nun mal ein männlicher Verwandter, der ohne Zweifel Zugang zu seinem kleinen Bruder hatte. »Hat Andre je Interesse an Gabriel gezeigt? Hat er viel Zeit mit ihm allein verbracht?«

Die Frage klingt vielsagender, als ich beabsichtigt habe.

Danelle weiß, worauf ich hinauswill, und es gefällt ihr nicht. Ihre Hand zuckt, als müsse sie sich zurückhalten, um mir keine Ohrfeige zu verpassen. »Andre hat vielleicht Männer gemocht«, sagt sie mit kalter Wut in der Stimme, »aber *nicht* kleine Jungs, und er hatte es ganz sicher nicht auf seinen eig'nen Bruder abgeseh'n.«

»Woher wissen Sie das?«

»Weil er auf ältere Männer stand, nicht jüngere.«

Ich bohre weiter. »Welche älteren Männer zum Beispiel?«

Danelle will offensichtlich nicht darüber reden, doch meine Anspielungen auf Inzest und Pädophilie kann sie nicht unwidersprochen lassen. »Typen Ende zwanzig meistens«, sagt sie widerstrebend. »Als er zwölf war, hatte Andre einen der Fahrer sehr gern. Und als er älter wurde, hatte er sich wohl in Maddies Jungen, Sean, verguckt. Das ist alles, was ich darüber weiß, und mehr sag ich nicht, verstanden?«

Ich lächle schwach, als Seans Name fällt. *Nicht du schon wieder. Du hattest es den Deveau-Kindern wirklich angetan.* Mir kommt der Gedanke, dass Sean 1982 ungefähr genauso alt war wie Jules jetzt. Vielleicht fühlte sich Andre immer schon von Männern in diesem Alter angezogen. Das bringt mich auf die Frage, ob da vielleicht mehr zwischen den beiden war? Könnten Sean Lauchlin und Andre tatsächlich eine Beziehung gehabt haben? Ich mustere Danelle, suche in ihrem Gesicht nach der Antwort, aber sie trommelt mit den Fingern und wartet nur auf Detective Minots Rückkehr, damit sie uns rauswerfen kann.

Es gibt keinen Beweis dafür, dass Sean schwul war. Er hat ein Kind gezeugt und er plante, das Land mit einer Frau zu verlassen. Aber vielleicht war die Person, mit der er weglaufen wollte, gar keine Frau. Vielleicht waren Maddie und Jack deswegen dagegen, vielleicht haben sie Noah deswegen nie viel über seinen Vater erzählt. Ich mag mir kaum vorstellen, was es für ein Drama gewesen wäre, falls Maddie entdeckt hätte, dass Sean, ihr fast dreißig Jahre alter Sohn, eine Beziehung mit dem kaum volljährigen Andre hatte. Mir fällt ein, was die Bibliothekarin gesagt hatte, dass Sean im Englischunterricht Gedichte vorgelesen hat und sich nie für die Mädchen der Stadt zu interessieren schien. Ich hatte angenommen, dass er einfach der sensible, unangepasste Typ war. Aber es könnte auch etwas anderes bedeuten.

Egal wie verlockend diese Theorie ist, sie erklärt nicht Gabriels Verschwinden oder Seans ungewöhnlich fettes Bankkonto. Und wie passt Noahs Mutter in all das hinein?

Ich spreche es an, nur für den Fall. »Haben Sie Sean Lauchlin je mit einer Frau namens Violet zusammen gesehen?«

Danelle antwortet wie aus der Pistole geschossen. »Violet Johnson? Ich hab sie nie zusammen geseh'n, aber sie könnte Sean gekannt haben. Meiner Meinung nach kannte die viele Männer.«

Aha. Das könnte der Grund sein, warum Maddie Lauchlin kein großer Fan von Noahs Mutter war.

»Wer war sie?«, frage ich.

»Violet war Reinemachemädchen in Evangeline. Ein hübsches, kleines Ding, und das wusste sie auch.« Danelle verdreht die Augen, offenbar unbeeindruckt von hübschen, kleinen Dingern. »Meinten Sie die?«

»Ich glaube. Wann hat sie dort gearbeitet?«

Danelle überlegt. »Sie war nicht lange da. Das muss so 75, 76 gewesen sein.«

Noah wurde 1979 geboren, das heißt, es gibt mehrere ungeklärte Jahre, aber zumindest habe ich jetzt eine Idee, wie sich seine Eltern kennengelernt haben.

»Was ist aus ihr geworden? Warum ist sie gegangen?«

Danelle antwortet mit der für sie typischen Wärme und Zuneigung. »Keine Ahnung. War mir auch egal.«

Als er zurückkommt, zeigt Minot keine Reaktion. Wir sitzen unbehaglich schweigend da, und ich verstehe, dass er enttäuscht ist. Ich kann es ihm nicht verübeln. Ein Teil von mir hatte wirklich erwartet, dass es mir heute gelingen würde, Bewegung in die Sache zu bringen, und dass ich da Erfolg haben würde, wo Hunderte von Profis zuvor versagt hatten. Nun aber muss ich mir eingestehen, dass es ganz und gar nicht danach aussieht.

Noch eine weitere halbe Stunde macht Detective Minot mit seiner langsamen, quälenden Fragerei weiter. Als er endlich zum Ende kommt, winden Danelle und ich uns auf unseren Sitzen.

»Nun, das ist ein guter Anfang«, sagt er zu ihr. »Ich rufe Sie in den nächsten Wochen an, um einen Termin für die schriftliche Aussage zu machen.«

Sie gibt einen Laut von sich, halb Schnauben, halb Lachen. Detective Minot erhebt sich und streckt eine Hand aus. Sie verschränkt die Arme und lässt ihn auflaufen.

»Sie tapp'n immer noch im Dunkeln, so wie immer«, erklärt sie. »Dreißig Jahre, und Sie sind immer noch nich' weiter.«

Minot würdigt diese Bemerkung keiner Antwort, sondern dankt ihr nur und geht.

Ich folge ihm nicht. Ich bin noch nicht fertig mit Danelle. »Das ist also alles?«

»Ich habe jede von Ihren verdammten Fragen beantwortet, oder nicht?«

Ich glaube nicht eine Sekunde, dass sie uns alles gesagt hat. »Ich verstehe Sie nicht.«

»Müss'n Sie ja nich'.«

»Sie wissen etwas?« Ich werde nicht einfach so aufgeben. »Sie wissen etwas und sagen es nicht.«

»Ich weiß so einiges«, gibt sie zurück, »aber ich weiß auch, dass wir hier fertig sind.«

»Ich bewundere Ihre Loyalität, wirklich, das tue ich.« Ich schüttele den Kopf. »Aber wen schützen Sie denn jetzt noch?«

Danelle erwidert meinen Blick mit steinerner Miene, sagt aber kein Wort.

»Vor dreißig Jahren, Ms Martin, hätte ich das ja verstanden. Aber es ist keiner mehr übrig, wissen Sie das denn nicht?« Vielleicht weiß sie es tatsächlich nicht. Sie arbeitet schon seit zwei Jahrzehnten nicht mehr für die Familie. Ich beschließe, sie kurz auf den neuesten Stand zu bringen. »Neville ist tot, Maddie und Jack sind tot und Hettie ist so verwirrt, dass sie glaubt, der Gärtner wäre ihr Sohn.«

Ein wenig von der Härte in ihrem Gesicht schwindet. »Jack ist gestorben?«

»Letztes Jahr.«

»Er war ein guter Mann.«

»Sie sind alle tot«, sage ich leise. »Es gibt niemanden, dem Sie schaden könnten.« Für einen Moment glaube ich, dass ich sie rumgekriegt habe.

Zweifel flackert über ihr Gesicht, der aber schnell von einer herausfordernden Miene ersetzt wird. Sie stemmt die Hand in die Hüfte und sieht zur Tür. »Ihr Cop-Freund wartet auf Sie, und ich hab noch zu tun. Sie sollten besser seh'n, dass Sie Land gewinnen.«

Versagt.

Draußen hat Detective Minot schon den Impala angelassen.

Resigniert steige ich ein, setze mich auf den Beifahrersitz. Ich erzähle ihm von meinem Gespräch mit Danelle und lasse mich zurücksinken. Sicher bereut er, mich mitgenommen zu haben.

»Warum das lange Gesicht?« Sein gut gelaunter Ton überrascht mich. »Ich finde, es ist ganz gut gelaufen.«

»Wir haben *nichts*. Dies war unsere Chance.«

Detective Minot hält die Augen auf die Straße gerichtet, aber ich weiß, dass ihm nicht entgeht, wie ich einen Schmollmund ziehe. »Die meisten kalten Fälle werden nie aufgeklärt, Charlotte, so ist das eben.« Er ist so stoisch, so ergeben in die Untätigkeit. »Wie dem auch sei, ich würde Danelle Martin noch nicht aufgeben. Geben Sie ihr ein paar Tage.«

»Ein paar Tage *wofür*?«

»Lassen Sie es erst mal bei ihr sacken.« Er fährt auf eine Kreuzung, und ich sehe, dass der Verkehr stärker geworden ist. »Vielleicht fällt ihr doch noch was Interessantes ein.«

Ist er wirklich so optimistisch, dass es an Dummheit grenzt, oder versucht er, mich aufzumuntern? »Ich glaube, sie würde lieber noch ihre zweite Brust verlieren, als uns irgendetwas zu verraten«, sage ich.

»Na gut, das ist Ihre Meinung. Ich denke, tief in ihrem Inneren kann diese Frau es gar nicht erwarten zu reden.« Er schenkt mir ein seltenes Lächeln. »Fünfzig Dollar, was sagen Sie? Geben wir ihr eine Woche.«

»Leichter bin ich noch nie an Geld gekommen.«

Aber Minots Zuversicht lässt mich wieder ein bisschen Hoffnung schöpfen.

17

Ich weiß nicht warum, aber das Treffen mit Danelle hat mir neuen Auftrieb gegeben. Zurück in meinem Cottage nehme ich mir die Kisten mit den Habseligkeiten der Deveaus mit frischer Tatkraft vor. Ich weiß zwar, dass es bloß alte Sachen sind, die die ganze Zeit eingelagert gewesen waren, aber bisher hat sie niemand richtig sortiert. Warum sollte ich mir Gedanken darüber machen, was Danelle sagt oder nicht sagt, wenn ich hier echte, unzensierte Dinge aus der damaligen Zeit vor mir habe?

Ich stelle Andres Kiste, die ich bereits durchgesehen habe, zur Seite und breite den Inhalt einer anderen auf dem Bett aus. Es handelt sich vor allem um Kindersachen, die vermutlich den Zwillingen gehört haben. Puppen, ein rosa Tagebuch, in dem nur zwei Seiten ausgefüllt sind, und ein Fläschchen glitzernder lila Nagellack. Ich ziehe eine Preisschleife für den dritten Platz in einem Reitturnier hervor, blättere durch ein Skizzenbuch mit Bleistiftzeichnungen von schlecht proportionierten Pferden. Ganz unten in der Kiste liegen ein paar Ausgaben von *Teen* aus dem Jahr 1978. Die Zwillinge haben die Antworten des Tests »Auf welchen Typ Mann stehst du?« mit grüner Tinte markiert. Ich erfahre, dass die zwölfjährige Brigitte auf Sportler stand, während Sydney böse Jungs bevorzugte. Was sie, wie es aussieht, bis heute nicht abgelegt hat. Ich meine mich zu erinnern, einmal in einem Klatschblatt gelesen zu haben, dass ihr Ex-Mann sexsüchtig ist.

Ein vielversprechender Fund ist ein Sammelalbum, das Brigitte versucht hat zu führen. Wie schon im Tagebuch sind auch hier die meisten Seiten leer, aber über die Jahre hat sie dann und wann doch etwas eingeklebt. Kinoeintrittskarten und Flugtickets, Programme von Theateraufführungen und Konzerten, Polaroids mit Freunden. Was mein Interesse aber wirklich weckt, sind die Babyfotos von Gabriel, die sich darin finden. Es gibt nur wenige Bilder von ihm, und diese hier sind ziemlich gut. Er ist vermutlich erst ein paar Wochen alt, ein formloser Klecks in Brigittes Teenagerarmen. Auf einem anderen, das vielleicht einen Monat oder zwei später aufgenommen wurde, liegt er auf dem Rücken und lächelt zahnlos in die Kamera. Beim Betrachten überkommt mich ein Gefühl des Erkennens, eine seltsame Woge der Liebe zu diesem Kind, das ich nicht kannte und nie kennenlernen werde.

Er ist so klein. Verletzlich. Und jemand hat das ausgenutzt. Ich erinnere mich, wie ich in diesem Sumpf die Finger gespürt habe, die Schändung. Ich weiß nicht, was diesem armen kleinen Körper angetan wurde, aber es muss Anzeichen gegeben haben. Anzeichen, dass etwas nicht stimmte. Anzeichen, die übersehen wurden.

Wer bin ich, dass ich darüber richten könnte? Ich habe Erfahrung mit übersehenen Anzeichen.

Tausende Male habe ich mein Gedächtnis durchforstet, und doch fällt mir nichts ein, was an Keegans Todestag ungewöhnlich gewesen wäre. Ich war an diesem Morgen wie immer in Eile, und er trödelte. Er rührte in seinen Frühstücksflocken herum, bis sie ganz durchweicht waren. Das war nichts Neues – er war ein schwieriger Esser. Aber vielleicht war es an diesem Morgen doch anders. Vielleicht fühlte er sich nicht gut. Vielleicht hatte er da schon Kopfschmerzen. Ich habe ihn nicht gefragt, wie es ihm ging, sondern ihn einfach in den Wagen gepackt und bin losgefahren. Ich weiß nicht mal, was ich als Letztes zu ihm sagte, als ich ihn im Kindergarten abgab. *Hab einen schönen Tag*, vielleicht. Und: *Ich liebe dich*. Aber genauso gut könnte ich ihn ermahnt haben, brav zu sein. Er hatte es den Betreuern in letzter Zeit nicht leicht gemacht.

Wie kannst du diese letzten Worte vergessen?

Ich frage mich, ob Hettie das auch durchgemacht hat. Wusste sie noch, was sie als Letztes zu ihrem Sohn sagte? Ist sie jede Erinnerung durchgegangen, auf der Suche nach dem kleinen Detail, das anders war? War sie wie ich im tiefsten Herzen davon überzeugt, dass sie doch die Schuld trug? Seitdem muss sie jeden Tag ihres Lebens bereut haben, auf diese »Sweet Sixteen«-Party gegangen zu sein.

Es dauert einige Stunden, aber ich schaffe es durch vier weitere Kisten, in denen sich aber nichts Interessantes findet. Als ich eine braune Lederbibel in Kiste Nummer fünf finde, hätte ich sie erst fast nicht weiter beachtet. Doch sie liegt zwischen Gegenständen aus den frühen Achtzigern, und es steckt ein Lesezeichen darin, deswegen öffne ich sie neugierig an der markierten Seite.

Das Urteil des Salomon. Ich bin nicht sehr bibelfest, aber selbst ich weiß noch aus der Kinderbibel, die meine Tante Suzie mir geschenkt hat, dass sich darin zwei Frauen um ein Kind streiten. Die Geschichte soll wohl eine Lektion über Weisheit sein, um dem Leser Salomons brillante deduktive Fähigkeiten als Beispiel vor Augen zu halten.

Wer von den Deveaus fühlte sich von dieser Geschichte angesprochen? Und warum? Ich schlage die erste Seite der Bibel auf, ob dort ein Name oder eine Widmung steht, und finde ein Blatt gelbes Briefpapier, das mit großer, schnörkeliger Schrift beschrieben ist. Das ist nicht Andres Handschrift – an die engen, säuberlichen Zahlen und Buchstaben in seinem Physikschulheft erinnere ich mich noch. Diese hier sieht weiblich aus und stammt, soweit ich erkennen kann, nicht von den Zwillingen. Ich tippe also auf Hettie.

Als ich das Blatt entfalte, erkenne ich, dass es sich um eine Auflistung von Bibelpassagen handelt.

Jesaja 64.6. Wir alle sind wie ein Unreiner geworden und all unsere Gerechtigkeiten wie ein beflecktes Kleid. Wir alle sind verwelkt wie das Laub welkt, und unsere Sünden tragen uns davon wie der Wind.

Eine recht trostlose Weltsicht, finde ich, doch ich lese weiter.

1. Korinther 6.18. Fliehet die Unzucht! Jede Sünde, die ein Mensch begehen mag, ist außerhalb des Leibes; wer aber Unzucht treibt, sündigt gegen den eigenen Leib.

Das weckt meine Aufmerksamkeit. Überlegte Hettie, etwas sexuell Unmoralisches zu tun? Machte sie sich Sorgen um jemand anderen, den sie für unmoralisch hielt? Auf dem Blatt steht kein Datum, deswegen kann ich nur vermuten, wann dies geschrieben wurde.

1. Korinther 10.13. Keine Versuchung hat euch ergriffen als nur eine menschliche; Gott aber ist treu, der nicht zulassen wird, dass ihr über euer Vermögen versuchet werdet, sondern mit der Versuchung auch den Ausgang schaffen wird, sodass ihr sie ertragen könnt.

Als ich das lese, muss ich unwillkürlich an Andre denken. Dies scheinen mir Passagen zu sein, die eine religiöse Mutter heraussucht, nachdem sie erfahren hat, dass ihr Sohn schwul ist. Könnte es sein, dass Hettie versucht hat, ihm spirituelle Führung zu geben? Oder suchte sie aus ganz eigenen Gründen nach Hilfe?

1. Thessalonicher 4.3-5. Denn dies ist Gottes Wille: eure Heiligung, dass ihr euch von der Unzucht fernhaltet, dass jeder von euch sich sein eigenes Gefäß in Heiligkeit und Ehrbarkeit zu gewinnen wisse, nicht in Leidenschaft der Lust …

Auf der Rückseite des Blattes stehen noch zwei weitere Passagen, die etwas weniger streng klingen:

1. Korinther 13.7. Die Liebe erträgt alles, sie glaubt alles, sie hofft alles, sie erduldet alles.

1. Petrus 4.8. Vor allen Dingen aber habt untereinander eine anhaltende Liebe, denn die Liebe bedeckt eine Menge von Sünden.

Ich suche nach einer Gemeinsamkeit zwischen der Salomon-Geschichte und diesen Bibelversen, doch die Aussagen scheinen mir unterschiedlich zu sein. Ich könnte Leeann fragen, was sie darüber denkt – sie ist eine eifrige Kirchgängerin. Doch ich habe nicht viel Vertrauen in ihre Fähigkeit der theologischen Analyse. Vielleicht könnte Doktor Pinaro etwas Licht ins Dunkel bringen.

Ich lege die Bibel auf das Tischchen neben meinem Bett und arbeite mich durch die letzten Kisten, die noch übrig sind. Als ich fertig bin, ist es nach Mitternacht und ich habe nichts Interessantes mehr gefunden. Der Deveau-Clan mag ja ganz hipp und schick sein, aber ihre zwölf Kisten mit Dachbodenramsch würden auf einem Flohmarkt nicht mehr als fünfzig Dollar einbringen. Der Tag war nicht sehr ergiebig. Ich schlüpfe in meinen Pyjama, stelle den Fernseher an und gehe ins Bett. Für manche Menschen heißt ins Bett gehen, schlafen gehen. Ich gehöre nicht dazu.

Am nächsten Morgen setze ich keinen Fuß vor die Tür. Es ist Freitag, und wenn Cristina Paredes eine reine Arbeitsbeziehung mit Noah unterhält, sollte sie sich heute auf den Heimweg machen – nicht dass ihre Abreise seine Unschuld beweisen könnte. Irgendetwas Merkwürdiges geht zwischen ihnen vor. Was genau, ist mittlerweile auch schon egal. Trotzdem ziehe ich die Vorhänge vorsichtig so weit auf, dass ich sehen kann, was draußen vor sich geht.

Am späten Morgen ruft Isaac an, um mit mir über die Kapitel zu sprechen, die ich ihm geschickt habe. »Das ist ziemlich riskant«, murmelt er, fast zu sich selbst. »Du legst es wie einen Tatsachenroman an. Wir hatten aber etwas anderes besprochen. So kann ich das nicht in der Reihe *Die größten Rätsel* bringen.«

»Willst du, dass ich es ändere?«

Er atmet aus. »Noch nicht. Gib mir noch ein paar mehr Kapitel. Der soziologische Aspekt gefällt mir, die Klassenunterschiede zwischen dem Personal und der Familie.

Aber, Charlotte?« Wie immer schwächt er sein Lob schnell mit etwas Realität ab. »Nicht viele Autoren kriegen die *Mitternacht-im-Garten-von-Gut-und-Böse*-Nummer hin. Richte dich darauf ein, es umzuschreiben.«

Nach dem Gespräch setze ich mich hin und arbeite mehr im Detail aus, wohin ich mit dem Buch will. Um ungefähr zwei Uhr werde ich von Stimmen draußen vor dem Haus abgelenkt. Als ich wieder durch die Vorhänge spähe, sehe ich Noah, der zwei lächerlich große violette Koffer schleppt. Cristina folgt ihm in hautengen Jeans und Stöckelschuhen. Ich kann nicht erkennen, aus welchem Cottage sie gekommen sind, deswegen weiß ich auch nicht, ob sie bei Noah gewohnt hat oder ein eigenes Gästehaus hatte. Aber sie reist ab.

Als er ungefähr fünfzehn Minuten später bei mir klopft, schlägt mein Herz so schnell, dass es peinlich ist. Ich bin versucht aufzuspringen und die Tür aufzureißen. Stattdessen halte ich mich zurück, zähle bis zehn, lasse ihn warten. Wenn ich es überlebt habe, dass Eric mich nach vier Jahren betrog, werde ich es wohl schaffen, cool zu bleiben, wenn meine Einwochenaffäre zu Ende geht.

Doch als ich sehe, wie sich Noahs Gesicht bei meinem Anblick erhellt, fällt es mir noch schwerer. Sein Grinsen scheint mir die schlimmste Form der Lüge zu sein.

»Hey! Endlich.«

»Du hattest wohl viel zu tun, nehme ich an.« Ich schlage einen Ton an, der weder bissig noch freundlich ist, nur um zu sehen, wie er sich rausreden wird.

»Arbeit eben.« Er zuckt mit den Schultern. »Aber ich habe dich vermisst.« Er lehnt sich im Türrahmen zu mir vor und wartet darauf, dass ich zur Seite trete und ihn hereinlasse.

Ich rühre mich nicht vom Fleck, lächle nicht.

Jetzt wird er unsicher. »Passt es gerade nicht? Arbeitest du?«

»Nein«, antworte ich, »ich bin nur … nicht sicher, warum du hier bist.«

»Um dich zu sehen …?« Er bricht ab, als er versteht. »Du bist sauer.« Er mustert mich. »Wegen meiner Arbeit? Weil ich keine Zeit hatte? Ich hab's dir doch erklärt …« Er bekommt einen verletzten Ausdruck, wie ein Hund, der zu Unrecht ausgeschimpft wird.

»Nicht weil du keine Zeit hattest. Die hättest du nämlich gehabt.«

Seine Augen weiten sich zu einem »Oh Gott, ich stecke in Schwierigkeiten«-Blick.

»Seien wir doch mal ehrlich, Noah. Es war deine Entscheidung, keine Zeit für mich zu haben.« Ich blicke ihm geradewegs in die traurigen Hundeaugen und sage es so unverblümt, wie ich kann. »Ich werde nicht so tun, als hätte ich ein Anrecht auf dich, okay? Das habe ich nicht. Aber es ist schon ein bisschen dreist von dir, einfach so hier aufzutauchen, nachdem du mich eine Woche lang gemieden hast.«

»Es war wegen der Arbeit«, sagt er. »Das hatte ich dir doch gesagt.«

»Arbeit«, wiederhole ich. »Weißt du überhaupt, wie komisch du dich benommen hast? Du hast ja praktisch Ausschlag gekriegt, wenn ich in deine und Cristinas Nähe kam.« Sein Mund öffnet und schließt sich wieder. »Ich bin neugierig«, sage ich, verschränke die Arme und bleibe weiter in der Tür stehen. »Wie sollte ich denn jetzt deiner Meinung nach reagieren? Dich einfach umarmen, keine Fragen stellen und ins Bett mit dir hüpfen?«

Ich warte auf Entschuldigungen oder entrüstete Erwiderungen, doch Noah schiebt einfach die Hände in die Taschen und starrt zu Boden.

»Na gut«, sagt er und nickt. »Ich bin reif genug zuzugeben, dass ich diese Sache … diese Sache mit Cristinas Besuch falsch angepackt habe.« Dann atmet er aus. »Ich wollte es nicht verkomplizieren, aber wahrscheinlich hab ich es bloß noch schlimmer gemacht. Tut mir leid, Charlie. Wirklich.«

Es ist eine großartige Vorstellung, ungemein reuevoll, aber er liefert keinerlei Erklärung. Ich starre ihn weiter an.

»Ich kann verstehen, warum du glaubst … dass da was zwischen uns ist«, sagt er langsam. »Und in gewissem Sinne war es das wohl auch.«

»Ist Cristina deine Freundin? Schläfst du mit ihr oder …«

»Nein, nein.« Die Vorstellung scheint ihn zu entsetzen. »Gott, nein. Sie ist wirklich meine Landschaftsdesignerin. Ich habe ihr die Ausbildung finanziert und alles. Aber ich hätte dir wahrscheinlich sagen sollen, dass sie Carmens Schwester ist.«

»Wer ist Carmen?«

»Meine Ex-Frau.«

Das ist die beste Neuigkeit, die ich mir hätte vorstellen können. »Warte, Cristina ist deine Schwägerin? Und du arbeitest mit ihr zusammen?« Mir fällt ein Stein vom Herzen. Obwohl es auch bedeutet, dass seine Exfrau genetisches Material mit dieser Frau teilt – ein einschüchternder Gedanke.

»Sie war meine Schwägerin, ja. Ein paar von Carmens Cousins arbeiten auch für mich. Du verstehst also, warum die Scheidung ziemlich chaotisch war.«

So gern ich diese Geschichte auch glauben würde, aber da gibt es ein paar Löcher. »Warum hast du mir das nicht einfach gesagt? Warum musstest du mich ignorieren? Was sollte ich nicht sehen?«

»Es geht nicht darum, was du siehst, sondern darum, was sie sieht.« Nun hat er kapiert, dass er nicht in mein Cottage hineinkommt, und setzt sich auf die Kante der Treppenstufe vor der Tür. »Ich kenne Cristina, seit sie in der neunten Klasse war. Sie war unsere Trauzeugin. Ich dachte einfach, dass es komisch für sie wäre, mich mit jemand anderem zu sehen. Vielleicht auch zu sehen, wie glücklich ich bin.« Er legt den Kopf zurück und seufzt. »Und dann müsste sie entscheiden, ob sie es Carmen sagt oder nicht, und … na ja, es kam mir alles wirklich kompliziert vor.«

Mir schwant, dass ihre Scheidung nicht ganz so freundschaftlich abgelaufen ist, wie ich zunächst dachte, was irgendwie tröstlich wirkt. Ich bin also nicht allein mit meinem Versagen. Aber der Umstand, dass er mit jemand anderem ausgeht, sollte eigentlich keine so große Sache sein, es sei denn …

»Noah, wann genau wurdest du geschieden?«

»Am ersten Dezember.«

Vor nicht mal zwei Monaten.

»Oh Gott.«

Er hebt die Hände. »He, ich hatte nicht vor, so schnell wieder was anzufangen. Diesen Job bei Hettie habe ich angenommen, um einen klaren Kopf zu kriegen. Ich hab ja nicht damit gerechnet, dass mich gleich eine hübsche Yankee-Frau ins Bett zerrt.«

Ich lächle, weil diese Version der Ereignisse nicht ganz unzutreffend ist. Ich denke, nun glaube ich ihm. Er hätte es sehr viel besser handhaben können, und ich bin nicht gerade begeistert, dass die Familie seiner Ex-Frau noch Teil seines Lebens ist, aber wenigstens ist er kein betrügerischer

Mistkerl. Er ist bloß der Sohn eines potenziellen Kriminellen, trägt Waffen und jagt Rehwild. Damit kann ich leben.

Ich setze mich neben ihn auf die Stufe. »Ich brauche eine Zigarette.«

Er verschränkt seine Finger mit meinen und küsst meine Hand, bevor er die Packung Marlboros hervorzieht. »Baby«, sagt er, »ich hab das, was du brauchst.«

Abends dann, als er leise neben mir schnarcht, kommen mir ganz neue Sorgen. Mich jetzt an jemanden zu binden, ist das Letzte, was ich brauche, und meine Reaktion auf Cristina hat bereits bewiesen, dass mir jemand, den ich kaum kenne, wichtiger ist, als er sollte. Ich bin hier, um Material für mein Buch zu sammeln und Gabriel zu helfen. Dass ich mich in einen Texaner mit möglicherweise unangenehmen familiären Bindungen zu diesem Fall verliebe, stand nicht auf der Liste. Im April bin ich wieder in Stamford, und Noah wird vielleicht sogar früher abreisen. Hab ich nicht schon genug verloren? Warum sollte ich mir noch jemanden suchen, den ich vermissen werde?

Noah rollt sich zu seinem Kissen herum und murmelt etwas im Schlaf. Seine nackten breiten Schultern sind verführerisch, aber ich widerstehe dem Drang, die Hand darauf zu legen. Es muss doch einen Weg geben, seine Gesellschaft zu genießen, ohne sich verletzlich zu machen. Irgendwie gefühlsmäßig Distanz zu halten. Männer tun das doch ständig, oder nicht? Noah meint es wahrscheinlich sowieso nicht wirklich ernst. *Ich* bin diejenige mit dem Problem.

Ich grübele zu viel. Vielleicht ist es ein Zeichen von Schwäche, aber ich kann den Gedanken an eine weitere schlaflose Nacht nicht ertragen. Ich nehme eine Ambien und hoffe, dass Gabriel nicht ausgerechnet in dieser Nacht alles enthüllen will.

Am Morgen bin ich dann dank der Tablette verkatert und fühle mich abgestumpft. Deshalb zeige ich mich auch nicht begeistert, als Noah vorschlägt, etwas zu unternehmen. Dann raffe ich mich aber doch auf, und als sich der Ambien-Nebel lichtet, bin ich froh darum. Das ganze Wochenende erkunden wir die Gegend: gehen im Stadtpark spazieren, essen schlechtes chinesisches Imbissessen, sehen uns einen Film im Kleinstadtkino an. Wir trinken mit Chicorée aromatisierten Kaffee in einer Bäckerei in der Nähe des Stadtzentrums, der mich beinahe zum Würgen bringt. Er schmeckt wie Dreck, aber Noah findet, dass das Aroma »lecker und ein bisschen holzig« ist und leert meinen Becher gleich mit.

Sonntags wandern wir einen vier Meilen langen Naturpfad entlang und verschlingen in einem winzigen Lokal frittierten Wels mit dem Dirty Rice der Cajun-Küche. Wieder auf dem Anwesen stellt Noah ein Basketballspiel an und wirft sich rundum zufrieden aufs Bett.

»Das war ein schönes Wochenende«, sagt er.

Ich sage ihm nicht, dass es das beste Wochenende war, das ich seit Monaten erlebt habe. Ich danke ihm auch nicht, weil er mich wieder glücklich macht, egal ob es nur von kurzer Dauer ist. Er weiß nicht, was ich durchgemacht habe, und so soll es bleiben.

Ich beobachte, wie er die muskulösen Riesen auf dem Bildschirm anschreit, und bin erstaunt, dass ein Ballverlust aus Unachtsamkeit solche Leidenschaft hervorruft. Mein Dad war Sportfan, aber ich selbst bin noch nie mit einem zusammen gewesen. Eric war der Typ Mann, der noch als

Erwachsener bitter wurde, wenn man auf Schulsport zu sprechen kam.

»Hast du noch nicht genug von mir?«, fragt Noah während einer Werbepause. »Ich möchte dir nicht auf die Nerven gehen.«

Ich zucke die Achseln. »Willst du mal eine Nacht allein schlafen?«

»Nee.« Geistesabwesend streichelt er mein Knie. »Ich schlafe nicht gern allein.«

Nun könnte ich beleidigt sein. Aber Tatsache ist, dass ich ebenfalls nicht gern allein schlafe. Den Rest des Abends redet er mehr mit dem Fernseher als mit mir. Mich stört es nicht. Ich rufe Rae zurück und verabrede, ein paar Tage mit ihr zu verbringen, sobald sie in der Stadt ist. Dann mache ich es mir mit einem großen Becher Eiskrem und ein paar Sudokus gemütlich. Dieses Arrangement hat etwas von der angenehmen Seite des Verheiratetseins. Die alltägliche Zweisamkeit.

Nicht dass Noah Eric in irgendeiner Weise ähneln würde. Mit Eric ging alles viel zu schnell, weil er das Mittel zu einem Zweck war, den ich verzweifelt wollte, Teil eines Plans. Zusammen leben, heiraten, ein Haus kaufen, schwanger werden, ein Kind haben. Da endete seine Rolle. Ich kann es Eric nicht übelnehmen, dass er sich jemand anderen gesucht hat. Von dem Moment an, als unser Sohn geboren wurde, war mein Ehemann nicht mehr Teil der Gleichung.

Du wolltest, dass er geht.

Eine seltsame Erkenntnis, die mir genau in dem Moment kommt, als Noah ein Kissen schmeißt und schreit: »Das ist doch Schwachsinn! Schwachsinnsentscheidung! Der war im Aus. Bist du blind?«

Ich lächle. Aus irgendeinem Grund möchte ich nicht, dass dieser Mann geht, und etwas an dieser Erkenntnis ist noch seltsamer.

Einige Abende später bekomme ich gerade eine ziemlich heiße Fußmassage, als mein Handy klingelt. Noah hält mit den Daumen in der Wölbung meines linken Fußes inne. Die Unterbrechung kommt mir gar nicht recht, aber es könnte Großmutter sein. Er seufzt, als ich mir das Handy vom Nachttisch fische.

Die Nummer erkenne ich nicht, aber die Ortsnetzkennzahl ist von hier. Also geht es vermutlich um die Arbeit. Ich beeile mich. »Charlotte Cates.«

»Hallo«, sagt eine mir bekannte weibliche Stimme. »Ich hab Ihre Nummer von diesem Detective. Hier ist Danelle. Danelle Martin.« Sie klingt, als würde sie es schon wieder bereuen, angerufen zu haben.

Voller Bewunderung schüttle ich den Kopf. *Remy, Sie Teufelskerl, Sie hatten recht.* Noch nie habe ich so gern fünfzig Dollar verloren.

18

Irgendwie hatte ich gehofft, dass mir Danelle etwas Weltbewegendes am Telefon mitteilen würde, und das wär's dann gewesen – doch stattdessen will sie nach Evangeline kommen, um mit mir zu sprechen.

»Ist Hettie da?«, fragt sie.

»Ja, sie ist hier«, sage ich. »Wollen Sie sie treffen?«

Neben mir legt Noah die Stirn in Falten und scheint zu überlegen, mit wem ich da gerade rede und über was.

»Sie sagten, sie ist krank«, sagt Danelle. »Ich dachte, ich mach mal einen Höflichkeitsbesuch. Ich hab Mr Deveau gar nicht Danke sagen können, bevor er starb. Und ich würd gern sehen, wie's da jetzt aussieht. Gibt's die Kameras und die Wachleute noch?«

»Ich kann Sie reinlassen.« Und darauf spekuliert sie natürlich. Ich habe keinen Zweifel, dass dies der Grund ist, warum sie mit mir und nicht mit Minot sprechen möchte. Ich hoffe bloß, dass es sich auch lohnt.

»Dann bis morgen früh.« Danelle macht sich nicht die Mühe, zu fragen, ob mir das recht ist. »Ich sage, was ich zu sagen habe, und fertig. Mein Name erscheint in keinem Buch, und es klopfen keine Polizisten mehr an meine Tür, verstanden?«

Das Versprechen kann ich ihr nicht geben, nicht, wenn sie mir etwas mitzuteilen hat, das tatsächlich von Wert ist. »Ich tue mein Bestes.«

Als ich auflege, will Noah wissen, mit wem ich gesprochen habe. Ich zögere. Ich bin mir sicher, dass er Danelle nur zu gerne treffen würde, eine Frau, die seine Großeltern und seinen geheimnisvollen Dad kannte – vermutlich sogar ihn, als er noch klein war. Aber ich darf nicht zulassen, dass sie schon jetzt voneinander erfahren. Falls Danelle etwas Interessantes über Maddie, Jack oder Sean Lauchlin zu sagen hat, soll sie keine Hemmungen wegen eines noch lebenden Lauchlins haben.

»Es ist für mein Buch«, sage ich zu Noah. »Ich bin da an etwas dran.«

»Ach ja? Und was ist das?« Meine Antwort hat ihn nur noch neugieriger gemacht.

»Nichts Wichtiges.« Ich lege meinen Fuß in seinen Schoß. »Ich glaube, du warst mit denen hier beschäftigt, bevor wir so rüde unterbrochen wurden.«

Er verdreht die Augen. Dann nimmt er meinen linken Fuß und massiert ihn halbherzig. »Du kannst mit mir über deine Arbeit sprechen, weißt du. Ich bin nicht zu blöd, um das zu verstehen.«

»Es hat wirklich nichts mit deiner Intelligenz zu tun«, protestiere ich. »Nur damit, dass deine Familie seltsamerweise mit allem zu tun hat, über das ich schreibe.«

Sein Gesicht wird todernst, und ich begreife, dass meine Füße heute Abend keine Liebe mehr bekommen werden. »Wieso ist es wichtig, wer meine Familie ist? Es sei denn, du denkst, sie hätten etwas Falsches getan.«

»Ich mache mir überhaupt keine Sorgen wegen deiner Großeltern«, sage ich, obwohl das nicht ganz stimmt, »aber selbst du musst zugeben, dass dein Vater ein großes Fragezeichen ist.«

»Hast du *ihn* etwa im Verdacht?«

In dem Moment, als Sean erwähnt wird, spüre ich, wie eine Wand in ihm hochfährt, doch ich weiß nicht, ob wegen mir oder dem Mann, von dem er sich abgelehnt fühlt. So oder so, ich bin sicher, dass Noah gern mehr über den Nichtsnutz erfahren würde, der ihn gezeugt hat. Leider habe ich Detective Minot mein Wort gegeben – und das werde ich auch halten.

»Ich habe niemanden *im Verdacht*«, sage ich. »Ich bin nicht die Polizei. Ich versuche nur, diese Geschichte zu erzählen, und dein Dad gehört dazu.« Da kommt mir ein Gedanke. »Falls er je wieder auftaucht, würdest du es wissen wollen? Ich meine … würdest du ihn kontaktieren?«

»Nein«, sagt er schnell. Doch dann denkt er darüber nach. »Wahrscheinlich ist er sowieso tot.«

Eine wohlmeinende Erklärung, finde ich, für die Tatsache, dass sich Sean in den letzten dreißig Jahren nicht ein einziges Mal bei seinem Sohn oder seinen Eltern gemeldet hat. Eigentlich ist sein Tod sogar die *einzige* akzeptable Entschuldigung. Selbst ein dämlicher Tod, zum Beispiel weil man mit seinem Wagen von der Straße abgekommen und gegen einen Baum gefahren ist, weil man verdammt noch mal zu betrunken war, um ein Fahrzeug zu steuern, ist immer noch besser, als sein Kind einfach zu verlassen.

»Du hast wahrscheinlich recht«, stimme ich ihm zu. »Ich wette, er ist schon vor langer Zeit gestorben. Was ist mit deiner Mom? Violet Johnson. Würdest du gern mehr über sie wissen?«

Er weicht aus. »Sie ist tot.«

Ich weise ihn nicht darauf hin, dass ihn seine Großeltern diesbezüglich angelogen haben könnten. »Ein Mensch namens Violet Johnson hat Mitte der Siebziger auf Evangeline gearbeitet«, erkläre ich ihm. »Sie war Hausmädchen. Ich nehme an, so hat sie deinen Vater kennengelernt.«

»Ein Hausmädchen, hm?« Noahs Miene ist undeutbar.

Ich wünschte, ich wüsste, was in seinem Kopf vorgeht. »Das ist ein weitverbreiteter Nachname, aber ich glaube, wenn man sich ein bisschen anstrengt, könnte man an ihre Daten kommen.«

»Ja«, sagt er. »Wahrscheinlich schon.«

Vielleicht hat er Angst vor dem, was er finden könnte. Vielleicht ist es ihm auch wirklich egal. Oder er redet nicht gern über seine Gefühle, so wie alle Männer.

»Hast du was zu essen da?«, sagt er. »Ich habe Hunger.«

Danelle Martins Schnoddrigkeit und das auffallende Selbstbewusstsein sind wie weggeblasen, als sie ihren früheren Arbeitsplatz betritt. Ich treffe sie um neun Uhr am nächsten Morgen auf der Vordertreppe. Sie hat sich extra fein gemacht und trägt ein langes schwarzes Kleid, Ohrringe, eine Kette mit Glaswürfeln und einen bunten Schal. »Schön, Sie zu sehen, Ms Martin«, begrüße ich sie.

Ihr Blick streift mich, die großen Eichen, wandert über den Bayou und dann das blütenweiße Haus hinauf. Welche Erinnerungen der Ort wohl in ihr weckt? »Das war schon immer so'n schickes Haus«, sagt sie. »Fällt einem schwer zu glauben, dass so was Hässliches da drinnen passiert ist.«

»Wollen Sie sich umsehen? Ich wette, es hat sich eine Menge geändert.« Ich hoffe darauf, dass ihr eine Besichtigung einige Geschichten entlocken wird, aber während ich sie durchs Haus und über das Gelände führe, weist sie mich nur hier und da mit knappen Worten auf Veränderungen hin.

»Neue Schränke«, sagt sie in der Küche. »Die Gartenlaube ist weg«, bemerkt sie im Garten zu mir. Sie geht zügig, ihre scharfen Augen erinnern mich an einen Raubvogel, der den Horizont nach Futter absucht und gelernt hat, auf die leiseste Bewegung zu reagieren. Als Danelle die umgebauten Cottages sieht, urteilt sie voller Verachtung: »Kein Charakter.«

Irgendwann habe ich genug von Smalltalk. Die Besichtigungstour ist beendet. Entweder sie vertraut mir nun oder nicht.

»Also?« Ich lehne mich auf der Gartenbank vor dem alten Brunnen zurück und lasse mich von der kühlen Sonne bescheinen, ohne mich ausdrücklich um gute Manieren zu kümmern. »Sie sind doch gekommen, um mit mir zu reden, oder nicht?«

Sie stemmt die Hände in die Hüften. »Sie glauben, ich weiß, was passiert ist.«

»Tun Sie das?«

Sie macht ein finsteres Gesicht. »Ich weiß *gar* nix.«

»Was machen Sie dann hier?«

Ihr Mund kneift sich zu einem rosa Knoten zusammen. »Ich bin gekomm'n, um ein paar Sachen richtigzustell'n. Ich trag diese Familiengeschichten jetzt schon viel zu lange mit mir rum. Ich muss mein eig'nes Leben weiterleb'n.« Sie legt eine Hand auf das, was von ihrer Brust noch übrig ist, und blickt zum Brunnen hinüber, hoch zu dem Engel mit den leeren Augen. »Manchmal muss man lüg'n, um das Richtige zu tun, und vor dreißig Jahren, als das FBI und die andern all diese Fragen gestellt hab'n … na ja, da hab ich eben manchmal gelog'n.«

Ich weiß nicht, ob sie den Ernst dessen, was sie gerade zugegeben hat, begreift, und lasse sie weiterreden.

»Diese Familie hat damals harte Zeiten durchgemacht, als sie ihren kleinen Jungen verlor'n hat.« Sie setzt sich nicht neben mich auf die Bank, sondern bleibt stur stehen und richtet ihre kleine Gestalt so weit auf, wie es nur geht. Ihre Augen sind auf einen Punkt direkt vor uns gerichtet. »Auf einmal saßen ihnen die Cops im Nacken, die beweisen wollt'n, dass sie es getan hatt'n. Ich sag Ihnen, Neville und Hettie Deveau hab'n Gabriel nichts getan, das ist so sicher, wie ich jetzt hier stehe. Sie hatten ihre Fehler – und nich' zu knapp –, aber sie hätt'n dem Jungen kein Haar gekrümmt, und das ist die Wahrheit, ich schwör's bei Gott. Wenn ich der Polizei alles gesagt hätte, was ich wusste, dann hätt ich es bloß noch schlimmer gemacht – für sie.«

»Sie wollten helfen«, sage ich vorsichtig, um sie dazu zu bringen, sich mir anzuvertrauen. »Die Wahrheit kann kompliziert sein.«

Sie wirft mir einen verärgerten Blick zu, der mir sagt, dass mein beschwichtigender Ton durchsichtig und unnötig ist. »Neville hatte eine Geliebte. Ich hab gesagt, ich wüsste nichts davon, aber so war's. Mehr als eine sogar, über die Jahre.«

»Er hatte eine Affäre?« Ich versuche mir meine Enttäuschung nicht anmerken zu lassen, aber ehrlich gesagt wäre es eine größere Überraschung, wenn Neville Deveau seiner Frau treu gewesen wäre. Ich kann verstehen, warum Danelle glaubt, sie hätte damit eine Bombe platzen lassen. Selbstverständlich wäre es peinlich für Hettie gewesen, falls Nevilles Untreue bekannt geworden wäre, aber warum sollte es das FBI kümmern? Möglicherweise könnte eine von Nevilles Geliebten Gabriel entführt haben, aber warum denn? Und es passt auch nicht zu der Theorie vom sexuellen Missbrauch.

»Neville war kein schlechter Mann«, erklärt mir Danelle. »Ich hoffe, das sag'n Sie auch in Ihr'm Buch. Er hatte das Geld und die Stellung, um den Frauen den Kopf zu verdreh'n, und er hatte einen schwachen Willen. Mehr war da nicht dran. Aber er hat sein Ehegelübde nicht so gehalt'n, wie er sollte. Hat er nie.«

»Wusste Hettie das?« *So naiv kann sie nicht gewesen sein*, denke ich. Die Zwillinge erwähnten, wie häufig ihr Vater auf Geschäftsreise gewesen war.

»Oh, sie wusste es«, bestätigt mir Danelle. »Als sie es das erste Mal herausgefunden hat, hat Neville lieb getan und geschwor'n, er würd ab jetzt brav sein. Aber zwei Jahre, bevor Gabriel auf die Welt kam, kam sie ihm wieder auf die Schliche. Es wurde hässlich, und an einem Abend ging es ganz schön hin und her.«

»Was hat sie gesagt?« Ich versuche zu verstehen, wie Hettie, die da noch wegen Nevilles Seitensprüngen am Boden zerstört war, nur ein paar Jahre später von ihm schwanger geworden sein konnte. Was war in der Zwischenzeit geschehen? Hatte er versprochen, sich zu ändern? Hatte sie es letztlich, wenn auch widerstrebend, akzeptiert? Mir fällt die Bibel ein, die ich gefunden habe, die Passagen über sexuelle Freizügigkeit und Sünde. Vielleicht hat sie auf göttliche Gerechtigkeit vertraut und daran geglaubt, dass ihr Ehemann sich am Ende vor Gott würde verantworten müssen.

Danelle legt den Kopf auf die Seite und denkt nach. Das Licht fängt sich in einem ihrer Ohrringe. »Sie ist ausgerastet. Ich hab sie noch nie so schrei'n hören. Sie hat zu ihm gesagt, sie hätt ihr Leben damit vergeudet, zu versuch'n, eine gute Ehefrau zu sein. Alles wär ganz umsonst gewesen. Und dass ihr Leben keinen Sinn hätte. Ich glaub ja nicht wirklich an Seelenklempner, aber ich denk, Hettie hatte eine Depression. Sie hat nicht gewusst, worauf sie sich mit dieser Art von Leben einließ.« Danelle wirft einen Blick zurück zum Haus, und ich weiß, was sie meint. Dinnerpartys wie die, die ich dort habe über mich ergehen lassen müssen, könnte ich nicht ständig ertragen.

»Aber sie ist bei ihm geblieben. Sie hätt ihn doch im Fall einer Scheidung bis aufs Hemd ausziehen können. Warum hat sie ihn nicht verlassen?«

»Und Neville von der Leine lass'n? Das war nich' ihre Art. Sie wollte ihn büßen lassen.« Danelle spielt mit ihrer Halskette; Daumen und Zeigefinger schließen sich um einen gezackten blauen Würfel. »Aber sie hat schon davon gesprochen, ihn zu verlass'n. Er hat sie sogar angefleht. Aber sie war wirklich wütend. Sie sagte, wenn er mit seinen Huren weitermach'n will, dann gut, aber dann könnte er ihr wenigstens einen hübschen Pooljungen such'n.« Danelle schürzt die Lippen, als wäre Hettie damit in ihren Augen zu weit gegangen.

Vielleicht ist Jules bloß einer in einer langen Reihe von Familienpooljungen, denke ich. »Wie hat Neville darauf reagiert?«

Danelle sieht mir geradewegs in die Augen. »Er hat sie geschlag'n.«

Ich atme scharf ein. »Haben Sie das gesehen?«

»Ich hab sie gehört. Er sagte, falls sie je einen andern Mann anfasst, bringt er sie um, und … na ja, sie krachte gegen einen Tisch.«

»Hat er sie verletzt?«

Sie nickt. »Ihre Nase hat geblutet. Später kam sie dann in die Küche und hat nach Eis gefragt.«

Jetzt begreife ich, dass Danelles großes Geheimnis überhaupt nicht die Untreue war. Jeder kleinste Hinweis auf häusliche Gewalt – zu dem Zeitpunkt, als Gabriel verschwand – hätte das Ende für Neville Deveau bedeutet. Schuldig oder nicht schuldig, er wäre von einer Flut geifernder Ermittler lebendig begraben – und von der öffentlichen Meinung augenblicklich vorverurteilt – worden.

»Hören Sie«, sagt Danelle, »Neville wurde schnell mal wütend, das will ich gar nicht abstreit'n. Aber ich glaub nicht, dass er außer diesem einen Mal je irgendjemand'n verletzt hat. Und gegen diese Kinder hat er nie die Hand erhoben, das weiß ich. Deswegen hab ich auch nix gesagt. Das hätte doch nur Verwirrung gestiftet, versteh'n Sie?«

Ich verstehe. Es ist nicht leicht, einen Mann objektiv zu betrachten, der seine Frau betrügt und ihr dann ins Gesicht schlägt, weil sie damit droht, Gleiches mit Gleichem zu vergelten. *Mir* zumindest fällt das schwer. »Und nachdem er sie geschlagen hat, was ist dann passiert?«

»Hettie fuhr in ihr Haus nach New Orleans und wohnte da eine Weile, während sie die Dinge wieder ins Reine bracht'n. Die Kinder war'n ja im Internat, und wenn sie nach Hause kamen, war sie wieder in Evangeline, deshalb haben sie gar nicht gemerkt, dass sie weg gewesen war.«

»Und das geschah alles vor Gabriel.«

»Ja. Zwei Jahre vorher. Als Gabriel geboren wurde, hatte er schon wieder irgendeine Neue.«

Dass Hettie noch ein Kind mit diesem Arschloch bekommen hat, gibt mir zu denken. War sie wirklich so dumm zu glauben, dass ein Baby die Lösung wäre? Oder vielleicht war sie einfach eine gute Christin, die dachte, es wäre ihre Pflicht, dem Verlangen ihres Gatten nachzugeben. »Hat sich Neville gefreut, als sie schwanger wurde?«, frage ich Danelle.

Sie nickt nachdrücklich. »Wie ein Schneekönig. Hettie war diejenige, die das Kind nich' wollte. Später hat sie dann ihre Meinung geändert, nehme ich an, aber …« Danelle bricht ab, als wolle sie keine weiteren Spekulationen anstellen. »Ich weiß bloß, dass es niemand'n härter getroffen hat als Neville, als Gabriel verschwunden ist.« Sie schüttelt den Kopf, und ihr offensichtliches Mitgefühl für diesen Mann ärgert mich. »Selbst nachdem er für all diese Kameras und Wachleute und so gesorgt hat, hat er nie wieder seinen Seelenfried'n gefunden. Aber das Haus hat er auch nich' verkauft, egal wie oft Hettie ihn darum gebeten hat.«

»Warum nicht?« Ich denke an das Haus in Stamford, die Erinnerungen an meinen Sohn, die damit verbunden sind. Und ich begreife, dass es in diesem Haus keine Zukunft für mich gibt, nur eine Vergangenheit.

Danelle denkt über meine Frage nach. »Es klingt verrückt, aber ich glaube, er hat gehofft, dass Gabriel eines Tages zurückkommt.« Als sie mein Gesicht mustert, entdecke ich zum ersten Mal so etwas wie Besorgnis bei ihr. »Ich hoffe, es war richtig, dass ich Ihnen das erzählt hab. Ich weiß, es sieht schlecht für Neville aus, aber ich glaub fest daran, dass er nix falsch gemacht hat. Natürlich hätte er das Hettie nicht antun dürfen, aber es ist ein großer Unterschied, ob man eine Frau mal härter anfasst oder ob man sein Baby spurlos verschwind'n lässt.« Ihr Blick huscht zu dem weißen

Haus, das hinter uns aufragt, und dann wieder zurück zu mir. »Glauben Sie nicht?«

»Ich glaube, Sie haben recht«, antworte ich. »Ich glaube nicht, dass Neville etwas damit zu tun hatte.« Und es ist wahr. Was Danelle mir gerade erzählt hat, belastet in meinen Augen nicht Neville. Wenn er Hettie geschlagen hat, sie von der Welt abgeschottet und betrogen hat, dann ist es Hettie, die ein Motiv hatte: ein Kind loszuwerden, das sie nie gewollt hatte. Und den Mann, der sie verletzt hat, leiden zu lassen.

Es wäre doch möglich, oder nicht? Die Geburtstagsfeier der Zwillinge endete um circa elf Uhr, und laut des Mannes vom Zimmerservice waren beide, Neville und Hettie, anwesend, als er ihnen um drei Uhr morgens Aspirin brachte. Doch falls er gelogen hat und falls er bestochen wurde, so wie Detective Minot vermutet … könnte sie es gewesen sein. Sie könnte zurück nach Evangeline gefahren sein, dort mehrere Stunden verbracht haben und trotzdem pünktlich um acht Uhr wieder zurückgewesen sein, als sie den Anruf von Maddie erhielten, dass Gabriel verschwunden war.

Das gehört wohl ebenfalls zu den Dingen, die ich Noah gegenüber nicht erwähnen werde.

Als Danelle und ich zurück zum Haus gehen, sind wir beide tief in Gedanken versunken. Auf einmal wirkt die Geschichte dieses Ortes niederdrückend. Für einen kurzen Moment kann ich es alles spüren: die Verzweiflung und die Schufterei der Angestellten – und den der Sklaven vor ihnen. Und dann den Stress und den Druck, den die Besitzer dieses Anwesens empfunden haben werden. Krankheit, Verletzung, Misshandlung – schreckliche Dinge müssen hier geschehen sein, auch wenn sie es nicht alle in die Schlagzeilen geschafft haben. In Wahrheit ist Gabriel Deveau nur ein weiterer Name in Evangelines mehr als einhundertsechzig Jahre langer Geschichte voller Schmerz und Traurigkeit.

»Ist Hettie oben?«, fragt Danelle und holt mich damit zurück in die Gegenwart. Wir treten gerade durch die Haustür in die dämmrige Eingangshalle.

»Ja«, sage ich und versuche die schlechten Schwingungen abzuschütteln. »Am Ende des Flurs.« Ich habe das Pflegepersonal nicht auf ihren Besuch vorbereitet, deswegen weiß ich nicht, wie man sie empfangen wird. Also bleibe ich am Fuß der Treppe stehen und lausche. Ein leiser Wortwechsel, dann kommt Danelle wieder die Treppe hinunter.

»Sie schläft.«

»Möchten Sie warten?« Ich habe zwar keine Ahnung, wie ich Danelle in der Zwischenzeit unterhalten soll, doch es scheint mir nur höflich, es anzubieten.

»Ich glaube nicht«, erwidert sie, woraufhin ich mich frage, ob es nicht der eigentliche Grund ihres Besuches war, mir ihr Herz auszuschütten. »Sie sagten ja sowieso, Hettie wäre sehr verwirrt. Ich habe jetzt das Haus gesehen, vielleicht ist das genug.« Beinahe melancholisch lässt sie den Blick noch einmal durch die große, luftige Halle schweifen bis hinauf zum Kronleuchter. Vermisst sie das Leben hier? Ich stelle mir vor, wie sie den Vorsitz über die Küche hatte – wie ein Richter – und die Teller wie Urteile an die Angestellten austeilte. Doch in ihrem Gesicht liegt nicht Nostalgie, meine ich. Es ist Mitleid. Mitgefühl. Sie tun ihr leid.

Ich kann sie nicht gehen lassen, ohne sie noch eines zu fragen. Bisher hat sich keine Gelegenheit ergeben, es feinfühlig in die Unterhaltung einfließen zu lassen, damit es weniger bedeutungsvoll und verdächtig wirkt, doch ich muss es wissen.

»Miss Martin, haben Sie eine Ahnung, ob Maddie Lauchlins Sohn Zeit mit Gabriel verbracht hat?«

»Sean?« Sie mustert mich scharf. »Wenn er zu Besuch bei seinen Eltern war, hat seine Mama meist auf Gabriel aufgepasst. Also ja, klar.« Sie senkt die Stimme. »Interessier'n Sie sich für Sean?«

Ich will mit offenen Karten spielen, vor allem nachdem Danelle vorhin so ehrlich war. »Sozusagen«, gebe ich zu. »Ich weiß zwar nicht viel, aber der Typ kommt mir dubios vor.«

Ich warte darauf, dass sie ihn verteidigt, so wie sie es mit Maddie, Neville und Andre getan hat. Doch sie nickt bloß und betrachtet eingehend eines der goldgerahmten Gemälde. »Ich mochte Sean auch nicht besonders.«

»Nein? Warum nicht?«

Danelle bedenkt dies ein paar Sekunden, bevor sie ihr hartes Urteil spricht. »Sean Lauchlin wollte immer zu hoch hinaus. Er hat zu viel Zeit mit feinen Leuten verbracht, fing an herumzustolzier'n, als wär er einer von ihnen.« Ihr Mund verzieht sich missbilligend. »Die Familie hat ihn sehr gemocht. Das hat's nur noch schlimmer gemacht.«

Ich bin erschrocken, hören zu müssen, dass Danelle Klassenunterschiede verteidigt, vor allem da sie sich so aufgeschlossen gegenüber Andres Sexualität gezeigt hat. Andererseits vertraut sie sich mir an. Vielleicht kann ich das ausnutzen. »Ich habe gehört, dass es zwischen Sean und seinen Eltern einen großen Streit gegeben hat – ein paar Monate, bevor Gabriel verschwand. Hat Maddie je gesagt, warum?«

Danelle schüttelt den Kopf. »Sie und Jack war'n ziemlich zugeknöpft, was das anging. Sean hat ihnen jahrelang Sorg'n gemacht, weil er keine Ahnung was angestellt hat. Die arme Maddie war völlig aufgelöst, als er ging.«

Mir fällt ein, dass Noah gesagt hat, er hätte mit Gabriel gespielt, als er klein war, also muss ich fragen: »Kannten Sie Maddies und Jacks Enkel?«

Sie wirkt überrascht. »Nein. Maddie hat nie über ihn geredet, nur ein einziges Mal.«

»Was hat sie gesagt?«

»Keine Ahnung. Ist ihr eines Tages so rausgerutscht, als sie aufgeregt war, etwas über ihr'n kleinen Enkel. Bis dahin wusst ich nicht mal, dass sie überhaupt einen hat. Als ich nachfragte, hat sie aber kein Pieps mehr gesagt.« Da sie meine verständnislose Miene sieht, erklärt sie: »Maddie war sehr religiös, und ich nehm mal an, dass Sean das Mädchen nicht geheiratet hat. Es ist ihr wohl peinlich gewesen. So war sie.«

Ich würde die Unterhaltung nur zu gerne fortsetzen, doch Jules steckt den Kopf aus dem Arbeitszimmer und bedenkt uns beide mit einem eisigen Blick.

»Kann ich Ihnen helfen?«, fragt er Danelle in einem Ton, der alles andere als Hilfsbereitschaft signalisiert.

»Nein«, sagt sie, ungerührt von einem hübschen Jungen, der nur halb so alt ist wie sie. »Ich wollte gerade gehen, danke.« Sie tätschelt meine Schulter, die freundlichste Geste, die ich von ihr bis heute erfahren habe. »Einen schönen Tag noch.«

Jules wartet, bis Danelle weg ist, und wendet sich dann mir zu. »Es steht Ihnen nicht zu, Ihre privaten Gäste mit ins Haus zu bringen.«

»Sie war hier, um Hettie zu besuchen«, sage ich ruhig. »Doch ich werde in Zukunft daran denken.«

Ich muss weg von diesem verfluchten Haus. Der Zaun, die Kameras, die Wachleute: Ich fühle mich wie eine Geisteskranke. Außerdem will ich Detective Minot berichten, was Danelle mir heute erzählt hat. Die fünfzig Dollar, die ich in unserer Wette verloren habe, sind nur ein geringer Preis für diese Flucht.

Ich weiß nicht, wie Hettie es all die Jahre in Evangeline ausgehalten hat, ohne den Verstand zu verlieren – meist allein, so scheint es. Aber … vielleicht hat sie das gar nicht.

19

Während ich gern in Detective Minots Gesellschaft bin, weil er meine eher zynische Weltsicht teilt, ist mir Leeann gerade darum ein Trost, weil sie es nicht tut. Den Mittwochnachmittag verbringe ich, indem ich mit Minot finstere, letztlich aber unergiebige Vermutungen anstelle, und am Donnerstag schreibe ich darüber. Am Freitag ist mir dann nach ein bisschen Küchenklatsch.

Eines muss ich Leeann lassen: Man muss sie einfach gernhaben. Ihr breites, strahlendes Lächeln, die ausschweifenden Geschichten über die Einwohner dieser Stadt – ich kann mir vorstellen, wie sie vor zwei Jahren den alten Neville Deveau um den Finger gewickelt hat, damit er sie anstellt. Ich könnte so tun, als wären Recherchen für mein Buch oder ihre Küche der Grund für meine häufigen Besuche in der Küche – und in der Tat schätze ich Leeann aus beiderlei Gründen –, aber die schlichte Wahrheit ist, dass ich mich in ihrer Gegenwart glücklich fühle.

Vor sechs Monaten noch hätte ich nur Verachtung für Leeann übrig gehabt. Sie ist eine übergewichtige, ungebildete, dreiundzwanzigjährige, unverheiratete Mutter, die ihr ganzes Leben in Chicory, Louisiana, verbracht hat. Sie ist nie über die Grenzen des Staates hinausgekommen, und ihr einziges Lebensziel ist es, ihren Freund zu heiraten, der nicht heiraten will, und noch mehr Kinder zu bekommen. Für die elitäre Frau aus Manhattan hat Leeann nichts zu bieten, aber sie ist freundlich, etwas, das ich zu schätzen lerne.

Früher habe ich »freundliche« Menschen regelmäßig gemieden, Leute, deren Freundlichkeit ihre Haupteigenschaft ist. Ich habe sie bemitleidet. Ich war umgeben von scharfzüngigen Intellektuellen, und wir sonnten uns in unserer Überlegenheit, unserem feinen Sinn für Ironie. Leeann würde Sarkasmus nicht einmal erkennen, wenn er mit einem Banner und einem Megaphon vor ihr paradieren würde. Doch sobald einer ihrer Kollegen Anzeichen von Stress oder Traurigkeit zeigt, ist sie sofort da und bietet ihre Hilfe an. Wenn sie über ein Drama schwatzt, das sich in ihrer Kirchengemeinde abspielt, oder mit großem Ernst eine Szene nacherzählt, die sie in *Real Housewives* gesehen hat, dann bin ich dankbar, von einer Welt zu hören, in der es nichts Böses und keine Tragödie gibt.

»Also …« Leeann lächelt, während sie den Kupfertopf, der zum Mittagessen benutzt worden war, schrubbt. »Wie sehr mögen Sie ihn?«

Ohne zu fragen, weiß ich, dass sie Noah meint. Natürlich sollte ich nicht hier sein und eine Middleschool-Unterhaltung über »Jungs« führen. Rae kommt morgen Abend hergeflogen – das bedeutet, ich sollte jetzt eigentlich an einem Kapitel schreiben, damit ich in den nächsten Tagen Zeit für sie habe. Aber ehrlich gesagt, macht das hier mehr Spaß.

»Genug.« Ich erwidere Leeanns Lächeln.

»Genug wofür?«, bohrt Leeann nach. »Für ›dann lebten sie glücklich und zufrieden bis an ihr Lebensende‹? Oder nur für ein bissch'n Spaß, bis Sie wieder zurück nach New York müss'n?«

»Er wurde gerade erst geschieden«, erkläre ich ihr. »Und

ich … bin schon lange nicht mehr mit jemandem ausgegangen. Mehr als ein bisschen Spaß würde mich überfordern.« Ich nähere mich dem großen Spülbecken, an dem sie arbeitet, und nehme mir ein grün kariertes Handtuch. »Geben Sie her, ich trockne ab.«

Grinsend reicht mir Leeann den Topf. »Pass'n Sie besser auf, Charlie. Gott hält vielleicht mehr für Sie bereit als bloß Spaß.« Ich glaube, sie will mich aufziehen, doch wenn man bedenkt, was mir Gott oder das Schicksal oder der Zufall in letzter Zeit aufgebürdet hat, klingt das unheilvoll.

»Ich weiß, Sie glauben an Gott und Jesus, Leeann, aber glauben Sie auch an andere Dinge? Solche Sachen, die man nicht erklären kann?« Eigentlich hatte ich nicht vor, diese Unterhaltung zu führen, aber ich kann mir nicht helfen.

Was ich sage, ergibt nicht viel Sinn, doch sie antwortet trotzdem mit Überzeugung.

»Wenn man an Gott glaubt, hat man für alles eine Erklärung.« Sie ist sich so gewiss, in ihren milden blauen Augen liegen keinerlei Zweifel. Auf einmal werde ich wütend – ohne zu wissen, warum. *Eine Erklärung für alles? Auch dafür, warum mein Sohn tot ist?* Aber ich beiße mir auf die Zunge.

Leeann ist erst dreiundzwanzig. Noch hat sie nichts verloren, das sie genug geliebt hat, um allein die Idee von Gott zu hassen. Sie hat noch nicht genug von der Welt gesehen, um sie kompliziert zu finden.

»Was ist mit Geistern?«, frage ich. »Glauben Sie an Geister?«

Leeann stellt die letzte Pfanne auf die Arbeitsplatte und trocknet sich die seifigen Hände an einem freien Küchentuch ab. »Ich glaube, dass der Herr seine Boten hat«, sagt sie, »und manchmal schickt er eben seine Engel zu uns.«

»Engel«, wiederhole ich. Das ist nicht gerade das Wort, das mir in den Sinn kommt, wenn ich an meine Visionen von Gabriel Deveau, Hannah Ramirez und Didi Minot denke.

Leeann nickt. »In der Bibel gibt es himmlische Besucher. Und mein Sohn hat einen gesehen.«

»Ihr Sohn hat einen Engel gesehen?« Die Tatsache, dass ich diese Behauptung nur zu neunzig Prozent skeptisch sehe, beunruhigt mich.

»Er hat sie sogar mehrfach gesehen«, sagt Leeann ganz ernst, als könne man einem Dreijährigen, der berichtet, einen Engel gesehen zu haben, bedingungslos Glauben schenken.

»Aber … woher wusste er denn, dass es ein Engel war?« Ich weiß, es ist erbärmlich, dass ich mir von einem Kindergartenkind Tipps erhoffe, aber was bleibt mir anderes übrig?

»Er wusste es einfach«, sagt Leeann. »Vielleicht hatte er Flügel. Aber daran glaube ich. Dass es himmlische Boten sind, keine Geister.«

Ich kann den Unterschied immer noch nicht erkennen, aber bevor ich weiter nachhake, beginnt Leeanns Hosentasche zu vibrieren. Sie fischt ein uraltes verkratztes Handy heraus. »Das ist Mike.« Sie runzelt die Stirn. Ich vermute, es ist ihr Freund. »Ich hoffe, es gibt keinen Ärger zu Hause.« Sie drückt die Taste mit dem Daumen. »Hallo?«

Eine Pause. Ihr Gesicht legt sich in besorgte Falten. »*Qui ça dit?* Warum hast du Mikes Telefon, *sha*?«

Ich habe Leeann bisher noch nie Cajun sprechen hören, doch ihr zärtlicher Ton sagt mir, dass es sich um ihren Sohn handelt, den Engelseher. Als ich die leise weinerliche Stimme vom anderen Ende der Leitung höre, überkommt mich plötzlich ein schmerzliches Gefühl des Verlustes. Ich hätte alles darum gegeben, noch einmal von einem Kind bei der Arbeit gestört zu werden.

»Alles gut, *sha*, alles gut«, beschwichtigt ihn Leeann. »Ist Mike grade reingekommen? Gib ihn mir mal.«

Eine tiefe männliche Stimme ersetzt das Kleinkinderjammern.

»Was ist denn da los bei euch, *boo*?« Leeann lauscht aufmerksam. »*Mais*, er sagt, er ist krank. Dass er *mal au ventre* hat.« Mike klingt nicht gerade glücklich, und schon muss Leeann auch ihn beschwichtigen. »Ich weiß, dass du damit klarkommst, aber er ist sehr aufgeregt. Kinder wollen immer ihre Mama, wenn sie sich schlecht fühlen.«

Ich starre auf den Holzfußboden. Sie hat recht. Kinder wollen ihre Mama. Aber ich war nicht für meinen Sohn da, als er seine Mama am meisten gebraucht hat.

Selbst wenn ich das Büro verlassen hätte, als Keegans Kindergärtnerin das erste Mal anrief, um mir mitzuteilen, dass er Kopfschmerzen hat, hätte ich es nicht rechtzeitig zurück geschafft. Aber ich bin nicht nach diesem ersten Anruf gegangen. Ich sagte ihr, dass sie ihm ruhig Tylenol für Kinder geben könnte, und schrieb an einer bösen E-Mail an unseren Webseitendesigner weiter. Ich hätte darum bitten können, mit Keegan zu sprechen, ich hätte ihm sagen können, dass ich ihn liebe, doch das habe ich nicht getan. Damals habe ich mich wieder an die Arbeit gemacht, weil ich wie Leeann glaubte, Arbeit wäre wichtig. Fünfzehn Minuten später, als sie anriefen, um mir zu sagen, dass er in die Notaufnahme gefahren wurde, wusste ich, dass es nicht so ist.

Ich beobachte Leeann, während der Kloß in meinem Hals größer und größer wird.

»Na gut«, sagt sie, um das Gespräch zu beenden, »sag T-man, dass ich bald zu Hause bin. *Lâche pas la patate*. Halt durch, *beb*. Liebe dich.« Sie stopft ihr Handy wieder in die Hose, zu besorgt, um zu bemerken, wie erschüttert ich bin.

»Müssen Sie zu Ihrem kleinen Jungen?«

»Ich weiß nich.« Leeann kaut auf der Lippe. »Er weint und sagt, er ist krank. Jules habe ich heute noch nicht geseh'n, aber wenn er vorbeikommt und ich weg bin …« Sie muss den Satz nicht beenden. Wir wissen beide, in welcher Laune Jules in letzter Zeit ist. »Ich meine, Mike ist da, aber …« Sie bricht ab. Das schlechte Gewissen einer Mutter. Ich verstehe. Mommys Freund, egal wie gut er mit den Kindern umgehen kann, ist kein Ersatz für Mommy.

»Um Jules müssen Sie sich keine Sorgen machen«, versichere ich ihr. »Heute Abend machen wir uns selbst was zu essen. Gehen Sie nur.«

»Meinen Sie?«

Dabei habe ich keine Angst, dass Leeanns Junge an einem Gehirnaneurysma stirbt, bevor sie es nach Hause schafft. So etwas passiert anderen Leuten nicht. Aber eines Tages, vielleicht bald, wird sie diesen Job nicht mehr haben, und dann wird sie sich an jedes sinnlose Opfer erinnern, das sie auf Kosten ihres Kindes dafür gebracht hat.

»Vertrauen Sie mir«, sage ich, »Ihr Sohn ist wichtiger als das Abendessen.«

Das muss ich ihr nicht zweimal sagen. Schon ist sie weg, um Umarmungen und Küsse und Streicheleinheiten zu verteilen, was immer ihr Kind nötig hat.

Jetzt, allein in der Küche, spüre ich, wie mich eine leise Traurigkeit beschleicht. Ich nehme einen Apfel aus der Fruchtschale auf dem Tresen und drehe ihn geistesabwesend in der Hand. Durch das Küchenfenster kann ich sehen, wie Noah irgendetwas vermisst. Ich weiß nicht, wie er sich weiter so intensiv mit diesem Gartenprojekt beschäftigen kann. Er ist der Einzige, der sich überhaupt noch darum schert. Doch ich nehme an, das ist seine Art, Hettie Respekt zu erweisen: etwas Schönes zu erschaffen, an dem andere sich erfreuen können.

Ich weiß nicht, wie lange ich so dagestanden und mit dem Apfel gespielt habe, aber als ich mich von dem Küchenfenster abwende, steht ein Mann in der Tür.

Andre Deveau. Er trägt einen dunkelblauen Anzug, und sein kurzes graues Haar ist gescheitelt und seitlich zurückgekämmt, die erwachsene Version der Prep-School-Mode. Ich bin mir nicht sicher, ob er mich von der Dinnerparty wiedererkennt oder einfach daran gewöhnt ist, Fremde in seiner Küche vorzufinden. Denn Andre macht keinen Versuch herauszufinden, wer ich bin. »War Jules heute hier?«, fragt er und betrachtet sein Handy mit gerunzelter Stirn. »Ich habe sein Auto nicht gesehen.«

Natürlich. Er ist hier, um den Streit mit seinem Geliebten beizulegen. Oder vielleicht auch, um Jules zu feuern – was mein Leben sehr viel einfacher machen würde.

»Ich habe ihn nicht gesehen, tut mir leid.«

Andre nickt und will schon gehen, ändert dann aber seine Meinung. »Ich sollte etwas essen. Eine Kleinigkeit, nichts allzu Fettes, bitte.«

Er denkt, ich arbeite hier. Ich zögere. Ich sollte ihn darüber aufklären, dass ich nicht die Köchin bin, aber ich will nicht, dass Leeann Ärger bekommt, weil sie früher gegangen ist.

»Ähh …« – ich sage das Erste, was mir in den Sinn kommt – »wie wäre es mit einem Joghurt – mit Früchten?« Das ist das einzige halbwegs Gesunde, das ich Leeann je habe servieren sehen, und es erfordert keine Kochkünste meinerseits.

»Gut. Ich bin im Arbeitszimmer.«

Er geht ohne einen Dank – und ohne sich die Mühe zu machen, mich nach meinem Namen zu fragen.

Es dauert fünfzehn Minuten, die notwendigen Utensilien zusammenzusuchen und zuzubereiten, und das Endergebnis weist zu meinem Schrecken Blasen und Klümpchen und schiefe Schichten auf. Aber – vielleicht bemerkt Andre es nicht? Als ich vor dem Arbeitszimmer stehe, ist die Tür einen Spalt geöffnet. Feuer knistert im Kamin. Andre, der nun zurückgelehnt auf dem Zweiersofa sitzt, klebt an seinem iPad, Mordlust im Gesicht.

»Ihr Joghurt.«

»Oh. Danke.« Er nimmt meine traurige Interpretation eines Schichtjoghurts in Augenschein und dann mich, wobei ihm offenbar plötzlich doch Zweifel kommen. »Es tut mir leid, sind Sie neu? Ich hätte mich vorhin vorstellen sollen. Ich bin Andre.«

»Charlotte«, erwidere ich. »Wir haben uns bei der Dinnerparty Ihrer Mutter vor ein paar Wochen kennengelernt.«

Er starrt mich eine Sekunde an, bevor der Groschen fällt. »Oh Gott, das Buch, das Syd und Bridgie machen. Es tut mir leid, ohne das blaue Kleid sehen Sie anders aus.« Seine Stirn kräuselt sich. »Aber … warum machen Sie mir etwas zu essen? Sind Sie nicht selbst ein Gast?«

»Die Köchin musste überraschend fort. Ihr Sohn ist krank, und Jules war nicht da … ich wollte nicht, dass Sie sich ärgern.«

Er hält die Hand in die Höhe. »Es mag nicht so aussehen, Charlotte, aber ich bin kein komplettes Arschloch.« Er schüttelt den Kopf. »Nicht zu fassen, dass ich Sie für die Köchin gehalten habe. Sie müssen mich für ungeheuer verwöhnt halten, dass ich so einfach in die Küche marschiere und jedem Befehle zublaffe, der zufällig gerade dasteht.« Er steht auf und geht zum Spirituosenschrank an der entgegengesetzten Wand. Seine Hand bleibt über zwei Flaschen mit bernsteinfarbener Flüssigkeit und schwebt. »Bitte. Trinken Sie etwas mit mir und erzählen Sie mir von Ihrem Buch – nicht diesen Unsinn von Plantagenhäusern, den Bridgie meiner Mutter weismacht.«

Andre wählt eine der Flaschen aus und gießt uns je ein halbes Glas voll. Brandy? Scotch vielleicht. Was immer es ist, es könnte ihn gesprächig machen. Ich denke an den Mojito, den er mir ausgab, als ich ihn Jahre zuvor für *Sophisticate* interviewt habe – nicht dass er sich daran erinnern würde –, und beschließe, eine strategische Ausnahme zu meiner Kein-Alkohol-Regel zu machen.

»Danke.« Ich nehme das angebotene Glas an und setze mich. »Ich wollte sowieso mit Ihnen sprechen.«

»Ich nehme an, meine Schwestern waren kein Quell nützlicher Informationen? Na ja, das überrascht mich nicht. Sie kannten Gabriel schließlich kaum.« Er bedenkt mich mit einem schiefen Lächeln. »Um die Wahrheit zu sagen, ich glaube, sie haben ihm nie vergeben, dass er ihre Geburtstagsparty … überschattet hat.«

»Das war sicher unangenehm für sie«, sage ich vorsichtig.

»Sehr. Sie hatten mit einem hübschen kleinen Artikel im Gesellschaftsteil gerechnet, und dann nahm er die Titelseiten aller Zeitungen ein. Deswegen haben sie ein paar

Jahrzehnte lang geschmollt, und nun, dreißig Jahre später, schlagen sie Profit aus dem Schmerz meiner Mutter. Ziemlich geldgierig, finden Sie nicht?«

Gut, denke ich. *Er gibt sich keinen Illusionen über seine Schwestern hin*. Wenn dies der Andre ist, bevor er Alkohol getrunken hat, kann ich es kaum erwarten, mit ihm zu plaudern, wenn er schon ein paar gekippt hat.

»Mit diesem Buch wollte ich niemandem auf die Zehen treten«, erkläre ich. »Ich habe den Auftrag unter dem Eindruck angenommen, dass Ihre ganze Familie das Projekt unterstützt.«

Er zuckt mit den Schultern. »Ich verschwende meine Zeit nicht damit, Syd und Bridgie zu erklären, was sie zu tun haben. Sollen sie doch ihr Buch bekommen.« Er lässt sich wieder auf dem Zweisitzer nieder und legt die Füße auf die Ottomane. »Also …« Er lenkt das Gespräch auf mich. »Sie sind doch nun schon ein paar Wochen hier. Amüsieren Sie sich mit meiner verkorksten Familie?«

Ich lächle. »Alles in allem, ja. Ihre Familie ist sehr … interessant.«

»Dann – auf verkorkste Familien.« Er hebt ironisch das Glas, um mir zuzuprosten.

Daraufhin halte ich auch meins in die Höhe und zwinge ein bisschen von dem herunter, was immer darin sein mag. Meine Kehle brennt, und ich muss mich beherrschen, nicht zu würgen. Andre dagegen nimmt ungerührt einen großen Schluck. Er lehnt sich zurück und starrt die Decke an, als hinge die große Last, die er zu tragen hat – das kriselnde Hotelgeschäft, seine verrückte Familie, das Geheimnis seiner Homosexualität und schließlich das Drama mit Jules – dort oben gefährlich über ihm.

»Also gut«, murmelt er, »fragen Sie mich etwas. Vielleicht gebe ich Ihnen sogar eine ehrliche Antwort.«

In gespielter Überraschung ziehe ich die Augenbrauen hoch. »Ehrlichkeit? Darauf habe ich gar nicht zu hoffen gewagt.«

»Ich sagte ›vielleicht‹.« Er wirft mir ein müdes Lächeln zu. »Es hängt davon ab, was Sie mich fragen.«

Andre kann reden, sehr gut sogar. Seine Stimme ist voll und ausdrucksstark, seine Worte sind gut gewählt. Der leichte Südstaatenakzent klingt intelligent und vornehm, ohne jedoch snobistisch zu wirken. Irgendwann während unserer Unterhaltung begreife ich, dass der CEO von Deveau Hotels seinen Posten nicht allein der Vetternwirtschaft zu verdanken hat. Er weiß, wie er einen Zuhörer für sich gewinnen kann. Während er mir unzählige Familiengeschichten erzählt – manche peinlich, manche herzzerreißend, manche auch lustig –, ertappe ich mich, wie ich von dieser jüngeren, verletzlicheren Version seiner selbst eingenommen bin und mit ihr fühle.

Als er mich an der glücklichsten Erinnerung, die er an seinen Vater hat, teilhaben lässt, kann ich es mir bildlich vorstellen: der zehnjährige Andre, nach einer Fahrt im Cabriolet das Haar vom Wind zerzaust, zum ersten Mal auf der Rennbahn mit seinem Vater. Neville spielte nicht gern – »er hatte zu großen Respekt vor Geld, um es einfach wegzuwerfen«, erklärt Andre –, aber er wollte seinem Sohn die schönen Pferde zeigen und ließ Andre ein paar kleine Wetten machen. Als Andre schließt: »Ich habe sechsundachtzig Dollar gewonnen«, da leuchtet sein Gesicht noch immer stolz.

Ich wünschte, ich hätte mein Aufnahmegerät dabei, um

jedes Detail einzufangen. Doch das würde die intime Atmosphäre ruinieren und die Illusion zerstören, wir wären zwei Gleichgestellte, die in ein freundliches Gespräch vertieft sind, das aus unserem Zusammensein hier frei hervorgegangen und nicht den Umständen geschuldet ist.

»Mir fällt es schwer, mir vorzustellen, wie es ist, Neville Deveaus Sohn zu sein«, sage ich. »Mein Vater war mir früher so peinlich. Ich dachte, jeder würde ihn ansehen und danach beurteilen, was er in der Öffentlichkeit sagte oder tat oder anhatte. Ich war ein paranoider Teenager, aber in Ihrem Fall … na ja, da war es vermutlich eine berechtigte Angst.«

Andre denkt darüber nach. »In den Kreisen, in denen wir verkehrten, ist er nicht weiter aufgefallen. Eigentlich würde ich sogar sagen, er machte in der Öffentlichkeit eine bessere Figur als im Privatleben.«

»Kamen Sie zu Hause nicht miteinander aus?«

Er schüttelt den Kopf. »Mein Vater war ein jähzorniger Wichtigtuer. Ich bin ihm wenn möglich aus dem Weg gegangen. Die schönen Momente zwischen uns kann man vermutlich an einer Hand abzählen.« Als er sich erhebt, um sein Glas nachzufüllen, sieht er, dass meines fast unberührt geblieben ist. »Mögen Sie das nicht?«, fragt er, halb ungläubig, halb geknickt, wie ein Vater, dessen Kind gerade ein schlechtes Zeugnis mit nach Hause gebracht hat.

»Ich trinke bloß langsam.«

»Der ist gut, das verspreche ich Ihnen. Glenlivet Twentyfive. Fünfundzwanzig Jahre alter Single Malt Whisky, der zum Schluss zwei Jahre in Sherryfässern gelagert wurde.« Er nimmt einen Schluck und schließt genießerisch die Augen.

Ich erwidere etwas Zustimmendes und nehme noch ein paar Schlucke, aber nur kleine. Ich möchte bloß so viel trinken, wie nötig ist, um seine Zunge zu lockern, und dabei einen möglichst klaren Kopf behalten. Schon jetzt spüre ich, wie sich das Buch um Andres Geschichten ranken wird, und bekomme ein Gespür für das traurige Familienporträt, das ich darin zeichnen muss.

Ich frage ihn nach den Ferien und Feiertagen der Familie, und er erzählt mir von den feudalen Mardi-Gras-Partys, die seine Eltern früher geschmissen haben. Dann war Maddie Lauchlin – *Nanny* nennt er sie – einen ganzen Monat mit der Dekoration des Hauses beschäftigt. In der Eingangshalle stellte sie einen riesigen Baum auf und schmückte ihn in Grün, Lila und Gold. Auf jeden Kaminsims kamen üppige Gestecke, und die Haustür wurde mit Masken und Perlenketten und funkelnden Bändern behängt. Sie ließ sogar Dublonen mit einem Bild von Evangeline anfertigen. Abgesehen von der Tatsache, dass Mardi Gras schon in drei Wochen stattfindet, weiß ich wenig von dieser Tradition, doch die Vorstellung, wie Noahs Großmutter das Haus mit billigem Tand herausputzt, lässt mich lächeln.

»Wann haben Sie aufgehört, diese Partys zu geben?«, frage ich.

»Nachdem wir Gabriel verloren hatten«, sagt er. »Mein Vater fand, wir könnten nicht länger die Sicherheit so vieler Leute garantieren. Mir war das immer egal. Ich habe Mardi Gras ohnehin lieber in der Stadt verbracht.«

»Wohnen Sie jetzt dort?«

Andre nickt. »Ich habe eine Wohnung im French Quarter. Aber ich bin nicht oft zu Hause. Unsere Familie besitzt ein Haus in St. Charles, da führen gleich mehrere Paraden vorbei. Bridgie und ihr Mann planen dort dieses Jahr eine große Party. Haben Sie schon einmal Mardi Gras gefeiert?«

Ich schüttle ein wenig verlegen den Kopf.

»Das ist wie Spring Break für Kinder *und* Erwachsene. Es gibt nichts Besseres, wenn man Alkohol mag.« Er wirft einen Blick auf mein halb volles Glas. »Aber vielleicht mögen Sie einfach keinen.«

»Ich trinke nie viel«, gestehe ich. »Shirley Temples sind wohl eher meine Kragenweite. Einfach langweiliges Ginger Ale und Grenadine-Sirup.«

Er schmunzelt. »So machen wir das nicht in Louisiana, Schätzchen. Wir arbeiten ein bisschen, feiern oft und hören erst auf zu trinken, wenn wir bewusstlos sind.«

»Ihre Mutter auch?«

»Meine Mutter stammt nicht aus Louisiana. Aber ich habe gehört, dass sie in jungen Jahren auch ihren Spaß hatte.«

»Standen Sie ihr näher als Ihrem Vater?« Bisher blieb seine Mutter in den Familiengeschichten nur eine schemenhafte Gestalt. Andre hat kein Problem damit, seinen Vater als Dreckskerl dastehen zu lassen, seine Schwestern als oberflächliche Hohlköpfe und sich selbst als ahnungslos und verwirrt. Aber Hettie – sie ist so gut wie abwesend.

Andre muss meine Neugier wohl gespürt haben, denn er starrt einen Moment ins Feuer. »Sie ist meine Mutter«, sagt er schließlich, »das heißt, es ist kompliziert, nicht wahr? Ich liebe sie mehr als sonst jemanden auf dieser Welt. Sie hat auch ihre Fehler gemacht, aber sie würde alles für mich tun.«

Eines Tages werde auch ich – so wie Hettie – alt sein und im Sterben liegen. Aber mein Sohn wird nicht da sein, um den Menschen von unserer komplizierten Beziehung zu erzählen und darüber nachdenken, was ich richtig und was ich falsch gemacht habe. Wird dieses schmerzliche Gefühl von Ungerechtigkeit je vergehen?

»Ihre Mutter hat das Recht, ein paar Fehler zu machen, oder nicht?«, frage ich leichthin. »Aber ich würde es gern hören: Was genau hat sie denn falsch gemacht?«

»Na ja, da fällt mir die Heirat mit meinem Vater ein. Und das können Sie ruhig in Ihrem Buch schreiben, ist mir egal, wer es erfährt.«

»Sie war unglücklich?«

Andre zuckt die Achseln. »Sie wollte Liebe. Er wollte einen Uterus. Sie sehen den Unterschied.« Er steht auf, um das Feuer zu schüren. »Zum Ende hin wurde mein Vater dann milder, doch bis dahin war es ein harter Weg für sie. Als er starb, dachte ich, sie würde endlich ein paar gute Jahre ohne ihn haben. Das hatte sie verdient. Aber dann fand man den Krebs. Dabei fällt mir ein … ich war noch gar nicht bei ihr, seitdem ich heute angekommen bin.«

Offensichtlich ist Andre eher wegen Jules hier. Ich warte darauf, dass er sich nun entschuldigt und zurückzieht, doch er macht gar keine Anstalten.

»Ich verrate Ihnen ein Geheimnis, Charlotte. Kranke Menschen machen mir eine Heidenangst.« Andre erschaudert. »Ich will nicht sehen, wie sie … dahinsiecht.«

Ich nicke, aber innerlich bin ich wütend. *Ihre Mutter stirbt … wen interessiert es da, was Sie wollen?* Allerdings bin ich kaum in der Position, auf das Gebot »Ehre Vater und Mutter« zu pochen. Hätte ich erfahren, dass meine Mutter todkrank ist, hätte ich sie weder besucht noch angerufen. Es wär mir egal gewesen.

»Haben Sie sie in letzter Zeit gesehen?«, fragt mich Andre. »Wie schlimm ist es?«

»Sie ist sehr dünn«, erwidere ich. »Und das letzte Mal, als ich mit ihr gesprochen habe, schien sie mir … verwirrt zu sein.«

»Warum?«

»Sie sprach viel von Gabriel. Es war, als wüsste sie nicht, dass er fort ist.«

Er runzelt die Stirn. »Sie redet eigentlich *nie* von ihm. Was hat sie gesagt?«

»Sie sprach nur so, als wäre er noch am Leben und jetzt erwachsen. Als wäre er nie verschwunden.«

Er atmet laut aus. »Oh Gott. Das ist nicht … es geht ihr nicht gut.« Andre presst eine Hand an die Schläfe. »Jemand hätte es mir sagen sollen. Ich hatte keine Ahnung, dass es so mit ihr bergab geht.« Er stürzt den Rest seines Glenlivet herunter und stellt das Glas so wuchtig auf dem Tisch ab, dass ich kurz fürchte, es könnte zerbrechen. »Ich muss zu ihr.«

Doch die Gastfreundschaft des Südens und die guten Manieren siegen schließlich.

»Charlotte.« Er nimmt meine rechte Hand in beide Hände und schenkt mir sein bestes ehrliches CEO-Lächeln. »Es war mir ein Vergnügen. Das nächste Mal habe ich einen Shirley Temple für Sie.«

20

Nach der Unterhaltung mit Andre habe ich wieder etwas, über das ich schreiben kann. Ich protokolliere die Geschichten so getreu wie möglich und arbeite dann diese Anekdoten in die bereits bestehende Struktur meines Buches ein. Irgendwann kommt Noah herein, aber ich winke ihn weg, so vertieft, dass ich ohne eine Erklärung einfach weitertippe. Er nickt, als verstünde er, und zieht sich leise zurück. Als ich schließlich das gesamte neue Material niedergeschrieben und Pause machen kann, ist es halb zwei Uhr morgens.

Doch ich bin hellwach und voller Energie und kann – oder will – noch nicht ins Bett gehen. Ich versuche weiterzuarbeiten, aber der Bann ist gebrochen und meine Konzentration und mein Antrieb dahin. Zwei Uhr morgens. Was gibt es da zu tun? Mir kommt der Gedanke, dass ich vermutlich nicht die Einzige bin, die um diese Uhrzeit noch wach ist. Wahrscheinlich hat Deacon heute Nacht Wachdienst, und seitdem er mir geholfen hat, Doktor Pinaro ausfindig zu machen, habe ich nicht mehr viel mit ihm gesprochen.

Ich werfe einen Mantel über und trete in die kühle Nachtluft hinaus, um mir mit meinem Handy den Weg zu leuchten. Ich werde zum Haus gehen, beschließe ich, und wenn ich die Kinder nicht sehe, komme ich sofort wieder zurück. Obwohl ich diese Strecke schon so viele Male gegangen bin, ist es jetzt, allein und um diese Uhrzeit, nervenaufreibender. Die Lampe meines Handys verrät mich weithin und macht mich für alles außerhalb dieses kleinen, hellen Runds blind. Um diesen blassen Kreis herum befindet sich eine tiefe Schwärze, wie ich sie nie zuvor gesehen habe.

Glücklicherweise kommt mir Deacon entgegen, sobald ich mich dem Haus nähere. Das Hightech-Sicherheitssystem muss ihn wohl auf einen heranstolpernden Fremden aufmerksam gemacht haben. Er mustert mich argwöhnisch hinter dem Strahl seiner Hochleistungstaschenlampe, sehr viel weniger freundlich als bei unserer letzten Begegnung. Verständlich. Um diese Uhrzeit sind kriminelle Absicht oder Geisteskrankheit die einzigen sinnvollen Erklärungen.

»Ich konnte nicht schlafen«, erkläre ich ihm und tue mein Bestes, sowohl vernünftig als auch entschuldigend auszusehen. »Ich musste den Kopf frei bekommen. Tut mir leid, dass ich die Kameras ausgelöst habe.«

Nachdem er erkannt hat, dass ich kein bewaffneter Eindringling bin, zeigt sich Deacon großmütig. »Ach nee, kein Problem. Ich kenn das ja. Manchmal macht der Kopf, was er will, äh …« Er betrachtet mich eingehend.

»Charlotte«, erinnere ich ihn.

»Ach ja. Na ja, Shalit, seien Sie mal vorsichtig, wenn Sie hier nachts so nah am Bayou rumspazier'n. Man weiß ja nie, ob nich auch ein Krokodil Lust auf einen Spaziergang hat.«

»Sie meinen einen Alligator?« Ich lasse den Blick über den Boden zu meinen Füßen schweifen, aber Deacon zeigt sich weiter äußerst aufgeräumt.

»Sie wohnen in einem der Gästehäuser, oder? Ich bring Sie hin.«

Aber noch kann ich nicht zurück, nicht wenn ich ihn ein bisschen ausquetschen will. »Bitte. Mir fällt die Decke auf den Kopf. Kann ich mich nicht irgendwo eine Weile setzen? Um mich zu beruhigen?«

Er kratzt sich den kraushaarigen weißen Schädel und macht mir dann das Angebot, auf das ich gehofft hatte. »Na, ich denk ma, Sie können mit mir zum Kutschenhaus komm'n, wenn Sie woll'n. Is' ruhig heute, ich behalt nur die Kameras im Auge. Aber ich hab ne Kanne Kaffee und Donuts, wenn Sie Hunger haben.«

Ich frage mich, ob es clever ist, einem alten Mann, den ich nicht mal kenne, an einen Ort zu folgen, an dem mich – falls ich verschwände – niemals jemand suchen würde. Und das um zwei Uhr morgens! Überreste meines früheren Ichs – ganz eindeutig eine sehr viel vernünftigere Charlie – schelten mich für meine Dummheit. Aber ich tue es trotzdem.

Von außen sieht das Kutschenhaus wie eine Garage für vier Fahrzeuge aus. Aber als Deacon mich durch die Seitentür führt, sehe ich dort bloß ein geparktes Auto. Den Rest des Raumes nehmen die verschiedensten Werkzeuge, Fahrräder, Fitnessgeräte und anderer Krimskrams ein. Ich verstehe, dass dies wahrscheinlich der einzige Lagerraum auf Evangeline ist. Da die meisten Häuser in Chicory nur etwa ein Dutzend Fuß über dem Meeresspiegel stehen, kennt man hier vermutlich keine Keller.

Das Durcheinander ist eigentlich sogar ein beruhigender Kontrast zu den Innenräumen von Evangeline, wo alles stets an seinem Platz ist, bis ich den Tisch und die Bildschirme in der Ecke entdecke, auf denen grüne Nachtsichtbilder an und aus flackern. Sobald ein Tier vorbeihuscht, springen die Kameras an und verfolgen es in die Dunkelheit. Wenn ich mir vorstelle, wie oft ich schon auf diesen Bildschirmen erschienen sein muss, während hier jemand gelangweilt gesessen und mich beobachtet hat.

Deacon drückt ein paar Knöpfe, um sich zu vergewissern, dass er nichts verpasst hat. Dann nimmt er eine Schachtel Donuts vom Tisch. »Woll'n Sie?«

Ich wähle einen mit Geleefüllung. »Wie lange arbeiten Sie schon hier?«, frage ich mit vollem Mund.

»Sechs Jahre. Davor hab ich für die Uni in Lafayette gearbeitet, aber meine Tochter lebt hier.«

Sechs Jahre, das ist nicht lang genug, um viel über die Familie zu wissen, ganz zu schweigen von dem Fall. Dieser Ausflug ist Zeitverschwendung. Ich schlendere durch das Kutschenhaus, betrachte Blumenkübel, eine Leiter, ein paar alte Töpfe Farbe. *Plaudere einfach ein paar Minuten mit ihm, dann kannst du gehen.*

»Gefällt es Ihnen in Chicory?«

»Is ganz in Ordnung hier. Als ich mit der Highschool fertig war, hab ich hier ein paar Jahre in der Mühle gearbeitet. Hab meine Frau da getroffen.«

»Für welche Mühle haben Sie gearbeitet?«

»Die Zuckermühle«, sagt Deacon. »Die gehörte auch den Deveaus. Hat aber wohl nicht genug Geld abgeworf'n, deshalb hab'n sie sie geschloss'n.«

Ich kann mich nicht erinnern, schon einmal von einer Zuckermühle gehört zu haben. »Wann war das?«

»Ist lange her.« Er trinkt den Kaffee in einem Schluck aus einem Styroporbecher. »Ende der Siebziger vielleicht? Neville hat das Land verkauft. Die Gebäude steh'n immer noch. Hab gehört, da geh'n die jungen Leute nachts zum Trink'n hin.«

Bevor ich nachhaken kann, fällt mein Blick auf etwas

Großes und Hölzernes, das hinter einem Laufband lehnt. Die Härchen in meinem Nacken stellen sich auf. Ich wage kaum zu atmen, während ich ein paar Schritte näher mache, und finde meinen Verdacht bestätigt.

Ein langes, schmales Ruderboot. Eines, das ich schon einmal gesehen zu haben glaube.

»Wie alt ist das Ding?« Ich bemühe mich darum, dass weder meine Stimme noch meine Hand zittern, als ich darauf zeige.

»Die Piroge?« Deacon zuckt mit den Schultern. »Keine Ahnung. Das steht schon immer da. Woll'n Sie mal damit raus?«

Ich erschaudere. »Nein. Das … ist doch bestimmt leck.«

»Nee«, sagt er, »die ist in Ordnung. Vor 'n paar Jahren bin ich damit mal in den Sumpf raus. Manchmal braucht man genau so ein Boot, klein und leise. Bin damit bis ganz nah ran an einen Fischreiher gekomm'n.«

Kann dieses wirklich das Boot sein, von dem ich geträumt habe? Das, in dem ich mit Gabriel gesessen habe? Instinktiv fahre ich mit der Hand über das Holz, folge den Konturen des Bootes mit den Fingerspitzen. Ich spüre ein schwaches Knistern, eine Entladung, die sich bis zu meiner Handfläche ausbreitet. *Er wird es mir zeigen*, denke ich. *Er wird es mir irgendwie zeigen*. Und das tut er.

Ich schiebe das Boot ins Wasser. Versuche es ruhig zu halten.

Ich spähe über die Seite. Suche.

Wasser. Trübe. So kalt.

Panik.

Hastig ziehe ich die Hand zurück und werfe einen Blick zurück zu Deacon, besorgt, dass mein Gesicht meinen Schock verrät. Doch er stellt gerade eine der Kameras ein und merkt nichts. Ich muss mit Detective Minot sprechen und ihm sagen, was ich gefunden habe.

Dieses Boot. Genau dieses Boot, in dem sumpfigen Gebiet beim Steg. Und der braunäugige Junge mit dem dunklen Haar und dem angeschlagenen Zahn. Jo-Jo. Gabriel Joseph Deveau. Ich kann spüren, wie dieser Gegenstand, dieser Ort, diese Person miteinander verbunden sind, ein leuchtendes Dreieck in meinem Geist. Und das Böse. Ich kann das Böse spüren, berechnend und raubtierhaft, wie es mich an den Eingeweiden packt.

»Ich möchte jetzt nach Hause gehen«, sage ich zu Deacon und dann übergebe ich mich.

Bis sechs Uhr halte ich mich zurück, Detective Minot anzurufen. Doch er klingt, als er abnimmt, sofort so wach, dass ich mich frage, warum ich überhaupt gewartet habe.

»Charlotte! Ich habe an Sie gedacht. Gestern gab es einen großen Durchbruch.« Er redet so schnell, dass ich ihn kaum verstehen kann. »Aber das dürfen Sie nicht in dem Buch verwenden, Sie dürfen kein Wort darüber sagen, aber …«

»Einen Durchbruch? Was für einen Durchbruch?«

»Einen Durchbruch in dem Fall!« Er schreit fast. »Das könnte ganz groß werden. Es *ist* groß. Enorm.«

»Remy, was ist passiert?« Er klingt wie ein hysterischer Fünfjähriger.

»Ich habe gestern mit Rob Schaffer gesprochen, einem der leitenden Ermittler beim FBI. Er war damals mit Gabriels Entführung beschäftigt.«

»Okay …« Der Name ist mir bekannt. Agent Schaffer wurde in einigen der Artikel zitiert, die ich über den Fall gelesen habe.

»Er ist jetzt in den Siebzigern. Ehefrau tot, keine Kinder, hängt am Sauerstofftank.«

Ich sinke auf meine Matratze. Meine Hände zittern vor Erwartung. »Lassen Sie mich raten. Schaffer hatte das Bedürfnis, seine Sünden zu beichten?«

»Er ist nicht an mich herangetreten. Ich glaube auch nicht, dass er ein schlechtes Gewissen hatte. Er … es ist ihm wohl nur nicht mehr wichtig genug, um weiter zu lügen.«

Ich werde ungeduldig. »Was genau hat er Ihnen denn jetzt gesagt?«

»Die Alibis. Ich hatte Ihnen doch von Anfang an erklärt, dass ich vermute, Neville hätte ein paar Leute bestochen, oder nicht?« Er stößt einen langen zufriedenen Seufzer aus. »Nun, Schaffer war einer von ihnen. Er hat einen Zeugen erfunden. Neville hat ihm fünfundzwanzigtausend Dollar gezahlt.«

Mit einem Schlag ist die Erschöpfung der letzten schlaflosen vierundzwanzig Stunden wie weggeblasen. »Jesses. Das … hat er Ihnen einfach so gesagt? Am Telefon?«

»Er wohnt in der Nähe von Baton Rouge. Ich bin gestern hingefahren.«

Eigenartigerweise bin ich gekränkt, dass Detective Minot mich nicht eingeladen hat mitzukommen. Mittwoch erst hatten wir gemeinsam hin und her überlegt … er hätte also fragen können. Und ich finde, dass ich die Sache mit Danelle alles in allem ganz gut gemacht habe. Aber natürlich wird ein FBI-Agent im Ruhestand besser auf Detective Minot ansprechen als auf mich. Ich darf nicht vergessen, dass ich in dieser Ermittlung keine offizielle Rolle habe.

»Wow«, sage ich. »Sie haben eine Zeugenaussage gefälscht. Das ist wirklich stark. War es der Typ, der Neville und Hettie in ihrem Hotel Aspirin gebracht hat? Weil dann nämlich ihre Alibis …«

»Nein, den Mann vom Zimmerservice gibt es wirklich«, stellt Detective Minot klar. »Ich habe seine Sozialversicherungsnummer. Klar, sie könnten ihn ebenfalls bestochen haben. Aber er existiert. Bisher sind Neville und Hettie noch nicht verdächtig.«

»Aber wen haben wir dann …?«

»Andre.« Detective Minot lässt sich den Namen auf der Zunge zergehen. »Agent Schaffer hat Andre gedeckt.«

Vielleicht liegt es daran, dass ich gerade erst mit Andre gesprochen habe und ihn mag, vielleicht ist es aber auch eine tiefere Intuition, jedenfalls kann ich mir beim besten Willen nicht vorstellen, dass Andre seinen kleinen Bruder getötet hat. Dass er etwas verschweigt, ja. Dass er lügt? Vielleicht sogar dies. Aber ein Pädophiler und ein Kindermörder? Nein.

Wenn ich dem vertrauen kann, was ich bei dem Bootssteg gespürt habe, dann war bei Gabriels Verschwinden sexueller Missbrauch im Spiel. Ich habe nicht vergessen, was Danelle gesagt hat. Andre mochte keine kleinen Jungs, er mochte Männer. Attraktive, mürrische Männer über dreißig, um genau zu sein. Die Schwärmerei für Sean Lauchlin und die heimlichen Treffen mit Jules sind ein ziemlich normales Verhalten für einen schwulen Mann und weit entfernt von der Belästigung eines zwei Jahre alten Bruders. Und wenn ich mich mit meiner Theorie vom sexuellen Missbrauch irre? Dann passt Andre noch viel weniger. Er brauchte keine Million Dollar Lösegeld, denn seine Eltern boten ihm unbegrenzte finanzielle Unterstützung. Falls Detective Minot mir wirklich Andre als Verdächtigen verkaufen will, brauche ich etwas, was überzeugender ist.

»Dann hat Neville also Schaffer bestochen«, sage ich. »Beweist das wirklich, dass Andre schuldig ist?«

»Das ist ziemlich viel Geld, wenn man den eigenen Sohn für unschuldig hält«, argumentiert Minot. »Wie dem auch sei, ich habe Ihnen noch gar nicht von Schaffers Erklärung erzählt. Angeblich ist Andres Geschichte, er habe die Nacht mit einem ›Freund‹ verbracht, nicht weit von der Wahrheit entfernt. Er sagt, Andre wäre in dieser Nacht mit einer Frau zusammen gewesen. Einer Prostituierten. Das wollte Neville vertuschen.«

»Aber woher will Schaffer denn wissen, mit wem Andre zusammen war?«, frage ich.

»Na ja, das ist nun mal die Geschichte, die Andre ihm erzählt hat. Dass er die Geburtstagsparty der Zwillinge geschwänzt hat, damit er die Nacht mit einer Prostituierten verbringen kann. Und Schaffer hat es ihm abgenommen. Er dachte, er würde dem Jungen einen Gefallen tun und ihm die Peinlichkeit ersparen. Und er ging davon aus, dass die Frau, falls es wirklich eine Prostituierte war, ohnehin schwer aufzutreiben gewesen wäre … für eine Befragung. Deswegen hat er einen ›Freund‹ erfunden, der Andres Aufenthaltsort bestätigte.«

»Vielleicht war Andre in dieser Nacht aber auch wirklich bei einer Prostituierten«, sage ich. »Warum zweifeln Sie das an?«

»Sie sagten mir, er möge keine Frauen.«

»Er war erst achtzehn!« Es ärgert mich, dass Andres Sexualität auf diese Weise gegen ihn verwendet wird. »Vielleicht versuchte er noch, sich zu finden, sich heterosexuell zu benehmen, keine Ahnung.«

»Ich dachte, Sie würden sich ein bisschen mehr freuen.« Ich kann an Detective Minots Ton hören, dass er unsicher wird. »Ich dachte, wir hätten etwas …«

»Vielleicht haben wir das auch.« Ich erzähle ihm von dem Boot, das ich im Kutschenhaus gesehen habe, und verrate ihm, dass ich davon überzeugt bin, es werde etwas mit Gabriel zu tun haben.

Er denkt darüber nach. »Dieses Boot ist da seit dreißig Jahren?«

»Nein, es wird immer noch damit gearbeitet.«

»Selbst gesetzt den Fall, dass wir Spuren finden, was zweifelhaft ist, können wir doch nicht beweisen, wann oder wie sie dort hingekommen sind.« Minot lässt einen langen Seufzer hören. »Verdammt. All diese toten Enden.«

Ich gebe mich optimistisch. »Na ja, immerhin wissen wir jetzt, dass Neville einen Gesetzeshüter kaufen konnte. Ich würde sagen, Sie sollten sich noch einmal diesen Typen vom Zimmerservice vorknöpfen und sehen, ob sich seine Geschichte mit dem Aspirin in irgendeinem Punkt ändert.«

»Vielleicht konzentrieren wir uns aber zu sehr auf die Eltern. Vielleicht muss ich … noch mal die Angestellten überprüfen.« Er klingt, als wolle er aufgeben.

Innerlich verfluche ich mich, weil ich seine Theorie so schnell auseinandergenommen habe. Ich versuche, noch etwas aus der Asche zu ziehen. »Wer immer Gabriel mit diesem Boot hinausgefahren hat, muss doch Zugang zum Kutschenhaus gehabt haben, oder? Und gewusst haben, was sich darin befindet. Das könnte es einengen.«

»Angenommen, das Boot war dort schon 1982 untergestellt.«

»Nehmen wir es mal an.« Ich lasse nicht locker. »Es ist

nur so ein Gefühl, aber ich glaube nicht, dass jemand aus der Familie dieses Ruderboot benutzt haben würde. Nicht im Dunkeln. Dann gehen wir doch noch mal die ehemaligen Angestellten durch, die durch ihre Arbeit zum Kutschenhaus mussten. Ob jemand dabei ist, der sich mit Booten auskannte und mit dem Sumpf. Hausmeister, ein Handwerker, wer auch immer.« Mir gefällt der Gedanke nicht, dass Noahs Großvater sehr wahrscheinlich Zugang sowohl zum Boot als auch, dank der Stellung seiner Frau, zu Gabriel hatte. »Vielleicht sollten wir uns mehr auf Jack Lauchlin konzentrieren.«

»In Ordnung. Na gut.« Detective Minot wirkt immer noch niedergeschlagen.

»Hey, lassen Sie sich davon jetzt nicht runterziehen. Wir sind ganz nah dran. Ich kann es spüren, wir sind nah dran.«

»Das ist es ja, was mich wahnsinnig macht«, sagt er. »Ich habe das Gefühl, wir hätten alle Puzzleteile in der Hand. Wir legen sie nur falsch zusammen.«

21

Gott sei Dank kommt Rae heute Abend an. Inmitten all dieser toten Enden ist unser Ausflug nach New Orleans ein Lichtblick am Horizont. Vielleicht bekomme ich in einer neuen Stadt, zusammen mit einer alten Freundin, einen klaren Kopf.

Am späten Morgen zieht Regen auf – und bleibt. Noah und ich geben unserem inneren Schweinehund nach und faulenzen den ganzen Nachmittag in seinem zugigen Cottage. Wir essen gerade gegrillten Käse und Tomatensuppe, als Rae vom JFK-Flughafen anruft, um mich wissen zu lassen, dass ihr Flug rechtzeitig eintreffen wird. Gute Nachrichten, die in null Komma nichts zu schlechten werden, als mir klar wird, dass wir sehr unterschiedliche Vorstellungen von ihrem Besuch haben.

»Ich habe ein Hotel ungefähr fünf Meilen vor Chicory gebucht«, informiert mich Rae, »deshalb dachte ich, wir können morgen zusammen frühstücken, und anschließend führst du mich in Evangeline herum.«

»Chicory? Ich dachte, wir fahren nach New Orleans.«

Sie tut unsere Vorabplanung mit aufreizender Achtlosigkeit ab. »Ich war schon hundertmal in New Orleans. Jetzt sollst du mir das echte Louisiana zeigen. Ernsthaft, Charlie, ich freu mich schon so darauf, dieses Haus zu sehen.«

Ich muss mich sehr beherrschen, um sie nicht anzublaffen. »Ich bin in dieser Woche erst vom Hausverwalter ermahnt worden, keine privaten Bekanntschaften mit aufs

Gelände zu nehmen. Wenn du mich gefragt hättest, hätte ich dir gesagt …«

Noah, der meinen Teil des Gesprächs verfolgt hat, greift ein. »Ich kann sie reinbringen«, bietet er an.

Ich kann mir bildlich vorstellen, wie Rae die Ohren spitzt, als sie eine männliche Stimme hört. »Wer ist das?«, will sie wissen. »Ist da jemand bei dir?«

Hastig suche ich nach einer unverfänglichen Antwort. Ich habe ihr noch nicht von Noah erzählt und ich werde es auch nicht tun, während er gleich hier bei mir am Tisch sitzt. »Der Landschaftsgestalter«, sage ich.

»Hör mal«, sagt Noah, und zwar so laut, dass Rae ihn hören kann, »wenn deine Freundin zu Besuch kommen will, rede ich mit den Wachleuten und sag ihnen, dass sie für mich arbeitet.«

Rae jubelt. »Ju-huuu! Siehst du, ich wusste doch, dass du Connections hast.«

Ich werfe Noah einen bösen Blick zu. »Ich dachte, du wolltest morgen früh nach Texas fahren. Weil du dich um ein paar geschäftliche Angelegenheiten kümmern müsstest.«

»Dann fahr ich eben ein bisschen später los«, sagt er. »Kein Problem.«

»Perfekt! Gebongt«, zwitschert Rae. Bevor ich protestieren kann, plärren die Lautsprecher des Flughafens los. »Wir werden zum Boarding aufgerufen«, verkündet sie. »Ich seh dich dann morgen, Süße!«

Ich mustere erst finster das Telefon, dann Noah, der einen Löffel Tomatensuppe schlürft. Ich weiß nicht, ob er meinen Ärger nicht sieht oder beschlossen hat, ihn zu ignorieren. »Cool«, sagt er. »Ich lerne deine Freundin kennen.«

Immer noch sauer, rupfe ich mein Sandwich auseinander. »Vielleicht will ich ja gar nicht, dass du sie kennenlernst.«

»Warum?«, fragt er. »Ich *möchte* gerne einen deiner Freunde kennenlernen.«

»Rae ist neugierig. Sie wird viele Fragen über dich stellen.«

»Und?«

»Und ich weiß nicht, was ich ihr sagen soll.« Es war gar nicht meine Absicht, eine Diskussion über den Stand unserer Beziehung zu beginnen, aber jetzt scheint es, als liefe es genau darauf hinaus.

»Sag ihr, ich bin toll im Bett«, sagt Noah mit einem Grinsen. Ein geschicktes Ablenkungsmanöver.

»Das ist schon mehr, als sie wissen muss.«

»Aber es stimmt, oder nicht?« Wenn man bedenkt, dass er wegen seiner Performance noch am ersten Morgen so besorgt war, strotzt er jetzt vor Selbstbewusstsein. Vermutlich habe ich ihm diesbezüglich mittlerweile ausreichend Bestätigung gegeben.

»Ja.« Ich verdrehe die Augen. »Ich bin wirklich hin und weg.«

Er lächelt und schluckt den letzten Rest seiner Suppe herunter. »Wie wär's, wenn du ihr die Wahrheit sagst?«

»Und die wäre?«

»Du magst mich, oder?«

»Ja.«

»Du bist glücklich, oder?«

»Ja.«

»Ich bin auch glücklich.« Noah beugt sich zu mir herüber und drückt die Lippen an meinen Hals. Offenbar ist alles gesagt, und das ist mir auch recht. Sein Atem, seine Lippen, seine Zähne an meinem Ohr – mich überläuft eine Gänsehaut. Von der angenehmen Art.

Er gibt einen letzten Kuss auf mein Ohrläppchen und dann sinkt er wieder auf seinen Stuhl zurück. »Weißt du, ich sollte dich wohl besser danach fragen, weil das zwischen Carmen und mir ja ein strittiger Punkt war.« Sein Ton ist so beiläufig, dass ich irgendeine achtlos dahingeworfene Bemerkung erwarte, nicht die lächerlich monumentale Frage, die er mir jetzt stellt. »Wo stehst du eigentlich in dieser ganzen Kinderfrage?« Wenn man ihn so sieht, wie er locker zurückgelehnt auf seinem Stuhl sitzt und sein drittes Sandwich verdrückt, könnte man denken, es wäre keine große Sache.

Ich möchte ihn schütteln. Ich möchte ihm sagen, dass Kinder tatsächlich eine ausgesprochen große Sache sind. Dass mein Kind eine große Sache war.

Ich weiß, was ich jetzt sagen sollte. Am ersten Abend, als wir uns trafen, sagte er mir, er und seine Frau hätten sich nach zehn Jahren Ehe scheiden lassen, weil er seine Meinung zu Kindern geändert hatte. Wenn ich will, dass aus unserer Beziehung etwas Ernsteres wird, muss ich jetzt nur sagen: *Kinder? Ich will keine Kinder.* Was auch stimmt. Ich habe nicht mehr so viel Liebe in mir, wie sie diese kleinen, verletzlichen Personen nötig haben, die eben noch da sein und dann, ohne Vorwarnung, plötzlich wieder verschwinden können.

Aber Keegan ist wichtig. Keegan zu verlieren ist wichtig. Meine vier Jahre als seine Mutter werden mich, zumindest zum Teil, für den Rest meines Lebens definieren, und das wird Noah nie verstehen.

»Sieht so aus, als hätte ich dich verschreckt«, stellt er fest. »Tut mir leid. Das ging zu schnell.«

»Viel zu schnell.« Ich verschränke die Arme, erlaube mir nicht zu weinen. Ich kann ihm nicht von meinem Sohn erzählen. Werde es nicht einmal versuchen. »Vielleicht sollten wir in diesem Stadium lieber über die Pläne für das Wochenende sprechen und nicht über den Rest unseres Lebens. Es sind ja erst drei Wochen.«

Er rechnet schnell an den Fingern nach. »Verdammt, du hast recht. Fühlt sich länger an.«

»Nun, ist es aber nicht. Es sind erst drei Wochen.« Ich weiß nicht, warum ich jetzt schnippisch werde. Mit Eric war ich erst einen Monat zusammen, als ich beschloss, ihn zu heiraten, und schon bei der zweiten Verabredung sprachen wir von Kindern. Es ist nicht so, dass es zu schnell für mich ginge, es liegt eher an den Themen, die Noah anspricht. »Ich gehe mal eine Weile rüber zu mir.« Ich bin bereits auf dem Weg zur Tür. »Ich sollte noch ein Kapitel fertigschreiben, bevor ich mich morgen mit Rae treffe.«

Noah zieht die Stirn kraus. »Alles in Ordnung? Ich wollte dir keine Angst machen.«

»Alles gut.« Meine Hand liegt auf dem Türknauf.

»Möchtest du, dass ich später vorbeikomme?«

Nun nieselt es nicht mehr, sondern gießt in Strömen. Trotzdem ist der Regen verlockender, als hier bei Noah zu bleiben, wenn ich am Rande eines Nervenzusammenbruchs stehe. »Ich rufe dich an«, verspreche ich, bevor ich lossprinte.

Doch das tue ich nicht.

Am nächsten Morgen treffe ich Rae im Waffelhaus (ihre heimliche Sünde in jedem Urlaub), und wir tauschen alle üblichen Umarmungen und Grüße aus. Rae ist überall eine gut aussehende Frau, aber hier in diesem Waffelhaus im südlichen Louisiana ziehen die Wildlederjacke, die Lederstiefel und die perfekt frisierten Locken noch mehr Aufmerksamkeit als sonst auf sich. Den Blicken mehr als eines Gastes nach zu urteilen sind Waffeln heute nicht das einzig Appetitliche in diesem Restaurant.

»Du bist erst einen Monat hier und siehst schon viel besser aus«, sagt Rae zu mir, während sie die anzüglichen Blicke ignoriert. »Weniger beängstigend dünn. Offenbar bist du hier im richtigen Staat, um an Gewicht zuzulegen.«

Ich gleite in eine der Sitznischen. »Wie geht es Zoey?«

»Sie vermisst dich. Fragt die ganze Zeit nach dir.«

Auf einmal habe ich ein schlechtes Gewissen, weil ich so plötzlich aus Zoeys Leben verschwunden bin, obwohl ich sie doch schon so lange kenne. Ich hätte sie anrufen sollen. Wenigstens eine Postkarte schicken. Doch bevor ich mich entschuldigen kann, stellt Rae die Frage, die ihr vermutlich seit unserem gestrigen Gespräch auf der Seele brennt.

»Also, wer ist nun dieser Landschaftsgestalter?« Wirklich, die Frau sollte für den *National Enquirer* oder *TMZ* arbeiten. Ihr Gespür für eine Story ist geradezu unheimlich.

Ich bin eine schrecklich schlechte Lügnerin, aber ich tue mein Bestes. »Du meinst Noah? Er arbeitet auf Evangeline.«

»Ist er süß?«

Ich verstehe sie absichtlich falsch. »Das hier ist Louisiana, nicht Vegas. Du bist verheiratet, schon vergessen?«

»Ja, glücklich und langweilig verheiratet.« Sie lacht. »Ich muss mich durch andere ausleben. Also, ist er süß oder ist er hundert Jahre alt – oder wie?«

In einem besseren Lokal würde nun eine Bedienung kommen und unsere Bestellung aufnehmen. Hier im Waffelhaus aber spricht die Kellnerin mit gedämpfter Stimme mit einem der Köche. Sie ist groß und kastenartig gebaut und zeigt die säuerliche, lebensüberdrüssige Miene, wie man sie sonst nur auf Fahndungsfotos sieht. Ich traue mich nicht, sie herüberzuwinken.

»Er ist okay, nichts Besonderes.« Ich zucke mit den Schultern. »Nicht wirklich mein Typ.«

»Dann ist er jung«, sagte Rae. »Dann seid ihr also … *was*? Befreundet? Unternehmt ihr was zusammen?«

»Manchmal schon. So wie du es sagst, klingt es aufregender, als es ist.« Ich schaffe es erstaunlicherweise sehr gut, blasiert zu wirken, doch dann setzt Rae die Waffe ein, mit der sie mich immer kriegt: das lange Starren.

Nach ungefähr einer Minute fange ich an, mich zu winden. »Was ist denn? Warum schaust du mich so an?«

Sie antwortet nicht, guckt mich nur weiter an.

»Meine Güte, Rae, es ist bloß ein Mann! Warum können wir nicht von etwas anderem reden?«

Ich weiß nicht, was mich verrät, aber ihr Mund öffnet sich, und dann starrt sie mich mit schockiertem Entzücken an. »Du böses Mädchen!« Sie droht mir mit dem Finger. »Du hast mit ihm geschlafen, oder nicht?«

Arme Zoey, denke ich. *Ich will mir gar nicht vorstellen, wie es dir als Teenager ergehen wird*. Ich blicke mich nach den anderen Gästen im Waffelhaus um, doch es scheint niemanden sonst zu interessieren, mit wem ich geschlafen habe.

Rae schaukelt vor und zurück, das Grinsen halb mit einer Hand verbergend. Ich kann mich nicht erinnern, wann ich sie das letzte Mal so froh gesehen habe. »Tja, Halleluja,

Charlotte Cates, du warst mit dem Gärtner im Bett. Gott ist gut.« Sie schlägt mit der Faust auf den Tisch. »Das Personal vernaschen, das ist ja wie in einem Porno.«

»Ich gehöre doch auch zum Personal, schon vergessen? Und vielleicht könntest du etwas leiser sprechen.«

Rae missachtet diese letzte Bitte vollständig und steht auf, um unsere vorbestrafte Kellnerin auf uns aufmerksam zu machen. »Wenn Sie mal eine Minute Zeit haben, könnte ich dann dieser Dame hier ein Frühstück ausgeben?«, ruft sie und wirft mir einen schnellen, strahlenden Blick zu. »Wir haben heute Morgen viel zu feiern.«

Meine Hoffnung, dass sich der Wachmann von Evangeline Rae richtig vorknöpft, wird enttäuscht. Er wirft nur einen kurzen Blick auf ihren Führerschein. Offenbar hat Noah ihn tatsächlich vorbereitet. Es ist ein wundervoller Morgen – das Sonnenlicht strömt durch die Bäume, nach dem gestrigen Regen erstrahlt alles in kräftigem Grün, und in der Luft liegt der Geruch des Bayou. Nicht schlecht für Ende Januar. Rae springt aus dem Wagen und bricht schon jetzt über die Schönheit des Hauses in Entzücken aus.

Ich bin ein wenig nervös. Normalerweise ist Jules sonntags nicht hier, doch da Andre gerade zu Besuch ist und ihre Beziehung offenbar auf der Kippe steht, ist jetzt alles möglich. Andre scheint sehr umgänglich zu sein, doch ich weiß nicht, ob das auch dann noch so ist, wenn ich mit meinen Bekanntschaften aus dem Nordosten durch sein Zuhause latsche. Bevor ich Rae diese Komplexitäten erklären kann, ruft Isaac an. Vermutlich hat er die Kapitel bekommen, die ich ihm letzte Nacht geschickt habe.

»Ich muss diesen Anruf von meinem Verleger annehmen«, erkläre ich Rae. »Schau dich doch schon mal im Garten um.«

Sie schlendert davon, und ich rede mit Isaac, der zu meiner großen Erleichterung den Wunsch hat, dass ich meinen hybriden Ansatz des fiktionalen Sachbuchs weiterverfolge. Zwar habe er noch immer ein paar Vorbehalte, erklärt er mir, und in die Serie *Verbrechen des Jahrhunderts* wird es wohl auch nicht passen. Trotzdem rät er mir, meinem Bauchgefühl zu vertrauen. Dann besprechen wir einige der Kapitel, und als ich schließlich den Anruf beende, stelle ich fest, dass eine halbe Stunde vergangen ist. Während ich mir im Geiste eine Entschuldigung für Rae zusammenbastle, sehe ich im Garten etwas Beängstigendes. Es ist Rae. Die sich angeregt unterhält. Mit Noah.

Nicht gut.

Als ich zu ihnen eile, versuche ich an ihren Gesichtern abzuschätzen, wie groß der zu behebende Schaden ist. Wie lange sprechen sie schon miteinander, und was genau hat sie alles verraten? Hat sie Keegan erwähnt?

»Hallo.« Mein Lächeln ist eher nervös als freundlich. »Ich sehe, ihr habt schon Bekanntschaft geschlossen?«

»Reg dich ab«, sagt Rae. »Wir haben bloß ein wenig geplaudert. Keine Panik. Ich habe ihm nicht erzählt, wie du ohne Make-up aussiehst.«

»Hat sie wirklich nicht«, bestätigt Noah, obwohl er mich mittlerweile oft genug ohne Make-up gesehen hat. »Ich habe ihr nur von dem Garten berichtet.« Er mustert mich, unsicher geworden, und ich erinnere mich mit einem Anflug von Schuldbewusstsein, dass ich ihn gestern Abend versetzt habe.

»Dein Freund hat große Pläne«, sagt Rae. »Das wird bestimmt großartig.« Mir entgeht nicht, dass sie ihn meinen »Freund« nennt, aber ich sage nichts. Vielleicht bin ich doch zu sehr darauf aus, die einzelnen Bereiche meines Lebens zu trennen, wenn mich ein Gespräch zwischen meiner besten Freundin und so etwas wie einem Freund derart ins Schleudern bringen kann.

»Schön, dich kennengelernt zu haben, Rae«, sagt Noah. »Ich muss jetzt los. Wahrscheinlich bin ich nicht vor Donnerstag zurück.« Er beugt sich zu mir, um mich zu umarmen, und flüstert: »Tut mir leid wegen gestern. Das war nicht okay von mir.«

Und dann ist er auf dem Weg nach Texas. Ich wende mich Rae zu; auf einmal ist mir ihr Urteil wichtig.

Er ist nichts Besonderes, nicht nach den Maßstäben, die sie und ich immer angelegt haben. Ich denke an die Männer, mit denen sie mich nach meiner Scheidung verkuppeln wollte: Tom, der Börsenmakler, der Mitte dreißig in den Ruhestand ging, und Elliott, der Richard Gere so unheimlich ähnlich sah, dass ich das ganze Date über rot wurde und kaum ein Wort herausbekam. Ich möchte zwar, dass sie Noah mag, doch ich kann nicht darüber hinwegsehen, dass er nie einen Studienabschluss gemacht hat, dass er eine Pistole in seiner Sockenschublade aufbewahrt und Worte mit der Endung *-ung* nicht aussprechen kann.

Doch Rae fällt ein milderes Urteil als ich. »Das ist ein netter Mann«, erklärt sie. »Und dieser süße texanische Akzent, meine Güte. Trägt er auch im Bett einen Cowboyhut?«

Ich entscheide, dass wir Evangeline nicht von innen besichtigen. Für heute hat es genug Drama gegeben – warum sollte man noch mehr provozieren, indem man ein Aufeinandertreffen mit Jules riskiert? Zu meiner Überraschung widerspricht Rae nicht. Der kleine Einblick in mein Sexleben ist wahrscheinlich ohnehin aufregender für sie gewesen, als es ein Haufen antiker Möbel sein könnte. Doch ich zeige ihr mein Cottage, und wir amüsieren uns gemeinsam über die Einrichtung in Lavendeltönen. Dann machen wir uns auf in die Stadt, wo wir über die Main Street flanieren und Jambalaya und Shrimp Etouffée futtern, zu einem Preis, für den man in Manhattan nicht mal eine Schale Haferbrei bekommen hätte. Als mir nichts mehr einfällt, schlage ich das Rail-and-River-Museum vor. Rae, die endlich davon überzeugt ist, dass Chicory genauso langweilig ist, wie ich es ihr immer gesagt habe, zückt ihr iPhone und bucht uns in einem Hotel im French Quarter ein.

Die Fahrt dorthin ist friedlich, Meilen um Meilen über den Highway durch Gegenden, die sich allein in dem Punkt unterscheiden, ob es dort mehr oder weniger sumpfig ist. Manchmal sind die Bäume hoch und wild wachsend. Manchmal ist das Land flach und wässrig. Wir überqueren einige Brücken, fahren an zerfallenen Hütten und verrottenden Bootsstegen vorbei. Ich erzähle Rae von den Leuten, die ich getroffen habe, und versuche, Deacons schweren Cajun-Akzent möglichst genau zu treffen. Sie plaudert über das wunderbare Essen in New Orleans.

Und über allem liegen, wie ein andauerndes und nervtötendes Summen, die Gedanken an Gabriel. Detective Minot hat recht. Wir verfügen über alle Teilchen dieses Puzzles. Nur setzen wir sie nicht richtig zusammen. *Der Junge. Der Sumpf. Das Boot.* Wenn ich diese drei Dinge zusammenbringe, auf wen zeigen sie dann? Als wir schließlich in der Stadt ankommen, dreht sich mir der Kopf und ich kann es kaum erwarten, aus dem Auto herauszukommen.

Es ist ungefähr vier Uhr, deshalb macht Rae, nachdem wir in unserem Hotel eingecheckt haben und solange es noch hell ist, einen kurzen Besichtigungsgang durch das French Quarter mit mir. Bereits nach ein paar Blocks bin ich völlig überwältigt. Die Gebäude sind alt, charmant und bunt und erinnern mich an Europa. Ich liebe die engen Straßen, die pittoresken Schaufenster, die mit Hängepflanzen und Perlen geschmückten Balkone.

»Es ist Mardi Gras«, erklärt Rae. »Nächstes Wochenende beginnen die Umzüge. Glaub mir, dann spielt diese Stadt verrückt.«

Wir sehen uns in Galerien und Antiquitätenläden um, werfen einen prüfenden Blick auf die Speisekarten der Restaurants und lassen uns über den Jackson Square treiben, um die Kathedrale und die Arbeiten der örtlichen Künstler zu bewundern. Nach einem köstlichen Dinner verstehe ich, warum Andre das belebte French Quarter seinem Zuhause vorzieht, vor allem als Rae erwähnt, dass es hier zahlreiche Schwulenbars gibt. Egal ob er diese tatsächlich frequentiert oder nicht, dies ist vermutlich die am wenigsten homophobe Gegend im ganzen Staat.

Wir sind gerade auf dem Weg zurück ins Hotel, als Rae mich am Arm packt und fleht: »Oh, bitte, bitte machen wir das?«

Als ich mit ein paar Sekunden Verzögerung den Grund ihrer Aufregung verstehe, stöhne ich. Ein Ladenfenster mit einer orangefarbenen Leuchtreklame, auf der »Mediale Beratung« steht. Ist das ihr Ernst? Aber so ist Rae. Natürlich ist es ihr Ernst. Diese Frau liest jeden Tag ihr Horoskop.

Normalerweise würde ich mich energisch weigern, aber

nach allem, was ich inzwischen erlebt habe, bin ich neugierig. Hat dieses sogenannte Medium tatsächlich eine Gabe, oder handelt es sich nur um einen Trick, so wie ich es schon immer vermutet habe? Und falls sie wirklich Dinge sehen kann, wie hat sie gelernt, ihre Fähigkeit zu kontrollieren? Wo sonst soll man noch an Wahrsager glauben, wenn nicht auf einer dämmrigen, von Laternen beleuchteten Straße im French Quarter?

»Okay«, sage ich. »Unter einer Bedingung. Du gibst dem Medium keine Hinweise. Egal, was sie sagt, du nickst bloß und spielst mit. Und ich darf zusehen, um mich zu vergewissern, dass du nicht schummelst.«

Rae stimmt zu, und so gehen wir zu dem Laden hinüber und drücken die Tür auf. Es ist ein einziger winziger Raum mit einem Tisch und zwei verschlissenen roten Zweisitzern. In einem lümmelt sich ein junger, dunkelhäutiger Mann, die Beine auf dem Tisch. Er blickt von einem Magazin auf, als wir eintreten, und versucht eine etwas respektablere Haltung einzunehmen, doch die ist nicht das Einzige, was gegen ihn spricht. In seinem rechten Ohr steckt eine Reihe von Ohrringen, auf den Augenlidern liegt lilafarbener Glitzer, und ein orangefarbenes T-Shirt klebt an seiner langen, mageren Gestalt. Er sieht eher aus, als gehörte er in einen Club, wo er tanzt und den heterosexuellen Jungs Kusshände zuwirft. Und er ist so jung. Was kann er schon wissen, Medium hin oder her?

Hastig steckt er sein Lesematerial weg – einen Kostümkatalog – und kommt uns entgegen, um uns zu begrüßen, doch vorher erkenne ich noch Polizeiuniformen auf der Seite, die er sich angesehen hat. Mardi Gras steht bevor. In dieser Woche sucht vermutlich die gesamte Einwohnerschaft von New Orleans hektisch nach dem Stripperkostüm ihrer Wahl.

Rae scheint bereit zu sein, ihm einen Vertrauensbonus zu gewähren. »Hi!«, sagt sie fröhlich. »Meine Freundin und ich möchten gerne eine Lesung.«

»Ihr Ladys habt Glück«, sagt er. »Abends arbeitet hier meistens meine Tante, aber heute bin ich für Sie da, und meine Gabe ist zweimal so stark wie ihre. Ich übertreib' nicht mal. Mein Name ist RaJean. Das kostet Sie fünfn'zwanzig Dollar für fünfzehn Minut'n. Welche von den Ladys will zuerst?«

Ich muss sagen, das Genuschel des schrillen Typs klingt zwar ziemlich süß, aber dass er tatsächlich kompetent ist, Ratschläge zu erteilen, daran glaube ich noch nicht so recht. »Wir machen es beide gleichzeitig«, sage ich.

»Besser isses alleine«, informiert er uns, »dann kriege ich nur Sie, keine fremden Energien. Sind Sie *sicher*, dass Sie es zusammen machen wollen?«

Rae zögert, aber ich bleibe fest. »Ich bin sicher.«

»Dann 'kay.« RaJean klopft einladend auf den leeren Zweisitzer. »Ich muss mich nur zentrieren.« Mit verschränkten Beinen schließt er die Augen und streckt die Hände aus. Er atmet ein, dreht die Handgelenke in kleinen Kreisen, hebt die Schultern und lässt sie wieder fallen. Schließlich öffnet er die Augen und starrt mich direkt an. Es ist ein unheimliches Starren, so als würde er irgendwo hinter meinem Rücken Tippkarten lesen.

»Ich sehe einen Mann«, sagt er zu mir. »Groß, dunkel, ein Leckerchen, hmhm.«

Tja, damit wäre Noah schon mal raus.

»Aber Sie … Sie bemüh'n sich nicht genug um ihn. Sie

nehm'n ihn für selbstverständlich.« RaJean wackelt mit dem Finger in meine Richtung, dabei sieht er mich jedoch nicht an, sondern durch mich hindurch. »Ich weiß, Sie sind schon lange zusamm'n, aber das heißt nicht, dass man nicht mehr daran arbeiten muss, verstanden?«

Beinahe habe ich Mitleid mit diesem Jungen. In meinem Leben gab es noch nie einen Mann, mit dem ich länger zusammen war. Selbst mein Dad war zu seinen besten Zeiten immer in Gedanken beim Alkohol, und er hat mich *sehr viel* Arbeit gekostet.

RaJean mustert mich mit zusammengekniffenen Augen und fasst sich an die Schläfe. »Ich sehe ein kleines Mädchen. Eine Tochter vielleicht?«

Ich nicke mit Pokergesicht, so wie ich es auch von Rae verlangt habe.

Keine Reaktion. Lass ihn einfach reden.

»Sie wünsch'n sich, Sie hätt'n mehr Zeit mit ihr, aber etwas ist im Weg.« Er blinzelt ein paarmal. Ein langsames, lila glitzerndes Blinzeln. »Ein Job. Der nimmt Sie ziemlich mit, hm? Tja, die gute Nachricht ist: Ich sehe eine Veränderung.« Grinsend klatscht er in die Hände. »Sie werd'n befördert, Schätzchen!«

Die Lesung geht weiter, und nichts davon passt zu mir. Meine Augen wandern über den alten Holzboden und die nackten Backsteinwände, so peinlich ist mir das Ganze.

Rae dagegen beugt sich vor und hängt an seinen Lippen – zweifellos versucht sie alles so lange hin und her zu deuten, bis es irgendwie einen Bezug zu meinem Leben hat.

Schließlich kommt RaJean zum Ende und holt tief Luft. »Also, ich hoffe, das hat Ihnen ein bisschen geholfen.«

Ich lächle und nicke, aber eigentlich fühle ich mich deprimiert. Ich wollte, dass er wusste, was er tat, damit ich mich weniger wie ein Freak fühle, doch hier geht überhaupt nichts Mystisches vor sich. Dies ist lediglich ein Typ, der uns das Geld aus der Tasche ziehen will.

Nun blickt RaJean zu Rae, runzelt die Stirn und schließt die Augen. »Da ist Dunkelheit um Sie herum«, murmelt er. »Wie eine neblige Nacht, die mich auszuschließ'n versucht.«

Fast hätte ich laut aufgelacht. Rae soll jemanden ausschließen? Eine Frau, die intime Details über die sexuellen Neigungen ihres Mannes in beiläufige Unterhaltungen einstreut?

»Oh Schätzchen«, gurrt RaJean, während er sich ans Herz fasst. »Sie leid'n. Sie leid'n sehr schlimm.«

Da sieht mich Rae an, und ihr Gesicht ist so nüchtern, so traurig, dass ich mich frage, ob dieser Mann etwas in ihr erkennt, das ich nicht sehe.

»Sie haben grad' die Liebe ihres Lebens verlor'n, oder? Sie armes Ding. Und Sie glaub'n, das war's, jetzt kommt nichts mehr. Aber Sie irren sich. Sie irren sich gewaltig.« RaJean klatscht zur Bekräftigung auf seinen Oberschenkel. »Das Leben hat was für Sie in petto, was *Ernstes*, versteh'n Sie? Sie haben einen höheren Zweck in dieser Welt.« Er reckt den Hals vor, um über Raes linke Schulter zu spähen. »Sieh mal einer an! Da klopft eine neue Liebe an Ihre Tür. Die wird Ihr Herz im Sturm erobern. Ich sehe März. Und machen Sie sich keine Sorg'n, dieses Mal wird's halt'n.«

Wo hat er das nur alles her? Liebesromane? Selbsthilfebücher?

»Aber ich muss Sie warnen«, fährt er fort, »ich sehe eine schattenhafte Gestalt. Jemand, dem Sie vertrau'n. Ein

Mann. Er sagt immer das Richtige, zeigt sich immer so liebevoll. Aber Sie wissen nicht alles über ihn. Er ist nicht der, für den Sie ihn halt'n. Oh nein. Er ist ganz und gar nicht der, für den Sie ihn halt'n.«

Fünfundsiebzig Dollar und ausgiebige Dankesäußerungen später können wir uns endlich aus RaJeans medialen Klauen befreien. Eigentlich sollte man meinen, dass Raes Stimmung nach diesen elend falschen Lesungen gedämpft ist, doch stattdessen ist sie voller Bewunderung.

»Das war erstaunlich«, ruft sie begeistert. »Es hat genau gepasst!«

Ich trete zur Seite, als sich eine Gruppe beschwipster Studenten wie eine riesige hirnlose Amöbe an uns vorbeischiebt. »Welcher Teil? Der langmütige Mann in meinem Leben oder das von meiner Tochter?«

Rae bleibt stehen und verschränkt die Arme. »Das trifft alles zu, du Dummkopf. Auf mich.«

Sie hat tatsächlich recht, wird mir jetzt erst klar. Aber ich bin nicht bereit, RaJean so schnell vom Haken zu lassen. »Dann glaubst du also, er hat uns bloß verwechselt?«

»Er hat uns gesagt, dass es besser ist, wenn er uns nicht beide gleichzeitig drannimmt.«

Ich versuche mich zu erinnern, was er zu Rae gesagt hat. Etwas darüber, dass sie die Liebe ihres Lebens verloren hat. Was kaum auf mich zutrifft, denn ich und Eric haben uns vor mehr als zwei Jahren getrennt, und ich weiß nicht mal, ob ich ihn überhaupt je geliebt habe. Aber …

Meine Kehle wird eng, als ich schließlich verstehe. Denn Keegan war – ohne Frage – die Liebe meines Lebens.

»Er hat eine neue Liebe für dich gesehen«, ruft Rae mir das Positive in Erinnerung.

»Und er hat einen Mann gesehen, der nett tut, dem ich aber nicht vertrauen sollte.« Ich seufze.

»Oh nein, Schatz«, protestiert sie, »Noah ist die neue Liebe, nicht der, der nett tut.«

Ich will ihr ja gern glauben, aber RaJean sagte, die neue Liebe werde nicht vor März erscheinen. Das heißt, ich habe ihn noch nicht kennengelernt. Zwar möchte ich ungern einem Trickbetrüger auf den Leim gehen, der kaum alt genug ist, um legal Alkohol zu kaufen, aber was, wenn RaJean recht hat?

Er ist nicht der, für den Sie ihn halt'n. Oh nein. Er ist ganz und gar nicht der, für den Sie ihn halt'n.

»Ist mir egal, was er gesagt hat«, verkünde ich. »Du weißt, dass ich an diesen Unsinn nicht glaube.« Ich zeige auf die nächste Querstraße. »Ist das nicht der Weg zu unserem Hotel?«

Doch insgeheim ist es mir keineswegs egal. Ich habe mich schon manchmal in Menschen getäuscht, allen voran in Eric. Von Noah weiß ich nichts mit Sicherheit, nur das, was er mir erzählt hat. Auf der anderen Seite bin ich glücklich. Und Glück ist so ein flüchtiges, zerbrechliches Ding, warum sollte ich auf Teufel komm raus nach etwas suchen, um es zu verderben?

Vielleicht ist Glück auch nicht mehr als die Weisheit, unwissend zu bleiben.

Am nächsten Morgen kann ich es kaum erwarten, die Stadt zu erkunden. Rae nimmt mit mir die St.-Charles-Straßenbahn, von wo aus ich einen kurzen Blick auf den Garden District, die Gebäude der Universitäten Tulane und Loyola und Audubon Park werfen kann. Es sind sonnige einundzwanzig

Grad, also springen wir vom Wagen herunter, um durch die wohlhabende Wohngegend zu schlendern, und bewundern die weitläufigen historischen Häuser. Die Bäume und Tore sind bereits mit Perlen geschmückt, und ich merke, wie ich mich von der allgemeinen Vorfreude anstecken lasse.

»Ich glaube, ich muss Mardi Gras mal miterleben«, sage ich zu Rae.

»Auf jeden Fall«, stimmt sie mir zu. »Du verstehst New Orleans erst, wenn du das gesehen hast.« Sie lächelt mich von der Seite an. »Nimm Noah mit.«

Während der Rest des Tages angenehm dahinplätschert, wird mir klar, dass dies die erste richtige Reise ist, die ich seit Keegans Geburt unternehme. Wie oft habe ich mich über den Mangel an Bewegungsfreiheit, den die Rolle als Mutter mit sich bringt, beschwert? Wie oft habe ich gewünscht, ich könnte einfach meinen Koffer packen und ein Wochenende lang allem den Rücken kehren? Auf einmal fühle ich mich schuldig, weil ich nun frei bin.

Ich reise am nächsten Morgen ab, damit Rae ihre Geschäftstermine wahrnehmen kann. »Sag Mason einen Dank von mir«, trage ich ihr auf. »Weil er dich hat früher kommen lassen. Sag ihm, das bedeutet mir viel.«

Ich messe die Zeit der Fahrt zurück nach Chicory. Wenn ich die Geschwindigkeitsbegrenzungen mehr oder weniger beachte, brauche ich knapp unter drei Stunden, um von New Orleans nach Evangeline zu kommen. Jemand, der in Eile ist, könnte es in deutlich kürzerer Zeit schaffen, vor allem mitten in der Nacht. So wie zum Beispiel Neville oder Hettie oder Andre.

Nun, da Rae beschäftigt und Noah in Texas ist, fühle ich mich unerwartet einsam. Ich arbeite eine Weile, nehme eine lange Dusche, liege im Bett und sehe mir dämliche Fernsehsendungen an.

Ohne es überhaupt zu versuchen, dämmere ich ein. Erkennen, loslassen, eintauchen. Dieses Mal geht alles schneller, weil ich mittlerweile ein Gefühl dafür bekommen habe. Als würde ich auf einer Welle reiten, lasse ich mich von etwas Düsterem und Mächtigem auf die andere Seite tragen. Dann tauche ich wieder auf, mit klarem Blick, blinzle gegen die Sonne an.

Felder. Ich stehe auf einem langen, erdigen Pfad, der sich zwischen zwei Reihen mit Getreide entlangzieht. Die Pflanzen mit den grasigen und dünnen Spitzen überragen mich und versperren mir die Sicht auf die Umgebung. Die Stängel sind lang, dick und so hart wie Bambus. Über mir blauer Himmel. Ein paar zarte Wolken. Ich folge der Getreidereihe, suche einen Weg nach draußen, doch so weit mein Auge reicht, gibt es nur diese dicht an dicht stehenden Pflanzen.

Dann, ohne Vorwarnung, erhellt sich das Feld hinter mir. Feuer, heiß und hungrig, bewegt sich in einer Woge auf mich zu. Rauch steigt in Wolken auf, während die Flammen die grasigen Spitzen der Pflanzen verschlingen. Ich renne den erdigen Pfad hinunter, weg von dem Rauch. Doch das Feuer folgt mir, flankiert mich zu beiden Seiten, lässt nur die dicken Stängel zurück.

Zuckerrohr, begreife ich, während ich Nase und Mund vor dem Rauch schütze. Dies ist ein kontrolliertes Abbrennen.

Ich drehe mich um und sehe einen Jungen im Overall auf mich zurennen, der für einen Moment von den lodernden Feldern eingerahmt wird. Schwarz. Ungefähr zehn Jahre alt. Barfuß.

Plötzlich, so als hätte jemand eine Kerze ausgeblasen, erstirbt das Feuer. Orangefarbene Glut schwebt zu Boden und flackert harmlos aus. Wir sind eingehüllt von Rauch, dunkle Wolken steigen auf, heben Aschestücke in die Luft. Als ich mir die Nase zuhalte, stelle ich fest, dass die Innenseiten meiner Nasenlöcher mit schwarzem Staub bedeckt sind.

Der Junge geht weiter vertrauensvoll auf mich zu, unbeeindruckt von dem Rauch oder dem Feuer. Als er näher kommt, bemerke ich, dass etwas mit seiner Haut nicht stimmt. Ein pickliger roter Ausschlag bedeckt einen großen Teil seines schlanken Körpers, doch besonders stark ist er auf den Wangen und in den Armbeugen.

Er lächelt verschmitzt und öffnet den Mund, um seine erschreckend tiefrote Zunge zu zeigen. Dieser unnatürliche Rotton, zusammen mit den kleinen weißen Pickeln lässt an eine groteske Erdbeere denken.

Ich hatte das Fieba, sagt er und zeigt auf seine Zunge. *Ich und meine Schwesta*, wir beide.

Ich betrachte den Ausschlag genauer. Spricht er von Scharlach? Warum sollte jemand in diesem Land, in dem es überall Antibiotika gibt, Scharlach haben? Ich wedele den letzten Rauch weg und atme tief ein.

Wie heißt du?, frage ich in der Hoffnung, mir so die Ermittlungsarbeit ersparen zu können, die mein Traum über Didi Minot erforderlich gemacht hat.

Clifford, antwortet er, die Hände in den Hüften.

Und dein Nachname?

Der is' egal.

Wenn ich nicht weiß, wer du bist, kann ich dir vielleicht auch nicht helfen, warne ich ihn.

Das is' ein Irrtum, Lady, lacht er. *Ich bin schon lange tot. Da gibt es nix, was Sie für mich tun können. Ich bin hier, um Ihnen zu helf'n.* Er hält den Zeigefinger in die Höhe und beschreibt einen kleinen Kreis. *Guck'n Sie sich mal um.*

Die hohen Stangen des Zuckerrohrs sind verschwunden. Bloß noch ein paar Zentimeter geschnittener Stängel ragen aus der Erde, sodass ich in jede Richtung klare Sicht habe. Nun kann ich ganz deutlich die Linie einer Straße ausmachen, in der Ferne stehen ein paar rostende weiße Gebäude mit hohen Fabrikschornsteinen. Ich gehe auf die Gebäude zu und habe ein Gefühl, als wären sie wichtig.

Ich bin schon lange, lange hier, sagt Clifford, der rennen muss, um mit mir Schritt zu halten. *Ich hab viel geseh'n.*

Ja? Was hast du gesehen?

Sie such'n nach ihm, oder? Ich bleibe wie angewurzelt stehen, und er nickt weise, zufrieden, weil er meine volle Aufmerksamkeit hat. *Niemand hat ihn gefunden, aber Sie suchen ihn. Kommen Sie, ich zeige es Ihnen.*

Kälte breitet sich in meinem Körper aus, von meinen Gliedern ausgehend nach innen. Alles ist langsam. Er bringt mich zu Gabriel. Ich sehe mich nach einem geografischen Orientierungspunkt um, nach etwas, das ich später nutzen kann. Doch abgesehen von den weißen Gebäuden gibt es hier nur offenes Land.

In Ordnung, sage ich. *Gehen wir.*

Clifford streckt mir die Hand hin. *Es wird bald dunkel.*

Ich lege meine Handfläche über seine, greife seine Finger, und dann verschwindet alles. Die Felder, der blaue Himmel.

Ich habe es verloren.

Wie ist es möglich, dass ich so nahe dran war und dann

mit nichts wieder gehe? Aber es ist nicht nichts, erkenne ich jetzt. Der Junge steht immer noch neben mir, hält in der Finsternis meine Hand. Um uns herum erheben sich riesige dunkle Gebilde. Vorsichtig strecke ich meine freie Hand aus. Unter einer Schicht aus Staub und Schmutz spüre ich Metall. Maschinen vielleicht? Ich fasse auf den Boden. Beton. Wir müssen uns im Innern der Gebäude mit den Schornsteinen befinden, die ich vorhin gesehen habe. Das einzige Licht kommt von einem zerbrochenen Fenster zur Linken. Etwas scheint von draußen herein. Ich glaube, ich weiß, wo wir jetzt sind, aber ich verstehe nicht, warum Gabriel hier sein soll. Was ist mit dem Sumpf und dem Boot?

Clifford?, flüstere ich und drücke seine Hand. *Sind wir hier richtig? Ist das …*

Gestern Abend kamen n' paar Kinder mit nem Hund, sagt er. *Es ist schon viele Jahre her, und viele Tiere waren da, aber ihr Hund hat ein Stück von ihm gefunden. Er hat es hier reingetragen.*

Ich kann jetzt keinen Rückzieher machen. Ich stehe in einem Raum mit Gabriels Überresten, und ich werde sie finden, verdammt.

Wo ist er, krächze ich. *Zeig es mir.*

Sie halten ihn, sagt Clifford.

Und erst da merke ich, dass es nicht Cliffords Hand ist, die ich halte. Es ist ein Knochen.

Ich taste nach dem Telefon, noch bevor ich die Augen ganz geöffnet habe. Das Licht im Cottage brennt noch blendend hell und der Fernseher läuft – auf stumm gestellt. Ich wähle Detective Minots Nummer, ohne nach der Uhrzeit zu sehen. Er täte jetzt besser daran abzunehmen, sonst fahre ich zu ihm rüber, werfe Steine an sein Fenster und löse jeden Einbruchsalarm in seiner Nachbarschaft aus.

Beim siebten Klingeln geht er mit einem benommenen »Ja?« dran.

»Hier ist Charlie. Ich brauche Ihre Hilfe.« Ich kann mich nicht erinnern, wann ich das letzte Mal jemanden um Hilfe gebeten habe, und ganz sicher nicht mitten in der Nacht. Doch Detective Minot zögert nicht.

»Sagen Sie mir, was ich tun soll.«

Ich versuche mein Zittern in den Griff zu bekommen. »Kennen Sie die alte Zuckermühle, die früher der Familie Deveau gehört hat? Die, die in den Siebzigern geschlossen wurde? Sie müssen mit mir dahin fahren.«

»Die Zuckermühle«, wiederholt er. »Glauben Sie, dort werden wir etwas Wichtiges finden?«

»Ich glaube, wir werden *ihn* finden.« Mein Magen zieht sich zusammen, als ich die Worte ausspreche. »Ich glaube, dort finden wir Gabriel.«

Teil III

Chicory, Louisiana
Februar

22

Ich sitze auf dem Beifahrersitz des Impala und kann nicht aufhören zu zittern. Die Heizung ist ganz aufgedreht, und Detective Minot hat mir eine Decke gegeben, die eigentlich für Schockopfer gedacht ist, aber ich friere immer noch. Wir parken auf dem Gelände der alten Zuckermühle. Es ist vier Uhr morgens, und abgesehen von den schwachen Strahlen der Autoscheinwerfer ist es stockdunkel.

»Wollen Sie, dass ich allein hineingehe?«, fragt er. »Sagen Sie mir nur, wo ich hinmuss.«

Aber ich will nicht, dass er mich allein lässt. Ich ziehe die Decke enger an meinen Körper. »Geben Sie mir einen Moment.«

»Ich fahre Sie zu mir nach Hause«, sagt Detective Minot. Seine Stimme ist ruhig, doch die Art, wie er das Steuer umklammert, sagt mir, dass er dabei ist, die Geduld zu verlieren. »Sie können bei Justine bleiben. Sagen Sie mir bloß, wonach ich suchen soll.«

Ich versuche Zeit zu schinden. »Vielleicht sollten wir warten, bis es hell wird.«

»Wenn Sie den Ort hier im Dunkeln gesehen haben, werden Sie es auch so wiedererkennen. Deswegen möchte ich Sie ja lieber bei mir haben.«

»Brauchen Sie einen Durchsuchungsbeschluss? Ich meine, ist das nicht unbefugtes Betreten?«

Er schüttelt den Kopf. »Dieses Grundstück ist von Strickland Organics gepachtet. Die haben schon mehrmals die Polizei hergerufen. Hier werden gerne Partys gefeiert.«

»Ja, ich hab auch davon gehört.« Selbst Deacon wusste das.

»So sind sie eben, die Jugendlichen. Wenn man nicht ständig hinterher ist, pfuschen sie an den landwirtschaftlichen Geräten herum.« Er zuckt die Achseln. »Wie dem auch sei, Deenie Strickland ist daran gewöhnt, dass die Polizei hier nach dem Rechten sieht. Sie hat uns darum gebeten.«

Ich folge dem Strahl der Scheinwerfer mit dem Blick. An der Außenseite des vergrauten Gebäudes vor uns ist ein orangefarbenes Graffito zu sehen, ein Fenster ist zerbrochen, und auf dem Boden liegen ein paar Bierflaschen herum. Sollte nicht zumindest einer dieser Teenager in diesen dreißig Jahren irgendetwas gesehen haben?

Warum ich? Warum ausgerechnet in dieser Nacht? Ich werde das Gefühl nicht los, dass irgendjemand – oder irgendetwas – dies alles geplant hat.

»Vielleicht finden wir auch gar nichts«, sage ich hoffnungsvoll.

»Am Telefon klangen Sie aber ziemlich sicher.«

»Tja, bin ich aber nicht.«

»Sie haben bloß Angst.«

Sein herablassender Ton ärgert mich. »Ich habe das *Recht*, Angst zu haben. Vielleicht sind Sie daran gewöhnt, das Schlimmste zu sehen, wozu Menschen imstande sind, aber das gilt nicht für mich. Vielleicht möchte ich die Überreste eines armen kleinen Jungen gar nicht überall verteilt …«

»Halten Sie den Mund und hören Sie mir zu.« In der Dunkelheit wirkt Detective Minots Gesicht besonders hager, seine Augen sind wild. »Was Gott angeht, da kenne ich mich nicht aus, aber ich kenne Sie. Ich weiß, dass Sie eine Fähigkeit haben, die sonst niemand besitzt. Es tut mir leid, dass sie Ihnen Angst macht, aber Sie müssen da jetzt reingehen.«

»Ich weiß nicht«, wimmere ich.

Doch er hört mir nicht länger zu. »He.« Er wendet sich mir zu, ehrfürchtig. »Haben Sie gesehen, wie viel Uhr es ist?«

Ich werfe einen Blick auf die Digitaluhr am Armaturenbrett. Vier Uhr sechzehn.

»Das ist der Zeitpunkt, als Didi gestorben ist«, murmelt er. »Genau zu dieser Zeit, so wie Sie es mir gesagt haben. Das ist ihre Botschaft, verstehen Sie? Vier Uhr sechzehn. Von Didi. Jetzt steigen Sie aus diesem verdammten Wagen aus.«

Ich öffne die Tür und stelle zögernd einen Fuß auf den Asphalt. Detective Minot kommt mit zwei riesigen Taschenlampen zu mir herum und reicht mir eine. Sie ist überraschend schwer, zur Not könnte man sie auch als Waffe benutzen. Was nur mäßig tröstlich ist, wenn die Dinge, vor denen man am meisten Angst hat, weder Körper noch überhaupt irgendeine Gestalt haben.

Meine böse Vorahnung wird nur noch stärker, als wir uns dem Hauptgebäude nähern. Mir gefällt nicht, dass Gabriel nicht selbst zu mir gekommen ist. Was hat dieser Clifford damit zu tun? Wenn er an Scharlachfieber gestorben ist, muss er zu einer Zeit gelebt haben, als es noch keine Antibiotika gab. Warum erscheint er plötzlich, um mir zu helfen? Und was er mir gesagt hat, steht im Widerspruch zu allem, was mir Gabriel selbst über den Sumpf und das Boot mitgeteilt hat. Irgendetwas passt hier nicht zusammen. Ich sage mir, dass tote Kinder den Lebenden keine Fallen stellen, sie nicht mit bösen Absichten an abgelegene Orte locken. Aber was zum Teufel weiß ich denn schon? Vielleicht tun sie ja genau das.

Detective Minot lässt die Scheinwerfer des Autos an und geht um das Gebäude herum, bis er eine Tür findet. Ich folge ihm dichtauf, so nah wie möglich, ohne ihm auf die Füße zu treten.

»Kommt Ihnen das bekannt vor?«, fragt er. »Dies ist das größte von all den Gebäuden hier.«

»Ich habe es nicht von außen gesehen. Das weiß ich erst, wenn wir drinnen sind.«

Detective Minot reißt die Tür auf und bedeutet mir, zuerst einzutreten. Ich werfe ihm einen scheelen Blick zu. »Auf keinen Fall.«

Nachdem ich ihm hineingefolgt bin, lassen wir die Taschenlampen durch den Raum schweifen: hohe Decke mit Metallsparren, Rohre in sämtlichen Richtungen, Stufen und schmale Laufstege sowie enorme, verrostete Zahnräder. Ein riesiger, aber voller Raum, der vermutlich zahlreiche Arbeiter beherbergt hat. Ich durchquere das Gebäude, ducke mich unter Rohren hindurch, den Blick auf den Boden gerichtet. Schutt, Metallstückchen, Limonadendosen und Einwickelpapier. Aber nichts, das wie Knochen aussieht. Ich bin noch nicht mal davon überzeugt, dass es sich um das richtige Gebäude handelt, bis ich ein zerbrochenes Fenster an der gegenüberliegenden Wand entdecke, genau das, was wir vom Wagen aus gesehen haben. Die Scheinwerfer des Impala strahlen vom Parkplatz hindurch, und ich erinnere mich an das Fenster in meinem Traum, an das Licht, das hindurchfiel, an seine Lage im Verhältnis zu meinem Standort.

Ich packe Minot am Arm. »Sehen Sie dieses Fenster?« Ich ziehe ihn zu der Stelle, wo es ungefähr sein muss. »Suchen wir hier.«

Wir sinken auf die Knie und leuchten mit den Taschenlampen langsam Reihe nach Reihe den Zementboden ab. Die Maschinen werfen so seltsame Schatten, dass bereits eine zusammengeknüllte Serviette höchst verdächtig aussieht.

Detective Minot entdeckt etwas, das hinter eine Stahlstütze geklemmt wurde, und zieht einen Imbissbehälter hervor. Verärgert wirft er ihn auf den Boden. Ich versuche mich genau daran zu erinnern, was ich in meiner Vision gesehen habe. Ich weiß, dass ich einen Knochen in der Hand hatte, aber ich glaube nicht, dass ich ihn wirklich gesehen habe. Ich *wusste* es nur, habe einfach *gespürt*, was es war. Meine Gedanken kehren zu dem zurück, was Clifford gesagt hat. Er sprach von einem Hund, der ein Stück von Gabriel hereingeschleppt hat. Ich erschaudere.

Detective Minot tastet immer noch den Boden ab, ganz und gar konzentriert, und auf einmal bin ich unsicher. *Sind wir wirklich an der richtigen Stelle?* Ich werfe einen Blick zurück zum Fenster und mein Magen gerät ins Schlingern. Detective Minot schreit: »Ach du Scheiße!«

Jemand beobachtet uns durch das Fenster. Ein Gesicht, das ich kenne.

Dann ist er fort, so schnell, dass ich glauben würde, ich hätte es mir bloß eingebildet, wenn Detective Minot nicht auch reagiert hätte.

»Sie haben ihn gesehen«, flüstere ich. Mein Herz drückt gegen meinen Brustkorb. »Sie haben ihn auch gesehen, nicht wahr?«

»Wen gesehen?« Detective Minot richtet seine Taschenlampe auf den Boden. »Haben Sie jemanden gesehen?«

»Am Fenster! *Sie* denn nicht? Sie haben doch geschrien.«

»Sehen Sie mal, was unter einer McDonald's-Tüte lag.«

Ich kann nicht viel erkennen, aber der Gegenstand in meiner Hand scheint ein Zahn zu sein.

»Kieferknochen«, murmelt er.

»Oh Gott.« Meine Augen füllen sich mit Tränen.

Detective Minot steckt das Knochenfragment in die Tasche und blickt zum Fenster hinüber. »Sie sagten, da draußen ist jemand?«

Spielt mein Verstand mir Streiche? So muss es sein.

»Ich dachte … ich hätte einen Mann gesehen.«

»Schauen wir mal nach.« Seine Hand schwebt über seiner Hüfte, jederzeit bereit, die Waffe zu ziehen, und ich verstehe, dass ich nicht mehr die Einzige bin, die es mit der Angst bekommen hat.

Wir schlängeln uns zurück durch das Gebäude, zwängen uns an den Geräten vorbei zur Tür.

Wieder auf dem Parkplatz angekommen, steht der Impala immer noch genau dort, wo wir ihn zurückgelassen haben. Detective Minot sieht unter dem Wagen nach und richtet seine Lampe auf den Rücksitz, doch er findet keine mordlustigen Psychos, die auf uns lauern.

»Wir hätten es gehört, wenn ein Wagen herangefahren wäre«, sagt er. »Aber in einem der anderen Gebäude könnte jemand sein. Wollen Sie nachsehen?«

»Nein«, sage ich schnell. »Ich hab mir das wohl nur eingebildet. Vergessen Sie es.«

»Vielleicht hatten Sie eine von Ihren Visionen.« Er öffnet mir die Autotür.

»Es war ein Erwachsener. In meinen Visionen sehe ich ausschließlich Kinder.«

»Oh. Wie sah er aus?«

»Wie …« Wie Noah, will ich sagen. Dieses ausdruckslose, wachsame Gesicht sah Noah erschreckend ähnlich. Aber das kann nicht sein. Noah ist in Texas. Und warum um alles in der Welt sollte er sich nachts hier an der Zuckermühle herumtreiben? »Unwichtig. Gehen wir. Dieser Ort macht mich noch wahnsinnig.«

Wir sprechen nur wenig, während wir die Mühle hinter uns lassen, aber ich bin mir sicher, dass sich Detective Minot die gleichen Fragen stellt wie ich. Ist Gabriel dort draußen gestorben oder war die Zuckermühle bloß ein Ablageplatz? Was sagt uns diese Örtlichkeit über Gabriels Mörder, und wie passen der Sumpf und das Boot da hinein? Wo ist der Rest des Leichnams? Gibt es in der Mühle noch andere Spuren? Ich lehne mich gegen das Autofenster und betrachte die Sterne.

»Was werden Sie auf dem Revier erzählen?«

Offensichtlich hat er sich das schon im Kopf zurechtgelegt. »Dass ich bei der Mühle angehalten habe, um nach dem Rechten zu sehen, und einen Knochen gefunden habe. Dass ich möchte, dass ein Experte ihn sich ansieht, um uns zu sagen, ob er von einem Menschen oder einem Tier stammt.«

»Und wenn er tatsächlich menschlich ist? Was passiert dann?«

»Dann folgt eine Durchsuchung. Falls die Deveaus nicht ihre Einwilligung geben, holen wir uns einen Durchsuchungsbeschluss.«

»Sie können beweisen, dass dieser Knochen Gabriel gehört«, sage ich. »Ein Labor könnte die DNA gewinnen, und das genetische Profil mit einer Probe von Hettie vergleichen.« In meiner Zeit bei *Cold Crimes* habe ich viel über den beklagenswerten Zustand der staatlichen forensischen Labore gelernt. Mir ist allerdings bewusst, dass dieser Vorgang Monate, vielleicht sogar länger dauern kann.

Detective Minot will gerade etwas sagen, besinnt sich dann aber eines Besseren. »Lassen wir es auf uns zukommen, Charlotte. Ich werde Ihnen dann sagen, wie es weitergeht.« Er tätschelt meine Schulter, ohne den Blick von der Straße abzuwenden. »Das haben Sie gut gemacht, heute Nacht. Danke.«

Wir wissen beide, dass ich mich niemals allein in diese Mühle getraut hätte. Und er war derjenige, der etwas gefunden hat, nicht ich.

»Remy«, sage ich sanft, »Sie aber auch.«

Der Wachmann von Evangeline staunt, als ich kurz nach fünf Uhr morgens zurückkehre. »Ich dachte nicht, dass ich Sie heute noch mal sehe«, sagt er, als er mich einträgt. »Sie sind so früh weg, dass ich glaubte, Sie müssten einen Flug erwischen.«

Ich ignoriere seine unausgesprochene Frage. Anscheinend wurde dem Sicherheitspersonal, anders als den Angestellten, nicht beigebracht, sich um ihre eigenen Angelegenheiten zu kümmern.

Sobald ich durch das Tor bin, parke ich und eile zu meinem Cottage zurück. An diesem düsteren Morgen wirkt das Gelände besonders beklemmend auf mich. Hier war er einmal, lebendig. Hat gespielt. Unfug angestellt. Und dann hat ihn jemand mitgenommen. Ihn nachts aus seinem Bett entführt, ihn zu dieser schrecklichen Mühle gebracht und wer weiß was für unaussprechliche Dinge mit ihm getan, bevor er ihn tötete. Er war nicht mal drei Jahre alt. Und jetzt ist er nichts als Knochen.

Ich knipse alle Lampen an, doch ich zittere schon wieder, kann gar nicht aufhören. Ich bin nicht länger fähig, zwischen Paranoia und begründeter Angst zu unterscheiden.

Wo ist Noah, wenn ich ihn brauche, verdammt? Er ist in Texas, sage ich mir. *Er kommt morgen zurück*.

Es sei denn, es war doch Noah, den ich heute Nacht im Fenster gesehen habe. Aber warum sollte er lügen und nicht nach Texas gefahren sein? Warum sollte er gerade dort umherstreifen, wo Gabriels Leiche liegt?

Sie wissen nicht alles über ihn. RaJeans Worte gehen mir nicht aus dem Kopf. *Er ist nicht der, für den Sie ihn halten*.

Ich kann jetzt nicht allein sein, sonst werde ich verrückt. Sobald Leeann da ist, gehe ich zum Haus. Sie kauft mir die Geschichte von einem Albtraum ab und macht mir warme Milch mit Honig und Vanille. Der dampfende Becher beruhigt mich ein wenig, und als Benny, Bailey und Paulette mit ihrem dicken Bauch zum Frühstück hereinmarschieren, ist die Szene so normal, dass ich fast vergessen kann, was ich gesehen habe.

Paulette ist für den ersten März ausgezählt, das ist bereits in einem Monat. Sie geht nicht einmal mehr, sie *walzt* geradezu voran. Ich weiß nicht, wie sie es noch schaffen kann, das Haus zu putzen – in diesem Stadium der Schwangerschaft war ich sogar zu müde, einen Teller in die Spülmaschine zu räumen.

Doch in ihrem Gespräch mit Leeann wird deutlich, dass

sie mehr Angst davor hat, *nicht* zu arbeiten. »Bailey ist zwei Wochen zu früh gekomm'n«, sagt sie. »Gott weiß, das können wir uns nicht mehr leist'n. Ich bete jeden Abend, dass das Baby drin bleibt. Wir brauch'n den Lohn.«

Benny nickt schwer, und Leeann erwähnt ein staatliches Hilfsprogramm, in dem sie gewesen ist, nachdem sie ihren Sohn bekommen hat. Ich lausche ihren finanziellen Nöten, dankbar, dass die Zeit, als ich mir noch eine miese Einzimmerwohnung teilen musste, vorbei ist. Meine Mutter stammt aus ganz kleinen Verhältnissen, aber mein Vater wuchs in der soliden Mittelklasse auf, und ich wusste, dass ich mit einem Uni-Abschluss in der Tasche ein paar magere Jahre überstehen konnte, es dann aber irgendwann weiterbringen und nach oben schaffen würde. Doch was für Möglichkeiten haben Paulette und Leeann denn schon? Wenn Hettie stirbt und Evangeline an den historischen Verein geht, was wird dann aus ihnen?

Ich würge ein bisschen Rührei herunter und höre Bailey zu, die mir von ihrem kleinen Bruder erzählt. Sie möchte ihm das Fläschchen geben, sagt sie, aber *nicht* ihre Spielsachen mit ihm teilen, weil Babys alles kaputtmachen. Sie fragt, warum ich nicht verheiratet bin. Gerade will ich mich durch das thematische Minenfeld einer Scheidung manövrieren, als Jules in die Küche gehastet kommt. Er sieht ungewöhnlich zerknittert aus.

»Ich dachte, ich warne Sie alle besser vor«, sagt er. »Sydney hat angerufen. Sie und Brigitte sind gerade aus New Orleans losgefahren. Dieses Haus muss tipptopp sein, wenn sie hier ankommen, also husch, husch!«

Leeann sieht aus, als wäre ihr ein bisschen übel. »Bleiben sie die ganze Woche?«

»Sie besuchen ihre Mutter – auf unbestimmte Zeit«, sagt Jules grimmig. »Sie sind verantwortlich für die Mahlzeiten unter der Woche, so wie immer. Ich schlage vor, dass Sie ein Menü zusammenstellen, bevor sie eintreffen.«

Leeann reibt sich die Schläfen und atmet aus. Der Zorn der Zwillinge, insbesondere Brigittes, ist unter den Angestellten von Evangeline legendär. Paulette und Benny beeilen sich bereits, ihre Teller zu leeren, und versuchen gleichzeitig, Bailey aus der Küche zu schicken.

»Paulette.« Jules Ton ist warnend, aber nicht unfreundlich. »Sie wissen, dass sie bloß nach einem Grund sucht, Sie loszuwerden. Geben Sie ihr keinen.«

Paulette nickt, und dann ist Jules weg, vermutlich, um vor seiner eigenen Tür zu kehren, bevor die Schwestern eintreffen.

»Was war das denn?«, frage ich. »Warum sollte man Sie loswerden wollen?«

Sie zeigt müde auf ihren Bauch.

Ich runzle die Stirn. »Sie wissen, dass das ungesetzlich ist, oder? Wenn ein Arbeitgeber Sie entlässt, weil Sie schwanger sind, können Sie ihn verklagen.«

Paulette lächelt schwach. »Ja, klar.«

Das ist, begreife ich, eines der dämlichsten Dinge, die ich je gesagt habe. Selbst wenn sich Paulette einen Anwalt leisten könnte, müsste sie es mit den unbegrenzten Mitteln des Deveau-Imperiums aufnehmen. Meine eigenen weißen Mittelklasseprivilegien sind mir peinlich. Schnell verdrücke ich mich aus der Küche in die Eingangshalle, wo Jules gerade einen Brief liest.

Die Tür zum Arbeitszimmer öffnet sich, und Andre, in einen mondänen blauen Morgenmantel gekleidet, lugt heraus.

Abgesehen von Hugh Heffner habe ich noch nie einen Mann in einem Morgenmantel gesehen.

»Jules«, ruft er, »kommen Sie mal bitte ins Büro?«

»Natürlich.« Jules faltet den Brief zusammen und geht hinein. Ich kann hören, wie die Tür hinter ihnen verschlossen wird.

Trotz ihrer äußerlichen Nonchalance habe ich das Gefühl, dass es dort drinnen heiß hergehen wird. Alles deutet darauf hin, dass sie sich wieder vertragen haben. Das würde die Knitterfalten in Jules Hemd erklären und sein alles andere als perfekt liegendes Haar. Außerdem scheint er mir auffallend früh hier zu sein – vielleicht ist er gestern Abend überhaupt nicht gegangen. Ich freue mich für Andre. Es kam mir so vor, als würde er eine Aufmunterung gut gebrauchen können.

Ich verlasse das Haus, bevor ich irgendwelche verräterischen Geräusche aus dem Arbeitszimmer höre. Es scheint, als wüsste ich doch nicht alles, was in Evangeline vor sich geht.

Jetzt, da der Knochen in den Händen der Polizei ist, beschließe ich, mich ein bisschen über Noahs Mutter schlauzumachen. Ich muss mich irgendwie beschäftigen, damit ich mal an was anderes als an die Zuckermühle denke, und Violet Johnson geht mir schon seit einer ganzen Weile im Kopf herum. Sie hatte eine Beziehung mit Sean Lauchlin, hat früher auf Evangeline gearbeitet und könnte sehr gut Seans Komplizin gewesen sein, als er – wie auch immer – an die halbe Million gekommen ist.

Da sie eine frühere Angestellte der Deveaus gewesen ist, muss auch Violets Name während der Ermittlungen im Fall Gabriel gefallen sein, deswegen beginne ich mit einem Anruf bei Detective Minot.

»Violet Johnson?« Seine Stimme klingt, als sage ihm das nichts. »Ich glaube, ich habe den Namen in unseren Akten gesehen, aber ich denke nicht, dass gegen sie ermittelt wurde. Warum? Wissen Sie was Neues?«

»Ich habe gehört, dass sie möglicherweise eine Beziehung mit Sean Lauchlin hatte. Ich möchte nur … gründlich sein.« Noch mag ich ihm nicht von Noah erzählen; ich will nicht, dass er den einzigen noch lebenden Lauchlin genauer unter die Lupe nimmt. Noah war schon verärgert genug, als er glaubte, ich hätte Hetties Privatsphäre verletzt. Ich kann mir vorstellen, wie es ihn treffen würde, wenn ich ihm die Polizei auf den Hals hetze und sie Dinge über seine Familie ausgraben, die er, wie er mir bereits gesagt hat, gar nicht wissen will.

Ich rufe im Standesamt an und erfahre, dass in Louisiana Geburtsurkunden erst nach Hundert Jahren für die Öffentlichkeit einsehbar sind, Sterbeurkunden nach fünfzig. Nur ein Verwandter hätte Zugang zu Violet Johnsons Daten – immer vorausgesetzt, es gibt tatsächlich welche. Ich weiß ja nicht mal, ob sie in Louisiana geboren wurde oder ob sie überhaupt tot ist. Im Internet findet sich nichts über sie, deshalb fahre ich zur Bibliothek und verbringe den Tag damit, die Mikrofiches, das Stadtarchiv und sogar die Jahrbücher der hiesigen Highschool zu durchsuchen. Ich bin gerade auf dem Weg nach draußen, entmutigt und zunehmend besorgt, als mein Handy vibriert.

»Hallo«, sagt Noah. »Ich bin es. Hör mal, ich habe schlechte Nachrichten.«

Das hört sich nicht gut an.

»Es gibt Probleme mit einem unserer großen Projekte. Ich werde wohl noch ein bisschen Zeit brauchen, um das zu regeln.«

»Dann bist du morgen nicht zurück?«

»Wahrscheinlich nicht mal vor nächster Woche«, gibt er zu.

Plötzlich habe ich einen dicken Kloß im Hals.

»Tut mir leid, Babe … ich vermisse dich. Wie geht's sonst so?«

»Es geht.« Ich versuche nicht so verloren zu klingen, wie ich mich fühle. »Aber komm bald zurück.«

»Werde ich. Versprochen.«

Sobald ich aufgelegt habe, spüre ich auf einmal die ganze Last dieses Tages. Ich bin nach Chicory gekommen, um Gabriel zu helfen. War vielleicht dieser *eine* mickrige Knochen das Einzige, was er von mir wollte? Bin ich hier fertig? Möglich, dass die Polizei jetzt in der Lage ist, alle Teile zusammenzusetzen, vielleicht aber auch nicht. Jetzt kann ich nur abwarten. Aber das Warten fällt mir schwer, vor allem wenn Noah nicht da ist. Ohne Unterstützung werde ich die kommenden Tage nicht überstehen. An wen soll ich mich wenden?

Es müsste jemand sein, der weiß, was ich durchgemacht habe, jemand, dem ich nicht alles erklären muss. Ich brauche mehr, als ein zehnminütiger Anruf bei Grandma mir geben kann. Leeann ist zu jung. Und sie weiß nicht mal von Keegan. Detective Minot wird mit dem Fall zu tun haben, und außerdem ist er nicht gerade der warmherzige, kuschelige Typ. Als ich heute Morgen an der Zuckermühle solche Angst hatte, hat er versucht, mich an seine Frau abzuschieben.

Seine Frau.

Wer könnte mich besser verstehen als sie? Wir beide sind trauernde Mütter. Und sie weiß von den Dingen, die ich gesehen habe. Sie glaubt mir.

Wenn es mir leicht fiele, um Hilfe zu bitten, wäre ich nicht die Frau geworden, die ich heute bin. Ich hätte mehr Freunde. Vielleicht wäre ich sogar noch verheiratet. Ganz sicher wäre ich glücklicher. Doch mittlerweile bin ich so weit aus meiner Komfortzone raus, dass es sich gar nicht so verrückt anhört, einfach eine Nummer zu wählen und mich jemandem aufzudrängen, den ich kaum kenne. Zu sagen: *Hallo, hier ist Charlotte Cates. Ich brauche jemanden zum Reden, und ich hoffe, das sind Sie.*

Also tue ich es. Ich wähle Detective Minots private Nummer, und sie nimmt ab. Justine Pinaro. Didis Mutter. Und sie hört zu. Und sie sagt mir: »Bitte, kommen Sie her. Ich bin sehr froh, dass Sie angerufen haben.«

Zum ersten Mal seit Keegans Tod sehe ich den einzigen Weg hinaus, den Weg nach vorn. Er besteht nicht im Verstecken oder Vermeiden oder Wegrennen oder darin, andere auszuschließen. Es ist der lange, langsame Prozess, sie an mich heranzulassen, der mich retten wird. Ich, die sich nie jemandem geöffnet hat, nicht einmal meinem Ehemann, muss lernen, das zu tun.

Und das ist nicht mal die beängstigendste Erkenntnis, die ich heute gehabt habe.

23

Von dem Moment an, als ich den Fuß in Justine Pinaros Zuhause setze, weiß ich, dass die Entscheidung herzukommen die richtige gewesen war. Im Flur liegen Schuhe, eine achtlos auf den Boden geworfene Jacke sowie Einkaufstüten, die noch nicht geleert wurden. Ein Tisch quillt über mit Post. So sah es auch bei mir zu Hause aus, in den Wochen, nachdem ich Keegan verlor, und ich liebe Justine dafür, dass sie nicht aufgeräumt hat.

»Sie wissen ja, wie das ist«, sagt sie, und ich nicke. Anders als das letzte Mal, als ich sie traf, ist sie nicht zum Ausgehen zurechtgemacht. Im Pyjama und ohne Make-up ist sie immer noch eine hübsche Frau, doch die schiere Erschöpfung ist ihr anzusehen. Dunkle Ränder unter den Augen. Das, was Rae eine Mir-egal-Frisur nennen würde.

»Ich wollte Sie ohnehin mal einladen«, sagt sie entschuldigend, »allerdings … seitdem Didi tot ist, geht es hier zu wie im Taubenschlag. Die Leute meinen es zwar gut, aber ich bin es so leid, mich zusammenzureißen.«

»Bei mir brauchen Sie das nicht.«

Sie lächelt. »Würde ich das glauben, hätte ich sie auch nicht einladen wollen.«

Und so einfach ist es.

Ich räume mir ein Fleckchen auf dem Wohnzimmerteppich frei und setze mich in den Schneidersitz.

Wir sprechen über die Arbeit. Wir sprechen über die

Liebe. Wir sprechen über unsere Kinder, zunächst zögernd, dann mit Wärme. Zum ersten Mal seit Wochen spreche ich den Namen meines Sohnes laut aus, erlaube mir, mich an den Erinnerungen an Keegan zu erfreuen. Der Tag, als er und Zoey den Abhang in unserem Garten zwei Dutzend Mal hinuntergerollt sind, bis Rae und ich bemerkt haben, dass dort alles voller Gift-Sumach war. Das eine Mal, als ich mit ihm im Park die Enten gefüttert habe und eine aggressive Gans ihn verfolgte, bis ich sie mit Schlägen vertrieb, und er dann allen wochenlang erzählte: »Mommy hat eine Gans geschlagen«. Justine hat ihre eigenen Geschichten. Ich höre zu. Ich lache. Ich lerne Didi kennen, das kleine Mädchen, das uns zusammengebracht hat.

Als ich erwähne, dass ich in Evangeline nicht gut schlafe, macht sie ein entsetztes Gesicht. »Bleiben Sie doch hier«, sagt sie. »Ich kann nicht fassen, dass Remy es Ihnen nicht angeboten hat.« Sie wirft einen Blick auf eine Uhr in der Nähe. »Es ist nach fünf. Holen Sie doch Ihre Sachen. Ich mache das Gästezimmer fertig.«

Ich sage ihr, dass ich nicht stören möchte.

Justine verdreht die Augen. »Sie haben mit meiner komatösen Tochter gesprochen, Sie helfen meinem Mann, Sie leihen mir Ihr Ohr in diesen Zeiten der Not. Wie könnten Sie denn stören?«

Das heißt wohl, dass ich eine Freundin gefunden habe, vermute ich.

Eigentlich habe ich bloß vor, mir schnell eine Übernachtungstasche zu packen, doch als ich aus dem Wagen steige, sehe ich Andre, der draußen den letzten Rest einer duftenden Zigarre raucht. Er trägt seine Version von Freizeitkleidung:

Khakihose, Desert-Boots und ein blau kariertes Button-down-Hemd unter einem V-Pullover.

Als er mich entdeckt, grinst er.

»Charlotte! Gerade rechtzeitig zum Abendessen.« Er winkt mich zu sich. Sein Gesichtsausdruck sagt mir, dass die Familie noch nicht über den Knochen informiert wurde. »Bitte. Wenn ich eine ganze Mahlzeit allein mit Syd und Bridgie durchstehen muss, explodiert möglicherweise mein Kopf.«

Die Aussicht auf ein weiteres verklemmtes Deveau-Dinner begeistert mich zwar nicht, aber immerhin sind sie meine Gastgeber, und ich kann es mir nicht leisten, die Gelegenheit auszulassen, mit allen dreien zu reden. »Na gut. Wenn Sie meinen, dass Ihre Schwestern nichts dagegen haben.«

Als ich ein paar Minuten später zusammen mit Andre das Esszimmer betrete, sieht Sydney allerdings aus, als hätte sie sehr wohl etwas dagegen.

»Du hast einen Gast mitgebracht.« Während sie die Serviette in ihrem Schoß entfaltet, drückt jede ihrer Bewegungen Missfallen aus. »Ich nehme an, dies ist ein Arbeitsdinner?«

Andre wirft mir ein wissendes Lächeln zu, so als wäre Sydneys Unhöflichkeit ein weiterer Beweis dafür, dass meine Anwesenheit dringend erforderlich ist. Er schiebt seine Hand unter meinen Ellenbogen und zieht meinen Stuhl mit großer Geste hervor. »Sehr freundlich von Ihnen, dass Sie heute Abend zu uns stoßen, Charlotte. Evangeline vergreist zunehmend, wie Sie sehen. Da brauchen wir mehr von solchen hübschen jungen Dingern, wie Sie es sind, um diesen Ort frisch zu halten.«

Ohne all die Gäste und die schicken Gedecke ist es ein seltsames Gefühl, an diesem langen, formellen Esstisch zu speisen. Selbst nachdem sich Brigitte zu uns gesellt hat, ist immer noch mehr als die Hälfte der Stühle frei. Der größtenteils leere Tisch, zusammen mit Brigittes entschlossener Fröhlichkeit, wirkt ein wenig verzweifelt, so als hätte sie zu einer Geburtstagsparty geladen, zu der niemand freiwillig gekommen ist.

»Also! Charlotte!« Die Ausrufezeichen in ihrer Stimme stehen im krassen Gegensatz zu dem frostigen Empfang ihrer Schwester. »Ich habe erst heute Morgen mit Isaac gesprochen, und ich warte auf ein Update. Er sagt, dass er *sehr* zufrieden mit Ihrer Arbeit ist. Erzählen Sie uns alles darüber.« Ihre Hamsterbacken blähen sich entzückt.

»Gib dem armen Mädchen doch einen Moment, um wieder zu Atem zu kommen, bevor du sie ausquetschst, Bridgie. Ich möchte nicht, dass du diese hier auch noch verschreckst.« Andre tätschelt meine Hand. »Sie ist eine Gute.«

»Oh! Tja, *dann*.« Nachdem sie beschlossen hat, dass ihr Bruder möglicherweise ein romantisches Interesse an mir hegen könnte, wirkt Brigitte sowohl äußerst neugierig als auch ein wenig bestürzt über seine Wahl. »Ich denke, es ist nur fair, Sie zu warnen, Charlotte, unser Bruder kann sehr charmant sein, aber längere Beziehungen sind nicht seine Stärke.«

»Er würde lieber sterben, als zu heiraten, genau wie ich«, klärt Sydney mich auf, offensichtlich erfreut über die Gelegenheit, ihrer Schwester eins auszuwischen. »Die Ehe ist eine antiquierte Institution.«

Brigitte lächelt ihre Schwester nachsichtig an. »Oh, du findest schon noch jemanden. Aller guten Dinge sind drei.

Und Andre würde im Handumdrehen die richtige Frau treffen, wenn er nur hin und wieder mal aufhören würde zu arbeiten, dann müsste er sich nicht mit dem zufriedengeben, was ihm zufällig über den Weg läuft.« Sie wendet sich an mich, die Augen entschuldigend aufgerissen, als wäre die Bemerkung keine Absicht gewesen. »Ich habe natürlich nicht Sie gemeint, Liebes.«

»Natürlich nicht.« Ich verkneife mir ein Lachen.

Wie können sie bloß so blind sein? Es springt einem doch ins Auge. Andre ist siebenundvierzig Jahre alt und hatte vermutlich nie eine ernsthafte Beziehung mit einer Frau. Er ruft den heißen jungen Jules *im Morgenmantel* in sein Büro zu einer privaten Besprechung – und diese beiden merken gar nichts?

Andre dagegen amüsiert sich. Er entkorkt eine Weinflasche. »Ich hatte meinen Spaß im Leben, Charlotte«, sagt er mit einem Zwinkern. »Aber wer weiß? Vielleicht komme ich nun endlich in das Alter, in dem man sesshaft wird.«

Ich glaube, mir wird schlecht. Ist das der Grund, warum er mich zum Dinner eingeladen hat? Um eine heterosexuelle Show für seine Schwestern abzuziehen?

Glücklicherweise kommt das Essen, bevor die Situation noch bizarrer werden kann. Leeann und Paulette bringen eine Wasserkaraffe herein, dazu Butter, einen Korb mit heißen Brötchen, und sie servieren dampfende Teller. Beide Frauen strahlen Professionalität aus.

»Tilapia, Okra und Süßkartoffeln«, sagt Leeann »Ich hoffe, es schmeckt Ihnen allen.«

Sydney wartet, bis sie gegangen sind, und stößt dann einen langen Seufzer aus. »Diese Okraschoten sehen trocken aus.«

Brigitte, die noch nicht bereit ist, von mir abzulassen, bestreicht ein Brötchen mit Butter. »Ich würde wirklich gern mehr über das Buch hören. Haben Sie … ich weiß nicht … haben Sie schon ein *Konzept*?«

Ich verrate ihr nicht, dass ich bereits einige Kapitel fertiggestellt habe – das würde sie nur noch neugieriger machen. »Im Augenblick sammle ich vor allem Material«, antworte ich.

»Gibt es Material, das wir Ihnen helfen können zu sammeln?«, fragt Andre.

»Ja, in der Tat.« Eigentlich hatte ich es nicht ansprechen wollen, aber da nun alle drei Deveau-Geschwister anwesend sind, bin ich gespannt auf ihre gemeinsame Reaktion. »Offensichtlich war das Bild, das die Medien nach Gabriels Verschwinden von Ihrer Familie gezeichnet haben … unvorteilhaft.«

Andre zuckt die Achseln, als wenn *unvorteilhaft* und *zutreffend* sich nicht gegenseitig ausschließen würden, aber Brigitte springt darauf an. »Ja«, stimmt sie zu. »Ja, das war es.«

Ich wende mich ihr zu. »Ich interessiere mich für etwas, das Sie neulich gesagt haben. Sie erwähnten, dass Sie an dem Abend Ihres Geburtstags nicht mehr als ein Glas Champagner getrunken haben. Ich frage mich, warum die Presse dann berichtet hat, dass Sie und Sydney an diesem Abend *beide* betrunken und krank gewesen sind.«

»Die haben doch sowieso alles falsch verstanden«, sagt Brigitte gedankenlos. »Ich war nicht krank.«

»Wirklich? Im Polizeibericht steht ebenfalls, dass Sie die ganze Nacht krank waren. Haben die das auch falsch verstanden?« Ich kann kaum glauben, was ich höre. *Ist diese*

Frau tatsächlich arrogant genug, ihr eigenes Alibi auffliegen zu lassen, nachdem es doch dreißig Jahre gehalten hat?

»Vielleicht haben wir jemandem gesagt, ich wäre krank gewesen, damit sie mich in Ruhe lassen, ich erinnere mich nicht.« Brigitte betupft ihr Auge und entfernt einen verirrten Klumpen Mascara. »Die Polizei hat sich *sehr* für meine Aktivitäten in dieser Nacht interessiert.«

»Und Charlotte tut es offensichtlich auch«, sagt Sydney beißend. »Ich hatte es dir ja gesagt, Bridgie.«

Brigitte ist von ihrem zweifelhaften Alibi weiterhin nicht beunruhigt. Sie lehnt sich auf ihrem Stuhl zurück und lacht unbekümmert. »Es wäre eine traurige Welt, finde ich, wenn sich ein sechzehnjähriges Mädchen lieber wegen einer Alkoholvergiftung übergibt, als friedlich in ihrem Bett zu schlafen. Wenn man ein braves Mädchen ist, sollte das nie gegen einen verwendet werden.«

»Ich versuche nicht, irgendetwas gegen irgendjemanden zu verwenden. Ich stelle nur klar.«

Sie lehnt sich über den Tisch, den flauschigen blonden Kopf in meine Richtung geneigt. »Über die Jahre wurden einige unschöne Dinge über uns geschrieben. Ich bin sicher, das wissen Sie. Es ist wirklich ein Vertrauensbeweis, Ihnen unser Zuhause zu öffnen, nach den vielen unglücklichen Erfahrungen, die wir mit *ein paar* Journalisten gemacht haben.«

Ich nicke höflich.

»Sie haben vermutlich von dem *hässlichen* Prozess gehört, den wir vor einigen Jahren gewonnen haben.« Brigitte schüttelt den Kopf, als wollte sie andeuten, dass es geschmacklos ist, Prozesse zu gewinnen, aber sie hätte sich kaum deutlicher ausdrücken können. »Sie haben uns kennengelernt, Charlotte. Sie wissen, dass wir eine liebevolle Familie sind mit einer reichen Geschichte. Und dass wir in der Vergangenheit eine schlimme Tragödie erlebt haben. Das ist die Geschichte, die erzählt werden muss. Und ich vertraue Ihnen, dass Sie das tun.« Sie lächelt, den Blick immer noch fest auf mich gerichtet, und ich sehe, dass Brigitte mehr in ihrem Arsenal hat als nur Wutanfälle, vor allem wenn es darum geht zu bekommen, was sie will. »Es ist doch wichtig, dass wir einander vertrauen, nicht wahr?«

Ich werfe Andre einen Blick zu, um zu sehen, ob er sich einschaltet, doch er schneidet seinen Tilapia mit Pokerface in säuberliche Stückchen. Offenbar will er nicht in die Schusslinie geraten.

»Vertrauen … ist wichtig«, erwidere ich.

Kaum vorstellbar, dass die Atmosphäre noch unangenehmer werden kann, doch dann erscheint Paulette in der Tür. »Tut mir leid, dass ich stör'n muss«, murmelt sie, eine Hand schützend vor dem Bauch, »aber da sind Polizisten am Tor. Der Wachmann will wiss'n, ob er sie reinlass'n soll.«

Mit brennendem Gesicht starre ich auf meinen Teller. Ist es denn die Möglichkeit. Muss das Sheriff's Department ausgerechnet *jetzt* kommen?

»Was wollen sie?« Sydney runzelt die Stirn.

»Irgendwas wegen der Zuckermühle.« Paulettes Blick huscht herum, als rechne sie damit, dass eine Landmine hochgeht.

Sydney gibt ein leises, verärgertes Schnauben von sich. »Das ist Deenie Stricklands Problem. Wir verpachten ihr das Land, das heißt nicht, dass es unsere Aufgabe ist, jeden übermütigen Teenager dort zu vertreiben.«

Brigitte nimmt schnell einen Schluck Wein und steht auf.

»Schicken Sie die Officer herein. Ich kümmere mich darum.« Sie verschwindet mit großen Schritten den Flur hinunter.

Ich schiebe die Okraschoten auf meinem Teller herum und werfe einen verstohlenen Blick auf Sydney und Andre. Sydney isst mit tragischer Miene und seufzt bei jeder langen grünen Schote, die sie sich auf die Gabel lädt. Andre dagegen betrachtet mich neugierig.

»Alles in Ordnung?«, fragt er. »Sie wirken ein bisschen nervös.«

»Wahrscheinlich schmeckt ihr das Essen nicht«, sagt Sydney. »Wer könnte es ihr verübeln?«

Andre versucht freundlicherweise, mich in eine Diskussion über New Yorker Restaurants zu verwickeln, doch obwohl ich mein Bestes tue, um zu antworten, lausche ich angestrengt auf das, was nebenan vor sich geht. Brigitte und einige Officer sprechen im Flur miteinander, doch abgesehen von ein paar Entsetzensbekundungen von Brigittes Seite kann ich nichts verstehen.

Ein paar Minuten später kehrt sie zurück, sichtlich erschüttert. »Ich glaube, wir brauchen einen Anwalt«, flüstert sie.

»Einen Anwalt? Warum?« Andre schiebt sich die letzte Gabel Fisch in den Mund.

»Die Polizei hat einen menschlichen Knochen in der alten Zuckermühle gefunden. Sie wollen unsere Zustimmung zu einer Durchsuchung.«

»Wie bitte?«, wirft Sydney ein. »Sie haben *was* gefunden?«

»Einen Knochen.« Brigitte presst sich die Hand an die Lippen, als wäre es ein schmutziges Wort.

»Wann?« Andre ist jetzt ganz Ohr. »Wann haben sie ihn gefunden?«

Sie zuckt hilflos mit den Schultern. »Das weiß ich nicht. Mitten in der Nacht? Sie sagten, ein Officer wäre dort vorbeigefahren, um nachzusehen, ob sich Teenager herumtreiben, und dabei hätte er einen Knochen gefunden.«

»Wo gefunden?«, fragt Andre. »Auf dem Parkplatz? In der Mühle?«

»Ich weiß es doch nicht!«

»Aber er gehört einem *Menschen*?« Sydney umklammert ängstlich ihr Weinglas.

»Ich glaube, ja. Sie haben ihn heute von einem Experten von der Uni untersuchen lassen.«

»Oh mein Gott«, stöhnt Sydney. »Und jetzt wird die Mühle durchsucht?«

»Es sei denn, wir verhindern es.« Brigitte wendet sich an ihren Bruder, das juristische Hirn der Gruppe. »Was meinst du, Andre? Soll ich einen Anwalt anrufen?«

»Nein«, sagt er. »Nein, natürlich nicht. Wir wollen wie sie wissen, was dabei herauskommt.« Er denkt angestrengt nach. »Haben sie gesagt, wie alt der Knochen ist?«

Brigitte schüttelt den Kopf. »Du glaubst doch nicht, es könnte …«

Sydney schlägt die Hand vor den Mund. »Nein, nein, nein. Das kann nicht sein.«

»Ich weiß nicht«, jammert Brigitte. »Kommt ihr beide mit, um mit ihnen zu reden, bitte?«

»Geh schon vor, Syd. Ich komme gleich nach.« Andre wartet, bis seine Schwestern gegangen sind, dann mustert er mich kühl. »Sie sehen nicht sehr überrascht aus.« Auf einmal ist all seine Freundlichkeit wie weggeblasen.

»Na ja …« Manchmal wünschte ich, ich wäre nicht so eine miese Lügnerin.

»Sie wussten davon, oder? Woher wussten Sie es?«

»Ich kenne jemanden im Sheriff's Department.« Selbst die Wahrheit – auch wenn es nur eine Teilwahrheit ist – klingt aus meinem Mund lahm.

»Der Wachmann sagt, dass Sie heute Morgen von drei bis fünf Uhr fort waren. Wo sind Sie gewesen?«

Petze, denke ich.

»Einfach unterwegs.« Damit habe ich den Preis für die schlechteste Entschuldigung aller Zeiten sicher.

»Sie haben den Knochen gefunden, ist es nicht so?« Seine Nasenlöcher blähen sich. »Wer gibt Ihnen Informationen, und warum zum Teufel haben Sie die nicht mit meiner Familie geteilt?«

Ich weiß nicht, was ich antworten soll.

»Sind Sie wirklich eine Schriftstellerin oder jemand vom FBI? Denn falls Sie vom FBI sind, haben Sie meine Familie in der Vergangenheit mehr als genug belästigt, ohne sich in unser Zuhause einzuschmuggeln und …«

»He! He! He!«, rufe ich, halb geschmeichelt, dass ich abgezockt genug wirke, um für einen Bundesagenten gehalten zu werden. »Ich bin nicht irgendeine Geheimagentin, ich … ich habe lediglich die Bekanntschaft eines der Cops hier in der Stadt gemacht, okay? Wir haben uns heute Morgen getroffen und …« Ein Treffen um drei Uhr morgens? Mir ist klar, wie fadenscheinig diese Erklärung ist, vermute aber, dass übernatürliche Visionen auch nicht besser ankommen werden, deshalb suche ich fieberhaft nach etwas Glaubwürdigerem. »Hören Sie«, sage ich, »der Officer ist verheiratet, und wir … haben einen Fehler gemacht. Bitte ziehen Sie mich da nicht mit hinein.« Das ist in der Tat die inspirierteste Lüge, die ich je erzählt habe. Ich denke an Raes dritte Regel beim Lügen – gib etwas Schlimmes zu, das aber nicht so schlimm ist wie die Wahrheit – und ich überlege, ob die Lüge durch Verschweigen moralisch vertretbar ist.

Andre reibt sich die Stirn, als würde ich ihm Kopfschmerzen bereiten. »Sie sagen mir, dass Sie für ein Stelldichein mit einem verheirateten Mann zu der Zuckermühle gefahren sind und dann ganz zufällig menschliche Überreste gefunden haben?«

So unplausibel klingt das gar nicht, deshalb beschließe ich, dabei zu bleiben. »Na ja, so war es.«

Er seufzt. »Wie alt sind Sie, fünfzehn? Die *Zuckermühle*? Nehmen Sie sich doch ein Hotelzimmer wie eine Erwachsene.« Er verlässt das Zimmer, ohne noch einen Blick zurückzuwerfen. Hoffentlich bedeutet das, dass er mich von der Liste der möglichen Undercoveragenten gestrichen hat, obwohl ich annehme, dass es von nun an keine intimen Kaminplaudereien mehr geben wird.

Ich stehle mich leise davon, jetzt erst recht froh, ein alternatives Übernachtungsarrangement getroffen zu haben.

Justine und ich verbringen den ganzen Abend damit, Toll House Cookies zu verschlingen und jede schreckliche Reality-TV-Show über New Jersey zu gucken, die wir finden können. Detective Minot kommt spät nach Hause, und falls ihn der Anblick, wie ich mich in meinem Pyjama auf seiner Couch lümmele, verblüfft, gelingt es ihm sehr gut, sich nichts anmerken zu lassen.

»Wie läuft's?«, fragt Justine und reicht ihm einen Cookie.

Er zuckt die Achseln. »Es geht voran. Die Durchsuchung

ist gleich für morgen früh angesetzt. Wir haben einen Leichenhund dabei, und ein forensischer Anthropologe von der Universität steht bereit, falls wir etwas finden sollten.«

»Ein Leichenhund?« Ich bin überrascht. »Können die denn nach dreißig Jahren noch etwas riechen?«

»Ein guter schon.« Detective Minot bleibt einen Moment in der Tür stehen, und ich habe das Gefühl, dass er mit sich ringt, ob er mir etwas sagen soll oder nicht. »Hören Sie, Charlotte. Seien Sie nicht enttäuscht, wenn wir nichts finden, was in Verbindung mit der Entführung steht. Sie haben Ihren Anteil geleistet. Alles, was man von Ihnen verlangen kann – und noch einiges darüber hinaus.« Er klingt so fatalistisch. Nach allem, was wir durchgemacht haben, ärgert mich das.

»Ich wette, Sie finden mehr, als Sie denken«, erwidere ich.

»Vielleicht. Aber dreißig Jahre sind eine lange Zeit.« Er hebt die Hand zu einem halbherzigen Winken. »Gute Nacht, Ladys. Ich habe morgen einen langen Tag.«

Bevor wir ins Bett gehen, bitte ich Justine noch um eines: Didis Zimmer sehen zu dürfen. Sie fragt nicht, warum, sondern führt mich nur zu einem eigenartig vertrauten rosa Schlafzimmer. Das Krankenhausbett und der Infusionsständer sind fort, aber ich erkenne die Raumaufteilung und einige Details aus meinem Traum. Die Ballettschuhlampe. Die Regale mit den Teddybären. Meine eigene kaum zu glaubende Genauigkeit lässt mich erschaudern.

»Ich weiß, es ist ein wenig kindlich für eine Elfjährige«, sagt Justine. »Didi wollte immer umdekorieren, aber dann wurde sie wieder krank und … es gab einfach nie genug Zeit.«

Ich nehme ein paar Gegenstände im Zimmer auf, in der Hoffnung, dadurch ein besseres Gefühl für das kleine Mädchen zu bekommen. Wie gerne würde ich der Mutter etwas Tröstliches sagen. Dass ich ihre Anwesenheit spüre, dass ich irgendeine glückliche Erinnerung empfange. Stattdessen fühlt sich der Raum leer an. Das Mädchen, das hier gewohnt hat, ist fort.

»Es wirkt so verlassen, nicht wahr?«, sagt Justine, während sie einen zusammengesackten Teddybär aufrichtet. »Ich sage mir immer wieder, dass sie im Himmel ist. Das ist das Einzige, was mich ein bisschen tröstet. Das und … Gebete.«

Ich antworte nichts. Ich mag Justine, aber in der Sache mit Gott trennen uns Welten.

»Ihr Sohn ist auch im Himmel, Charlotte.« Sie knipst das Licht aus. »Er und Didi – sie spüren keinen Schmerz mehr.«

Ich würde gern an ein ewiges Paradies glauben. Ich würde gerne glauben, dass Keegan dort oben in den Wolken auf einem freundlichen Dinosaurier reitet, einen Müllwagen fährt und die Creme von einem Cupcake leckt. Der Himmel ist eine wunderschöne Vorstellung, aber ständige Glückseligkeit und Vollkommenheit sind für mich genauso glaubhaft wie der Weihnachtsmann.

Ja, Keegan und Didi müssen nicht mehr leiden. Doch das bedeutet nicht, dass ich es nicht tue.

Da ich Justines Gastfreundschaft nicht überbeanspruchen möchte, mache ich mich am nächsten Morgen wieder auf in die Bibliothek. Obwohl ich produktiver bin als gestern, merke ich, wie ich in Gedanken immer wieder zu der Durchsuchung abschweife. *Was wird man dort finden? Und wird es reichen?*

Mit den richtigen Knochen könnten forensische Anthropologen viele plausible Theorien darüber entwickeln, wie Gabriel gestorben ist. Und falls die Ermittler Kugeln sicherstellen, könnten sie möglicherweise sogar die Waffe ausfindig machen. Doch ich kann mir kaum vorstellen, dass uns irgendwelche Funde tatsächlich zu dem Mörder führen werden – was vermutlich auch der Grund ist, warum Detective Minot gestern Abend so pessimistisch war.

Aber eines weiß ich: Falls die Überreste eines sehr jungen Kindes auf einem Grundstück der Deveaus gefunden werden – selbst gesetzt den Fall, dass die Ermittler die Knochen nicht eindeutig als zu Gabriel gehörig identifizieren können –, dann wird dieser Fall schlagartig wieder aktuell sein. Mein Buch wird keine schlechte Idee mehr sein, sondern ein möglicher Bestseller werden. In der Verlagswelt wird man sich überschlagen, um der Erste zu sein, der ein Buch über die Deveau-Entführung herausbringt, und ich habe einen Vorsprung.

Ich schreibe bis zum Mittag, dann mache ich kurz Halt in Evangeline, um etwas zu essen. In der Küche geht es zu, wie noch nie. Leeann, Benny, Paulette und mehrere Gärtner sitzen in der Frühstücksnische und unterhalten sich angeregt, während sie ihr Mittagessen herunterschlingen. Selbst der alte Hund hat sich dazugesellt; mit klopfendem Schwanz sitzt er Leeann zu Füßen.

Als man mich bemerkt, wird es sofort still. »Wegen Charlie müsst ihr euch keine Sorgen mach'n«, beruhigt Leeann sie alle. »Die verpetzt euch nicht.« Sie steckt dem Hund ein bisschen Hühnchenfleisch zu und erklärt mir: »Wir reden gerade darüber, was für eine Hexe Brigitte war.«

Ich nicke, und die Unterhaltung wird fortgesetzt, aber

meine Augen ruhen auf Paulette. Sie ist die einzige Anwesende, die nicht entrüstet wirkt. Stattdessen hält sie die Tischkante umklammert, nimmt tiefe Atemzüge, die Augen halb geschlossen.

»Paulette«, sage ich, besorgt, sie könnte ihr Kind hier auf dem Küchenboden bekommen, »alles in Ordnung?«

»Sie hat bloß Kontraktionen«, klärt mich Benny auf. »Falsche Wehen nennt man das.«

»Haben Sie einen Arzt gerufen?«, frage ich.

»Mir geht's gut«, bestätigt Paulette schwach, allem Anschein zum Trotz. »Ich werd dieser Frau keinen Grund geben zu meckern.«

Ich nehme mir vor, Paulette im Auge zu behalten, und belade mir einen Teller. Während ich Kartoffelsalat löffle, entdecke ich Hettie und Andre draußen im Garten. Selbst aus der Ferne sieht Hettie blass und ausgemergelt aus. Sie wird in ihrem Rollstuhl von mehreren Kissen gestützt. Doch ihr Mund bewegt sich. Sie wirkt munter. Offenbar hat sie heute einen guten Tag.

Andre aber ist anscheinend verärgert. Er schüttelt den Kopf, hebt die Hand, als wolle er sie zum Schweigen bringen, doch sie fährt trotzdem fort. Sein Gesicht verzerrt sich. Sie legt ihm eine zitternde Hand auf den Arm, versucht, ihn zu beschwichtigen, aber er weint und wischt sich die Tränen mit der Handfläche weg.

Ich will nicht gaffen, deshalb trete ich vom Fenster weg. Vor wenigen Wochen hat ihr Noah die Narzissenknollen geschenkt und gesagt, dass sie bis zum Valentinstag blühen werden. *Ich weiß nicht, ob ich es noch bis dahin schaffen möchte*, hat sie erwidert. Der Valentinstag ist jetzt weniger als zwei Wochen entfernt, und egal wie bereit Hettie auch sein mag, Andre scheint nicht imstande zu sein, sie gehen zu lassen. Ich kann es ihm wirklich nicht vorwerfen. Wer wird dann noch übrig sein? Seine schrecklichen Schwestern? Eine Jetset-Nichte, die zu beschäftigt ist, ihre im Sterben liegende Großmutter zu besuchen?

Ich esse schnell mein Mittagessen und gehe zurück in mein Cottage, um zu arbeiten. Doch immer wieder frage ich mich, wie Gabriel in der Zuckermühle gelandet ist. Als dreißig Minuten später jemand an meine Tür klopft, führt mein Herz einen verrückten kleinen Tanz auf. *Ist das Noah? Ist er doch schon zurück?* Ich reiße die Tür auf, bereit mich in seine Arme zu werfen, und finde mich einem sehr viel weniger reizvollen Anblick gegenüber.

Ich war der Meinung, meine letzte Begegnung mit Andre wäre schlecht gelaufen. Jetzt starrt er niedergeschlagen auf meine Türschwelle herunter, die Augen rot gerändert und geschwollen. Etwas sagt mir, dass wir nun in neue Tiefen des Unbehagens vorstoßen werden.

Er hebt langsam den Blick, um mich anzusehen, und für einen Moment vergesse ich, dass er fast fünfzig Jahre alt ist. Seine blauen Augen wirken so jung, fast wie die eines Kindes. Und verloren.

»Hallo«, sagt er, aber was ich höre ist: *Ich brauche meine Mommy.*

24

Nachdem ich es ohne eine echte Mutter durch die Kindheit geschafft habe, habe ich nur begrenzte Sympathie für erwachsene Männer mit Mama-Komplexen. Aber ich denke, jeder hat mal einen schlechten Tag, und wenn man den bevorstehenden Tod der eigenen Mutter akzeptieren lernen muss, kann man das wohl als einen schlechten Tag bezeichnen. Deshalb habe ich aber noch lange keine Lust, mich auf Andres emotionales Chaos einzulassen.

»Hallo«, grüße ich ihn. »Alles in Ordnung mit Ihnen?«

Er tut, als wäre nichts. »Ich komme bloß, um mich für gestern zu entschuldigen. Ich hoffe, ich habe Ihnen nicht das Gefühl gegeben, nicht willkommen zu sein.«

Na klaaar, denke ich. Du kommst, um dich zu entschuldigen. Nicht im Traum würde dir einfallen, dass deine großen roten Augen Mitleid erregen könnten. Der Mann ist auf der Suche nach einem Behelfstherapeuten, und die Tatsache, dass er sich nicht an Jules wendet, sagt viel über ihre Beziehung aus.

Eigentlich sollte es mich nicht überraschen, dass er mich ausgewählt hat, nachdem ich ihn letzte Woche ermutigt habe, stundenlang über seine dysfunktionale Familie zu schwafeln.

»Es gibt nichts, wofür Sie sich entschuldigen müssten«, sage ich. »*Mir* tut es leid. Ich wünschte, ich hätte Ihnen selber von dem Knochen erzählen können.«

»Ich verstehe Ihre Lage«, erwidert er, eine Hand in die Höhe haltend. »Und ich hatte nicht vor, in Ihrem Privatleben herumzuwühlen. Ich bin der Letzte, der darüber urteilen sollte, mit wem Sie … Beziehungen führen. Ich habe nur Mühe zu verarbeiten, dass … äh … menschliche Überreste auf unserem Grund und Boden gefunden wurden.«

Ich muss schwach lächeln. »Das ist die beste Entschuldigung für schlechtes Benehmen, die ich je gehört habe. Schwamm drüber.« Ein paar Sekunden lang warte ich darauf, dass er geht, doch er bleibt wie angewachsen auf der Stufe vor der Tür stehen. »Und …«, beginne ich, »wie geht es Ihrer Mutter?«

»Sie ist verwirrt. Mal mehr, mal weniger. Die Hälfte von dem, was sie sagt, ist schlicht … Einbildung.«

Was soll ich jetzt tun? Ihm sagen, dass ich beschäftigt bin? Dass ich irgendwohin muss? Doch ich habe Mitleid mit ihm, obwohl ich mich so sehr bemühe, die innere Distanz zu wahren. Von den vier letzten Deveaus mag ich Andre am liebsten, und dass er jetzt hier vor meiner Tür steht, macht mich traurig, denn es heißt, dass er nirgendwo anders hinkann.

»Kommen Sie doch rein«, sage ich.

Er schüttelt den Kopf. »Das setzt nur die Gerüchteküche in Gang. Und … so bin ich nicht. Ich bin nicht der, für den meine Schwestern mich halten, glauben Sie mir.«

»Sie meinen: ein Frauenheld?« Dabei sehe ich ihm geradewegs in die Augen. Ich habe genug davon, bei einer Lüge mitzuspielen, die er nie hätte in die Welt setzen sollen. »Nein, das sind Sie nicht, nicht im Entferntesten. Das kann ich sehen.«

Andre schluckt. »Das können Sie sehen?«

Er will darüber sprechen, denke ich. *Ist es leid, sich zu verstecken.*

Ich setze alles auf eine Karte. »Vielleicht habe ich da auch was missinterpretiert, aber ich dachte, Sie und Jules wären … gute Freunde. Nicht, dass das wichtig wäre.«

Er schließt die Augen und atmet langsam aus. »Oh, es ist durchaus wichtig. Louisiana ist nicht New York. Sie wissen nicht, wie sich das geschäftlich auswirken kann. Bitte sagen Sie mir, dass Sie es nicht …«

»Ich schreibe über Gabriel, nicht über Ihr Liebesleben«, verspreche ich. »Ich hoffe, Jules macht Sie glücklich.«

»Glücklich? So weit würde ich nicht gehen.« Er schenkt mir ein schiefes Lächeln, als wäre er sich darüber bewusst, wie lächerlich er aussieht. »Wie dem auch sei, ich denke jedenfalls, wir sind jetzt quitt. Ich kenne die dunklen Geheimnisse Ihres Liebeslebens, nun kennen Sie auch meine.«

Ich brauche einen Moment, bis ich verstehe, dass er auf meine angebliche Affäre mit einem verheirateten Cop anspielt, und es ist mir peinlich.

Andres Blick wandert zu den anderen Cottages. »Hier lässt es sich nicht gut reden. Ich wollte sowieso mit dem Boot raus. Sie können gerne mitkommen.«

Sofort bin ich auf der Hut. »Welches Boot?«

Auf keinen Fall werde ich mit ihm in dieses Ruderboot steigen. Oder mit irgendjemand anderem. Jemals.

»Das Propellerboot. Es liegt dort vorn.«

Ich starre Andre einen Moment lang an und versuche zu entscheiden, ob ich ihm trauen kann oder nicht. Er war achtzehn, als Gabriel verschwand, und obwohl ich nicht glaube, dass er etwas damit zu tun hatte, weiß ich es doch nicht mit Sicherheit. Wie Detective Minot bereits feststellte, hat er kein solides Alibi für die Nacht, als Gabriel verschleppt wurde. Und ich habe gerade zugegeben, dass ich im Besitz von Informationen bin, die, aus seiner Sicht, seine Karriere zerstören könnten. Ist dies wirklich ein Mann, mit dem ich eine Tour durch einen verlassenen Sumpf machen möchte? Allein?

»Einverstanden«, sage ich langsam, »ich hole nur schnell mein Handy.« Drinnen schicke ich Detective Minot eine SMS, die hoffentlich nicht meine letzte ist. *Gehe auf Bootsfahrt in den Sumpf mit Andre D. Wenn ich in zwei Stunden nicht angerufen habe, schicken Sie die Kavallerie. Kein Scherz.*

Angesichts der finanziellen Mittel der Familie Deveau hatte ich etwas Glamouröseres erwartet als das viersitzige schwimmende Metallmonster, das am Steg von Evangeline festgemacht ist. Mit einem riesigen ventilatorartigen Apparat am Ende und der nach innen gebogenen Spitze – die wie die eines Schlittens aussieht – ist das Boot nicht gerade hübsch.

Andre schmunzelt über meinen skeptischen Blick. »Dieses Baby ist für die Sümpfe gemacht«, erklärt er. »Ein flacher Rumpf für die niedrigen Gewässer. Der Propeller und der Motor befinden sich hier oben in dem Käfig, damit keine Fremdkörper hineinfliegen können. Und die Sitze sind erhöht, damit wir alles sehen können, was vorbeischwimmt.«

»Vorbeischwimmt? Suchen wir nach etwas?«

»Stümpfe, Äste, Vögel, Alligatoren, alles, mit dem wir nicht zusammenstoßen wollen.« Er mustert mich prüfend. »Sie werden doch nicht seekrank, oder?«

Ich schüttle den Kopf und sehe zu, wie er auf das wenig stabil erscheinende Gefährt steigt. Immerhin kentert es nicht, was für es spricht. Doch ich zögere trotzdem, an Bord zu gehen. »Wie alt ist das Ding?«

»Ein paar Jahre«, antwortet er. »Es ist komisch, aber als Kind bin ich nie in den Sumpf hinausgefahren. Wir waren immer am Meer. Dann vor ein paar Jahren … ich weiß auch nicht … ich fand, ich müsste mal meinen eigenen Garten kennenlernen.«

Auch Sydney und Brigitte hatten die Segelausflüge der Familie erwähnt. Damals schien es mir nicht wichtig zu sein, dass sie um die Jungfraueninseln gesegelt sind und Yachten in Griechenland gechartert hatten, aber vielleicht hat es doch etwas zu sagen. Die Deveaus sind, nach dem, was man hört, nicht gerade vertraut mit diesen Sümpfen. Doch der, der Gabriel in diesem Ruderboot hinausgefahren hat, muss in der Lage gewesen sein, im Dunkeln dort zu navigieren und dabei einen Zweijährigen, der möglicherweise bewusstlos war – oder auch nicht –, hin und her zu schleppen. Das schließt in meinen Augen Andre aus.

Er öffnet im vorderen Teil des Bootes eine Metallkiste und wirft mir eine Rettungsweste zu – noch ein Punkt zu seinen Gunsten. Für sich nimmt er keine. Sicherheitsvorkehrungen auf dem Wasser sind anscheinend bloß etwas für Zimperliche. Ich lege sie um, und er streckt mir die Hand hin. »Fertig?«

Ich klettere auf das Sumpfboot und schnalle mich auf dem Sitz fest. »Dann los.«

Er löst das Boot vom Steg und drückt uns vom Ufer weg. Nachdem er den lärmenden Motor angelassen hat, lässt er sich hinten auf dem Fahrersitz nieder. Das Boot saust in einer – wie mir scheint – riskant hohen Geschwindigkeit über den Bayou. Früher hätte mir das Angst gemacht. Jetzt ist es aufregend.

Die ganze Zeit achte ich auf schlechte Gabriel-Schwingungen, Gefühle, die mir signalisieren könnten, dass wir uns dem Todesort nähern, doch es kommt nichts. Dieser Nachmittag auf dem Wasser ist einfach nur angenehm.

Zwar kommen wir an ein paar Hütten mit baufälligen Bootsstegen vorbei, doch dieser Bereich des Flusses ist weitestgehend unbewohnt, und keine anderen Boote sind unterwegs. Nach ungefähr zehn Minuten fährt Andre ein wenig langsamer. »Hier oben gibt es einen Zulauf«, ruft er, und tatsächlich, vor uns teilt sich der Bayou. Er steuert das Boot in eine scharfe Kurve, und wir fahren über Wasser, das schnell schmaler wird und schmutziger. Dann verbreitert sich die Fahrrinne, und bald ist nicht mehr klar, wo das Ufer endet und das Gewässer beginnt. Bäume erheben sich aus grünen Büscheln, die ebenso gut Land wie schwimmende Pflanzen sein können. Andre bremst ab und stellt dann den Motor aus.

»Tja«, sagt er, »es ist nicht das Meer, aber es hat eine ganz eigene Schönheit.«

»Es ist hübsch«, erwidere ich. Die Wahrheit ist jedoch, dass ich in diesen Sümpfen nichts anderes sehen kann als einen schrecklichen Ort, um zu sterben. »Nehmen Sie Jules mit hier raus?«

»Nur einmal.« Er lacht, die erste unbeschwerte Geste, die ich den ganzen Tag über von ihm gesehen habe. »Er fand den Wind in seinen Haaren furchtbar. Cabriolets mag er auch nicht.«

»Irgendwie überrascht mich das nicht.«

»Er ist ein schöner Mann, nicht wahr?« Andre lächelt wehmütig. *»O du geliebter Knabe, dessen Hand / der Zeiten Glas und Sichel hält gebannt.«*

Ich ziehe die Augenbrauen hoch.

»Shakespeare«, sagt er, und ich denke an das Buch mit den Sonetten, das ich gefunden habe, und frage mich, wie oft er es wohl gelesen hat. »Hören Sie, ich verstehe, warum Sie denken, Jules wäre nur ein hirnloser Toy Boy, aber so ist es nicht. Ich mag ihn wirklich.« Sein Blick löst sich nicht vom Wasser, doch ich vermute, dass ihn dieses Eingeständnis einiges gekostet hat.

»Tja – das ist gut. Ich habe gehört, das soll befriedigender sein als hirnlose Toy Boys.«

»Es ist ganz sicher komplizierter.« Er steigt vom Fahrersitz herunter und setzt sich neben mich, als wären wir alte Kumpel. »Ich bin siebenundvierzig Jahre alt, Charlotte. Zu alt, um Versteck zu spielen wie ein schuldbewusster Schuljunge, trotzdem tue ich es. Ich weiß nicht, was ich machen soll.« Er wirft einen Blick zum bedeckten Himmel. »Ich sage Ihnen, manchmal schlafe ich die ganze Nacht nicht.«

Jetzt, da es sich bewölkt, wird es kühler. Ich schlinge die Arme um mich, froh um die zusätzliche Schicht der Schwimmweste. »Ich schlafe auch nicht so gut«, gestehe ich. »Aber Ambien hilft.«

Andre lächelt. »Jules nimmt auch Ambien. Ich selbst nehme lieber einen Schlaftrunk. Oder zwei.«

Wir dümpeln dahin, beide gefangen in unseren Gedanken. Anders als der Bayou, der langsam auf ein Ziel hin läuft, zieht oder fließt, steht der Sumpf still. Aber es ist eine spannungsgeladene Stille, so als würde da etwas tief geduckt kauern, warten, und das gefällt mir nicht. Wie um mein ungutes Gefühl zu bestätigen, erhebt sich Andre sachte und zeigt auf Gestrüpp in der Nähe.

»Alligator«, sagt er.

Ich folge seinem Finger und entdecke einen welligen

Kopf, der neben ein paar Gräsern aus dem Wasser lugt. Die Augen sind olivfarben und blinzeln nicht.

»Oh Gott, der ist ja *riesig*.«

»Eins zwanzig vielleicht. Noch ziemlich klein.« Bewundernd betrachtet er das Tier. »Mutiger kleiner Kerl. Um diese Jahreszeit sieht man nicht viele Alligatoren. Die Kälte macht sie träge.«

Andre lässt den Motor an und steuert uns tiefer in den Sumpf hinein. Diesen Winter, erfahre ich, hat es so ordentlich geregnet, dass das Wasser nicht ganz so niedrig steht wie gewöhnlich. Während wir über die trüben Untiefen gleiten, lerne ich die Fähigkeit des Sumpfbootes schätzen, scheinbar über Wasser zu gehen. Nach all den vielen Kurven und Abzweigungen, die wir genommen haben, mache ich mir zunehmend Sorgen, ob Andre uns auch wirklich wieder zurück nach Hause bringen wird.

Irgendwann stellt er wieder den Motor ab und blickt sich in der Gegend um, als wäre sie irgendwie anders als der Sumpf, den wir in den letzten fünfzehn Minuten durchfahren haben. Ich versuche nicht herumzuzappeln, aber mir reicht es schon.

»Also.« Er streckt sich. »Wer ist der Böse?«

»Der Böse?« In Gedanken bin ich bei der Zuckermühle. Ich versuche herauszufinden, warum jemand Gabriel in den Sümpfen ertränken sollte, um ihn dann Meilen entfernt auf trockenem Land zu vergraben.

»Ihr Buch.« Andre lässt nicht locker. »Es ist doch keine befriedigende Geschichte, wenn man niemandem die Schuld geben kann. Und mit Verlaub: So wie Sie versuchen, Löcher in Bridgies Alibi zu finden, gehen Ihnen anscheinend die Theorien aus.«

Gestern Abend beim Dinner habe ich das Thema zugegebenermaßen ziemlich unelegant angesprochen, was mir jetzt peinlich ist. So wenig ich Brigitte auch mag, es gibt keinen Grund anzunehmen, dass sie ihre Hand bei Gabriels Verschwinden im Spiel hatte. »Ich habe sie nicht beschuldigt, ich wollte bloß verstehen …«

Andre lacht leise. »Soll ich Ihnen einen Rat geben? Machen Sie Bridgie nicht sauer. Sie ist sicher kein kriminelles Genie, und sie hätte überhaupt keinen Grund gehabt, unserem Bruder schaden zu wollen. Aber sie ist sehr nachtragend, das steht fest.«

»Das habe ich gesehen. Dass Sie nicht bei der Geburtstagsparty zu ihrem Sechzehnten waren, trägt sie Ihnen immer noch nach.« Ich beuge mich in meinem Sitz vor und rolle mich zusammen, um meine Körperwärme besser zu speichern. »Wie haben Sie sich überhaupt da herausmogeln können?«

Er zuckt die Achseln. »Mein Verhältnis zu meiner Familie war damals … angespannt. Also habe ich gemacht, was ich wollte. Und war mit einem Freund in der Stadt unterwegs.«

»Einem Freund«, wiederhole ich. Während ich mir das Haar aus den Augen streiche, überlege ich, wie ich es am besten anspreche. Ich glaube nicht, dass Andre seinem Bruder etwas getan hat – ich bezweifle, dass der junge Andre überhaupt viel über Gabriel nachgedacht hat, so oder so – und ich möchte ihm eine Chance geben, sich zu erklären. »Agent Schaffer behauptet, dass er diesen Freund für die Polizeiberichte erfunden hat«, sage ich leise. »Dass Ihr Vater ihn dafür bezahlt hat.« Ich beobachte aufmerksam seine Reaktion, suche nach Anzeichen für Panik, aber Andre sieht müde aus, nicht erschrocken.

»Tja, na ja. Meinem Vater gefiel der Freund nicht, mit dem ich die Nacht verbracht hatte. Kaum zu glauben, was?«

»Ein Mann?«

Er nickt. »Aus einem Club. Kyle Komen. Ich habe ihn an diesem Abend kennengelernt, aber danach waren wir noch ein paar Monate zusammen. Man könnte ihn wohl meinen ersten richtigen Freund nennen.«

»Haben Sie Ihrem Vater von ihm erzählt?«

»Sozusagen. Er hat zwischen den Zeilen gelesen. Er hat mich gezwungen, der Polizei zu sagen, dass ich mit einer Prostituierten zusammen war, also einer Frau. Er dachte, das würde besser aussehen.« Ein schiefes Lächeln spielt um seine Lippen. »Komisch, nicht?«

»Dann wusste Ihr Vater also, dass Sie schwul sind.«

Das ist eine Überraschung. Irgendwie ist Neville das Familienmitglied, von dem ich am wenigsten angenommen hatte, dass er eingeweiht war.

»Er hat es nie zugegeben, aber er wusste es«, sagt Andre. »Hören Sie, wenn Ihr Freund bei der Polizei meine Geschichte überprüfen muss, sagen Sie ihm, er soll mit Kyle Komen reden, K-O-M-E-N, in Lake Charles.« Er leckt sich die Lippen. »Ich vertraue darauf, dass das vertraulich behandelt wird.«

»Selbstverständlich.« Nun möchte ich wirklich gern hier weg. Nicht, weil ich einen stark übernatürlichen Eindruck empfange, sondern weil ich den Sumpf hasse. Gewässer, bei denen man nicht den Grund sehen kann, habe ich noch nie gemocht, und das hier – das ist ein wässriger Friedhof für Pflanzen – und vermutlich auch für Tiere. Ein Futterplatz für dunkle, glitschige Dinge, die sich von Fäulnis nähren. Dinge, die man nicht sehen kann. Dinge, die darauf warten, dass man stirbt. Ich atme tief ein, um mir meinen Ekel nicht anmerken zu lassen. »Wissen Sie, Sie haben recht, mir gehen die Theorien aus«, erkläre ich Andre. »Aber irgendwas muss ich mir für das Buch einfallen lassen. Haben Sie vielleicht eine Idee?«

Andre zuckt die Achseln. »Damals, als Roi Duchesne verhaftet wurde, dachte ich, das war's. Er hatte gelogen, um an den Job auf Evangeline zu kommen, hatte ein Vorstrafenregister, und mein Vater hatte ihn ein paar Wochen vorher gefeuert. Das passte alles. Und ich mochte ihn nicht.« Er starrt mit leerem Blick über das Wasser, und ich denke: Wie einfach es ist, sich darin eine Leiche vorzustellen, ein menschliches Gesicht gleich unter der Oberfläche, das aufgewirbelte Haar, die Augen weit und blicklos. »Das Leben wäre einfacher, nicht wahr«, sagt er, »wenn die Schuldigen immer die wären, die man nicht mag.«

»Das muss schrecklich sein. Die Unwissenheit.«

Andre nickt. »Ich denke oft an meinen Bruder. Manchmal meine ich, dass er der Glücklichere von uns ist.«

Ich spüre, dass dies hier Gefahr läuft, zu einer Therapiesitzung zu werden, deswegen wechsle ich schnell das Thema. »Erinnern Sie sich noch an eine Frau namens Violet Johnson? Sie hat für Ihre Familie gearbeitet, als Sie ungefähr elf oder zwölf waren.«

Er bedenkt mich mit einem entschuldigenden Blick. »An die Angestellten erinnere ich mich nicht mehr gut. Abgesehen von Danelle und den Lauchlins sind die meisten einfach nur gekommen und gegangen.«

»Dann erzählen Sie mir von den Lauchlins. Das wäre interessant für mich.«

»Interessant warum?« Andre runzelt die Stirn. »Sie wurden

monatelang überwacht. Es gab nie ein Hinweis darauf, dass sie sich schuldig gemacht haben.«

»Wenn ich recht verstehe, mochten Sie Maddie und Jack.«

»Maddie war … na ja, sie war meine Kinderfrau. Wir Kinder waren ihr Leben. Vor allem Gabriel.«

Natürlich ist Maddie nicht diejenige, die mir Sorgen macht. »Und was ist mit Jack?«, frage ich, während ich mit dem Riemen meiner Rettungsweste spiele. »Standen Sie ihm nahe?«

Andre schüttelt den Kopf. »Ich war nicht sein Typ Junge. Einmal hat er versucht, mir etwas über Automotoren beizubringen. Ich sagte ihm, ich würde Leute bezahlen, damit sie solche Sachen für mich erledigen und er sollte nicht seine Zeit verschwenden.« Er lächelt verlegen. »Ich war ein verzogenes Gör.«

Ich frage nur ungern, weil ich weiß, was Noah für seinen Großvater empfindet, aber ich muss es tun. »Hat Jack viel Zeit mit Gabriel verbracht?«

»Oh, klar. Gabriel ist ihm ständig hinterhergelaufen. Er sah gern zu, wenn Jack mit Werkzeugen gearbeitet hat.« Dabei steuert er das Boot vorsichtig um ein Gebüsch, das aus dem Wasser ragt. »Der Junge konnte echt eine Nervensäge sein. Hat ständig versucht, irgendwas in Steckdosen zu schieben, oder Dinge in die Toilette geworfen. Einmal ist er auch weggerannt. Deswegen haben sie ihn ja nachts eingeschlossen.«

Keegan hatte eine ähnliche Phase durchgemacht, doch diesen Gedanken schiebe ich schnell beiseite. »Kannten Sie Maddies Sohn gut? Sean?«

Etwas flackert in Andres Gesicht auf. »Klar, kannte ich Sean, aber nicht gut. Er ist zwölf Jahre älter …«

»Brigitte war ziemlich verknallt in ihn.«

»Ach ja? Daran erinnere ich mich nicht.« Sein Unbeteiligtsein täuscht mich nicht eine Sekunde lang. Danelle Martin hatte recht. Andre war schwer verliebt in Sean.

»Er sah gut aus. Ich habe Fotos gesehen.«

Durch meine Hartnäckigkeit leicht irritiert trommelt Andre mit den Fingern gegen den Metallrahmen des Bootes. »Sie wollen wissen, ob ich interessiert an ihm war? Natürlich. Ich war ein Teenager. Er war nett zu mir. Selbstverständlich war ich interessiert. Aber es ist nie etwas passiert. Er war absolut heterosexuell.«

Seine Unruhe verrät die Tiefe seiner Gefühle für Sean, aber ich möchte den Bogen nicht überspannen.

»War er mit jemandem zusammen, wissen Sie das?«

»Ich habe nicht Buch über seine Beziehungen geführt. Er war eher zurückhaltend.«

Weder Danelle noch Andre kannten also Violet. Vielleicht hatten Sean und Violet überhaupt keine Beziehung, und Noah ist das Produkt einer kurzen Affäre. Er könnte ein illegitimer Sohn sein, den die Familie Lauchlin erst anerkannt hat, als Violet tot war. Es sei denn natürlich, sie ist die geheimnisvolle Frau, mit der Sean außer Landes fliehen wollte. Warum auch immer er mit ihr weglaufen wollte, es könnte auch der Grund gewesen sein, warum er ihre Beziehung vor anderen geheim hielt.

»Sie wissen, dass Sean nur wenige Monate vor Ihrem Bruder verschwand«, sage ich. »Finden Sie das nicht seltsam?«

»Verschwand?« Andre zieht die Stirn kraus. »Mir hat man erzählt, dass er gegangen ist.«

Könnte er zurückgekommen sein? Mit jemandem gemeinsame Sache gemacht haben, um Gabriel zu kidnappen, in der Hoffnung, noch mehr Geld herauszuschlagen als seine halbe Million? Sean hätte mit Leichtigkeit von seinen arglosen Eltern in Erfahrung bringen können, wann Neville und Hettie nicht zu Hause waren, und der Familienhund kannte ihn gut genug, um keinen Alarm zu schlagen. Er stammte von hier, kannte sich vermutlich in den Sümpfen aus und hatte eine militärische Ausbildung. Gabriel hätte ihm vertraut. Alles, was er hatte tun müssen, war zu warten.

»Sean ist gegangen«, sage ich nachdenklich. »Aber vielleicht nicht so weit weg.«

»Wir sollten jetzt wahrscheinlich besser nach Hause fahren«, schlägt Andre vor, der offenbar kein Interesse daran hat, mehr von meinen Verschwörungstheorien rund um Sean Lauchlin zu hören. »Meine Nichte hat sich heute für unser Familiendinner angekündigt. Ich möchte nicht verpassen, was sie über ihre wilde Kauforgie in Cabo zu berichten hat.«

Brigittes Tochter ist Anfang zwanzig, also zu jung, um Sean oder Gabriel gekannt zu haben. Und wie man hört, ist sie ihrer Mutter zu ähnlich, als dass ich sie hätte ertragen können. Ich bin froh, dass ich diesmal passen kann.

Auf der Rückfahrt ist Andre in seiner eigenen Welt, während er unseren Weg durch den Sumpf und auf dem Bayou bis nach Evangeline geschickt zurücksteuert. Ich wünschte, ich wüsste, was er gerade denkt, welche möglicherweise nützlichen Erinnerungen er hat. Dort draußen sind noch so viele Puzzleteilchen der Wahrheit, und alle versuchen ihren eigenen kleinen Anteil daran zu verbergen. Nicht unbedingt, weil sie schuldig sind, sondern eher, weil die Wahrheit hässlich ist oder unbequem oder peinlich.

Das verstehe ich. Ich habe mit meinen eigenen hässlichen Wahrheiten zu kämpfen.

Ich bin kaum dreißig Sekunden wieder an Land, als ich mein Handy vibrieren spüre. Es ist Detective Minot. Erst schicke ich ihm diese verrückte SMS und dann vergesse ich, ihn anzurufen. Ups.

»Hallo.« Ich entferne mich ein Stück von dem Steg, wo Andre gerade das Boot festbindet. »Ich lebe noch.«

»Herrgott, Charlotte. Senden Sie mir nicht solche Nachrichten. Besser noch, hauen Sie nicht allein mit Leuten ab, von denen Sie glauben, sie könnten …« Der Rest seiner Strafpredigt geht im schlechten Empfang verloren.

»Sorry. Ich bin grundlos in Panik geraten.«

»Ich habe dreimal angerufen.«

Ich fühle mich sowohl schuldig als auch erleichtert, weil jemand in dieser Welt auf mich aufpasst. »Danke. Weil Sie sich Sorgen um mich gemacht haben.«

»Ich habe mir nicht nur Sorgen um Sie gemacht«, sagt er. »Ich muss Ihnen etwas sagen. Können Sie in fünfzehn Minuten im Stadtpark sein?«

Die Durchsuchung. Oh mein Gott, die Durchsuchung. Ich werfe einen Blick auf meine Armbanduhr. Fast fünf, und sie sind schon seit sechs Uhr heute Morgen dran.

»Ich bin in zehn Minuten da.«

Ich finde Detective Minot auf einer Bank beim Ententeich. Die Sonne hängt tief, und das schwindende Licht taucht alles in melancholische Schatten. Selbst die fetten, watschelnden Enten sind deprimierend, denn sie erinnern an die Kinder, die in der Zeit stehen geblieben sind. Keegan hat so gern Enten gefüttert, und ich bin sicher, auch Detective Minot war mit Didi hier, als sie noch klein war. War er anders, bevor seine Tochter krank wurde, frage ich mich, oder ist er schon immer der ernste, grüblerische Typ gewesen? Es fällt mir schwer, ihn mir als Vater vorzustellen, aber Justine hat mir alte Fotos von ihm gezeigt. Er sah so normal aus, wenn er Didi auf den Schultern trug, grinste und seine Frau knutschte. Ich weiß nicht, ob ich diese Seite an ihm überhaupt kennenlernen will, die Last des Wissens tragen möchte, was für ein Mann er hätte sein können, wenn er niemals die Worte »akute lymphatische Leukämie« gehört hätte.

Ich nehme neben ihm auf der Bank Platz. »Also? Was gibt es Neues?«

Er reibt sich mit der Hand über das stoppelige Gesicht. »Sieht aus, als wäre der Schlamassel mittlerweile zu groß für das Sheriff's Department geworden. Die Feds schicken morgen ein paar Leute her.«

»Ernsthaft? Das FBI schaltet sich ein?« Meine Augen werden groß. »Dann müssen Sie ihn identifiziert haben, oder nicht? Die würden sich doch nicht dafür interessieren, wenn es nicht Gabriel wäre. Gab es einen Treffer für den Knochen?«

»Es ist nicht Gabriel«, sagt Detective Minot sanft.

Ich lege die Finger um die Holzlatten der Bank, unfähig, ganz und gar zu begreifen, was er da gerade gesagt hat. »Aber er muss es doch sein. Sie wissen, dass er es sein muss.«

»Nein. Ich habe nie gedacht, dass er es ist.« Sein Ton ist entschuldigend. »Dieser Kieferknochen, den wir in der Zuckermühle gefunden haben, gehörte keinem Zweijährigen. Er war zu groß.«

Auf dem veralgten Teich kabbeln sich zwei Enten. Ich fühle mich, als würde mit einem Schlag alle Luft aus mir herausgepresst. »Warum haben Sie mir das nicht gesagt?«, flüstere ich. »Warum haben Sie mich glauben lassen, dass es eine Chance gibt, wenn Sie doch wussten, dass ich versagt habe?« All meine Hoffnungen, mein fester Glaube an meine »Gabe« – alles nur Einbildung.

»Ich glaube, es gibt einen Grund, warum Sie uns zu dieser Zuckermühle geführt haben«, beharrt er. »Es könnte eine Art Puzzle sein.«

Zwar habe ich mich noch nicht von meiner Enttäuschung erholt, aber sein Department würde wohl kaum das FBI angerufen haben, wenn es nicht wichtig wäre. »Was ist denn passiert?«

»Mit dem Hund heute Morgen hat es nicht lange gedauert, das sag ich Ihnen. Eigentlich würde man erwarten, dass so eine Durchsuchung Tage dauert, aber diese Knochen … es war, als wollten sie gefunden werden.« Er sieht aus, als wäre ihm dabei ein wenig unheimlich. »Das Team ist immer noch mit den Ausgrabungen beschäftigt, aber ich vermute, das meiste haben sie.«

»Hat der forensische Anthropologe von der Universität schon einen Blick darauf werfen können?«

Detective Minot nickt. »Er überwacht die Ausgrabung. Heute haben sie meist nur die gefundenen Fragmente eingetütet, aber soweit ich verstehe, haben sie einen großen Teil des Schädels und des Beckens.«

Vage erinnere ich mich daran, dass diese Teile bei der Feststellung des Geschlechts hilfreich sind. »Mann oder Frau?«

»Inoffiziell und bloß vorläufig: Er vermutet, dass das Opfer ein erwachsener weißer Mann war.«

Der Wind fegt durch mein Haar und schickt Schauder meinen Rücken hoch und runter. Ich spüre, dass da noch mehr ist. Es macht fast den Eindruck, wir wären vor Gericht, wo Detective Minot mir seinen Fall darlegt, Punkt für Punkt.

»Sieht aus, als wäre ein Einschussloch im Schädel«, sagt er.

»Bisher haben sie noch keine Patronenhülsen gefunden, und wir wissen noch nicht mit Sicherheit, ob es mehrere Schüsse waren und ob es sich dabei überhaupt um die Todesursache handelt, aber dieser Mann erlitt einen Schuss in den Hinterkopf.«

»Aus nächster Nähe?« Ich denke an eine Exekution im Mafiastil.

»Vermutlich nicht. Eine Handfeuerwaffe höchstwahrscheinlich, aber wir müssen auf den Bericht warten.«

»Was sonst noch? Kleidung? Eine Brieftasche?«

»Wir haben ganz in der Nähe einen Schuh gefunden«, fährt er fort.

»Laufschuhe, Größe sechsundvierzig. Eine Marke namens Raceway. Ich habe recherchiert: Dieses Modell wurde nur zwei Jahre lang verkauft: 1980 und 81.«

Ich sage nichts, warte nur ab. Ein gieriger Erpel nähert sich mir, die schwarzen Augen glasig und wachsam, und bettelt um Häppchen, aber ich scheuche ihn weg.

»Und da war noch etwas.« Detective Minot hält inne, wappnet sich, um die Bombe platzen zu lassen. »Hundemarken.«

Ich bin verwirrt. »Da war ein Hund?«

»Nein, nein. Militärmarken.«

»Militär …« Endlich dämmert es mir. »Oh mein Gott. Sie glauben …«

»Ich habe den Namen gesehen, ganz deutlich. Er ist es, Charlotte.« Der Park, die untergehende Sonne, die übergewichtige Ente, die um meine Füße stolziert – ich sehe nichts davon. Alles, was ich sehen kann, ist Remy Minot und der staunende Ausdruck auf seinem Gesicht, als er mir mit gedämpfter Stimme erzählt, dass sie ihn, nach fast dreißig Jahren, gefunden haben. Sean Lauchlin.

25

Es gibt keinerlei Beweis dafür, dass Gabriels Verschwinden mit dem Mord an Sean Lauchlin in Beziehung steht, doch das hält Detective Minot und mich nicht vom Spekulieren ab, während wir durch den leeren Park schlendern. Wir kommen an zwei eingefallenen Picknicktischen und einem Mülleimer vorbei, aus dem ein unangenehmer Geruch dringt, aber Menschen sind keine zu sehen. Selbst die Enten haben sich in das hohe Gras am Rand des Teiches zurückgezogen.

»Rache«, sage ich. »Sean hat Gabriel getötet, und Neville fand es heraus. Neville nahm die Sache selbst in die Hand und hat Sean beseitigt.«

»Neville wäre dazu nicht in der Lage gewesen«, behauptet Detective Minot. »Nicht während ihm die Stadtpolizei, die Landespolizei und die Bundespolizei im Nacken saßen. Von dem Moment an, als Gabriel vermisst gemeldet wurde, wurde jede seiner Bewegungen überwacht.«

»Dann hat Neville jemanden engagiert, der es für ihn getan hat.«

»Das ist genau das, wonach die Kollegen gesucht haben, als sie dachten, er stecke hinter Gabriels Entführung – Telefonate und Treffen mit möglichen Auftragskriminellen. Man fand aber nichts. Wie dem auch sei, das würde immer noch nicht die halbe Million auf Seans Konto erklären.« Er bleibt vor einem alten Baum stehen und fährt mit der Hand über Initialen, die in die Rinde geritzt sind, als liege in dieser Narbe die Antwort. »Sie sagten, in diesem Fall wäre sexueller Missbrauch im Spiel.«

Ich nicke. »Das habe ich gespürt, als wir im Sumpf waren.«

»Ich setze auf Andre Deveau. Er hatte Zugang zu Gabriel und kein Alibi.«

Daraufhin erzähle ich ihm von meinem Bootsausflug. »Sie sollten diesen Kyle Komen überprüfen, mit dem er angeblich zusammen war, aber ich denke nicht, dass Andre passt. Jemand ist mit dem Ruderboot rausgefahren und hat Gabriel in den Sumpf geworfen. Ich glaube nicht, dass irgendjemand aus der Deveau-Familie das nötige Know-how hat.«

»Wer immer das Boot genommen hat, er hat es wieder zurückgestellt. Das deutet auf einen Angestellten hin, jemanden wie Jack Lauchlin.«

Ich bin mir bewusst, dass es Noah zerstören würde, wenn Daddy Jack darin verwickelt wäre, aber auch ich komme immer wieder auf ihn zurück. »Jack hatte sowohl Zugang zu dem Boot als auch zu Gabriel«, gebe ich zu. »Und Jack hätte leicht den Schlüssel zu Gabriels Schlafzimmer von seiner Frau bekommen können.«

Detective Minot beginnt abseits des Weges auf und ab zu gehen. »Er stammt aus der Gegend. Er sollte sich mit Booten und auf dem Wasser auskennen.«

Zwei Straßenlaternen flackern in der Ferne an. Ich verschränke die Arme fest vor der Brust. Die New Yorkerin in mir fragt sich, wie viele Vergewaltigungen und Überfälle in diesem Park nach Einbruch der Dunkelheit passieren. »Okay«, sage ich, »es wäre möglich, dass Jack Gabriel getötet hat. Aber was ist mit Sean? Wollen Sie sagen, dass Jack auch seinen eigenen Sohn umgebracht hat?«

Detective Minot zuckt mit den Schultern. »Vielleicht wusste Sean, dass sein Vater den Jungen sexuell belästigt. Sean hatte doch, kurz bevor er im Juni verschwand, einen großen Streit mit seinen Eltern, nicht wahr? Vielleicht ist er überhaupt nie weggegangen. Vielleicht hat Jack ihn getötet, um zu vertuschen, was er Gabriel angetan hat.«

»Das erklärt immer noch nicht die halbe Million auf Seans Konto.« Ich bin erleichtert, einen Schwachpunkt in seiner Theorie zu entdecken, etwas, das Noahs Großvater aus der Gleichung herausnimmt.

»Das Geld ist der Knackpunkt«, stimmt Detective Minot mir zu.

Ich denke mal in eine andere Richtung. »Vielleicht hat Sean Neville erpresst. Wenn Neville Gabriel missbraucht hat und Sean irgendwie dahintergekommen ist …«

»Nein«, unterbricht mich Minot. »Diese Zahlungen auf Seans Konto begannen noch in einer Zeit, bevor Gabriel geboren wurde.«

Dann muss ich meine Theorie wohl korrigieren. »Sean wuchs in diesem Haus auf. Vielleicht hat Neville *ihn* sexuell belästigt.« Indem ich all dieses Böse einem Mann in die Schuhe schiebe, den ich nie kennengelernt habe, einem Mann, der nicht blutsverwandt ist mit dem, mit dem ich das Bett geteilt habe, fühle ich mich sehr viel besser. Trotzdem finde ich das Szenario nicht wirklich überzeugend. Soweit ich gehört habe, hat sich Neville nie besonders kinderlieb gezeigt – und hätte er Hettie wirklich mit erwachsenen Frauen betrogen, wenn er eigentlich an kleinen Jungen interessiert war?

Detective Minot teilt meine Bedenken, aber aus anderen Gründen. »An Erpressung könnte ich ja vielleicht noch glauben. Also daran, dass Neville Sean getötet hat, um ihn zum Schweigen zu bringen. Aber das erklärt nicht, was mit Gabriel passiert ist. Neville hat ein Alibi für die Nacht der Entführung. Was bedeutet: Er hätte jemand engagieren müssen, und ich sage Ihnen, die Ermittler konnten absolut nichts finden, das das gestützt hätte.«

Ich trete nach ein paar Laubblättern. »Vielleicht … haben sie etwas übersehen. Irgendjemanden aus der Gegend, den Neville hätte beauftragen können.«

Detective Minot lässt sich auf einen schiefen Picknicktisch sinken. Ich sehe ihm an, dass er nahe daran ist, für heute Nacht das Handtuch zu schmeißen. »Ich kann verstehen, warum man sich damals auf Roi Duchesne konzentriert hat«, sagt er zerknirscht. »Er passt einfach zu gut.«

»Gibt es da denn gar keine Schwachstelle in Duchesnes Alibi?«

»Nee. Mindestens ein Dutzend Personen haben ihn an diesem Abend in einem Casino in Alabama gesehen.«

»Wenn Duchesne im Knast war, kannte er vielleicht die richtigen Leute«, schlage ich vor. »Vielleicht war er auch bloß ein Mittelsmann. Wir sollten mit ihm reden.«

Detective Minot gibt eine Art Grunzen von sich, das ich als Zustimmung werte. Endlich nehme ich den Mut zusammen, um die Frage zu stellen, die mich schon während dieser ganzen Diskussion gequält hat. »Wissen Sie, ob Sean Lauchlins Familie informiert wurde?«

Er schüttelt den Kopf. »Bisher ist noch nichts von dem, was ich Ihnen erzählt habe, an die Öffentlichkeit gegeben worden. Ihre Lippen sind versiegelt, kapiert?« Er betrachtet mich und spürt wohl, dass es einen Grund gibt, warum ich frage. »Ich glaube, die Lauchlins haben keine lebenden

Verwandten mehr. Maddie hatte zwar eine Schwester in Texas, aber ich bin mir ziemlich sicher, dass sie nicht mehr lebt.«

Ich kann nicht mehr länger so tun, als gäbe es Noah nicht, kann nicht mehr meine Arbeit säuberlich von meinem Liebesleben trennen. Noah hat ein sehr viel größeres Recht darauf, von seinem Dad zu erfahren, als ich.

»Sean hatte einen Sohn«, sage ich leise. »Ich kenne ihn. Wir … stehen uns ziemlich nahe.«

»Einen Sohn? Das ist wohl ein Scherz.« Detective Minot blinzelt ein paarmal, als würde er versuchen, sich zu orientieren. »Wie alt? Und wer ist die Mutter? Sie verstehen doch, dass das enorme Konsequenzen für diese Ermittlung haben kann.«

Ich bedecke mein Gesicht mit den Händen. Das Letzte, was ich will, ist, Noah in das alles mit hineinzuziehen. Der Mord an seinem Vater wird ihn hart genug treffen, ohne dass er auch noch nach jedem kleinen Detail ausgequetscht wird, das Jack und Maddie je über seine Eltern gesagt haben. Und was, wenn seine geliebte Nanny und sein Daddy Jack darin verwickelt sind?

Derweil hat Minot schwer an meinem Verrat an ihm zu schlucken. »Warum haben Sie mir nicht vorher von dem Mann erzählt?«, will er wissen. »Ich meine … mein Gott … Sie haben eine persönliche Verbindung zu den Lauchlins? Dann hätte ich ihnen niemals gesagt, was …«

»Genau deswegen habe ich es Ihnen nicht erzählt.«

»Charlotte.« Seine Nasenflügel blähen sich. »Es ist mir egal, wie viel Ihnen der Mann bedeutet. Sie warten auf eine eindeutige Identifizierung durch die Forensik. Wenn diese Information vorzeitig durchsickert, könnte das die ganze

Ermittlung gefährden. Und ich würde meinen Job verlieren.«

Ich will ihm keinen Ärger machen, und Schweigen ist in diesem Fall tatsächlich die einfachere Lösung. Ich weiß nicht, wie Noah reagieren wird. So wie ich ihn kenne, könnte er auch im Sheriff's Department auftauchen und Antworten verlangen, und das würde auf Minot zurückfallen. Doch dieses Geheimnis ständig mit mir herumtragen zu müssen, liegt mir zu schwer auf der Seele. Sean ist sein Vater. So lange hat Noah gedacht, er wäre seinem Vater egal gewesen, all die Jahre … aber vielleicht war es gar nicht so.

»Versprechen Sie mir, dass Sie das nicht vermasseln.« Im dunkler werdenden Zwielicht betrachtet mich Detective Minot eingehend, sucht nach Zeichen von Widerstand. »Geben Sie mir Ihr Wort.«

»Ich verspreche es.« Aber mir ist zum Weinen zumute. Noah vertraut mir.

»Wie ist der Name des Sohnes?«

»Noah Lauchlin.« Gehorsam nenne ich seine persönlichen Daten; das Büro des Sheriffs wird ihn informieren müssen, sobald Seans Identifizierung offiziell ist. »Er wurde am 19. März 1979 geboren. Er lebt in Sidalie, Texas. Maddie und Jack haben ihn aufgezogen, nachdem seine Mutter starb. Ihr Name war Violet Johnson.«

»Violet.« Er durchforstet sein Gedächtnis. »Nach der haben Sie neulich gefragt.«

»Sie hat früher auf Evangeline gearbeitet.«

»Richtig. Hausmädchen. Nur für ein paar Monate. Man ging nicht gerade im Guten auseinander.«

Ich versuche den sauren Geschmack in meinem Mund herunterzuschlucken. »Hören Sie, ich weiß, dass Sie Noah

Fragen über seine Familie stellen müssen, aber … lassen Sie ihm Zeit, die Neuigkeiten über seinen Vater zu verdauen, ja?«

»Na gut.«

Schweigend stapfen wir zum Parkplatz zurück. Im gelblichen Licht einer Straßenlaterne wartet Detective Minot, bis ich in meinen Wagen gestiegen bin, um meine Sicherheit besorgt, aber mit hartem Gesichtsausdruck. Er ist wütend auf mich, verständlicherweise, und auch wütend auf sich selbst, weil er mir vertraut hat. Auch ich bin wütend auf mich. Ich bin umgeben von guten Menschen, die an mich glauben, und ich enttäusche sie alle.

Die nächsten Tage vergehen quälend langsam. Während des Wochenendes berichten mehrere lokale Medien über den Fund von menschlichen Überresten in der alten Zuckermühle. Doch der Schuh oder die militärische Erkennungsmarke werden dabei nicht erwähnt, wohl aber immer wieder die Tatsache, dass das Land den Deveaus gehört. *Dies ist nicht das erste Mal, dass die Familie Gegenstand einer polizeilichen Ermittlung ist*, ruft ein Reporter den Zuschauern in Erinnerung. *Vor beinahe dreißig Jahren wurde der zwei Jahre alte Gabriel Deveau von dem Anwesen der Familie in Chicory entführt. Trotz der bundesweiten Suche – auch über die Medien – blieb die Entführung ungelöst. Die Polizei gab nicht bekannt, ob die nun entdeckten Überreste in Verbindung zu dem Fall aus dem Jahre 1982 stehen. Doch laut des Sheriffs von Bonnefoi, Jim Pardy, stammen die Knochen, die bisher gesichert werden konnten, von einem Erwachsenen.*

Dann folgt ein Schnitt zu einer Pressekonferenz mit Sheriff Pardy, einem Mann mit Halbglatze, der die aggressiven

Fragen der Reporter beantwortet. Er bestätigt die Gerüchte über eine Zusammenarbeit mit dem FBI und erklärt, dass sie wegen ihrer besseren Ressourcen und ihrer Fachkenntnis hinzugezogen wurden. Als er nach der Identität des Opfers gefragt wird, will Sheriff Pardy den noch immer ausstehenden offiziellen Bericht der forensischen Experten nicht kommentieren. Er betont, dass trotz der Tatsache, dass die Knochen auf dem Land der Deveaus gefunden wurden, der Familie keinerlei Vergehen vorgeworfen werden.

Mir tut der Kopf weh, als ich den Fernseher ausstelle, aber einem so großen Ereignis kann man in Chicory nicht entkommen. Bereits am Montag ist das gesamte Personal von Evangeline in heller Aufregung. Beim Abendessen spricht Leeann über nichts anderes. Sie und ihr Freund haben eine Wette abgeschlossen. Sie denkt, der Mord sei der Beweis für die Existenz von organisiertem Verbrechen in Chicory und wirft voller Entzücken mit Worten wie »Auftragsmord« und »Vollstrecker« um sich. Mike glaubt, es wäre ein Sexualverbrechen gewesen, Vergewaltigung und Mord. Ich finde diese Wette überraschend makaber.

»Was gewinnen Sie, wenn Sie recht haben?«, frage ich, aber sie zuckt bloß mit den Schultern.

Selbst Jules, der gekommen ist, um das morgige Menü mit ihr zu besprechen, kann nicht widerstehen und muss mittratschen. »Wahrscheinlich ist es jemand, der Neville gegen sich aufgebracht hat«, erklärt er uns. »Er war ein Mann, mit dem man sich besser nicht angelegt hat.«

»Oh nein«, protestiert Leeann, »so war Mr D nicht … der hätte niemanden getötet.«

»Nicht in seinen letzten Jahren vielleicht«, sagt Jules herablassend. »Aber als er jünger war, da ist er ziemlich aufbrausend gewesen. Seine eigene Familie hatte Angst vor ihm. Und er war ein skrupelloser Geschäftsmann.«

Ich kann mir vorstellen, woher Jules seine Informationen hat. Bedeutet das, dass Andre glaubt, Neville wäre für die Leiche in der Zuckermühle verantwortlich, oder ist es Jules' eigene Schlussfolgerung? Und vermutet Andre bereits, dass der Tote Sean Lauchlin ist? Er war ganz offensichtlich auf der Hut, als er mit mir auf dem Boot über Sean gesprochen hat.

»Neville ist nicht der einzige skrupellose Geschäftsmann hier«, sage ich, nur um zu sehen, wie Jules reagiert. »Sie wissen doch, was man sagt. Wie der Vater, so der Sohn.«

Jules schnaubt. »Sie können mir glauben, Nevilles Killerinstinkte sind alle an seine Töchter gegangen.«

Zum hundertsten Mal wundere ich mich über Jules und Andres Beziehung. Ich glaube Andre, wenn er sagt, dass Jules mehr als bloß ein Toy Boy für ihn ist, und ich erinnere mich an das Handygespräch, das ich im Garten belauscht habe – als sich Jules darüber ärgerte, dass sie ihre Beziehung geheimhalten müssen. Obwohl ich überzeugt bin, dass zwischen ihnen eine ganz eigene Art von Intimität besteht, habe ich auch das deutliche Gefühl, dass Andre etwas weiß, etwas Dunkles und Belastendes, das er nicht mit Jules teilt. Doch als ich an Noah denke und an all das, was ich ihm verschweige, begreife ich, dass dies nicht heißt, dass Andre keine Gefühle für Jules hat. Eher, dass sie kompliziert sind.

Ich weiß nicht, wie es Andre Deveau geht, aber ich bin die Komplikationen, das ständige Verschweigenmüssen allmählich leid. Wenn ich Noah nicht die Wahrheit über seinen Vater sagen kann, dann wenigstens über mich.

Dienstagmorgen ruft Noah an, um zu sagen, dass er auf

dem Weg nach Evangeline ist. Ich spaziere gerade grübelnd über das Grundstück, als ich Hettie draußen im Rollstuhl zusammen mit ihren drei Kindern und einer wachsamen Pflegerin sehe. Die Zwillinge unterhalten sich angeregt miteinander, während Andre ins Leere starrt und Hettie döst. Haben ihre Kinder vor, so lange zu bleiben, bis sie tot ist? Steht ihr Ende so nahe bevor? Vielleicht sollte ich Evangeline vorher verlassen, damit die Familie in Ruhe trauern kann. Ich habe genug damit zu tun, das Buch so zu schreiben, wie Isaac es will, und ich weiß nicht, wie ich Gabriel noch weiterhelfen soll. Sollte ich einfach … nach Hause fahren?

Alles hängt von Noah ab, und das macht mir Angst.

Stunden später fährt Noahs Truck in die Auffahrt ein. Er ist früher als erwartet da – er muss ganz schön aufs Gas gedrückt haben.

Sieh nicht zu begeistert aus.

Doch er freut sich genug für uns beide zusammen. »Sieh mal, wer da ist.« Er reißt mich von den Füßen, als er mich fest an sich drückt. »Ich habe ein eigenes Empfangskomitee.«

Hand in Hand gehen wir zurück zu meinem Cottage. Ich komme nicht darüber hinweg, wie glücklich er wirkt.

Mache ich wirklich jemanden so glücklich? Wie lange kann das andauern?

»Wie war's?«, fragt er. »Hattet ihr Spaß in der Stadt, du und Rae?«

Mir kommt es vor, als wäre der Besuch in New Orleans Ewigkeiten her.

»Ja, es war schön.«

Er tippt den Code für seine Tür ein und bedeutet mir einzutreten. »Alles in Ordnung? Du siehst bedrückt aus.« Ich zucke zusammen, als er sein Shirt hebt und die Pistole in ihrem Holster von seiner Seite abnimmt. Ich hatte nicht mal gemerkt, dass er sie trug.

»Hier ist viel passiert«, erkläre ich. »Eine Leiche wurde gefunden.«

»Eine Leiche?«

»Na ja, die Knochen.«

»Hier?« Seine Unbeschwertheit verflüchtigt sich. »Sag mir nicht, sie haben Gabriel gefunden.«

»Nicht in Evangeline. Ein paar Meilen entfernt, auf einem Grundstück, das Hettie gehört. Und es ist nicht Gabriel.«

»Wissen sie, wer es ist?« Er zögert, bevor er seine Pistole in die Sockenschublade legt, als wäre es gerade jetzt nicht sicher, sich von ihr zu trennen.

Ich schlucke. Ich verschweige. Ich hasse mich dafür. »Die Polizei hat diese Info noch nicht rausgegeben.« Das ist das einzige Wahre, das mir einfällt, mit dem ich mein Versprechen an Minot nicht breche.

»Du siehst aus, als würde dich das ziemlich mitnehmen, Schatz. Gibt es etwas …«

Bevor ich weiß, was ich tue, platze ich mit der Wahrheit heraus. »Ich habe es geträumt.« So sollte sich dieses Gespräch zwar nicht entwickeln, aber vielleicht ist es das Beste. »Ich habe von den Knochen geträumt, Noah … von dem genauen Ort, wo sie sich befunden haben. Und dann waren sie tatsächlich dort. Und das ist mir nicht das erste Mal passiert.«

»Moment mal.« Er lehnt sich zurück, gegen den Tresen,

und ich begreife mit sinkendem Mut, dass mein Geständnis nur für einen von uns Sinn ergibt. »War da eine Leiche oder hattest du einen Albtraum?«

»Da *war* eine Leiche. Und Knochen. Es kam überall in den Nachrichten, hast du das nicht gesehen?« Aber mir bleibt keine Zeit für weitere Erklärungen, denn jemand klopft hektisch an Noahs Tür.

Als ich sie öffne, finde ich dort Benny, außer Atem und in Panik. »Benny? Was ist los?« Doch ich weiß es bereits, kann es in seinem Gesicht lesen. Etwas Dringlicheres, Wichtigeres als meine Träume vom Tod.

»Das Baby kommt«, keucht Benny. »Geht Ihr Telefon? Wir müss'n den Rettungswagen ruf'n.«

Ich greife nach meinen Schlüsseln. Über Knochen und Vorahnungen können Noah und ich uns noch später unterhalten. »Ich fahre euch ins Krankenhaus.«

»Leeann sagt, wir können sie nicht beweg'n«, sagt Benny eilig. »Der Kopf kommt schon raus.«

Ich erstarre. »Oh mein Gott. Noah!«

Er sprintet bereits mit seinem Handy zur Auffahrt. »Ich rufe den Rettungswagen und warte beim Wachmann.«

Benny und ich rennen zu seinem Cottage zurück, wo er mich an Bergen von Baileys Spielzeugen und schmutzigen Kleiderhaufen entlangführt und dann hinüber zum Bett. Paulette liegt auf dem Rücken, von der Taille abwärts nackt. Hechelnd. Die Beine gespreizt. Und tatsächlich, ein Streifen des Säuglingskopfes ist zwischen ihren Beinen zu sehen.

Mein Herz macht einen Satz.

Leeann, die am Fuß des Bettes steht, wirkt überraschend gefasst. »Keine Sorge, Paulie«, sagt sie sanft. »Wir helfen diesem kleinen Jung'n auf die Welt. Du hast es fast geschafft. Bei der nächsten Wehe, gib alles.«

Paulette antwortet mit einem Stöhnen.

Die Sanitäter werden es niemals rechtzeitig schaffen. Ich schaue auf mein Handy, ob ich Empfang habe, in der Hoffnung, nach »Notgeburt« suchen zu können, aber ich habe kein Glück. Ich zerbreche mir den Kopf nach allem, was ich über Geburt weiß, aber es ist nicht viel. Keegan habe ich in einem Krankenhaus bekommen, unter Betäubung, umgeben von Profis, die wussten, was im Notfall zu tun ist. Was weiß ich schon darüber, wie man Babys entbindet?

In der Zwischenzeit gibt Leeann Anweisungen, und allein ihr stärker werdender Cajun-Akzent verrät ihre Angst. »Benny, hilf ihr, sich aufzusetz'n«, sagt sie. »Das Baby kommt leichter, wenn sie nich' flach aufm Rücken liegt. Setz dich hinter sie.«

Benny hüpft gehorsam auf das Bett und drückt Paulette vorsichtig in eine aufrechte Position.

»Jetzt halt seine Hand, Liebes«, sagt Leeann zu ihr. »Und wenn es Zeit ist zu pressen, drückst du zu, wie wenn du sie brechen wollst.«

»Wissen Sie überhaupt, was Sie da tun?«, zische ich.

»Ich bin die Älteste von sechs«, sagt sie. »Meine Mama hatte schnelle Wehen. Ich seh' nich zum ersten Mal, wie ein Baby im Bett gebor'n wird.«

»Was ist, wenn etwas schiefgeht?« Paulette könnte starke Blutungen bekommen. Die Nabelschnur könnte sich um den Hals ihres Sohnes wickeln. Und was, wenn er nicht atmet? An die Wiederbelebungsmaßnahmen für Erwachsene und Kinder kann ich mich noch so halbwegs erinnern, aber für Säuglinge gelten andere Regeln.

»Es wird schon gut geh'n«, sagt Leeann resolut. »Der Körper weiß, was zu tun ist.«

Paulette gibt ein langes, kehliges Brüllen von sich. Eine Wehe. Sie drückt Bennys Hand und presst mit aller Kraft. Ihr Gesicht ist feucht und verzerrt, ihre Augen in einer anderen Welt. Ich versuche, nicht auf das Blut zu sehen.

»Das machst du gut, Paulette«, sagt Leeann. »So ist's richtig, ja. Jetzt kommt dein kleiner Junge auf die Welt.«

Als Paulette die Augen schließt, kann ich ihre Entschlossenheit spüren, ihr Bedürfnis, alle anderen Reize auszusperren bis auf ihr Gefühl für dieses Baby. Ich ergreife ein sauberes Handtuch und halte mich bereit.

»Ich seh' ihn!«, haucht Benny. »Er kommt!«

Auch ich sehe ihn kommen.

Leeann legt die Hand an den glitschigen, haarigen Kopf, der hinausdrängt. Das Baby ist ganz nah. So nah. Leeann ist da, die Finger um seinen schmierigen Kopf, und versucht ihn vorsichtig hinauszuziehen, ohne dass der Körper seiner Mutter aufreißt. Es gibt eine kurze Ruhepause, dann folgt eine neue Wehenwelle. Passt das Baby da hindurch? Es kommt mir unmöglich vor. Er ist groß. Zu groß. Doch er bewegt sich, rutscht Millimeter um Millimeter tiefer, durch die schiere Willensstärke seiner Mutter.

Paulette brüllt auf, und dann hat Leeann plötzlich einen ganzen Kopf in den gewölbten Händen. Überall ist Blut und … Unordnung, als sie dieses neugeborene Wesen herauszieht und es in das Handtuch wickelt, das ich ihr reiche. Die Nabelschnur ist grau und gallertartig, doch Leeann weist mich an, sie noch nicht durchzuschneiden.

»Ist alles in Ordnung mit ihm?«, ruft Benny vom Bett aus.

Ich betrachte das Baby. Er hat das aufgedunsene, wassergesättigte Aussehen von Neugeborenen, aber ich bin mir ziemlich sicher, dass das normal ist. Leeann entfernt mit dem Handtuch die letzten Reste der Schmiere von seiner Nase und dem Mund. Er antwortet mit einem langen, schrillen Schrei. Ja, er atmet.

»Er ist perfekt«, rufe ich Benny zu. Mir kommen die Tränen. »Herzlichen Glückwunsch.«

Paulette ist schlaff auf das Bett zurückgesunken, so wie das Opfer eines Gewaltverbrechens. Doch als ihr Mann ihr ihren winzigen Sohn an die Brust legt, wird sie wieder ein wenig munterer. Sie hebt ihr Hemd an, um ihn an die Brust zu legen, während Leeann die befleckten Laken mit frischen Handtüchern bedeckt.

»Die Nachgeburt kommt noch«, ruft sie Paulette in Erinnerung. »Wenn du das Gefühl kriegst, du musst press'n, dann lässt du es raus, schön vorsichtig.«

Sie hat die Lage im Griff. Leeann ist erst dreiundzwanzig Jahre alt und doch so ausgeglichen, so furchtlos.

Benommen trete ich langsam vom Bett zurück.

Minuten später stürmen die Nothelfer herein. Während Leeann ihnen atemlos von der Geburt berichtet, drifte ich weg, als befände ich mich nicht mehr in meinem eigenen Körper. Etwas an Paulette – die Art, wie sie jeden qualvollen Moment voll erlebt hat, wie präsent sie in ihrem eigenen Körper war – lässt mich an meiner eigenen körperlichen Existenz zweifeln. Wie kann man bloß denken, dass das Leben leicht wird, wenn es auch so hart kommen kann?

Draußen trifft es mich wie ein Schlag. Das Wunder dieses schönen Babys. Die Unwiederbringlichkeit meines eigenen Verlustes. Ich gehe neben einer Eiche in die Hocke und übergebe mich. Würge noch immer, als längst nichts mehr kommt.

Dann liegt da eine Hand auf meiner Schulter, und Noah streicht mir das Haar aus dem Gesicht. Ich merke, dass ich weine, laute erstickte Schluchzer, aber ich kann nicht aufhören. Er versucht mir den Rücken zu reiben, doch ich schüttle ihn ab.

»Es ist in Ordnung«, sagt er. »Schatz, es ist in Ordnung.«

Aber das ist es nicht. Mein Baby ist tot, und das wird nie in Ordnung sein. Ich spucke ein letztes Mal auf den Boden und stehe auf. »Du verstehst nicht.«

»Pschscht.« Noah zieht mich in eine Umarmung, der ich nicht entkommen kann. »Du musst nichts erklären. Ich kapier schon.« Sein Mund ist an meinem Ohr, als er beinahe flüsternd sagt: »Du vermisst ihn. Natürlich vermisst du ihn.«

Ich entwinde mich ihm und starre ihn an. »Wen? Von wem redest du?«

»Von deinem Sohn.« Das Mitleid in seinem Gesicht sagt alles.

Ich mache einen Schritt zurück, wobei ich über eine der riesigen Wurzeln der Eiche stolpere. »Woher weißt du von meinem Sohn? Hast du mich ausspioniert?« Die Vorstellung macht mich wütend, obwohl ich selbst mehr in seiner Familiengeschichte herumgestochert habe, als ich zugeben möchte. »Es war Rae, oder? Rae mit ihrer großen Klappe. Darüber habt ihr euch also unterhalten, neulich.«

»Du hättest es mir sagen sollen«, erwidert er, ohne auf Rae einzugehen. »Warum hast du es mir nicht gesagt?«

Ich wische mir Rotz aus dem Gesicht und trockne die Tränen mit dem Handrücken. Mein Magen ist immer noch in Aufruhr, meine Gedanken drehen sich – ich kann es nicht fassen. Ein Kind wurde geboren, und ein kleiner Junge ist gestorben. *Mein* kleiner Junge ist gestorben, und trotzdem wurde ein Kind geboren. Ich habe gesehen, wie ein Kind in diese Welt kam, habe seine winzigen Schreie gehört. So wie *mein* Baby. Wo ist *mein* Baby?

Mir ist schwindelig. »Ich muss jetzt allein sein.«

Er greift nach mir, widerspricht, aber ich achte nicht auf ihn. Ich eile zurück zu meinem Gästehaus und verriegle die Tür. Werfe mich mit dem Gesicht nach unten aufs Bett. Als er klopft, antworte ich nicht.

Das Licht ändert sich. Der lavendelfarbene Raum wird lila grau, während die Sonne weiterwandert. Irgendwann werden die Geräusche von draußen leiser. Noah klopft wieder an die Tür, ruft nach mir, aber ich rühre mich nicht, bin noch nicht bereit, über Keegan zu sprechen.

Ich denke an den Tag, als mein Sohn geboren wurde. Weil er auch fünf Tage nach dem ausgerechneten Datum noch nicht kam, wurde ich immer nervöser und ungeduldiger. Ich bat darum, die Geburt einzuleiten, ich wollte, dass er sich an den Zeitplan hielt. Und als dann die Wehen endlich anfingen, war ich überrascht. Es tat weh. Sehr weh. Ich hatte nicht damit gerechnet, dass die Schmerzen so groß werden würden, denn immerhin hatten schon so viele Frauen sie ertragen, sogar zum zweiten oder dritten Mal. Irgendwann wirkte dann die Epiduralanästhesie ihre Magie, und am Ende lag da ein Baby in meinen Armen. Er war tiefrosa, verschwollen und ein wenig verärgert über seine Vertreibung aus der Gebärmutter. Aber er gehörte mir.

Niemand sagte damals zu mir: *Er gehört dir für vier Jah-*

re. Er gehört dir, aber nicht für lange. Ich bin von Natur aus kein optimistischer oder hoffnungsvoller Mensch, aber als ich mein Kind so hielt, glaubte ich fest an die Zukunft. Seine Zukunft.

Ich überlege, ob ich Justine anrufen soll. Wie können Sie zu einem Gott beten, will ich sie fragen, der so unfair ist. Wie können Sie in Didis leeres Zimmer blicken und irgendeinen Grund, irgendeinen Sinn sehen. Das ist keine rhetorische Frage – ich möchte wirklich die Antwort wissen. Justine hat mir gesagt, das Gebet gebe ihr Kraft, aber ich kann doch nicht Trost bei einem Wesen suchen, das für mein Unglück verantwortlich ist. Wenn man an ihn glaubt, ist Gott der, der unser Leid austeilt. Wie können Menschen da beten, ohne wütend zu werden?

Ich rolle im Bett herum und starre zur Decke hinauf. Hole mehrmals tief Luft. Spüre, wie meine Wut abklingt. Ich überlege, ob ich die alte Bibel der Deveaus hervorholen und in ihren Seiten nach Antworten suchen soll, aber wem mache ich etwas vor? In meinen Augen sind diese Geschichten allesamt lächerlich. Stattdessen wühle ich in der Kiste mit Andres Sachen und nehme sein Buch mit Shakespeares Sonetten heraus. Jetzt könnte ich etwas Schönes gebrauchen.

Ich blättere durch die Seiten, bei einigen, die er mit Papierstreifen markiert hat, bleibe ich und überfliege ein paar Gedichte über die Höhen und Tiefen der Liebe, um dann bei Sonett 126 hängenzubleiben. Ich erkenne die erste Zeile: *O du geliebter Knabe.* Das ist der Text, den Andre auf dem Boot zitiert hat. Er muss dieses Buch viele Male gelesen haben. Als ich es schließe, bemerke ich wieder die Widmung auf der Titelseite. *Für Andre an seinem achtzehnten*

Geburtstag. Ich hoffe, du hast ebenso viel Freude daran wie ich. – Sean

Ein Geburtstagsgeschenk von Noahs Vater. Interessant. Ich hebe das Buch näher ans Gesicht und studiere Seans krakelige Handschrift, als etwas zwischen den hinteren Seiten herausrutscht. Aber es ist nicht noch ein Lesezeichen. Es ist ein Brief. Die Schrift, ein blauer Kugelschreiber, dem die Tinte ausging, sieht aus wie Seans. Ich lese ihn schnell einmal durch, dann langsam ein zweites Mal, und mir stockt der Atem, als ich zu begreifen beginne, was das zu bedeuten hat.

Hier bin ich also, endlich. Raus aus der Armee, ein freier Mann. Mittlerweile musst du wissen, wie verrückt ich nach dir bin. Es ist an der Zeit zu entscheiden, wer du wirklich sein willst. Ich kann nicht zusehen, wie du dir selber schadest, an jedem verdammten Tag, und nichts sagst. Ich denke die ganze Zeit an dich, und ich wünsche mir ein Leben mit dir. Es wird nicht das Leben sein, an das du gewöhnt bist, aber es könnte besser werden. Du kannst nicht ewig unter Nevilles Fuchtel stehen, ohne ihm zu zeigen, wer du wirklich bist. Es gibt so viel mehr Möglichkeiten. Ich weiß, dass du Angst vor der Klatschpresse hast, weil du zur Familie Deveau gehörst, aber wenn wir das Land verlassen, werden sie uns in Ruhe lassen. Mir ist egal, was die Leute denken, wenn sie uns zusammen sehen. Wenn wir ihrer Vorstellung von Liebe nicht entsprechen, dann ist das ihr Problem, nicht unseres. Sei stark und nimm dir, was du willst. Ich gehe heute Abend weg, mit dir oder ohne dich. Du weißt, wo du mich finden kannst.

Ich liebe dich.

Sean.

Unfassbar. Sean Lauchlin. Und Andre. Das ist eine Riesensache.

Hier bin ich also, endlich. Raus aus der Armee, ein freier Mann. Das muss im Juni geschrieben worden sein, als er die Armee verließ, während dieses letzten Besuches bei Maddie und Jack. *Ich gehe heute Abend weg, mit dir oder ohne dich*. Könnte es sein letzter Tag in Evangeline gewesen sein? Jetzt ergibt auch der Streit mit seinen Eltern einen Sinn. Maddie und Jack waren sicher außer sich, als sie von den Plänen ihres Sohnes erfuhren. Andre war erst achtzehn Jahre alt, ganze zwölf Jahre jünger als Sean. Und er war der Sohn ihrer Arbeitgeber. Maddie hatte ihn wie ihren eigenen aufgezogen. Dazu noch die Homosexualität – drei Dinge, über die seine Eltern bestimmt entsetzt waren.

Was nun? Ich kann Andre nicht zur Rede stellen und mir den einzigen Deveau zum Feind machen, der mir anscheinend wohlgesinnt ist. Detective Minot ist nicht für den Fall Sean Lauchlin zuständig, und ich kann den Brief nicht der Polizei übergeben, ohne zuzugeben, dass ich weiß, wem die gerade gefundenen Knochen gehören. Ich muss also abwarten, bis der Name veröffentlicht wird. Ich weiß immer noch nicht, in welcher Verbindung das alles zu Gabriel steht – wenn überhaupt. Aber eines ist klar.

Dieser Brief enthält ein Mordmotiv.

26

Ich darf nicht die Augen davor verschließen, welche Wirkung dieser Brief auf Noah haben könnte. Zu erfahren, dass der eigene Vater mit einem Teenagerjungen durchbrennen wollte – und deswegen wahrscheinlich getötet wurde. Das würde jeden schockieren. Doch ich weiß immer noch nicht, wer Sean getötet hat oder welche Rolle Maddie und Jack in all dem gespielt haben – was es mir leichter macht zu rechtfertigen, dass ich es Noah noch nicht sage. Es bleiben zu viele Fragen offen, um ihn schon jetzt mit Teilwahrheiten zu belasten.

Stattdessen fotokopiere ich den Brief und schicke ihn mit einer Notiz an Minots Mailbox. Er hat seine Karriere riskiert, indem er vertrauliche Informationen über Sean Lauchlin an mich weitergab. Hoffentlich macht dieser Brief ein bisschen wieder gut. Vielleicht finden wir ja mit vereinten Kräften heraus, was geschehen ist.

In letzter Zeit ist so viel passiert, dass ich froh bin, als es auf Evangeline ein wenig ruhiger zugeht. Ohne Paulette läuft alles langsamer. Hetties Zustand scheint für den Moment zu stagnieren, es ist weder eine Verschlechterung noch eine Besserung zu beobachten. Ich beende ein Kapitel, während Noah letzte Verhandlungen mit einem der hiesigen Handwerker führt, den er engagieren will. Jeden Morgen, wenn ich aufwache und ihn ausgestreckt neben mir sehe, denke ich, dass er dort hingehört. Und doch – über die Zukunft spreche ich nie mit ihm. Unsere gemeinsame Zeit neigt sich dem Ende zu, nur reden wir nicht darüber. Wir verwurzeln uns fest in der Gegenwart.

Es ist jetzt anders zwischen uns. Nicht schlecht, aber anders. Er weiß von Keegan. Ich hätte nie gedacht, dass ich mein Kind irgendjemandem gegenüber erwähnen kann, ohne die Fassung zu verlieren und in Tränen auszubrechen, aber wie schon bei Justine Pinaro verspüre ich inzwischen Erleichterung, vielleicht sogar Freude darüber, dass ich mich nun an Keegan erinnern kann, indem ich über ihn spreche. Noah sagt dann nicht viel. Er drückt meine Hand oder lächelt. Meistens hört er einfach nur zu. Natürlich wird er meinen Verlust nie verstehen, niemals jemanden so sehr lieben, wie ich meinen Sohn geliebt habe. Obwohl er zu gut erzogen ist, um es anzusprechen, habe ich nicht vergessen, dass dieser Mann eine zehnjährige Ehe beendet hat, nur weil er nicht Vater sein wollte. Er ist kein Kindermensch.

Am Freitag ruft Detective Minot an. Er hält sich nicht mit einer höflichen Begrüßung auf. »Dieser Brief«, sagt er, »den haben Sie in einem Buch gefunden?«

Ich stehe vom Küchentisch auf, wo ich fleißig auf meinen Laptop eingehämmert habe. »In einem Buch, das Andre gehörte«, teile ich ihm mit. »In einer Kiste mit Andres Sachen aus der Highschool.«

»Das passt zu dem Zeitpunkt, als Sean verschwand.« Er macht eine Pause. »Glauben Sie, Neville hat herausgefunden, dass Sean etwas mit seinem Sohn hatte?«

»Ich weiß es nicht. Aber wenn er dahintergekommen war, dass Sean und Andre gemeinsam durchbrennen wollten, hätte ihm das wohl kaum gefallen.«

»Und Seans Eltern auch nicht«, spinnt Minot den Gedanken weiter. »Maddie war eine ziemlich fromme Katholikin.«

Ich öffne eine Packung Pringles, sowohl hungrig als auch nachdenklich. Wäre es möglich, dass Dinge, die den Lauchlins gehörten, in den Familienramsch der Deveaus geraten sind? Diese Bibelpassagen über sexuelle Sünden könnten wirklich von Maddie markiert worden sein.

»Diese Beziehung wäre für sehr viele Leute ein Ärgernis gewesen, nicht nur für Neville«, stelle ich fest. »Aber es ist ein Anfang. Was gibt es sonst Neues?«

Er seufzt. »Ich habe Kyle Komen gefunden. Der Typ, mit dem Andre in der Nacht, als Gabriel verschwand, angeblich zusammen war.«

»Hat sich seine Geschichte bestätigt?«

»Alle Anzeichen deuten darauf hin.« Minot klingt nicht sehr glücklich darüber, dass er nun Andre von seiner Liste der Verdächtigen streichen muss. »Komen war überrascht, mich zu sehen. Er sagte, er habe seit gut fünfundzwanzig Jahren nichts von Andre gehört. Aber er bestand darauf, dass er in dieser Nacht mit Andre zusammen war. Der 14. August ist Komens Geburtstag. Er sagt, er wäre mit ein paar Freunden zum Feiern ausgegangen, und sie hätten dabei auch Andre getroffen.«

Ich schlinge ein paar Chips hinunter und versuche nicht direkt ins Telefon zu knirschen. Schade, dass ich bei dem Treffen mit Kyle Komen nicht dabei war. Ich habe so viele Fragen über den jungen Andre. »Hat er sonst noch was gesagt?«

»Nur, dass die Entführung Andre sehr mitgenommen habe. Laut Komen sind sie dann ein paar Monate zusammen gewesen. Er beschreibt Andre als einen verkorksten reichen Jungen. Er sagt, er hätte damals einfach Mitleid mit ihm haben müssen.«

»Glauben Sie ihm?«

»Ich habe Komen überprüft«, sagt Minot. »Er scheint in Ordnung zu sein. Sein Geburtstag ist wirklich der 14. August.«

»Was war der Grund für die Trennung?«

»Anscheinend hat Andre immer Angst gehabt, jemand könnte sie zusammen sehen. Er wollte nie gemeinsam ausgehen.«

Komisch. Von Andres jetzigem Freund hört man ganz ähnliche Klagen.

»Er klingt okay«, gebe ich zu und lege widerstrebend die Pringles weg. Eigentlich bin ich nicht der Typ für Junkfood, aber Louisiana weckt Gelüste auf Salz und Zucker in mir, die ich bisher gar nicht kannte.

»Es gibt noch eine Sache, die es sich zu überprüfen lohnt«, erklärt mir Minot. »Roi Duchesne ist gerade wieder aufgetaucht.«

Diese Nachricht scheint ihn weniger zu freuen als mich. Mir ist gleich, ob Duchesne vom Verdacht, in Gabriels Entführung verwickelt gewesen zu sein, entlastet wurde. Ein undurchsichtiger Exknacki als Hausmeister – der hat doch vielleicht trotzdem irgendetwas aufgeschnappt, der könnte gemerkt haben, ob jemand ein ungesundes Interesse an dem Kleinkind zeigte. Und möglicherweise kannte er Sean Lauchlin. »Wo ist er aufgetaucht?«

»Gleich hier in Chicory. Er wurde vor zwei Tagen angehalten, weil er eine rote Ampel überfahren hat. Ich habe mich ein wenig umgehört. Er arbeitet schwarz als Barkeeper in der Cajun Canteen.«

Ich erinnere mich vage an eine Spelunke dieses großen Namens nicht weit entfernt vom Highway. »Haben Sie mit ihm gesprochen?«

»Noch nicht. Der Mann hat gesessen, der wird nicht sehr gut auf die Polizei zu sprechen sein.« Die Aussicht auf einen weiteren unkooperativen Zeugen scheint ihn wenig zu begeistern. »Ich arbeite noch an einer Strategie. Irgendetwas muss für ihn dabei rausspringen.«

»Ich könnte helfen. Ich könnte in die Bar gehen.«

»Nein«, sagt er. »Auf keinen Fall. In der Cajun Canteen hängt übles Gesindel rum. Das ist nichts für Sie. Ich meine es ernst. Und mit Roi ist nicht zu spaßen. Halten Sie sich von dem Kerl fern, in Ordnung?«

»Tja, wenn Sie meine Hilfe nicht wollen, dann helfe ich Ihnen auch nicht.« Ich hoffe, dass er meine verbalen Verrenkungen nicht bemerkt. Ein Treffen mit Roi würde mir helfen, und ich werde die Chance, mit ihm zu sprechen, ganz sicher nicht ungenutzt lassen, selbst wenn das bedeutet, dass ich mich einen Abend lang in eine schäbige Bar wagen muss.

Detective Minot versteht meine Antwort wörtlich. »Ich lasse es Sie wissen, falls sich etwas Neues ergibt«, versichert er mir. »Nur noch eines, Charlotte.« Sein Ton wird jetzt barsch, beinahe väterlich. »Dieser Freund von Ihnen? Noah Lauchlin? Kann ja sein, dass er ein netter Kerl ist. Aber das bedeutet nicht, dass seine Familie auch nett ist.«

»Ich weiß.«

»Und wenn er kein netter Kerl ist? Glauben Sie mir, dann finde ich es heraus.«

Ich grinse. Wenn Cops anfangen, den Hintergrund deines neuen Freundes zu überprüfen, gehört man zur Familie, da bin ich mir ziemlich sicher.

Die Cajun Canteen ist klein und verraucht. Flackernde Leuchtreklamen preisen verschiedene Biersorten an. Das rötlich-orangefarbene Licht verleiht den Gästen etwas Krankes, Sonnenverbranntes, wodurch die Betrunkenen noch betrunkener aussehen. Dank Minots eindringlicher Warnung habe ich damit gerechnet, dass es hier etwas rauer zugeht, und das halbe Dutzend Kunden an diesem Montagabend sieht ungefähr so aus, wie ich es mir vorgestellt habe: Männer mit zerfurchten Trinkergesichtern, einer stämmig, einer muskelbepackt, einer dürr mit einem Nagergesicht und verkniffenen Augen, aber alle mit einem alkoholischen Getränk ihrer Wahl vor sich. Was ich nicht vorhergesehen habe, ist die komplette Abwesenheit von Frauen.

Ich habe versucht, mich so anzuziehen, als würde ich hierhergehören: enge Jeans und ein T-Shirt, das am Busen eng anliegt, dazu Make-up, dem man ansieht, dass es teuer war. Aber es ist nicht meine Kleidung, die mich verrät – es ist schlicht mein Geschlecht. Alle Blicke liegen auf mir, die einzige Frau im Raum. Ich spüre, wie sie überlegen, welche Art Frau um zehn Uhr abends an einem Wochentag allein hierherkommt. Ist sie mit jemandem verabredet? Hofft sie, jemanden zu treffen? Will sie schnellen Sex?

Fast hätte ich wieder den Rückzug angetreten, aber als ich einen Blick zur Bar werfe, sehe ich ihn. Roi Duchesne, der gerade einen Stapel Geldscheine zählt. Nicht Zehner oder Zwanziger, sondern Hunderter.

Das kann kein gutes Zeichen sein.

Ich setze mich auf einen leeren Platz an der Bar, obwohl ich die Idee, die Flucht zu ergreifen, immer noch nicht ganz verworfen habe. Ohne hinzusehen weiß ich, dass die Männer an den Tischen hinter mir mich beobachten.

»Hey, hübsche Lady«, ruft jemand. »Wo kommst du denn her?«

Etablissements, in denen es vor allem darum geht, Alkohol zu trinken, waren noch nie mein Ding. Ich kenne die Regeln nicht, weiß auch nicht, wie man die Grenze zwischen zickig und ermunternd entlangbalanciert, deshalb nicke ich vage in seine Richtung, ohne auf die Frage zu antworten.

Roi zählt sein Geld zu Ende und stopft die eine Hälfte in die Hosentasche und die andere irgendwo hinter die Bar. Ich habe die erkennungsdienstlichen Fotos von seiner Festnahme vor all den Jahren gesehen. Da war er vierundzwanzig Jahre alt, mürrisch und sexy-anrüchig auf diese Bad-Boy-Art, als wollte er sagen: »Ich schlage übrigens meine Freundin.« Obwohl er seitdem an Gewicht zugelegt hat und ergraut ist, wirkt er immer noch überraschend fit und gar nicht unattraktiv, wenn man auf Tattoos steht. Eines weiß ich mit Sicherheit: Das Geldbündel stammt nicht aus den Geschäften dieser miesen kleinen Bar.

Detective Minot hatte recht. Ich hätte nicht herkommen sollen.

Aber jetzt kann ich nicht mehr gehen, ohne etwas getrunken zu haben, deshalb neige ich den Kopf auf die Seite und spiele mit einer Haarlocke, während ich all meinen femininen Charme für diesen Mann aufbringe. »Ähmm … ist ein Corona Light nur was für Mädchen?«

Er lächelt schwach. »Nee, das ist schon in Ordnung.«

Er holt ein Corona aus dem Kühlschrank, öffnet und schiebt einen Limettenkeil durch den schmalen Flaschenhals.

»Ich lade dich ein, Baby«, bietet mir der rattengesichtige Mann am anderen Ende des Raumes an, als Roi mir das Bier reicht.

»Nein, danke. Meine Drinks bezahle ich immer selbst.« Dabei sehe ich Rattengesicht nicht mal an oder versuche ihm die Ablehnung zu versüßen. Ich hatte nicht damit gerechnet, den ganzen Abend diese hiesigen schmierigen Typen abwehren zu müssen, aber jetzt wird mir klar, dass es wohl unvermeidlich ist. Noch ein Grund mehr, mich mit Roi anzufreunden. Schutz.

Ich beuge mich zu ihm vor, um eine Tarngeschichte loszuwerden. »Sie haben hier vorhin nicht so eine Rothaarige gesehen? Ich bin mit einer Freundin verabredet.«

Roi versichert mir, dass ich die einzige Lady bin, die heute hier gewesen ist. Übersetzung: Die Frauen von Chicory sind so vernünftig, diesen Ort zu meiden. Ich rufe Minots Kontaktdaten im Handy auf und schicke ihm schnell eine SMS. *Bin in der Cajun Canteen. Ziemlich anrüchig hier, das stimmt.*

»Hübsches Tattoo.« Ich zeige auf eine Schlange, die sich halb um Rois Hals schlängelt. »Wer hat das gemacht?«

»Ein Typ in Biloxi.«

»Sind Sie von dort?«

Er schüttelt den Kopf. »Ich war für eine Weile Trucker. Da bin ich da durchgekommen.« Er macht eine Pause, fast, als widerstrebe es ihm, sich mit mir zu unterhalten. Toller Barkeeper. »Wo kommen Sie denn her?«

»Ursprünglich aus New York. Hier unten arbeite ich für die Deveaus.« Ich verdrehe die Augen. »Reiche Leute, die rumjammern. Davon brauchen wir doch alle noch mehr in unserem Leben, was?«

Er beißt nicht an.

Glücklicherweise aber ein grauhaariger Mann mit Wampe. »Roi kennt sich mit den Deveaus aus, nicht wahr, Roi?« Er lacht leise.

»Ach so?« Ich nehme einen Schluck Corona, einen Ellenbogen auf dem Tresen. »Was für Kram hast du denn über die? Ich könnte Ihnen Geschichten erzählen, da fallen Sie vom Glauben ab.«

Roi macht ein finsteres Gesicht, offensichtlich verärgert, dass man seine Angelegenheiten ausplaudert. »Hab' früher für die gearbeitet. Is' aber lange her.«

»Für Neville wahrscheinlich, oder? Ich habe gehört, der soll ganz in Ordnung gewesen sein. Ich muss mich mit Hettie rumschlagen, die ein bisschen weich in der Birne ist, und mit ihren Töchtern, die einfach bloß Zicken sind. Und Andre … meine Güte, der …« Ich breche ab und lasse Roi den Satz nach seinem Belieben beenden.

»Is' ne Schwuchtel«, sagt er, woraus ich schließe, dass die Bemühungen des jungen Andre, hetero zu erscheinen, nicht so erfolgreich waren wie die des Erwachsenen.

Mein Telefon macht Ping, als eine SMS von Minot reinkommt. *WAS SOLL DAS? Ich hatte Ihnen doch gesagt, Sie sollen da nicht hingehen. Ich komme SOFORT.* Ich lege das Handy wieder hin und stoße einen langen, ergebenen Seufzer aus. »Meine Freundin verspätet sich. Wie immer.«

»Is' deine Freundin genauso süß wie du oder is' sie die Hässliche von euch?«, fragt der Ergraute.

»Süßer«, sage ich. »Viel süßer.«

»Ah, nee, das glaub ich nicht. Du hass 'n paar hübsche Kurven, Schätzchen, wirklich.«

Ich weiß nicht, was ich darauf erwidern, wie ich mir diese Typen vom Hals halten soll. Als ich nicht reagiere, steht Rattengesicht auf und schreit von seinem Tisch aus herüber: »He! Wo sind'n deine Manieren, New York? Der Mann hatt' dir ein Kompliment gemacht.«

»Reg dich ab, Neg«, sagt Roi mit einem trägen, bedächtigen Lächeln, das mir nicht weniger Angst macht als der aufgebrachte, betrunkene Typ. »Sonst verschreckst du sie noch.« Er wendet sich mir zu, plötzlich freundlicher, und jetzt erkenne ich beunruhigt: Er will, dass ich bleibe. »Was hast du denn bei den Deveaus zu tun, Schätzchen?«

»Ich schreibe«, erkläre ich ihm und verfluche insgeheim meine Ehrlichkeit. »Für eine Frauenzeitschrift«, füge ich hinzu, in der Hoffnung, dass das weniger hochtrabend klingt. »Ich schreibe über Klamotten und Frisuren und Make-up.«

»Gibt es in New York nicht genug Klamotten und Make-up?« Rois skeptischer Gesichtsausdruck sagt mir, dass ich gerade einen Fehler gemacht habe.

»Ich dachte einfach … dass es eine nette Story wäre, verstehen Sie?« Ich muss das wieder geradebiegen, und zwar schnell. »Meine Tante hat früher für die Deveaus gearbeitet. Vielleicht kennen Sie sie. Violet Johnson.« Das ist der erste Name, der mir in den Sinn kommt, und offenbar ist es der richtige, denn Roi legt den Kopf zurück und bricht in lautes, grollendes Gelächter aus.

»Violet Johnson?« Er schmunzelt. »Scheiße .. Violet … klar.«

Als ich sein Lächeln sehe, frage ich mich, ob er mit ihr geschlafen hat. Danelle sagte, Violet hätte viele Männer gekannt. Oder vielleicht war Violet auch an Rois kriminellen Aktivitäten beteiligt? Drogen? Aber ich sehe nicht, was das mit Gabriel zu tun haben könnte.

Roi mustert mich von oben bis unten, als suche er nach einer Familienähnlichkeit. »Ihre Tante, hm? Violet war ein ein ganz schöner Drachen. Ich hab ganz vergessen, dass sie für die Deveaus gearbeitet hat.« Leise lächelnd kratzt er sich das unrasierte Kinn. »Als ich sie kennengelernt hab, hat sie im alten Piggly Wiggly gearbeitet. Das Mädchen hat nie lange einen Job halten können. Was macht sie denn heute so?«

»Wir haben nicht mehr viel Kontakt …« Ich bin erstaunt, dass er davon ausgeht, Violet wäre noch am Leben. Wenn sie wirklich bei einem Autounfall gestorben wäre, als Noah noch ein Baby war, hätte Roi dann nicht davon gehört? »Wann haben Sie sie zum letzten Mal gesehen?«

»Ach, wir war'n noch Kinder. Ich war, tja, vielleicht zwanzig. Grüß'n Sie sie von mir.«

Ich möchte ihn noch weiter nach Violet ausfragen, aber jetzt, wo er gerade anfing zutraulicher zu werden, darf ich ihn nicht misstrauisch machen. »Das ist ja cool, dass Sie meine Tante kannten«, sage ich. »Und Sie haben auch für die Deveaus gearbeitet? Die treiben mich echt in den Wahnsinn. Wie haben Sie das nur ausgehalten?«

»Bin auf Abstand geblieb'n.« Er fährt mit dem Daumen über das Schlangentattoo. »Hab mich von Andre oder Hettie ferngehalt'n. Ich weiß, von wo Ärger droht.« Dass er gefeuert wurde und sechs Wochen in Untersuchungshaft saß, erwähnt er nicht, und die anderen Männer scheinen im Augenblick zu sehr in ihre eigenen Unterhaltungen vertieft, um sich einzuschalten.

»Glauben Sie, Andre macht Ärger? Bisher finde ich ihn noch am nettesten.«

»Weil Sie ne Frau sind«, sagt Roi. »Mit Frauen hat der nix am Hut.«

»Ach ja? Heißt das, er hat sich für *Sie* interessiert?«

Die Andeutung, er könnte das Objekt der Begierde eines anderen Mannes sein, empört ihn. »Mir ist egal, aus welcher

Familie der kommt. Wenn der Junge mich je angepackt oder falsch angeguckt hätte, hätt ich ihm die Scheiße aus dem Leib geprügelt, und das wusste er auch ganz genau.« Er zückt ein Küchenhandtuch und beginnt über den Tresen zu reiben. »Hettie war die, auf die man n' Auge hab'n musste.«

Komisch, was alles zutage kommt, wenn ein Mann seine Männlichkeit beleidigt sieht. »Hettie? Ohne Witz?«

Er reibt ein bisschen heftiger. »Oh ja. Wie eine läufige Hündin. Hätt' ich die angelächelt, hätt' die mich sofort vernascht.«

Ich denke daran, was mir Danelle über die Nacht erzählt hat, als Neville seine Frau schlug. Hettie sagte, wenn er mit seinen Huren weitermachen wollte, wäre das in Ordnung, aber dann könnte er ihr wenigstens einen netten Poolboy besorgen. Ein attraktiver Poolboy muss Roi wohl gewesen sein, wenn es wirklich das war, was sie wollte. Aber irgendwie bezweifle ich das. Hettie war deprimiert, isoliert und sehr einsam. Irgendein einsilbiger Hitzkopf hätte diese Leere gewiss nicht gefüllt. Obwohl ich den Eindruck habe, dass Roi sein großes Ego im Weg steht, wenn es darum geht, die Ereignisse wahrheitsgetreu wiederzugeben, ermuntere ich ihn fortzufahren. »Wow, dann war Hettie also eine Schlampe?«

»Wär sie gewesen … wenn ich ihr die kleinste Chance gegeben hätt'. Und sie war ne Lügnerin. Hat heimlich Geld beiseitegeschafft, ohne dass ihr Mann es gemerkt hat.«

Jetzt wird es interessant. »Echt? Woher wissen Sie das?«

Roi leckt sich die Lippen. »Sie hat Neville überredet, ihr monatlich Taschengeld zu geben, verstehen Sie?«

Ich nicke, obwohl mir die Bevormundung, die es bedeutet, wenn eine Frau um monatliches Taschengeld bitten muss, Übelkeit verursacht.

»Na ja, ich hab gehört, wie sie ihm gesagt hat, wofür sie es braucht. Shopping, ein Pferd, eine Party, die sie geben wollte. Aber das war Blödsinn. Das alles hat sie nie gemacht.«

»Wow. War es viel Geld?«

»Sie hat in einem Monat mehr gekriegt, als ich damals in einem Jahr verdient hab'«, bestätigt Roi und und verzieht die Lippe über diese Ungerechtigkeit. »Ungefähr zwölftausend Dollar.«

Jetzt weiß ich, wie es zu Sean Lauchlins auffällig dickem Bankkonto kam – auch wenn immer noch nicht klar ist, warum. Ich will gerade Seans Namen fallen lassen, um Rois Reaktion zu sehen, als einer der Männer sich von ganz hinten zu Wort meldet. »Du hast 'n neuen Gast, Roi.«

In der Tür zur Bar steht ein sehr aufgebrachter Detective Minot und durchbohrt mich mit Blicken. Ich bin ein bisschen verärgert, dass er gerade in dem Augenblick stören muss, als es interessant wird, und nicht noch fünf Minuten warten konnte, aber er ist nicht in der Stimmung, sich Beschwerden anzuhören.

»Steigen. Sie. In den Wagen«, sagt er mit zusammengebissenen Zähnen. »Sofort.«

Rattengesicht stößt einen langen, leisen Pfiff aus. »Ihre Lady war wohl auf ein bisschen Spaß aus, was? Sie hat uns gar nicht gesagt, dass sie verheiratet ist.«

Wieder sind alle Augen auf mich gerichtet, aber dieses Mal wirken die Blicke feindselig, nicht hungrig, als warteten sie nur darauf, dass ich bekomme, was ich verdiene. Heute Abend habe ich mein Glück genug herausgefordert. Ich werfe einen Zehn-Dollar-Schein auf den Tresen und beeile mich, zu Detective Minot zu gehen, der noch in der Tür steht.

Doch bevor wir es raus schaffen, hält Rattengesicht Minot auf und gibt ihm einen tröstenden Klaps auf die Schulter. »Untreue Schlampen«, sagt er und ruckt mit dem Daumen in meine Richtung. »Kennen wir doch alle.«

Erst als wir zurück zu meinem Wagen gehen, wird mir klar, in welche Gefahr ich mich gebracht habe. Dass ich keinerlei Rückzugsstrategie hatte. Der hintere Parkplatz, auf dem ich mein Auto abgestellt habe, ist nur spärlich beleuchtet und nicht einsehbar – also genau der Ort, den eine Frau allein in der Dunkelheit meiden sollte. Und neben einem Müllcontainer in der Nähe lungert ein zwielichtig aussehender Typ mit Pferdeschwanz. Ich weiß nicht, auf wen oder was er wartet, doch ich bin mir ziemlich sicher, dass ich es auch gar nicht wissen will. Wenn mich Detective Minot nicht begleitet hätte, würde ich jetzt in der Klemme stecken, das lässt sich nicht leugnen.

Ich schulde ihm was.

»Bevor ich nach Hause fahre«, sagt er knapp, »möchte ich kurz mit Ihnen reden.«

Er kocht noch immer vor Wut, als er auf den Beifahrersitz meines Prius steigt, deshalb schlucke ich meinen Stolz herunter und gestatte ihm gute fünf Minuten, um mich zurechtzustutzen. Ich nicke, als er mir beispiellose Dummheit vorwirft, stimme zu, dass ich mich leichtsinnig in Gefahr bringe, und bin angemessen beschämt, als er mich darauf hinweist, dass mein Handeln selbstsüchtig war, weil er gezwungen wurde, seine verzweifelte Frau spät in der Nacht wegen einer unklugen Rettungsmission allein zu lassen. Doch als er schließlich zu *Machen Sie so etwas Dämliches nie wieder* kommt, hat sich ein leichtes Grinsen auf mein Gesicht gestohlen.

»Warum gucken Sie denn so selbstzufrieden?«, will er wissen.

»Nur so«, sage ich. »Fahren Sie bitte fort. Meine persönlichen Verfehlungen sind offenbar viel interessanter für Sie, als zu hören, wem Sean Lauchlin sein gut gefülltes Bankkonto zu verdanken hat.«

Detective Minot sieht nicht gerade erfreut aus, doch jetzt hört er auf, mich mit Beleidigungen zu bombardieren. »Egal, was Sie herausgefunden haben, es entschuldigt Ihr Verhalten heute Abend nicht«, sagt er gereizt. »Aber lassen Sie mal hören.«

Ich erzähle ihm, dass Roi gesagt hat, Hettie hätte heimlich Geld beiseitegeschafft. »Zwölftausend Dollar. Das ist genau der Betrag, der jeden Monat auf Seans Konto eingezahlt wurde.« Während ich die Klimaanlage einstelle, warte ich darauf, dass er in Begeisterung ausbricht und Lobeshymnen anstimmt.

Doch ich bekomme lediglich ein nachdenkliches Grunzen. »Fahren Sie zu dem Drive-in auf der anderen Straßenseite«, befiehlt er. »Sie laden mich zu Pommes ein.«

Zu einem anderen Zeitpunkt oder an einem anderen Ort würde ein solches Ansinnen seltsam wirken, aber im Moment sind Pommes genau das Richtige. Und Milchshakes. Hirnfutter à la Louisiana.

Gehorsam fahre ich zu *Carl's Jr.* und halte hinter einem Wagen voller Teenager. Ein schmieriger Kiffertyp auf dem Rücksitz hängt den Kopf aus dem Fenster wie ein Hund, während seine Freunde diverse Gerichte in den Lautsprecher brüllen.

»Dann hat Sean also Hettie erpresst«, überlegt Minot. Inzwischen machen die Teenager mit ihrer langen Bestellung weiter. »Aber warum?«

»Vielleicht hat er gedroht, öffentlich zu machen, dass Andre homosexuell ist.«

Er schüttelt den Kopf. »Darauf deutet der Liebesbrief, den sie gefunden haben, aber nicht hin. Ich meine, Sean war auch homosexuell. Es klang, als hätten sie eine Beziehung gehabt. Aber wie konnte er Hettie dann erpressen? Er selbst hatte auch viel zu verlieren, wenn er sich mit einem Jungen eingelassen hatte, der kaum volljährig war.«

»Stimmt.« Ich beobachte, wie sich der junge Kiffer von einer Seite auf die andere wiegt. »Aber was ist, wenn es keine Erpressung war? Was, wenn sie ihn für irgendetwas bezahlt hat?«

Detective Minot macht ein zweifelndes Gesicht. »Informationen? Oder Drogen vielleicht. Immerhin hat Sean davon gesprochen, nach Mexiko abzuhauen.«

»Haben Sie bereits Violet Johnson überprüft?«, frage ich. »Die Frau, mit der Sean einen Sohn hatte? Roi sagt, er kannte sie. Vielleicht waren Sean und Roi und Violet alle Teil eines … ich weiß auch nicht … eines Drogenrings? Vielleicht haben sie das Zeug an Hettie verkauft.«

Er schüttelt den Kopf. »Niemand hat je erwähnt, dass sich Hettie ungewöhnlich verhielt. Sie hätte unmöglich eine Drogenabhängigkeit geheim halten können, die sie so viel Geld gekostet hat. Und ganz sicher gab es für sie keinen finanziellen Grund zu dealen.«

Der Wagen mit den Teenagern fährt an das Drive-in-

Fenster, sodass wir unsere Bestellung jetzt aufgeben können. Durch das heruntergelassene Fenster nehme ich den leichten Marihuanaduft wahr, der dem Fahrzeug der Jugendlichen entströmt. Minot bemerkt es entweder nicht oder hat sich entschlossen, es zu ignorieren. Ich denke an Rois Bündel Bargeld, die großen Scheine, und bin mir sicher, dass er in etwas sehr viel Schwerwiegenderes als den Handel mit Marihuana verwickelt ist. Detective Minot hat recht. Man kann sich nur schwer vorstellen, dass Hettie sich je mit diesen Leuten eingelassen hätte.

Ich überlege, was ihr sonst noch monatlich zwölf Riesen wert gewesen wäre, aber ohne Erfolg. Hettie war keine Spielerin, und – ungeachtet der Bemerkung über den Poolboy – falls sie tatsächlich bereit gewesen sein sollte, so viel Geld für Sex zu bezahlen, gab es sicher bessere Optionen als den Freund ihres Sohnes.

»Was, wenn Hettie von der Beziehung zwischen Andre und Sean wusste?«, taste ich mich weiter vor, in dem Versuch, mich selbst von einer vernünftigen Hypothese zu überzeugen. »Hettie hätte Sean das Geld geben können, um … ich weiß auch nicht. Um ihm und Andre zu helfen.«

»Sie hat Sean drei Jahre lang Geld gegeben«, wendet Minot ein. »Andre war erst fünfzehn, als Sean dieses Konto eröffnet hat.«

Ich bin mehr als nur ein bisschen angewidert von dem Gedanken, dass ein Fünfzehnjähriger und ein Siebenundzwanzigjähriger eine verbotene Romanze anfangen, egal welchen Geschlechts. »Dann hat sie Sean dafür bezahlt, dass er sich fernhält. Vielleicht wollte sie einen Skandal vermeiden.«

Ich versuche mich in Hettie hineinzuversetzen. Ihr Sohn

liebte Sean. Wäre sie zur Polizei gegangen und hätte Sean des sexuellen Missbrauchs beschuldigt, hätte sie ihre Beziehung zu Andre möglicherweise für immer zerstört. Er wäre ausführlich von der Polizei befragt worden, und wer weiß, wie kooperativ er sich gezeigt hätte? Selbst wenn die Presse Andres Namen offiziell nicht hätte nennen dürfen, die Neuigkeit hätte sich so oder so verbreitet. Irgendwann wäre auch herausgekommen, dass er freiwillig mitgemacht hatte. Hettie hatte wahrscheinlich gedacht, sie könnte es einfach aussitzen, Andre wieder in die Schule schicken und Sean zurück zu seinem Job in der Armee scheuchen. Sean zu kaufen, das ergab möglicherweise Sinn, falls sie nämlich glaubte, damit nicht nur ihr Kind, sondern die gesamte Familie vor einer unangenehmen Untersuchung und der Peinlichkeit zu schützen.

Aber zwölftausend pro Monat sind, wie Roi festgestellt hat, sehr viel Geld. Wenn sie dann später erfahren hätte, dass Sean gegen die Bedingungen ihrer Abmachung verstoßen hat, wäre sie verständlicherweise verärgert gewesen. Die Frage ist lediglich: *Wie sehr* verärgert?

Detective Minot hat ganz ähnliche Schlussfolgerungen gezogen. »Sie muss sie ertappt haben. Nachdem sie drei Jahre lang versucht hatte, sie voneinander fernzuhalten.«

»Und dann findet man den toten Sean.« Ich atme aus. »Auf ihrem Land vergraben.«

Als mich der Kassierer des Drive-in weiterwinkt, rolle ich vorwärts und sammle unser Essen ein, zu tief in Gedanken, um ein schlechtes Gewissen zu haben – wegen dem, was ich mir gleich einverleiben werde.

Ob Hettie Sean selbst getötet oder sich letztlich an Neville um Hilfe gewandt hat – ich weiß es nicht. Aber ich muss mit Noah darüber reden. Sobald die Polizei den Leichnam seines Vaters definitiv identifiziert hat, muss ich ihm alles sagen, was ich weiß.

Ich parke den Wagen und nehme einen geräuschvollen Schluck von dem Milchshake. Minot macht kurzen Prozess mit seinen Pommes. Mit jedem Bissen schwindet sein Ärger auf mich mehr. »Dass Hettie dafür bezahlt hat, dass Sean und Andre keinen Kontakt mehr hatten, kann ich mir schon vorstellen«, sagt er mit einem Stirnrunzeln. »Ich kann sogar für möglich halten, dass sie ihn getötet hat. Aber eine Sache verstehe ich immer noch nicht.«

»Ich weiß.« Ich beende den Gedanken für ihn. »Was hat das alles mit Gabriel zu tun?«

Der Valentinstag ist eine Woche vor Mardi Gras. Eigentlich möchte ich nichts unternehmen, doch Noah hat eine Überraschung für mich: Er hat für das kommende Wochenende in New Orleans eines der begehrten Hotelzimmer bekommen, mitten in der Innenstadt. Der Gedanke, das feierwütige New Orleans in seinen wildesten Tagen zu erleben, wäre für mich nicht immer verlockend gewesen, aber ich bin selbst überrascht, dass mir die Aussicht, vor der Fastenzeit noch einmal hemmungslos und mit Freuden zu sündigen, gut gefällt. Ich freue mich auf den »fetten Dienstag«.

»Es sind drei Nächte«, sagt Noah. »Wir fahren Samstagmorgen los. Glaubst du, du kannst etwas für uns planen?«

Kann ich das? Was für eine alberne Frage. *Noah, nun machst du Bekanntschaft mit Charlottes zwanghaftem Recherche- und Organisationstalent.* Das ganze Wochenende verbringe ich abwechselnd mit Schreiben und der Planung für Mardi Gras. Ich zeichne den Weg der Umzüge und der

Verkehrsumleitungen auf, drucke Stadtpläne aus, informiere mich über Parkgelegenheiten und stelle uns eine Tour zusammen. Am Freitagnachmittag kann ich es kaum erwarten, Noah mit meinem planerischen Meisterwerk zu beeindrucken.

Als es Abend wird und Noah immer noch nicht vorbeigekommen ist, wird aus meiner Ungeduld Sorge. Es ist sieben Uhr abends. Wo bleibt er nur? Das Anwesen ist verlassen. Niemand arbeitet so spät noch am Wochenende vor dem Karnevalsdienstag, das weiß selbst ich. Ich rufe ihn an, aber sein Handy ist abgestellt. Als ich mich auf die Suche nach ihm mache, entdecke ich seinen Truck vor dem Haus. Offenbar stattet er Hettie einen Besuch ab.

Ich schleiche mich durch die leere Küche hinein, mit der Absicht, nach ihr zu sehen und dabei vielleicht Sean Lauchlin zu erwähnen. Dies ist eine gute Gelegenheit, um ein bisschen herumzuschnüffeln. Abgesehen von einem Pfleger und dem Wachmann ist das Personal ausgegangen und wird auch nicht vor Mittwoch zurück sein – eine Schonfrist, die sie Sydney und Brigitte zu verdanken haben, die fanden, da sie ohnehin nicht in der Stadt sind, könnten sie es sich leisten, Großzügigkeit zu zeigen. Abgesehen von der hell erleuchteten Empfangshalle liegt das Erdgeschoss des Hauses im Dunkeln. Noah muss also oben sein.

»Charlotte!«

Als ich meinen Namen höre, hätte ich mich fast eingenässt. Ich wirble herum und kann durch die geöffnete Tür des Arbeitszimmers nur mit Mühe Andres Gestalt in einem der Armsessel ausmachen. Ich hatte angenommen, dass er mit seinen Schwestern zurück nach New Orleans gefahren sei, aber anscheinend ist dem nicht so. Er beugt sich vor, einen Drink in der Hand, und lächelt, ohne zu merken, dass es seltsam wirkt, irre, wie er hier so im Dunkeln herumsitzt. Und er trägt schon wieder diesen lächerlichen Morgenmantel. Ich lege die Hand auf mein rasendes Herz und warte, bis ich zu Atem gekommen bin. »Hallo. Ich habe Sie gar nicht gesehen.«

Er knipst eine kleine Lampe auf dem Tisch neben ihm an. »So besser? Kommen Sie, setzen Sie sich.«

Eigentlich ist das Letzte, was ich jetzt möchte, mir Andres Geschichten über die Psychosen der oberen Zehntausend anzuhören. Hätte ich gewusst, dass er hier ist, ich hätte es mir zweimal überlegt, bevor ich mich auf die Suche nach Noah machte. Aber nun komme ich wohl nicht mehr drum herum. Er hat mich gesehen. Ich betrete sein Büro, setze mich aber nicht. Vielleicht versteht er den Wink.

»Sie waren in letzter Zeit nicht oft im Haus«, bemerkt Andre. »Was haben Sie so getrieben?«

»Nur am Buch gearbeitet.«

»Selbstverständlich.« Er nimmt einen gewaltigen Schluck – was immer es ist, was er da trinkt. »Ich habe gehört, dass Sie neulich geholfen haben, Paulettes Baby zu entbinden.«

»Das war alles Leeann.« Wenn ich auch nur an die Geburt und diesen vollendeten, winzigen Jungen denke, habe ich immer einen Kloß im Hals. Seitdem ihr Sohn geboren wurde, ist Paulette bei ihrer Schwester, deshalb hatte ich noch nicht die Gelegenheit, ihn wieder zu sehen, aber ich denke oft an ihn. »Das war ganz schön aufregend«, sage ich zu Andre. »Ich bin nur froh, dass es ihr und dem Baby gut geht.«

Andre hört mich kaum. Sein Gesicht ist gerötet, ein bisschen verschwitzt. Wie viel hat er schon getrunken? »Darf ich Ihnen etwas anbieten? Sie haben mir gesagt, dass Sie Shirley Temples mögen, deshalb habe ich Grenadinesirup besorgt.«

»Ein anderes Mal. Aber vielen Dank.« Ich werfe einen Blick in Richtung Treppe, doch Noah ist immer noch nicht zu sehen.

»Stimmt etwas nicht?« Seine Stirn legt sich in Falten.

»Ich … suche nur Noah. Ich glaube, er ist vielleicht nach oben gegangen, um Ihre Mutter zu besuchen.«

»Sie meinen den Gärtner? Ich wusste gar nicht, dass Sie beide befreundet sind.«

Jetzt bekommt sein Gesicht etwas Bösartiges, und auf einmal fällt es mir wie Schuppen von den Augen: Andre hasst Noah. Er hasst ihn.

Zuzugeben, dass ich mit Noah im Bunde bin, könnte jetzt ein großer Fehler sein. Und ich möchte wissen, was Andre gegen ihn hat, und wenn es bloß dazu dient, Noah zu warnen. »Ich kenne ihn nicht sehr gut«, sage ich langsam. »Er sollte mich nur irgendwohin fahren.«

Andre droht mir mit dem Finger. »Ich weiß nicht, wer dieser Mann ist, aber er ist ein verlogener, manipulativer Mistkerl. Wenn ich ihn noch einmal in diesem Haus sehe, werde ich …«

»Was tun Sie dann?« Jules erscheint in der Tür zum Büro, sein Lächeln wirkt spöttisch. Vielleicht ist er der Grund, warum Andre das Wochenende über in Evangeline geblieben ist. »Was tun Sie dann, Andre? Erzählen Sie doch mal.«

Andre sieht verwirrt aus. »Ich dachte, Sie wären gegangen. Es ist spät.«

»Ich gehe gerade die Bücher des letzten Jahres durch, damit ich sie an den Buchhalter weitergeben kann. Ich dachte, ich bleibe die Nacht über hier.«

Andres Gesichtsröte vertieft sich. Er wischt sich die Stirn mit dem Handrücken ab, macht aber keine Bemerkung. Warum ist ihm so unbehaglich? Ich weiß doch bereits von ihrer Beziehung.

Jules Augen huschen schnell durchs Zimmer. »Haben Sie meine Tabletten gesehen? Ich dachte, ich hätte sie gestern Abend auf dem Schreibtisch liegen gelassen. Es wäre schön, zur Abwechslung einmal schlafen zu können.« Er wirft Andre einen langen Blick zu, doch der wagt nicht, ihn zu erwidern.

»Tut mir leid. Ich habe sie nicht gesehen.«

Entweder weiß Jules, dass ich in ihre Beziehung eingeweiht bin, und bemüht sich deswegen gar nicht erst, sich diskret zu verhalten, oder er zieht ganz bewusst eine Show ab, um Andre zu ärgern. Keine Ahnung, ob sie sich gestritten haben oder ob Jules nur wieder eine seiner Launen hat, aber es liegt eine Spannung im Raum, die ich nicht ganz verstehe.

Andre räuspert sich. »Vielleicht möchten Sie einen Drink, Jules? Tequila? Sie sind der Einzige, der das Zeug trinkt.« Er wendet sich an mich. »Jules ist nämlich ein ziemlich guter Barkeeper. Die Tequila Collins, Tequila Sour, Tequila Sunrise, Tequila Manhattan … Sie müssen es bloß sagen, dann macht er es Ihnen. Mit Tequila.«

Jules gähnt. »Zuzusehen, wie Sie trinken, um zu vergessen, Andre, ist heute Abend wirklich das Letzte, was ich möchte. Gott weiß, dass ich davon in letzter Zeit genug hatte.«

»Sie sind auch nicht gerade ein Abstinenzler, mein Freund.«

»Ich bin nicht dein Freund«, sagt Jules leise. »Ich mag vieles für dich sein, aber nicht dein Freund.«

Andre blickt auf seinen Alkoholvorrat, dann zu Jules hinüber. Sein Verlangen, dem, was da Seltsames zwischen ihnen ist, zu entfliehen, ist stärker als das Verlangen, zu trinken. »Wenn das so ist«, sagt er, »gehe ich auf mein Zimmer. Gute Nacht, Charlotte. Wir werden uns morgen unterhalten. Und dann mache ich Ihnen diesen Shirley Temple.«

Endlich. Eine Chance, mich zurückzuziehen. Doch bevor ich die Flucht ergreifen kann, kommt Noah die Treppe herunter.

Als sich Andres Gesicht bewölkt, weiß ich, dass uns noch ein Drama bevorsteht.

»Haben Sie mit meiner Mutter geredet?«, verlangt er zu wissen.

Oh nein. Jetzt geht es los.

Noah wirkt gedankenverloren. Er betrachtet Andre mit mildem Widerwillen, wie ein Insekt, das sich ins Haus vorgewagt hat. Aber er gibt nicht zu erkennen, dass er Andres Frage gehört hat. Dass das Andre noch mehr aufbringt, kann ich gut verstehen.

»Meine Schwestern haben Ihnen ausdrücklich gesagt, dass Sie sich von ihr fernhalten sollen.« Andre stellt sich Noah in den Weg. »Wenn es wegen Ihres Projektes etwas zu besprechen gibt, tun Sie das mit Mr Sicard.«

Andre ist der Größere von beiden, aber Noah ist offensichtlich stärker. Ich bezweifle, dass diese Tatsache weder dem einen noch dem anderen entgangen ist, als Noah die Hände ballt und mit nur mühsamer Beherrschung sagt: »Es ging nicht um Geschäftliches, sondern um Persönliches.«

»Persönliches?« Andre ist entrüstet. »Schluss mit dem Theater. Egal, was für Lügen Sie meiner Mutter erzählt haben, das hat jetzt ein Ende. Ihre Beziehung zu meiner Familie ist in *keiner* Weise persönlich.« Er ist bereits halb die

Treppe rauf, als er zum letzten feigen Schlag ausholt. »Jules. Bitte kümmern Sie sich darum.«

Und das tut Jules. Er tritt vor, mit seinem gemeißelten Kinn und den manikürten Fingern, und fertigt Noah schnell und effizient ab. »Ich fürchte, die Familie hat sich entschlossen, Ihren Vertrag aufzulösen«, erklärt er. »Wenn Sie bitte mit ins Büro kommen wollen, dann stelle ich Ihnen einen Scheck für die geleisteten Dienste aus.«

»Sie können meinen Vertrag gar nicht aufheben.« So rot habe ich Noah noch nie gesehen. »Mein Vertragspartner ist Hettie. Sie hat ihn unterschrieben, nicht Sie.«

Jules blickt nicht einmal von dem Scheck auf, den er schreibt. »Im Hinblick auf Hetties Verfassung wird dieser Vertrag vor Gericht keinen Bestand haben. Vor allem mit seinen höchst ungewöhnlichen Konditionen.« Er schüttelt den Kopf. »Unbegrenzte Geldmittel für Ihr Projekt, selbst im Fall von Hetties Tod. Das wirkt … Wie soll ich es ausdrücken? Gierig.«

»Das waren aber Ihre Vorgaben.«

»Ich kann mir nicht vorstellen, dass eine Frau auf ihrem Sterbebett kompetent ist, wichtige finanzielle Entscheidungen zu treffen. Sie befindet sich in einer prekären Lage. Glücklicherweise habe ich als Verwalter des Anwesens Handlungsvollmacht.« Jules reißt einen Scheck ab und hält ihn Noah mit freundlichem Lächeln hin. »Das sollte für Ihre Zeit und Ihre Auslagen reichen. Wenn Sie anderer Meinung sind, steht es Ihnen natürlich frei, einen Anwalt einzuschalten. Nun muss ich Sie bitten, das Grundstück zu verlassen. Bitte packen Sie Ihre Sachen. Ich sage dem Wachmann, dass er in einer halben Stunde mit Ihnen rechnen kann.«

Noah sieht aus, als wäre er nahe daran, ihn ins Gesicht zu schlagen, und obwohl ein Teil von mir nur zu gern zugesehen hätte, wie Jules Prügel bezieht, weiß ich, dass es nicht sehr nobel oder mitmenschlich ist, einfach so tatenlos dabeizustehen.

»Er ist es nicht wert«, flüstere ich und schiebe Noah zur Tür. »Komm, lass uns gehen.«

Jules folgt uns zur Tür. Die Leichtigkeit in seinem Schritt macht deutlich, dass er die ganze Sache genießt. Er drückt mir den Scheck in die Hand, als ich gehe. »Ihr Freund wird das später sicher haben wollen«, sagt er grinsend. »Glauben Sie mir.«

Zurück in seinem Cottage stürmt Noah hin und her, um Kleider aus Schubladen zu ziehen und Toilettenartikel in einen Koffer zu stopfen. So habe ich ihn noch nie gesehen, deswegen komme ich ihm lieber nicht in die Quere. Ich selbst bin auch aufgewühlt. Alles hat sich geändert. Er verlässt Evangeline. Damit Noah und ich ein Paar bleiben, ist von nun an echte Anstrengung und eine bewusste Entscheidung nötig. Und uns bleibt weniger als eine halbe Stunde, um diese Entscheidung zu treffen.

Es dauert nicht lange, alles zusammenzupacken. Er reist mit leichtem Gepäck. Brieftasche, Armbanduhr, Kleingeld, eine Handvoll Kondome, die er vor Wochen gekauft hat – das alles verteilt er schnell auf seine Taschen. Als Letztes nimmt er seine Pistole. Ich habe ohnehin schon kein gutes Gefühl dabei, ihn mit dem Ding hantieren zu sehen. Aber wenn er wütend ist, macht es mir geradezu Angst.

Was mir allerdings noch mehr Angst macht, ist, dass er nichts über uns sagt. Eigentlich bezweifle ich, dass er überhaupt an mich denkt. Dann reist er jetzt also ab? Geht einfach … zurück nach Texas? War es das? Der Gedanke versetzt mich in Panik. Es kommt zu früh. Und ohne Vorwarnung. Abschiede liegen mir nicht.

»Du solltest auch besser eine Tasche packen«, sagt Noah, was meine innere Hysterie noch steigert.

Glaubt er etwa, ich würde einfach mit ihm durchbrennen? Wo sollten wir hin? Diese Entscheidung ist zu wichtig, um sie auf die Schnelle zu treffen – weiß er das denn nicht? Ich stehe da, mit offenem Mund, während er mich ungeduldig betrachtet. »Könntest du dich ein bisschen beeilen? Ich habe keine Lust, Mardi Gras zu verpassen, nur weil Hetties Söhnchen eine Laus über die Leber gelaufen ist.«

Oh. Unser Ausflug. Richtig. Erleichterung, Enttäuschung und Furcht mischen sich auf verwirrende Weise. Fürs Erste sind wir in einer Warteschleife.

»In Ordnung«, sage ich, zögere dann aber. Er ist schon halb durch die Tür, und ich traue seinem grimmigen, entschlossenen Gesichtsausdruck nicht. »Noah?« Ich laufe ihm nach. »Wo gehst du hin?«

»Zurück ins Haus«, antwortet er. »Ich habe mein Handy vergessen.«

Das ist möglicherweise eine der schlechtesten Ideen, die ich je gehört habe. »Ich gehe«, biete ich an. »Ich glaube nicht, dass du diesen beiden noch mal begegnen willst.«

Doch er schiebt sich schnell an mir vorbei. »Die sind mir scheißegal. Ich brauche mein Handy.«

Bitte lass Andre und Jules ihn nicht sehen, denke ich, als er mit großen Schritten in der Nacht verschwindet. Hoffentlich haben sie sich in Andres Schlafzimmer verkrochen oder techtelmechteln im Büro herum.

Ich weiß nicht genau, wie lang er fort ist, aber es dauert zu lange.

Ich fange an, im Kopf alle schrecklichen möglichen Szenarien durchzugehen. Wenn Noah sich an Andre oder Jules vergreift, wird man ihn wegen eines tätlichen Angriffs verhaften. Und wir sind in Louisiana. Ich bin mir ziemlich sicher, dass Andre ihn ungestraft erschießen kann, wenn er ihn auf seinem eigenen Grund und Boden bedroht. Ich suche ein paar Klamotten zusammen, aber ich freue mich nicht mehr auf unseren Mardi-Gras-Kurzurlaub.

Als Noah schließlich zurückkehrt, wirkt er zwar verdrossen und mürrisch, aber nicht aufgebracht. Er ist schweigsam und beachtet mich kaum, als ich meinen Koffer zu seinem Truck schleppe und auf den Beifahrersitz klettere. Ich habe keine Ahnung, was er denkt, als wir uns beim Wachmann abmelden, aber als ich einen Blick zurück zu dem gewaltigen Haus werfe, fühle ich mich wie betäubt. Hierhin werde ich nie wieder mit ihm zurückkehren können. Ich fühle die Ungewissheit, die in der Zukunft drohend klafft.

Das ist es, was uns bleibt: vier Tage sorgloser Ausgelassenheit. Und dann, Aschermittwoch. Fastenzeit. Vierzig Tage Verzicht, eine Zeit, um über vergangene Sünden nachzudenken und zu bereuen. Selbst in New Orleans kann der Spaß nicht ewig dauern. Ich werfe einen Blick zu Noah auf dem Fahrersitz. Seine Hände halten das Steuer fest umklammert, er starrt geradeaus.

Vielleicht, denke ich, *ist das schon das Ende. Vielleicht ist der Spaß schon jetzt vorbei.*

Die Nacht verbringen wir in einem Motel vor Ort. Nichts Romantisches, nur Fast Food, ein ereignisloser Check-in, das Fernsehen, das im dunklen Zimmer flackert. Noah bleibt schweigsam. Ich weiß nicht, wie ich die dunkle Wolke, die ihn umgibt, vertreiben soll, also versuche ich es gar nicht erst. Wir gehen früh zu Bett, doch schlafen kann keiner von uns. Er wirft sich hin und her, steht irgendwann auf und läuft durch das kleine Zimmer. Trotz mehrerer Schilder, die das Rauchen verbieten, öffnet er ein Fenster und raucht ein halbes Dutzend Zigaretten. Ich weiß nicht, ob er ärgerlich oder traurig ist oder sich einfach bloß Gedanken um die Zukunft macht. Was soll ich tun? Ihn beruhigen? Ihm Raum lassen? Ich kann nicht gut mit Gefühlen umgehen. Nicht mit meinen eigenen und auch nicht mit fremden.

Um ungefähr ein Uhr morgens bringe ich ihm ein Glas Wasser. Ein alter Trick meiner Großmutter: jemanden, der in Not ist, mit Getränken versorgen, um nicht über das tatsächliche Problem reden zu müssen.

»Danke.« Er steht mit nacktem Oberkörper am Fenster und starrt hinaus auf den Parkplatz. Aber er trinkt das Wasser. Ein gutes Zeichen.

Ich setze mich mit verschränkten Beinen neben ihn auf den Boden und warte. Als er endlich etwas sagt, ist es nicht das, was ich erwartet habe.

»Warum magst du mich?«

Ich weiß nicht, was ich sagen soll. Ich mag es, wie ich mich fühle, wenn ich bei ihm bin – ruhig, entspannt, ganz im Augenblick. Aber klingt das nicht zu egozentrisch? Und ich mag, wie gelassen er ist, freundlich und höflich zu anderen, und dass er sich nur selten über Kleinigkeiten aufregt – aber angesichts seiner aktuellen Stimmung scheint es mir falsch, gerade diese Eigenschaft zu loben. Und ich mag seinen Körper, aber das ist oberflächlich.

»Ich mag dich, weil … du ein guter Mensch bist«, stammele ich.

Meine Antwort scheint ihn zu deprimieren. »Du kennst mich nicht mal.«

Ein guter Punkt. Ein gemeinsamer Monat heißt nicht, dass man sich gut kennt.

»Na ja, du bist ein besserer Mensch als ich«, erwidere ich.

Er drückt die Stirn ans Fenster. »Es gibt so viele Lügen in meinem Leben, dass ich gar nicht mehr weiß, wer ich wirklich bin.«

Wessen Lügen? Aber er muss Maddie und Jack meinen, all die Dinge über seine Vergangenheit, die sie verschwiegen oder verdreht haben. Ich warte darauf, dass er sich erklärt, aber stattdessen klettert er zurück ins Bett. Vergräbt sich unter den Decken. Dreht mir den Rücken zu und schläft ein. Oder tut so.

Sein warmer Körper neben mir bringt es nicht fertig, mich zu beruhigen. Zum ersten Mal reicht es nicht, zusammen zu sein. Zum ersten Mal erkenne ich mit einem schmerzhaften Stich, dass ich mich einsam fühle.

Offenbar ist Noah sehr viel besser als ich darin, sich selbst aus einem Tief herauszuholen, denn am nächsten Morgen wirkt er wieder bestens gelaunt. Ich versuche den Mann, der da unter der Dusche singt, mit dem grüblerischen Fremden von gestern Nacht zusammenzubringen, doch es gelingt mir nicht. Wir sprechen nicht darüber, dass er den Auftrag verloren hat oder über seine darauffolgende … Verzweiflung. Ich bin natürlich neugierig, aber seine Fröhlichkeit wirkt so ansteckend, dass es einfacher ist, über die Fahrt nach New Orleans zu plaudern, welche Umzüge wir uns ansehen werden, welche Restaurants wir ausprobieren wollen. Wenn man bedenkt, wie viel Zeit ich damit verbringe, in dem geheimen Leben von Fremden zu stochern, ist meine Bereitschaft, alle irgendwie schwierigen Themen in meinen Beziehungen zu meiden, bemerkenswert.

Nachdem wir ungefähr vierzig Minuten aus Chicory raus sind, versickert die Unterhaltung, und Noah beginnt, sich am Radio zu schaffen zu machen. Bei einem Country-Sender schaltet er schnell weiter, bleibt dann aber bei einem Song, den ich noch beunruhigender finde.

»Meinst du das ernst? Christlicher Rock?« Für eine New Yorkerin, die viel Zeit mit Atheisten und Juden verbringt, ist eine so ungenierte Liebe zu Jesus irgendwie erschreckend. Selbst meine Großmutter, eine gelegentlich praktizierende Katholikin, war immer der Meinung, dass Religion – ebenso wie Küssen oder Furzen – so diskret wie möglich erledigt werden sollte.

Noah lächelt, ein wenig verlegen, die Daumen auf dem Steuer. »Ich finde einfach, es hört sich schön an.« Einen Moment lang lauschen wir dem Text, den eine heisere Männerstimme mit einer Art melodischem Schreien vorträgt.

Despite the pain, I keep believing.
Despite the hurt, I keep my faith.
I pray that you'll forgive my weakness
And hold me in your eternal embrace.

»Vergebung und bedingungslose Liebe«, sagt Noah. »Wer will das nicht?«

»Du wünschst dir nicht Gott«, sage ich kopfschüttelnd, »du willst eine Mom.«

Sein Lächeln verschwindet. »Ja, ich will eine Mom. Eine Mom und einen Dad, wer bräuchte das nicht? Ein Kind hat es verdient, seine Eltern zu kennen.« Er stellt das Radio aus. »Vergiss es. Du würdest es sowieso nicht verstehen.«

»Zerbrichst du dir schon wieder den Kopf über deine Eltern?«, frage ich. »Sie definieren dich nicht, Noah. Ich glaube nicht, dass sie genauso wichtig sind wie …«

»Sie sind nicht wichtig? Klar, dass du das sagst. Du hast den Vater deines Kindes schließlich so gut wie vertrieben. Du warst der Meinung, er wäre nicht wichtig, aber du hättest vielleicht deinen Sohn fragen sollen, was er darüber dachte.«

Nach allem, was ich ihm über meine Scheidung erzählt habe, schockiert mich seine Interpretation der Ereignisse. »Eric hat mich *betrogen*.«

Noahs Stimme klingt ausdruckslos. »Vielleicht war er ein mieser Ehemann, aber deswegen muss er kein mieser Vater sein.«

Ich bin von Natur aus eine Kämpferin, doch seine Anschuldigungen treffen mich zu tief, um mich dagegen zu verteidigen. Meine elterlichen Entscheidungen niederzumachen, wenn Keegan tot ist und ich nichts wiedergutmachen und nur in meiner Reue schmoren kann – ich hätte nicht gedacht, dass Noah zu solcher Grausamkeit fähig ist. Ich verfalle in fassungsloses Schweigen.

Meile um Meile vergeht, lang und wortlos, bevor Noah sich endlich entschuldigt. »Das hätte ich nicht sagen sollen«, sagt er. »Ich bin bloß gerade … ein bisschen empfindlich.«

Ich nicke stumm, obwohl ich mich jetzt auch nicht besser fühle. Ich weiß, dass er in einer üblen Stimmung ist, aber das bedeutet nicht, dass er nicht ehrlich war. Und dass er unrecht hat.

Als wir die Stadt erreichen, bin ich erleichtert, mich um die organisatorischen Details kümmern zu können. Die Parkplatzsuche erweist sich als ein kleines Fiasko, doch bald spazieren Noah und ich durch die Innenstadt. Obwohl einige Seitenstraßen gesperrt sind, fließt der Verkehr entlang der Canal Street mehr oder weniger. Wir schlendern eine Meile oder zwei weiter, bis wir auf eine Umzugsroute treffen. Zuschauer säumen die leeren Straßen, viele haben es sich auf Klappstühlen bequem gemacht und trinken Bier. Händler bieten Narrenkappen, leuchtende Halsbänder und Limonade an.

Ich habe immer gedacht, an Mardi Gras ginge es zu wie in dem Film *Girls Gone Wild* – betrunkene Mädchen, die ihre nackten Brüste zeigen –, deswegen bin ich überrascht über die vielen Familien und die Kinder, die auf Leitern stehen, um besser sehen zu können.

Wir gehen weiter, lassen alles auf uns wirken, bis wir die leisen Klänge einer Blaskapelle vernehmen, die sich nähert. Ein Polizeiwagen kommt um die Ecke und lässt einmal die Sirene aufheulen, um die Menge vorzuwarnen.

Ich kann mich nicht erinnern, als Kind einem Umzug beigewohnt zu haben, aber ich verstehe seinen Zauber, als die großen Wagen vorbeischweben, aus denen kleine Geschenke geworfen werfen. Perlen, Plüschtiere und Plastikbecher regnen in die Menge. Noah kann ein paar Perlenketten für uns fangen, und wir streifen sie über, um uns unserer Umgebung anzupassen. Die Aufregung, die die Wagen verursacht haben, ebbt etwas ab, wenn Persönlichkeiten des öffentlichen Lebens in Autos vorbeikommen. Gelegentlich ist es ein Polizeibeamter auf dem Motorrad, oder es sind tanzende Highschool-Mädchen in hautengen Uniformen, die Stäbe wirbeln lassen. All diese schwingenden Hüften und schüttelnden Oberkörper erinnern mich an Zoeys Tanzaufführung, und plötzlich vermisse ich sie … und Rae auch. Und Keegan. Natürlich vermisse ich Keegan.

Ich ziehe mich an den Straßenrand zurück und lehne mich gegen den Eisenzaun irgendeines Vorgartens. Noah kommt zu mir, den Blick immer noch auf die Wagen gerichtet.

»An was denkst du?«

»Keegan wäre begeistert gewesen.«

Er legt einen Arm um mich, aber ich will seinen Trost jetzt nicht. Manchmal hat man keinen Trost verdient. Noah hatte recht, was Eric angeht, so sehr es mich auch schmerzt, das zuzugeben. Ich hätte Eric das geteilte Sorgerecht anbieten sollen. Möglicherweise hätte er es abgelehnt, vielleicht wäre er trotzdem nach Chicago gezogen, aber ich war Keegan zumindest eine Chance schuldig. Eine Chance auf einen präsenteren Vater.

Neben mir wippt Noah im Takt der wummernden Lautsprecher eines weiteren Wagens, der sich nähert, ohne etwas von meinen reuevollen Gedanken zu ahnen. Noch ein paar gemeinsame Tage, dann wird er fort sein. Ich weiß, wie es läuft. Alles hat ein Verfallsdatum, sowohl Gutes als auch Schlechtes.

Am Sonntagabend fühlen wir uns schon wie alte Hasen im Mardi-Gras-Feiern. Wir haben vier Umzüge gesehen, von denen alle ein wenig anders waren. Die Nachtparaden sind dramatischer mit ihren Wagen, die im Dunkeln leuchten, den Männern in Roben, die zu Fuß große, flackernde Fackeln tragen, von denen ein unheimliches orangefarbenes Licht auf die Zuschauer fällt.

Noah trinkt, aber er scheint sich zu zügeln. Falls er beschwipst ist, merke ich es ihm nicht an. Er wird ein bisschen zu ehrgeizig, wenn er versucht die Perlenketten zu fangen, aber er scheint Spaß zu haben und sich zu entspannen. Er umarmt mich, drückt mir einen Kuss auf den Kopf. In den Augen anderer sehen wir sicher aus wie ein Paar mit einer Zukunft, nicht wie zwei Menschen, die sich in weniger als achtundvierzig Stunden voneinander verabschieden müssen.

Zurück im Hotelzimmer stürzt er sich gleich auf mich. Er führt mich hinaus auf den Balkon, küsst meinen Hals, versucht eine Hand unter mein Shirt zu schieben. Ich drücke ihn zurück. Es ist zu laut, zu öffentlich, mit all der Musik, dem Geschrei, den Autos und den anderen Hotelgästen, die auf ihren Balkonen feiern.

Noah lacht. »Ach, komm schon. Bringt dich das nicht in Stimmung?«

Ich gehe zurück ins Zimmer und lege mich hin. Vielleicht ist er noch betrunken. Oder seine guten Manieren waren die ganze Zeit nur Fassade und jetzt, wo es zwischen uns so gut wie vorbei ist, meint er, er könne sich gehen lassen.

Am nächsten Morgen bestelle ich ein opulentes Frühstück, das der Zimmerservice auf dem Balkon serviert. Noah bleibt schnarchend im Bett, während ich Eier, Speck, Würstchen, weiche Brötchen mit Soße, Kaffee und ein Stück King Cake verdrücke, den traditionellen Nachtisch an Mardi Gras. Ich gieße mir gerade Kaffee nach, als Noah sich zu mir nach draußen gesellt.

»Da ist aber jemand hungrig, was?« Seine Augen sind ein wenig verquollen, aber er scheint keine Nachwirkungen des exzessiven Alkoholkonsums zu spüren. Nachdem ich jahrelang mit einem Alkoholiker zusammengelebt habe, erkenne ich so etwas. Noah nimmt das letzte Stück Toast und bestreicht es mit Gelee. »Was hast du für heute geplant?«

Auf einmal ertrage ich den Gedanken nicht, mir auch nur noch einen einzigen Umzug anzusehen, so zu tun, als hätte ich Spaß, obwohl es nicht mehr so ist. »Keine Ahnung. Mir egal.«

»Du wirkst nicht gerade glücklich.«

Ich spähe über den Rand des Balkons. Wir befinden uns im neunten Stock, und obwohl ich nie Höhenangst hatte, überkommt es mich für ein paar flüchtige Sekunden. »Ich bin nur … gestresst«, sage ich.

Er tritt hinter mich und schlingt die Arme um meine Taille. »Weswegen?«

»Weil ich nicht weiß, was jetzt wird.« Ich kann den Blick nicht von dem fernen Boden unter mir lösen. »Morgen fahren wir zurück nach Chicory und … ich habe keine Ahnung, wie es dann weitergeht.«

»Ich habe versucht, nicht daran zu denken.« Er legt den Kopf auf meine Schulter, sodass ich seinen Gesichtsausdruck nicht sehen kann. »Ich habe immer noch nicht ganz begriffen, was passiert ist.«

Ich muss ihn fragen, muss es wissen und meinen Frieden damit machen. »Wenn ich wieder zurück in Evangeline bin, was wirst du dann tun? Wo gehst du hin?«

Seine Arme schmiegen sich fester um meine Taille. »Ich muss noch ein paar Sachen regeln. Aber lieber zu Hause … glaube ich.«

»Es wird ein komisches Gefühl sein, ohne dich dort zu sein.«

»Ja. Ich dachte, wir hätten mehr Zeit.«

»Vielleicht fahre ich auch nach Hause. Ich habe da alles getan, was ich konnte, und ich habe eigentlich auch … alles, was ich brauche.« Ich schließe die Augen. »Aber ich werde dich vermissen.«

»Ja?« Er streicht mit dem Daumen langsam meinen Arm hoch. »Vielleicht könnten wir irgendwo hinfahren. Herumreisen. Uns für eine Weile eine Auszeit nehmen.«

Meine Brust schmerzt bei dem Gedanken, aber was für einen Sinn hätte es, unser kurzes Liebesabenteuer in die Länge zu ziehen? Könnte ich unsere gemeinsame Zeit wirklich genießen, wenn ich doch wüsste, dass sie irgendwann ein Ende haben muss? Und obwohl ich die unausweichliche Rückkehr in die Realität liebend gern noch hinausschieben würde, ich habe schließlich Verpflichtungen, persönliche Bindungen, die ich nicht ignorieren kann. »Ich muss nach meiner Großmutter sehen. Sie ist alt. Und sie ist alles, was mir noch geblieben ist. Wenn ihr etwas zustoßen sollte und ich nicht da bin …«

»Nein, nein, du hast schon recht. Du solltest bei ihr sein.« Er wartet, bevor er eine Frage stellt, die zu bedeutend ist, um sie nebenbei einfließen zu lassen, egal wie. »Glaubst du, sie würde mich mögen?«

Ich fahre herum und mustere sein Gesicht. »Warum? Willst du mit mir kommen?«

»Weiß nicht.« Er ist verlegen. »Du sagtest mal, sie mochte deinen Ex nicht. Ich würde wetten, im Vergleich zu einem texanischen Hinterwäldler sieht er ziemlich gut aus, hm?«

Ich versuche mir vorzustellen, was Grandma über Noah sagen würde. Eric hat sie nicht gemocht, weil er zu wischiwaschi war und immer ein bisschen Angst vor ihr zu haben schien. Aber für meine Großmutter ist der ideale Mann ohnehin Gary Cooper in High Noon. Sie hat eine Schwäche für Männer in Cowboystiefeln. Und ich habe schon gesehen, wie gut Noah mit älteren Damen kann.

»Eigentlich glaube ich, dass ihr beiden euch ziemlich gut verstehen würdet.« Es ist ein Riesenschritt für mich, völlig verrückt, aber was soll's. »Möchtest du sie kennenlernen?«

»*Möchtest* du denn, dass ich dich besuche?« Seine Augen suchen meine. »Um zu sehen, wie sich das zwischen uns entwickelt?«

Es ist komisch. Als ich Noah das erste Mal bei dieser schrecklichen Dinnerparty gesehen hatte, war er mir vor allem aufgefallen, weil er unpassend angezogen war. Jetzt, im warmen Morgenlicht von New Orleans, sehe ich jemanden, der bodenständig, freundlich und aufmerksam ist. Stark. Sexy. In dieser ersten Nacht habe ich mich intuitiv von ihm angezogen gefühlt, so als hätte mein Körper etwas gewusst, das mein Kopf noch nicht erkannt hatte. Dieses Mal ist es mein Mund, der ihm antwortet, noch bevor ich weiß, was ich sagen werde.

»Komm nach Connecticut«, sage ich. »Bitte.«

27

Auf Menschen als Quelle von Glück war in meinem Leben nie Verlass. Sie sterben, sie lügen, sie verschwinden. Und trotzdem wage ich es, schiebe meinen wohlverdienten Zynismus beiseite und bereite mich darauf vor, Noah meiner Großmutter vorzustellen. Warum mich tiefer und tiefer in eine Beziehung verstricken, die nur böse enden kann? Ist es Dummheit? Masochismus? Ein ausgeklügeltes Ablenkungsmanöver, um nicht länger über Keegans Tod nachzudenken? Oder alles zusammen? Was immer der Grund sein mag, ich bin noch nicht bereit, Noah loszulassen. Ich möchte mit ihm zusammen sein.

An unserem letzten ganzen Tag in der Stadt, dem Tag vor Mardi Gras, gebe ich diesem Verlangen nach, so unklug es auch sein mag. Ich amüsiere mich. Ich male mir eine glückliche Zukunft aus.

Wir wandern durch die perlengeschmückte Stadt, essen Würstchen, die aus fragwürdigen Imbisswagen stammen, stecken die Dublonen der verschiedenen Karnevalsgesellschaften ein und tanzen jedes Mal, wenn eine Blaskapelle vorbeikommt. Beim Abendessen planen wir wie zwei aufgedrehte Kinder unseren Trip nach Norden. Ich weiß, dass Noah davonrennt, dass er versucht, sich vor der Vergangenheit zu verstecken, aber das tue ich auch. Wenn dies eine Flucht vor der Realität ist, dann sind wir beide schuldig. Für den Augenblick ist es schön, Entscheidungen zu treffen, die konkret und unmittelbar sind. Gemeinsam fahren oder getrennt? Wenn gemeinsam, was tun wir dann mit Noahs Truck? Wo werden wir in Stamford wohnen? Mein Haus ist noch weitere sechs Wochen vermietet, und meiner Großmutter möchten wir keine Umstände machen. Also in einem Motel? Das Pläneschmieden hält uns davon ab, uns den größeren Fragen zu stellen.

Jetzt, da ich weiß, was mich erwartet – zumindest kurzfristig –, möchte ich so bald wie möglich aus Louisiana abreisen, um Evangeline und sein Geist-Kind hinter uns zu lassen. Doch Noah braucht noch ein paar Tage. Er hat in Chicory einige lose Enden zu verknüpfen, sagt er mir.

Wir verlassen New Orleans am Morgen des fetten Dienstags, zu müde vom Feiern, um auch noch an den Festivitäten dieses Tages teilzunehmen. Ich bin bereit, zurückzufahren und Abschied zu nehmen. Bereit, nach vorne zu schauen.

Als wir uns der Einfahrt von Evangeline nähern, beschleicht mich ein ungutes Gefühl. Das Sicherheitstor ist geöffnet, und neben dem Wachhäuschen parkt ein Streifenwagen von Bonnefoi. Noah runzelt die Stirn, als er den Truck anhält. Während der letzten beiden Stunden hat er wenig gesprochen. Sobald wir aus New Orleans raus waren, war seine düstere Stimmung fast augenblicklich zurück.

»Oh-oh«, sage ich. »Was ist denn hier los, was glaubst du?«

Er schüttelt den Kopf. »Keine Ahnung. Aber ich kann ja schlecht reingehen und fragen. Wahrscheinlich haben die mich auf irgendeine Liste gesetzt.«

Er hat recht. Es wäre unklug, Jules und Andre noch mehr

zu reizen. »Ich steige hier aus«, sage ich. »Kommst du klar? Wo willst du in den nächsten Tagen überhaupt hin?«

»Ich werde hier und da sein. Ich … muss mich bloß um ein paar Sachen kümmern.« Unruhig sieht er zu dem Polizeifahrzeug hinüber.

Ich hole meinen Koffer von hinten und gebe ihm einen schnellen Kuss auf die Wange. »Ich ruf dich Donnerstagmorgen an. Dann machen wir einen Treffpunkt aus.«

Während er davonfährt, betrachte ich nachdenklich die Szene vor mir. Hat das Sheriff's Department Sean Lauchlin nun offiziell identifiziert? Ich dachte, das FBI hätte die Ermittlungen übernommen. Als ich ein paar Schritte zurück mache, bemerke ich, dass der Reißverschluss der Seitentasche meines Koffers nicht ganz zugezogen ist. Als ich mich bücke, sehe ich, warum. Noahs Handy. Offenbar war in seiner Reisetasche kein Platz mehr gewesen, und er hat es zu meinen Sachen gestopft. Ich seufze. Keine Ahnung, wie ich ihn jetzt erreichen soll – am Donnerstag.

Am Tor steigt ein Officer aus seinem Wagen, um mich abzufangen. Vermutlich wirkt es ein wenig eigenartig, dass ich hier so zu Fuß auftauche. »Hi …« Ich versuche ein vorsichtiges Lächeln. »Kann ich reingehen?«

»Wer sind Sie?«

»Charlotte Cates. Ich wohne in einem der Gästehäuser.«

Sofort hellt sich sein Gesicht auf. »Oh, Miss Cates. Detective Minot sagte, dass ich nach Ihnen Ausschau halten soll.«

»Ist er hier?«

»Im Haus.« Er zieht ein Walkie-Talkie aus seinem Halfter. »Gehen Sie nur weiter. Ich sage ihm, dass Sie kommen.«

Neben dem Haus sind zwei weitere Wagen geparkt, und außerdem Detective Minots weißer Impala. Ein ziemlich großes Polizeiaufgebot, vor allem an Mardi Gras. Was ist denn bloß passiert?

Detective Minot erscheint auf der Vordertreppe und nickt, als er mich sieht. »Ich habe Sie schon gesucht. Wir müssen miteinander reden.« Er läuft mit schnellen Schritten die Stufen hinunter und bedeutet mir, mit ihm mitzukommen. »Der Ärger folgt Ihnen auf dem Fuß, was?«, bemerkt er.

»Was ist hier eigentlich los?«, frage ich mit wachsender Unruhe.

»Sieht aus wie eine Überdosis.« Er klingt nicht besonders beeindruckt. Vielleicht gibt es in Chicory um Mardi Gras herum viele Überdosen. »Jules Sicard. Der Verwalter.«

»Oh mein Gott. Jules?! Ist er tot?«

Detective Minot führt mich zu dem Steg, wo das Sumpfboot neulich festgemacht war, und behält das Haus im Auge, während er spricht. »Er liegt auf der Intensivstation im St. Mary's. Soweit ich weiß, im Koma. Hetties Pflegerin hat ihn heute Morgen im Arbeitszimmer gefunden, er lag in seinem eigenen Erbrochenen.«

»Was hat er genommen?«

»Eine Mischung aus Tequila und Schlaftabletten.«

Der Tequila überrascht mich nicht. Aber Schlaftabletten? Meine Augen weiten sich. »Sie meinen Ambien.« Als Jules sich am Freitagabend darüber beschwerte, er könne seine Tabletten nicht finden, hätte ich mir nicht träumen lassen, dass sie ihn nur Tage später umbringen würden. Jeder, dem Schlaftabletten verschrieben werden, weiß um die Risiken, wenn er sie mit Alkohol kombiniert. Und Jules ist nicht dumm. »War es Absicht?«

»Wahrscheinlich.« Detective Minot lehnt sich gegen einen Baumstamm zurück. Das Licht, das durch die Blätter fällt, wirft tanzende Flecken auf sein Gesicht. »Sicard hatte ein Rezept für die Tabletten, aber er muss eine ganze Handvoll genommen haben. Sieht so aus, als hätte er fast ein halbes Dutzend Tequila Sunrises getrunken. Aber wir können Fremdeinwirkung nicht ausschließen.«

Ich weiß noch, wie ich Tequila Sunrises für meinen Vater gemixt habe, bevor er anfing, alles nur noch pur zu trinken: ein Teil Tequila, zwei Teile Orangensaft und ein großzügiger Spritzer Grenadine. Das war der hübscheste von seinen Drinks. Ich habe es geliebt, darin zu rühren und dann zuzusehen, wie das Rote der Grenadine durch das Dunkelgelb des Tequila und des Orangensafts wirbelnd aufstieg, wie ein echter Sonnenaufgang. Möglicherweise war dies das Letzte, das Jules gesehen hat, als er seine Tabletten mit einem hypnotischen Drink nach dem anderen herunterspülte.

»Das ist furchtbar«, murmle ich.

Detective Minot sieht müde aus. »Ja. Na ja. Unsere Mordkommission steckt mehr Zeit in Suizide und versuchte Suizide als in tatsächliche Morde. Anscheinend hassen die meisten Leute sich selbst noch mehr als andere.«

»Ich glaube nicht, dass Jules dieser Typ war.«

»Manche Menschen können ihre Probleme gut verbergen.« Er zuckt die Achseln.

Die Vordertür von Evangeline schwingt auf, ein kleiner Mann mit Brille tritt nach draußen und nähert sich Detective Minot, einen Pappkarton mit eingetüteten Gegenständen in den Armen. Vermutlich jemand von der Spurensicherung. Die beiden wechseln kurz ein paar Gesten, dann winkt der Mann, belädt seinen Wagen und fährt weg.

Mir kommt ein Gedanke, ein sehr trauriger Gedanke. »Hat jemand Andre Deveau verständigt?«

Detective Minot nickt. »Er ist im Krankenhaus. Es heißt, er wäre ausgeflippt, als er es erfuhr. Wurde total hysterisch. Mein Kumpel Blake sagt, sie hätten ihn fast wegen Selbstmordgefährdung unter Beobachtung gestellt. Was für eine Scheißart, sich zu outen.« Er wechselt das Thema. »Also, hören Sie zu. Ich muss mit Ihnen reden. Dieser Freund von Ihnen.«

»*Deswegen* haben Sie nach mir gesucht?«

»Ja«, sagt er. »Noah Lauchlin.«

Die Tatsache, dass Detective Minot Noah für ein dringenderes Gesprächsthema hält als jemanden, der sich selbst fast umgebracht hätte, macht mich besorgt. »Was ist mit ihm?«

»Schreibt sich das L-A-U-C-H-L-I-N?«

»Ja …«

»Geboren März 1979. Mutter Violet Johnson. Und wohnhaft in Texas.«

»Das ist richtig.«

»Ich habe zwar ein paar Noah Laughlins gefunden, L-A-U-G-H-L-I-N«, erklärt er mir. »Aber keiner davon ist Anfang dreißig.«

»Aber ich habe doch gerade gesagt, er schreibt sich mit einem C.«

»Danach habe ich auch gesucht«, sagt Detective Minot. »Und nichts gefunden. Und wissen Sie, was der Grund dafür sein könnte?« Er klingt misstrauisch, so als hätte ich ihn absichtlich irregeführt.

»Ähm … ich weiß nicht, in welchem Staat er geboren wurde. Haben Sie auch in den Datenbanken anderer Staaten gesucht?«

»Habe ich«, sagt er grimmig. »Ich habe in den gesamten

Vereinigten Staaten gesucht. Es gibt keinen Noah Lauchlin, der am 19. März 1979 geboren wurde.«

Ein kalter Windstoß zerzaust mir das Haar und sticht mir in den Augen. Ist es möglich, dass ich mich geirrt habe? Aber ich weiß, dass es nicht so ist. Geburtstage kann ich mir gut merken, und er hat mir gesagt: 19. März. Und dass er zweiunddreißig Jahre alt ist. Alles andere hätte ich mir gemerkt. Nagende Sorge sammelt sich in meiner Magengrube.

»Ich weiß nicht, was ich Ihnen sagen soll«, erwidere ich. »Er lebt in Texas und hat mir gesagt, dass das sein Geburtstag ist. Haben Sie nach seiner Mutter gesucht? Violet Johnson?«

»Oh, ich habe Violet Johnson gefunden«, bestätigt Minot. »Sie ist 2007 gestorben. Und hat im Mai 1979 in Natchitoches entbunden.«

Ich bin verwirrt. »Vielleicht stimmen die Akten nicht?«

»Das Baby war eine Totgeburt«, sagt er sanft. »Ich weiß nicht, wer dieser Typ ist, Charlotte, aber Noah Lauchlin existiert nicht.«

Stunden, nachdem Detective Minots und ich getrennte Wege gegangen sind, sitze ich da und starre auf Noahs Handy. Ich bin die Kontaktliste ein Dutzend Mal durchgegangen, in der Hoffnung, dort Antworten über den Besitzer des Telefons zu finden. Doch vergeblich. Die Einträge bestehen alle aus einem nichtssagenden Wort wie HANSEN, *RJ* oder – was mich bedenklich stimmt – WURM. Seltsam für einen Unternehmer. Sollte er nicht eine lange Liste von Angestellten und Kunden haben? Die Vorwahlen sagen mir, dass die meisten, so wie seine eigene, texanische Nummern sind. Soweit scheint seine Geschichte zu stimmen.

Ich weiß nicht, was ich von all dem halten soll. Hat er sein Telefon absichtlich vergessen, damit ich mich nicht mit ihm in Verbindung setzen kann? Kommt er am Donnerstag zurück, um mich abzuholen, oder hatte er diesen Abgang von Anfang an geplant? Vielleicht waren die nebulösen Probleme, um die er sich kümmern musste, nur ein Vorwand, um mich nach Evangeline zurückzubringen und mich loszuwerden. Wo ist er jetzt?

»Eine Familie wie die Deveaus zieht viele Goldgräber an«, hat Detective Minot mir erklärt, nachdem er mir die schlechte Nachricht beigebracht hatte. »Jeder hätte auf einen von diesen miesen Typen reinfallen können, deswegen müssen Sie sich nicht schlecht fühlen.«

Aber Noah? *Mein* Noah?

Dieses beklommene Gefühl im Bauch ist nicht der Überraschung, sondern eher der Unausweichlichkeit geschuldet. Habe ich nicht von Anfang an gewusst, dass dieser Mann zu gut ist, um wahr zu sein? Ich denke an den Wahrsager in New Orleans, seine Warnungen vor einem Mann, der nett tut. *Er ist nicht der, für den Sie ihn halten*, hat uns RaJean eingeschärft. *Ganz und gar nicht der, für den Sie ihn halten.*

Jules hat es ausgesprochen, an dem Abend, als er Noah feuerte. Noah – oder wer immer er in Wahrheit ist – ist hinter Hetties Geld her. Jules konnte es sehen. Andre konnte es auch sehen. Aber ich nicht.

Er war schlau, das muss ich ihm lassen. Er hat behauptet, er wäre der Enkel zweier Menschen, die Hettie sehr geliebt hat und die nun beide tot sind. Sein sogenannter Vater wurde seit dreißig Jahren vermisst, und als Mutter hat er sich eine Frau mit einer Verbindung zu Evangeline ausgesucht. Kein Wunder, dass er kein Interesse zeigte, mehr über Violet zu erfahren, als ich darauf zu sprechen kam. Sie war bloß ein Name für ihn, eine nützliche Fremde. Natürlich konnte ich keine Hinweise auf eine Beziehung zwischen Sean Lauchlin und Violet Johnson finden – denn die gab es nie.

Hettie ist ein leichtes Opfer. Noah erschien genau zu dem Zeitpunkt auf der Bildfläche, als bei ihr Krebs im Endstadium diagnostiziert wurde, und überschüttete sie mit einer Aufmerksamkeit, die sie von ihren eigenen Kindern nicht bekam. Irgendwie hat er sie dann dazu gebracht, einen Vertrag zu unterschreiben, der ihm beinahe unbegrenzte Geldmittel zusicherte, und dies ohne jede Beaufsichtigung. Wahrscheinlich besitzt er noch nicht mal ein Gartenbauunternehmen. Soviel ich weiß, könnte er ein Typ sein, der hier und da ein bisschen was beim Rasenmähen aufgeschnappt hat und den Rest bloß vorgibt. Und das i-Tüpfelchen? Er ist fast im selben Alter wie ihr vermisster Sohn. Er muss gewusst haben, welche psychologische Wirkung das auf Hettie haben würde. Vermutlich hat er mit seinen dunklen Augen und dem dunklen Haar sogar eine entfernte Ähnlichkeit mit Gabriel, was in Hetties Kopf die Verbindung gewiss noch festigte, bewusst oder unbewusst. Ich erinnere mich daran, wie Noah und ich Hettie an diesem regnerischen Abend besucht haben und sie ihn Gabriel genannt hat. Ich habe sie für senil gehalten, aber vielleicht hat ihr Noah selbst diese Idee in den Kopf gesetzt.

Und wie passe ich da hinein? Bin ich nicht mehr als eine Randnotiz? Eine nette kleine Liebelei, die er genauso getäuscht hat wie alle anderen auch? Selbstekel überkommt mich, weil ich Noah diesen Blödsinn abgekauft habe, und doch kann ein Teil von mir immer noch nicht glauben, dass es so gewesen ist. Nicht alles. In dieser Nacht in dem Hotelzimmer, als er mich fragte, warum ich ihn mag, muss er mit seinem Gewissen gerungen haben. Ich muss ihm etwas bedeutet haben.

Du kennst mich nicht mal, sagte er, und in diesem Moment war er vielleicht das einzige Mal ehrlich zu mir. *Es gibt so viele Lügen in meinem Leben, dass ich gar nicht mehr weiß, wer ich wirklich bin*. Und ich hatte gedacht, die Lügen, von denen er sprach, wären die von jemand anderem, nicht seine eigenen.

Es gab Warnzeichen, Momente, in denen ich an ihm zweifelte, aber dann doch wegschaute. Jetzt kommen sie alle zurück, wie ein Tsunami. Cristina Paredes, Noahs reizende »Geschäftspartnerin«. Steckt sie in dem Betrug mit drin? Ist sie seine Freundin, wie ich ursprünglich vermutete? Möglicherweise hat er mich nicht nur angelogen, sondern auch betrogen. Und als er das Foto von Sean und Maddie aus der Bibliothek stahl. Ich dachte, es wäre ein Andenken an seinen Vater, aber vielleicht wollte er es Hettie zeigen, um seine falsche Identität »zu beweisen«, seine erfundene Verwandtschaft. Auf jeden Fall hat er sich über mich informiert – zumindest bei Rae. Denn immerhin wusste er von dem Sohn, von dem ich ihm nie erzählt habe. Und dann diese angebliche Reise nach Texas, auch das könnte eine Lüge gewesen sein. Vielleicht war es doch Noah, den ich im Fenster der Zuckermühle gesehen habe.

So oder so, Noah hat sich mit seinem Charme Zugang zu Evangeline verschafft, er hat Hetties Zuneigung gewonnen und sich an ihr bereichert. Und niemand hat ihn daran gehindert. Natürlich nur so lange, bis Jules eingeschritten ist. Und wo ist der geendet?

Panik steigt in mir auf. Könnte Noah seine Finger bei Jules' Überdosis ihm Spiel gehabt haben? Laut Andre war Jules der Einzige, der Tequila trank. Falls Noah das irgendwie erfahren hatte, wäre es ein Leichtes gewesen, den Inhalt einer Flasche Schlaftabletten zu zerkleinern, sie mit dem Tequila zu vermixen und darauf zu warten, dass die tödliche Kombination von Schlaftabletten und Alkohol ihre Wirkung tat. Er hatte die Gelegenheit dazu, als er noch einmal ins Haus ging, um sein Handy zu holen. Falls er überhaupt sein Handy geholt hat.

Habe ich mich nicht nur in einen Betrüger, sondern auch in einen Mörder verliebt?

Als hätte ich nicht schon genug Sorgen, sehe ich in dieser Nacht Gabriel. Dabei bin ich noch nicht einmal eingeschlafen, sondern liege auf dem Bett und blättere in einem Buch, als ich einen Sog spüre. Er stammt nicht von der Erschöpfung, es ist etwas Neues, ein hartnäckiges Ziehen irgendwo hinter meinen Augen. Ich kämpfe nicht dagegen an, sondern sinke in die Decken und gebe mich dem jetzt schon vertrauten schwerelosen Gefühl hin.

Dunkelheit.

Dünner, steifer Teppich an meinen Knien und nackten Füßen.

Ein kleines Fenster umrahmt ein Stück vom Nachthimmel: der Mond über einer befahrenen Straße. Scheinwerfer, Straßenlampen, eine Ampel, die von Gelb auf Rot schaltet – das alles wirft ein leuchtendes Quadrat auf den Boden neben mir. Innerhalb dieses Quadrats kniet ein Junge, die Hände im Gebet zusammenpresst. Mein Herz macht einen Satz, als ich den strubbeligen Kopf erkenne.

Jo-Jo?

Er blickt auf, die feuchten braunen Augen leuchten und sind voller Sehnsucht. Als sich seine Lippen teilen, sehe ich den angeschlagenen Vorderzahn.

Kommst du mich holen?, fragt er. *Findest du mich jetzt bald?*

Ich bekomme eine letzte Chance.

Ich habe nach dir gesucht, erwidere ich. *Aber ich weiß nicht, wo ich hinsoll. Ich bin zu dem großen weißen Haus gegangen, wo du früher gewohnt hast. Erinnerst du dich an das Haus?*

Er nickt mit bebender Unterlippe, und sein Körper gleitet in den Schatten. *Wegen ihm musste ich weg.*

Wegen wem? Ich beuge mich näher zu ihm. *Dem Mann, der dich mitgenommen hat?*

Er ist ein böser Mann.

Ich bin mir nicht sicher, was ich fragen soll, wie ich mehr als bloß vage, kindliche Antworten aus ihm herausbekommen kann. Seine Kommunikationsfähigkeit ist zugegebenermaßen besser als die eines durchschnittlichen Zweijährigen, aber was bringt uns dieses Gespräch ohne einen Namen, einen Ort? *Wo bist du jetzt, Schatz?*, sage ich. *Wo kann ich dich finden?*

Ich bin bei dem bösen Mann, flüstert er mit großen Augen. *Er will mich für immer behalten.*

Ich weiß nicht, was das bedeutet, aber es ist möglicherweise das Beängstigendste, das ich je gehört habe. Serienmörder behalten oft Trophäen, die sie an ihre Opfer erinnern. Hat irgendein kranker Irrer Gabriels sterbliche Überreste aufbewahrt? Heißt das, der Mörder ist noch am Leben?

Wie ist sein Name?, frage ich. *Du musst mir sagen, wer der böse Mann ist.*

Er zögert. *Machst du dann, dass er weggeht?*

Ich tue, was ich kann, verspreche ich. *Ich weiß, dass er dir wehgetan hat.*

Er hat gesagt, ich darf es nicht erzählen. Er hat gesagt, dann würde er Mommy umbringen.

Ich weiß. Ich sage ihm nicht, dass seine Mutter jetzt alt ist und sowieso bald sterben wird; das würde für einen Jungen in der Welt der Seelen vermutlich nicht viel Sinn ergeben. *Wir lassen nicht zu, dass er deiner Mom wehtut. Aber du musst mir seinen Namen sagen.*

Wie zur Erwiderung legt sich der Junge mit dem Rücken flach auf den Boden. Er sieht mit starrem Blick nach oben, und ich bemerke, dass das Licht um uns herum langsam grauer wird, spüre, wie die Wände sich auflösen und der zerschlissene Teppich unter uns zu Holz wird. Ein schneller Blick auf die Umgebung, und ich weiß, wo wir sind. Der gruselige Steg bei der Bootsrampe. Ich spähe über die Seite und sehe das vertraute dunkle Wasser des Sumpfes. Aber irgendetwas stimmt nicht. Da sind Blasen. Dutzende und Dutzende von Blasen steigen herauf, und dann schießt etwas Neonorangefarbenes an die Oberfläche und hüpft dort auf und ab. Dann noch einer. Und noch einer.

Goldfische, begreife ich irritiert. Aber keine echten. Die Kräcker.

Ich wende mich von dem unheimlichen Ring aus schwimmenden Goldfisch-Kräckern ab und blicke zum Steg zurück, wo Gabriel reglos ausgestreckt daliegt.

Bist du im Wasser?, frage ich. *Willst du, dass ich im Wasser nach dir suche? Aber das ist zu groß. Du musst mir sagen, wo.*

Seine dunklen Augen suchen meine, und ich sehe Hoffnung in seinem Blick aufflackern. Er dreht sich auf die Seite und rollt sich zusammen, als wolle er schlafen. Ich spüre, wie er mir langsam entgleitet.

Bleib bei mir, Gabriel. Du musst mir noch mehr sagen. Wer ist der böse Mann? Gabriel? Wer ist dieser böse Mann?

Doch selbst ein Zweijähriger kann meine Schwäche spüren. Ich konnte mein eigenes Kind nicht retten. Wie soll ich da ihn retten können? Oder seine Mutter? Der Steg, der Sumpf, die hüpfenden Goldfisch-Kräcker und der kleine Junge, das alles verschwimmt zunehmend. Er glaubt nicht mehr an mich. Ich stehe auf, die einzige deutliche Form in einer Welt, die mehr und mehr einem expressionistischen Kunstwerk ähnelt, befremdlich und verwischt.

Warum denn?, flehe ich ihn an. *Warum sagst du es mir nicht?*

Ich liebe meine Mommy, antwortet er schlicht.

28

Es ist an der Zeit, Chicory den Rücken zu kehren und die Niederlage einzugestehen. Denn es ist eine Niederlage, die ich hier erlebt habe. Auf der ganzen Linie. Das Kind, dem zu helfen ich hergekommen bin, hat den Glauben an mich verloren. Ich habe keine Ahnung, wer Gabriel Deveau oder Sean Lauchlin umgebracht hat oder warum. Und mein Herz ist verletzt – wenn nicht gar gebrochen –, weil ich so dumm war, mich in jemanden zu verlieben, der im besten Falle ein charmanter Lügner, im schlimmsten Falle aber ein Mörder ist. Wie kann ich mich je wieder auf mein Urteilsvermögen verlassen, nachdem ich einen so schwerwiegenden Fehler gemacht habe? Ich steuere auf einen Nervenzusammenbruch zu. Schnell.

Ich schiebe die Cornflakes in der Schale hin und her und versuche den Schlamassel, zu dem mein Leben geworden ist, ganz logisch zu analysieren. Es ist Mittwochvormittag. Morgen soll ich eigentlich Noah anrufen. Ich weiß immer noch nicht, ob er sein Handy absichtlich bei mir gelassen oder es wirklich vergessen hat. Ich weiß nicht, ob er mich abservieren wird oder tatsächlich auftaucht, um mich abzuholen. Und ich weiß ebenso wenig, ob ich ihn wiedersehen möchte. Ein Teil von mir will ihm die Meinung sagen, will, dass meine Wut mich stärkt, und nicht, dass mich mein Schmerz zum Opfer macht. Ein anderer Teil sagt: *Lass es gut sein, Mädchen. Das Einzige, was dir noch bleibt, ist dei-*

ne Würde. Und was, wenn er tatsächlich versucht hat, Jules umzubringen? Er könnte gefährlich sein.

Am Ende sitze ich mit einer Schale durchweichter Frühstücksflocken und reichlich Selbsthass da. Egal, ob Noah morgen auftauchen wird oder nicht, ich muss zurück nach Stamford. Um nach Grandma zu sehen, um mein Haus zum Verkauf anzubieten, und auch, weil ich das Buch irgendwie zu Ende bringen muss. Um mein einsames neues Leben zu beginnen, statt es in diesem louisianischen Schwebezustand immer wieder zu verschieben.

Bald entdecke ich, dass ich nicht die Einzige bin, die einen schlechten Tag hat. In der Küche wedelt Leeann mit einem Ofenhandschuh über einer Pfanne mit rauchendem Maisbrot. Sie hält eine Hand an den Kopf und sieht aus, als würde sie jeden Moment anfangen zu weinen. Da es der Tag nach Mardi Gras ist, vermute ich, dass sie unter der üblichen Post-Party-Krankheit leidet.

»Verkatert?«

Unglücklich schüttelt sie den Kopf. »Ich habe eine Entschuldigung. Die Pfanne war einfach nicht eingefettet.«

»Mach dir keine Sorgen deswegen. Sydney und Brigitte sind noch nicht zurück. Das kümmert niemanden.«

»Ich weiß, ich …« Sie holt tief Luft, aber trotzdem bebt ihre Stimme. »Ich hab ein paar harte Tage zu Hause hinter mir, das ist alles.«

»Die letzten Tage waren wohl für alle hart.«

Ihre Augen füllen sich mit Tränen. »Ich kann das mit Jules gar nicht glauben. Ich hätt's sehen müssen. Sein ganzes Getue. Ich hätt' doch merk'n müssen, dass er leidet.«

»Man weiß noch nicht genau, was passiert ist«, sage ich. »Vielleicht wollte Jules gar nicht …«

Sie bedenkt mich mit einem langen Blick. »Ich hab' gehört, er hätte viele Tabletten genommen. Ich glaub' nicht dran, dass es ein Unfall war.«

Ich zwar auch nicht, aber ich habe nicht vor, mit Leeann über meine Theorie zu sprechen. Nicht, wenn ich nicht mehr als einen vagen Verdacht habe. Nicht, wenn ich so gerne falsch liegen würde. Daher wechsle ich das Thema. »Hören Sie, ich wollte Ihnen sagen … ich werde Evangeline morgen verlassen.«

»Was?! Nein! Sie meinen, für immer?«

»Ich bin mit meinen Recherchen fertig.«

»Oh Charlie, wie können Sie jetzt abreisen? Ich werd' Sie vermiss'n. Es wird so still hier sein.«

»Dann müssen Sie einfach anfangen, den Trip nach New York zu planen, von dem Sie träumen.«

»Ach, verflixt, wenn ich den kleinen Mann nich' hätt', würde ich sofort komm'n.« Sie bringt ein wackliges Lächeln zustande. »Aber ich glaube, ich kenne noch jemand'n, der Sie vermiss'n wird. Wie geht's denn Noah damit?«

Offensichtlich hat dank Jules' mutmaßlichem Suizidversuch die Neuigkeit von Noahs Rausschmiss noch nicht die Runde gemacht. »Ganz gut.« Ich kann ihr nicht in die Augen sehen. »Die Familie hat das Projekt gecancelt. Deswegen fährt er wieder nach Hause – und ich eben auch.« Ich zucke die Achseln und versuche den Eindruck zu erwecken, als wäre es keine große Sache und ich hätte nicht vor lediglich vierundzwanzig Stunden vorgehabt, ihn meiner Familie vorzustellen. Ich tu so, als wäre er kein Lügner und Betrüger und vielleicht sogar verantwortlich für Jules' baldigen Tod.

»Sie beide waren so süß zusamm'n«, sagt Leeann voller Wehmut. »Ich hab gedacht, daraus würd' was.« Der alte rostfarbene Hund kommt ins Zimmer gestrichen, eine willkommene Ablenkung. Leeann blickt nachdenklich auf das ruinierte Maisbrot. »Komm mal her, *chien*«, ruft sie, und der Hund trottet gehorsam zu ihr. Sie stellt die Pfanne ab, und er stürzt sich darauf, um mit Zunge und Nase gierig Schneisen in die Bröckchen zu machen. Leeann krault seine Ohren, während er sich vollstopft. »Einen Fan habe ich immer, was? Du bist 'n guter Junge.« Sie wendet sich mir zu. »Ich kenne keinen besser'n Hund. Sie hätten ihn mit JoJo sehen müss'n. Die Geduld eines Heiligen.«

Für eine Sekunde, nur eine Sekunde, hält die Zeit an. Mein Herz steht. Das Blut gefriert in meinen Adern. »JoJo?«, wiederhole ich.

»Jonah«, sagt sie und macht Kussmünder in Richtung des Hundes. »Mein Sohn.«

Ich habe in einem großen weißen Haus gewohnt. Ich hatte ein Hündchen.

Oh. Gott.

»Leeann«, sage ich mit heiserer Stimme. »Sie haben doch gesagt, Sie hätten früher in einem der Cottages gewohnt, oder?«

Sie schneidet eine Grimasse. »Ein paar Monate, ja. Dann gab's aber Hochwasser nach einem Sturm, und unser Cottage war voller Matsch. Die Renovierung hat den ganzen letzt'n Frühling gedauert.« Sie nimmt dem Hund die Pfanne weg und beginnt sie im Spülbecken einzuweichen. »Zum Glück für uns hatte Hettie Jonah ins Herz geschloss'n und uns hier im Haus wohnen lassen. Aber ich war froh, als wir dann wieder auszog'n. Ich sage Ihnen, dass ich Mike getroff'n hab und mit ihm zusammengezog'n bin, das war das Beste, was uns je passiert ist.«

Mike.

Wegen ihm musste ich weg, sagte Jo-Jo, als ich das große weiße Haus erwähnte. Und das tat Mike auch, auf seine Art, als er Leeann – und ihren Sohn – einlud, bei ihm zu wohnen.

Wo kann ich dich finden, habe ich den Jungen in meinem Traum von letzter Nacht gefragt.

Ich bin bei dem bösen Mann, antwortete Jo-Jo, und ich habe sofort das Makabere angenommen, mir einen Serienmörder vorgestellt, einen Fetischisten, der seine Überreste aufbewahrt. Aber es ist einfacher als das, viel einfacher. Nun ist es plötzlich so offensichtlich, so klar, was hier vor sich geht.

Mike, der jeden Tag auf ihren Sohn aufpasst. Mike, der laut Leeann ihr Baby liebt wie sein eigenes. Mike, der die junge, verletzliche, unverheiratete Mutter eines Kleinkindes sah und daraufhin einen schrecklichen, bösen Plan schmiedete.

Ich könnte kotzen.

Wie habe ich nur so ungeheuer blind sein können? Dies ist doch nicht das erste Mal, dass ich etwas sah, *bevor* es passierte. Ich habe im Vorhinein von Zoeys Verletzung geträumt – und auch von Didis Tod. Warum bin ich einfach so davon ausgegangen, dass ich ein Kind aus der Vergangenheit sehe? Warum habe ich Jo-Jo, obwohl er die ganze Zeit so nahe war, immer und immer wieder übersehen? Ich wusste doch, dass Leeann einen Sohn hat. Sie redet die ganze Zeit von ihm. Ich wusste, dass er drei Jahre alt ist. Ich wusste, dass sie ihn den ganzen Tag allein bei Mike lässt und dass ihr Sohn sie einmal weinend bei der Arbeit angerufen und angefleht hat, nach Hause zu kommen. Ich wusste alles über diesen kleinen Jungen und nicht ein einziges Mal, auch nicht als freundliche Geste, habe ich nach seinem Namen gefragt.

Weil ich neidisch war. Ich wollte nichts von ihrem Kind hören, wenn ich meines verloren hatte.

Kein Wunder, dass Jo-Jo gestern Nacht den Glauben an mich verloren hat. Er hat mich gesehen, wie ich wirklich bin. Ahnungslos. Selbstsüchtig. Zu gefangen in meiner eigenen Traurigkeit, um irgendjemandem eine Hilfe zu sein.

»Wo ist Jonah?«, frage ich schwach. »Jetzt gerade, wo ist er?«

»Bei Mike.« Leeann sucht etwas in der Speisekammer. »Ich glaub, sie wollt'n heute fisch'n geh'n.«

»Fischen? Auf einem Boot?« Es wird schlimmer und schlimmer.

»Ja, Mike hat ein Motorboot für den Sumpf. Jonah hatte keine Lust, aber Mike wollte unbedingt. Er versucht es, er versucht es wirklich, aber es ist schwer in letzter Zeit. Mein Baby macht 'ne Mamaphase durch. Wenn ich ihn nich' im Arm halte, weint er.«

Ihre Ignoranz macht mich sprachlos, obwohl es eigentlich nicht so überraschend ist. Angesichts von zwei Erklärungen – klammerndes Kind versus sexuell missbräuchlicher Freund –, was würden die meisten Menschen lieber glauben? Manchmal muss man, um seine geistige Gesundheit zu wahren, dem schönen Schein trauen, statt nach der Dunkelheit darunter zu suchen. Und ich darf wohl kaum mit Steinen nach einer Frau werfen, die sich schwer in einem Geliebten täuscht oder nicht sieht, dass ihr Kind in Gefahr ist. Es bleibt nur noch eine Frage, ein letztes Puzzlestück, das seinen Platz finden muss.

»Leeann, das hört sich jetzt vielleicht seltsam an, aber hat Jonah einen angeschlagenen Zahn?«

Bitte sag Nein, denke ich. *Wenn er sich den Zahn jetzt noch nicht angeschlagen hat, ist vielleicht noch Zeit. Dann kann ich es möglicherweise verhindern.*

Leeann sieht mich mit offenem Mund an. »Er hat sich gestern den Vorderzahn beim Fahrradfahr'n angeschlag'n. Sie machen mir Gänsehaut, Charlie. Woher wissen Sie das?«

Ich bedecke das Gesicht mit den Händen. Verzweiflung erfasst mich. *Ich komme zu spät. Zu spät, verdammt.* »Wir müssen ihn finden. Wir müssen sofort Ihren Sohn finden.«

»Warum? Warum mach'n Sie so ein Gesicht?« Jetzt gerät sie in Panik.

»Wie ist Mikes Nachname?« Ich muss Detective Minot sagen, nach wem wir suchen.

»Findley. Mike Findley.« Sie ringt die Hände. »Was ist denn bloß los?«

»Rufen Sie ihn an. Rufen Sie ihn an und sagen Sie ihm, dass es einen Notfall gibt. Sagen Sie ihm, er soll Jonah sofort nach Hause bringen.«

»Im Sumpf hat er keinen Empfang.«

»Versuchen Sie es trotzdem.«

»Sie guck'n so … Sie glaub'n, dass was Schlimmes passier'n wird, oder?«

»Wo wollten sie fischen gehen?«, dränge ich sie weiter. »Haben Sie irgendeine Ahnung, wohin Mike ihn gebracht haben könnte?«

Mit großen Augen schüttelt sie den Kopf. Es ist auch nicht wichtig. Denn ich weiß, wo sie zu finden sind. Habe es von Anfang an gewusst.

Gott sei Dank geht Detective Minot an sein Handy. Ich hätte nicht gewusst, wie ich diese Situation einem Telefonisten in der Notrufzentrale erklären soll. »Hallo.« Ich bin fast atemlos. »Sie erinnern sich doch an diese Bootsrampe, zu der ich Sie gebracht hatte? Die in der Nähe des Deveau-Grundstücks?«

»Klar. Haben Sie was gefunden?«

Ich renne über den Kiesweg zu meinem Auto. »Schicken Sie so viele Boote wie möglich dort hinaus. Ein dreijähriger Junge, Jonah Landry, ist in Gefahr.«

Detective Minot atmet tief aus. »Bitte sagen Sie mir, dass das mehr als nur ein Gefühl ist. Ich kann nicht die Wasserschutzpolizei auf eine großangelegte Suche schicken, wenn Sie nicht …«

»Er ist bei einem Mann namens Mike Findley. Und ich glaube, dass Mike ihn umbringen wird.« Ich bin wild entschlossen, irgendeine Geschichte über eine Entführung zu erfinden, doch Minot zieht sofort seine Schlüsse, ohne dass ich ihn anlügen muss.

»Mein Gott. Findley hat das Kind?« Aus seinem Ton schließe ich, dass ihm der Name nicht unbekannt ist. »Ich wusste, dass dieser Perverse seine Finger nicht bei sich behalten kann. Ich warte seit fünf Jahren darauf, den Scheißkerl festzunageln.«

Ich klettere auf den Fahrersitz meines Wagens. »Dies ist Ihre Chance.«

»Wir finden ihn«, verspricht er mir. »Ich mache, so schnell ich kann. Nur … halten Sie sich jetzt da raus, okay? Findley wurde schon einmal verhaftet, als ihn ein Kind beschuldigte. Der Staat fand jedoch, wir hätten nicht genug für eine Verurteilung und ließ die Anklage fallen, aber Findley hat das sicher nicht vergessen. Dieses Mal wird er keine Zeugen zurücklassen. Mit Widerlingen wie ihm sollten Sie sich nicht anlegen, Charlotte. Wenn die sich in die Ecke getrieben fühlen …«

Ich gebe einen unverbindlichen Laut von mir und lege auf. Ich weiß noch, wie lang der Rettungswagen gebraucht hat, als Paulette ihr Baby bekam, und ich kann mir kaum vorstellen, dass die Wasserschutzpolizei schneller ist. Wenn ich wüsste, wie ich helfen könnte, wäre ich sofort dort, aber obwohl ich mich so beeilt habe, um zum Wagen zu kommen, gibt es doch wenig, was ich wirklich *tun* kann, wenn ich einmal bei der Bootsrampe bin. Falls Mike bereits auf dem Wasser ist, bin ich hilflos. Sitze an Land fest. Ich könnte Andres Sumpfboot nehmen, aber ich habe keinen Schimmer, wie man das Ding bedient, und außerdem ist es vor dem Haus festgemacht. Und ich habe keine Ahnung, wie die Wasserwege zusammenlaufen, falls überhaupt.

Mir ist übel. Es ist genau wie bei Keegan. Erst, wenn es zu spät ist, begreife ich, dass etwas nicht stimmt. Wenn endlich Hilfe kommt, wird Jonah tot sein. Mike hat sicher irgendeine Geschichte über einen schrecklichen Fischunfall parat. Aber Jonah wird nie die Chance haben, ihm zu widersprechen, die furchtbaren Dinge zu enthüllen, die Mike getan hat. Und ich kann rein gar nichts tun, um es zu verhindern.

Es sei denn.

Es gibt etwas, das ich immer wieder vergesse. Das Boot. Das unheimliche alte Ruderboot im Kutschenhaus.

Leeann sagte, Mike hätte ein Motorboot, und das passt auch. Er kann Jonah unmöglich in diesem Ruderboot hinausgefahren haben, weder hat er Zugang dazu, noch weiß er davon. Und trotzdem hatte ich, als ich das hölzerne Boot in dieser Nacht berührte, eine klare Vision.

Ich schiebe das Boot ins Wasser. Versuche es ruhig zu halten.

Ich spähe über die Seite. Suche. Suche.

Wasser. Trübe. Tauche tief. Tiefer.

Was, wenn das, so wie mein Traum von Jonah, keine Vision der Vergangenheit, sondern der Zukunft war? Bisher bin ich immer überzeugt gewesen, dass das Boot ein Instrument war, um Gabriels Tod herbeizuführen. Was, wenn es der einzige Weg wäre, um Jonah Landrys Leben zu retten?

Ich renne los, zum Kutschenhaus, und bete, dass Jonah noch lebt, damit ich ihn retten kann.

29

Der Himmel ist dunstig grau, als ich an die Bootsrampe heranfahre. Der drohende Regen bestärkt mich noch in meiner Überzeugung, dass Mikes Absichten böse sind – warum sonst sollte jemand ein kleines Kind bei diesem Wetter zum Fischen mitnehmen? Es sind weder Menschen noch Boote zu sehen, aber ich entdecke ganz in der Nähe einen geparkten zerbeulten Kombi mit einer Anhängerkupplung. Das müssen sie sein. Gott sei Dank habe ich Leeann in der Küche zurückgelassen. Ich weiß nicht, was mich hier erwartet, aber es könnte etwas sein, das eine Mutter niemals zu sehen bekommen sollte.

Ich steige aus dem Wagen, in der Erwartung, dass eine Vielzahl von grässlichen Empfindungen auf mich einprasseln wird, so wie auch zuvor schon. Aber ich spüre nichts. Nichts außer meiner eigenen wachsenden Angst. Die Luft liegt dicht und lastend in meiner Lunge und macht mir das Atmen schwer. Bin ich zu spät? Was jetzt? Ich habe nichts mehr, das mir weiterhelfen könnte, nur die Erinnerungen an das, was ich schon einmal durchlebt habe.

Ich renne zu dem Kombi hinüber und luge ins Innere, in der Hoffnung, dort irgendeinen Hinweis auf Mikes Ziel zu finden. Auf der Rückbank sehe ich einen Kindersitz, übersät mit orangefarbenen Krümeln und Goldfisch-Kräckern. Ich erschaudere, als ich an meine Vision denke, und sehe dann auf dem Vordersitz nach. Da sind keine verräterischen

Karten, aber auf der Beifahrerseite des Wagens entdecke ich Angelgeräte. Was bedeutet, dass Mike, als sie aus diesem Fahrzeug gestiegen sind, Jonah nicht mehr länger weisgemacht hat, sie würden auf einen Angelausflug gehen.

Auf der Fahrt hierher muss Jonah bei Bewusstsein gewesen sein – offensichtlich hat er die Goldfische gegessen. Hat er die drohende Gefahr gespürt oder war er daran gewöhnt, dass Schlimmes passiert, wie immer, wenn er mit dem Freund seiner Mutter allein ist? Ich erinnere mich an das erste Mal, als ich hierherkam. Noch bevor ich Evangeline zum ersten Mal zu Gesicht bekam, hat dieser schreckliche Ort mich angezogen, mir seine Geheimnisse gezeigt. Ich habe gefühlt, was Jonah gefühlt haben muss, einen Schlag auf den Hinterkopf, Panik, Atemnot. Ich habe Detective Minot gesagt, dass er ertrunken ist, dass sein Entführer ihn ins Wasser warf, als er noch gelebt hat. Wenn ich damit recht habe, ist Jonah möglicherweise noch nicht tot. Er könnte immer noch dort draußen sein, auf diesem Boot.

Leeann hat mir mal erzählt, dass ihr Sohn Engel sieht. *Wenn es je einen geeigneten Moment für himmlisches Eingreifen gibt, dann ist es wohl dieser jetzt*, finde ich. Ich haste zu meinem Prius hinüber. Das alte Ruderboot der Deveaus ragt hinten heraus; es ist so groß, dass es nicht ganz in den Kofferraum passt. Ich weiß nicht einmal, ob dieses Ding überhaupt seetauglich ist, aber es ist meine einzige Option. Deshalb hieve ich mir jetzt die Nase des Gefährts auf den Rücken und ziehe das Boot zur Rampe. Jeder Schritt ist ein Kampf, aber das ist mir egal. Leeanns Kind ist da draußen. Adrenalin gibt mir den zusätzlichen Schub, den ich benötige. Ich laufe zurück, um die Ruder zu holen, und ziehe die Rettungsweste an. Dann halte ich nur für eine Sekunde inne, um auf das dunkle, reglose Wasser des Sumpfes hinauszuspähen. Ich erschaudere.

Nun kann ich nirgendwo anders mehr hin, als da hinein.

Paddeln ist schwerer, als ich gedacht habe. Das Boot schwankt gefährlich, als ich hineinsteige, und selbst nachdem es mir gelingt, es geradezuhalten, scheint es seinen eigenen Kopf zu haben – zweifellos ein Zeichen dafür, dass ich völlig unfähig bin, es zu steuern. Halb im flachen Sumpfwasser versunkene Äste kratzen an den Seiten des Bootes, als ich vorbeirudere. Es herrscht eine schier unerträgliche Stille; nichts ist zu hören, nur gelegentlich ein Vogel oder das sanfte *Schschsch* des sich teilenden Wassers. Ich erkenne den Ort wieder, das braune Wasser und Wolken grüner Algen. Ich kenne diese toten Blätter, das unheimliche graue Licht, die verrotteten Äste, die sich wie Finger biegen.

Aus meinem Traum.

Ich erhasche eine flüchtige Bewegung zwischen den Algen. Mein Herz hämmert, weil ich das Schlimmste erwarte: ein kleiner Junge, der mit dem Gesicht nach unten treibt. Stattdessen erblicke ich aufmerksame grüne Augen, die zu mir heraufl ugen, eine höckerige Schnauze. Dies ist wohl das einzige Mal in meinem Leben, dass ich erleichtert bin, einen Alligator zu sehen.

Knapp fünfzig Meter von der Rampe entfernt muss ich eine Entscheidung treffen. Das sumpfige Wasser teilt sich in mehrere schmalere Arme auf, die von eigenartig langen Küstenzungen und Inseln aus Algen und sich neigenden Bäumen durchbrochen werden. Wo soll ich hin? Ich weiß nicht mehr weiter. Warum, oh Gott, warum muss mich meine Intuition ausgerechnet jetzt im Stich lassen? Habe ich wirklich diese verstörenden Erscheinungen ganz umsonst durchlebt? Ich höre auf zu rudern und lausche. Die Stille, begreife ich, ist mehr als nur unheimlich. Mike ist mit einem Motorboot unterwegs. Wenn er in der Nähe wäre, würde ich ihn hören. Es sei denn, er hat den Motor abgestellt.

Denk das bis zu Ende. Warum würde er anhalten?

Natürlich hätte er anhalten können, um Jonah ins Wasser zu werfen. Aber ich bin schon seit gut fünfzehn oder zwanzig Minuten hier, ohne einen Motor gehört zu haben; ein Kind über Bord zu befördern sollte nicht so lange dauern. Und anschließend würde er doch sicher so schnell wie möglich fort wollen, oder nicht? Wenn Mike so ist, wie die meisten Pädophilen, nämlich ein Feigling und zu willensschwach, um gegen den Trieb anzukämpfen, dann hat er stets eine Selbstrechtfertigung parat. Und Detective Minot sagte, er wäre schon einmal mit dem Gesetz in Konflikt geraten. Ich vermute, dass Mike Jonah aus praktischen Gründen loswerden will, weil er fürchtet, der Junge könnte ihn bloßstellen.

Vielleicht versucht er, Jonahs Körper zu beschweren. Das könnte zwanzig Minuten brauchen. Doch diese Idee verwerfe ich schnell wieder. Eine Leiche, die absichtlich beschwert wurde, würde unglaubwürdig machen, dass er versehentlich ertrunken ist. So dumm wäre er doch nicht, oder?

Ich verzweifle. Mikes Boot muss hier irgendwo sein, aber außerhalb meiner Hörweite, und wenn ich noch nicht mal seinen Motor hören kann, wie soll ich dann die richtige Stelle finden?

Es gibt noch eine weitere Möglichkeit, eine, die mich

wieder hoffen lässt. Vielleicht hat Mike etwas kommen hören, ein anderes Boot. Vielleicht hat er den Motor abgestellt, um nicht entdeckt zu werden.

Mittlerweile muss die Wasserschutzpolizei alarmiert worden sein. Vielleicht sind sie dort draußen, auf der Suche, und Mike versteckt sich, wartet auf seine Chance, sich des Kindes zu entledigen. Ich blicke mich um. Im Sumpf gibt es viele gute Verstecke. Mit all den Bäumen und Büschen dürfte es nicht allzu schwer sein, schnell in einem der kleinen Seitenarme zu verschwinden und zu warten, bis jemand vorbei ist.

Ich mache ein paar Schläge mit dem Ruder – und auf einmal, ohne Vorwarnung, stellen sich meine Nackenhaare auf. Dort, auf dem Wasser gleich neben meinem Boot, schwimmt ein einzelner orangefarbener Goldfisch-Kräcker. Durchweicht, aber noch nicht ganz aufgelöst.

Du bist es, denke ich. *Er hat den Motor abgestellt, als er DICH* hörte.

Wir sind nicht weit entfernt von der Bootsrampe – möglicherweise hat er meinen Wagen vorfahren hören. Wahrscheinlich hat er die ganze Zeit auf mich gelauscht, wie ich mit dem Boot gekämpft und geflucht habe, als ich mich mit den Rudern abmühte. Er wartet ab, bis ich wieder weg bin. Er ist ganz in der Nähe.

Jetzt gibt es bloß noch mich und Mike.

Du wirst KEINE Angst haben, befehle ich mir selbst. *Sieh dir doch an, wen er sich als Opfer ausgesucht hat. Einen Dreijährigen. Eine junge Mutter. Mike Findley ist kein großer, böser Mann – er ist ein Angsthase. Aber das bist du nicht, Charlie.*

Die schwere Luft legt sich warm und feucht um meinen Hals, wie Atem. Ich rieche Tod, lebende Materie, die sich in dem trüben, stehenden Wasser zersetzt, und doch ist es, als wäre der Sumpf selbst sehr lebendig. Lebendig und wachsam wie ein Raubtier. Diese Ruhe macht mir eine Heidenangst.

»*Mike Findley, du Scheißkerl, du kannst dich nicht vor mir verstecken*!« In dieser einsamen Landschaft ist meine Stimme erschreckend laut und gleichzeitig leise. Selbst wenn ich Mike finden würde, was könnte eine Frau allein in einem wackligen Kanu ausrichten? Aber das ist alles, was mir noch bleibt: starke Worte, um über meine Schwäche hinwegzutäuschen. »Ich weiß, was du getan hast, du kranker Dreckskerl! Ich weiß, was du getan hast!«

Angst kann den Kopf frei machen, die Aufmerksamkeit schärfen, einen befähigen, entschieden und vernünftig zu handeln. Oder sie kann einen dumm werden lassen. Als ich etwas höre, nahe einer Gruppe moosbewachsener Bäume zu meiner Rechten – erst ein Rascheln, dann Kratzgeräusche –, weiß ich, dass die Angst Mike dumm gemacht hat. Ich weiß, jetzt kommt meine Chance. Ich paddele auf die Geräusche zu, wobei ich mich mit meinem ganzen Gewicht in jeden Zug lege, bis meine Muskeln brennen.

Ein Platschen ist zu hören, und noch in den Sekunden, bevor ich das Grollen des startenden Motors höre, weiß ich, dass es Jonah ist. Jonah ist im Wasser.

Ich rudere. Durch die düstere, feuchte Luft. An Baumwurzeln, Sumpfgras und Ästen vorbei. Ich stoße mit einem Baumstamm zusammen, und das Ruderboot hüpft zur Seite, was mich wertvolle Sekunden kostet, in denen ich kämpfen muss, um es wieder auf den richtigen Kurs zu bringen.

Hinter den Bäumen schießt ein Boot mit knatterndem Motor hervor. Der Mann am Steuer dreht sich um, um mich anzusehen, und in dem kurzen Moment, in dem sich unsere Blicke treffen, vergesse ich zu atmen. *So sieht das Böse aus.* Ein stämmiger, blassgesichtiger Mann mit rotem Haarschopf, Jeans und eine orangefarbene wattierte Weste. Nicht hässlich, nicht gut aussehend, in keinster Weise auffällig. Ein Mann, den man im Lebensmittelladen höflich anlächeln würde, um dann nie wieder an ihn zu denken.

So sieht das Böse aus, und es starrt dich direkt an.

Seine Hand bewegt sich mit einer schnellen, ruckartigen Bewegung nach unten zu dem Hebel, und das Boot beschleunigt. Er wird dich rammen. Er hat die Geschwindigkeit auf seiner Seite – und die Wucht. Ich kann unmöglich entkommen.

Doch ich habe mich getäuscht. Statt weiter auf mich draufzuhalten, schwenkt das Motorboot ab und rast tiefer in den Sumpf hinein. Mike wirft mir einen Blick über die Schulter zu, und dann ist er fort, ein Feigling durch und durch.

Ich lasse ihn flüchten. Verschwende keine Zeit oder Gedanken an ihn. Stattdessen verfolge ich mit den Augen seinen Weg zurück und versuche die Stelle zu finden, von wo er gekommen ist. Ich muss zu Jonah.

Ich rudere. Rudere, obwohl meine Schulterblätter in Flammen stehen, mein Trizeps bleiern ist. Rudere, auch wenn ich nicht sehen kann, wohin. Ich sehe nichts, was mir sagen könnte, wo Jonah ins Wasser gefallen sein muss. Früher mal habe ich ein paar Broschüren über Sicherheit in Pools gelesen, und ich weiß, wie schnell ein Kind ertrinken kann. Und das in klarem Wasser, ohne all diesen Dreck, ganz zu schweigen von den Alligatoren. Die Zeit arbeitet nicht für mich.

»Jonah!« Ich glaube, jetzt bin ich ungefähr an der richtigen Stelle. Das Wasser sieht zwar nicht tief aus, aber als ich ein Paddel hineintauche, reicht es nicht bis auf den Grund. Tief genug, dass ein Dreijähriger darin umkommen kann.

Meine Entschlossenheit weicht schnell der Panik. Er muss hier sein. Er *muss* einfach. Aber die Äste, die Blätter, die treibenden Algen – das alles verbirgt, was unter der Oberfläche liegt.

»Jonah!«, rufe ich noch einmal.

Dann entdecke ich etwas, ungefähr fünf Meter entfernt. Etwas Weißes blitzt auf. Sein T-Shirt.

Ohne nachzudenken, stürze ich mich ins Wasser. Ich muss zu ihm. Das Wasser ist trübe, und die Kälte trifft mich wie ein Schock, aber es sind die *Dinge*, die mir zu schaffen machen. Seltsame Formen streichen an mir entlang, als ich zu der weißen Bake schwimme. Etwas Raues kratzt an meinem Bein. Ein Ast? Ein Alligator? Ich halte nicht an, um es herauszufinden.

Fass das T-Shirt. Fass einfach das T-Shirt.

Meine Hand schließt sich um den klatschnassen Stoff, und ich spüre, wie mir das Gewicht des Körpers widersteht. Ein kleines Kind. Gott sei Dank trage ich die Schwimmweste. Verzweifelt grabsche ich nach dem Rest von ihm. Bein, Oberkörper, Finger, Haare. Ich reiße seinen dunklen Kopf an die Oberfläche. Luft. Er braucht Luft.

Seine Augen sind geschlossen, der Körper ist schlaff. Hier draußen im Wasser kann ich nichts für ihn tun, und selbst wenn es mir irgendwie gelingen würde, uns beide zurück ins Boot zu bringen – was unwahrscheinlich ist –, ist der Boden des Ruderbootes doch gebogen, nicht flach. Zu wacklig, zu instabil, um Rettungsmaßnahmen zu versuchen. Also müssen wir es bis zurück zum Steg schaffen.

Ich lehne mich nach hinten und lasse mich treiben. Schiebe die Arme unter seine Achselhöhlen und kippe ihn an meine Brust, darauf bedacht, dass sein Kopf immer über Wasser bleibt. Während ich anfange zu schwimmen, kann ich nur an diese Erste-Hilfe-Kurse denken, die ich gemacht habe, als Keegan ein Baby war. Du bist so paranoid, hat Eric gesagt. Du erwartest immer das Schlimmste. Und er hatte recht. Ich erwartete das Schlimmste und wollte mich darauf vorbereiten. Ich stellte mir vor, wie mein Sohn erstickt, ertrinkt, etwas Giftiges zu sich nimmt, und also lernte ich, wie ich ihn retten kann. Am Ende traf das Schlimmste ein: ein Unglück, das ich nicht vorhergesehen hatte, ein Resultat, das ich nicht hätte ändern können.

Aber das hier kann ich ändern. Ich kann es immer noch ändern.

Schwimm. Halt Jonahs Gesicht oben. Lass ihn nicht noch mehr Wasser schlucken.

Jetzt kann ich den Steg und die Bootsrampe sehen, doch immer noch keine Spur von der Wasserschutzpolizei oder dem Sheriff's Department. Ich schwimme. Es ist nicht einfacher, als zu rudern, aber alles in allem instinktiver. Ich versuche die unsichtbaren Objekte zu ignorieren, an denen ich entlangschrappe, doch jedes Mal, wenn meine Beine gegen etwas Großes stoßen, bekomme ich einen neuen Adrenalinstoß. Gott, ich hoffe, Andre hatte recht damit, dass Alligatoren um diese Jahreszeit träge sind.

Schwimm. Du kannst es schaffen. Es ist nicht mehr weit. Schwimm weiter.

Irgendwann berühren meine Füße den Betongrund der Rampe. Ich ziehe Jonah aus dem Wasser und lege ihn flach mit dem Rücken auf den Steg, so wie in meiner letzten Vision von ihm. Seine Augen sind noch immer geschlossen, seine Haut ist kalt.

»Jonah? Jonah, wach auf!« Ich klopfe gegen seine Schulter, während das Sumpfwasser von meinem Gesicht auf seines tropft. »Huste, Kleiner! Huste es raus!«

Er bewegt sich nicht. Nur das Wasser bewegt sich. Tröpfelt von seinen Haaren, seinen Kleidern, seinen winzigen Wangen. Sammelt sich um seinen Körper, färbt die Holzplanken des Stegs. Das sieht schlecht aus. Sehr, sehr schlecht. Er ist bewusstlos und scheint nicht mehr zu atmen. Mir bleibt keine Wahl. Ich muss eine Herzdruckmassage machen.

Mit ungeschickten Fingern ziehe ich den nassen Stoff seines T-Shirts nach oben und presse meine Hand auf die Mitte seiner dürren Brust.

Eins zwei drei vier fünf …

Dreißigmal drücken in schneller Reihenfolge. Ich hoffe, dass ich ihm keine Rippen gebrochen habe. Und weiß, dass es möglicherweise egal ist, falls doch.

Ich neige seinen Kopf nach hinten, um die Atemwege freizumachen. *Mache ich das richtig?* Für Selbstzweifel ist keine Zeit. Gehirnschäden können bereits nach vier Minuten ohne Sauerstoff entstehen, und es ist schon sehr viel länger her als vier Minuten. Ich suche nach Anzeichen, dass er atmet. Kein Heben der Brust. Kein Atem, als ich die Hand vor Mund und Nase halte. Ich drücke meine Hände an seinen Hals, um die Durchblutung zu prüfen. Meine Finger sind so eiskalt, so taub vom Schwimmen, dass ich überhaupt nichts spüre. Ich betaste seine Brust, suche nach einem Herzschlag. Wieder nichts.

Bitte hilf mir. Ich weiß nicht, wen ich da um Hilfe bitte, welche Kraft meiner Meinung nach hier eingreifen könnte. Ich weiß nur, dass ich es nicht allein schaffe. *Hilf mir mit diesem kleinen Jungen. Ich kann ihn nicht sterben lassen. Ich werde ihn nicht sterben lassen.*

Ich halte Jonahs Nasenlöcher zu. Lege meinen Mund an seinen. Mache ein paarmal Mund-zu-Mund-Beatmung. Seine Brust hebt sich, wenn ich Luft in seine Lunge blase, aber er beginnt danach nicht wieder zu atmen. Ich fühle am Hals nach einem Puls und finde keinen. Herzmassagen, abermals. Wieder zweimal Beatmung. Noch eine Runde Massagen.

Was kann ich sonst tun? Das ist alles, was ich zu geben habe. Meinen Atem. Meine Hände. Meinen Willen, es weiter zu versuchen. Weil dies jemandes kleiner Junge ist, jemandes Kind, und ich werde nicht zulassen, dass Leeann so leidet, wie ich gelitten habe, ich werde nicht zulassen, dass eine dreiundzwanzigjährige junge Frau, die bereits so furchtbar verraten wurde, noch mehr verliert als das, was sie schon verloren hat.

Ich werde. Es. Nicht zulassen.

Meine gesamte Existenz liegt jetzt darin, dass sich Jonahs kleiner Brustkorb durch meinen Atem hebt und sich seine blasse Brust unter meiner flachen Hand eindrückt und ausdehnt. Wieder und wieder zähle ich. Drücke ich. Atme ich. Wieder und wieder. Und der Junge, der auf dem Steg liegt, wacht immer noch nicht auf.

Ich bemerke nicht, wie Autos heranfahren, ein Sumpfboot zu Wasser gelassen wird, zwei Sanitäter an meine Seite eilen. Ich weiß nur, dass sie mich von ihm wegziehen. Ich schreie. Schreie Unsinniges, schlage nach den Leuten, aus irgendeinem Grund überzeugt, dass ihre Kompetenz nicht ausreicht, dass nur ich diesen Jungen zurück ins Leben bringen kann.

»Sie haben getan, was Sie konnten«, sagt Detective Minot, und ich frage mich, wo er herkommt, warum er mich festzuhalten scheint. Oder vielleicht versucht er auch eine Decke um mich zu legen. Wahrscheinlich bin ich immer noch nass. Und mir ist immer noch bitterkalt. »Es liegt nicht mehr in Ihren Händen, Charlotte. Es liegt nicht mehr in Ihren Händen.«

Ein Rettungsassistent bedeckt Jonahs Nase und Mund mit einer Plastikmaske und pumpt dann Luft durch einen Ballon, während der zweite, eine Frau, die Herzdruckmassage ausführt. Sie sind effizienter, als ich es war; sie drücken fünfzehnmal für zweimal beatmen, doch sie sind auch nicht erfolgreicher. Minot versucht mich vom Steg wegzuziehen, aber ich wehre mich. Sollte Jonah tot sein, muss ich es wissen.

»Wir werden Mike Findley finden«, sagt er, als würde das irgendetwas besser machen. »Ich verspreche es Ihnen, wir werden ihn finden. Diesmal kommt er nicht davon. Er wird den Rest seines jämmerlichen Lebens …«

Er bricht ab. Starrt. So wie ich auch. Denn Jonah erbricht sich.

Der Sanitäter, der neben der Brust des Jungen kniet, greift nach seiner Halsschlagader. »Wir haben einen Puls!«

Minuten später – es ist ein Wunder, das sehr viel größer scheint, als über Wasser zu laufen oder Fisch und Brot zu vermehren – öffnet Jonah Landry die Augen. Ohne sich aufzusetzen sieht er sich um, mit verschwommenem, verwirrtem Blick. Sumpfwasser tröpfelt von seiner Unterlippe auf das Kinn. Er blinzelt ein paarmal, und dann richten sich seine dunklen, ernsten Augen auf mich. »Du bist gekommen«, sagt er.

Ich mache ein paar Schritte auf ihn zu. »Jonah? Schatz? Weißt du, wer ich bin?«

»Ja«, sagt er. »Du bist mein Engel.«

30

Wie soll man das erklären?

Ich sitze im Büro des Sheriffs und arbeite an meiner offiziellen Aussage. Nach allem, was passiert ist, möchte ich einfach mal zu Atem kommen, mir bewusst machen, dass ich Jo-Jo gefunden habe und er lebt. Doch das Sheriff's Department hat andere Vorstellungen, und deshalb sitze ich, um fast acht Uhr jetzt, in diesem kalten weißen Raum mit Papier, einem Stift und einer Dose Sprite. Ich soll alles aufschreiben, was ich heute Abend erlebt und beobachtet habe – solange die Erinnerung noch frisch ist.

Es ist nicht die Aussage, die mir Sorgen macht, es sind die Fragen, die unweigerlich darauf folgen werden. Warum habe ich Mike verdächtigt? Woher wusste ich, wo ich hinmusste? *Es kam mir im Traum,* ist vermutlich eine unzureichende Erklärung, auch wenn die Menschen in dieser Gegend vielleicht aufgeschlossener für so etwas sind als ich. Sie glauben an Engel. Sie glauben an die helfende Hand Gottes.

Während ich mit knappen Worten erkläre, wie ich Mike in dem Boot gefunden habe, muss ich immer wieder an Jonah und Leeann denken. Und ich habe immer gedacht, *ich* wäre es, die Probleme hätte, anderen zu vertrauen. Wie sollen diese beiden jemals wieder Vertrauen in Männer haben? Wird es Leeanns Glauben nicht erschüttern, wenn sie die Wahrheit über diesen Mann erfährt, von dem sie geglaubt hat, sie liebe ihn?

Die Tür öffnet sich. Einen Moment lang fürchte ich, dass es ein Officer ist, der mich ermahnen will, weil ich Löcher in die Luft starre. Aber nein, es ist Minot.

»Sie haben ihn«, sagt er. »Ich habe gerade den Anruf von der Wasserschutzpolizei bekommen.«

»Oh Gott sei Dank.« Das ist eine gute Nachricht für Leeann. Wenigstens muss sie sich jetzt nachts nicht ständig fragen, wo Mike gerade ist. »Er wird doch verurteilt werden, oder?«

Er nickt. »Jonahs medizinische Untersuchung war ziemlich eindeutig. Und wir haben Ihre Aussage. Findley bekommt wahrscheinlich lebenslänglich.« Detective Minot klingt auf grimmige Art zufrieden.

»Arme Leeann«, murmle ich. »Sie wird völlig am Boden zerstört sein.«

»Die Mutter?« Detective Minots Mund verzieht sich verächtlich. »Ich bitte Sie. Sie hat ihren Sohn immer wieder mit diesem Mistkerl alleingelassen. Es war ihre Aufgabe, ihr Kind vor Perversen zu schützen, aber sie hat ihn in ihre Wohnung geholt.«

Vielleicht würde ich ihm zustimmen, würde ich Leeann nicht kennen. Aber ich kenne sie nun mal. »Sie ist dreiundzwanzig Jahre alt«, sage ich ruhig. »Sie dachte, sie hätte ihren Märchenprinzen gefunden. Geben Sie nicht ihr die Schuld.«

»Tja, wir tun alles, um ihr und ihrem Sohn zu helfen. Es gibt Selbsthilfegruppen. Therapie. Es wird ein langer, steiniger Weg, aber sie wird es schon schaffen. Genauso wie der Junge.«

Ich lege die Arme auf den Tisch und starre auf sie hinunter. »Ich werde als Zeugin aussagen müssen, nicht wahr?«

»Möglicherweise. Aber so was kann Jahre dauern. Er

könnte einen Deal machen, auf schuldig plädieren. Vielleicht kommt der Fall nie vor Gericht.« Er mustert mich, und sein hageres Gesicht wird weicher. »Sie haben heute viel durchgemacht. Wie fühlen Sie sich?«

»Dumm.«

Er zieht eine Augenbraue hoch. »Warum das?«

»Ich habe mich geirrt.« Ich blicke auf meine halbfertige Aussage. »Alles, was ich Ihnen über Gabriel gesagt habe, war falsch. Es tut mir so leid, Remy.«

»Wovon reden Sie?« Er setzt sich mir gegenüber. »Sie haben diesem Jungen das Leben gerettet.«

»Wenn ich nicht so dumm gewesen wäre, hätte ich das gar nicht erst gemusst. Vom ersten Tag an lagen alle Informationen, die ich brauchte, direkt vor meiner Nase, ich habe es nur nicht kapiert. Wer weiß, wie oft Mike Jonah angefasst hat, obwohl ich es hätte verhindern können.« Bei diesem Gedanken dreht sich mir der Magen um.

»Dank Ihnen lebt Jonah.« Detective Minot beugt sich über den Tisch und betrachtet mich eingehend aus seinen strahlend blauen Augen. »Sie können nicht seine Mom entschuldigen, und mir dann sagen, dass Sie sich selbst die Schuld geben.«

»Sie müssen nicht freundlich zu mir sein. Wir wissen beide, dass ich Ihre Zeit verschwendet habe.«

»Machen Sie Scherze? Niemand hätte erfahren, was Sean Lauchlin zugestoßen ist, wenn Sie mich nicht zu dieser Zuckermühle gebracht hätten.«

»Sie wissen immer noch nicht, was Sean Lauchlin zugestoßen ist«, gebe ich zu bedenken. »Der Fall wird wahrscheinlich nie gelöst werden.«

»Na gut.« Detective Minot steht auf. »Wenn Sie hier herumsitzen und sich schuldig fühlen möchten, bitte schön. Aber ich möchte, dass Sie wissen, dass dies der Grund ist, warum ich zur Polizei gegangen bin. Um Menschen zu helfen. Die Bösen zu fassen. Sie kennenzulernen und das alles zu erleben … das war keine Zeitverschwendung für mich«, sagt er. »Es war eine Ehre.«

Er ist weg, bevor ich ihm danken, ihn umarmen und ihm sagen kann, dass die Ehre ganz meinerseits ist. Bevor ich ihm sagen kann, was für ein fantastischer und guter Mann er ist. Ich habe einen Kloß im Hals, wenn ich daran denke, dass ich Chicory verlassen und Remy oder Leeann nie wieder sehen werde, aber ich nehme einen Schluck Sprite und mache weiter. Ich werde später bestimmt noch einen Weg finden, meine Dankbarkeit auszudrücken. Jetzt muss ich erst diese verdammte Aussage zu Ende schreiben.

Justine ruft an, als ich früh am nächsten Morgen beim Packen bin. Sie hat gehört, dass ich heute abreise und möchte mich zu einem Abschiedsfrühstück einladen. Wir treffen uns im *Crawdaddy's*, tauschen kurz Umarmungen aus und setzen uns in eine Nische am Fenster. Nachdem sie uns Pfannkuchen bestellt hat und wir den unerlässlichen Kaffee eingeschenkt bekommen haben, hebt Justine ihren Becher, um mir zuzuprosten.

»Auf Charlotte. Weil sie die kleinen Jungs in Chicory beschützt.«

»Danken Sie Ihrem Mann«, erwidere ich. »Danken Sie der Wasserschutzpolizei. Ich bin nicht die, die Mike geschnappt hat.«

»Ich danke aber *Ihnen*«, beharrt sie. »Sie wussten genau, wohin Sie mussten – und auch wann. Remy sagte, dass Sie das Kind wiederbelebt haben und dass der Junge nur deswegen durchgehalten hat, bis die Rettungssanitäter da waren.« Sie greift über den Resopaltisch und legt eine Hand auf meine. »Gott hat das Richtige getan, als er Sie ausgewählt hat, Liebes.«

Ich blicke mich im Diner nach den anderen Gästen um. Ein schnurrbärtiger Mann in Sweatshirt und Hut. Eine Frau, die die Zeitung liest. Ein bärtiger Vater, der sich bemüht, seine sich kabbelnden Zwillingstöchter zu ignorieren, die sich anscheinend um ein *My-Little-Pony*-Magazin zanken. Bin ich anders als diese Leute? Ich möchte Justine sagen, dass sie sich irrt, dass ich kein Instrument Gottes bin, nur eine Frau, die von Albträumen geplagt wird. Doch die Wahrheit ist, dass ich mir dessen selbst nicht länger sicher bin. Gibt es einen allwissenden Schöpfer, der die Fäden zieht? Vermutlich nicht, aber immerhin hat Jonah Landry mich dort draußen auf dem Steg erkannt. Weil er mich schon zuvor gesehen hat. Seinen Engel.

Unser schlaksiger Kellner erscheint und serviert uns einen unanständig hohen Stapel Pfannkuchen. »Aufs Haus«, sagt er. »Der Besitzer ist heute nicht da, Ma'am, aber wenn er da wäre, würde er Ihnen sehr viel mehr geben als Pfannkuchen, das weiß ich. Das war sein Enkel, dem Sie gestern geholfen haben.«

Justine lächelt, als er unseren Tisch verlässt. »Offenbar bin ich nicht die Einzige, die findet, dass Sie das gut gemacht haben.«

Ihre Freundlichkeit macht mich unerwartet traurig. »Danke«, sage ich.

»Wofür?« Sie schneidet sich einen Brocken Pfannkuchen ab und steckt ihn sich in den Mund.

»Weil Sie mir das Gefühl geben, etwas Besonderes zu sein, keine Missgeburt. Sie gehen ganz locker mit meinen verrückten Träumen um.«

»Eine Missgeburt? Nein.« Sie schüttelt den Kopf. »Prophetische Träume sind nicht neu. Sehen Sie sich das Alte Testament an. Sie kennen doch die Geschichte von Joseph und dem, was er für Ägypten getan hat, oder?«

»Sozusagen.« Ich bringe es nicht übers Herz, ihr zu sagen, dass mein gesamtes Wissen von einem *»Joseph and the Amazing Technicolor Dreamcoat«*-Revival stammt.

Sie gibt mir eine kurze Zusammenfassung. »Der Pharao, sein Bäcker und sein Mundschenk hatten prophetische Träume. Aber sie brauchten Joseph, damit er sie deutet.«

»Ich wünschte, ich hätte einen Joseph, damit er mir meine erklärt«, antworte ich. »Meine Interpretationsfähigkeit war nicht die beste.« Die Erwähnung der Bibel erinnert mich daran, dass ich sie nach der Stelle fragen wollte, die in der Deveau-Bibel markiert war. »Justine, Sie kennen doch sicher die ganze Geschichte vom Urteil des Salomon.«

Sie nickt. »Zwei Mütter, die sich um ein Kind zanken. Salomon bietet an, das Kind in zwei Hälften zu schneiden.«

Ich verziehe das Gesicht. »Genau die. Was bedeutet diese Geschichte für Sie? Liegt darin irgendeine … ich weiß nicht … irgendeine besondere biblische Botschaft?«

Sie hört auf zu essen und tupft sich den Mund mit der Serviette ab. »Komisch, dass Sie das fragen. Ich habe gerade über diese Geschichte viel nachdenken müssen, als Didi krank war.«

»Warum?«

Als Justine tief ausatmet, weiß ich, dass jetzt etwas kommt, das nicht einfach zu hören sein wird. »Als sich der

Krebs ausbreitete und wir sicher waren, dass sie ihn nicht besiegen kann, mussten wir eine Entscheidung treffen. Die Behandlung fortzusetzen und zu versuchen, ihr Leben noch ein bisschen zu verlängern, oder aufzuhören. Sie gehen zu lassen.« Sie schluckt. »Ich habe immer wieder an diese Geschichte gedacht. Daran, dass die wahre Mutter des Jungen bereit war, ihr Kind aufzugeben, zu seinem Wohle.« Sie faltet die Hände an der Tischkante. »Ich wusste, dass ich Didi nicht vor dem Sterben beschützen kann. Aber vor dem Schmerz schon. Wenn ich sie Gott überließ, wurde mir klar, könnte ich ihr ein wenig Schmerz ersparen. Es schien mir … als wäre es das, was eine wahre Mutter tun würde.« Verlegen wischt sie sich über die Augen. »Tut mir leid.«

»Das muss Ihnen nicht leidtun. Das klingt sehr vernünftig.«

Sie zuckt die Achseln. »Ich werde mich wohl ewig fragen, ob es die richtige Entscheidung war. Wer weiß, wenn sie vielleicht noch weitere Behandlungen mitgemacht hätte … ich meine, Wunder geschehen doch.«

Ich kenne solche Überlegungen, diese Selbstvorwürfe. »Nein«, antworte ich ihr entschieden. »Didi hat mir auf die Minute genau gesagt, wann sie sterben wird. Ihre Zeit war gekommen, Justine, und sie wusste es.« Ich denke zurück an diesen kahlen Kopf, Didis abgemagerten Körper, den erschöpften Gesichtsausdruck, und ich glaube ganz fest an Remys und Justines Entscheidung. »Sie hat es so gewollt«, sage ich.

Sie nimmt ihre Gabel auf und stupst ein lappiges Stück Pfannkuchen an. »Sie war elf Jahre alt. Ich hätte eine solche Entscheidung nicht treffen müssen.«

Und sie hat recht. Es ist nicht fair, dass ein elf Jahre altes

Mädchen so viel Zeit ihres kurzen Lebens in Krankenhäusern verbringt und sich fragen muss, ob sie ihren nächsten Geburtstag noch erlebt. Es ist auch nicht fair, dass ihre Eltern, gute und respektierte Menschen, die sich im öffentlichen Dienst für die Gemeinschaft einsetzen, ihr einziges Kind verlieren – und andere, die es sehr viel weniger verdient haben, verlieren keines. Es ist nicht fair, dass wir beide, Justine, die ihr Leben der Kirche und dem Gebet gewidmet hat, und ich mit meinem Leben in sündigem Skeptizismus, am Ende gleich dastehen.

Justine Pinaro mag eine Frau Gottes sein, doch ich sehe an der Qual in ihrem Gesicht, dass selbst sie mit dem Zweifel kämpft. Ihr Glaube schirmt sie nicht mehr vor Wut oder vor Trauer ab, als er sie vor dem Tod abgeschirmt hat. Ich kann mich selbst genug hassen, um zu glauben, dass ich mein Elend verdient habe. Aber Justine? Sie hat es nicht verdient, und die Ungerechtigkeit und Unvernunft des Ganzen deprimiert mich zutiefst. Ich starre aus dem Fenster, beobachte, wie der Verkehr dichter wird, als die schlimmste Zeit des Berufsverkehrs bevorsteht. Ich beobachte das wilde Gedränge der Leute, um zur Arbeit zu kommen, den Lebensunterhalt zu verdienen, weiterzueilen, egal wen oder was wir verloren haben.

Egal was Jonah glaubt, ich weiß, als Engel bin ich ein schlechter Witz.

Zurück auf Evangeline ertappe ich mich dabei, wie ich herumtrödele. Meine Taschen sind gepackt, der Wagen ist beladen, und ich habe Sydney und Brigitte – die immer noch in New Orleans sind – eine höfliche E-Mail geschickt, in der ich mich für ihre Gastfreundschaft bedanke. Ich weiß nicht, was ich noch hier in meinem Gästehaus will, warum ich vom Waschbecken zum Bett, von dort zum Tisch und wieder zurück wandere. *Die Fahrt zurück wird dir helfen, den Kopf freizubekommen,* verspreche ich mir selbst. Und ich werde meine Grandma bald wiedersehen – auch wenn ich Noah nicht mit nach Hause bringe, damit er sie kennenlernt.

Ich versuche, nicht an Noah zu denken, doch es gelingt mir nicht. Auch er ist jetzt einer von Evangelines Geistern für mich, so wichtig und so abwesend wie Gabriel oder Neville oder die Lauchlins. Warum habe ich mich so sehr auf ihn eingelassen? Das ist auch bloß ein Rätsel, das ich niemals lösen werde.

Ein letztes Mal lasse ich den Blick durch das Cottage schweifen, ob ich etwas vergessen habe. Die einzigen persönlichen Sachen, die hierbleiben, sind die Kisten mit dem Krimskrams der Deveaus. Ich bin zwar versucht, etwas davon mitzunehmen, will aber einen sauberen Schnitt mit Evangeline machen. Trotzdem kann ich nicht widerstehen, noch einmal die alte Bibel aus der Schublade zu ziehen. Meine Unterhaltung mit Justine fällt mir ein, und ich blättere noch mal ein bisschen, um den Urteilsspruch des Salomon zu lesen. Früher war die Geschichte immer eine Lektion über Gerechtigkeit und Weisheit für mich. Doch nun, als ich sie erneut durchlese, kann ich verstehen, was Justine darin sieht. Salomons Weisheit liegt in dem Verständnis des angeborenen Drangs einer Mutter, sich selbst für die Sicherheit und das Wohlergehen ihres Kindes zu opfern. Wenn diese Bibel Hettie oder Maddie Lauchlin gehört hätte – beides Mütter – hätte sie das vielleicht angesprochen.

Was hatte Justine gesagt? *Die wahre Mutter des Jungen war bereit ihr Kind aufzugeben, zu seinem Wohle.* Falls Maddie versucht hatte, ihren Sohn vor Schaden zu bewahren, war sie auf der ganzen Linie erfolglos gewesen – Sean hatte fast drei Jahrzehnte in seinem unbekannten Grab gelegen. Und es gibt keinen Hinweis darauf, dass Maddie je bewusst die Entscheidung getroffen hat, Sean aufzugeben, um ihn zu schützen, es sei denn, sie hatte ihn aus einem bizarren religiösen Motiv heraus getötet, um seine Seele vor den Gefahren der Homosexualität zu retten. Das ist allerdings eine schwache Theorie, bestenfalls. Was mich zurück zu Hettie bringt.

Okay. Das Urteil des Salomo und dieses Blatt mit handgeschriebenen biblischen Zitaten. Wo ist die Verbindung? Zunächst wirken diese biblischen Auszüge über sexuelle Verfehlungen, Versuchung, Lust und Sünde ziemlich furchteinflößend, doch am Ende gibt es Grund zur Hoffnung: *die Liebe erträgt alles, glaubt alles, hofft alles, hält allem stand*. Und es gibt einen weiteren hoffnungsvollen abschließenden Gedanken. *Vor allen Dingen aber habt untereinander eine inbrünstige Liebe, denn die Liebe bedeckt eine Menge von Sünden*.

Hat Hettie den Sünder geliebt, aber die Sünde gehasst? Vielleicht war sie willens, Andre aufzugeben, um ihn zu beschützen. Vor Nevilles vernichtender Missbilligung. Vor einem Leben in Lüge, mit dem sie selbst sich abgefunden hatte. Vielleicht hat sie Andre ihren Segen gegeben, mit Sean zu gehen.

Was ist dann schiefgegangen? Wie ist Sean umgekommen? Und warum die jahrelangen monatlichen Zahlungen an ihn? Ich bin auf dem Holzweg, übersehe irgendetwas.

Etwas über Gabriel? Hettie hatte schließlich zwei Söhne, und Gabriel war der, den sie verloren hat.

Die wahre Mutter des Jungen war bereit, ihr Kind aufzugeben, um es zu beschützen.

Welches Kind beschützte sie – und vor was?

Eine wilde Ahnung beginnt sich zu gestalten, nicht in meinem Kopf, sondern in meiner Brust. Ich suche das Buch der Sonette in seiner Kiste und hole Seans Brief heraus. Während ich den Inhalt überfliege, nimmt mein Verdacht festere Form an, gewinnt an Gewicht.

Du kannst nicht ewig unter Nevilles Fuchtel stehen, sagt Sean und gibt später zu, dass man als Mitglied der Familie Deveau *Angst vor der Klatschpresse* haben muss. Er weigert sich anzuerkennen, dass die Missbilligung anderer ein Grund wäre, nicht zusammenzukommen. *Mir ist egal, was die Leute denken, wenn sie uns zusammen sehen,* schreibt er. *Wenn wir nicht ihrer Vorstellung von Liebe entsprechen, dann ist das ihr Problem, nicht unseres.*

Nun verstehe ich, und es ändert alles.

Ich hatte angenommen, dass der Brief, den ich in Andres Buch gefunden habe, auch für Andre bestimmt war, und ich wette auch, dass er derjenige war, der ihn *gefunden* und zwischen die Shakespeare-Seiten gepresst hat. Doch der Brief war vielleicht gar nicht *für ihn* bestimmt. Sondern für ein anderes Mitglied der Familie Deveau, das in Angst vor Neville lebte.

Hettie.

»Verdammt.«

Sean und Hettie. Wie konnte mir das entgehen? Letztlich lag Roi Duchesnes mit seiner Meinung über Hettie doch nicht so falsch.

Mit rasenden Gedanken überlege ich, was eine solche Affäre für Auswirkungen gehabt hätte. Diese Bibel muss Hettie gehört haben. Es waren nicht Andres sexuelle Vergehen, die ihr Gewissen quälten, sondern ihre eigenen. Eine Zeit lang siegte jedoch die Liebe. Liebe bedeckte eine Menge von Sünden. Eine Beziehung würde auch das Geld erklären, das sie Sean gegeben hatte. Sie müssen geplant haben, zusammen durchzubrennen, und das Geld gebunkert haben, bis der Zeitpunkt gekommen war. Drei Jahre lang haben sie ihr Bankkonto gefüllt, und die Zahlungen begannen, als sie erst wenige Monate schwanger war – mit Gabriel.

»Scheiße, Scheiße, *Scheiße*.« Das Kind war nicht von Neville.

Laut Danelle Martin drohte Neville, seine Frau umzubringen, falls sie sich einen Liebhaber nahm. Er bedrohte und schlug sie, Jahre bevor Gabriel geboren wurde, und wahrscheinlich auch Jahre, bevor ihre Affäre mit Sean begann. Hettie hatte diese Drohung sicher nicht vergessen. Sie muss sich jedes Mal, wenn sie und Sean zusammen waren, vor Neville gefürchtet haben – vor dem, was ihr Ehemann nicht nur ihr, sondern auch ihrem Kind antun könnte.

Ich weiß nicht, was im August 1982 geschehen ist, doch Sean wurde seit dem Juni vermisst und war da vermutlich schon tot. Hettie muss gewusst haben, dass ihr jüngster Sohn in großer Gefahr schwebte. Also hat sie, wie eine wahre Mutter, ihr Kind aufgegeben, um es zu beschützen. Hat ihn der einzigen Person überlassen, die ihn beinahe genauso liebte wie sie, einer Frau, die von Anfang an geholfen hat, ihn aufzuziehen: Maddie Lauchlin. Seine Großmutter.

Kein Wunder, dass Hettie kein Interesse daran zeigte, Detective Minot bei seinen Ermittlungen zu helfen. Sie wusste, was geschehen war. Sie wusste, wo ihr Sohn war. Ich sinke zu Boden, weil meine Beine zu schwach sind, um mich zu tragen, als mich die Erkenntnis trifft.

Gabriel Deveau ist am Leben. Gabriel Deveau ist Noah.

31

Unter den zahlreichen brennenden Fragen, die ich an Hettie habe, ist eine, die nicht warten kann. Ich sprinte Evangelines herrschaftliche Treppe hinauf und platze ohne zu klopfen in ihr Schlafzimmer.

»Weiß er es? Weiß er, wer er ist?«

Hettie, die gegen einen Stapel sorgfältig arrangierter Kissen lehnt, beobachtet mein atemloses Hereinkommen mit klaren Augen, in denen kein Zeichen von Überraschung liegt. Die Haut hängt von ihrem Schädel wie ein geisterhafter milchig blauer Stoff. Sie hat nicht mehr lange zu leben. Trotzdem bin ich überzeugt, dass sie mich erkennt und genau versteht, was ich sage – und warum ich es sage.

Der rothaarige Pfleger, der zu seinem iPod abgerockt hat, erhebt sich schnell von seinem Stuhl. Er zupft sich die Ohrstöpsel heraus und will mich hinausbringen, aber Hettie dreht sich wie eine Schildkröte um und winkt ihn mit schwacher Hand aus dem Zimmer. Ich habe an ihrem Geisteszustand gezweifelt – und tue es noch –, aber ich weiß, dass sie in diesem Moment ganz klar ist. Warum sonst sollte sie unter vier Augen mit mir sein wollen. Sie weiß, wessen ich sie gleich beschuldigen werde.

»Sie sind noch da«, murmelt Hettie. »Ich dachte, Sie wären mit ihm zusammen abgereist.«

Die Vorhänge sind heute zurückgezogen, und das hell erleuchtete Zimmer wirkt weniger wie ein Grab als damals,

als ich zum ersten Mal hier war. Auf einem Tisch neben ihrem Bett entdecke ich den Topf mit den weißen Narzissen, die Noah ihr vor Wochen geschenkt hat und die jetzt in voller Blüte sind. Ich stehe am Fuß ihres Bettes, in Sonnenschein getaucht, und wünschte, ich könnte sie befragen und mich gleichzeitig sofort auf die Suche nach Noah machen.

»Haben Sie ihm gesagt, dass er Ihr Sohn ist?«

»Er glaubt mir nicht.« Sie sieht so zerbrechlich aus, wie sie in ihrem geblümten Nachthemd daliegt, die Finger um das Geländer ihres Krankenhausbettes gekrallt. Es ist schwer zu glauben, dass sie eine so unglaubliche Lüge all die Jahre hat aufrechterhalten können. »Ich habe zu lange gewartet, nun glaubt er mir nicht mehr.«

»Wann haben Sie es ihm gesagt?« Ich kann Noah nicht übel nehmen, dass er Geheimnisse hat, ich habe ja selbst genug eigene, aber ich möchte wissen, wie lange er das schon mit sich herumschleppt. Wenn er es nicht geglaubt hat, warum sollte er es mir dann verschweigen?

»Ich habe es ihm neulich Abend gesagt«, erwidert Hettie vage. »Er sagte, er müsse gehen, da er nicht mehr willkommen wäre. Ich sagte ihm: ›Schatz, in meinem Haus bist du immer willkommen, du bist mein Kind‹. Ich versuchte es ihm zu erklären.« Sie schließt die Augen. »Er hat mich bloß angesehen, als wäre ich eine Verrückte.«

Sie spricht von letztem Freitag, begreife ich, dem Tag, als Andre und Jules ihn gefeuert haben. Ich hatte gedacht, Noah stünde wegen des Verlusts des Auftrags unter Schock, und ich bin mir sicher, so war es auch zunächst. Aber nachdem er zurück ins Haus gegangen war, um sein Handy zu holen, wurde er grüblerisch und verschlossen – so sehr, dass ich dachte, er hätte vielleicht versucht, Jules zu vergiften.

Jetzt verstehe ich. Er muss Hettie Lebewohl gesagt und dann mehr zu hören bekommen haben, als ihm lieb war. Auch wenn er ihr zunächst nicht geglaubt hat, die Saat des Zweifels war gelegt.

Es gibt so viele Lügen in meinem Leben, hat er gesagt, *dass ich gar nicht mehr weiß, wer ich wirklich bin*. Doch er hat es gewusst. Ein Teil von ihm wusste, dass Hettie nicht von einer senilen Wolke aus zu ihm sprach. Wenn überhaupt, machte ihr verwirrter Geist sie bloß ehrlicher, unfähiger, ihre Rolle weiterzuspielen – wie die letzten dreißig Jahre lang.

»Er denkt nicht, dass Sie verrückt sind«, erkläre ich ihr langsam. »Er wünscht sich, Sie wären es.«

»Er hat mich heute Morgen nach einem Beweis gefragt«, sagt sie. »Ich habe aber nichts als mein Wort, und Sie wissen, was das wert ist.«

»Er war heute Morgen hier?« Ich kann es kaum glauben. »Noah? Ich meine, Gabriel?«

»Er war hier und ist dann wieder gegangen. Sind Sie nicht mit ihm zusammen gekommen?«

»Nein.« Es kränkt mich, dass er sich nicht bei mir gemeldet hat, obwohl ich allmählich die Ungeheuerlichkeit dessen verstehe, was er gerade begreifen muss.

Hettie befingert den Spitzenkragen ihres Nachthemds. »Er war so distanziert. Immer wieder hat er nach einer Frau gefragt, die früher hier gearbeitet hat. Und dann ist er gegangen.«

»Violet Johnson«, murmle ich. »Er denkt, das ist seine Mutter.«

Sie starrt die Kante ihrer Bettdecke an. »Ach ja. Ich hatte ihren Namen vergessen.«

»Sagen Sie mir, wie Sie es gemacht haben.« Ich ziehe einen Fußhocker mit einem mauvefarbenen Kissen mit Quasten zum Bett heran und setze mich neben sie. »Das FBI hatte Maddie und Jack monatelang nach der Entführung unter Beobachtung. Wo war Gabriel die ganze Zeit?«

Ich erwarte Ausflüchte, doch Hettie zeigt sich überraschend offen. »Maddie hatte eine Schwester in Texas«, antwortet sie. »Die hatte eine kleine Tagesstätte bei sich zu Hause. Sie hat ihn eine Weile aufgenommen.«

»Und niemand hat sie je überprüft?« Wenn man bedenkt, dass Maddie und Jack komplett durchleuchtet wurden, wäre das erstaunlich.

»Oh, das FBI war wohl ein paarmal dort, um sich nach Maddie zu erkundigen und Fragen zu stellen. Da hat Gabriel gerade mit den anderen Kindern gespielt. So haben sie es nicht gemerkt.« Sie lächelt schwach über ihre Unfähigkeit.

Ich bin weniger amüsiert. »Das FBI hat den Jungen, nach dem sie suchten, nicht erkannt, obwohl er direkt vor ihrer Nase spielte?«

»Sie hatte ihm die Haare ganz kurz geschnitten und blond gefärbt. Ich nehme an, er sah anders aus.«

Verstecken, ohne zu verstecken. Angesichts der Aufmerksamkeit, die dieser Fall erfahren hat, bin ich von der Schlichtheit des Plans irgendwie enttäuscht. »Dann haben Maddie und Jack ihn irgendwann geholt, und das war's? Sie haben ihn aufgezogen?«

»Sie haben seinen Namen geändert«, sagt Hettie. »Sie sind von der Bildfläche verschwunden und haben ihn als Noah Palmer aufgezogen.«

»Palmer«, wiederhole ich. »So heißt er also? Noah Palmer?« Ich versuche mich zu erinnern, ob Noah mir je ausdrücklich gesagt hat, dass sein Nachname Lauchlin ist. Aber erfolglos. Ich habe es immer so angenommen, wegen seines Vaters und seinen Großeltern. Ein anderer Familienname könnte erklären, warum Minot nichts über ihn gefunden hat.

»Noah Palmer«, bestätigt mir Hettie. »Als er älter wurde und wissen wollte, warum sein Nachname ein anderer war als ihrer, hat Maddie es einfach auf die Reporter geschoben und ihm gesagt, dass sie ihn aus der ganzen Presse rund um die Deveau-Entführung hatten heraushalten wollen.«

»Aber wie haben Sie …« Ich kann nicht fassen, dass sie damit durchgekommen sind. »Ich meine, er hat ein Unternehmen. Er bezahlt Steuern. Juristisch gesehen existiert Noah Palmer doch, oder?«

»Oh ja.« Sie lächelt. »Es hat Jahre gedauert, aber ich habe Maddie und Jack bei der Beschaffung der Papiere für ihn geholfen.«

Es muss schön sein, wenn man reich ist und Beziehungen hat. »Und Violet Johnson? Wie ist ihr Name auf der Geburtsurkunde gelandet?«

»Sie hatte ein paar Jahre zuvor für uns gearbeitet«, erklärt Hettie. »Wir hatten ihre Sozialversicherungsnummer, ihr Geburtsdatum. Sie war ungefähr im richtigen Alter.«

»Und Neville hat nie davon erfahren?«

Sie erschaudert. »Gott, nein. Er wusste, dass ich mit Maddie und Jack Kontakt hielt, aber nicht, was … was wir getan hatten. Niemand wusste davon. Nicht mal Gabriel.« Mit großer Anstrengung hebt sich Hettie von ihrem Kissenberg und lehnt sich zu mir. »Sie haben ihm gesagt, seine Mama wäre tot. Manchmal habe ich mir gewünscht, es wäre so.«

Immer wieder muss ich an den kleinen Noah denken, der in Texas bei einer Großtante lebte, die er kaum kannte, weil er ganz plötzlich aus seinem früheren Leben gerissen worden war. Für Keegan war es schon schwer genug gewesen, als sein Vater auszog, und er hatte immer noch mich, das Haus und seine übliche Routine. Aber Noah hat alles verloren. Mit nicht mal drei Jahren hat er alle und alles verloren.

»Haben Sie ihm von Sean erzählt? Haben Sie ihm gesagt, dass sein Vater tot ist?«

Zum ersten Mal spüre ich ein Widerstreben in ihrer Antwort. »Andre hat mir gesagt, dass Sie sich nach Sean erkundigt haben«, antwortet Hettie. »Er hat sich deswegen Sorgen gemacht.«

Andre muss von Anfang an gewusst haben, wem diese Knochen in der Zuckermühle gehörten. Wie ist er überhaupt in diesen ganzen Schlamassel hineingeraten? Er war damals erst achtzehn. Sicher hat Hettie ihn nicht absichtlich mit hineingezogen. Hat er womöglich zufällig Seans Brief gefunden und selbst eins und eins zusammengezählt?

»Ich bin nicht hier, um Ihnen allen Ärger zu machen«, sage ich.

»Ich weiß. Sie würden Gabriel nicht wehtun.« Sie ist so überzeugt von einer Bindung zwischen Noah und mir. Hat er ihr von mir erzählt, oder hat sie ihre eigenen wilden Schlüsse gezogen? »Ich bin froh, dass er sich eine intelligente Frau ausgesucht hat. Ich war nie so eine. Sonst hätte Neville mich auch nicht geheiratet.« Sie mustert mich. »Sie haben meinem Sohn nicht alles erzählt, nicht wahr?«

»Es ist nicht an mir, es ihm beizubringen.«

»Sie sind eine intelligente Frau«, sagt sie wieder.

Ich bin nicht an ihren Komplimenten interessiert. »Man hat Sean gefunden. Dort, wo er vergraben wurde.«

Sie sinkt auf das Krankenhausbett zurück. »Andre hat es mir erzählt«, sagt sie. »Ich wusste, es würde eines Tages geschehen. Ich glaube, in mancherlei Hinsicht ist es eine Erleichterung.« Ich weiß immer noch nicht, ob sie selbst ihn vergraben hat.

»Das FBI wird mit Ihnen sprechen wollen.«

»Das haben sie schon. Ein paar Männer sind neulich gekommen, um sich nach Sean zu erkundigen.«

»Was haben Sie ihnen gesagt?«

Sie runzelt die Stirn. »Gar nichts. Ich habe so getan, als würde ich die Fragen nicht verstehen und nicht wissen, wovon sie reden. Als die Pfleger ihnen sagten, dass ich unter Demenz leide, haben sie aufgehört. Allerdings lassen sie seitdem Andre und meinen Mädchen keine Ruhe.«

Ich frage mich, ob die Zwillinge ebenfalls Bescheid wissen. Vermutlich nicht. Immerhin sind Sydney und Brigitte diejenigen, die die neugierigen Autoren hierhin eingeladen haben. Sie scheinen blind dafür, was ihre Familie alles zu verbergen hat.

Obgleich sie das Thema von Seans Tod bisher gemieden hat, bin ich überzeugt, dass etwas in Hettie darüber reden möchte. Dass sie ihr Herz erleichtern und sich erklären will.

»Warum?«, frage ich und lasse die Frage absichtlich so offen. »Warum haben Sie es getan?«

Sie presst die Finger an die Lippen und bietet mir endlich eine Antwort. »Ich war so allein«, flüstert sie. »Das ist keine Entschuldigung, ich weiß. Aber ich dachte … dass ich mich damit vielleicht retten kann.«

Ich weiß nicht, ob das ein Grund für die Affäre oder den Mord sein soll. So oder so, ich bin neugierig.

»Ich wusste immer schon, dass Sean ein bisschen verknallt in mich war«, fährt sie fort. »Neville und ich haben oft darüber gelacht, damals, als er noch ein Kind war. Er war so jung. Sechzehn vielleicht? Ich war elf Jahre älter als er. Ich hatte nie auf diese Art an ihn gedacht, glauben Sie mir.«

»Wann haben Sie angefangen mit …« Ich möchte nicht taktlos klingen.

Hettie rutscht auf dem Bett herum, wobei sie bei jeder Bewegung das Gesicht verzieht, und ein paar schuldbewusste Sekunden lang werde ich daran erinnert, dass sie sterbenskrank ist. Sie hat Schmerzen. Menschlich wäre es jetzt, einen Pfleger zu rufen und nach Medikamenten zu fragen, aber ich möchte nicht, dass die Drogen ihren Geist vernebeln.

»Es war an meinem neununddreißigsten Geburtstag«, sagt sie. »Neville war in Atlanta mit einer Frau. Er dachte, ich hätte keine Ahnung, aber ich wusste Bescheid.« Doch sie fängt sich wieder, will unbedingt ihre Geschichte erzählen. »Die Kinder waren im Internat. Und sie hatten es vergessen, Neville und die Kinder, sie alle hatten meinen Geburtstag vergessen. Aber Sean, er war auf Urlaub da, zu Besuch bei seinen Eltern – und er hatte dran gedacht. Er sagte: ›Wie geht's, Geburtstagskind?‹« Sie schüttelt den Kopf, und ihr stoßweiser Atem wird ein wenig ruhiger. »Nur ein klitzekleines bisschen Freundlichkeit. Das war alles, was ich brauchte.«

Ich lehne mich gegen das Geländer des Krankenhausbettes und bin versucht, sie zu berühren, denn gegen meinen Willen empfinde ich Mitgefühl für sie, weil sie damals so einsam war. Ich kann die Blumen auf ihrem Nachttisch riechen, ihren schweren, süßlichen Duft. »Haben Sie ihn geliebt?«

Sie richtet den Blick auf mich. »Oh, Liebe oder Verzweiflung, wo ist da der Unterschied? Er war etwas, auf das ich mich freuen konnte.« Ihr Gesicht fällt leicht in sich zusammen, als sie daran zurückdenkt. »Er hatte so große Pläne für uns. Es war nicht richtig, und ich habe es auch nie für richtig gehalten. Ich wusste nur nicht, wie ich damit aufhören sollte.«

»Ich habe einen seiner Briefe gefunden«, sage ich ihr. »Er hat Sie gebeten, mit ihm durchzubrennen.«

Sie lächelt leicht. »Damit hat er angefangen, sobald er herausfand, dass ich schwanger bin. Er wollte, dass ich Gabriel nehme und einfach gehe. Eine Familie gründen, nur wir drei. Ich wusste aber, dass es komplizierter war, und ich hatte drei weitere Kinder, an die ich denken musste. Also haben wir jeden Monat ein wenig Geld beiseitegelegt und darüber gesprochen, wie es werden wird, wie wir nach Mexiko durchbrennen, wo Neville uns nicht finden könnte.« Hettie drückt, jetzt traurig geworden, ihre Wange an das Kissen. »Maddie und Jack haben das Geld später für Gabriel verwendet.«

»Dann wussten Seans Eltern von der Affäre?«

»Oh ja. Die arme Maddie musste uns oft decken. Wegen uns hat sie schreckliche Ängste ausgestanden.«

Jetzt verstehe ich, warum Maddie und Jack so gegen die geheimnisvolle Freundin ihres Sohnes waren – und wie hilflos sie sich gefühlt haben mussten. Auf der einen Seite hatte Maddie den Luxus, ihren geliebten Enkel großzuziehen. Auf der anderen war Neville für sein aufbrausendes Temperament bekannt. Maddie muss gespürt haben, in welcher Gefahr ihr Sohn war. Aber was hätte sie tun sollen? Sich weigern, dem Paar zu helfen und Nevilles Zorn zu riskieren?

»Haben Sie tatsächlich daran gedacht, nach Mexiko zu gehen?« Wegzulaufen ist sicher nicht die perfekte Lösung gewesen, aber jahrelange Heimlichtuerei scheint mir noch schlimmer zu sein.

Hettie überlegt. »Es kam mir nie real vor«, gibt sie zu. »Es war schön, darüber zu reden. Dann fühlte ich mich … als hätte ich die Wahl. Aber es kam mir nie real vor.«

»Hat Sean gedroht, es Neville zu sagen?«

»Nein«, antwortet sie. »So war Sean nicht. Er wollte, dass ich aus Liebe gehe, nicht aus Angst. Am Ende forderte er mich auf, zu wählen, jetzt oder nie. Und ich war ein Feigling. Ich entschied mich für nie.«

»Und das war im Juni, zwei Monate bevor Gabriel verschwand?«

»Ja.«

Doch etwas passt nicht zusammen. Wenn sie nicht versucht hat, Neville zu verlassen, und Sean nicht geplaudert hat …

»Warum musste Sean sterben?«

Schweigen.

Nichts, außer ihrem Atem. Ein hässliches, flaches Schnappen nach Luft, gefolgt von einem langen, stöhnenden Seufzer. »Weil er zurückkam«, sagt sie. »In der Nacht, in der er uns verlassen wollte. Er kam zurück zum Haus und versuchte, sich Gabriel zu holen.«

»Da haben Sie ihn getötet?«

Hettie will mich nicht ansehen. Sie dreht den Kopf weg. »Gott wird mich richten«, sagt sie matt. »Ich habe dreißig Jahre lang mit diesem Wissen gelebt. Glauben Sie mir, das vergesse ich nie.«

»Aber ich verstehe nicht …«

Abwehrend hält sie eine zitternde Hand in die Höhe. »Bitte. Es war furchtbar, und ich würde es rückgängig machen, wenn ich könnte. Aber verstehen Sie nicht? Ich musste doch meinen Sohn beschützen. Lassen Sie es bitte gut sein.«

Du Närrin. Glaubst du wirklich, du könntest deinen verlorenen Sohn wiederbekommen, ohne die Verantwortung für das zu übernehmen, was mit seinem Vater passiert ist? Aber Sean zu töten ist nicht das schlimmste ihrer Verbrechen, zumindest nicht, was mich angeht.

»Wie konnten Sie nur?«, frage ich. »Einfach Ihr eigenes Kind weggeben?«

»Er ist in Sicherheit«, sagt sie schlicht. »Als er bei mir war, musste ich mir immer Sorgen machen. Was wäre geschehen, wenn Neville es herausgefunden hätte? Was, wenn – ich weiß nicht – ein Bluttest gemacht worden und herausgekommen wäre, dass Gabriel nicht sein Sohn ist? Mein Ehemann hätte ihn vielleicht umgebracht. Uns beide umgebracht.«

Die wahre Mutter des Jungen war bereit, ihr Kind aufzugeben, um es zu beschützen.

Insgeheim frage ich mich, inwieweit Hetties Entscheidung eher von Eigennutz und weniger von mütterlicher Opferbereitschaft getrieben war. Doch ich behalte meine Gedanken für mich.

Hettie spürt, dass sie mich nicht überzeugt hat. »Ich habe das Richtige getan«, sagt sie beharrlich. »Sehen Sie sich ihn doch an. Er ist in Sicherheit, und er ist glücklich. Sie kennen meine Kinder. Andre und die Mädchen, kommen sie Ihnen glücklich vor?« Sie beantwortet ihre eigene Frage. »Nein. Sie können nie genug kriegen. Aber Gabriel … Er ist anders. Er fühlt sich wohl in seiner Haut.«

Sie hat recht, aber ich bin nicht sicher, ob das reicht, um ihren Verrat zu rechtfertigen, die Hölle, durch die sie ihren Mann hat gehen lassen.

Hetties Gesicht wird weich. »Sie lieben meinen Sohn, nicht wahr?«

»Ich glaube, ja.« Ich spüre, wie ich rot werde, als ich an all die schrecklichen Dinge denke, derer ich Noah bis vor einer Stunde verdächtigt habe.

»Er wäre nicht der Mann, den Sie lieben, wenn er geblieben wäre.«

In diesem einen Punkt glaube ich ihr. Plötzlich schnappt sie wieder nach Luft, und ihr Gesicht verzieht sich qualvoll. Ich kann ihr das nicht mehr länger antun.

»Ich schicke den Pfleger herein«, verspreche ich ihr. »Sie sehen aus, als könnten Sie ein paar Schmerzmittel gebrauchen.«

»Warten Sie.« Ihre Stimme ist rau und kläglich. »Sagen Sie Gabriel, er soll zurückkommen. Sagen Sie ihm, er soll mir vergeben. Bitte. Ich möchte nicht allein sein.«

Die Selbstsucht, die in dieser Bitte liegt, macht mich wütend. Zu keinem Zeitpunkt nimmt sie Rücksicht auf Noahs Gefühle, verschwendet keinen Gedanken daran, wie sehr sie sein Selbstbild erschüttert hat. Ich dachte immer, meine Mutter wäre die schlechteste Mutter aller Zeiten gewesen, doch mittlerweile finde ich, dass Hettie sie noch aussticht. Zumindest hat meine Mutter, nachdem sie abgehauen war, keine Versuche unternommen, mich unter Vorspiegelung falscher Tatsachen zurückzulocken. Das ganze Gartenbauprojekt war offensichtlich von Anfang an nur ein Vorwand gewesen, den Hettie sich ausgedacht hatte, um ihren Sohn zurück nach Evangeline zu holen. Und selbst jetzt noch, nachdem sie Noah die Wahrheit gesagt hat, pickt sie sich die Rosinen heraus. Sie will das schöne warme Gefühl, Mutter zu sein, aber keine Schuldgefühle wegen Sean.

Ich habe keine Lust, bei Noah ein gutes Wort für sie einzulegen, egal wie sehr sie auch bettelt, doch die Frage stellt sich ohnehin nicht, denn da gibt es ein Problem.

»Tut mir leid.« Ich blicke nicht zurück, damit sie mir nicht ansieht, wie verletzt ich bin. »Ich kann es ihm nicht sagen, wenn ich nicht weiß, wo er ist.«

32

Ich möchte ihn finden. Natürlich möchte ich das. Ich stehe in der prächtigen Eingangshalle von Evangeline und überlege, was ich als Nächstes tun soll. Ich kann nur erahnen, was Noah fühlen muss. Da erfährt er die niederschmetterndsten Neuigkeiten seines Lebens – dass seine Mutter nicht gestorben ist, sondern ihn freiwillig weggegeben hat. Und dass seine Großeltern gelogen haben, dass also die Person, für die er sich gehalten hat, eine Erfindung ist – und muss ganz allein damit fertigwerden. Dabei weiß er noch nicht einmal alles. Er hat keine Ahnung, dass sein Vater tot ist. Und dass Hettie dafür verantwortlich ist.

Wenn ich an Hetties Version der Ereignisse glaube, dann ist der Mann, von dem Noah dachte, er hätte ihn verlassen, bei dem Versuch, ihn zurückzubekommen, umgekommen. Doch die Geschichte hinkt. Laut Detective Minot wurde mindestens einmal von hinten auf Sean geschossen, eine Kugel in den Hinterkopf. Das heißt, sie kann ihn unmöglich im Haus erschossen haben – dann hätte die Kriminaltechnik bei der Suche nach Gabriel Spuren von Blut gefunden. Blieb Hettie tatsächlich genug Zeit, um ins Arbeitszimmer zu rennen, eine von Nevilles Waffen aus dem Safe zu holen und dann wieder nach draußen zu laufen, um ihn zu erschießen? Eine Schusswaffe, das beweist Vorsatz, und nicht »Oh du meine Güte, dieser Mann will mit meinem Kind abhauen«. Ich versuche mir die Szene vorzustellen, wie sie

Sean anfleht, ihren Sohn zurückzulassen, und Sean, der sich weigert. Gabriel hätte doch sicherlich Anzeichen für ein emotionales Trauma gezeigt, wenn er Zeuge gewesen wäre, wie jemand erschossen wurde. Doch niemand hatte von Veränderungen seines Verhaltens in diesem Sommer berichtet. Und falls Hettie Sean getötet hatte, um ihn daran zu hindern, Gabriel mitzunehmen, warum war sie dann auf einmal bereit, sich im August von ihrem Kind zu trennen und es Maddie und Jack aufzuzwingen?

Das passt nicht zusammen.

Ich laufe in der Eingangshalle auf und ab, achtlose Blicke auf die steifen Kunstwerke werfend. Wie seltsam, dass Noah, der so locker und zwanglos ist, seine ersten Lebensjahre in dieser eleganten, formellen Umgebung verbracht hat. Noah – mit seinen Jeans und den Cowboy-Boots – war früher mal ein Kleinkind mit langen Haaren, in Polohemden und Bootsschuhen.

Hettie hat recht. Er wäre nicht der Mann, der er heute ist, wenn sie ihn nicht aufgegeben hätte. Und ich bin mir ziemlich sicher, dass ich mit diesem Mann zusammen sein möchte. Wenn ich ihn nur ausfindig machen könnte.

Ich weiß nicht, was Noah in den achtundvierzig Stunden, seit er mich vor Evangeline abgesetzt hat, getrieben hat, aber ich glaube nicht länger, dass es etwas mit Gartengestaltung zu tun hat. Wenn ich Noah wäre und mit der verstörenden Idee zu kämpfen hätte, dass ich nicht der bin, für den ich mich immer gehalten habe, was würde ich dann tun? Nachforschen. Erkundigungen einziehen. Nach Löchern in der Geschichte suchen, die ihm Maddie und Jack all die Jahre über erzählt haben. Alle Informationen zusammensuchen, die ich über Violet Johnson finden kann. Wenn

Hettie die Wahrheit sagt und er tatsächlich heute Morgen hier gewesen ist, um einen Beweis für seine Identität zu verlangen, dann weiß er vermutlich schon mehr. Was heißt, dass er auch nichts gefunden hat, das ihre Behauptung widerlegt.

Also, wo könnte er sein? Versucht er an Violets Geburtsurkunde im Standesamt zu kommen? Durchforstet er alle Ahnenforschungsseiten im Internet? Vielleicht hat er sich in seine mentale Männerhöhle zurückgezogen, um das alles zu verarbeiten. Genauso gut könnte er auch zurück nach Texas gefahren sein.

Ohne mich.

Ich kann nur vermuten, was für Auswirkungen der Zeitpunkt von Hetties Geständnis auf Noahs Beziehung zu mir gehabt haben mag. Ehrlich gesagt weiß ich nicht, wie er Mardi Gras überstanden hat, wenn ihm das die ganze Zeit im Kopf herumging. Verdrängung, nehme ich an. Der Ausflug ist wahrscheinlich eine willkommene Ablenkung gewesen, um einer Wahrheit zu entfliehen, für die er noch nicht bereit war. Wenn das so ist, auch gut. Aber ich habe das Recht, es von ihm selbst zu hören.

Ich sage mir, dass er ja weiß, wo ich bin. Hettie hatte wohl beim Sicherheitsdienst ein gutes Wort für ihn eingelegt, wenn er heute Morgen vorbeigekommen ist. Ich muss nur warten. *Wenn er dich sehen will, wird er schon kommen.*

Und wenn nicht?

Vor dem Arbeitszimmer bleibe ich stehen. Die Tür ist geschlossen, aber der Raum ist nicht mehr mit Polizeiband abgesperrt. Die Spurensicherung muss gestern mit der Arbeit fertig geworden sein. Ich bin froh, dass Noah anscheinend doch nicht für Jules' Überdosis verantwortlich ist, trotzdem verspüre ich einen Anflug von Traurigkeit. Vor allem um Andres willen, dessen offen zur Schau getragene Angst und Sorge allgemeinen Spekulationen über ihre Beziehung Tür und Tor geöffnet hat.

Hatte Jules aus Verzweiflung oder aus Bosheit gehandelt? Das frage ich mich. Um andere für ein echtes oder eingebildetes Vergehen zu bestrafen? Vielleicht war Jules es leid, auf Abstand gehalten zu werden und etwas vorgeben zu müssen, was er nicht ist. Ich stelle mir vor, wie er einen Tequila Sunrise nach dem anderen kippt, nachdem er seine Flasche Ambien darin aufgelöst hat, und mit düsterer Befriedigung daran denkt, wie er Andre damit quält.

»Sie sind ja noch da.«

Wenn man vom Teufel spricht. Als ich mich umdrehe, erblicke ich einen unrasierten und zerzausten Andre an der Haustür. Er trägt einen langen, zerknitterten Mantel und feine Lederhandschuhe, die vermutlich in Italien für ihn maßgeschneidert wurden. Ich nehme an, dass er die ganze Nacht bei Jules im Krankenhaus war, um an seinem Bett zu wachen.

»Ich habe gehört, Sie wollen abreisen«, sagt er. »Schön, dass ich Sie noch erwischt habe.«

Er sieht fürchterlich aus. Ich frage mich, wie lange er nicht geduscht hat. »Wie geht es Jules?«, frage ich.

Er zuckt die Achseln. »Zwischen Leben und Tod. Unverändert.« Er betrachtet mich mit blutunterlaufenen Augen. »Wollten Sie wirklich gehen, ohne sich zu verabschieden?«

Die kurze Antwort ist: ja. An Andre hatte ich bei meinen Planungen keinen Gedanken verschwendet. »Ich wollte Ihnen nicht zur Last fallen. Ich dachte, Sie hätten im Moment genug am Hals.«

Er lacht, ein dünner, freudloser Laut. »Ja, das kann man wohl sagen. Ich habe sehr, sehr viel am Hals.« Er kommt ein paar Schritte näher und mustert mich eindringlich. Mir fällt ein, dass ich vermutlich auch ziemlich mitgenommen aussehe. »Was machen Sie hier im Haus? Außer meiner Mutter ist niemand hier.«

»Ich weiß.« Ich bin zu aufgewühlt, um zu lügen, und er sieht aus, als wüsste er sehr wohl, warum ich hier bin. »Ich habe gerade mit ihr gesprochen.«

»Worüber? Ihnen ist doch bekannt, dass sie keine Besucher empfangen darf.« Seine Stimme ist schrill und anklagend.

Ich würde gerne Nachsicht mit ihm zeigen – schließlich macht er eine schwere Zeit durch –, doch ich vertraue Andre nicht länger. Egal wie offen er sich mir gegenüber gezeigt hat, er hat Informationen vor mir zurückgehalten und versucht mich auszuhorchen, um es dann brühwarm seiner Mutter weiterzuerzählen. Jede Begegnung mit ihm war bisher wie ein vorsichtiger Tanz, in dem ich versucht habe, die Wahrheit aus ihm herauszulocken, während er mich abgelenkt und irregeführt hat. Als er mich einmal beschuldigte, eine FBI-Agentin zu sein, undercover, hat er vielleicht sein wahres Gesicht gezeigt. Wie paranoid er ist.

»Ich wollte … Ihrer Mutter lediglich für ihre Gastfreundschaft danken.« Ich kann ihm kaum in die Augen sehen. Hoffentlich können wir eine Szene vermeiden; er sieht aus, als würde er gleich in die Luft gehen. »Wir haben uns ein bisschen unterhalten.«

»Was hat sie Ihnen erzählt?« Sein Ton sagt mir, dass er mir kein Wort glaubt.

Ich gebe auf. »Alles, nehme ich an.« Ich seufze. »So gut wie alles.«

Andre fährt sich mit der Hand durchs Haar und beginnt in der Eingangshalle auf und ab zu gehen. »Ich wusste es.« Er schüttelt bitter den Kopf. »Ihr kann es ja egal sein. Sie hat nichts zu verlieren.«

Fast hätte ich ihn gefragt, was er denn meint, das er zu verlieren hätte, doch mittlerweile bin ich so weit, dass ich nur noch Noah finden will. »Es ist es nicht wert, sich darüber aufzuregen, Andre. Das meiste habe ich sowieso selbst rausgefunden.«

»Oh?« Er rammt die Hände in die Taschen seines Mantels. »Wie denn das?«

»Ich stieß auf einen Brief, den Sean an Ihre Mutter geschrieben hat. Am Tag, als er starb.«

Das Blut weicht aus seinem Gesicht. Er weiß *ganz genau*, von welchem Brief ich rede. »Wo haben Sie … haben Sie jemandem davon erzählt?«

»Nein«, antworte ich. »Und ich habe auch nicht das Bedürfnis, es zu tun.«

»Wo ist der Brief jetzt?«, drängt mich Andre.

Er wirkt so aufgeregt, dass ich einen wunden Punkt getroffen haben muss. »Er ist in meinem Gästecottage«, sage ich langsam.

»Dann werden wir ihn holen. Ich möchte ihn zurückbekommen.«

Was hat Andre für ein Interesse daran? Ganz offensichtlich beunruhigt ihn die Tatsache, dass seine Mutter mir die Wahrheit gesagt hat, und er fühlt sich von dem Inhalt von Seans Brief bedroht. Doch wovor hat er Angst? Vor der schlechten Presse für die Familie und das Hotelgeschäft? Ich hatte immer das Gefühl, dass er sich eher aus Pflichtgefühl um die Firma kümmert, nicht aus Neigung. Glaubt er wirklich, der Staatsanwalt würde ihm noch nach dreißig Jahren mit Behinderung der Justiz kommen? Ich bin kein Anwalt, aber ich dachte immer, die Verjährungsfrist gelte für alles außer Mord. Oder hat Andre mehr auf dem Gewissen, als man mich hat glauben lassen?

Ich überlege. Vielleicht hat mir Hettie doch nicht alles gesagt. Sie hat die Schuld für Seans Tod auf sich genommen – *Gott wird mich richten*, sagte sie. Doch sie hat nie wirklich gestanden, ihn getötet zu haben. Vielleicht war sie es gar nicht. Sie hat mir deutlich gesagt, dass sie ihren Sohn schützen musste. *Welchen* Sohn?

Aus seinem Inhalt hatte ich irrtümlich geschlossen, dass Seans Brief an Andre gerichtet war, nicht an Hettie. Könnte Andre denselben Fehler gemacht haben? Er war, wie er selbst zugegeben hat, verliebt in Sean. Sogar wenn Seans Motiv ganz unschuldig gewesen war, als er ihm das Buch mit den Sonetten schenkte, könnte Andre doch fälschlicherweise gedacht haben, es wäre eine romantische Geste. Und als er dann später diesen Brief gefunden hat … Ich stelle mir vor, wie er Seans Worte liest und sich darüber freut, dass jemand seine Gefühle erwidert, dass jemand gesehen hat, wer er war, und ihn akzeptierte. Falls er nicht von der Beziehung zwischen Hettie und Sean wusste, könnte er in diese Worte leicht das hineingelesen haben, wonach er sich sehnte: Sean lud ihn ein, Neville zu entfliehen und ein neues Leben zu beginnen. Und es war gut möglich, dass Andre diesen Vorschlag sehr viel verlockender fand als Hettie.

Ich sehe den schlanken, grauhaarigen Mann vor mir an. Sein Blick ist wild, er ist am Ende seiner Kräfte, zum Äußersten entschlossen, um alle Stimmen aus seiner Vergangenheit zum Schweigen bringen – in der Gegenwart gibt es genug, mit dem er fertigwerden muss. Es fällt leicht, sich ihn als Teenager vorzustellen, gefangen zwischen dem brennenden Verlangen nach Anerkennung und dem Traum, alles hinter sich zu lassen. Er war jung. Verliebt. Natürlich hätte er sich für Sean entschieden.

»Sind Sie an diesem Abend zu ihm gegangen?«, frage ich leise. Alles ergibt jetzt einen Sinn. Warum Andre derart in Panik gerät. Warum Hettie sich die Schuld gibt. »Haben Sie Seans Brief gefunden und sind dann zu ihm gegangen?«

Andre kneift die Augen zusammen und holt ein paarmal tief Luft, als würde er eine Angstbewältigungstechnik anwenden. »Ich will bloß den Brief zurück«, sagt er. »Er gehört Ihnen nicht. Sie haben kein Recht darauf.«

»Ihnen gehört er auch nicht«, erwidere ich. »Sie wissen, dass dieser Brief für Ihre Mutter bestimmt war.«

Er fasst sich an den Bauch, als müsste er sich erbrechen. »Dreißig Jahre«, flüstert er, »und auf einmal kann sie ihre verdammte Klappe nicht mehr halten.«

»Ich nehme an, Sie hatten bis zu jenem Abend nicht gewusst, dass sie etwas miteinander hatten.«

Stumm schüttelt er den Kopf.

»War sie bei ihm? Haben Sie sie zusammen überrascht?«

»Nein.« Er sinkt zurück gegen die Wand. »Sie hat den Brief nie bekommen. Er hat in der Zuckermühle auf sie gewartet, aber statt ihrer bin ich aufgetaucht.« Er hat den Mantel und die Handschuhe immer noch nicht ausgezogen. Es liegt etwas Mitleiderregendes in der Art, wie er hier in der Empfangshalle steht, als wäre dies nicht sein Haus.

»Wo hatten Sie die Pistole her?«

»Sie gehörte meinem Vater. Er war an diesem Abend zu Hause, deswegen habe ich sie mitgebracht. Ich dachte ... falls er dahinterkommt, falls er versucht, mich aufzuhalten …« Seine blauen Augen füllen sich mit Tränen, aber er lächelt. Ein schmerzliches Lächeln. »Komisch, nicht wahr? Ich war bereit, alles für ihn aufzugeben.«

»Dann sind Sie also aufgetaucht, bereit, mit ihm zu gehen, und was dann? Hat er Ihnen gesagt, dass er Ihre Mutter liebt?«

Andre wirft einen Blick zur Treppe. »Die Pflegerin meiner Mutter«, sagt er mit leiser Stimme, »kann sie uns hören?«

»Der rothaarige Typ hat Dienst«, kläre ich ihn auf. »Und der hat ständig den iPod in den Ohren und hört überhaupt nichts, versprochen.«

»Okay.« Andre schluckt, entschlossen, vermute ich, endlich reinen Tisch zu machen. »Es war spät. Meine Eltern waren schon zu Bett gegangen. Ich wartete draußen vor dem Haus in meinem Wagen. Mit gepacktem Koffer und so weiter. Die Pistole steckte in meiner Hosentasche, nur für den Fall.«

»Für den Fall, dass Ihr Vater auftaucht.«

Selbst hier im Haus und in seinem Mantel scheint Andre kalt zu sein. Er schlingt die Arme um sich und erschaudert. »Sean kam aus dem Haus, mit Gabriel in den Armen, und fuhr dann weg. Ich war verwirrt, aber ich folgte ihm in meinem Wagen bis zur Zuckermühle.«

Dann stimmte dieser Teil von Hetties Geschichte also: Sean kam zurück, um sein Kind zu holen. Er wollte Noah nicht zurücklassen.

»Als ich aus dem Wagen stieg, benahm er sich … eigenartig. Ich fragte ihn, ob er Gabriel mitnehmen wolle, und er antwortete, ja. Ich fragte warum, und er sagte, ich solle nach Hause gehen. ›Ich habe deinen Brief bekommen‹, sagte ich. ›Ich komme mit dir.‹«

»Da hat er Ihnen die Wahrheit gesagt.« Ich kann fast verstehen, warum Andre Sean umgebracht hat. Ich kann es *fast* entschuldigen.

»Er sagte mir die Wahrheit. Dass er jahrelang meine Mutter gefickt hat. Dass Gabriel von ihm ist.«

»Und da haben Sie ihn erschossen?«

Andre blickt starr geradeaus, wie in Trance, während er es mir beschreibt. »Ich stand da, vor seinem Wagen. Habe geweint. Gabriel schlief immer noch auf dem Rücksitz. Sean befahl mir, aus dem Weg zu gehen, aber ich tat es nicht. Ich konnte nicht, ich war einfach … Ich hatte all meine Hoffnung in ihn gesetzt. Ich konnte nirgendwoandershin. Ich fragte ihn, ob er mich trotzdem mitnehmen würde.« Er fährt sich mit der Hand über die Stirn. »Ich dachte mir nichts dabei. Mittlerweile war mir klar, dass er keine Gefühle für mich hatte … dass alles bloß Einbildung war. Aber ich wollte unbedingt weg.«

»Aber er wollte Sie nicht mitnehmen?«

»Er sagte …« Andre bringt die Worte kaum heraus. »Er sagte: ›Hast du wirklich gedacht, ich wär so eine Tunte wie du?‹« Er schließt die Augen. »Dann ging er zu seinem Wagen, und da habe ich die Pistole gezogen. Ich weiß nicht warum. Ich weiß es nicht.«

»Sie waren erst achtzehn, Andre.«

»Achtzehn«, echot er. »Volljährig. Was sollte ich tun? Es gab niemanden, zu dem ich gehen konnte, außer meiner Mutter. Sie war alles, was ich hatte.« Er macht ein paar Schritte den Flur hinunter. »Sie hat mir geholfen, alles zu beseitigen. Sie hat mir geholfen, ihn zu vergraben.« Er wischt sich über die Augen. »Ich weiß nicht, wen sie gedeckt hat, mich oder sich selbst. Ich habe daran gedacht, zur Polizei zu gehen, aber ich wollte nicht ins Gefängnis. Können Sie sich vorstellen, was man mit mir im Gefängnis gemacht hätte?«

»Sie hätten eine gute Verteidigung gehabt«, murmle ich. »Sie standen unter einem extrem starken emotionalen Stress. Sie hatten gerade erfahren, dass Ihre Mutter Ihrem Vater untreu gewesen war.«

»Trotzdem ist es noch Totschlag«, sagt er, »im besten Fall. In Louisiana gibt es dafür bis zu vierzig Jahre.« Er starrt zu Boden. »Bei einem Prozess wäre alles herausgekommen. Glauben Sie, ich hätte noch eine Chance gehabt, sobald die Jury gewusst hätte, dass ich schwul bin? Und Gott weiß, was mein Vater meiner Mutter angetan hätte.«

»Sie hat also nicht nur *Sie* all die Jahre geschützt«, stelle ich fest. »Sie haben sich gegenseitig geschützt.«

»Ja. Dann wissen Sie es jetzt also.« Er lächelt mich matt an. »Das ist es, was Sie wollten, nicht wahr? Antworten? Ein tränenreiches Geständnis?«

Etwas an der Art, wie er das sagt, beschämt mich. Was hatte ich gehofft, hier zu erreichen? Gerechtigkeit? Andre ist nicht der durch und durch böse Schurke, nach dem ich gesucht hatte. Er war ein verängstigtes Kind, und dies alles jetzt ans Licht zu zerren, obwohl Sean schon so lange tot ist, erreicht kaum mehr, als die Unschuldigen zu bestrafen. Vor allem Noah. Er ist der einzige Unschuldige in dieser ganzen schmutzigen Geschichte.

»Was werden Sie jetzt tun?«, fragt er leise.

»Nichts«, erwidere ich. »Das ist alles lange her.« Ich weiß nicht, ob ich ehrlich bin oder versuche, einen Mann zu beschwichtigen, der gerade einen Mord gestanden hat. Sollte ich Detective Minot deswegen anrufen? Wäre die Strafe, die das Gesetz vorsieht, wirklich schlimmer als die psychische Qual, die Andre bereits erlitten hat? Vielleicht ist Schweigen das Beste. So oder so, die Entscheidung sollte nicht ich treffen.

»Es soll sich auch für Sie lohnen.« Andre hat sich wieder gefasst. »Sagen Sie mir, wie viel. Ich hole mein Scheckbuch. Nennen Sie mir das Konto, dann regeln wir das.« Er öffnet die Tür zum Arbeitszimmer und marschiert hinein.

»Ich will Ihr Geld nicht«, protestiere ich, aber er kramt trotzdem auf seinem Schreibtisch.

»Eine Million Dollar. Wie klingt das?« Er wühlt in ein paar Papieren. »Das habe ich in dem Erpresserbrief verlangt.«

»*Sie* haben den Erpresserbrief geschrieben?«

Er rupft einen Schlüssel von der Rückseite der Schublade und inspiziert ihn einen Moment. »An dem Abend, an dem Sean starb, sagte ich zu meiner Mutter: er oder ich. Dass sie mich, wenn sie wollte, ins Gefängnis schicken könnte, dass ich aber nicht zusehen würde, wie sie meinen Vater jeden Tag aufs Neue für blöd verkauft, indem sie so tat, als wäre Gabriel von ihm. Nach dieser Nacht war das Kind wie Gift. Jedes Mal, wenn wir ihn ansahen, mussten wir an Sean denken.«

Die Vorstellung, jemand könnte einen Zweijährigen für Gift halten, widert mich zwar an, aber ich bin noch nicht mit meinen Fragen am Ende. »Was ist mit Maddie und Jack?« Schließlich haben sie bei dieser ganzen ausgeklügelten Vertuschung doch mitgemacht. »Wussten sie, dass Sie ihren Sohn getötet haben?«

»Sie glauben, Maddie war überrascht?« Wieder zeigt mir Andre ein stumpfes, nicht wirklich amüsiertes Lächeln.

»Nur darüber, dass ich es war. Sie hatte ihn schon jahrelang davor gewarnt, dass mein Vater ihn eines Tages umbringen würde. Sie wusste, dass er jedes Mal, wenn er meine Mutter anfasste, mit dem Feuer spielte.« Andre sieht, dass seine Taktik, dem Opfer die Schuld zu geben, bei mir nicht gut ankommt. »Es hätte für Nanny und Daddy Jack schlimmer kommen können«, verteidigt er sich. »Am Ende haben sie doch bekommen, was sie wollten.«

»Sie meinen Gabriel.«

Endlich macht er sich auch mal Gedanken über seinen Bruder. »Ich weiß nicht, was aus dem armen Kerl geworden ist, aber wahrscheinlich ist es ihm besser ergangen als mir.«

Wow. Er hat wirklich keine Ahnung.

Ich weiß aus verschiedenen Gesprächen mit Noah, dass Hettie die Beziehung zu ihm jahrelang durch Karten, kleine Geschenke und gelegentliche Besuche gepflegt hat. Als er neunzehn wurde, gab sie ihm Geld, damit er seine eigene Firma gründen konnte. Auf ihrem Totenbett fand sie dann offenbar einen Weg, um ihn zurück nach Evangeline zu holen. Es gab so viele Kontakte, und trotzdem ist nie jemand darauf gekommen, wer Noah wirklich ist. Nicht Noah selbst, und auch nicht Andre, ihr Mitverschwörer in fast allen anderen Dingen. Ich muss die Frau für ihr Talent, sich zu verstellen, respektieren, wenn nicht sogar bewundern.

»Ich wette, aus Ihrem Bruder ist was Ordentliches geworden«, sage ich.

Doch Andre denkt schon nicht mehr an Gabriel. Er steht am Schreibtisch und starrt den Schlüssel in seiner Hand an. Die Rädchen in seinem Kopf drehen sich. »Sie wollen wirklich kein Geld?«

Ich schüttle den Kopf. »Ich wollte wissen, was mit Gabriel

passiert ist. Das weiß ich jetzt.« Ich entferne mich rückwärts aus dem Arbeitszimmer. Auf einmal habe ich das Bedürfnis, so viel Abstand wie möglich zwischen mich und Evangeline bringen. »Ich sollte gehen, Andre. Die Vergangenheit ist vergangen, das verstehe ich. Belassen wir es dabei.«

»Warten Sie.« Er streckt mir den Schlüssel hin. »Sie stecken da genauso tief drin wie wir, da können Sie auch alles erfahren. Es gibt noch eine letzte Sache, die Sie sich ansehen sollten.«

Ein Teil von mir will gehen. Ich habe die Antworten, die ich brauche. Wenn diese Familie es vorzieht, mit all diesen Lügen zu leben, dann ist es nicht an mir, einzuschreiten. Maddie und Jack haben ihren eigenen schmutzigen Handel vor Jahren gemacht und Andre und Hettie als Gegenleistung für ihren Enkel die Absolution für den Tod ihres Sohnes erteilt. Wenn sie vergeben – oder zumindest einen Schlussstrich ziehen – konnten, wäre es lächerlich, wenn ich jetzt alles wieder aufrühre. Und doch, als Andre mir diesen kleinen metallischen Gegenstand anbietet, kann ich nicht anders als mich zu fragen, was ich übersehen habe.

Was gibt es noch, das er mir zeigen kann? Welches Puzzleteil ist übrig?

Zögernd betrete ich das Arbeitszimmer. Er zeigt auf die unterste Schreibtischschublade rechts von ihm: ein Schlüsselloch. Er drückt seine behandschuhte Hand fest in meine und legt den Schlüssel hinein.

»Na los. Öffnen Sie sie.«

Noch während ich die Schublade aufschließe, bereue ich meine Entscheidung. Mein Magen zieht sich zu einem harten Knoten zusammen. »Da ist doch nichts … Ekliges drin, oder?«

»Nein«, verspricht er mit einem trockenen Lachen. »Öffnen Sie sie einfach.«

Ich ziehe die Schublade auf und finde darin einen kleinen silbernen Revolver auf einem grünen Tuch. Das ist sogar besser, als ich erwartet habe. Wenigstens ist es kein Zahn oder ein menschliches Haar.

»Ist das die Waffe, mit der Sean getötet wurde?«

»Nein«, antwortet Andre und nimmt sie mit einer schnellen, geschmeidigen Bewegung auf, um sie mir an den Hals zu drücken. »Das ist die Waffe, mit der *Sie* getötet werden.«

Ich wurde noch nie mit einer Schusswaffe bedroht, aber die Erfahrung ist ganz anders, als ich sie mir vorgestellt habe.

Ich werde nicht hysterisch. Ich schreie nicht, flehe nicht um mein Leben. Mein Verstand bleibt erstaunlich klar, erstaunlich logisch, wie geschärft von meiner Angst. Ich sage mir, dass ich ihn nicht wütend machen darf. Dass mich niemand hört, wenn ich schreie, und selbst wenn ich es tue, wird es zu spät sein. Er hätte mich schon erschießen können, doch das hat er nicht getan. Ich will sehen, was er als Nächstes tun wird.

Wäre er ein Fremder, ich würde es vielleicht auf einen Kampf ankommen lassen. Aber ich kenne Andres Geheimnisse. Er ist mit den Nerven am Ende, labil, seine Mutter ist todkrank, sein Freund schwebt zwischen Leben und Tod. Wenn ich die Ruhe bewahre, kann ich die Situation vielleicht entschärfen. Aber ich muss ihn am Reden halten.

»Andre«, sage ich mit ruhiger Stimme, »machen Sie nicht den gleichen Fehler noch einmal.« Der Revolvergriff drückt mein Kinn so hoch, dass ich sein Gesicht nicht sehen kann.

»Wenn Sie mich umbringen, schafft das mehr Probleme für Sie, als es löst, das wissen Sie.«

»Weil ich sie *nicht schon längst* getötet habe, habe ich jetzt überhaupt den Ärger«, gibt Andre zurück. »Ich hätte mich schon um Sie kümmern sollen, als Sie anfingen, Fragen über Sean zu stellen. Ich habe meiner Mutter gesagt, dass es so kommen würde.«

Es klingt, als hätte Andre bereits seit einem ganzen Weilchen darüber nachgedacht, wie er sich des Charlotte-Problems entledigen könne. Seine ungelenken Versuche, sich mit mir anzufreunden, waren weniger bemitleidenswert, verstehe ich jetzt, als vielmehr Strategie. Halt deine Freunde nah bei dir, aber deine Feinde noch näher. Meine Handflächen schwitzen.

»Ich bin nicht Ihr Feind«, sage ich. Doch selbst ich kann hören, wie lahm das klingt. »Die Sache ist mir über den Kopf gewachsen, ich will nur noch nach Hause.«

»Richtig. Nach Hause.« Er muss es nicht aussprechen, ich weiß sehr gut, dass wir längst über den Punkt, an dem ich einfach so gehen könnte, hinaus sind. Sein Gewicht hinter mir verlagert sich, während er über seinen nächsten Schritt nachdenkt. »Sie sagten, Seans Brief liege im Gästehaus. Stimmt das?«

»Ja.«

»Gut. Dann machen wir einen kleinen Spaziergang.«

Er positioniert die Waffe neu, sodass sie nicht länger oben auf meinen Kopf, sondern auf meinen Hals gerichtet ist. Mir scheint, das ist schlimmer. Ein gut gezielter Schuss durchs Kinn könnte jemanden auf der Stelle töten, aber ein Loch im Hals? Würde ich verbluten? An meinem eigenen Blut ersticken? So möchte ich nicht enden.

Während er mich aus dem Arbeitszimmer und zur Küche lenkt, rechne ich mir im Kopf schnell meine Möglichkeiten aus. Wie hoch ist die Chance, dass mich der Wachmann am Tor oder die Person vor den Kameras im Kutschenhaus hier hinten im Haus schreien hört? Gering bis nicht existent. Bis jemand da ist, um zu helfen, wäre ich tot, und Andre könnte ihnen jede beliebige Geschichte erzählen, die ihm passt.

Aber es gibt die Kameras. Sicher würde er mich nicht vor der Kamera erschießen. Es muss eine Geste geben, mit der ich Zekes Aufmerksamkeit erregen kann – oder wer auch immer heute die Kameras beobachtet, irgendein universelles Zeichen für eine Geiselnahme. Ich durchforste mein Gehirn, und aus meiner Ruhe wird schnell Panik, als Andre mich durch die Küche schiebt. Er stößt mich durch die Flügeltüren, mit der Hand auf meiner linken Schulter, damit ich nicht plötzlich versuche zu fliehen. Als er mich dabei ertappt, wie ich hoffnungsvoll zu einer Kamera in der Nähe des Hauses hinsehe, macht er leise *tststs*. »Ich fürchte, die Kameras sind heute außer Betrieb.« Sein Atem ist warm an meinem Ohr. »Ich musste Zeke wegen der Reparatur in die Stadt schicken.«

Es könnte wirklich passieren, denke ich. *Ich könnte sterben. Er wird es tatsächlich tun.*

Denn Andre verhält sich nicht unbesonnen. Er ist niemand, den man überzeugen muss, nicht zu springen. Er hat alles sorgfältig geplant. Irgendwie hat er das Sicherheitssystem ausgeschaltet und alle weggeschickt, die ihm in die Quere kommen könnten. Er trägt Handschuhe, damit seine Fingerabdrücke nicht auf den Revolver kommen. Er hat mich dazu gebracht, selbst die Schublade aufzuschließen, sodass die einzigen Abdrücke auf dem Schlüssel meine eigenen sein werden. Was hat er vor? Ein weiterer mutmaßlicher Suizid – gleich nach dem Vorfall mit Jules – würde doch jede Glaubwürdigkeit überstrapazieren. Vielleicht will er vorgeben, ich hätte ihn angegriffen und auf Selbstverteidigung plädieren.

»Wenn wir beim Cottage sind, geben Sie den Türcode ein und gehen sofort hinein«, weist er mich an. »Ich bin knapp hinter Ihnen. Wissen Sie, wo der Brief ist?«

Natürlich weiß ich das. Dort, wo ich ihn zurückgelassen habe, auf dem Bett, gefaltet in einem Buch mit Sonetten von Shakespeare. Doch das werde ich Andre nicht sagen. Vielleicht findet sich etwas in dem Cottage, das ich als Waffe benutzen kann. Ein Messer. Oder irgendetwas Schweres, mit dem ich ihm auf den Kopf schlagen kann.

»Ich … ich erinnere mich nicht mehr, wo ich ihn hingetan habe«, stammele ich. »Vielleicht liegt er in der Küche.«

Ich könnte ihm sagen, dass er seine Zeit verschwendet, dass Detective Minot schon eine Kopie des Briefes hat, doch möglicherweise ist der Brief das Einzige, weswegen Andre mich überhaupt noch am Leben hält. Ich bin mir nicht sicher, warum er so fixiert darauf ist. Seans Worte und ihre Auswirkungen sind gar nicht so belastend, wie Andres schlechtes Gewissen ihn glauben lässt, aber solange *er* davon überzeugt ist, dass der Brief ein Beweismittel gegen ihn ist, habe ich noch etwas in der Hand. Sozusagen.

Falls es mir gelingt, den richtigen Moment abzupassen – vielleicht, wenn ich seine Konzentration störe –, kann mir die Flucht gelingen. Oder ich sterbe bei dem Versuch. Denn ich werde lieber mehrmals in den Rücken geschossen, als mit einer Halswunde zu verbluten. Glaube ich.

»Sie sind sehr still«, bemerkt Andre. »Ich hätte gedacht, dass Sie versuchen, sich rauszureden.«

Während ich mich den Weg entlangschleppe, zweifle ich immer mehr daran, dass mir eine Kugel erspart bleibt, und überlege, bei welcher Art von Wunde ich die besten Überlebenschancen habe. »Ich finde, es klingt, als hätten Sie schon entschieden, was passieren wird.«

»Wissen Sie, ich wollte nicht, dass es so endet, Charlotte.« Ich kann Andres Gesicht immer noch nicht sehen, doch in seiner Stimme liegt echtes Bedauern. Ein schwacher Trost für mich. »Sie haben mir keine andere Möglichkeit gelassen. Sie hätten uns in Ruhe lassen können, doch das haben Sie nicht getan. Was sollte ich denn machen? Mich stellen? Nach allem, was meine Mutter und ich geopfert haben?« Jetzt schüttelt er den Kopf, ahne ich. »Ich habe einen Fehler begangen und mich jeden Tag meines Lebens dafür gehasst. Ich wollte nie wieder jemandem wehtun.«

»Dann tun Sie es doch nicht.«

»Es ist zu spät. Sie haben mein Leben ruiniert, es gibt kein Zurück mehr.«

Das scheint mir eine unfaire Übertreibung zu sein. »Ich? Was hab ich denn getan?«

»Sie haben geholfen, Sean zu finden. Ich weiß nicht, wie, aber Sie waren es. Jetzt habe ich das FBI am Hals, und Jules stirbt vielleicht auch wegen Ihnen. Der einzige Mensch, der mich glücklich gemacht hat, wird tot sein.«

Nun klingt er wie ein Wahnsinniger. »Sie glauben, ich wäre schuld an Jules' Überdosis? Das ergibt doch keinen Sinn.«

»Ach nein? Für wen, glauben Sie, war denn das ganze Ambien gedacht?«

Ich bleibe stehen. Der Gedanke, dass Andre derjenige gewesen ist, der die Tabletten in den Alkohol gemischt hat, ist mir nie gekommen. Und ganz sicher nicht, dass besagte Tabletten für *mich* bestimmt waren.

»Aber ich trinke doch nicht mal Tequila.«

»Nein.« Er schiebt mich mit der freien Hand vorwärts. »Sie trinken Shirley Temples. Mit Grenadine.«

Grenadine. Natürlich. Der ekelhaft süße Kirschgeschmack hätte geholfen, das Bittere des vielen Ambien zu überdecken. Und wenn man Grenadinesirup mit Tequila und Orangensaft mixt, bekommt man einen Tequila Sunrise – den Drink, der Jules fast den Garaus gemacht hat. Dann wollte sich Jules also gar nicht umbringen. Er wollte sich bloß betrinken – und das zu seinem Pech mit einer Flasche, die sein Freund mit Schlaftabletten versetzt hatte. Einer Flasche, die eigentlich für mich gedacht war.

»Es hätte ganz einfach sein sollen«, sagt Andre. »Sie hatten ein Rezept für Ambien, und ich hatte das mit Ihrem Sohn herausgefunden. Da war es ja klar, dass Sie depressiv wurden. Niemand hätte weiter nachgefragt, wenn man Sie gefunden hätte.«

Er hat recht. Selbst Detective Minot, der wusste, wie sehr ich Keegan vermisse, hätte geglaubt, dass ich mich selbst umgebracht hätte.

»Wenn Sie sich einfach am letzten Freitag zu mir gesetzt hätten«, jammert Andre, »wenn Sie lediglich einen Drink mit mir genommen hätten. Dann hätten Sie uns beiden viel Schmerz erspart. Und Jules auch.«

»Aber das habe ich nicht getan«, sage ich. »Und niemand wird jetzt noch an Selbstmord glauben. Nicht nach der Sache mit Jules.«

»Nein«, stimmt Andre mir zu. »So ist es schwerer, für uns beide.«

Ich möchte ihn fragen, was er damit meint, aber ich habe das Gefühl, dass ich es bereits weiß. Er hat die Waffe, und er hat ein Boot. Möglicherweise habe ich Jonah vor dem Grab im Wasser bewahrt, um jetzt selbst darin zu enden.

Mittlerweile haben wir das Cottage erreicht. Er tritt zurück, den Revolver weiter auf meinen Hals gerichtet, während ich den Türcode eingebe. Als ich ihm einen verstohlenen Seitenblick zuwerfe, kann ich endlich sein Gesicht sehen: Es ist leicht grünlich, während er über die nächste Phase seines Plans nachdenkt.

»Das wird ein Schlamassel werden«, murmelt er, als müsste ich deswegen Mitleid mit ihm haben.

Das Tastenfeld blinkt, und die Tür öffnet sich. Die Zeit wird knapp. Ich muss etwas unternehmen, oder es ist vorbei. Als wir das Cottage betreten, fällt mir auf, dass Andre die Tür hinter uns halb offen lässt. Nicht, dass ich an ihm vorbeikäme. Aber was, wenn ich ihn umstoße, ihn irgendwie aus dem Gleichgewicht bringe?

Ich versuche ihn abzulenken. »Man wird meinen Wagen finden, wissen Sie. Sie werden viel zu erklären haben.« Ich könnte schnell ins Badezimmer rennen. Die Tür hat ein Schloss, aber es gibt kein Fenster, keinen Weg nach draußen. Trotzdem könnte ich auf diese Weise ein wenig Zeit gewinnen.

»Den Wagen kann ich loswerden.« Auf der Suche nach Seans Brief fällt Andres Blick auf die Kisten mit den alten Sachen der Familie vom Dachboden. »Alle glauben, dass Sie heute abreisen. Das werde ich ihnen auch sagen. Sie werden mir glauben.«

Ich kann ihm nicht widersprechen. Es würde Tage dauern, bis jemand bemerkt, dass ich vermisst werde, und Wochen, bevor die Polizei einer Vermisstenmeldung nachgeht. Einer Frau, die allein von Chicory nach Stamford fährt, kann viel zustoßen. Würde überhaupt irgendjemand Andre ernsthaft verdächtigen?

»Der Brief«, erinnert mich Andre ungeduldig. »Ich brauche den Brief.«

»Ich versuche mich zu erinnern, wo ich ihn hingetan habe.«

Seine Augen werden schmal und jetzt misstrauisch, und er überwindet die Distanz zwischen uns, um den Revolver an meine Schläfe zu halten. »Verarschen Sie mich nicht. Ist er hier oder nicht?«

»Er ist hier irgendwo, ich müsste nur …«

Jetzt bleibt keine Zeit mehr zu zögern. Ich muss etwas tun, auch wenn es das Falsche sein sollte. Ich werfe einen Blick hinunter auf den Boden, bereit, meinen Knöchel hinter seinen zu schieben und zu versuchen, ihn aus dem Gleichgewicht zu stoßen. Aber bevor ich mich richtig positionieren und ihn mit meinen bescheidenen Mitteln angreifen kann, lässt mich etwas erstarren.

»Leg die Waffe auf den Boden und heb die Hände.«

Niemals hätte ich gedacht, dass das texanische Näseln so wunderschön klingen kann.

Andres Kopf ruckt zur Tür herum, doch er lässt mich nicht los. Mit dem Revolver am Kopf kann ich nicht viel sehen, aber aus den Augenwinkeln erkenne ich Noahs breite Schultern, sein kantiges Kinn. Und an seinem ausgestreckten Arm die Neun-Millimeter-Waffe, vor der ich immer solche Angst gehabt habe. Möglicherweise werde ich meine Ansichten über die Reglementierung von Waffenbesitz überdenken müssen.

Was auch immer nun passiert, zumindest weiß ich, dass er wegen mir zurückgekommen ist.

»Vielleicht hast du nicht gehört«, sagt Noah zu Andre. »Leg die Waffe runter, oder ich schieße. Erst in die Kniescheiben, dann in den Bauch. Und anschließend überlege ich mir noch eine andere Stelle, die richtig wehtut.«

Ich drehe mich so weit herum, dass ich einen Blick auf Andres Gesicht werfen kann. Er scheint nicht wütend zu sein und wirkt auch nicht besiegt, nur verwirrt. »Sind Sie nicht der Gärtner?«, fragt er, was irgendwie absurd klingt. »Was machen Sie auf meinem Grundstück? Ich hatte Sie doch gefeuert.«

Noah ignoriert die Frage. »Ich werde jetzt bis drei zählen. So oder so, du wirst deine verdammte Waffe fallenlassen.«

»Sagen Sie mir nicht, was ich tun soll.« Andres Stimme wird lauter. »Das hier geht Sie gar nichts an. Gehen Sie einfach.«

»Eins«, sagt Noah. »Zwei.«

»Hören Sie auf! Hören Sie auf zu zählen! Für wen halten Sie sich, verflucht?«

»Ich bin dein *Scheißbruder*.«

Nur ein Wort, aber für Andre Deveau ist es beängstigender als jede Schusswaffe. Ich merke genau den Moment, als es Klick bei ihm macht: den scharfen Atemzug, das Erschlaffen seines Arms. Der Revolver streift leicht über meine Wange, dann baumelt er an seiner Seite. Ich befreie mich und laufe schnell zu Noah hinüber, während mein Blut so heftig pumpt, dass ich glaube, jedes Gefäß in meinem Körper könnte bersten.

»Nein«, sagt Andre leise. »Das würde meine Mutter nicht tun. Sie hat es versprochen.«

»Was hat sie versprochen?«, kontert Noah, die Pistole immer noch auf Andre gerichtet. »Sich nicht mit mir in Verbindung zu setzen? Mich und meine Großeltern in Ruhe zu lassen? Niemals zu verraten, wer ich bin? Glaub mir, ich wäre sehr viel glücklicher, wenn sie ihr Versprechen gehalten hätte.«

»Aber sie sagte doch … sie sagte, du wärst hier, um den Garten zu gestalten.«

Andres Bedürfnis, Hettie zu glauben, selbst jetzt noch, hat etwas zutiefst Trauriges.

»Unsere Mutter ist eine Lügnerin.«

Bei den Worten »unsere Mutter« zucke ich zusammen. Andre ebenfalls.

»Mein Gott«, sagt er. »Oh mein Gott. Du siehst ihm sogar ein bisschen ähnlich.« Er scheint die Waffe in seiner Hand ganz vergessen zu haben, doch für Noah, das sehe ich, gilt das nicht. »Dann … haben Maddie und Jack dich großgezogen?«

»Ja.«

»Und du bist glücklich?«

»Klar. Sie hätten mich nicht mehr lieben können.«

Der Mann, der noch vor einigen Sekunden einen Revolver an meinen Kopf gehalten hat, beginnt zu weinen. Mit lauten, hässlichen, erstickten Schluchzern. »Ich dachte, sie hätte sich für mich entschieden«, sagt er. »Ich dachte, sie hätte dich weggeschickt, weil sie mich mehr liebte.« Weinend sinkt er auf die Knie. »Sieh dir mein Leben an. Sieh es dir an. Sie wusste, was sie tat. Sie wusste, dass du der Glücklichere warst.«

Und länger dauert diese Wiedervereinigung nicht. Andre starrt den Revolver in seiner Hand an und trifft seine Entscheidung. Er weiß, dass es vorbei ist, und will nun selbst bestimmen. Ich wende den Blick ab, eine Hand vor dem Mund. Obwohl ich weiß, was jetzt kommt, schreckt mein

Körper bei dem Geräusch des Schusses zurück. Es gibt einen dumpfen Schlag, und dann ist Stille.

Noah schiebt mich aus dem Cottage, mit einer Hand schirmt er meine Augen ab. Dafür bin ich ihm dankbar. Ich muss das Grauen nicht mit eigenen Augen sehen, ich habe auch so Gewissheit.

Andre Deveau ist tot.

33

An einem kühlen Mittwoch Anfang März parke ich meinen Prius auf dem Parkplatz vor der Einrichtung für betreutes Wohnen, in der meine Großmutter lebt, und bereite mich innerlich auf unser Wiedersehen vor. Seit meiner Abreise ist gar nicht so viel Zeit vergangen – kaum mehr als zwei Monate –, doch meine Rückkehr hat unerwartet starke Gefühle in mir geweckt. Zum Teil ist es wohl Trauer, nachdem ich durch die Räume gegangen bin, die Keegan früher bewohnt hat. Doch die Dankbarkeit überwiegt. Ich bin dankbar, dass meine Großmutter hier ist und ich jemanden habe, zu dem ich zurückkommen kann.

»Gehen wir jetzt rein, oder was?« Noah wird auf dem Beifahrersitz zappelig.

»Ja, lass uns reingehen.«

Die Lichter und die kitschige Festtagsdeko sind längst verschwunden, sonst aber sieht alles fast genauso aus, wie das, was ich zurückgelassen habe: kahle Bäume, ein schiefergrauer Himmel, eisiger Wind. Doch der Frühling ist nicht mehr weit. Nach dem Tauwetter kürzlich ist der Boden aufgeweicht und aus den Schneebergen ist Matsch geworden. Diese unangenehme Erfahrung muss Noah nun machen, als er versucht, über einen Streifen Mulch abzukürzen und fünf Zentimeter tief in den Boden einsinkt.

»So ein Mist.« Er betrachtet seine besudelten Stiefel. »Ich werde den Teppich deiner Grandma schmutzig machen. Kein guter erster Eindruck.«

Ich lächle. »Du bist nervös.«

»Ja«, gibt er zu. »Irgendwie schon.«

»Nach allem, was du in den letzten paar Wochen durchgemacht hast, machst du dir jetzt Sorgen darüber, was meine kleine Großmutter von dir hält?« Ich gebe ihm einen scherzhaften Klaps gegen den Arm.

Doch er ist nicht in der Stimmung zu scherzen. »Du hast es ihr noch nicht gesagt«, erwidert er. »Du bist in großer Gefahr gewesen und hast es ihr nicht mal gesagt. Ich hoffe nur, dass sie nicht mir die Schuld gibt.«

Ich verdrehe die Augen, antworte aber nichts. Auf der Fahrt hierher haben wir diese Unterhaltung bereits in den verschiedensten Varianten geführt. Ich glaube nicht, dass eine siebenundachtzig Jahre alte Frau wissen muss, dass ihre einzige Enkelin nachts nach den Knochen ermordeter Menschen sucht oder in abgelegenen Sumpfgebieten Sexualstraftäter jagt oder eben mit der Waffe bedroht wird. Noah ist anderer Meinung. »Du darfst keine Geheimnisse haben«, beschwört er mich. »Nicht vor deiner Familie.«

Ich kann ihn verstehen. Schließlich ist sein ganzes Leben auf Geheimnissen aufgebaut. Und er hat gesehen, wie Mitglieder seiner Familie unter ihrem Gewicht zusammenbrachen.

Vor nicht mal einer Woche waren Noah und ich auf Hetties Beerdigung. Sie ist friedlich gestorben, nachdem sie tagelang bewusstlos gewesen war. Anders als das Begräbnis im kleinen Kreis, das Brigitte ein paar Tage zuvor für Andre organisiert hatte, war Hetties Trauerfeier gut besucht. Unter den vielen prominenten Gästen, die an diesem Morgen in die Kirche strömten, fielen Noah und ich nicht weiter auf. Noah saß ganz hinten und sah aus, als fühle er sich in seinem Anzug unwohl, während der Priester voller Poesie von Hetties vielen wohltätigen Engagements schwadronierte und von ihrer bewundernswerten Hingabe an die Familie. Niemand wäre darauf gekommen, dass der breitschultrige Mann mit den großen, schwieligen Händen ihr Sohn ist.

Doch wie sich dann herausstellte, war der wahre Star von Hetties Beerdigung Andre. Überall fiel in gedämpftem Ton sein Name, auch wenn man sich nicht einig war, ob sein Tod eine Tragödie oder eine Schande für die Familie ist. Trotz der Versuche seiner Schwestern, die Umstände seines Todes geheim zu halten, waren selbstverständlich doch ein paar schockierende Details durchgesickert. Die Boulevardpresse hatte sich auf die Geschichte gestürzt: DEVEAU CEO TOT DURCH SCHWULEN SELBSTMORDPAKT. Klatschkolumnisten zeichneten Andres lange, verbotene Affäre mit Jules Sicard chronologisch nach – der auf den Fotos hübscher denn je aussah – und spekulierten, die unglücklich Verliebten hätten sich am Ende für den Tod entschieden, statt in einer Welt zu leben, die sie nicht akzeptieren würde. Noah und ich wurden nicht erwähnt, nur der Umstand, dass Andres Leiche von »zwei Angestellten« gefunden worden war. Außerdem fiel auf, dass Sean Lauchlins Name nirgendwo auftauchte, doch hier und da gab es einen beiläufigen Hinweis auf die Überreste, die kürzlich auf einem Grundstück der Deveaus gefunden worden waren.

Am Ende, nehme ich an, hat Andre bekommen, was er wollte. Die Familiengeheimnisse, die er so verzweifelt verteidigt hat, bleiben ungelüftet.

Im Tod hat Hettie ihr jüngstes Kind auf eine Art anerkannt, wie sie es im Leben nie getan hatte. Noah hätte es zwar vorgezogen, sämtliche schmerzlichen Verbindungen zu dem Deveau-Clan zu kappen, doch Hettie hatte andere Pläne. Ihren Rechtsdokumenten zufolge wird Noah ein Viertel des Familienvermögens erben. Was ein hart arbeitender texanischer Landschaftsgestalter mit so viel Geld anfangen will, kann man nur vermuten; er steht noch immer unter Schock und kann diese lebensverändernde Entwicklung seiner finanziellen Situation nicht ganz begreifen. Im Moment scheint ihm das Schicksal von Evangeline wichtiger zu sein, das, wie Hettie es versprochen hatte, an den historischen Verein von Louisiana gegangen ist. Zu wissen, dass seine Arbeit auf dem Anwesen ihren ursprünglichen Zweck erfüllt hat – dass, trotz ihrer sonstigen Lügen, Hettie diesbezüglich die Wahrheit gesagt hat, scheint Noah zu trösten, wie es sonst nichts kann.

Selbstverständlich waren Sydney und Brigitte von keiner dieser Neuigkeiten begeistert. Die Zwillinge, da bin ich mir sicher, hätten den Inhalt des Testaments ihrer Mutter nur zu gern einem verwirrten Geist zugeschrieben, doch die Dokumente waren bereits vor einem Jahr aufgesetzt worden, also noch vor Hetties Krebsdiagnose. Nirgendwo auf diesen Seiten offenbart Hettie, dass Noah ihr Kind ist, doch sie schreibt von ihrer anhaltenden Zuneigung zu »dem Sohn meines geliebten Freundes Sean Lauchlin«. Weder Sydney noch Brigitte wussten so recht, was sie davon halten sollten, bis ich ihnen eine Kopie von Seans Brief gab. Soweit ich weiß, haben sie sich zwar noch immer keinen Reim darauf machen können, dass Noah ihr Bruder ist, doch nachdem sie nun von Hetties Untreue wissen und da Sean Lauchlins Leiche offiziell identifiziert worden ist, verdächtigen beide Schwestern ihren Vater des Mordes. Noah ist das nur recht, denn so verschonen sie ihn mit unangenehmen Fragen zur Vergangenheit. Mörder sind nicht gut für das Selbstbewusstsein einer Familie.

Für mich war es einfacher. Niemand außer Detective Minot wusste um das Ausmaß meiner Verwicklung. Die einzige echte Konsequenz für mich war ein entzückter Anruf meines Lektors, bloß Stunden, nachdem die Nachricht von Andres Tod an die Medien gelangt war. »Schreiben Sie das Buch zu Ende!«, rief Isaac aufgeregt. »Ist mir ganz egal, ob es totaler Mist ist, aber schreiben Sie es zu Ende. Sie sitzen auf einer Goldmine.«

Später, als ich mich bereits entschieden hatte, das Projekt aufzugeben, habe ich Noah von dem Gespräch erzählt. Zu meiner Überraschung bat er mich, das Manuskript lesen zu dürfen. Das tat er dann auch sehr aufmerksam stundenlang, und als er fertig war, wandte er sich mir zu, mit traurigen dunklen Augen, bei deren Anblick ich mich am liebsten unter einem Stein verkrochen hätte. »Vieles davon wusste ich nicht«, sagte er leise. »Du hast so einiges über sie in Erfahrung gebracht, was?«

»Ich werfe es weg«, habe ich ihm geantwortet. »Es ist jetzt nicht mehr wichtig.«

Doch er schüttelte den Kopf, auf einmal unnachgiebig. »Wenn du es nicht schreibst, schreibt es jemand anders. Zumindest kanntest du ein paar von ihnen. Zumindest ist es dir nicht egal. Schreib ein Ende dafür. Nur … lass mich aus der Geschichte raus, okay?«

Also habe ich, um seinetwillen, an einem Buch weitergearbeitet, bei dem ich nicht mehr länger objektiv sein kann. Ich habe versucht, ein wenig während der Reise zu schreiben, eine Geschichte zusammenzuschustern, mit der wir alle leben können. Meine alten Begriffe von Journalismus –

Wahrhaftigkeit, Genauigkeit, Verantwortlichkeit – kommen mir nun nur noch töricht vor, denn sie kennen bloß Schwarz und Weiß, wenn die Fakten in diesem Fall niemandem so sehr schaden wie den Unschuldigen. Stattdessen nehme ich jetzt die offizielle Story als Basis und spinne eine sensiblere Version des schwulen Selbstmordpakts zusammen. Obwohl meine Gefühle Andre gegenüber nach unserem letzten Zusammentreffen kompliziert sind, versuche ich ihn als eine sympathische Figur darzustellen. Ich binde auch Geschichten von Danelle Martin und Kyle Komen ein, Andres erstem Freund. Ich schreibe darüber, wie Neville Andre überredet hat, vorzugeben, er wäre in der Nacht von Gabriels Verschwinden mit einer Prostituierten zusammen gewesen. Ich zeichne ein trauriges kleines Porträt von Homophobie und Selbsthass in einer der ältesten und besten Familien des Südens, aber Sean Lauchlin erwähne ich nicht. Ich lasse das Schicksal von Gabriel Deveau im Dunkeln.

Welche Ängste Noah wegen meiner Großmutter auch immer gehabt hat, sie erweisen sich schon eine halbe Stunde, nachdem wir vor ihrer Tür aufgetaucht sind, als unbegründet. Sie hat ihn zwar erwartet, doch ich habe mich am Telefon sehr kurz gehalten, als die Sprache auf ihn kam. Zunächst ist sie skeptisch. Sie inspiziert Noah auf Anzeichen, die darauf deuten könnten, dass er meiner unwürdig ist, testet seine Manieren, studiert seine Körpersprache, befragt ihn eingehend und beurteilt seine Antworten. Anders als Eric, der sich immer ein wenig vor meiner Großmutter gefürchtet hat, zeigt sich Noah unbeeindruckt. Schließlich hatte er Carmen als Teenager kennengelernt und musste sich die Anerkennung ihrer zwei Brüder, die einer Handvoll männlicher Cousins und eines überfürsorglichen katholischen Vaters, der weißen Männern misstraute, verdienen. Er wird mit Grandma fertig, das schafft er. Bevor ich mich's versehe, hat er sie in aller Form bezirzt, und sie lächelt kokett und gibt andere verblüffende Beispiele der Flirtkunst alter Damen.

»Nun, Charlotte«, strahlt sie, »ich kann verstehen, warum du deinen Aufenthalt verlängert hast. Was für eine hübsche Aussicht es dort in Louisiana gibt.«

In Handumdrehen füttert sie ihn mit Napfkuchen, kichert über seine zwar dummen, aber gutmütigen Witze und lässt ihn ihre kaputte Spülmaschine reparieren. Die Frau, die meinen Exmann stets höflich, aber kühl behandelt hatte, kann nicht genug von diesem Mann bekommen, den sie meinen »Cowboy-Freund« nennt. Sie ist gar nicht einverstanden mit seinem Plan, in ein Hotel zu gehen, sondern besteht darauf, dass wir beide auf ihrer Ausziehcouch übernachten. Noah ist erleichtert und erfreut über den warmen Empfang, aber ich fühle mich deswegen ein wenig beunruhigt. Wo ist Grandmas neuenglische Reserviertheit? Wer ist dieses alte Mädchen mit den leuchtenden Augen im Körper meiner Großmutter?

»Ich bin bloß froh, euch zu sehen«, sagt sie, als ich sie danach frage. »Und dich *so* zu sehen.« Sie wirft einen Blick zur Küche, wo Noah an ihrer Spülmaschine herumbastelt. »Ich hatte schon Angst, du wolltest dort unten vor der Welt fliehen, und stattdessen … na ja, sieht aus, als hättest du sie wiedergefunden.«

Letztlich kann ich mich nur über ihren Segen freuen, der, das spüre ich, Noah sehr viel bedeutet. Jetzt, da Andre und Hettie tot sind, hat er die einzige Familie verloren, die je hätte seine eigene sein können. Und er *möchte* eine Familie haben. Er *möchte*, dass eine alte Dame ihn betüdelt, ihm noch ein Stück Kuchen aufdrängt. Ich nehme an, streng genommen sind Sydney und Brigitte seine noch lebenden Verwandten, aber sie sind nicht nur völlig unerträglich, sie wissen auch immer noch nicht, wer ihr vermisster Bruder ist und was aus ihm wurde.

»Dass Neville ein Mörder war und Hettie untreu, damit kommen sie klar«, hat er mir gesagt, bevor wir Evangeline verließen, »aber dass ihr verschwundener Bruder ein Gärtner ist? Nein, ich glaube nicht.« Seine wahre Angst war natürlich, dass sie ihn an die Presse ausliefern könnten, um Publicity zu bekommen.

»Ich bin Noah Palmer«, sagt er. »Ich möchte nicht, dass die Leute mich nerven und mich Gabriel nennen.«

Ich kann es ihm nicht verübeln, dass er seine schrecklichen Schwestern verleugnet, aber unwillkürlich fühle ich mich schuldig, weil er die lebhafte, große Familie seiner Exfrau gegen lediglich meine Großmutter und mich eingetauscht hat. Können wir denn wirklich genügen? Während der Nachmittag fortschreitet und deutlich wird, dass ihr kleines Liebesfest kein Ende findet, komme ich zu einer Entscheidung. Noah hat recht. Grandma verdient mehr als die zu ihrem Schutz bereinigte Geschichte, die ich ihr über meine Zeit in Chicory erzählt habe. Während ihrer siebenundachtzig Lebensjahre hat sie Ehemann, Sohn und Enkel verloren. Jahrelang hat sie mit ihren eigenen unheimlichen Vorahnungen gelebt. Diese Frau kommt auch mit den dunkleren Seiten des Lebens klar.

Nach dem Abendessen setze ich mich zu ihr und erzähle ihr die ganze Geschichte – mehr oder weniger. Noah hört zu und wirft dann und wann etwas ein. Ich hatte genug Zeit, seine Wissenslücken zu füllen, aber meine Visionen von Jonah, Didi und Clifford wühlen ihn immer noch auf. Nicht, dass er nicht glauben würde, was ich gesehen habe – er glaubt eher zu viel. Würde ich ihm sagen, dass der Geist eines Kindes neben ihm steht, würde er wohl einen drei Meter hohen Satz machen – wie eine alte Comicfigur. Grandma dagegen zeigt, abgesehen von einem gelegentlichen Kopfschütteln, Lippenkräuseln und Augenaufreißen, kaum eine Reaktion. Das ist beruhigend. Die Zurschaustellung echter Gefühle liegt nicht in ihrer Natur.

Als ich an den Punkt komme, wie wir nachts die Zuckermühle durchsucht haben, ist es Noah, der nervös wird. Er zappelt mit einem Bein und umklammert den Sitz seines Stuhles.

»Ich kann nicht fassen, dass du meinen Vater gefunden hast«, murmelt er. »Und *er* war es, der *da* war, bei dir. Er hat dich durchs Fenster beobachtet.« Erschrocken schüttelt er den Kopf.

Ich kann nicht leugnen, dass ich in genau dem Moment, als Detective Minot ein Stück von Sean Lauchlins Kieferknochen fand, ein Gesicht gesehen habe. Doch ich will nicht glauben, dass es ein Geist war. »Möglicherweise habe ich mir das nur eingebildet«, sage ich. »Ich dachte, du wärst es.«

»Nein«, sagt Noah bestimmt. »Das war mein Vater. Er wusste, dass du ihn finden würdest. Er wusste, dass du die richtigen Schlüsse ziehen und mir sagen würdest, was passiert ist. Dass er mich nicht im Stich gelassen hat.«

Meine Großmutter, die sich alles schweigend von ihrem Holzstuhl aus angehört hat, scheint derselben Meinung zu sein. »Du bist da runtergefahren, um Gabriel Deveau zu finden, Charlotte, und das hast du ja auch getan«, sagt sie, als ich mit meiner Geschichte zu einem Ende komme. »Manche Dinge sind vorherbestimmt.«

Noah räuspert sich. »Ich hoffe, Sie vergeben mir, Ma'am, dass ich nicht besser auf sie aufgepasst hab. Wenn ich mir überlege, wie es auch hätte ausgeh'n können …«

»Wenn man sich immer überlegt, wie es auch hätte ausgehen können, wird man verrückt«, hält Grandma dagegen. »Und ich kann mich wohl kaum beschweren, dass man nicht auf Charlotte aufpasst. Diese Aufgabe habe ich ihren Eltern überlassen und, ganz ehrlich, sie haben es nicht hinbekommen.«

Dass dieses Gespräch eine solche Wendung nimmt, damit hätte ich nicht gerechnet. »Es war nicht dein Fehler, Grandma«, sage ich. »Meine Mutter ist sowieso nicht lange genug geblieben, um viel Schaden anzurichten.«

Sie meidet meinen Blick und wendet sich an Noah, als wäre ich gar nicht da. »Ich liebe meinen Sohn, aber ich weiß, dass er nicht viel besser war. Er hat ihre Kindheit vertrunken, und ich habe nichts dagegen getan. Sie war vierzehn Jahre alt, als ich sie bekam, fast schon erwachsen. Das sind vierzehn Jahre, in denen ich nicht auf sie aufgepasst habe.«

Ich habe meine Großmutter noch nie Schuldgefühle gestehen oder Reue darüber ausdrücken hören, wie ich aufgewachsen bin. Ihre unerwartete Demut ist mir aus irgendeinem Grund unangenehm.

Langsam steht sie auf, noch immer, ohne mich anzusehen, und legt Noah eine blau geäderte Hand auf die Schulter. »Dass Charlie hier in meinem Wohnzimmer sitzt, statt irgendwo in einem gottverlassenen Sumpf zu treiben – nun, dafür habe ich Ihnen zu danken. Deswegen sage ich auch, Sie haben auf sie aufgepasst. Und ich würde meinen, sehr gut.«

Weder Noah noch ich wissen, was wir sagen sollen. Ihre

Worte klingen wie eine Art Segen, ein Zeichen, dass sie nicht nur ihn, sondern uns beide zusammen gutheißt. Dadurch wird unsere Beziehung viel offizieller. Doch meine Großmutter lässt uns keine Zeit, weiter darüber nachzudenken.

»Kommt.« Sie öffnet den Flurschrank. »Holen wir euch beiden Bettzeug und machen das Sofa zurecht.«

Ich bin benommen, noch halb im Schlaf, als ich eine Hand auf meiner Schulter spüre, die mich schüttelt. Ohne die Augen zu öffnen, nehme ich an, dass es Noah ist. »Bist du noch wach?«, nuschle ich. Die Couch ist unbequem, aber es sieht Noah gar nicht ähnlich, mitten in der Nacht aufzuwachen; er würde sogar weiterschlafen, wenn eine Blaskapelle durchs Zimmer marschiert.

»Mommy?«

Ich schieße in dem Ausziehbett in die Höhe.

Diese kleine Stimme würde ich immer wiedererkennen.

Und da ist er. Keegan. Er steht neben mir, mit demselben erwartungsvollen, ein wenig ungeduldigen Blick wie immer, wenn er mich aufgeweckt hat. Sein Haar ist verwuschelt, und er trägt den Batman-Schlafanzug, den Grandma ihm letztes Jahr zu Weihnachten geschenkt hat. Er wurde ihm schon zu eng, erinnere ich mich, aber er hat ihn geliebt und wollte ihn nicht weggeben.

Er greift nach meiner Hand und zieht daran. Seine Berührung ist fest. Unglaublich fest. »Mommy«, sagt er wieder.

Er wirkt so vertraut, so unverändert, dass ich mich frage, ob ich es alles bloß geträumt habe, den langen und furchtbaren Herbst, diesen ganzen seltsamen, ereignisreichen Winter. Aber nein, ich bin in der Wohnung meiner Großmutter. Noah schläft neben mir, mit dem Gesicht auf dem Kissen.

»Hallo, Schatz.« Ich bekomme die Worte kaum heraus. »Ich bin so froh, dich zu sehen.« Ich hebe ihn zu uns ins Bett. Auf dem Klappbett ist es schon ziemlich eng, aber ich mache Platz für ihn, krümme meinen Körper um seinen. Er schmiegt sich an mich. »Oh, Häschen.« Ich drücke mein Gesicht in sein Haar und staune, als ich das Kitzeln seiner Locken an meiner Nase spüre und ihren Shampooduft rieche. »Ich habe dich vermisst.« Jetzt kommen mir die Tränen, so überwältigt bin ich.

»Sei nicht traurig.« Er tätschelt meinen Kopf auf dieselbe ungelenke Art, wie er früher Hunde und Katzen gestreichelt hat.

»Ich kann nicht anders. Ich vermisse dich wirklich sehr, Kee.« Er ist warm in meinen Armen und ein bisschen zappelig. Genau der kleine Junge, wie ich ihn in Erinnerung habe.

»Ich bin noch da, Mom.«

»Ich weiß. Aber du wirst wieder gehen, nicht wahr? Du bleibst nicht bei mir. Du bist nur gekommen, um … warum? Damit ich mich für eine Weile besser fühle?« Ich fahre mit dem Finger über seine wunderbaren kleinen Ohren, sein spitzes Kinn.

Er schüttelt mich ab. »Ich bin gekommen, um dir ein Geheimnis zu verraten.«

»Ja? Was für ein Geheimnis?«

Freude – süß und unverfälscht – erhellt sein Gesicht. »Ich habe eine kleine Schwester!«

Vermutlich sollte ich nicht überrascht sein, dass Eric und Melissa beschlossen haben, ein Baby zu bekommen, und doch bin ich es. Überrascht und ein bisschen wütend. *Das ist nicht fair. Warum verdient er eine zweite Chance?*

»Herzlichen Glückwunsch«, sage ich, obwohl es mir

schwerfällt. »Dann bist du jetzt wohl ein großer Bruder, was? Wie heißt sie?«

»Ich weiß nicht«, sagt er. »Wie willst du sie nennen?«

»Ich? Liebling, ich kann doch nicht entscheiden …« Doch dann begreife ich, was er mir da gerade sagt.

Seitdem Keegan gestorben ist, hatte ich erst ein einziges Mal meine Regel. Als ich nach seinem Tod keine Blutungen mehr bekam, sagte die Ärztin, ich solle mir keine Sorgen machen. Das wäre der Stress, sagte sie, und sei nicht ungewöhnlich. Irgendwann würde alles wieder seinen normalen Gang gehen. Und dann hatte ich meine Regel, einmal, gleich nach Weihnachten. Was bedeutet, angenommen, mein Körper wäre tatsächlich wieder in den Rhythmus gekommen, dass ich vierzehn Tage später einen Eisprung hatte. Gerade als ich Noah kennenlernte.

Oh. Mein Gott.

»Mom«, erklärt Keegan, »meine kleine Schwester wächst in deinem Bauch.«

Das ist sowohl die beste als auch die schlechteste Nachricht, die ich mir hätte vorstellen können. Ich habe keine Wohnung und keinen Job, und Noah will keine Kinder. Ich möchte nicht mit einem Mann zusammen sein, der nicht bereit ist, Vater zu sein, und keinerlei Begeisterung darüber aufbringt. Ein Kind bedeutet die Trennung.

Aber.

Es ist ein Baby. Eine Tochter.

Egal wie schlecht das Timing ist, wie verrückt oder unpassend ihre Ankunft auch sein mag, sie wird mein Kind sein. Die Freude darüber wird mir über alles hinweghelfen.

Ich drücke Keegan fest an mich. Er ist der Einzige, mit

dem ich mein Glück teilen kann. »Danke«, murmle ich. »Ich wusste es nicht.«

»Deswegen habe ich es dir ja gesagt.«

Ich nicke. »Es ist … eine Überraschung. Eine wirklich gute Überraschung.« Mir kommt ein erschreckender Gedanke. »Keegan, was ist mit ihrem Gehirn? Wird sie so sein wie du? Wird sie …« Ich kann die Frage nicht mal beenden.

Er schmiegt seinen Kopf an meine Schulter und gähnt. »Es wird ihr gut gehen«, versichert er mir. »Sie wird nicht krank.«

Er ist so sachlich, so ohne jeden Vorwurf, aber ich kann das Schuldgefühl trotzdem nicht abschütteln. »Es tut mir leid, dass ich dir nicht helfen konnte, Schätzchen. Es tut mir leid, dass ich nicht erkannt habe, dass etwas nicht richtig war.« Ich schlucke. »Ich wünschte, ich hätte … besser aufgepasst.«

»Ich musste weggehen, Mommy.«

»Nein, es war meine Aufgabe, dafür zu sorgen, dass du hierbleiben konntest. Dich zu beschützen. Und ich habe es nicht getan.«

Er seufzt, als würde ich nicht verstehen, worum es wirklich geht. »Wenn ich nicht gegangen wäre«, erklärt er geduldig, »dann würde jetzt nicht meine kleine Schwester in dir wachsen.«

Funktioniert es wirklich so, möchte ich fragen. Ist das Universum tatsächlich so unfair? Um dich auf einem Umweg zu einem Kind zu führen, nimmt es dir ein anderes weg? Was für ein Schwachsinn. Wenn mir irgendjemand die Wahl gelassen hätte, hätte ich Keegan gewählt. Ich hätte ihn tausendmal immer wieder gewollt. Ich hätte meinen Job behalten und wäre bis zum Ende aller Tage durch meine einsame Existenz als Single-Mutter gestolpert, wenn er nur hätte bei mir bleiben können. Egal was Keegan sagt, ich bin nicht überzeugt, dass da ein Masterplan dahintersteckt. Soweit ich sehen kann, besteht das Leben aus reinem Zufall, und uns geschieht willkürlich Gutes und Schlechtes. Macht das Warum und das Wie überhaupt einen Unterschied? Ich muss trotzdem in dieser Welt leben.

»Kee?« Auf einmal fühle ich mich schläfrig und zu erschöpft, um weiter darüber nachzudenken.

Sein Kopf bewegt sich an meiner Schulter, als er zu mir aufsieht. »Was ist, Mommy?«

»Was habe ich als Letztes zu dir gesagt?« Das hat mich immer wieder beschäftigt. Ich bin den Tag, an dem er gestorben ist, tausendfach im Kopf durchgegangen, aber ich kann mich nicht an unseren letzten gemeinsamen Moment erinnern. »Als ich dich zur Schule gebracht habe, was habe ich da als Letztes zu dir gesagt?«

Er verdreht die Augen. »Was du *immer* gesagt hast. Du sagtest: Hab einen schönen Tag, Keegan. Ich habe dich lieb.«

Etwas in mir entspannt sich. Eigentlich sollte es, nach allem, was passiert ist, nicht mehr wichtig sein, doch das ist es. »Gut«, sage ich. »Ich hoffe, dass du das nie vergisst. Ich liebe dich so sehr. Immer.«

Sogar jetzt noch ist meine Liebe für ihn nichts Besonderes, vielleicht sogar ein bisschen peinlich. Seine Mutter wird für immer etwas sein, das er für selbstverständlich nehmen kann, und darüber bin ich froh. »Ich weiß, Mommy«, sagt er. »Ich *weiß*.«

Als ich aufwache, ist mein Sohn fort. Zwischen meinen Armen, die ihn eben noch gehalten haben, bleibt ein Hohlraum. Ich sollte den Verlust spüren, Leere, Hoffnungslosigkeit, all diese Gefühle, mit denen ich gekämpft habe, seitdem er starb. Stattdessen verspüre ich Ruhe. Ein Gefühl von Frieden hat sich auf mich gelegt und mich wie eine weiche, schützende Decke in seine Wärme eingehüllt.

Er war hier, denke ich. *Er war wirklich hier*.

Ich hätte auch geträumt haben können. Es gibt keinen Beweis, dass ich es nicht getan habe. Alles, auf das ich mich verlassen kann, ist das Gefühl von Trost, und doch ist das aus irgendeinem Grund genug. Ich glaube an etwas Unmögliches. Zum ersten Mal in meinem Leben glaube ich an etwas. Nicht an einen allmächtigen Schöpfer oder an das merkwürdige Wirken des Universums, sondern an meinen Sohn. Ich glaube an meinen Sohn.

Draußen ist es dunkel. Nicht mal sechs Uhr, laut meines Handys. Neben mir schnarcht Noah laut, trotz des Kissens, das jetzt auf seinem Gesicht liegt. Ich schlüpfe aus dem Bett, weg von seiner Wärme, und presse das Gesicht ans Fenster, um hinaus auf den Parkplatz zu schauen. Die mit einer dünnen Frostschicht überzogenen Autos glitzern unter den Straßenlaternen. Bald ist Frühling, dann Sommer. Im Herbst werde ich ein kleines Mädchen haben.

Ich stehe lange am Fenster und sehe zu, wie es heller wird. Zwei Vögel huschen über die Äste eines Baumes und fliegen davon. Ein Frühaufsteher beginnt, mit langen, mühsamen Strichen das Eis von seiner Windschutzscheibe zu kratzen. Ich höre, wie sich Noah auf der Couch bewegt.

»Was siehst du da draußen?«, fragt er.

Er sieht eigenartig zufrieden aus – für jemanden, der die Nacht in der Wohnung einer siebenundachtzigjährigen

Frau auf einer Klappcouch verbracht hat. Aber er war noch nie anspruchsvoll. Auf dieser ganzen Reise lang schien er einfach nur froh zu sein, ein Ziel zu haben.

»Alles okay?« Er mustert mich mit schmalen Augen. »Du siehst irgendwie komisch aus.«

Ich erwidere nichts. Dafür, dass er mich erst so kurze Zeit kennt, kann er mich ziemlich gut einschätzen.

»Du hattest bestimmt wieder einen von diesen Träumen, oder?« Er beugt sich vor, fasziniert, aber auch ein bisschen ängstlich. »Was hast du gesehen?«

Ich zögere. Es gibt eigentlich nur ein einziges Detail aus meiner Begegnung mit Keegan, das ihn etwas angeht, aber ich weiß nicht, wie er reagieren wird. »Ich muss dir etwas sagen.« *Er hat seine Familie verloren*, denke ich. *Vielleicht hat er seine Meinung geändert. Vielleicht will er jetzt doch ein Kind.*

»Das klingt nicht gut«, sagt er.

Ich ziehe es nicht in die Länge. »Ich glaube, ich bin schwanger.«

»Was bist du … aber *wie*?« Er blinzelt ein paarmal. »Von *wem*?«

Es wird doch schlimmer, als ich erwartet habe. »Hast du mich das wirklich gerade gefragt?«

Er ist zu sehr damit beschäftigt zu begreifen, dass ich schwanger bin, um sich zu entschuldigen.

»Warte, also … du bekommst ein Baby? *Mein* Baby?«

»Ja.«

»Ich versteh das nicht.« Er steigt aus dem Bett und sieht dabei eher verwirrt als entsetzt aus. »Du hattest doch gesagt, du bekommst die Regel nicht. Ich dachte, dass du nicht schwanger werden könntest. Und wir haben aufgepasst. Nach dem ersten Mal haben wir immer …« Er hält inne. »Glaubst du, es war dieses erste Mal?«

»Das vermute ich.«

»Meine Güte. Das heißt, du bist … äh …« Seine mathematischen Fähigkeiten lassen ihn offenbar im Stich. »Wie weit?«

»Ungefähr in der elften Woche. Es ist ein Mädchen.«

»Ein Mädchen.« Er reibt sich die Augen, als würde er träumen. »Das ist verrückt. Bist du sicher?«

»Ziemlich sicher.« Ich ziehe alle Kissen vom Bett, ziehe das Laken ab und beginne, die Couch zusammenzuklappen. Es ist einfacher, ihn dabei nicht anzusehen.

»Hör zu, du warst immer sehr offen mit mir in dieser Kindersache, und es ist mehr mein Fehler als deiner. Ich habe keinerlei Erwartungen an dich. Wenn du das nicht willst …«

»Was? Was soll ich nicht wollen?«

»Uns. Vater sein. Ich weiß, dass du es so nicht geplant hattest.«

»Na ja, nein, aber …« Seine Stimme wird sehr, sehr leise. »Sagst du mir gerade, dass *du* es nicht willst? Dass du dieses Kind nicht willst?«

Ich höre auf, mich an der Couch zu schaffen zu machen. »Ich möchte dieses Kind mehr als alles.«

»Na, das ist gut.« Er sieht ungeheuer erleichtert aus. »Ich auch.«

Jetzt ist es an mir, verwirrt zu sein. »Ich dachte, du und Carmen, ihr hättet euch getrennt, weil du *keine* Kinder willst.«

Sein Gesicht fragt, wie ich auf so eine absurde Idee komme. »Nein, wir haben uns getrennt, weil *ich* welche will.«

Mir fehlen die Worte.

»Ich wollte nicht *immer* Kinder«, erklärt er. »Als Carmen und ich zusammenkamen, haben wir beide keine gewollt. Ich war so was wie ein Partymensch, und sie hat Kinder nie gemocht. Aber dann wurde mein Großvater krank und … ich weiß auch nicht. Irgendetwas fehlte. Ich hab begriffen, dass ich nicht wollte, dass es für immer nur sie und mich gab.«

»Du hast deine Meinung geändert«, sage ich leise, als mir unsere Unterhaltung von dem Abend wieder einfällt, an dem wir uns trafen. Er sagte, er und Carmen wären sich einig gewesen, was Kinder anging, doch er hätte seine Meinung geändert. Da ich ihn noch nicht kannte, bin ich einfach davon ausgegangen, dass er einer von den Männern wäre, die die Verantwortung scheuen und ihre Frau mit Kinderwunsch mit einem *Ich bin noch nicht bereit* vertrösten. Aber so ist Noah nicht. Natürlich nicht.

Er lässt sich auf die wieder zusammengebaute Couch sinken und massiert sich die Schläfen. »Ich dachte, du kennst meine Einstellung dazu. Weißt du noch, als ich dich gefragt hab, wie du zu Kindern stehst und du auf einmal ganz komisch wurdest und mir aus dem Weg gegangen bist?«

Ich nicke wie vor den Kopf gestoßen. Das war kurz bevor Rae kam, um mich zu besuchen.

»Ich hab nicht kapiert, warum du dich so seltsam benommen hast, bis Rae mir von Keegan erzählt hat.«

Natürlich. Die kleine Unterhaltung der beiden im Garten. Rae, die Plaudertasche. Noah allerdings ist ihr ganz offensichtlich dankbar.

»Sie hat mir gesagt, ich soll nicht aufgeben«, erklärt er mir. »Dass du eine großartige Mutter bist. Sie hat gesagt, du liebst Kinder.«

Während ich Noah zuhöre, habe ich plötzlich das seltsame Gefühl, Keegan wäre bei mir. Der Lockenkopf, der Batman-Schlafanzug – sie sind ganz nah, wenn ich nur wüsste, wie ich sie sehen kann. »Das stimmt«, sage ich. »Ich liebe Kinder.«

»Ich wollte nicht, dass es so passiert«, sagt Noah. »Ich wollte dir Zeit lassen. Zu trauern, verstehst du? Ich dachte, wenn du bereit bist, könnten wir zu einem Arzt gehen. Und wenn wir keine Kinder bekommen könnten, dann würden wir vielleicht eins adoptieren. Aber ich dachte, es könnte klappen.«

Es könnte klappen. Es könnte wirklich klappen. Ich höre Geräusche: Meine Großmutter bewegt sich in ihrem Schlafzimmer hin und her, lauter als sonst, so als wollte sie uns warnen, dass sie uns hören kann. Dies ist nicht gerade der privateste Ort, um diese Unterhaltung zu führen, begreife ich, aber ich kann mir nicht vorstellen, sie aufzuschieben.

»Du willst das wirklich tun?«

»Ich tue nicht so, als würde es einfach werden«, gibt er zu. »Wir haben noch viel vor uns, bevor diese kleine Dame kommt. Ich hoffe, du willst keine große Hochzeit.«

»Hochzeit?« Ich hebe eine Augenbraue.

Er tut, als wäre das keine große Sache. »Na klar, wir heiraten.«

»Wir haben zwei Scheidungen hinter uns, und die Tinte auf deinen Papieren ist noch nicht mal trocken. Wir heiraten auf keinen Fall.«

»Doch. Tun wir.« Er erwidert geradewegs meinen Blick. Sein angespannter Kiefer sagt mir, dass er mindestens genauso stur sein kann wie ich. »Ich will nicht, dass die Leute denken, ich würd nicht zu der Mutter meines Kindes steh'n.«

»Tut mir leid, dass du das so siehst«, erwidere ich ruhig, »aber mir ist scheißegal, was die Leute denken. Ich bin fertig mit der Ehe. Und ich werde mich sicher nicht dazu zwingen lassen, nur weil ich schwanger bin. In welchem Jahrhundert lebt ihr Texaner eigentlich?«

Er holt tief Luft und bemüht sich nach Kräften, die Ruhe zu bewahren, was ihm vermutlich überhaupt nur gelingt, weil sich meine Großmutter im Zimmer nebenan befindet. »Wir werden uns jetzt nicht darüber streiten«, sagt er. »Wir haben genug andere Entscheidungen zu treffen.«

»Zum Beispiel?«

»Na ja, für den Anfang müssen wir einen Platz zum Wohnen finden. Carmen hat das Haus bekommen, und in meiner Wohnung kann man keine Familie großziehen.« Nachdenklich reibt er sich das Kinn. »Wir können noch ein paar Tage hierbleiben, aber wahrscheinlich wäre es besser zurückzufahren und mit der Haussuche anzufangen.«

»Zurückzufahren? Wohin denn? Glaubst du etwa, ich ziehe mein Kind in Texas groß?« Das ist ein sogar noch größerer Knackpunkt als die Ehe.

»Sidalie wird dir gefall'n«, verspricht er mir. »Die Schulen sind gut. Wir können ein großes Haus haben, einen großen Garten …«

»Ich werde nicht in Texas leben. Wie kannst du erwarten, dass ich … hier alles stehen und liegen lasse …«

»Schatz, da arbeite ich schließlich. Ich muss meine Firma führ'n.«

Ich sehe ihn ungläubig an. »Du hast gerade ein Viertel des Deveau-Vermögens geerbt. Erzähl mir nicht, dass du arbeiten musst.«

»Zufällig liebe ich meinen Job«, beginnt er, beschließt

dann aber, dass ihn diese Argumentation nicht weiterbringt. »Komm einfach mit mir nach Sidalie. Versuch es. Es wird dir gefall'n, ich weiß, dass es dir dort gefall'n wird.«

»Es ist ganz egal, ob es mir gefällt oder nicht, es ist in *Texas*! Hörst du mir überhaupt zu? Texas kommt nicht infrage.« Ich weiß nicht, ob mein blinder Widerstand gegen den Lone-Star-Staat meinen Hormonen geschuldet ist, der Angst vor Veränderung oder was auch sonst, aber selbst ich kann jetzt hören, dass ich ein bisschen wie eine Verrückte klinge.

»Du kannst doch nicht einen ganzen Staat ablehnen, in dem du nie gewesen bist«, sagt Noah in einem Ton, der darauf schließen lässt, dass er bereits Erfahrungen mit unvernünftigen Frauen gesammelt hat. »Du sollest es dir wenigstens mal anseh'n. Das Wetter ist besser, die Immobilien erschwinglicher.«

Ich will gerade zu einer hitzigen Verteidigungsrede des Nordostens ansetzen, doch plötzlich, inmitten dieser anscheinend so ungeheuer wichtigen Debatte, kann ich nicht anders, als in ein breites, albernes Grinsen auszubrechen. Ich fange an zu lachen. Es ist zu erstaunlich, zu wunderbar für mich, um wütend zu sein. Wo werden wir leben? Sollen wir heiraten? *Das* sind unsere Probleme. Dieser Moment ist zu schön, um ihn mit kleinlichen Zankereien zu vergeuden. Denn wie hoch ist die Wahrscheinlichkeit? Noah und ich haben Verlassenwerden, Verrat, zwei gescheiterte Ehen und persönliche Verluste überlebt, die zu zahlreich sind, um sie auch nur aufzulisten. Wir sind halbwegs funktionierende menschliche Wesen. Wir erwarten ein Baby. Und wir sind zusammen. So oder so werden wir uns über die Details einig werden müssen. Aber jetzt in diesem Augenblick, wie kann ich da nicht glücklich sein?

Ärger huscht über Noahs Gesicht, als er merkt, dass ich keines seiner Argumente für Sidalie mitbekomme. »Charlie? Warum lächelst du? Ich finde das nicht lustig.« Seine Rüge lässt mich bloß noch breiter grinsen. Er klingt schon jetzt so väterlich.

»Babe«, versucht er es noch einmal. »Bitte. Lenk nicht ab. Wir reden hier über unsere Zukunft. Wir reden über unsere Tochter.«

»Ich weiß.« Mein ganzer Körper scheint bei den Worten »meine Tochter« zu kribbeln, so wundervoll und eigenartig klingen sie. Ich strecke die Hand aus, schiebe meine Finger durch seine und spüre, wie er sich leicht unter meiner Berührung entspannt. »Deswegen lächle ich.«

Danksagung

Wer sich für historische Plantagenhäuser Louisianas interessiert, kann viel von den sachkundigen Führern der Oak Alley Plantation in Vacherie und Shadows-on-the-Teche in New Iberia lernen. Sie haben mir zahlreiche Fragen beantwortet, als ich mit dem Schreiben begann. Eine noch bewohnte und modernisierte Plantage zu besichtigen war allerdings ein schwieriges Unterfangen. Doch ich hatte das Glück, dass der ehemalige Gouverneur, Mike Foster, und seine Frau großzügigerweise Oaklawn Manor, ihr Familienanwesen in Franklin, der Öffentlichkeit öffnen. Bei meinen beiden Besuchen hat die Führerin Mary Edwards wortreiche und anschauliche Touren durchgeführt, die mir beim Schreiben dieses Romans eine außerordentliche Hilfe waren.

Meine Wertschätzung gilt Rosaleigh Young, Deborah Hoff und Carolyn Wise für ihre klugen Anmerkungen zu den verschiedenen Entwürfen. Wieder und wieder haben mir Ellen Madigan und Todd Moore die kinderfreie Zeit verschafft, die ich auf der Zielgeraden benötigte – ich bin so dankbar für ihre Freundschaft. Auch meinem Vater John schulde ich Dank, weil er schon in jungen Jahren mein Interesse am Schreiben förderte und die mittelmäßigen Geschichten, die ich als Fünftklässlerin schrieb, mit den Klassikern verglich.

Vor allem aber geht mein tief empfundener Dank an Spender Wise, der jedes Kapitel gelesen hat, sobald ich es fertiggeschrieben hatte. Er hat mich freudig auf mehreren Recherchereisen begleitet und mich zu einem Zeitpunkt gedrängt, mein Werk der Welt zu zeigen, als ich versucht war, es in einer Schublade zu verstecken. Seitdem ich sechs Jahre alt war, wollte ich Schriftstellerin sein. Spencer, du warst der Wind in den Segeln, die mich hierhergetragen haben.

A. J. Banner

Fremdes Glück

Thriller

Wer alles hat, kann viel verlieren

Sarahs Leben ist perfekt: In einem verschlafenen Städtchen arbeitet sie als Kinderbuchautorin, hat einen liebevollen Ehemann und ein schönes Zuhause. Alles, was ihr zum Glück noch fehlt, wäre ein Baby. Doch eines Nachts fängt das Nachbarhaus Feuer, und Sarah riskiert ihr Leben, um das einzige Kind ihrer Nachbarn zu retten. Auch Sarahs Heim fällt den Flammen zum Opfer – und sie wird das Gefühl nicht los, dass sie das eigentliche Ziel der mutmaßlichen Brandstifter war. Sie will um jeden Preis herausfinden, was hinter dem Tod der Nachbarn steckt, und stößt dabei auf Abgründe und Geheimnisse weit jenseits ihrer Vorstellungskraft …

Ein packendes Psychodrama über die Abgründe einer Kleinstadt-Nachbarschaft!

320 Seiten, kartoniert mit Klappe
€ 9,99 [D]
ISBN 978-3-8025-9964-4

www.egmont-lyx.de

LYX
EGMONT

Charlotte Williams

Im Schatten der Klippen

Kriminalroman

Mord, Intrigen und dunkle Familiengeheimnisse

Jessica Mayhew ist glücklich verheiratet und eine erfolgreiche Psychotherapeutin. Als jedoch der attraktive Schauspieler Gwydion Morgan ihre Praxis betritt, wird ihr Leben auf den Kopf gestellt. Jessica fühlt sich zu Gwydion hingezogen, aber dieser leidet unter einer seltsamen Phobie, und Jessica befürchtet, er könnte Selbstmord begehen. Um die Ursachen seiner Erkrankung zu ergründen, besucht sie das Haus seiner Familie an der walisischen Küste und stößt dort auf ein düsteres Geheimnis, das sie in große Gefahr bringt.

»Williams' erster Krimi punktet mit einem atmosphärischen Hintergrund, einer spannenden Handlung und einer äußerst sympathischen Heldin.« *Booklist*

352 Seiten, kartoniert
€ 9,99 [D]
ISBN 978-3-8025-9744-2

www.egmont-lyx.de

LYX
EGMONT